우리 민요의 세계

우리 민요의 세계

우리 민요의 세계

서영숙

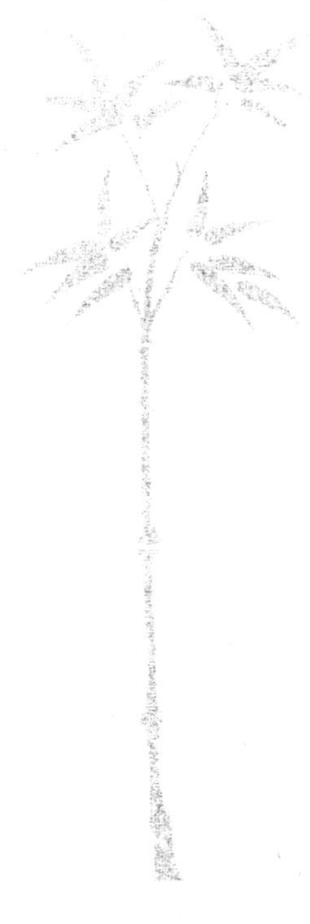

도서출판 **역락**

필자가 민요와 처음 인연을 맺은 것은 대학 4학년 재학 시절 학과 학술활동으로 이루어진 구비문학 답사 때였다. 지금은 돌아가신 성기열 교수님을 모시고 경기도 양평으로 답사를 갔었다. 각 조별로 흩어져 조사를 하는데, 필자는 민요를 조사하기 위해 할머니들이 모여 계신 곳으로 찾아갔다. 할머니들은 아무 것도 모른다며 도통 입을 열려고 하지 않으셨다. 옛날 노래를 불러 달라고 청했으나, 이미 대중가요화 된 민요들만 한 두곡씩 부르실 뿐이었다. 안되겠다 싶어 이런 노래 없느냐며 〈진주낭군가〉를 불러드렸다. 〈진주낭군가〉는 당시 일부 대학생들 사이에서 여성의 설움을 그려낸 노래로 불려지고 있어 배워 두고 있던 터였다. 그제서야 할머니들은 '그런 노래를 말하냐' 면서 어렸을 때 배운 노래라고 이런 저런 노래들을 술술 풀어 내놓기 시작하셨다. 그 일로 필자는 일약 유능한 민요 조사가로 교수님과 다른 조원들에게 인정받을 수 있었다.

그렇게 시작된 민요에 대한 관심은 「구비문학론」 강좌를 들으면서 구체화되었고 대학원에 진학해 민요를 연구하겠다는 결심으로 굳어졌다. 이는 대학 생활 동안 내내 고민하고 부대꼈던 민중의 삶과 문제에 대한 인식을 민요를 통해서 연결해 나갈 수 있으리라는 생각이 있었기 때문이기도 하다. 다행히 그 기회가 한국정신문화연구원 부설 한국학대학원에서 조동일 교수님의 지도 아래 주어졌고, 대학원 방학 기간 동안 민요 조사를 위해 오랫동안 떠나 있었던 고향 마을 곡성에 내려가 고향 분들과 함께 지내며 민요에 푹 파묻힐 수 있었다. 그 결실로 이루어진 것이 석사학위논문 「시집살이노래의 존재양상과 작품세계」 (한국학대학원, 1983. 2)이고 이를 보완해 책으로 낸 것이 『시집살이노래 연구』 (도서출판 박이정, 1996)이다.

　이후 박사학위 논문을 '여성가사'로 준비해 발표하면서도 필자의 주 관심은 늘 민요에 가 닿아 있었다. 이는 "민요가 우리 모든 시가 갈래의 기반이 되며, 시가 연구에 있어 모든 문제 해결의 열쇠가 민요에 있다"는 조동일 교수님의 가르침 때문이기도 하지만, 그 모든 것을 떠나서 무엇보다도 민요가 나를 잡아 끈다는 점 때문이었다. 시골 노인들께서 불러 주신 민요의 사설을 읽고 그 노래를 듣다 보면 나도 모르게 절로 웃게 되고 울게 되며 한숨짓게 된다는 점 때문이었다. 민요 속엔 말로 쉽게 표현해 낼 수 없지만 나를 잡아 붙드는 자장이 자리잡고 있음에 틀림이 없었다. 결국 난 이 자장에 이끌려 틈이 날 때마다 민요를 듣고, 읽고, 노래했다. 그러면서 내 감동과 공감을 내 주변의 사람들, 내 강의를 듣는 학생들과 함께 하려 했고, 후련하진 않지만 그 감동의 정체를 논문을 통해 밝히려고 노력해 왔다.

　이 책은 그런 노력으로 쓰여진 보잘 것 없는 논문들로 이루어져 있다. 근 십 년 동안 그때 그때의 관심과 필요에 따라 학회지, 시군지, 저서 등 여러 지면에 발표한 글들이기 때문에 체계도 논리도 엉성하기만 하다. 일관된 체계 하에 이론과 방법이 탄탄한 새로운 역작을 내놓아야 한다는 욕심이 앞서지만, 우선 그 예비 단계로 이 책을 통해 지금까지의 성과를 돌아보고 반성할 기회로 삼고자 한다. 이 책에 수록된 논문들은 이전 지면에 발표된 그대로 수록한 것도 있지만 일부 논문은 다시 읽으면서 용어와 문장을 가다듬고 수정, 보완하였다. 이 작은 성과를 바탕으로 사라져 가는 우리 민요에 대한 관심과 애정 그리고 민요 연구의 활기가 조금이나마 북돋워질 수 있다면 더 바랄 것이 없겠다. 필자 역시 지금의 부끄러움을 넘어서 민요 연구다운 연구를 내놓으리라는 약속을 필자 자신뿐만 아니라 이 책을 펼친 모든 분께 드린다.

　이 책은 다음과 같이 공통 주제에 따라 네 영역으로 나누고 또 각기 그에 관련된 네 개의 논문들로 구성하였다.

Ⅰ. 민요의 연행예술적 성격

민요는 창자가 청중 앞에서 문학 작품을 노래로 부르는 연행 예술이다. 여기에서 연행은 '창작자의 창조 행위와 수용자의 미적 반응으로 이루어지는 예술행위'라고 할 수 있다. 연행예술로서의 민요는 세 가지 특징을 지닌다. 우선 주체의 측면에서 창작자와 수용자의 관계가 상호적이고 직접적이라는 점, 다음 대상의 측면에서 연행 예술 작품은 유동성, 가변성을 지니고 있다는 점, 마지막으로 방식의 측면에서 연행이 즉흥적이고 상황적이라는 점이다. 이는 한번 창작되면 고정성, 불변성을 지니는 비연행예술과 구별되는 민요가 가진 특성으로서, 민요의 온전한 모습을 드러내기 위해서 결코 간과해서는 안될 것이다. 지금까지의 민요 연구가 대부분 기록된 사설만의 연구에 그침으로써 민요의 이러한 연행예술적 성격은 정작 등한시해 온 것이 사실이다. 여기에서는 서사민요를 중심으로 민요의 이러한 연행예술적 실현양상과 서술방식, 연행에 나타난 정서적 반응, 〈꼬댁각시노래〉의 연행양상과 제의적 성격 등을 다루었다.

Ⅱ. 민요의 구조적 특성과 의미

민요는 그 갈래적 속성에 따라 서정민요, 서사민요, 교술민요로 나뉜다. 각각의 갈래는 그 자아와 세계의 관계에 따라 독특한 구조적 특성을 구현하고 있으며, 이를 통해 민요 담당층이 지니고 있는 그들만의 가치관과 의식 세계를 보여 준다. 여기에서는 서사민요를 중심으로 그 구조적 특성과 의미를 살펴보았다. 서사민요는 '일정한 성격을 지닌 인물과 일정한 질서를 지닌 사건을 갖춘, 있을 수 있는 이야기로 된 민요'로서, 창자의 주정적 표출과 함께 서사적 줄거리를 갖추고 있다는 점에서 많은 연구 과제와 논란거리를 던져 준다. 서사민요의 전 유형을 모두 연구하는 것을 목표로 우선 여기에서는 서사민요에서 가장 많은 비중을 차지하고 있는 '시집식구 – 며느리'형을 중심으로 서사민요의 구조적 성격과 의미를 다루었다. 아울러 '신랑 – 신부'형의 대부분을 차지하는 혼사장애형 민요의 서술방식과 여성의식, 〈상사병으로 죽은 총각 노래〉의 구조적 특성과 여성의식을 살펴보았다.

Ⅲ. 민요와 다른 갈래의 비교

민요는 민중들에 의해 오랜 세월 동안 입으로 입으로 전해 불려 내려 오면서 주변의 다른 여러 갈래들과 교섭을 주고받으며 고유한 성격을 키워 나왔다. 이 교섭 가운데는 같은 평민 여성이 담당층이면서도 창작보다는 수용에 주로 참여하고 있는 서사무가와의 교섭, 같은 여성이 담당층이면서도 양반 여성이 주로 창작하고 수용하는 가사와의 교섭이 주목할만 하다. 이에 여기에서는 〈상사병으로 죽은 총각노래〉와 〈치원대 양산복〉의 비교, 〈도랑선비 청정각시〉와 혼사장애형 민요의 비교를 중심으로 서사민요와 서사무가의 거리를, 서사적 전개방식과 웃음의 양상 비교를 중심으로 여성민요와 가사의 거리를 가늠하여 보았다. 이는 나아가 민요와 무가, 민요와 가사의 변별적 특징을 밝히는 데 발판이 될 수 있을 것이다.

Ⅳ. 지역 민요의 양상

민요는 산 따라, 물 따라 각 지역의 지리적, 역사적, 문화적 상황과 여건의 변화에 따라 다르게 형성, 변이 되어 왔다. 그러므로 민요를 통해 각 지역 사람들의 고유한 삶의 방식, 자연과 세계에 대한 인식과 태도, 가치관의 차이 등을 엿볼 수 있게 마련이다. 필자는 남도 지역에서 나서, 경기 지역에서 자라, 충청 지역에서 삶과 학문을 설계했고, 현재는 다시 남도에 돌아 와 생활의 터전을 잡고 있다. 그 덕에 우리 민요의 세계를 전부 접하기엔 아직 멀고 멀었으나 충청 지역과 남도 지역의 소리는 조금씩 맛보고 즐길 수 있는 기회가 주어졌었다. 모심는 소리의 가창방식과 사설구조, 청주 민요의 기능과 사설, 충남 민요의 존재양상은 충청 지역에서 살면서 민요를 연구한다는 이름으로 요청 받아 쓴 글이고, 백제권 가요의 존재양상과 전승실태는 남도에 살면서 남도 사람 몫을 해야 할 것 같아 마음먹고 쓴 글이다. 백제권 가요에는 문헌에 기록된 노래들, 한시로 번역된 노래들이 있지만 그 모두 민요를 바탕으로 한 것이고, 이 노래들이 현재 어떻게 민요로 전승되고 있는지까지 살폈으므로 이 책에 끼워 넣어도 큰 무리가 없으리라고 본다. 앞으로 전국 각 지역의 민요를 두루 살펴 명실공히 제대로 된 『우리 민요의 세계』를 내는 게 필자의 포부이다.

이렇게 놓고 보니 큰 기틀은 그럴듯하나 그 속에 들어간 논문들은 아무래도 두서가 없다. 그래도 이를 통해 '민요 연구'라는 배의 키를 어느 방향으로 어떻게 돌려 나아가야 할지가 뚜렷이 눈 앞에 펼쳐지니 영 헛된 수고만 하지는 않은 모양이다. 이 책에서 주어진 모든 문제들은 앞으로 필자가 풀어나가야 할 즐거운 숙제이다. 여러 선학, 동학, 그리고 후학 분들의 따가운 충고와 애정 어린 가르침을 기다리는 것도 또한 즐겁다. 아울러 필자가 학문을 시작해 여기에 이르기까지 여러 면으로 지도해 주신, 성기열·조동일·사재동 교수님, 그리고 현재의 일터를 마련해 학문을 계속하도록 보살펴 주신 조선대학교의 김성기·이현수·권순열·김수중 교수님을 비롯한 여러 교수님들께 지면으로나마 깊이 감사를 드린다. 마지막으로 아담한 책으로 꾸며주신 도서출판 역락 여러분께 감사드리고, 공부하는 엄마, 아내, 딸을 둔 탓에 늘 마음과 몸 고생을 하고 있는 우리 원이와 두리, 남편, 어머니, 아버지께 이 책을 통해 사랑을 전한다.

무등산 자락 고전연구원 서재에서
2002년 3월 28일
서 영 숙 삼가 씀.

아버지께서는 책이 출간되기 며칠 전, 5월 열 하룻날에 유명을 달리 하셨다. 타고난 소리꾼이셨고, 딸의 소리 연구에 누구보다도 아낌없이 후원해주셨던, 아버지의 영전에 삼가 이 책을 바친다.

차례

우리 민요의 세계

차례

우리 민요의 세계

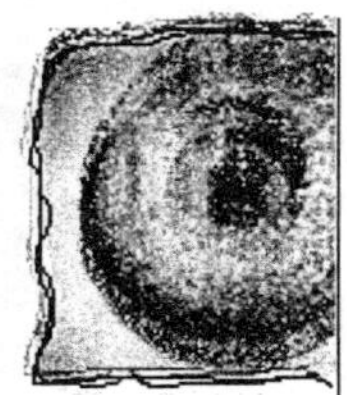

I. 민요의 연행예술적 성격

- 서사민요의 연행예술적 실현 양상
- 서사민요의 연행예술적 서술방식
- 서사민요의 연행에 나타난 정서적 반응
  - 웃음을 중심으로
- 〈꼬댁각시노래〉의 연행양상과 제의적 성격

서사민요의 연행예술적 실현 양상

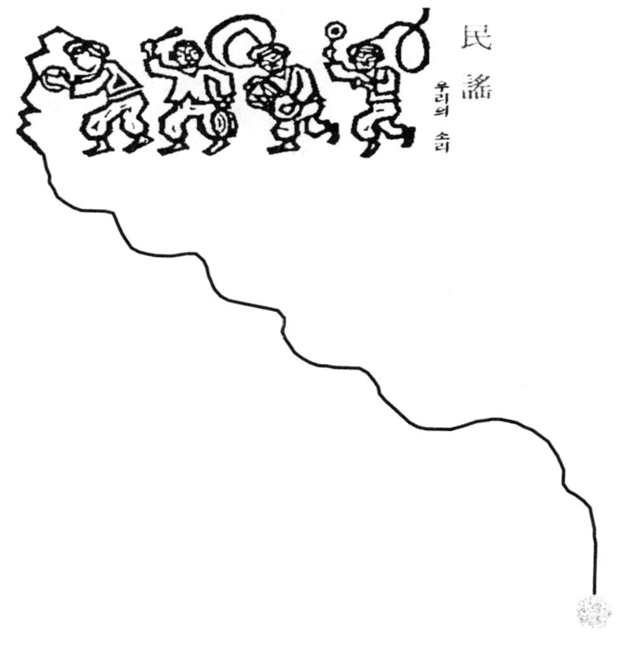

서사민요의 연행예술적 실현 양상

1. 머리말

서사민요는 창자가 청중 앞에서 서사문학 작품을 노래로 부르는 연행예술이다.1) 여기에서 연행이란 '창작자의 창조 행위와 수용자의 미적 반응으로 이루어지는 예술 행위'라는 의미로 사용하고자 한다.2) 그러므로 연행은 창작자와 수용자가 만나 예술 작품을 창작, 수용하는 행동이라고 할 수 있다.

서사민요는 창자와 청중, 서사문학, 노래부르기라는 세 요소로 구성된다. 창자와 청중은 서사민요를 창작하고 수용하는 담당층으로서, 연행의 주체이고, 서사문학은 창자와 청중에 의해 창작·수용된 작품으로서, 연

---

1) 임재해(1988:257~258)는 민요가 말로 표현되고 말로 전승되는 연행예술의 하나라고 규정하고 있는데, 그의 주장처럼 민요는 연행될 때 비로소 존재하며, 연행상황에 따라 새로운 작품이 창작된다고 보아야 한다. 서연호(1997:13)는 이와 비슷한 개념으로 연희라는 용어를 쓰면서, 예능의 한 갈래로서 시청중을 대상으로 하여 공연되는 모든 예능적 행위를 지칭하고 있다. 그러나 연희보다는 연행 예술이라는 용어가 더 포괄적이고 보편적이라 생각된다.

2) "It(Folklore) is an artistic action. It involves creativity and esthetic response. both of which converge in the art forms themselves.", Dan Ben-Amos (1972) p.10.

행의 대상이다. 노래부르기는 창자와 청중이 서사문학 작품을 창작·수용하는 행동으로서, 연행의 방식이다.

연행예술의 특징은 세 측면에서 정리할 수 있다. 우선 주체의 측면에서 보면 창작자와 수용자의 관계가 상호적이고 직접적이다. 이는 창작자가 작품을 생산해 일방적으로, 간접적으로 수용자에게 전달하는 비연행예술과는 달리 작품의 생산에 창작자와 수용자가 함께 참여한다고 볼 수 있다. 다음 대상의 측면에서 보면 연행 예술 작품은 유동성, 가변성을 지니고 있다. 시간과 공간에 따라 얼마든지 달라질 수 있는 것이 연행 예술 작품의 특징이다. 이는 한번 창작되면 고정성, 불변성을 지니는 비연행예술 작품과 대조된다. 마지막으로 방식의 측면에서 보면 연행예술은 즉흥적이고 상황적이다. 현장의 상황과 여건에 따라 그에 맞는 새로운 행위를 즉흥적으로 창작하고 수용하는 것이 연행예술이다.

서사민요 연구는 지금까지 이 세 요소 중 서사문학 작품이라는 연행의 대상에만 관심을 두어 왔다. 서사민요가 누구에 의해 어떻게 연행되며, 어떻게 창작, 수용되는가 하는 연구는 그리 활발히 이루어지지 못했다.[3] 그러나 서사문학 작품에만 치우친 연구는 기록문학으로서의 연구와 크게 다르지 않아 현장에서 새롭게 창작되는 연행예술로서의 서사민요의 특징을 제대로 드러내지 못했다고 생각된다.

이 연구는 서사민요가 창자와 청중에 의해 연행되는 다양한 양상을 살펴보면서, 이에 따라 문학 작품으로서의 서사민요가 어떻게 다르게 실현되는가 하는 것을 고찰하고자 한다. 대상 자료는 필자가 조사한 것을 주 자료로 삼고[4], 조동일과 문화방송이 조사한 것을 보조 자료로 삼는다.[5]

---

3) 졸고(1997)에서 서사민요의 구연상황을 창자의 개성, 청중의 태도, 기능의 차이로 나누어 고찰하고, 이러한 구연 상황이 작품에 어떤 영향을 미치는지를 살펴 본 바 있다. 이 논문에서는 이를 연행의 주체와 방식으로 나누어 그에 따른 작품의 실현 양상에 대해 더 상세한 고찰을 하고자 한다.

4) 필자가 1981년 4월 5일부터 4월 7일까지, 1981년 7월 11일부터 7월 31일까지, 1982년 4월 3일부터 4월 5일까지 3차에 걸쳐 전남 곡성군의 세 마을 - 곡성읍 신기리 새터, 오곡면 오지리 옥갓, 고달면 목동리 먹굴 -에서 조사한 것이다. 그 중 시집살이 노래는 졸고(1996b)에 자료가 실려 있고 기타 서사민요는 아직 간행되지 않았다.

2. 연행의 주체

2. 1. 창자의 개성

민요는 혼자 또는 여럿이 연행함으로써 존재한다. 이 때 연행 집단은
대체로 성별, 연령별로 나뉜다. 남자와 여자가 따로 모이며 노인과 젊은
이로 갈라지는 것이 보통이다. 그런데 이런 원칙은 절대적인 것이 아니어
서 연행 집단의 구성원은 어떤 노래를 부르느냐에 따라 달라지기도 한다.
즉 모심는 소리와 같이 남녀가 함께 하는 일노래이거나, 유흥의 기회에
함께 모여 부르는 타령류의 노래는 위의 구별이 엄격하게 지켜지지는 않
는다.6)

서사민요는 주로 여성들이 부른다.7) 이는 서사민요가 원래 여성들이
밭을 매거나 길쌈을 하면서 일의 지루함과 단조로움을 덜기 위해서 불렀
기 때문일 것이다. 서사민요 유형 중에서 〈훗사나 타령〉으로 알려진 〈외
간남자와 정을 통하다 남편에게 들킨 여자(훗낭군 노래)〉8)의 경우는 남

---

5) 조동일의 자료는 1969년 7, 8월과 1970년 1, 2월에 경북 영양, 청송, 영천군에 걸쳐
   있는 태백산맥 산곡지방에서 조사한 것으로 조동일(1970, 1979 증보판)에 실려 있으
   며, 문화방송 자료는 문화방송이 1989년부터 1995년까지 전국을 대상으로 조사한 것
   으로『한국민요대전』(1991~1996)에 실려 있다.
6) 졸고(1996b) 15면 참조.
7) 조동일의 조사 연구에 의하면 민요에 능한 남성 창자들을 다수 모아 놓고 며칠 녹음을
   했으나 〈모내기 노래〉, 〈어사용〉같은 것만 무수히 나오지 서사민요는 찾기 어려웠다고
   한다. 남성 창자들은 서사민요가 오직 여성들만 부르는 노래라고 단언했다고 한다. 남
   성 창자 중에서 서사민요를 부를 수 있는 사람은 대개 여성의 노래를 듣고 기억해 부르
   는 젊은 사람들로서, 서정적으로 개변해 부른다고 한다. 이는 필자의 조사나 최근 발간
   된『한국민요대전』에서도 확인할 수 있다. 결국 서사민요는 평민여성들의 문학이라고
   본 조동일의 견해는 타당하다고 본다.
8) 필자가 작품내 주인물과 상대인물의 관계, 발생한 사건의 형태에 따라 서사민요의 유형
   을 분류하고 제목을 붙인 것이다. ( )안의 명칭은 호칭의 편의상 간단하게 붙여 본 것
   이다. 서사민요의 유형 분류에 대해서는 졸고(1998) 참조.

성 창자에 의해서만 불렸기 때문에 예외라고 할 수 있으나, 이 유형은 경기잡가 〈범벅 타령〉으로 잘 알려져 있는 것이어서9) 서사민요의 원래 기능을 지니고 있다고 보기 어렵다.

서사민요는 혼자 부르기도 하고, 여럿이 모여 부르기도 한다. 혼자 부를 경우에는 낮은 목소리로 느리게 부르며, 여럿이 모여 부를 경우에도 같이 부르는 것이 아니라 한 사람씩 불러, 혼자 부를 경우와 부르는 방식에는 큰 차이가 없다. 혹 두 사람 이상이 함께 부르기 시작했다 할지라도 가락이나 사설이 일치하지 않아 나중에는 한 사람만이 부르게 되는 경우를 종종 볼 수 있다.10)

이는 서사민요가 같은 유형이라 하더라도 한가지가 아니라 '여러 가지'로서 전체성과 함께 개별성이 중요시되는 노래이기 때문이다. 또한 서사민요는 유형의 전승적 측면뿐만 아니라 창자의 개성에 의한 창작적 측면이 의미 형성에 있어서 큰 구실을 한다.11)

이러한 사실은 필자의 조사에서 확인된 것으로 강예옥(먹굴, 77세)과 양남순(먹굴, 79세)의 노래를 둘러 싼 창자와 청중의 논쟁에서 잘 드러난다. 즉 강예옥이 〈시집식구가 깨진 살림 물어내라자 항의하는 며느리(깨진 살림 노래)〉를 부르자, 양남순은 강예옥이 부르는 것에 불만인지 틀리게 부른다고 계속 트집을 잡았다. 그러나 강예옥은 조금도 굽힘이 없이 '배운대로만 한다'고 했고, 양남순은 여전히 자기의 것이 맞다고 주장을 하여 분위기가 소란했다. 청중은 두 사람의 노래를 다 듣고 나서 '노래는 여러가지'라며 노래를 배울 때 한 가지로 배우는 것이 아니라 배우는 사람마다 다르다는 것을 누누이 강조했다.12)

---

9) 조동일(1979), 386면 참조.

10) 졸고(1996b)17, 196~197면 참조.

11) 지금까지의 서사민요 연구는 주로 유형의 전승적 측면에 대한 연구에 치중해 왔다고 볼 수 있다. 이는 서사민요의 주제나 미적 특성이 자칫 획일적이거나, 천편일률적이라는 오해를 낳게 하기 쉽다. 앞으로는 각편의 창작적 측면에 대한 관심을 확대함으로써 각편을 하나의 문학 작품으로서 세심하게 고찰하는 연구도 함께 이루어져야 하리라고 본다.

12) 졸고(1996b) 17-18, 119~122면 참조.

이는 한 유형이라 하더라도 다양한 양상의 전개 과정과 결말을 가진 각편들이 나올 수 있음을 지적한 말이라고 보아도 좋겠다. 실제로 여러 사람이 모여서 노래를 부르는 경우 한 유형을 두 사람 이상이 계속해 부르는 경우가 종종 나오는데, 이는 각기 자신들이 기억하고 있는 노래가 한 유형에 속하지만 서로 차이가 있다는 인식에서 나온 것이라고 할 수 있다. 내용이 같다면 다른 사람이 부른 것을 결코 반복해 부를 리가 없기 때문이다.

한 유형의 노래가 창자에 따라 어떻게 다르게 연행되는지를 위에서 언급한 강예옥과 양남순이 부른 〈깨진 살림 노래〉를 예로 들어보기로 하자.

▶강예옥

시집간 사흘만에 참깨닷말 들깨닷말
〔양남순이 따라 불러서 제대로 안 들렸다. 끝난 뒤 하시라고 그치게 함.〕
두닷말을 볶고낳게 양동이가 깨었구나
양가매도 깨었구나
아가아가 며늘아가 느그집이 돌아가서
양동이도 물어오고 양가매도 물어오니라
〔창자 기침〕
씨아바니 거그있고 시어머니 여그앉어
〔창자가 또 기침을 하며 머뭇거리자 양남순이 나섰다. 양남순이 "그 소리는 나만치 못 헌당게 그럼마."하자 청중들 웃음. 구연자가 "긍게 좀 들어봐 난 나 배운대로만 할게."한다. 조사자가 양남순에게 "할머니 한 다음에 또 하세요."하자 청중이 "아 여그서도 싸와. 아무 말도 말아."하고 양남순에게 핀잔을 준다. 청중이 웃음을 터뜨린다.〕
양가매도 물어오고 양동이도 물어오이라
시아버니는 여그앉고 시어머니는 여그앉고
제라기는 여그앉소
〔창자 강예옥이 잠시 머뭇거리자 양남순이 또 끼어 들었다. "아 긍게 나 가르쳐 주는 대로만 해. 시아바니는 논을팔고 시어마는 밭을 팔아서 시아재는……"하자, 청중이 "아 긍게 나중에 해."하고 가로막는다. 양남순은 화가 난 듯 "나중

에 안해, 금매."한다.]
　우리집에 가서
　양동우도 물어오고 양가매도 물어옹게
　감쪽같은 어- 바늘같은 요내몸은
　감집이라고 헐었는가 짚뎅이라고 헐었는가
　날전과한양 맨들어주면 양동우라 물어오고
　양가매도 물어옴세
　양동이도 그만두고 양가매도 그만두고
　우리집 선영에서 깨논 양동우다
　가지말고 잘살자
〔창자: "그러드래."〕

▶양남순
시집온 사흘만에 양동가매를 깨었구나
참깨닷말 들깨닷말 두닷말을 볶으다가
양동가매를 깨었구나
〔창자: "아무 인제 난리가 낫지 긍게."〕
시금시금 시아바니가 느그집에 가서
논전답을 다팔아도 양동가매 물어오니라
시어마니가 썩나서서 느그집에서
밭전답을 다팔아도 양동가매 물오시요
〔창자: "그렁게로 각시가 한단 말이."〕
당신네 아들이 우리집이 장개올때
왼손잡아 흑쓰리고 풍수잡아 흑쓰리고
그렇게 하늘밑에 채알치고
〔창자: "그렇게까지 했는데 그까짓 솥단지 하나 깨었다고 논을 팔아라 그렇게
소란스럽게 그러냐고 막 며느리가 싯쳐 부렸어. 그렁게 시어머니도 나서고 시
아버니도 보고 그랬어."〕
시어마니 시아바이가 아가아가 며늘아가
양동가매 물어오란말 안할텡게
너와나와 백년해고 살아보자
〔창자: "그렇게."〕

내사싫소 내사싫소
〔창자: "하고 그 사람도 중노릇을 가버렸어."〕

두 사람의 노래는 같은 내용의 노래라고 해도 상당한 차이가 있다. 강예옥의 노래는 양동가마를 물어오라고 하는 부분이 한 단락으로 간단히 표현되어 있는데 비해 양남순의 것은 여러 단락으로 구성돼 있으며, 특히 논과 밭, 연장을 팔라고 하는 데에 강조를 두고 있다. 며느리가 항의하는 부분과 결말도 강예옥의 것은 자기의 몸을 전처럼 만들어 달라고 하고 시부모의 회유로 끝나는데 비해 양남순의 것은 혼인의 절차를 들면서 끝까지 굴복하지 않는 모습을 그리고 있다. 특히 시부모의 회유조차 거부하고 중노릇을 가버린다는 것은 상당히 대담하고 적극적인 반발로 볼 수 있다.

강예옥이 작중 인물들의 대결을 되도록이면 드러내지 않고 화해를 추구하는 데에 비해, 양남순은 작중 인물들간의 대결을 심각하게 드러내고, 파탄으로 몰아간다. 두 사람 모두 작품의 주인물에 대한 상대인물의 억압, 나아가 이러한 모습이 그대로 나타나는 현실을 부당하게 인식하고 있기는 하지만 이 현실에 대응하는 방법에는 큰 차이가 있다. 강예옥이 현실이 부정적이라 하더라도 이를 수긍하고 원만한 해결을 찾는 입장이라면, 양남순은 현실이 근본적으로 달라지기 전에는 절대로 이를 수긍할 수 없으며 따라서 해결 또한 있을 수 없다는 입장이라고 할 수 있다. 강예옥이 소극적으로 온건하게 대처하는데 머무른다면 양남순은 적극적으로 강경하게 대처하는 것이다.

강예옥과 양남순의 이러한 상반된 태도는 두 사람이 부른 다른 노래에서도 나타난다. 강예옥이 부른 〈남편이 기생첩과 놀자 자살하는 아내(남편 외도 노래)〉와 양남순이 부른 〈시집식구가 구박하자 중이 되는 며느리(중이 된 며느리 노래)〉를 살펴보기로 하자.13) 강예옥의 노래는 흔히 〈진주낭군〉으로 알려진 노래와 서사 전개가 유사하나 전혀 다른 구전 공식구로 이루어져 있는 노래이다.14) 이 노래에서는 남편이 자신을 못 본

---

13) 졸고(1996b) 254~255면과 170~174면 참조.
14) 〈진주낭군〉은 "울도담도 없는집에 시집삼년을 살고나니 시어마님 하신말쏨 애야아가

체하고 기생첩을 품에 품고 돌아눕자 아내가 자살을 시도하는데, 이때 결말에서 남편이 "엇다이것 몬소린가 지성에첩은 혼탁사랑 모실첩은 둥둥사랑 네귀에다 핑경달고 핑경소리 요내혼들 뭣이나빠 죽을랑가"하고 만류하자 죽지 않는 것으로 되어 있다. 남편이 자신을 두고 기생첩과 즐기는 부정적인 현실을 그대로 둔 채, 남편과의 화해를 모색하고 있는 것이다. 이는 〈깨진 살림 노래〉에서 시부모가 말리자 항의를 그만 두는 것과 다르지 않다.

양남순의 〈중이 된 며느리 노래〉에서 보면 이 유형의 다른 노래에서와 마찬가지로 시집식구가 구박하자 주인물이 집을 나가 중이 된다. 중이 되어 돌아다니다 과거에 급제해 돌아오는 남편을 만나게 되는데, 남편이 집에 같이 돌아가자고 하는 데도 이를 뿌리친다. 결국은 남편도 아내가 그리워 죽는 것으로 되어 있다. 여기에서도 양남순은 결코 임시방편적인 해결은 받아들이지 않는 것으로 되어 있다. 남편의 권유를 받아들인다고 해서 시집식구의 부당한 대우가 근본적으로 해결되지는 않는다는 철저한 현실 인식에 의한 것이라고 볼 수 있다.

강예옥의 두 노래는 모두 '행복한 결말'로 되어 있고, 양남순의 두 노래는 모두 '불행한 결말'로 되어 있다. 그러나 이 '행복한 결말'과 '불행한 결말'이 작중 주인물에게 진정한 행복과 불행이라고 할 수는 없다. 주인물의 입장에서 보면 시집식구에 대한 순종이나 남편의 사랑에 기대지 않은 채 자기의 요구와 주장을 끝까지 굽히지 않는 강예옥의 노래 속 주인물이 더 행복하다고 할 수도 있기 때문이다.15)

며늘아가 진주낭군 오실것이니 진주남강 빨래가라"로 시작하며, 이 노래는 "피자나무 방맹이에다 오리나무 반반통에 배꽃겉은 임의빨래 수덩멍텅 담아이고 아홉골 내린물에 옥돌을 마주놓고 얼크럭덜크럭 씻니랑게"로 시작한다. 필자의 조사에서 이와 같은 표현의 노래를 모두 세 편 조사할 수 있었는데, 이들 노래는 〈진주낭군〉과 이야기 전개는 비슷하나 전승근원은 다른 것으로 생각된다. 조동일의 『서사민요연구』에는 〈진주낭군〉만 나타날 뿐 이 노래는 보이지 않는다. 그는 〈진주낭군〉이 중년소리라고 했는데, 이 노래는 〈진주낭군〉보다는 오래 된 옛날 소리로 생각된다.

15) 이정아(1993)는 서사민요를 분석하면서 서사민요가 비극적 결말구조를 이루고 있고, 서사민요가 전달하고 있는 정서는 비애나 슬픔의 정서라고 하면서 서사민요의 비극성

이처럼 서사민요는 같은 유형의 노래라 하더라도 각편에 따라 그 전개 양상과 결말 구조에 큰 차이가 있음을 알 수 있다. 그 차이는 창자의 개성과 세계관의 차이에 좌우된다고 볼 수 있다.

2. 2. 청중의 태도

서사민요의 연행은 창자 혼자 만의 능력으로 이루어지는 것은 아니다. 창자가 연행하는 동안 기억이 잘 나지 않아 머뭇거리거나 중단하는 경우 청중이 끼어 들어 연행을 돕거나, 아예 청중이 대신 나서서 창자가 되는 경우도 있다. 이런 경우 원래 창자가 의도한 각편과는 다른 의미를 지닌 새로운 각편이 창작되기도 한다. 이런 면에서도 서사민요는 공동작이면서 개인작이다.16)

청중에 의해 서사 내용이 완결되거나 변경되는 경우를 보기로 하자. 그 한 예로 정사순(먹굴, 55세)이 〈중이 된 며느리 노래〉를 부르면서 주인물이 중이 되어 돌아다니다가 남편을 만나는데, 남편이 같이 돌아가자고 하자 주인물이 거절하며 삼 년 동안 머리를 기른 후에 오겠다고 하는 것으로 끝을 맺었다. 그러자 한 청중이 그 결말에 대해 재차 질문을 하자, 창자는 그 뒷부분에 남편이 아내를 기다리다 병이 나 아내에게 편지하나 아내는 구할 수 없는 약을 답장에 가르쳐 줌으로써 결국 남편이 죽고 말았다는 결말을 덧붙였다. 결말 부분만 인용하기로 한다.

을 강조하고 있는데, 이는 서사민요의 일부 유형이나 일부 각편에만 해당한다. 한편 서사민요가 비극적이냐, 희극적이냐는 한마디로 단언하기 어렵다. 비극성, 희극성을 구분하는 기준이 모호할 뿐만 아니라 같은 유형이나 각편도 시각에 따라 달라질 수 있기 때문이다. 여기에서 본 〈중이 된 며느리노래〉나 〈깨진 살림 노래〉의 경우 자아가 자기 의지를 관철하지 못한다는 점에서는 비극적이지만, 부당한 세계의 횡포를 거부하고 응징한다는 점에서는 희극적이다. 곧 고난의 발생은 비극적이지만 이를 해결하는 과정은 희극적이다. 서사민요는 대체로 이런 양면성을 지니고 있다는 점에서 다분히 희비극적 성격을 지니고 있다. 이 점에 대해서는 더 면밀한 논의가 이루어져야 하리라고 본다.

16) 조동일(1979) 12면 참조.

열두폭 주리치마 한폭뜯어서 바랑줍고
두폭은뜯어서 고깔줍고 간다간다 나는간다
서울이라 이부자집이 동냥을허러도 나는가네
저그기는 오는 저대사는 중이면도 다중인가
말한자리도 아니헌가
올라앉소 올라앉소 이머루우로 올라앉소
어서가오도 배삐가오 삼년만에 자라고옴세
〔창자: "끝이여, 인자."〕
〔청중: "삼년 만에 어쩐다고?"〕
〔창자: "삼년 만에 머리 지라 갖고 온다고. 근디 약 쓰라고 그럼마. 약을 하라
고 편지를 헝게 얼음 속에 수달피나 눈 속에 꽃 방지나 담구녁이 쥐약이나 그
렇게 약을 쓰라고, 편지가 와서는 서방이 죽었어. 약이 없어서."〕
〔청중: "그런게 어디 가 있어."〕
〔다른 청중: "그래, 맞어."〕
〔창자: "처음에 갔다가 '대사는 다 중인가' 대사가 옹게, 서방이 왔든가듬마.
'중이면 다중인가 말한자리를 아니한가' 그렇게 인자 올라 앉으라고 그러드래."〕17)

이처럼 한 창자의 노래라도 청중의 참여 여부에 따라 노래가 얼마든지
달라질 수 있음을 확인할 수 있다. 위 노래에서 만일 청중의 관여가 없었
다면 노래는 남편과 헤어지는 것으로 끝나고 말았을 것이다. 남편의 권유
를 뿌리치고 헤어지는 것과 남편이 병이 나 죽는 것에는 뚜렷한 의미의
차이가 있다. 앞의 경우에는 남편과 아내의 만남과 이별이 우연에 의해
이루어지고 아내의 부재가 아무런 영향도 주지 않는 무의미한 것인 반면,
뒤의 경우에는 남편과 아내의 만남과 이별이 숙명에 의한 것이면서 아내
의 부재가 남편의 죽음을 가져 올 만큼 심각한 영향을 미치는 것으로 나
타난다. 그러므로 청중이 함께 호응하고 관여함으로써 작품의 의미가 심
화되고 완성도가 커진다고 할 수 있다.

한편 두 사람의 창자 정금순(새터, 60세)과 김쌍남(새터, 56세)이 함
께 노래를 부른 경우를 살펴보기로 하자. 정금순은 자신이 옛날 노래건

---

17) 졸고(1996b) 167~169 참조.

신식노래건 모두 잘한다고 하며 노래부르기를 좋아했다. 김쌍남이 〈시누가 모함하자 자살하는 며느리 노래〉를 부르기 시작했다가 잊어 버렸다고 하며 잘 끝맺지를 못하자, 정금순이 같이 부르자고 했다. 같이 시작을 했으나 중간부터는 거의 정금순 혼자 불렀고 마지막 부분을 김쌍남이 첨가했다.

▶정금순·김쌍남
전라감사 못며느리 나리감사 못딸애기
아홉식구 도는정재 수저놓기도 난감한디
새천대천 피는꽃을 날로도나 끊었다네
매울손가 매울손가 우리집이 시뉘애기같이도 매울손가

▶정금순
우리집이 시아바니 거동보소
외씨같은 버선발로 삼간말리 오동통통
〔테이프 뒤로 넘어 가, 다시 부르기를 부탁하여 불렀다.〕
호령허신 소리 일천간장 다녹네
매울손가 매울손가 우리집이 시어머니같이도 매울손가
에라이것 못살겄네
글공부도 좋지마는 임의정은 편안한가
금침베개 둘이베다 밀쳐놓고 나혼자비고
새별같은 금침이불 나혼자덮고
나는가네 속절없이 나는가네
서방님이 글공부를 마치고 돌아와보니
〔창자: "그렇고 안 해? 지어서 안 혀?"하며 자기가 지은 것이라고 한다.〕
〔조사자: "예, 지어서 하세요."〕
하릴없이 죽었구나
〔창자: "거시기 무엇이냐."〕
천이 천말하고 만이 만말하듯 내말없이 죽을손가

▶김쌍남
서당에를 돌아와서 이발로차고 저발로차고

삼시번을 대리차도 아니나 꼼짝안하네[18]

여기에서 보면 정금순과 김쌍남은 둘다 이 노래를 잘 알고 있었던 듯
하다. 그러나 정금순이 기억을 잘 못해내고 결말을 남편이 한탄하는 것으
로 끝맺자, 김쌍남이 나서서 남편이 아내의 신체를 함부로 찬 후에 아내
의 죽음을 확인하는 것으로 끝맺고 있다. 여기에서도 정금순이 맺은 결말
과 김쌍남이 이어 맺은 결말에는 차이가 있다. 앞의 경우에는 아내의 죽
음에 대해 남편이 애도하는 것으로 되어 있으나, 뒤의 경우에는 아내의
죽음을 눈치 못챈 남편이 평상시처럼 아내를 구박하는 것으로 되어 있다.
즉 앞의 경우에는 남편은 다른 시집식구와는 달리 아내에 대한 원조자로
서 남편의 말로나마 어느 정도 위안과 해결을 삼고자 한다면, 뒤의 경우
에는 남편 역시 아내에 대한 가해자로서 전혀 해결을 할 수 없음을 나타
낸다.

이렇게 서사민요의 서술방식에는 창자뿐만 아니라 청중이 커다란 구실
을 하고 있음을 알 수 있다. 한편 청중은 창자가 부르는 노래에 탄식을
하거나 웃음을 터트리는 등 적극적인 호응을 함으로써 창자의 연행을 도
울 뿐만 아니라, 작품내 인물을 칭찬 또는 비난하거나 작품의 전체 내용
에 대한 평가를 함으로써 작품의 창작과 전승에 영향을 미친다.

한 예로 정사순(먹굴, 56세)이 부른 〈깨진 살림 노래〉의 연행에서 청
중의 반응을 보면, 청중은 노래의 내용에 동화가 되어서 중간 중간에 한
마디씩 거들었다. 시어머니를 욕하기도 하고 혀를 차기도 하며 며느리 편
을 들었다. 〈깨진 살림 노래〉는 주인물인 시집간 여자가 시집간 삼일만에
깨를 볶다가 양동가마가 벌어져 버리자 시어머니가 네 집에 가서 양동가
마를 물어 오라고 하는데서 사건이 발생하는 노래이다. 이에 주인물은 거
기에 좌절하지 않고 시어머니에게 항의함으로써, 자신의 요구를 관철해
낸다. 그 마지막 대목을 들어보면 다음과 같다.[19]

---

18) 졸고(1996b) 196~197면.
19) 졸고(1996b) 자료편 시집식구 10 「먹굴68」 117~118면 참조.

밤중밤중도 야밤중에 달과같이나 생긴몸을
바늘같이도 헐었으니 요내몸에 천냥주면
양에가매를 물어옴세
아강아강도 며늘아가 나도야야 젊어서는
[청중: "인자 회개를 하는가부네."]
죽세기죽반도 깨어봤다
[청중: 웃음. "고 며느리가 잘 했구만, 그래."]

즉 이 노래에 대한 청중의 반응에 잘 나타나 있듯이 청중들은 노래 속 주인물의 대담한 태도와 공격에 동감을 하면서, 마지막 시어머니가 자신도 예전에 그랬음을 털어 놓으며 며느리에게 굴복하는 대목에 웃음을 터뜨린다. 대체로 자기표현의 욕구가 강하게 드러나는 노래들에 청중들의 호응이 크게 일어나는 것을 볼 수 있는데, 이러한 청중의 반응은 서사민요의 결말이 대부분 이와 같은 주인물의 요구 성취로 이루어지게 하는데 영향을 미쳤다고 생각된다.[20]

다음 노래의 연행에도 청중이 창자의 연행에 큰 호응을 보이며 한 두 마디씩 거들다가 마지막에 극적인 결말을 보이자 정말 좋다며 칭찬을 아끼지 않는다. 이 노래는 〈처녀를 짝사랑하다 죽는 총각(상사병난 총각 노래)〉유형에 속하는 노래로 흔히 〈게삼정 노래〉[21], 〈서답게 노래〉라고 불린다. 창자 안안순(새터, 65세)은 이 노래를 〈유충렬 노래〉라고 했다. 내용은 처녀가 월경서답을 빨고 있는데, 총각이 월경수를 달라고 한다. 처녀가 월경수를 떠주지 않고 우물물만 떠주자 물은 먹지 않고 손목을 잡고 간다. 집에 돌아 온 총각이 병이나 앓다가 죽는다. 상여가 나가는 데 처녀가 속적삼을 덮어주자 총각이 살아난다. 이에 시부모가 처녀를 며느

---

20) 필자는 여성의 민요와 가사를 비교,고찰하면서 가사집단에 비해 노래집단이 동질적이며 폐쇄적이기 때문에 서술자의 자기 표현의 욕구와 청중의 기대가 함께 어우러져 대담하고 과감한 표현이 허용되며, 서술자 자신의 요구에 충실한 결말을 갖게 된다고 밝힌 바 있다. 졸고(1996a:157~166)참조. 이는 여성민요 중 큰 비중을 차지하고 있는 서사민요에도 마찬가지로 적용된다고 생각한다.
21) 게삼정이란 여자들이 월경할 때 사용하는 천을 말한다.

리로 맞아 들여 모든 집안 열쇠를 맡기며 귀하게 받드는 것으로 되어 있
다. 결말 부분만 인용하면 다음과 같다.

> 어리가리 생여가 나가드니
> 유달순이
> 〔창자: "초달순이지 참."〕
> 초달순이 문앞에로 생여가 섰드래
> 울어머니 깨인적삼 외약손에 떨쳐들고
> 양반의 생애같으면 질우에로 올라서고
> 상놈의 생애같으면 질아래로 썩물러스랑게
> 질우에로 올라서니
> 맡고가소 맡고가소 땀내라도 맡고가소항게
> 생애우게 걸쳐중게 유충렬이 살아났네
> 〔청중: "참 — 큰 애기가 잉."하며 감탄한다.〕
> 천금같은 내아들아 만금같은 내며늘아
> 열두대문 쇳대도 너를다주고 열두창고 열쇠도 너를주마
> 〔창자: "시어마이가."〕
> 〔청중: "하도 좋아서."〕
> 〔다른 청중: "참말로 좋소."〕
> 〔창자: "그래갖고 살아났어. 살아갖고 골로 결혼했어."〕 22)

이렇게 극적이면서도 행복한 결말을 맺는 경우는 서사민요 중에도 그
리 흔하지 않은데, 필자 자료 중 이 유형에 속하는 세 편 모두가 같은 결
말을 맺고 있다. 이는 청중이 이렇게 적극적으로 구연에 호응하고 좋은
평가를 함으로써 이후의 창작과 전승에 많은 영향을 미쳤기 때문이라고
본다.

대체로 주인물의 의지로 관철되는 기대 우위의 결말을 지닌 노래에 청
중의 호응이 크게 나타나는 것을 볼 수 있다.23) 〈중이 된 며느리 노래〉

---

22) 필자 자료 새터 19 참조. 1981. 7. 20. 조사 (미간행)
23) 결말 구조를 주인물의 요구나 의지가 관철되느냐 그렇지 않느냐에 따라 기대 우위형,
　　좌절 우위형 등으로 나눌 수 있다. 이에 대한 자세한 논의는 서사민요의 구조적 특성

에서 결말에 무덤이 벌어져 부부가 결합된다든지, 〈깨진 살림 노래〉에서 시부모가 굴복한다든지, 〈첩집방문 노래〉에서 첩이 죽은 소식을 받는다든지 할 때에는 영락없이 청중의 웃음이 터진다. 이들은 모두 서술자의 자기 표현의 욕구가 강하게 드러나, 주인물의 의지가 관철된 경우라고 할 수 있다. 이때 터지는 청중의 웃음은 창자가 연행하는데 힘을 북돋울 뿐만 아니라, 창자와 청중이 하나로 일치되는 연대감을 형성시켜 준다. 창자와 청중은 이렇게 노래를 통해 함께 웃음으로써 현실에서 갖게 되는 좌절감이나 소외감을 떨쳐 버릴 수 있다. 이는 또한 노래가 계속 창작, 전승될 수 있게 하는 원동력이 되는 것이다.

그러나 이와는 다르게 성행위를 노골적으로 드러내는 노래의 경우에는 청중의 비난과 부정적 평가로 인해 연행이 제대로 이루어지지 못할 뿐만 아니라, 이후의 창작과 전승도 그리 활발하지 못하리라고 생각된다. 필자가 조사한 자료 중 〈장사가 성기를 팔자 이를 사는 과부(성기 사는 과부 노래)〉가 있는데, 이 노래의 경우 성기를 지칭하는 속어가 그대로 쓰일 뿐만 아니라 남녀간의 성행위를 직접적으로 지시하고 있어서인지 청중들은 처음부터 이 노래의 구연을 말렸다. 조사자의 간청에 의해 자리에 있던 총각도 나가게 하고, 녹음과 채록을 하지 않는 것처럼 하여 겨우 노래를 들을 수가 있었다. 창자 양남순(먹굴, 78세)는 오히려 이 노래에 자부심을 갖고 있으며 청중의 이러한 태도를 못마땅해 했다.24) 어쨌든 이러한 유형의 노래는 청중의 비난이 있다고 해도 이를 개의치 않는 양남순과 같은 적극적 창자25)가 있다면 제한적으로나마 전승될 수 있을 것이다.

이상에서 창자와 청중은 서로 호응하고 견제하면서 서사민요를 연행하

을 다루는 논문에서 따로 하려고 한다.

24) 필자 자료 「먹굴 36」 참조. 노래의 일부만 인용하면 다음과 같다. "석자세치 땅중에다가/ 쉰닷발 좆을담아 /냄평장으로 팔러가서/ 좆사시오 좆을사려/ (청중: 웃음) / 윙게로/ 빨래질가다 빨래통땡겨불고 나온과부/ 물질러가다 물동이를땡겨불고 나온과부/ (중략)/ 좌우간 그물건 구경좀 합시다 / 물건이야 좋지요/ 물건이야 좋지요 (하략)"

25) 조동일(1979:133~144)은 창자를 적극적 창자, 소극적 창자, 이동적 창자, 개변적 창자로 나누고 있는데, 양남순은 노래부르기를 즐기고 우수한 기억력과 재능을 지녀 충실한 전승을 할 뿐만 아니라, 자기대로의 창작을 하는 적극적 창자에 속한다.

는 것을 볼 수 있었다. 창자의 연행을 청중이 어떻게 수용하고 평가하느냐는 작품의 실현 양상에 큰 영향을 미칠 뿐만 아니라, 이후의 창작과 전승에서 중요한 구실을 하는 것이다.

3. 연행의 방식

3. 1. 노동요로 부르는 경우

서사민요는 대개 일을 하면서 혼자 불렀다고 한다. 필자가 서사민요를 조사할 당시 길쌈은 거의 사라지고 없었으나, 밭매는 일은 아예 여자의 일이 되다시피 해, 밭을 매면서 서사민요를 부르는 것을 확인할 수 있었다. 즉 강강례(새터, 71세)는 조사자에게 직접 찾아 와 "밭매면서 생각해 내었다."고 하며 〈중에게 시주한 뒤 쫓겨나는 여자〉(새터 70, 〈제석님네 따님애기 노래〉)를 불러주기도 하고,[26] 공정임(새터, 47세)은 "밭매면서 지었다"면서 〈베짜는 노래〉(새터 124)를 불러 주었다. 또 정춘임(새터, 69세)은 〈중되는 며느리 노래〉(새터 2)를 불때면서 불렀다고 했다. 즉 "큰애기 때 여름에 불 때면서 뜨겁고, 애가 터지고 하여 부지깽이를 땅땅 뚜드리면서" 이 노래를 불렀다고 하며, 장순남(옥갓, 73세) 역시 〈처녀를 짝사랑하다 죽는 총각〉(옥갓 12, 〈게삼정 노래〉)을 "밭매면서, 불때면서 불렀다"고 한다.[27]

이로 볼 때 서사민요는 지금까지 알려진 것처럼 길쌈하는 노래로 기능

---

26) 노래 제목의 체계적이고 일관된 명명은 민요 연구에 있어서 속히 해결해야 할 과제이나, 아직까지 연구자 간에 뚜렷한 합의를 보이지 못하고 있다. 필자는 졸고, 「서사민요의 구조적 성격과 의미: '시집식구-며느리'형을 중심으로」, 『한국문학이론과 비평 2』, 한국문학이론과 비평학회, 1998.
27) 졸고, 앞의 책, 18~19면 참조.

이 한정되지 않고 여자의 모든 일 – 집안일(불때기, 바느질, 빨래, 길쌈)에서부터 바깥일(밭매는 일, 논매는 일)에 이르기까지 두루 불리었다는 것을 알 수 있다. 실제로 구연자들은 어떤 일을 하면서 불렀느냐는 조사자의 질문에 "삼삼으면서, 명자으면서, 논매면서, 밭매면서 두루두루 불렀다."고 대답하는 것이 보통이다.28)

한편 여자들은 일을 반드시 혼자서만 했던 것은 아니다. 일의 지루함을 덜기 위해, 설움을 같이 나누기 위해 같은 처지의 여자들이 모여 함께 일하기도 했다. 김필순(옥갓, 50세)이나, 김남순(새터, 47세)은 "길쌈품앗이를 하면서 노래를 불렀다"고 했고, 장순남(옥갓, 73세)은 "친구들과 노래를 부르고 다니면서 해 넘어 간 것도 모르고 일을 했다"고 하며, "오히려 점심 때가 된 것이 웬수"였을 정도였다고 했다. 밭을 매는데 "오늘은 누구 밭, 내일은 누구 밭" 하면서 계획을 짜고서 다녔다고 했다. 이때 여럿이 일한다고 하더라도 일하는 방식이 바뀌는 것은 아니므로 노래를 부르는 방식도 혼자일 경우와 크게 다르지 않다.

이런 일들은 혼자 또는 같은 처지에 있는 이들끼리 모여서 오랜 시간 동안 단조로운 작업을 계속하여야 한다는 공통점이 있다. 이러한 성격의 일에서 주어지는 일의 고통을 덜고 잊기 위해 또는 설움을 표현하고 달래기 위해 여러 형태와 내용의 노래를 필요로 했을 것이다. 서사민요에서 서정적 요소와 서사적 요소가 함께 있는 것도 이러한 이유에서일 것이다. 즉 자기의 설움을 나타내기 위해 서정적으로, 일을 계속하기 위해 서사적으로 표현하여 연결시키므로 서정적 양식과 서사적 양식은 뚜렷한 구분 없이 함께 불리었으리라고 생각된다.29)

---

28) 졸고, 앞의 책, 19면 참조.

29) 졸고, 앞의 책, 56~58면 참조. 고혜경과 이정아는 이를 서사민요의 서정적 성격으로 파악하고 있는데, 이때의 서정민요는 서사민요 속에서 인물의 심리나 정황을 묘사하기 위하여 차용된 것으로 보이므로 서사민요 자체의 장르적 성격에는 큰 변화가 없다. 고혜경의 「서사민요의 유형 연구: 부부결합형을 중심으로」, 이화여대 석사논문, 1983과 「서사민요의 장르적 성격」, 『민요론집』제4호, 민요학회, 1995. 이정아, 「서사민요 연구: 양식적 특성을 중심으로」, 이화여대 석사논문, 1993 참조.

긴 서정적 노래와 짧은 서사적 노래, 심지어는 서정적 노래와 서사적 노래가 섞여 하나가 된 노래와 같은 경우는 이러한 연행 상황의 맥락에서 이해하여야 할 것이다. 예를 들면 〈딸이 시집에서 쫓겨오자 반기지 않는 친정식구〉(새터 35, 〈친정간 노래〉)는 시집간 여자가 친정에 가자 친정 식구가 이를 맞이하는 서사적 노래에, 시집간 여자가 올케에게 자신의 시집살이를 하소연하고 올케가 대꾸하는 서정적 노래를 포함하는 방식으로 되어 있다. 또 그 서정적 노래는 시집간 여자의 목소리로 되어 있는 부분과 올케의 목소리로 되어 있는 부분이 접합되어 있다.

> 순천장에 뎃쳐다가 옥과읍내 쌈지지어
> 고운삼기 다베어서
> [창자: "머이라냐, 또."]
> 집이라고 와서보니 우리아빠 마당씰다
> 싸루벼를 밀쳐놓고 우리딸도 서름이야
> 울어머니 베매시다 솔꼭지를 걸쳐놓고
> 우리딸도 서름이요
> 우리오빠 책보시다 책가울을 덮어놓고
> 우리동생 서름이요
> 우리올캐 베짜시다 밀친작대기 밀쳐놓고
> 너도삼년 다살었냐 나도삼년 다살었다
> 밥바구리 옆에놓고
> [청중: "시집살이 항게 그러지."]
> 댐배골질 때 서럽더라 김치그릇 옆에놓고
> 맨밥먹기 더서럽데
> [청중: "오죽 헌 소리여 정말 잘 헌다."]
> 꼬치같이 지질년아 누룩같이 누를년아
> 웅당같이 써를년아 앞밭에다 당파심어
> 뒤밭에다 마늘심어 당파마늘 맵다하되
> 시누같이 매울손가 산모퉁이 돌아가서
> 앵두나무 휘여잡고 조리춤을 내리쳤네[30)]

여기에서 보면 청중의 말을 기준으로 앞부분은 시집간 여자의 목소리로 되어 있고, 뒷부분은 올케의 목소리로 되어 있다. 앞부분이 〈사촌형님 노래〉와 유사한 어구로 되어 있다면 뒷부분은 〈시누 노래 (고초당초 노래)〉와 유사한 어구로 되어 있다. 이와 같이 둘 이상의 노래가 합쳐져 하나를 이루는 것도 역시 서사민요를 부르는 원래의 연행 상황으로 인해 갖추어진 형태라고 할 수 있다.

이렇게 서사민요를 일하면서 부를 경우 작품의 서술 양상은 어떻게 나타나는지 살펴보기로 하자.31)

못허겠네 못허겠네 시집살이 못허겠네
시집오는 사흘만에 양동가매를 깼더니
시금시금 시아바니 대청마루에 나옴성
어서네집이 당장건네 가거라
시금시금 시어머니 대청마루에 나옴성
네집이 날래건네 가거라
〔창자: "양동가매를 깼거등."〕
시금시금 시누애기
어마님도 그말마시기오 아부님도 그말마래기오
삼잎같은 우리오라버니 하나를보고 외겼지
뉘를보고 외겼오
아무리 생각해도 에라요노릇 못하겠다32)

시집간 여자가 양동가마를 깨자 시아버지, 시어머니가 차례로 나오면서 "어서 네집이 당장 건네 가거라"며 반복되는 말을 한다. 다음 시누가

___

30) 졸고, 앞의 책, 275~276면.
31) 엄격하게 말해서 모든 조사된 민요는 조사 당시 녹음기 앞에 앉아서 부르게 마련이므로 원래의 현장을 그대로 나타낸다고 할 수 없으며, 따라서 원래의 현장에서 불려지는 노래와는 어느 정도 차이가 있으리라고 생각된다. 그러나 이는 민요의 조사 연구에서 불가피한 것으로 이 논문에서는 제보자의 설명에 따라 기능을 분류하여 자료를 제시하였음을 밝혀 둔다.
32) 졸고, 앞의 책, 164면.

나오나 시누의 말에는 변화가 있다. 그러나 '때리는 시에미보다 말리는 시누이가 더 밉다'고 시누의 말이 위로가 될 수 없다. 결국 "아무리 생각해도 에라 요노릇 못하겠다"며 중노릇을 나가는 내용의 노래이다.

이 노래는 일인칭 주인물 시점에 의해 서술되고 있다. 이렇게 일인칭 주인물 시점에 의해 서술할 경우, 창자나 청중이 주인물과 자신을 동일시해 눈물을 흘리거나 한숨을 쉬는 등 큰 호응을 보이는 것을 흔히 볼 수 있다. 그러나 이런 경우는 일을 하지 않고 여가 시간에 부를 경우에 나타나는 양상으로, 일을 하면서 부를 경우에는 이러한 몰입이 작업의 진행을 방해할 수 있다.

이를 막기 위해 사용되는 것이 작품 내 주인물과의 '거리 두기'이다. 엄밀히 말해서 작품외적 서술자인 창자는 주인물과 일치하지 않는다. 노래의 주인물은 시집살이를 못하고, 중노릇을 갔다가 신랑의 묘소 속으로 들어가 버린 허구의 인물이기 때문이다. 그러므로 창자는 중간 중간에 해설자의 역할을 하며 작품 안에 불쑥 끼어 들어 노래 속 사건이 현실이 아닌 허구임을 깨닫게 한다. 위 작품에서 노래를 부르는 중에 "양동가매를 꼈거등"과 같이 창자가 말로 하는 부분이 그런 구실을 한다.

또한 서술자는 주인물의 내적 심정을 길게 늘어 놓기보다는, 주로 대화 위주의 장면묘사로 사건을 전개해 나가고 있다. 이렇게 장면묘사 위주로 작품을 전개해 나가는 경우, 서술자는 작중인물들과의 거리감을 유지하면서 객관적으로 사건의 진행 과정을 청중에게 제시하게 된다. 그러므로 창자와 청중 모두 작품에 몰입하지 않으면서 자신들의 일을 계속할 수가 있다. 장면묘사도 길게 서술되어 있지 않고 여러 인물들을 빠르게 교체하면서 반복과 변화를 누리게 하고 있다. 이렇게 짤막짤막한 대사 중심의 장면 묘사는 작품에 극적인 효과를 부여하며 서술자와 작중 주인물과의 거리가 가장 먼 특징을 보인다. 또한 장면이 짧게 반복, 변화되면서 교체하는 것은 바로 이 노래가 반복되는 단순 작업과 함께 불리었음을 말해 준다.

3. 2. 유희요로 부르는 경우

최근에 와서는 서사민요가 노동요가 아니라 유희요[33]로 불리는 것을 흔히 발견할 수 있다. 여성들은 더 이상 길쌈을 하지 않을 뿐만 아니라 그 외의 집안일이나 밭매는 일들도 그다지 오랜 시간이 걸리지 않기 때문에 서사민요 역시 노동요로서의 기능은 거의 잃어버렸다고 할 수 있다. 대신 여성들이 한가로운 시간에 모여 앉아 놀거나, 민요 조사자의 요청에 의해 모여 앉았을 때 서사민요를 부름으로써 유흥적 분위기를 높이고 자신의 기억력과 가창력을 발휘하는 수단이 되어 버렸다.

그 좋은 예로 전남 무안과 영광에서 조사된 〈둥당애 타령〉을 들 수 있다.[34] 이 노래는 여성들이 방안에서 모여 놀 때 부르는 것으로서, 노래 속에 서사민요 유형이 여러 가지 포함되는 것을 볼 수 있다. 즉 무안 〈둥당애 타령〉에는 〈시집식구가 구박하자 중이 되는 며느리〉, 〈시누가 모함하자 자살하는 올케〉, 〈남편이 기생첩과 놀자 자살하는 아내〉의 세 유형의 서사민요가 포함되어 있고, 영광 〈둥당애 타령〉에는 〈아내가 병이 나 편지하나 오지 않는 남편〉, 〈오빠가 물에서 구해주지 않자 한탄하는 동생〉이 들어 있다.

〈둥당애 타령〉은 함지박에 바가지를 엎어 놓고 두드리면서 장단을 맞추며 선후창 또는 돌림창으로 부르는 노래이기 때문에 비교적 장단이 빠르고 가락이 흥겹다.[35] 이 흥겨운 가락에 서사민요 중 주로 시집살이 노

---

33) 이때 유희요는 특별한 기능 없이 불리는 비기능요까지 포함하는 넓은 의미로 사용하고자 한다. 노래를 부른다는 것 자체가 가창 유희로서 놀이의 하나가 될 수 있기 때문이다.

34) 『한국민요대전』전남편 7-3(무안), 11-7(영광) 참조. 이외에 '노랫가락' 곡조에 서사민요를 실어 부르는 경우도 포함된다.

35) 〈둥당애 타령〉은 전남의 서부 해안지역에서 주로 부르며, 가창방식은 대략 두 가지로 나뉜다. 하나는 한 사람이 일정한 소절 수의 앞소리를 부르면 여러 사람이 "둥당애더" 하는 뒷소리를 반복하는 선후창 형태이고, 다른 하나는 여러 사람이 돌려가며 부르는 돌림창 형태로 한 사람이 한 가지 소리를 다 끝냈을 때 여러 사람이 뒷소리를 하고 다

래를 부르는 것은 언뜻 이해하기 어렵다. 아마도 이때의 창자와 청중은 시집살이노래의 비극적 내용을 슬프게 받아들이기보다는 그 이야기의 극적인 전개 양상을 즐기거나 이야기에 등장하는 인물에 대한 연대감 또는 비난 등으로 심리적 억압을 해소하는 측면으로 받아들이는 것이 아닐까 한다. 흔히 여자들이 모여 시댁식구나 남편과의 갈등에 대해 이야기를 할 경우에도 이야기하는 여자의 비극적 처지에 동화하기보다는 억압의 요인인 시댁식구나 남편에게 비난을 퍼부음으로써 억눌린 감정을 해소하는 것과 같은 이치이다.

또 서사민요를 노동요로 부를 때보다는 유희요로 부를 때 서술자와 작중인물의 거리는 더 멀어지게 마련이다. 아무래도 노동의 상황이 아닌 놀이의 상황에서는 부르는 사람의 감정이 낙천적인 상태에 놓이기 때문에 서술자는 비극적 주인물에 자신을 일치시키기보다는 객관적 거리를 두고 바라보게 되는 것이다. 무안 〈둥당애 타령〉에서 부른 〈남편 외도 노래(진주낭군)〉가 좋은 예이다. 그 일부분을 인용해 살펴보자.

> 둥당애더 둥당애더 당기 둥당애 둥당애더
> 울도담도 없는집이 시집삼년을 살고나니
> 시어머니 하신말씀 아가아가 며늘아가
> 느그낭군 볼라거든 진주남강에 빨래가라
> 그말을듣던 며늘아기 진주남강에 빨래가니
> 물도좋고 돌도좋네 난데없는 발자국소리
> 뚜덕뚜덕이 나는구나 곁눈으로 슬쩍보니
> 서울갔던 선배님이 구름같은 말을타고
> 못본듯이 지내가네 그것을보든 며늘아기
> 흰빨래는 희게하고 검은빨래 검게하고
> 집으로나 돌아오니 시어마니 하신말씀
> 아가아가 며늘아가 느그낭군 몰라거든
> 사랑방으로 나가봐라 그말듣던 며늘아기

른 사람에게 순서가 넘어간다. 신안군 장산면 공수리, 영광군 낙월면 송이도, 완도군 군회면 초평리 등에서 선후창으로 부르고 기타 지역에서는 돌림창으로 부른다.

사랑방으로 들어가니 아홉가지 술을놓고
열두가지 안주놓고 기생첩을 옆에놓고
권주가를 부른다네 그것을보든 며늘아기
정제방에 들어가서 열석자 명주수건
목이나매어 죽었다네 그말듣던 즈그낭군[36]

〈진주낭군〉은 주인물인 시집간 여자와 상대인물인 남편과의 첩으로 인한 갈등을 그린 노래이다. 보조 상대인물로 시어머니, 시아버지 등이 나온다. 일반적인 〈진주낭군〉에서의 서술자는 일인칭 주인물 시점으로 사건을 서술한다.[37] 이때 서술자와 주인물은 일치되어 동일시 현상이 일어나는 반면 서술자와 상대 인물은 분리되어 객관적, 비판적 거리가 형성되는 것이다. 이는 서술자가 대부분 시집살이하는 여자들로서, 주인물의 이야기를 마치 자신의 이야기인듯이 여기기 때문에 이루어지는 서술 양상이다.

그런데 위 〈둥당애 타령〉의 〈진주낭군〉은 삼인칭 관찰자 시점으로 서술되고 있다. 즉 서술자는 주인물의 말을 서술할 때 조차 다른 각편에는

---

36) 『한국민요대전』전남편 7-3, 261면 참조.
37) 일반적인 〈진주낭군 노래〉의 한 예를 일부만 인용하면 다음과 같다. "울도담도 없느난 집에 시집삼년을 살고나니/ 시어마님 하시는말씀 아야나아가 메느리아가/ 진주낭군을 볼라그던 진주남강에 빨래를가게/ 진주남강에 빨래를가니 물도나좋고 돌도나좋은데/ 이리나철석 저리나철석 씻구나나니/ 구름같은 말을타고 하늘겉은 갖을씨고 못본체로 지나가네/ 껌둥빨래 껌게나씻고 흰빨래를 희게나씨어/ 집에라고 돌어오니 시어마님 하시는말씀/ 아가아가 메느리아가 진주낭군을 볼라그든/ 건너방에 건너가서 사랑문을 열고바라/ 건너방에 건너가니 사랑문을 열고나보니 (하략)" 조동일, 앞의 책, C1, 226~227면.
여기에서 보면 주인물의 말과 행동은 서술자의 해설 없이 직접 이루어지는 데 비해, 상대인물인 시어머니나 남편의 말과 행동은 "시어마님 하시는말씀"이나 "진주낭군 하시는말씀"과 같은 서술자의 해설 다음에 이루어지는 것을 볼 수 있다. 주인물 시점과 관찰자 시점은 필자가 민요와 가사를 분석하면서 편의상 분류한 것으로, 주인물 시점은 서술자가 작중 주인물의 입장에서 서술해 나가는 경우이고 관찰자 시점이란 서술자가 작품내 또는 작품외에서 자기가 아닌 다른 인물의 이야기를 서술해 나가는 경우를 말한다. 졸고, 『한국여성가사 연구』, 1996a, 국학자료원, 59면 참조.

거의 보이지 않는 서술자의 해설 "그말을 듣던 며늘아기", "그것을 보든 며늘아기" 등을 계속 사용하고 있다. 또한 주인물의 행동을 서술할 때에도 다른 상대 인물을 서술할 때와 마찬가지로 객관적 입장을 취하고 있다. 이는 서술자가 그만큼 작품내 주인물에 거리를 두고 있음을 보여 준다.

이렇게 서술자가 주인물에 거리를 두는 것은 서사극의 기본 원리인 '소외 효과(V-Effect)와 유사하게 여겨진다. 서사극에서는 관중의 감정 이입을 막고 환상을 제거하기 위해 해설자나 무대 감독이 나서 관객을 향해 대화를 함으로써 비판적 거리를 형성한다.[38] 서사민요에서 창자는 노래만 하는 것이 아니라 사건의 배경이나 노래에 대한 평가 등을 말로 덧붙이는 것을 흔히 볼 수 있는데, 이를 통해 작품내 주인물과 청중과의 거리가 생겨나게 되는 것이다.

그럼으로써 창자나 청중은 주인물에게조차 낯선 느낌을 갖게 되며, 단지 노래 속의 허구적 인물로 바라보게 되는 것이다. 이 각편에 이렇듯 독특한 서술방식이 나타난 데에는 여러 가지 요인이 있겠지만 여럿이 함께 모여 노는 유희요로 불린 점을 주 요인으로 꼽을 수 있을 것이다. 즉 유희의 흥겨운 상황에서는 슬픈 내 이야기보다는 극적인 남의 이야기가 더 어울리기 때문이다.

3. 3. 의식요로 부르는 경우

서사민요가 의식요로 불린 경우도 더러 발견된다. 조동일의 조사에 의하면 〈훗사나 타령(훗낭군 노래)〉이 장례의식요라 할 수 있는 〈달구질

---

38) 송동준은 브레히트 서사극의 기본 원리로 소외 효과를 들면서, 그 수단으로 관객을 향한 대화, 코러스, 제목과 간판, 1인 2역, 연극 속의 연극, 인용, 전형의 전도 등이 사용된다고 설명하고 있다. 그는 아울러 봉산 탈춤을 분석함으로써 우리의 전통극이 이러한 소외 수단을 지니고 있다고 보고 있다. 서사민요는 본격적인 연극 형태는 아니라 할지라도 그 서술양상에 있어서 어느 정도 서사극적 요소를 지니고 있다고 생각된다. 송동준, 「서사극과 한국민속극」, 『한국의 민속예술』, 임재해 편, 문학과 지성사, 1988, 111~120면 참조.

노래〉로 불렀다고 한다.39) 〈달구질 노래〉는 의식요이면서 노동요의 기능을 함께 하는 것으로 앞소리꾼이 의미 있는 사설을 부르고 뒷소리꾼이 "오오 덜구야"하는 후렴을 받는 선후창 방식으로 부른다. 이 〈훗낭군 노래〉는 남편이 있는 여자가 외간남자와 정을 통하는 내용으로서 유교적 규범에 정면으로 위배되는 것이라 할 수 있다. 그러나 〈달구질 노래〉가 죽은 이의 왕생을 기원하며 살아 남은 이의 슬픔을 위로해야 하는 구실을 한다고 한다면 〈훗낭군 노래〉는 일면 이러한 기능을 지니고 있다고 생각된다. 작품의 뒷부분만 인용하기로 한다.

오오 덜구야
두주를 걸어지고 / 북망에산천 살로가네 /
북망산천 살로갈때 / 두주속에 김도령은 /
겁이나서 혼을잃고 / 빈지틈으로 오줌싸네 /
북망에산천 올라가서 / 두주에문을 열고보니 /
발가벗은 김도령이 / 살려주오 살려주오 /
잔명을 살려주오 / 이도령이 하는말이 /
나도남우집에 아달로 / 너도남우집에 아달이라 /
기집년이 행실글러 / 이지경이 된것이지 /
잔말말고 돌아가래이 / 이도령은 빈뒤주에 /
불을놓고 나려오네 / 기집년에 거동바래이 /
후사나 김도령이 / 죽었다고 물떠놓고 /
머리풀고 통곡한대이 / 이도령은 달려들어 /
머리채를 휘여잡고 / 엎어놓고 목때리고 /
젯혀놓고 배때리고 / 기집년에 하는말이 /
무정하다 낭군임요 / 훗사나하나 내봤다고 /
죽자사자 왜때리노 / 오동동춘양 달밝은데 /
정든임생각 절로나네 / 그만하고 용서하세이 /40)

---

39) 조동일, 앞의 책, 372~373면 참조.
40) 조동일, 앞의 책, 392~393면. 2음보의 사설 뒤에 "오오 덜구야"하는 후렴이 덧붙여진다. 인용 시에는 후렴 부분을 / 로 표시했다.

이 노래의 서술자는 삼인칭 관찰자 시점으로 서술하면서 대화 위주의 장면 묘사로 빠르게 사건을 진행시키고 있다. 작품외적 자아인 창자와 청중은 작품내적 자아인 주인물보다 우위에 서서 주인물을 가소롭게 보고, 나중에는 주인물의 패륜을 용서하기까지 한다.41) 청중은 작중 인물들의 예기치 않은 행동에 웃음을 짓게 되는데, 이 웃음은 삶의 생동감과 발랄함을 긍정하고 삶에의 의지를 불러일으킨다. 이러한 심리적 기능 때문에 〈훗낭군 노래〉가 장례의식요로 불릴 수 있는 것이다.

또한 이 〈훗낭군 노래〉는 〈범벅 타령〉으로도 불리는데, 〈범벅 타령〉은 엄밀히 분류하면 잡가에 속하지만 전문 가객이 아닌 예삿사람에 의해 불릴 때에는 유희요로 볼 수 있다. "어리야둥글 범벅이야 둥글둥글에 범벅이야"라는 어구를 일정한 의미 단락 후에 반복하면서 독창으로 부르나, 후렴을 여러 사람이 받아 부른다면 선후창 방식으로 바뀔 가능성이 있다.

충북 단양에서 문화방송에 의해 조사된 〈범벅 타령〉의 일부를 인용하면 다음과 같다.

> 어리야둥글 범벅이야 둥글둥글에 범벅이야
> 기집년의 행세를보소 외상장사를 나간다고
> 민빗챔빗 쪽집겔 사가지고
> 뒷동산에 올러서서 말굿만보고 나려온다
> 어리야둥글 범벅이야 둥글둥글에 범벅이야
> 기집년의 행세를 보소 이도령을 제쳐놓고
> 김도령 올때를 기다리다42)

이 작품에서도 〈훗낭군 노래〉에서와 마찬가지로 서술자가 작품내 주인물과 철저히 분리돼 있다. 서술자는 주인물인 바람난 여자의 행동을 서술하면서 빠뜨리지 않고 "기집년의 행세를 보소"라는 해설을 붙임으로써 비

---

41) 조동일, 앞의 책, 385면 참조.
42) 문화방송에서 조사한 것을 필자가 사설을 채록했다. 『한국민요대전』에는 자료가 실리지 않았다.

판적 거리를 형성시킨다.

이는 청중이 주인물에 대해 동일시 현상을 일으키는 것을 철저히 차단하고 창자와 청중이 함께 심리적 우위감과 연대감을 일으키는데 효과적이다. 이러한 우위감과 연대감은 또한 쾌감으로 이어지게 되므로 유희요에 어울리게 되는 것이다.

이외에도 부여 지방에서 세시의식요로 불리는 〈방망이점 노래〉는 서사민요인 〈꼬댁각시 노래〉를 갖다 부른다.43) 〈방망이점 노래〉는 정월에 부녀자들이 방에 둘러앉아 한 사람이 신장대를 들고 한해의 운수를 점치며 부르는 노래로 독창 또는 제창으로 부른다. 이때 점을 칠 수 있는 신적 능력이 신장대를 든 여자에게 내리는데, 이 여자에게 바로 꼬댁각시의 혼이 내렸다고 여기는 것이다. 그렇다면 왜 꼬댁각시가 신격화된 것일까? 〈꼬댁각시 노래〉는 〈삼촌식구 구박받다 시집가나 신랑이 죽은 조카〉 유형에 속하는 노래이다. 다른 지역에서도 이러한 유형의 노래가 불리지만 충남에서는 주인물의 이름을 '꼬댁각시'로 부른다. 이 꼬댁각시는 한 마디로 불행하게 살다 죽어 전지전능의 능력을 갖게 된 혼령이라고 할 수 있다.

꼬댁각시는 태어나면서부터 부모를 잃고 삼촌집에서 자라나 갖은 구박을 다 받더니, 시집을 가서도 고자신랑을 만나고 신랑마저 죽고말자 자살한다. 이렇게 한이 누적된 여자가 죽어서 혼령이 되어 신적인 능력을 발휘하게 되는 것은 우리의 민간신앙에 바탕을 두고 있다. 또한 여자들은 특히 이 꼬댁각시 속에서 자신들의 모습을 보기 때문에 자신들의 한과 기대를 가장 잘 이해하고 풀어줄 수 있으리라고 믿는 것이다. 이런 점에서 〈꼬댁각시 노래〉가 세시 의식요로 불릴 수 있는 것이다.44)

〈꼬댁각시 노래〉를 일부 인용하면 다음과 같다.

---

43) 『한국민요대전』, 충남편, 부여 5-19, 5-20 참조.

44) 〈꼬댁각시 노래〉에서 의례적 기능이 사라지면 세시유희요로 변한다. 한편 이 노래가 원래 의식요였던 것이 노동요로 전환된 것인지, 아니면 반대로 노동요였던 것이 의식 요로 전환된 것인지는 자세한 논의가 필요하다. '꼬댁각시 노래의 제의적 성격'에 대해서는 이현수, 「꼬댁각시요 연구」, 『한국언어문학』제33집, 한국언어문학회, 1994와 졸고, 「꼬댁각시노래의 연행양상과 제의적 성격」, 『고전희곡연구』제2집, 2001을 참조.

꼬댁각시 불쌍헌중 이방꾼이 다안다네
한살먹어 어멈죽고 두살먹어 아범죽어
세살먹어 걸음배야 네살먹어 말을배고
다섯살먹어 삼촌네집이 찾어가니
삼촌숙모 거둥보소
불때다말고 부주뗑이로 날메치네
아이고담담 설음지고 지이고담담 원통허네
여름되면 삼년묵은 누덕바지 양지양지 뙤양양지 내여시고
겨울되면 삼년묵은 베등거리 그늘그늘 내여시네[45]

　〈꼬댁각시 노래〉는 이렇게 한 여인의 탄생에서 죽음에 이르는 비극적 일생을 그리면서 다른 각편과는 달리 서두 부분에 "꼬댁각시 불쌍허네"하고 서술자의 주인물에 대한 해설을 붙임으로써 서술자와 주인물의 거리를 확실히 설정한다. 이후 주인물의 말에 이 서술자의 설명이 빠지는 것은 주인물의 말과 행동을 극적으로 보이게 하기 위한 서술 양상이라고 할 수 있다.

　또한 이 〈꼬댁각시 노래〉에는 한 여인의 탄생에서 죽음에 이르는 비극적 일생에 이어, 다른 각편에는 없는 희극적 제의 부분이 덧붙여 있다. 이 부분은 꼬댁각시 혼이 살아 있는 이의 몸에 내려 그들의 운수를 점쳐주고 신명나게 뒷풀이를 하는 장면이다. 이 부분을 인용하면 다음과 같다.

댓닢끝이 실렸거든 댓닢가지 놀아보고
송잎끝이 실렸거든 송잎같이 놀아보세
너도청춘 나도청춘 청춘까지 놀아보세
지비춤도 추어보고 나비춤도 추어보고
훨훨히 놀아보세
꼬댁각시 원언이면 내원언을 풀어주소
내가 돈삼백원을 잊어버렸는디
가져간사람 있은게 가져간 사람게로 흔들어주시오

---

45) 『한국민요대전』, 충남편, 부여 5-19, 239면.

> 너도청춘 나도청춘 청춘까지 놀아보세
> 훨훨히 놀아보세
> 지비춤도 추어보고 나비춤도 추어보세
> 훨훨히 놀아보세
> 〔창자: "여기서 가져갔네 여기서 가져갔어. 허허허."〕46)

이 부분은 꼬댁각시의 일생을 노래로 부르자, 신장대를 들고 앉아 있던 여자에게 꼬댁각시에의 혼이 내려 그 여자가 일어나 춤을 추고 점을 치는 장면이다. 앞 부분에서 꼬댁각시의 비극적 일생을 노래로 부르며 눈물짓던 창자가 이 부분에서는 신들린 듯 춤을 춘다. 굿판에서 무당이 굿을 연행하는 모습과 거의 다르지 않다.

〈꼬댁각시 노래〉는 두 부분으로 뚜렷하게 나뉘어져 있다. 앞부분이 꼬댁각시의 일생을 비극적 서사로 그려낸 것으로 '한의 맺힘'이라면, 뒷부분은 꼬댁각시 혼의 공수를 희극적 제의로 그려낸 것으로 '한의 풀이'이다. 이렇게 〈꼬댁각시 노래〉가 세시의식요로 불릴 수 있었던 것은 바로 노래 속 주인물의 불운과 자신들의 고난을 함께 풀어내고자 했던, 창자와 청중의 공통된 염원 때문이었다고 할 수 있다.

이렇게 볼 때 서사민요가 무엇을 하면서 어떤 상황에서 불렸느냐는 작품의 서술 양상에 큰 영향을 미침을 알 수 있다. 상대적이긴 하지만 노동요로 불릴 때보다는 유희요와 의식요로 불릴 때 서술자와 주인물이 분리되는 양상이 더 많이 나타남을 알 수 있다. 노동을 하는 경우보다 유희나 의식을 하는 경우에 주인물에 거리를 두고 극화시키려는 경향이 커지기 때문일 것이다. 이로써 서사민요가 노동요로 불릴 때보다는 유희요나 의식요로 불릴 때 연행예술로서의 성격이 확대된다고 할 수 있는데, 이는 근래에 연행되는 작품들에서 더욱 두드러지는 것으로 생각된다.

---

46) 위의 책, 239~240 면.

4. 맺음말

이상에서 서사민요가 연행의 주체와 방식에 따라 작품으로 실현되는 양상을 살펴보았다. 서사민요는 연행의 주체인 창자의 개성과 청중의 태도에 따라 각기 다른 작품이 창작되며, 창자와 청중의 호응이 작품의 전개방식과 결말 구조에 큰 영향을 미침을 알 수 있었다. 다음 연행의 방식인 기능에 따라 서사민요의 서술방식을 살펴 본 결과, 오랜 시간에 걸쳐 단조로운 작업을 계속해야 하는 여자의 일에 알맞게끔 짧은 대사 중심의 장면묘사로 이루어져 있음을 밝혔다. 한편 노동요로서의 기능이 소멸되고 유희요, 의식요로 기능이 전이되면서 주인물과 사건에 대한 객관적 거리가 더욱 크게 형성됨도 보았다.

이처럼 서사민요는 창자와 청중의 연행에 의해서 연행 상황에 따라 매번 새롭게 실현된다. 예전 우리의 평민 여성들은 서사민요를 연행함으로써 고된 일을 놀이처럼 해낼 수 있었고, 힘겨운 현실을 슬기롭게 극복할 수 있었던 것이다. 서사민요의 연행은 일터에서, 생활 공간에서 즉흥적으로 벌어지는 미적 행위이다. 그 미적 가치와 의의에 대해서는 더 심층적인 연구가 이루어져야 하리라고 본다.

참 고 문 헌

1. 자료

『한국민요대전』(1991~1996), 제주, 강원, 충북, 충남, 전북, 전남, 경북, 경남, 경기 편, 문화방송.

2. 논저

고혜경(1983), 「서사민요의 유형연구: 부부결합형을 중심으로」, 이화여대 석사논문, 1983.

------(1995), 「서사민요의 장르적 성격」, 『민요론집』제4호, 민요학회.

서연호(1997), 『한국 전승연희의 원리와 방법』, 집문당.

서영숙(1996a), 『한국여성가사 연구』, 국학자료원.

------(1996b), 『시집살이노래 연구』, 도서출판 박이정.

------(1997), 「서사민요의 구연 상황 연구」, 『어문연구』제29집, 어문연구학회.

------(1998), 「서사민요의 구조적 성격과 의미: '시집식구-며느리'형을 중심으로」, 『한국문학이론과 비평 2』, 한국문학이론과 비평학회.

------(1999), 「서사민요의 연행예술적 서술방식」, 『한국민요학』, 제7집, 한국민요학회.

------(2001), 「꼬댁각시노래의 연행양상과 제의적 성격」, 『고전희곡연구』제2집, 한국고전희곡학회.

송동준(1988), 「서사극과 한국 민속극」, 『한국의 민속예술』, 임재해 편, 문학과 지성사.

이정아(1993), 「서사민요 연구: 양식적 특성을 중심으로」, 이화여대 석사논문.

이현수(1994), 「꼬댁각시요 연구」, 『한국언어문학』제33집, 한국언어문학회.

임재해(1988), 「민요의 사회적 생산과 수용의 양상」, 『한국의 민속예술』, 문학과 지성사.

조동일(1979 증보판), 『서사민요연구』, 계명대 출판부.

Dan Ben-Amos, "Toward a defintion of Folklore in Context", *Toward New Perspectives in Folklore*, Austin & London: The Univ. of Texas Press, 1972.

서사민요의 연행예술적 서술방식

서사민요의 연행예술적 서술방식

1. 머리말

서사민요는 일정한 성격을 지닌 인물과 일정한 질서를 지닌 사건을 갖춘 있을 수 있는 이야기로 된 민요를 말한다.[1] 그런데 이 서사민요는 작가가 글로 기록해 독자가 읽는 것이 아니라, 창자가 청중 앞에서 부르는 이야기노래라고 할 수 있다. 즉 작가가 독자에게 작품을 일방적으로 전달만 하는 것이 아니라, 창자가 청중에게 들려주고 청중은 이에 반응해 작품의 형성에 상호 작용을 한다는 점에서 '쓰여진 서사장르'와는 큰 차이가 있다.

그렇다면 '노래로 부르는 서사장르'가 '쓰여진 서사장르'와 다른 점이 무엇인가? 그것은 바로 서사민요가 창자와 청중의 미적 행위로 이루어지는 연행예술이라는 점이다.[2] 서사민요는 연극으로 상연하기 위한 대본이 아니므로 희곡이라고 할 수는 없다. 그러나 창자가 서사민요를 부를 때 청중의 호응을 받으며 동작과 대사를 곁들여 연행한다는 점은 배우가

---

1) 조동일(1979 증보판) 43면 참조.
2) 임재해(1988:257~258)는 민요가 말로 표현되고 말로 전승되는 연행예술의 하나라고 규정하고, 민요는 연행될 때 비로소 존재하며, 연행상황에 따라 새로운 작품이 창작된다고 주장한다. 졸고(발표 예정)에서 민요의 이러한 연행예술적인 실현 양상에 대해 고찰한 바 있다.

여러 관객 앞에서 연극을 하는 방식과 그리 다르지 않다.

서사민요가 글로 쓰거나 말로 하는 서사 장르(소설, 민담 등)와는 다르게 현재형으로 서술된다든지, 서술자가 극도로 약화되어 있거나 나타나지 않는다든지, 대화와 장면 위주로 사건이 전개된다든지, 서술자와 인물의 말이 서로 침투된다든지 하는 특성들은 모두 서사민요가 연행되는 데에서 생겨난 것이라 볼 수 있다.3)

이 글에서는 이러한 연행예술로서의 서사민요가 지니고 있는 서술방식상의 특징을 고찰하고자 한다. 서술방식이란 창자가 서술자를 통하여 작중 인물의 이야기를 청중에게 전해 주는 방식을 말한다. 이는 세 가지 층위로 분석 검토될 수 있다. 하나는 작품외적 존재라 할 수 있는 창자와 청중의 관계이고, 다음은 작품 내적 존재인 서술자와 작중인물의 관계이며, 마지막은 작품 자체의 짜임새인 서두와 결말의 관계이다. 이 세 가지 층위는 따로 떨어져 있는 것이 아니라 서로 긴밀한 관계 속에서 하나의 작품을 이루어낸다. 그러므로 한 문학 작품이 어떻게 이루어져 있느냐를 올바르게 파악하기 위해서는 각각의 층위에서 그리고 세 가지 층위의 종합적 측면에서 작품의 실현 양상을 면밀히 살핌으로써 가능하다고 생각된다.

이 논문에서는 이 세 층위 중 서술자와 작중인물의 관계를 잣대로 하여 작품의 연행적 성격을 살펴보려고 한다. 이는 서술자와 작중 인물 특히 주인물과의 관계에 따라 작품의 서술과 구성, 청중의 반응이 어떻게 달라지는가에 관심의 초점이 놓여 있다. 서사민요 작품은 창자의 개성과

---

3) 서사는 본질적으로 '어떤 화자가 일어났던 어떤 일을 청중에게 이야기하는 것'(김천혜 1990:70)이라고 할 수 있다. 그런데 이 화자는 작품 내에 존재하기도 하고, 작품 외에 존재하기도 한다. 이를 작품내적 화자와 작품외적 화자로 구분하기도 하고, 실제 작가와 내포 작가로 구분하기도 하는 등 여러 이론이 있으나(S. 리몬-케넌 1985:129~153 참조), 이 글에서는 작품 내에 존재하여 사건을 전개하는 화자는 '서술자', 작품 외에 존재하는 실제 화자는 '창자'로 부르기로 한다. 작품내적 화자의 경우 단순히 말을 한다는 의미의 화자(speaker)보다는 서술자(narrator)가 서사문학 작품의 분석에 더 적합한 용어라고 생각되며, 작품외적 화자의 경우 실제 노래를 부르는 사람에 해당하므로 보편적 용어인 창자(singer)를 사용하는 것이 좋으리라 본다.

특성에 따라 이 서술자의 역할이 커지기도 하고 작아지기도 하는데, 이를 서술자가 드러나 있는 경우와 숨어 있는 경우로 나누어 고찰할 것이다. 이를 고찰함으로써 연행예술로서의 서사민요의 특질을 밝히는 데 한 걸음 나아갈 수 있으리라고 본다.

자료는 필자 조사 자료와 『서사민요연구』, 『한국민요대전』, 『한국구비문학대계』 소재 자료를 대상으로 한다.4)

2. 서술자가 드러나 있는 경우

서사민요의 언술은 크게 서술자의 언술과 인물의 언술로 나눌 수 있는데, 두 언술은 뚜렷하게 구별될 수 있는게 아니어서 때로는 서술자의 언술에 인물의 언술이 섞이기도 하고 인물의 언술에 서술자의 언술이 섞이기도 한다.

서술자가 드러나 있는 경우 서술자의 언술은 대체로 사건의 발단이나 전개 과정, 인물의 성격이나 외모, 행동, 성장 과정, 시간적 공간적 배경과 전환, 대화의 주체 등을 나타낸다. 서술자가 숨어 있는 경우에는 인물의 언술 속에 이 모든 것이 함축돼 있다고 할 수 있다.

서술자는 여러 시점에서 인물과 사건을 바라보고 서술할 수 있는데, 크게 인물의 외부에서 객관적으로 서술하는 경우와 인물의 내부에서 주관적으로 서술하는 경우로 나눌 수 있다.5) 전자가 삼인칭 관찰자 시점이라고 한다면 후자는 일인칭 주인물 시점이라고 할 수 있다. 서사민요는

---

4) 필자 조사 자료는 시집살이노래의 경우 졸고(1996)에 실려 있으나 다른 유형의 서사민요 자료는 아직 발표하지 못했다. 기타 자료는 조동일(1979 증보판), 『한국민요대전』(1991~1996), 『한국구비문학대계』(1981~1988)에 실려 있다.
5) 시점에 대해서는 김천혜(1990) 99~129면에 자세히 서술되어 있는데, 이 논문에서는 서술자가 작중 주인물과 일치하느냐, 그렇지 않느냐에 따라 주인물 시점, 관찰자 시점으로 나누고, 두 시점이 복합되어 나오는 경우를 복합 시점으로 명명해 고찰하고자 한다.

이 중 어느 한 시점으로 서술되기도 하고, 두 가지가 복합돼 서술되기도
한다.

이제 서술자의 종류와 역할에 따라 작품이 어떻게 달라지며, 그 전개
방식은 어떠한지 등을 살펴보고 거기에 나타난 연행적 성격을 찾아보기
로 하자.

2. 1. 관찰자 역할의 서술자

서술자가 사건에 참여하지 않고 객관적으로 사건을 보고하는 경우, 서
술자는 사건의 관찰자가 된다. 이 때 사건의 주인물들은 3인칭으로 서술
된다. 다음 노래에 나타난 서술자와 작중 인물의 관계를 살펴보자. 노래
의 언술을 서술자의 해설과 작중 인물의 대사로 분석해 제시하면 다음과
같다.

「경북 군위 4-21」 진옥화(여 1921), 1994. 1. 26. 문화방송 조사.

(서술자 해설)　　한살먹어 엄마죽고 두살먹어 아바죽고
　　　　　　　　시살먹어 할매죽고 니살먹어 할배죽고
　　　　　　　　호부 다섯 절에올라 열다섯에 글을배와
　　　　　　　　책을랑 양옆에찌고 책댈랑 손에들고
　　　　　　　　붓을랑 입에물고 이선달네 맏딸애기
　　　　　　　　하잘났다 소문나 이선달네 집모랭이
　　　　　　　　이실비실 돌어가니 이선달네 맏딸애기
(맏딸애기 독백)　저기가는 저손님은 앞은보니 도령이오
　　　　　　　　뒤는보니 수졸레라
(맏딸애기 대화)　유해가소 유해가소 하룻밤만 유해가소
(총각 대화)　　　말씀은 좋건마는 질이바뻐 안되겠소
(맏딸애기 독백)　저게가는 저자석은 한모랭이 돌거들랑
　　　　　　　　을피돌피 때러주소
　　　　　　　　한모랭이 돌거들랑 급살총살 맞어죽소

	한모랭이 돌거들랑 베락이나 때려주소
	장개라고 가거들랑
	가매라꼬 타거들랑 가매채가 내라앉으소
	말이라꼬 타거들랑 말잔딩이 뿌러지소
	대문간에 들거들랑 대문채가 닐앉으소
	행지청에 들거들랑 사모관대 닐앉으소
	정심상을 들거들랑 은제놋제 뿌러지소
	지녁상을 들거들랑 반다리나 뿌러지소
	신부방에 들거들랑 숨이딸각 넘어가소
(신부 대화)	사랑방에 아부님요 어제왔는 새손님이
	숨이딸각 넘어갔소
(아버지 대화)	에구야야 그말말고 삼단겉은 너의머리
	그끝으로 풀어자라
(신부 대화)	큰방에 어마님요 어제왔는 새손님이
	숨이딸각 넘어갔소
(어머니 대화)	에구야야 그말말고 삼단겉은 너의머리
	그끝으로 풀어자라
(신부 대화)	옆방에 오라바님 어제왔는 새손님이
	숨이딸각 넘어갔소
(오빠 대화)	에구야야 그말말고 삼단같은 너의머리
	그끝으로 풀어자라
(신부 독백)	바늘겉은 이내몸에 소복단장 왠말이고
	은가락지 찌든손에 상주막대 왠말이고
	은비네라 찌러든머래 납비네가 왠말이고
	깜둥까시 신든발에 상신짝이 왠말이고
(신부 대화)	서른여덜 상두꾼아 새끼닷발 꽈여왔나
(상두꾼 합창)	얼싸덜싸 미고가자
(서술자 해설)	이선달네 집모랭이 이실비실 돌어가니
	서른여덜 상두꾼이
(상두꾼 대화)	발이붙어 못가겠소 니속중우 벗어걸게
(상두꾼 합창)	어리둥둥 잘도간다
(상두꾼 대화)	이선달네 맏딸아가 이케아퍼 몬가겠다

<pre>
                    니속적삼 벗어걸게
(상두꾼 합창)   어리둥둥 잘도간다
(서술자 해설)   이선달네 집모랭이 이실비슬 돌아가여 밀오심이
                    흰나비 뿔건나비 노랑나비
                    득천해가 하늘에 저 올라가더랍니더
</pre>

이 작품은 흔히 〈이선달네 맏딸애기〉로 불리는 유형이다. 한 총각이 이선달네 맏딸애기가 잘났다는 소문을 듣고 그 집에 찾아간다. 그런데 이선달네 맏딸애기가 이 총각에게 하룻밤만 자고 가라고 유혹하나 총각은 도리어 거절하고 돌아온다. 이에 맏딸애기가 총각에게 저주를 내려 총각이 혼인 후 첫날밤 죽는 노래이다.

서술자는 관찰자의 입장에서 3인칭으로 사건을 서술한다. 서술자의 존재가 뚜렷하게 부각되는 부분은 바로 서두에서 주인물을 소개하는 부분과 결말의 장면을 묘사하는 부분이다. 서두에서는 주인물의 탄생에서부터 성년이 되기까지의 일생과 이선달네 맏딸애기를 만나게 되는 과정을 요약, 설명하고 있다. 서술되는 시간보다 서술시간이 극도로 압축돼 있어 서술자의 '말하기' 방식이 최대한 발휘되고 있음을 볼 수 있다.6)

결말에서는 총각의 상여가 나가다 상여 위로 나비가 나타나 하늘로 올라가는 장면을 묘사하고 있다. 이때 서술자의 목소리에 작품외적 화자 즉 창자의 목소리가 끼어 드는 것을 볼 수 있다. "흰나비 뿔건나비 노랑나비 / 득천해가 하늘에저 올라가더랍니더"에서 "올라가더랍니더"는 남의 이야기를 전달할 때 쓰는 말투이다. 이는 청중 앞에 직접 나섬으로써 작품을

---

6) 서술자가 스토리를 제시하는 방법을 웨인 부우드(Wayne C. Booth)는 '설명(telling 말하기)'과 '제시(showing 보여주기)'로 명명하고 있는데, '말하기'는 스토리가 화자에 의해 간접적으로 설명되고 요약되어 전달되는 것을 말하며, '보여주기'는 스토리를 독자 앞에 직접 극적으로 제시하여 우리가 그것을 마치 연출된 연극처럼 받아들일 수 있도록 하는 것이다. 퍼어시 러보크는 이를 파노라마적 방법과 장면중심적 방법으로 구분하기도 했다. 구수경(1996:7~8) 참조. 서사민요의 서술자는 이 두가지 방법을 신축성있게 사용함으로써 요약적 서술의 서사적 성격과 직접적 장면 제시의 극적 성격을 경우에 따라 다르게 조절하는 것을 볼 수 있다.

마무리하려는 의도에서 온 것이라 볼 수 있다.

즉 결말 부분을 서술자가 직접 설명하지 않고 작품외적 서술자인 창자의 목소리로 설명함으로써 이 부분이 현실이 아니라 허구임을 분명히 한다. '-- 하더랍니다'는 직접 본 것이 아닌, 남의 말을 전할 때 하는 말이므로 신빙성이 떨어진다고 볼 수 있다. 이는 청중들로 하여금 극적 환상에서 깨어나게 하는 작용을 한다. 더욱이 결말 부분은 이선달네 맏딸애기와 총각이 함께 나비로 환생하는 것을 나타내므로, 이것이 현실이 아니라 허구임을 강조할 필요가 있었을 것이다.

서술자는 이 외에 사건의 전개 부분에서는 거의 나타나지 않는다. 단 두 부분, 대화의 주체를 지시하고("이선달네 맏딸애기"), 장면의 전환을 서술("이선달네 집모랭이 이실비실 들어가니")하는 곳에만 잠깐 비칠 뿐이다. 어쨌든 이 부분으로 인해 이 작품의 서사성이 유지된다고 볼 수 있다.

작품의 전개부 대부분은 작중 인물의 대사로 이루어져 있으며, 대사는 다시 독백과 대화로 구성돼 있다. 작중 인물의 대사는 거의 대부분 대화의 주체를 지시하는 지문 없이 곧바로 인물간의 대화 내지 인물의 독백으로 들어간다. 그만큼 서술자의 매개 없이 청중에게 직접적으로 대화를 제시하는 셈이 된다. 이는 서사민요가 희곡과 유사한 언어 체계를 지니고 있음을 보여 준다. 즉 서사민요는 서사 장르이면서도 극적 성격을 띠고 있는 것이다.

이렇게 서사민요가 극적 성격을 띠게 되는 것은 서사민요가 눈으로 읽는 독서물이 아니라 청중 앞에서 연행된다는 점에서 오는 것이라 볼 수 있다. 즉 굳이 대화의 주체를 지시하지 않고도 이를 노래로 부를 때 목소리나 동작의 변화 등으로 발화자의 변화를 나타낼 수 있기 때문이다.

하지만 서사민요의 대사는 그야말로 극적일 뿐, 극의 대사는 아니다. 극에서라면 작중 인물의 대사를 그들의 언술 그대로 제시해야만 한다. 그러나 서사민요에서는 작중 인물의 대사에 서술자가 침투해, 대사를 압축, 요약하여 제시한다. 즉 작중 인물의 말은 작중 인물이 한 말이 아니라 서술자에 의해 요약된 말이라고 할 수 있다.7) 또한 작중 인물간의 대화가 그대로 제시되는 것이 아니라, 사건의 줄거리와 서술자의 의도에 필요한 핵심적 대사만이 제시될 뿐이다.

예를 들면 신부가 신랑의 죽음을 맞아 아버지, 어머니, 오빠에게 알리는 말과 그들이 신부에게 대답하는 말은 전혀 차이 없이 똑같은 말이 반복된다. 즉 신부는 세 사람 모두에게 "어제왔는 새손님이 숨이딸각 넘어갔소"라고 보고하고, 세 사람은 모두 한결같이 "에구야야 그말말고 삼단겉은 너의머리 그끝으로 풀어자라"고 대답하는 것이다.

이렇게 인물들이 교체되면서 같은 말이 계속적으로 반복되는 것은 서사민요에 흔히 나타나는 서술방식이다. 이는 순수한 인물의 말이라기 보다는 서술자에 의해 변형된 말로서, 똑같은 상황이 반복됨을 보여주기 위한 것이라 할 수 있다. 또한 신부가 어찌할 수 없는 아주 난처한 상황에 놓였으며, 친정식구 모두 이를 해결할 능력이 없음을 강조하기 위한 것이라 할 수 있다.

여기에서 청중은 인물 속에 침투해 있는 서술자를 인지하게 된다. 그러므로 청중은 작중 인물과의 동일시 현상에서 벗어나 이들과의 사이에 객관적 거리를 형성하게 된다. 불운한 처지에 놓인 신부에 몰입하지 않고 객관적 입장으로 바라보게 되는 것이다. 이는 서사극의 대표적 기법이라 할 수 있는 '소외 효과'와 같은 것으로 청중들로 하여금 사건을 허구로 받아들이게 하고 작중 인물에 감정을 이입하는 것을 막는다.8)

---

7) 구수경(1996:55)은 판소리계 소설의 시점을 분석하면서 '화자의 목소리가 인물의 말 속에 삽입되거나 작중 인물의 목소리가 화자의 말에 삽입되는 이중 조망(眺望)적 서술'을 보이고 있다고 설명하고, 이는 광대가 이야기를 구연하는 과정에서 어떤 때는 화자의 목소리로 이야기를 하고, 또 어떤 때는 작중인물들의 목소리로 말해야 하는 이중의 역할을 하기 때문에 오는 혼란에서 온 것으로 보고 있다. 서사민요에서도 서술자와 작중 인물의 목소리가 서로 침투되며 심지어는 창자의 목소리가 개입되기도 하는데, 이는 혼란이라기 보다는 구비문학의 연행에서 이루어지는 특성으로, 연행을 보다 극적으로 몰아가기 위한, 또는 그러한 극적 환상에서 깨어나게 하기 위한 서술자의 수법으로 보아야 할 것이다.

8) 동일시와 반대되는 개념으로 '이화(異化) Verfremdung', '탈환상화', '미학적 거리'라는 용어를 쓰기도 한다. 동일시와 소외효과는 브레히트의 서사극 이론에 의해 일반화되었는데, 동일시는 독자나 관객이 주인공과 자신을 같은 존재로 느끼고, 스스로 사건

서사민요에서는 대부분 이러한 '소외 효과'가 작용한다. 이는 서사민요 본래의 연행 방식에서 기인하는 것으로 생각된다. 즉 서사민요는 여자들이 함께 모여 일을 하면서 불렀다. 일을 하면서 노래를 부를 경우, 노래는 일을 하기 위한 수단이지, 감정의 표출 수단이 아니다. 그러므로 창자와 청중 모두 서사민요의 작중 인물과 일정한 거리를 유지하는 것이 필요하다. 그렇지 않고 작중 인물에 대한 동일시가 일어날 경우, 창자나 청중은 울거나 분개함으로써 일을 계속할 수가 없을 것이다. 서사민요가 짤막짤막한 대사의 반복적 교체로 이루어져 있는 것도 서사민요가 원래 오랜 시간 동안 단순한 동작을 반복하는 일을 하면서 불리었다는 연행적 성격에서 온 것이라 할 수 있다.

이 작품의 장면은 크게 세 부분으로 나누어져 있다. 첫째는 총각이 이선달네 맏딸애기와 만나는 장면이고 둘째는 혼인식날 총각이 죽자 신부가 당황하는 장면이며 마지막은 상여가 나가는 장면이다. 이때 각 장면의 전환은 서술자의 설명 없이 곧장 인물들의 대사로 이어지고 있어 그야말로 극적인 느낌을 준다.

첫째 장면에서의 등장인물은 총각과 이선달네 맏딸애기이다. 총각은 이선달네 맏딸애기가 잘났다는 얘기를 듣고 맏딸애기를 보러 가는데, 맏딸애기가 총각을 유혹한다. 총각이 왜 맏딸애기를 거부하는 지는 작품 문면에 나타나 있지 않다. 거부당한 맏딸애기는 총각이 장가가는 날 죽으라고 저주한다.

둘째 장면은 총각이 죽자 당황한 신부가 아버지, 어머니, 오빠에게 차례차례 고한다. 신부의 말과 상대 인물의 말이 인물만 바뀔 뿐 똑같은 대사가 반복된다. 이는 갑작스런 신랑의 죽음에 어쩔 줄 몰라 하는 신부의

의 현장에 있는 듯한 환상을 갖는 것을 의미하며, 소외효과는 대상에 대해 이질감과 낯선 느낌을 갖게 됨을 의미한다. 소외 효과는 서술 속도를 빠르게 하는 방법, 논평적 화자를 등장시키는 방법, 직접적 장면 제시보다 간접적 요약 설명을 사용하는 방법, 작중 인물과 작품외적 자아(작자, 독자)가 대화를 나누는 방법, 사건의 서술에 긴요하지 않은 지엽적인 일들을 장황하게 서술하는 방법 등 독자나 관객으로 하여금 서술자의 존재를 강하게 인지케 함으로써 이루어진다. 김천혜(1996) 233~243면 참조.

내적 심리와 삼단 같은 머리를 풀어주라는 식구들의 말에 대한 신부의 거부감을 드러내기 위한 장치라고 할 수 있다. 곧이어 자신의 급변한 처지를 한탄하는 신부의 독백은 이를 단적으로 보여 준다. 겨우 하룻밤을 지낸 신랑으로 인해 자신이 과부가 된다는 현실은 도저히 받아들일 수 없는 것임을 토로하는 것이다.

마지막 장면은 다시 이선달네 맏딸애기 집 주변에 상여가 나가는 것으로 되어 있다. 이로 보면 총각의 진정한 사랑은 맏딸애기에게 있는듯도 하다. 아니면 맏딸애기의 저주가 풀어져야만 저승세계로 제대로 돌아갈 수 있기 때문이라는 창자와 청중의 생각이 작용된 듯도 하다. 이 작품에는 자세히 서술되어 있지 않지만 다른 각편에서는 맏딸애기가 상여 속으로 들어가 두 사람이 나비로 환생한다고 되어 있는 것을 보면 사랑의 주체는 맏딸애기와 총각이라고 볼 수 있다. 맏딸애기와 총각이 나비로 환생하여 하늘로 날아가는 환상적인 장면으로 막이 내리는 것이다.

등장인물은 총각, 이선달네 맏딸애기, 신부, 신부의 아버지, 어머니, 오빠, 상두꾼들로 이루어져 있다. 특이한 것은 총각이 주인물인데도 총각의 대사는 딱 하나 뿐이어서 부인물처럼 처리되어 있고, 사건의 중심은 이선달네 맏딸애기와 신부에 놓여 있다. 이선달네 맏딸애기가 총각에게 퍼붓는 긴 저주의 말, 그리고 영문을 모르고 신랑의 죽음을 맞이한 신부의 한탄이 그것이다. 더구나 신랑의 죽음을 식구에게 알리는 신부의 대사가 여러 번 반복됨으로써 신부의 딱한 처지를 강조하는 것은 신부가 이 작품에서 중심 인물로 설정돼 있음을 보여 준다.

이 작품에 나타나는 등장인물의 갈등은 두 가지이다. 하나는 이선달네 맏딸애기와 총각의 갈등이고, 다른 하나는 신부와 신부 가족의 갈등이다. 이선달네 맏딸애기와 총각의 갈등은 맏딸애기가 구애를 하나 총각이 이를 거부하는 데에서 발생한다. 처녀인 맏딸애기가 총각에게 먼저 구애를 한다는 것은 우리의 옛 풍습으로 볼 때 대단히 과감하고 혁신적인 것이다. 총각은 맏딸애기에게 관심은 있으나 이런 대담한 구애를 받아들일 만큼 진취적이지는 못하다는 데 문제가 있다. 맏딸애기가 총각에게 퍼붓는 저주는 자신의 구애가 혁신적이었던 만큼 강도가 높은 것이다. 두 사람의 갈등은 결국 맏딸애기의 저주가 실현되고 총각이 죽어 나비로 환생한다는 데에서 해결된다. 현실에서는 해결할 수 없지만 초현실에서라도 해결하고자 하는 사랑에 대한 강한 욕구가 내재해 있다.

신부와 신부 가족의 갈등은 부차적인 것이기는 하지만 이 작품의 전개부 대부분을 차지한다는 점에서 결코 무시할 수 없는 것이다. 우선 이 혼인은 서로 사랑하는 이들끼리의 맺음이 아니라는 데 문제가 있다. 신랑의 마음은 이선달네 맏딸애기에게 이미 **빼앗겨** 있는 상태여서 신부는 이미 불행한 혼인의 당사자가 되어 있다. 하지만 신랑과 신부의 갈등은 나타나지 않고 신랑의 죽음에서부터 사건이 발전한다. 이는 도입부에서 내려진 신랑에 대한 저주의 실현이라는 측면을 강조하기 위한 것으로 보인다.

대신 머리를 풀어 주라는 가족들의 말에 거부감을 보이며 자신의 신세를 한탄하는 신부의 말들을 비중 있게 표현함으로써 졸지에 과부가 되어버린 신부의 처지를 부각시키고 있는 점이 흥미롭다. 이는 이 노래를 부르고 듣는 창자와 청중이 정작 공감을 보이는 등장인물이 이 신부가 아닐까 하는 생각이 들게 한다. 즉 사랑과는 관계없이 부모가 정해준 배우자와 혼인을 해야 하고 그 배우자에게 문제가 생겼을 때에는 평생을 수절하며 살아야 하는 신부의 처지는 예전 평범한 여성들의 삶을 그대로 대변하는 것이기 때문이다. 다른 부분에 비해 이 부분이 특히 여러 인물이 등장해 그 비극성을 강조하는 것은 바로 이런 이유에서라고 볼 수 있다.

이번에는 위 작품과 마찬가지로 저주받아 죽은 신랑의 이야기이지만, 주 갈등이 후실장가 가는 남편과 처에 놓여져 있는 작품을 살펴보기로 하자.

「구비 7-4 대가면 224」 박삼선(73), 1979. 4. 19. 강은해 조사.

(본처 대화)　　　말아시오 말아시오 요번장개 말아시오
　　　　　　　　뭣이기리버 갈라하요 하늘겉은 부모두고
　　　　　　　　온달겉은 댁을두고 반달겉은 첩을두고
　　　　　　　　앵두겉은 딸을두고 구실겉은 아들두고

	바대곁은 밭을두고 한강곁은 논을두고
	다락곁은 말을두고 고래곁은 소를두고
	가매곁은 밭을두고 뭣이기리버 갈라카요
	요분장개 말아시요
(본처 독백)	장개질이나 채리가주
	삽작걸에 나가거던 장때미나 빨리주소
	한모랭이 돌거들랑 요시짐승 진동하소
	두모랭이 돌거들랑 간지짐승 진동하소
(신랑 대화)	어허불상 아부님요 잃었도다 재쟁이요
(아버지 대화)	어라이놈 물렀거라 산짐승이 어디란가
(창자 논평)	그놈 애비라칸 놈이 더 해
(본처 독백)	시모랭이 돌거들랑 말다리나 부러지소
	네모랭이 돌거들랑 방애채나 부러지소
	행리청에 들거덜랑 사모관대 뿌사지소
	점슴상을 받거들랑 수저분이 뿌러지소
	지역상을 받거들랑 곁머리야 속머리야
	서이깨는 앉고접고 앉어깨는 눕고접고
	눕거들랑 아무가고 영가시오
(서술자 해설)	그러구러 지역상을 받으이께
	곁머리야 속머리야 이방저방 나붓다가
	신부방에 들어가니 서이께노 앉고접고
	앉으께는 서고접다 눕으인네 이인가인 하는구나
	각시님이 썩나서서
(신부 대화)	연드라 연드라 쪽배기다 밥말어라
	설강녀에 칼간더라 서방인가 양반인가 물리보자
(서술자 해설)	한번물리 칼안나가 두번물리 칼안나가
	삼시분을 거듭물리 큰어마시 말들었다
	신랑이 고마 내죽었구나
	마당에다 백민묻고 담밖에다 백민묻어
(신부 독백)	동네방네 어르신네 과부이름 짓지말고
	아해이름 지어주소
(서술자 해설)	새댁이는 흰등타고 행상으로 떠나가이

<table>
<tr><td></td><td>큰어마시 썩나서서</td></tr>
<tr><td>(본처 독백)</td><td>행상보니 윗슴나고 휜등보니 눈물난다</td></tr>
<tr><td></td><td>내말이 정말이네</td></tr>
</table>

이 작품은 앞의 작품과 마찬가지로 장가간 신랑이 저주받아 죽는 것으로 되어 있으나, 신랑이 총각이 아니라 본처를 두고 후실장가 가는 남자로 되어 있다. 앞 작품보다는 서술자의 역할이 많이 축소돼 있는 것을 볼 수 있다. 즉 앞 작품에서는 서술자가 서두에서 주인물의 일생을 압축해 소개하지만, 이 작품에서는 그런 설명 없이 곧장 인물의 대사로 들어감으로써 훨씬 더 극적인 구성으로 되어 있다.

서술자는 앞 작품과 마찬가지로 관찰자 입장에서 3인칭 시점으로 사건을 서술하고 있다. 서술자가 드러나 있는 곳은 신랑이 저주의 내용대로 신부방에 들어가 앓는 장면과 신부의 노력에도 불구하고 죽고마는 장면, 상여가 나가는 장면을 서술하는 부분이다. 앞 작품에서는 장면의 전환을 인물간의 대화로만 짐작하게 하는 데 비해 이 작품에서는 서술자의 장면 묘사로 보여주는 것이다.

이때 서술자의 장면 묘사는 마치 지금 막 일어나는 것처럼 현재 시제로 서술되어 있어 극적인 생동감을 주는 한편, 시간의 흐름을 최대한 압축하여 제시함으로써 장면의 전환이 급속도로 이루어지게 하는 효과를 내고 있다. 즉 "그러구러 지역상을 받으이게 / 겉머리야 속머리야 이방저방 나붓다가 / 신부방에 들어가니 서이께노 앉고접고 / 앉으께는 서고접다 눕으인네 이인가인 하는구나"에서보면 모든 시제를 현재형으로 서술하면서, '그러구러' 한 단어로 신랑이 신부와 혼인을 하는 동안의 시간을 축약하고 신랑이 앓는 모습을 요약해 제시하고 있는 것이다. 이는 서사민요가 서사성을 유지하면서도 극적으로 서술되고 있음을 보여주는 것이라 할 수 있다.

이 작품에서는 서술자의 말 이외에도 창자의 논평이 중간에 불쑥 끼어들고 있다. 즉 신랑의 아버지를 두고 창자가 "그놈 애비라칸 놈이 더 해." 하고 욕을 하는 것으로 창자의 신랑과 신랑 아버지에 대한 적개심을 나타내 준다. 이러한 창자의 간섭은 서사민요의 연행에서 자주 나타나는데, 이는 청중들을 극적 환상에서 깨어나 작중 인물에 대한 비판적 거리를 형성하게끔 하는 작용을 한다.

이 작품의 장면은 세 부분으로 되어 있다. 도입부는 후실장가를 가는 남편을 본처가 말리는 장면으로, 남편이 듣지 않자 본처는 저주를 내린다. 본처의 저주는 남편이 신부의 집에 도착하기까지의 노정을 밟아 가면서 그 강도가 점층적으로 높아져 마침내는 죽는 것으로 되어 있다. 전개부는 본처의 저주대로 신랑이 앓다 죽자 신부가 한탄하는 장면이다. 이때 신랑이 앓아 눕자 신부가 대처하는 행동이 이채롭다. 앞 작품에서는 아주 나약한 모습으로 그려져 있는 데 비해 이 작품에서는 음식과 주술로 신랑의 액운을 물리치려고 애를 쓰는 모습으로 되어 있다. 그러나 그 노력이 본처의 한에 맺힌 저주를 감당할 수는 없었기에 신랑의 죽음을 피할 수는 없었다. 여기에서도 신부의 원통한 심정은 잠깐 비쳐진다. "과부이름 짓지말고 아해이름 지어주소"라는 신부의 독백이 그것이다. 첫날밤도 치르지 못한 채 과부가 되어야 하는 자신의 처지를 받아들일 수 없음을 토로하고 있다.

마지막 장면이 떠나가는 상여와 흰 가마를 보며 쓴 웃음을 짓는 본처의 모습으로 그려져 있는 것은 아주 현실적이다. 〈이선달네 맏딸애기〉에서 보이는 것과 같은 초현실적인 사랑의 성취는 이루어지지 않는다. 후실장가 가는 남편에 대한 본처의 저주와 응징이 극명하게 드러나 있다.

등장인물은 본처, 신랑, 신부, 종 등으로 되어 있다. 앞 작품과는 달리 신부의 식구들은 나오지 않는데 이는 신부의 비중이 그만큼 줄어든 것이라 볼 수 있다. 즉 이 작품에서는 처자식을 버리고 후실 장가를 가는 남자에 대한 비판을 강하게 담고 있어서 신부의 처지를 길게 서술해 공연한 동정을 불러일으킬 필요가 없기 때문일 것이다.

이 작품의 갈등은 아내와 남편의 갈등이다. 남편은 다른 여자에게 장가를 가고 아내를 이를 용납할 수 없는 데에서 갈등이 발생한다. 예전에는 남자가 한 두 명의 첩을 거느리는 것이 예사이었고, 여자는 이를 질투

하는 것조차 금기시되었다. 그런데도 이런 노래를 부른다는 것은 이런 부당한 현실과 제도에 여자들이 얼마나 큰 반발심을 지니고 있었는가를 잘 보여 준다.

본처와 후처 사이의 갈등은 나타나지 않는다. 오히려 본처는 후처의 처지를 동정하는 듯하다. 마지막의 "행상보니 윗슴나고 횐둥보니 눈물난다"라는 본처의 독백이 그런 심경을 잘 나타낸다. 죽은 남편이야 불쌍할 것 없지만 영문을 모르고 신랑을 잃는 신부의 처지야 가엾게 느껴지는 것이다. 한 남자로 인해 불행을 알게 된 같은 여자로서의 연민이 작용한 것으로 생각된다.

이 작품의 서술자는 이렇게 후실장가 가는 남자와 처, 첩의 이야기를 대사와 장면 묘사 위주로 전개함으로서 상당히 객관적 입장을 취하고 있다. 창자 역시 등장인물 중 어느 누구에게도 자신을 동일시하거나 몰입하지 않고 그들을 객관적으로 보여주는 데 치중하고 있다. 이렇게 등장인물 간의 대사 중심으로 작품이 전개될 경우 청중은 서술자에 이끌리지 않고 등장 인물 중 어느 하나에 자신을 동일시하며 사건을 받아들이게 된다.

그러나 군데군데 드러나는 서술자의 직접적인 해설과 창자의 논평이 이를 방해한다는 것을 간과해서는 안된다. 서술자와 창자가 사건 속에 참여하고 간섭하는 것은 청중으로 하여금 이것이 현실이 아니라 극적 환상에 불과함을 깨닫게 하고, 등장인물과의 사이에 비판적 거리를 갖게끔 유도한다.9) 서사민요에 나타나는 이런 현상은 서사민요가 원래 일을 하면서 불렀다는 연행 방식에서 생겨나는 것으로 생각된다.

---

9) 희곡에도 이와 비슷한 양상을 보이는 것으로 '서사적 희곡'이 있다. 서사적 희곡이란 화자를 평설적인 위치에 설정하여 줄거리 밖에서 발언하고 있거나, 관찰자를 실제 주인공으로 삼고 있는 희곡으로서 관객에게 거리감을 창출하면서 극적 환영을 깨뜨리는 효과를 지니고 있다. 민병욱(1997) 234~239면 참조. 이로 볼 때 서사민요가 연행되면서 나타나는 여러 특성들은 서사적 희곡이 가지고 있는 특성과 아주 유사하다고 생각된다.

2. 2. 주인물 역할의 서술자

서술자가 항상 관찰자적 입장에서 객관적으로 사건을 전개하는 것만은 아니다. 오히려 대부분의 서사민요는 서술자가 주인물의 입장에서 주관적으로 사건을 전개하고 있다. 이 경우 대체로 주인물은 서사민요의 주 담당층이라 할 수 있는 여성으로 되어 있다.

서사민요 중 시집살이 노래의 경우 주인물이 모두 시집살이를 겪는 여성이므로 서술자는 이 주인물의 입장에서 사건을 서술하는 것을 볼 수 있다. 다음의 경우를 보자.

「옥갓 29」 김필순(50), 1981. 7. 12. 서영숙 조사.

(서술자 해설)　　시집가는 삼일만에 들깨서말 참깨서말

　　　　　　　　양동가매 볶으라길래 장작불모아 볶으다가

　　　　　　　　양동가매를 깨었고나 시금시금 시아바니

(시아버지 대화) 아가아가 엊그저께오는 새메늘아가

　　　　　　　　느거집에 어서가서 양동가매를 물오내라

(서술자 해설)　　시금시금 시어마니

(시어머니 대화) 아가아가 엊그저께오는 새메늘아가

　　　　　　　　어서느그집에 돌아가서 양동가매를 물오내라

(서술자 해설)　　조그막한 시뉘애기

(시누 대화)　　　엊그저께오신 새성님 어서빨리 양동가매 물오시오

(서술자 해설)　　뽐내는술을 지어놓고

(며느리 대화)　　시금시금 시아바니 시어머니

　　　　　　　　여기앉어 제말한자리 들으시오

　　　　　　　　분통같은 요내몸을 감쪽같은 요내몸을

　　　　　　　　괴발같은 당신아들 큰손으로 아실살살 만질제는

　　　　　　　　천냥도싸고 만냥도싼데 양동가매 물오란말이 웬말이요

(서술자 해설)　　시금시금 시어마니

(시어머니 대화) 아가아가 메늘아가 세간전답을 너를주랴

(며느리 대화)   세간전답도 내사싫소 앞멧논도 내사싫소
                뒤멧논도 내사싫고
                지똥같은 헐어낸 요내몸만 물오내면
                양동가매 아니라 더한것이라도 물오리라

　이 작품은 시집간 며느리가 깨를 볶다 양동가마를 깨뜨리자, 시집식구가 친정으로 돌아가 양동가마를 물어 오라고 하는 데에서 사건이 발생한다. 이에 며느리가 굴복하지 않고 시집식구에게 항의하자, 시집식구가 사과를 하는 내용으로 되어 있다.

　여기에서 보면 서술자는 주인물을 객관적으로 관찰해 서술하는 것이 아니라, 바로 주인물의 입장에서 자신이 겪은 사건을 대사와 해설로 전개하고 있다. 서술자는 며느리에 자신을 동일시하면서 며느리의 행동이나 대화에는 주체를 지시하지 않는 반면, 며느리를 둘러싸고 있는 시집식구들은 그 행동이나 대화의 주체가 누구인지를 일일이 지시하고 있다. 더구나 대화 지시문에 "시금시금 시아바니", "시금시금 시어머니"와 같이 시아버지와 시어머니의 앞에 '시금시금'이라는 비하적인 관형어까지 붙이고 있다. 이는 서술자와 며느리는 굳이 구별할 필요가 없는 반면 서술자와 시집식구는 구별해야 하기 때문에 온 것이라고 볼 수 있다.

　이렇게 서술자가 주인물의 입장에 서서 1인칭으로 서술할 경우 청중들은 쉽게 주인물과 자신들을 동일시해 받아들이게 된다. 또한 주인물을 구박하는 상대 인물들의 말과 행동에 분개하며 비판적으로 바라본다. 물론 이러한 상황은 창자와 청중, 서술자와 주인물이 모두 시집살이를 겪는 며느리의 입장에 놓여 있을 때 가능한 것이다.

　그러나 이 작품에서도 며느리에게 양동가마를 물어 오라고 하는 시집식구들의 말은 시아버지, 시어머니, 시누로 교체되면서 비슷한 대사가 반복되고 있다. 시아버지, 시어머니의 말은 똑같은 말로 반복되나, 시누의 말은 시누가 올케에게 하는 말인 만큼 변화가 있다. 이렇듯 인물이 여럿 등장하여 같은 대사를 반복하는 것은 서사민요를 부를 때 단조로운 작업을 오랫동안 계속해야 하는 것과 연관이 있다.

한편 이때 인물의 말들은 실제 인물들이 한 말이라기보다는 서술자에 의해 요약적으로 제시된 것이라 할 수 있다. 실제 대화라면 같은 말이 반복될 수 없고 단 한 문장으로 끝날 수가 없기 때문이다. 이렇게 사건 전개에 있어서 인물들의 말을 중심으로 제시하는 극적 성격과 인물의 말에 서술자가 침투하는 서사적 성격이 공존하는 것이 서사민요의 특징이라고 할 수 있다.

이러한 서술 특성은 판소리의 서술에도 나타나는 것인데, 판소리가 대목 위주로 연행되기 때문에 각각의 장면에 자세한 묘사가 이루어지는 데 비해, 서사민요는 전체 줄거리를 한번에 연행하므로 압축적 묘사가 이루어지는 것으로 생각된다.

이 작품의 장면은 세 부분으로 되어 있다. 도입부는 며느리가 깨를 볶다 양동가마를 깨뜨리는 장면으로 급작스럽게 사건이 터짐으로써 갈등과 위기의 극면을 조성하고 있다. 전개부는 시집식구들이 며느리에게 양동가마를 물어내라는 장면이다. 특히 시아버지, 시어머니, 시누가 차례 차례로 나서며 양동가마를 물어내라고 하는 장면이 반복적으로 전개됨으로써 시집식구들의 부당성과 주인물이 겪는 고난이 강조되고 있다. 결말부는 며느리가 시집식구에게 항의함으로써 시집식구가 며느리에게 사과하는 장면이다. 전개부에서 지속되었던 시집식구와 며느리의 우열관계를 역전시킴으로써 며느리가 자신의 의지를 관철해내고 있다.

이 작품의 갈등은 며느리와 시집식구간의 갈등이다. 가마가 깨어진 것이 며느리의 인간적 결함 때문이 아니라 어쩔 수 없었던 것임에도 불구하고 며느리의 잘못으로 몰아 세우는 시집식구들의 비인간적이고 부당한 처사는 며느리에 대한 시집식구의 원천적인 미움 때문이라고 할 수 있다.

시집식구들의 부당한 처사에 다른 시집살이노래에 흔히 나타나듯 며느리가 집을 나가거나 자살을 하는 것과 같은 소극적인 해결방법은 나타나지 않는다. 며느리는 시집식구들과 정면으로 대결을 벌임으로써 이를 해결하고자 한다. 즉 시집식구들을 모두 모아 놓고 자신이 시집와 헐어 버린 몸을 물어주면 양동가마를 물어내겠다고 항의를 한다. 즉 자신은 시집와 자신의 몸을 희생했는데도 불구하고 자신을 가족의 구성원으로 취급해 주지 않는 데에 대한 반발이라고 할 수 있다.

이에 시집식구가 세간전답을 다 주겠다며 며느리를 회유해 보지만 며느리는 세간전답도 다 싫다며 자신의 몸을 물어내라고 거세게 항의한다. 상처 입은 자존심이 그 어떤 경제적 회유로도 쉽게 회복될 수 없으며 인간적인 대우가 정말 소중함을 강하게 주장하는 것이라 하겠다. 이본에 따라서는 며느리가 시집식구의 사과를 받아들여 잘 살게 되었다는 결말을 제시하기도 하지만 이 작품에서와 같이 며느리의 강한 항의로 뚜렷한 해결을 제시하지 않기도 한다. 그러나 이런 결말 처리가 오히려 더 강한 여운과 인상을 남겨 줄 수 있다. 해결이 어떤 방향으로 되든 며느리가 자신의 자존심을 되찾아 시집식구와 대등하거나 오히려 정신적으로는 우위에 있다는 확신을 가지게 되기 때문이다.

이처럼 작품에서 주인물 역할을 하는 서술자는 자신의 이야기처럼 사건을 해설하고 서술해 나간다. 청중 역시 서술자의 눈을 통해 작중 인물을 바라보고 사건을 이해하게 된다. 청중과 작중 인물과의 거리가 가장 좁혀지는 것도 이 시점의 작품에서이다. 그러면서도 서술자는 인물간의 대화를 압축적으로 요약하거나 인물의 행동을 현실과는 동떨어지게 묘사함으로써 주인물과 청중의 사이에 일정한 거리를 조성한다. 즉 주인물은 '나'와 비슷한 처지의 여성일 뿐 '나'는 아닌 것이다. 그러므로 창자와 청중은 이러한 시점의 노래를 부르면서 자신을 객관적으로 돌아볼 수 있는 계기를 마련할 수 있지 않았을까 한다.

2. 3. 이중 역할의 서술자

서술자는 관찰자로서 사건을 전개해 나가거나, 주인물로서 사건 속에서 행동하기도 한다. 그런데 어떤 작품은 서술자가 관찰자의 역할과 주인물의 역할을 동시에 수행함으로써 이중 역할을 하는 것을 볼 수 있다. 이때의 시점은 관찰자 시점과 주인물 시점이 복합된 복합 시점이라고 할 수 있다. 이런 경우를 살펴보기로 하자.

「옥잣 31」 김필순(여 50), 1981. 7. 12. 서영숙 조사

(관찰자 - 서술자 해설) : 광주안에 강선비는 글이 좋아 재변이요
어름땅에 박처자는 새살이좋아 재변이니
얽혔고야 얽혔고야 명사삼년 얽힌혼인
시흔닷말 술을하고 시흔닷말 떡을하고
백만원짜리 소를잡아 동네잔치 부쳐놓고
강선비오기만 기다리니 강선비는 아니오고
비랭이 씹놈만 들어오네
(주인물 - 서술자 해설) : 거동보소 거동보소 울아바니 거동보소
(아버지 대화)　　　　　 : 아가아가 몃딸아가 강선비가 죽었단다
머리조깨 풀어줘라
(신부 대화)　　　　　　 : 지가저를 언제봤다고 두자두치 요내머리
구름같이 풀을소요
(주인물 - 서술자 해설) : 울아버지는 백마를타고 요나나는 흰둥타고
강선비를 찾아가니 신들신들 시어마니
(시어머니 대화)　　　　 : 아가아가 며늘아가 어느방으로 들어갈래
신체방으로 들어갈라
(신부 독백)　　　　　　 : 아이고답답 강선비야 네가먼저 올길을
내가먼저 왔네
짓고가소 짓고가소 이름이나 짓고가소
처녀로도 짓지말고 과수로도 짓지말고
처녀과수로나 짓고가소

이 작품은 사주를 주고 받은 뒤 오랫동안 기다려온 혼인 날, 공교롭게
도 신랑의 부고를 받고 신부가 흰 가마를 타고 신랑의 집에 찾아가는 내
용의 노래이다. 혼인도 치르지 못한 채 청상 과부로 지내야 하는 신부의
비극적 처지를 잘 그려내고 있는 작품이다.
　이 작품에는 두 종류의 서술자가 있다. 하나는 작품의 서두에 작품의

두 주인물과 사건의 발단 배경을 소개하는 관찰자로서의 서술자이고 다른 하나는 주인물인 신부의 입장에서 사건의 진행을 이끌어나가는 주인물로서의 서술자이다. 관찰자 – 서술자는 객관적으로 인물을 바라보고 3인칭으로 서술하는 반면, 주인물 – 서술자는 주인물인 신부를 1인칭으로 서술하고 있다. 관찰자의 입장이라면 '신부 부친 거동보소' 또는 '박영감 거동보소' 등의 객관적 지칭이 나와야 하는데 주인물의 입장에서 "울아버니 거동보소"라든지 "울아버지는 백마를타고 요내나는 흰둥타고"와 같이 표현하는 것이 그것이다.

이렇게 서술자가 이중 역할을 하는 경우, 서술자는 우선 서술자와 주인물이 별개임을 분명히 한 후, 사건의 진행은 자신이 겪은 일처럼 전개하고 있다. 이는 자못 모순된 태도처럼 여겨지기도 하지만, 서술자가 우선 사건의 객관성을 확보한 다음, 사건의 서술을 실제 체험처럼 실감 있게 전개하여 청중을 극적 세계로 이끌고자 하는 데서 오는 것이 아닌가 한다. 이는 작품의 객관성과 주관성을 동시에 확보하려는 서술자의 의도라고 할 수 있다.

한편 행동의 지시나 장면의 전환과 같은 서술자의 언술 외에 모든 인물의 언술은 인물들의 대화로 그대로 제시함으로써 객관성과 직접성을 부여하고 있다. 즉 인물들의 언술을 서술자의 언술로 나타낼 경우 서술자의 존재 때문에 청중이 인물의 말을 간접적으로 들어야 하나 인물들의 말을 그대로 제시함으로써 청중은 인물의 목소리와 직접 대면할 수 있는 것이다. 이는 사건을 실감 있게 재현해낸다는 점에서 극적인 성격을 띤다.

이 작품의 장면은 세 부분으로 되어 있다. 도입부는 신부집에서 혼인잔치를 준비해 놓고 신랑 오기를 기다리는 장면으로 서술자의 설명으로 되어 있다. 성대한 혼인 잔치의 준비 과정을 야단스럽게 서술한 뒤 신랑을 기다리나 "강선비는 아니오고 비렝이씹놈만 들어오네"라고 서술함으로써 불길한 사건이 예시되고 있다.

전개부에서 불길한 전조가 현실화된다. 아버지가 신랑의 부고를 받고 신부에게 머리를 풀으라고 하나 신부는 생전 보지도 못한 신랑의 죽음에 자신의 머리를 풀어야 한다는 사실을 순순히 받아들이지 못한다.

결말부에서는 어쩔 수 없이 훤둥(흰 가마)을 타고 신랑집에 간 신부가 신체방에 들어가 자신의 불운한 처지를 한탄한다. 이 한탄은 신랑의 죽음에 대한 슬픔보다는 혼인조차 치르지 못하고 과부가 되어야 하는 자신의 원통함을 드러내는데 치중하고 있다.

이 작품의 주인물은 신부이고 보조 인물은 신부의 아버지, 신랑의 어머니로 되어 있다. 신랑은 전혀 등장하지 않고 죽은 것으로 처리되어 있다. 이 작품의 표면적 갈등은 신부와 신부의 아버지 사이에 놓여 있다. 혼인도 치르지 않고 죽은 신랑을 남편으로 받아들여야 한다는 신부의 아버지와 그럴 수 없다는 신부의 생각은 서로 대립된다. 그러나 신부의 아버지는 사회적 관습을 전해주는 매개자일 뿐 신부의 적대자는 아니다. 신부가 아버지와 끝까지 대결하지 않는 것은 아버지가 가해자가 아니라 자신과 마찬가지로 피해자임을 알고 있기 때문이다.

즉 이 작품의 주요 갈등은 신부와 불합리한 혼인 제도간의 갈등이라고 할 수 있다. 신부가 반발하고 저항하는 것은 혼인조차 치르지 않은 신랑을 신랑으로 받아들이고 평생 과부로 지내도록 강요하는 사회 제도의 억압과 구속이다. 그러나 신부의 처절한 절규에 그칠 뿐 아무런 해결점도 제시되지 않는 채 끝남으로써 제도와 사회의 폭력에 개인이 얼마나 나약하고 무력한지를 잘 보여 준다. 비극적 결말의 전형적 모습이라 하겠다.

이 작품의 사건은 주인물 시점에서와 마찬가지로 주인물로서의 서술자에 의해 주로 전개된다. 그러나 이 노래를 부르는 창자와 청중은 주인물 시점에서처럼 쉽게 자신들의 감정을 주인물에 이입시키지는 않는다. 이는 작품의 서두에서 이미 관찰자로서의 서술자에 의해 서술자와 주인물이 별개 인물임이 명백히 제시되기 때문이다. 즉 주인물은 '나'가 아니라 '남원 땅의 박처자'로서 실제 존재하는 현실적인 인물이 아니라 가상적으로 꾸며낸 허구적 인물임이 전제됨으로써 창자와 청중은 주인물을 동정하고 안타깝게 여기기는 하지만 동일시하지는 않는 것이다. 이는 관찰자 시점의 작품에서 나타난 '소외 효과'가 복합 시점의 작품에서도 나타나는 것으로 볼 수 있다.

3. 서술자가 숨어 있는 경우

  서사민요 중에는 서술자가 전혀 나타나지 않고 인물간의 대화로만 이루어져 있는 것도 있다. 이는 서사민요가 보이는 극적 경향이 최대화된 것이라 할 수 있다. 서술자가 드러나 있는 경우 인물의 소개나 장면의 제시 등이 서술자의 말로 이루어지지만, 서술자가 숨어 있는 경우는 이 모든 것이 인물간의 대화에 내포돼 있다고 볼 수 있다.
  다음 작품을 예로 들어 살펴보기로 하자.

「구비 7-5 초전면 26」 송봉순(여 71), 1979. 8. 1. 최정여, 강은해 조사.

(본처 대화)	: 가지마소 가지마소 후실장개 가지마소
	다락겉은 말이없오 궁디넙은 마누래없오
	앵두겉은 딸이없오 제비겉은 아들없오
	사래진 밭이없오 광넙은 논이없오
	가지마소 가지마소 후실장개 가지마소
(본처 대화 또는 독백)	: 후실장개 가거덜랑 우예섰던 까막깐치
	아랫질로 내리서소 또한모랭이 돌거들랑
	우예섰던 백년새가 아랫질로 내리서소
	동구밖에 들거들랑 가매채나 내리앉지소
	행례청에 들거들랑 사모관대 내리앉으소
	첫날밤에 들거들랑 속머리야 겉머리야
	뜨금뜨금 아프거라
(신랑 독백)	: 후회되네 후회되네 후실장개 후회되네
(신부 대화)	: 아이종아 물떠오너라 어른종아 밥가오너라
	어제왔던 새서방님 아래왔던 새서방님 물리나보자

(본처 독백)	: 가지마라 가지마라 후실장개 가지마라항게 　기어이 가디만도 저기뭣이고 밍년대가 우 　짠일고
(자식 독백)	: 기아내라 기아내라 관솔깎아 기아내라 　기아내라 기아내라 남글깎아 기아내라 　울아부지 기아내라

　이 작품 역시 앞의 예(경북 군위 4-21)와 마찬가지로 후실장가 간 신랑이 본처의 저주로 죽는 내용으로 되어 있다. 단 앞 작품과는 달리 아들 딸이 죽은 아버지를 살려 내라고 우는 대사가 추가됨으로써 신부 외에 또 다른 희생양이 있음을 나타내 준다.

　이 작품에서는 서술자가 전혀 드러나 있지 않다. 인물간의 대화로만 사건의 전개 과정을 짐작할 수 있을 뿐이다. 서술자의 언술이 전혀 없이 인물의 언술로만 되어 있다는 점에서 극적인 양상을 보인다. 즉 이 작품의 언어 체계는 희곡과 아주 닮아 있다고 할 수 있다. 이럴 경우 청중은 서술자의 해설이 아니라 단지 인물들을 대사를 통해 사건의 진행을 파악해야만 한다. 또한 서술자의 방해 없이 작중 인물들 중 한 사람에 자신을 동일시하여 감정을 이입할 수도 있다.

　그러나 이 작품의 대사는 희곡의 언어와는 차이가 있다는 점을 쉽게 알아차릴 수 있다. 서술자는 완전히 사라져 버린 것이 아니라 대사의 이면 속에 숨어 있는 것이다. 이는 서술자가 작중 인물의 대사를 그대로 재현하는 것이 아니라 압축해서 제시하는 데에서 인지할 수 있다. 서술자는 인물의 자세한 대사를 통해 사건의 전말을 이해시키지 않고 요약된 대사만을 제시하기 때문에 사건의 자세한 내막, 장면의 전환은 청중의 상상력에 맡겨져 있다.

　또한 대사는 인물들이 서로 주고 받는 것이 아니라 어느 한 편에서 일방적으로 하기만 하는 방식으로 이루어져 있다. 그 장면에서의 핵심 인물의 대사만을 선택해 나타내줄 뿐이다. 이는 서사민요가 희곡과는 달리 사건을 자세히 구체적으로 보여주기보다는 압축적으로 제시하는데 중점을 두기에 나타나는 양상이라고 볼 수 있다. 즉 서술자는 겉으로 나타나 있지는 않지만 인물들 간의 대사 그대로를 전하는 것이 아니라, 줄거리 전개에 필요한 핵심 대사만을 축약해 제시함으로써 보이지 않는 손을 사용하고 있는 것이다.

결국 청중은 서술자의 이 보이지 않는 손에 의해 작중 인물에 대한 동일시 현상을 제어 받게 된다. 작중 인물들은 낯익은 현실의 인물이 아니라, 낯선 가공의 인물로 여겨질 뿐이다. 그러므로 청중은 작중 인물들의 분개나 눈물 섞인 호소 등을 객관적 거리를 가지고 바라볼 수 있는 것이다.

이 작품의 장면은 세 부분으로 되어 있다. 첫 장면은 도입부로 본처가 후실장가 가는 남편에게 호소하고 저주하는 광경이다. 남편의 말은 나오지 않고 본처의 일방적인 대사로 되어 있다. 둘째 장면은 전개부로 신랑과 신부의 신방이 나온다. 이유 없이 신랑이 앓아 눕자 신랑이 후실장가 든 것을 후회하고 신부가 신랑을 살려 내기 위해 갖은 애를 다 쓰는 모습이다. 여기에서도 신랑과 신부는 서로 대화하지 않고 각자의 일방적인 대사로만 되어 있다. 마지막 결말부는 신랑의 상여가 나가는 것을 본처가 지켜보며 남편을 탓하는 모습과 자식이 아버지를 살려 내라며 우는 모습으로 되어 있다.

이 작품의 등장인물은 본처와 신랑, 신부, 자식들이다. 이 작품의 주요 갈등은 본처와 신랑에게 놓여 있다. 그러나 신랑과 신부는 일방적으로 당하기만 할 뿐 전혀 사건의 주동인물이 되지 못한다. 모든 사건의 발단과 전개가 본처의 저주에 의해 이루어진다는 점에서 본처가 주동인물이라고 할 수 있다.

본처는 처자식을 버리고 후실장가를 가는 남편을 만류하나 남편은 이를 무시한다. 이에 본처는 남편을 용서하지 않고 그에게 저주를 내린다. 이후의 사건은 모두 이 저주의 실현이라고 할 수 있다. 이 작품에서는 그 누구도 행복해지지 못한다. 남편을 저주해 결국 남편을 잃고 만 본처 역시 결코 행복해졌다고 볼 수 없다. 아무런 영문도 모르고 첫날 밤 남편을 잃은 신부나 아버지를 잃은 자식들도 마찬가지이다. 이들 모두는 후실 장

가를 가는 남자의 잘못된 욕망과 이를 용인하는 사회적 관습에 희생된 것
이라 할 수 있다.

이처럼 서술자가 표면에 드러나 있지 않고 숨어서 작중 인물의 대사
만으로 사건을 전개하는 경우, 서술자는 작중 인물 중 어느 누구에게도
자신을 동일시하지 않는 객관적 태도를 보인다. 작품 외적 서술자인 창자
역시 그 누구의 입장에도 서지 않는다. 이에 청중은 서술자에 이끌리지
않고 자신의 판단에 따라 작중 어느 한 인물에 자신을 동일시할 수 있는
여지가 다른 어느 시점의 작품보다도 가장 크게 주어져 있다.

하지만 서술자는 사라진 것이 아니라 숨어 있어서 인물들의 말을 압축
적으로 제시하고 있어 청중들로 하여금 그 존재를 인지케 하고 있다. 청
중들은 이 현실과는 다른 낯선 대사로 인해 인물을 낯선 허구적 존재로
파악하고 객관적 거리를 유지하며 작품을 받아들일 수 있게 된다.

이렇게 볼 때 서사민요는 서술자가 숨어 있어 가장 극적인 양상을 보
일 때조차도 여전히 서사성을 유지하고 있다고 할 수 있다. 이는 서사민
요가 창자와 청중이 함께 일을 하면서 불렀기 때문에 형성된 특성이라 생
각된다. 즉 연행적 성격상 서사민요의 서술자는 작중 인물의 대사를 통해
극적으로 작품을 전개하면서도 작중 인물과 일하는 사람들과의 거리는
유지시켜야 했던 것이다.

4. 맺음말

이상에서 연행예술로서의 서사민요가 지니고 있는 서술방식상의 특징
을 서술자의 종류와 역할에 따라 나누어 살펴보았다. 서술자가 드러나 있
는 경우 서술자는 작품 속에서 관찰자 또는 주인물 역할을 하며 사건을
객관적, 주관적으로 진행하거나, 한 작품 속에서 두 가지 역할을 이중적
으로 함으로써 사건의 객관성과 주관성을 동시에 확보하기도 한다. 이 경
우 서사민요는 서술자의 해설과 작중 인물의 대사로 구성되는데, 사건의

전개는 대부분 인물간의 대사로만 이루어짐으로써 극적 성격을 지니고 있다. 그러나 인물의 소개나 장면의 전환, 인물 대사의 요약적 제시 등에 나타나는 서술자의 존재는 소외 효과를 일으켜 청중과 작중 인물과의 사이에 객관적 거리를 형성한다.

서술자가 숨어 있는 경우 가장 직접적이며 극적인 전개방식을 보여 주나 여기에서도 작중 인물의 핵심 대사만을 압축적으로 제시하는 보이지 않는 서술자의 존재는 청중들로 하여금 작중 인물에 몰입하는 것을 제어한다.

이렇게 볼 때 서사민요는 인물의 대사 중심으로 사건을 전개하는 극적 성격을 지니면서도 서사성을 유지하고 있다고 말할 수 있다. 즉 서사민요는 극적 행동을 재현하기보다는 사건의 줄거리를 요약, 압축해 전달하는 데 더 중점을 두고 있다. 서사민요의 이러한 특성은 서사민요의 창자가 여러 사람의 청중과 함께 일을 하면서 연행한다는 점에서 기인한다. 즉 서사민요의 연행이 보여주기보다는 들려주는데 중점을 두고 있으며, 순수하게 보고 듣기 위한 공연물로 이루어진 것이 아니라 일을 하기 위한 수단으로서 이루어져 있다는 데 그 형성 요인이 있다고 생각된다.

즉 서사민요의 원래의 연행은 여러 사람의 같은 또래의 여자들이 모여 일을 하면서 한 사람이 부르고 다른 사람은 듣는 방식으로 이루어졌다. 이때 창자와 청중이 작중인물과 자신을 동일시해 작품에 몰입할 경우 일을 제대로 계속할 수 없게 된다. 그러므로 서술자가 작품 전면에 나서거나 숨어서 작중 인물과 청중과의 거리를 형성하는 것이다. 또한 작품이 주로 짤막짤막한 대사와 장면 전환, 잦은 인물의 교체와 유사한 대사의 반복으로 이루어져 있는 점도 서사민요가 단조로운 작업을 오랜 시간 반복적으로 계속해야 한다는 특성에서 온 것이라 할 수 있을 것이다.

이 논문에서는 서사민요의 서술방식에 나타나는 특징을 고찰하고 이러한 특징이 원래 서사민요를 부르는 연행방식과 연관이 있음을 밝혔다. 그러나 서사민요가 지니고 있는 이러한 특징이 서사민요만의 것인지, 다른 연행 예술 장르와는 어떤 차이가 있는지 등에 대해서는 미처 살피지 못했다. 이에 대해서는 추후에 논의하기로 한다.

참 고 문 헌

구수경(1996), 『한국소설과 시점』, 아세아문화사.
김천혜(1988), 『소설구조의 이론』, 문학과 지성사.
민병욱(1997), 『현대희곡론』, 삼영사.
서영숙(1996), 『시집살이노래 연구』, 도서출판 박이정.
임재해(1988), 「민요의 사회적 생산과 수용의 양상」, 『한국의 민속예술』, 문학과 지성사.
조동일(1979 증보판), 『서사민요연구』, 계명대학교 출판부.
『한국구비문학대계』(1980~1989), 한국정신문화연구원.
『한국민요대전』(1991~1996), (주)문화방송.
S. 리몬-케넌(1985), 『소설의 시학』, 최상규 역, 문학과 지성사.

서사민요의 연행에 나타난 정서적 반응
- 웃음을 중심으로

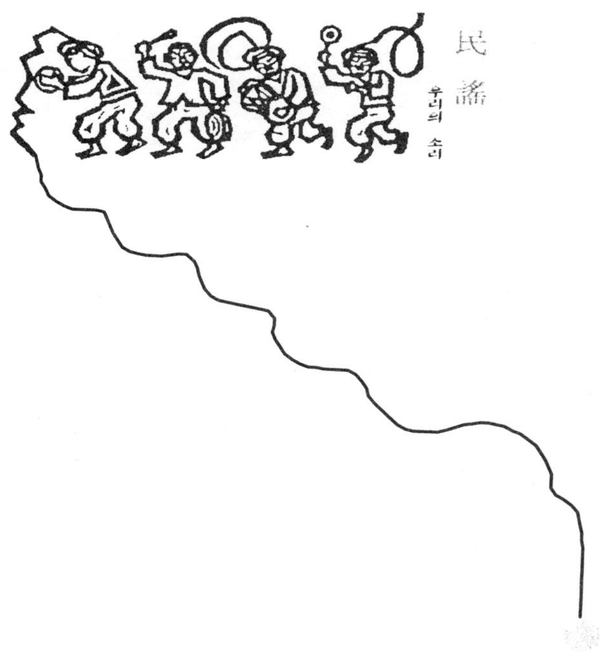

서사민요의 연행에 나타난 정서적 반응
- 웃음을 중심으로

1. 머리말

서사민요는 이야기로 되어 있는 노래이다. 서사민요 속 이야기는 평범한 인물이 겪는 예기치 않은 사건들로 짜여져 있다. 시집살이를 견디지 못하고 중이 되어 나간 며느리 이야기, 짝사랑하는 여자와 맺어지지 못하고 병이 들어 죽은 총각 이야기, 장가간 첫날밤 여자의 저주를 받아 죽은 신랑 이야기, 시집간 첫날밤 아이를 낳아 소박맞은 신부 이야기 등, 서사민요 속 인물은 의외의 고난에 좌절하기도 하고 슬기롭게 해결해 나가기도 한다. 서사민요의 연행집단은 이런 노래를 부르면서 한숨을 쉬기도 하고 분노하기도 하며, 울기도 하고 웃기도 한다. 연행집단이 나타내는 이러한 정서적 반응1)은 서사민요를 연행집단이 어떻게 인식하고 받아들이는지, 서사민요가 연행집단의 삶과 일 속에서 어떠한 구실을 하는지 등을

---

1) '민속예술의 정서와 미학(I)'이라는 주제로 1998년 8월에 열린 제5회 민속학 하계대회의 종합토론에서 정서가 무엇이냐에 대해 상당한 시간의 논의가 있었으나 뚜렷한 합의점에 도달하지는 못했다. 필자는 이 논문에서 정서적 반응을 작품이 연행될 때 창자와 청중이 겉으로 드러내는 감정의 표현 양상이라는 뜻으로 사용하고자 한다. 이때 '감정' 대신 '정서'라는 용어를 쓰는 이유는 감정보다는 정서가 훨씬 더 포괄적이고 긍정적인 의미로 통용되기 때문이다. 정서적 반응의 여러가지 양상, 감정과 정서의 관계 등 이론적 틀은 차후 조사와 연구를 거듭해 나가면서 마련해 나가기로 한다.

파악하는 한 잣대가 될 수 있다.

이 논문에서는 서사민요의 연행에 나타나는 여러 가지 정서적 반응 중 특히 연행집단이 웃음을 터뜨린 작품을 중심으로 이들 작품의 공통적 성격에 대해서 고찰하고자 한다. 물론 한 작품에 나타나는 연행집단의 정서적 반응은 단일한 것이 아니라, 다양하게 얽혀 있어서 이를 복합적으로 밝히는 것이 바람직하다고 할 수 있다. 그러나 작품의 연행에 나타나는 복잡하고 미묘한 정서적 반응을 제대로 파악하기도 어려울 뿐만 아니라, 이들 서로의 총체적 관계 양상을 밝히는 것도 그리 만만치 않은 일이므로 우선적으로는 한 두 가지 뚜렷한 반응을 따로 분석한 뒤, 종합해 나가는 것도 연구의 지름길일 수 있다. 웃음은 다른 어떤 정서적 반응보다도 가장 뚜렷하게 드러나는 것이어서 쉽게 파악할 수 있다는 이점이 있다.

서사민요의 대부분은 슬픈 이야기로 되어 있다.2) 그러나 서사민요를 부르면서 창자와 청중은 울기보다는 웃는게 보통이다. 이들이 슬픈 노래를 부르면서도 웃는 이유가 무엇일까? 이들은 서사민요를 어떻게 받아들이는가? 이들이 웃는 웃음은 어떤 의미가 있으며, 어떤 구실을 하는가? 필자는 이러한 의문들을 해결하기 위하여, 실제 서사민요가 연행되는 현장에서 창자와 청중이 웃음을 터트린 작품을 중심으로 그 형식과 내용상의 특징을 살펴보려고 한다.3)

서사민요를 부르면서 창자와 청중을 웃게 한 작품들은 크게 두 가지 측면으로 나누어 살필 수 있다. 하나는 무엇을 다루느냐 하는 소재적 측

---

2) 조동일(1979 증보판:389)은 서사민요가 평민문학이면서도 대부분 비극적 특성을 지니고 있어 희극적 표현을 위주로 했던 평민문학의 일반적 추세에 밀착되지 않으며, 이는 서사민요가 평민문학으로서 본격적인 성장을 하지 않았다는 증거일수 있다고 보았고, 이후 이정아(1993) 역시 서사민요 특징 중의 하나로 비극적 결말구조를 들고 있다.

3) 이 논문은 서사민요의 구연에 나타난 실제 웃음의 양상을 관찰하고 그 의미를 파악하는 데 주 목적이 있다. 그러므로 서사민요의 미적 범주나 웃음의 유형 등에 대한 논의는 일단 유보하기로 한다. 단 이 논문의 결과가 민요 및 구비문학 전반의 미적 특성을 밝히는 데 한 시사점을 줄 수 있기를 기대한다. 미적 범주 및 민요의 웃음에 대한 기존 논의로는 조동일(1973, 1978, 1979 증보판), 김학성(1980), 구연식(1978), 이금주(1987), 김대행(1991) 등을 참조할 것.

면이다. 창자와 청중은 특정한 이야기거리를 다룰 때 웃는다. 이런 소재에 어떤 것들이 있는지 살펴본다. 다음은 소재를 어떻게 얽느냐 하는 구조적 측면이다. 사건 전개를 어떠한 방식으로 하느냐에 따라 웃음이 나오는 작품도 있고 그렇지 않은 작품도 있다. 어떤 구조적 특징이 웃음을 일으키는지 살펴 볼 것이다.4)

이 논의는 서사민요의 정서와 미적 특성을 기록된 사설에서만 추출하던 데에서 나아가, 실제 서사민요가 창작, 전승되는 상황과 관련시켜서 찾고자 시도하는 것이다. 그럼으로써 사설만을 놓고 분석하는 데에서 놓치기 쉬운 연행 집단의 실제 정서에 가깝게 다가갈 수 있으리라고 본다. 이는 서사민요가 연행을 통해 존재하는 구비연행예술이라는 전제에서 출발한다. 서사민요를 사설로 정착시켜 놓은 이후에는 이미 상당 부분 원래의 실상과 멀어지게 되므로 기록된 사설만을 놓고 연구하는 데에는 일정한 한계가 있다. 서사민요의 웃음을 파악하는 데 있어서도, 사설만을 분석할 경우 연행집단의 실제 정서와는 거리가 있는, 연구자의 주관적 인식에 좌우될 우려가 있으므로 서사민요가 실제 연행되는 현장에 대한 연구가 병행되어야 한다. 단 이 논문의 경우, 필자가 직접 접한 현장에 한계가 있을 뿐만 아니라, 대부분의 서사민요 자료가 자연스런 연행 현장을 제대로 담고 있지 못하기 때문에 보편적인 결론을 얻기 위해서는 확대 심화된 현장 연구가 계속되어야 할 것이다.5)

---

4) 웃음을 자아내게 하는 요소에 문체적 측면도 무시할 수 없으나, 구연 상황을 살펴 본 결과 문체가 웃음을 좌우하는 양상을 잘 포착할 수 없었다. 이는 서사민요의 문체가 공식적, 관용적, 차용적 표현을 쓰고 있어서 구연집단에게 이미 익숙해져 있기 때문이 아닌가 한다. 그러나 이러한 표현이 서사민요의 비극성을 차단하는 데에는 중요한 구실을 한다. 이 점에 대해서는 이미 조동일(1979 증보판:105~123)에 잘 밝혀져 있으니 그리로 미루기로 한다.

5) 이 논문의 자료로는 필자가 직접 조사한 자료 81편, 조동일(1979 증보판)에 수록된 자료 175편및 『한국민요대전』 수록 자료 102편(총 358편)을 대상으로 한다. 『한국민요대전』 자료는 자연스런 구연 상황과는 거리가 있으나, 최근에 이루어진 전국 자료라는 점에서 서사민요의 실상을 밝히는데 큰 참고가 된다. 필자 자료 중 시집살이 노래에 해당되는 것은 졸고(1996)에 수록돼 있으나, 다른 유형의 서사민요는 미발표 자료로서, 서사민요 전반에 관한 연구가 완료되는 대로 간행할 예정이다. 자료 인용시에는

2. 웃음의 구현 양상과 의미

2. 1. 소재적 측면

서사민요의 연행집단은 어떤 소재를 노래할 때 웃을까? 우선 이들은 남녀간의 성과 사랑에 대한 내용이 나오면 웃음을 일으킨다.6) 그러나 서사민요에서 웃음을 일으키는 소재가 비단 성 문제만은 아니다. 연행집단의 일상 경험에서 우러나온 시집살이에 대한 항의, 부당한 현실에 대한 비판을 다룬 소재도 웃음을 자아낸다. 이를 차례로 살펴보기로 하자.

2. 1. 1. 남녀간의 성과 사랑

남녀간의 성과 사랑에 관한 소재는 웃음을 일으키는 소재 중 가장 일반적인 것이다. 그러나 성에 대한 노래를 부르려면 연행 집단의 성격이 동질적이고 폐쇄적이어야만 가능하다. 이는 그만큼 전통 사회에서 성과 사랑에 대해 입밖에 내는 것을 금기시해 왔기 때문일 것이다. 필자 조사 자료 중 〈성기 사는 과부 노래〉는 이미 그 집단이 여러 번 듣고 알고 있는 노래였지만 조사자에게는 들려주려고 하지 않아 어렵게 조사한 노래이다. 그러나 노래를 시작하자마자 청중이 쉽게 웃음을 터뜨리는 것을 볼 수 있었다. 연행 상황과 작품 전문을 그대로 적기로 한다.

　　〔이 노래는 맨처음 창자 양남순이 왔을 때부터 청중이 아예 꺼내지도 못하게 한 노래이다. 청중은 그 노래를 하면 모두들 일어나서 가버린다고까지

　　필자 자료는 마을이름과 자료번호를, 조동일의 자료는 유형 번호를, 문화방송 자료는 지역과 음반 번호를 적기로 한다.
6) 조동일(1979 증보판:383)은 서사민요를 비극적 서사민요와 희극적 서사민요로 나누고 희극적 서사민요로 〈훗사나 타령〉, 〈영해영덕 소금장사〉, 〈강원도 금강산 조리장사〉, 〈메뚜기 타령〉, 〈중타령〉을 들고 있다. 그는 이들 희극적 서사민요의 고난이 모두 성적 결핍에서 온다고 보고 있다.

하며 화를 냈다. 양남순은 유식한 노래를 왜 못 부르게 하는지 모르겠다고
하면서 불만을 표시했다. 조사자가 하도 들려 달라고 청하자 청중이 큰애기
원이니 한번 들려 주라고 했다. 대신 녹음기도 틀지 말고, 적지도 말라고 했
다. 총각들이 자리에 있으면 곤란하다고 하여 근처에 있는 사내 아이들도 모
두 자리를 피했다. 조사자가 녹음기의 코드만 빼어 녹음기가 작동하지 않는
것처럼 해서 청중을 안심시킨 다음 부르게 했다. 창자는 오히려 녹음을 하지
않는다고 하니 부를 맛이 안 난다며 섭섭해했다. 청중은 불러 보고 괜찮으면
다시 불러서 녹음하면 되지 않느냐고 달랬다. 조사자는 나중에 댁으로 찾아
가서 녹음을 하겠다고 설득했다. 한참 동안의 승강이 끝에 노래가 불려졌다.
청중은 중간 중간 웃음을 터트렸다. 창자는 이 노래는 군수 판서 도지사가
있어야 부른다고 하며 시시한 자리에서는 안 부른다고 노래에 대한 자랑을
덧붙였다.]

석자세치 땅중에다가 쉰닷발 좃을담아
냄평장으로 팔러가서 좃사시오 좃을사려 〔청중: 웃음〕 윙게로[7]
밭매러가다 호맹이자리를 땡거불고 나온과부
베매다가 솔껵지를 던져불고 나온과부
밥채리다 밥주걱을 던져불고 나온과부
좌우건 그물건 구경좀 합시다
물건이야 좋지요 물건이야 좋지요
난데없는 송과부가 나오더니
키는 팔대장성 하늘에가 닿은디
그좋은 물건을 이리 꿰매보고 저리 꿰매보고
이리 재보고 저리 재보더니
좌우간 나를 따러서 가십시다
송과부 때밀래[8]
물질러 가다가 나온 과부 밥하다 나온과부
하나도 정신을 못허고 송과부한테 뺏겼는디
그송과부가 어떻게 잘났는지
인격도 잘났재 서부새도 좋재

---

7) 외치니까
8) 때문에

    사부새도 좋재 인물도 좋재
    키도 하늘에가 닿재 어떻게 이 송과부가 잘났는지
    송과부한테 그좋은 물건이 내게는 저가네
    〔창자: "송과부한테 뺏겨 부렸드래."〕
                    (「먹굴 36」 양남순(여 78), 1981. 7. 31. 서영숙 조사)

　여기에서 보면 이 노래는 한 장사가 성기를 팔자 여러 과부들이 나와
구경을 하는데, 키 크고 인물 좋은 송과부가 그 성기를 사 가버렸다는 아
주 익살스런 내용으로 되어 있다. 성기를 팔고 재는 장면을 전혀 거리낌
없이 표현하고 있을 뿐만 아니라 이 성기를 산 송과부가 그럴만한 자격이
있음을 인물 묘사를 통해 생생하게 나타내고 있다. 이는 성이 은밀하고
부끄러운 것이 아니라, 밝게 드러내 놓고 표현할만한 것이라고 여기는 창
자의 의식을 엿보게 한다. 이런 노래는 같은 또래의, 아주 친밀한 여성들
이 모인 자리에서는 별 거리낌없이 불렸으리라고 생각된다. 이런 노래를
부르면서 한바탕 웃음을 터트리는 것은 성에 대한 억압과 불만을 일시에
해소할 수 있을 뿐만 아니라 생활에 활력을 주는 데에도 많은 도움을 주
었을 것이다.
　이외에도 일부분이기는 하지만 성적 불만의 원인을 남편에게 뒤집어
씌움으로써 여성들끼리의 공감대를 형성하기도 하는데 이는 다음과 같은
대목에서 엿볼 수 있다.

    (앞부분 생략)
    은장도칼로 옹고롱종골롱 쓸어갖고
    까불라까불라 들까불라
    은접시에다가 오복소복 담아놓고
    큰방안에 시금새금 시어마니
    어서 일어나 진지 잡수시요
    진질라끈 아니잡수고 반찬타박만 하신구나 〔청중: 웃음〕
    그밑방에 시금새금 시어마 시아버니
    어서 일어나 진지 잡수시요

　진질라큰 아니잡수고 반찬타박만 하신고나
　　작은 방안이
　〔창자: "뭣이라드나…"〕
　〔청중: "시뉘애기겠지."〕
　〔창자: "거, 서방이 무엇이냐. 고자나무라나 뭣이라나."〕
　〔청중: "고자나무?"하고 되받으며 웃음을 터뜨림.〕
　〔창자: "저그, 서방질도 못하면서, 그 사람도 반찬 타박만 하고."〕
　〔청중: "고자나무겠지."〕

(「새터 2」정춘임(여 69), 1981. 7. 19. 서영숙 조사)

　창자는 이 노래를 큰애기 때 배웠다고 한다. 주로 불때면서 부짓깽이를 바닥에 땅땅 뚜들기면서 불렀다고 하는데, 그의 표현대로 하면 "쬐깐서 불땜성, 막 불땡이 뚫어져라 하고 뚜들고 그랬는디, (청중: 웃음) 여름에 불때라면 니미 보릿대불은 뜨겁고, 소죽 쑬 때 불때라면 애가 터져죽겠고 -"라고 했다. 창자는 이 노래를 앉아서 춤추듯 어깨와 손을 들썩이며 불렀다. 이 노래의 구연에서는 정성껏 마련해 놓은 반찬을 온 식구가 타박하는 심각한 상황인데도 청중은 그리 슬프거나 안타깝게 받아들이지 않는 것을 볼 수 있다. 오히려 시어마니가 "진질라끈 아니잡수고 반찬타박만 하신구나."하는 대목에서 웃음을 터뜨리며, 더 나아가 서방이 반찬타박을 하는 부분에서는 창자가 서방질도 못하면서 반찬 타박만 한다고 하자 이구동성 '고자나무'라며 웃는다. 이는 노래 속 주인물의 처지에 구연집단이 어느 정도 공감은 하면서도 거리를 두는 데서 오는 것이라 볼 수 있다. 그러면서 노래 속 주인물의 남편을 성적으로 비하하며, 웃음을 터트리는 것이다. 이 웃음은 말로 표현하기 어려운 속사정을 과감하게 표현함으로써 자신들에게 내재해 있는 성적 불만을 해소하는 작용을 한다고 본다.
　서사민요의 연행집단은 위와 같은 직접적인 성 표현 외에도 남녀간의 성행위를 연상시키는 대목만 나오면 웃음을 터뜨리는 것을 볼 수 있다.

(앞 부분 생략)
방안치상을 볼짝시면 한쪽을 둘러보니
새별같은 요강대와 아리발치 밀쳐놓고
또한편을 둘러보니
무주비단 한이불은 덮을듯끼 돋아놓고
원앙금 자옥비개 벨듯끼 돋아놓고
침금속에 누웠으니 〔청중: 웃음〕
(중간 부분 생략)
오늘오는 새신랑은 잠만자게 외겼는가9) 〔청중: 웃음〕
방만 지키러 외겼는가
물명지 한삼소매 반만들고
나한번만 쳐다보라고 하더란다
(뒷 부분 생략)

(「새터 71」 신순임(여 83), 1981. 7. 23. 서영숙 조사)

이 노래는 처자와 선비가 혼인을 하여 첫날밤을 치르는데 신부가 죽는 노래로, 두 번의 웃음이 모두 신랑 신부가 이불 속에 누워 잠을 잔다는 대목에서 터졌다. 물론 처음 웃음은 곧 이어질 신랑과 신부의 성행위를 연상해서 웃은 것일게고, 다음 웃음은 성행위는 하지 않고 잠만 잔 데서 웃은 것일 게다. 어쨌든 청중은 노래의 비극적 줄거리나 노래 속 주인물의 안타까운 처지에 몰입하기보다는 성적인 연상과 성적 불만의 표출로 웃음을 터트림으로써 사건 전개를 흥미롭게 받아들이는 것을 볼 수 있다.

서사민요에는 성을 직접적으로 묘사하기보다는 은근하게 나타냄으로써 웃음을 자아내게 하는 유형들이 많은데 〈상사병난 총각 노래〉10)이나 〈나물캐는 처녀 총각 노래〉 유형에 속하는 노래들이 여기에 속한다. 〈상사병

---

9) 오셨는가.
10) 이 노래의 창자나 청중은 이 노래의 제목을 〈유충렬 노래〉, 〈서답게(빨래) 노래〉, 〈게삼정(월경대)노래〉 등으로 불렀다. 〈옥갓 12〉를 구연할 때는 창자가 〈게삼정 노래〉도 있다고 하자, 청중들이 그런 노래도 있느냐고 하면서 웃었다. 창자는 이 노래를 "시어머니께 배워서, 밭매면서, 불때면서 불렀다"고 했다.

난 총각 노래〉는 처녀가 월경대를 빨고 있는데 지나가던 총각이 월경수를 달라고 한다. 월경수를 제치고 맑은 물을 떠주니 물은 먹지 않고 손길만 잡고 간 총각이 그만 상사병에 들어 죽고 말았는데, 총각의 상여가 처녀 집 앞에 멈춰 서 처녀가 상여 위에 속적삼을 덮어 주자 총각이 살아나더라는 내용으로 되어 있다. 월경대와 월경수를 매개로 한 처녀와 총각의 사랑을 다루고 있어 일단 청중의 흥미를 이끈다. 연행 상황 설명과 노래 일부분을 인용하기로 한다.

[남자들끼리의 성교에 관한 애기가 오고 가다가 이 노래가 나왔다. 청중은 노래의 내용을 듣고 웃으면서 한마디씩 거들었다. 노래가 끝나자 상사병에 관한 애기가 나왔다. 옛날에는 상사병이 아주 잘 생겼다고 한다. 그러나 남자라서 자기 어머니한테 애기도 못 드린다고 했다. 남자의 상사병은 처자의 월경대로 간물을 해 주면 난다고 했다.]

(앞 부분 생략)
우물을 떠중께 물은 아니받고
월경수만 떠도라네 그래도 못떠주고
이리저치고 저리저치고 우물떠중게
물은 아니먹고 내손질만 잡고가네
[청중: 웃으며 "큰애기가 욕심이 난구만."]
에이고 유충렬이 아양고양 앓는것이
석달반을 앓았구나 울어머니 무니11)한테 물어다가
버선을해도 아니듣고
봉사한테 물어다가 댁경12)을 해도 아니듣고
[청중: "상사병이 났는디 - 뵈이가디?"]
(중간 부분 생략)
초달순이 문앞에로 생여가 섰드래
울어머니 꼊인적삼 외약손에 떨쳐들고
양반의 생애같으면 질우애로 올라서고

---

11) 무녀.
12) 독경(讀經).

　　상놈의 생애같으면 질아래로 썩물러스랑게
　　질우에로 올라서니
　　맡고가소 맡고가소 땀내라도 맡고가소 항게
　　생애욱에13) 걸어중게 유충렬이 살아났네
　〔청중: "참 - 큰애기가, 잉-."하고 감탄함.〕
　　천근같은 내아들아 만고같은 내며늘아
　　열두대문 쇳대도 너를다주고
　　열두창고 열쇠도 너를주마
　〔창자: "시어마이가 - "〕
　〔청중: "하도 좋아서 - "〕
　〔다른 청중: "참말로 좋소."〕
　〔창자: "그래갖고 살아났어. 살아갖고 골로 결혼했어."〕
　　　　　　　　　(「새터 19」 안안순(여 65), 1981. 7. 20. 서영숙 조사)

이 노래에서 보면 처녀와 총각의 애틋한 사랑이 아주 안타깝게 그려져 있다. 사랑을 노골적으로 드러내지 못하고 빨래터에서 손길을 주고 받는 것으로 표현함으로써 입가에 미소를 띠게 한다. 그러나 같은 유형의 다른 각편에서는 두 사람의 사랑을 더 진척시켜 잠자리를 같이 하는 것으로 표현하기도 한다.

　　(앞 부분 생략)
　　밤중밤중 야밤중에 허리아로 둘러두고
　　세조금14) 사흘만에
　〔창자: "지랄이야, 사흘까지 차고 있었나 몰라."〕
　　어리선득 끌러내시 상나무바가치에다 담갔다가
　　전나무 방아치를 손에들고
　　상나무 바가치를 옆에찌고
　　열두모퉁 돌아가서 은돌놋돌 마주놓고
　　아리찰찰 씻노랑게 도령보소 도령보소

---

13) 상여 위에다.
14) 월경.

(중간 부분 생략)
떠달라네 떠달라네 세숫물을 떠달라네
한번그래도 아니듣고 두번그래도 아니듣고
삼세번을 거듭해서 상나무 바가치를
씻고씻고 또씻고 〔청중: 웃음〕
(중간 부분 생략)
천근 은가락지로 작거등 대족지기15) 놀려중게
이손저손 놀려보소
세월아 존날받아 우리둘이 놀아보세
두문을 마조닫고 우리둘이 놀고나니
〔창자: "놀고나니, 참 재미가 있더란다."〕
(뒷 부분 생략)

　　　　　　　　(「새터 60」 신순임(여 83), 1981. 7. 22. 서영숙 조사)

여기에서 보면 처녀와 총각이 밤중에 빨래터에서 만나 결국 인연까지 맺는 것으로 되어 있다. 이런 남녀간의 사랑을 다룬 노래는 그 사랑이 은밀하게 이루어지면 질수록 흥미를 일으키는 것으로, 자유로운 교제가 허용되지 않았던 전통적인 사회에서는 이를 노래의 소재로 올린다는 자체가 웃음을 자아내게 하는 것이라 할 수 있다.

〈나물캐는 처녀 총각 노래〉 유형은 처녀와 총각이 나물을 캐러 산에 가서 점심밥을 함께 먹고 사랑을 나누는 내용을 다루고 있어 절로 웃음을 일으킨다. 그중 한 각편(충남 2-10)에서는 백년 언약을 지키자는 총각의 제안을 오히려 처녀가 거절하며 그날 하루나 즐기자고 하고 있어 아주 개방적인 태도를 보여 준다. 청중의 반응은 나타나 있지 않지만 노래 자체가 유흥적 분위기를 띠고 있어 인용한다. 이 노래를 충북 영동에서는 유희요인 〈칭칭이 소리〉의 앞소리로 부르는데(충북 2-9), 이런 소재와 내용의 유흥적 분위기 때문이라고 할 수 있다.

---

15) 대나무로 만든 조끼. 땀이 나도 몸에 들러붙지 않도록 옷 속에 입음.

(앞 부분 생략)
남도령밥은 서처녀 먹고 서처녀밥은 남도령이 먹고
이밥저밥 썪어서 먹고 백년 언약이나 지켜보세
여보 도령 그 말씸마오 삼사월 진진해 놀았는데
부모영도 아니나받고 백년언약은 못짓컸네
장갑16)도 가먼 새처녀있고 난도가먼 새도령있고
이왕지사 놀고간짐에 재미있기나 허틀어져세
　　　　　(「충남 2-10」 강안순(여 1924), 1993. 9. 10. 문화방송 조사.)

　　남녀간의 성과 사랑을 나누는 노래로는 이외에도 〈의심받은 동생 노래〉,
〈옷찢긴 남자 노래〉, 〈훗낭군 들킨 여자 노래〉, 〈주머니 만든 처녀 노래〉,
〈여자 유혹한 중 노래〉, 〈중에게 시주한 여자 노래〉, 〈자고간 장사 그리
는 과부 노래〉, 〈장식품 주워 구애하는 총각 노래〉 등 상당히 많은 유형
이 있다.17) 이런 노래의 연행은 일단 청중의 관심과 흥미를 끌며 웃음을
일으키게 한다. 이때의 창자와 청중은 인물의 처지나 상황, 사건 전개의
과정에 몰입하기보다는 어느 정도 거리를 두고 있으며, 내용 중 성적표현
이나 성행위를 연상시키는 대목을 아주 흥미 있게 받아들이는 것을 알 수
있다. 또한 성문제를 다룬 서사민요는 동질적이고 폐쇄적인 집단에서 구
연되며, 구연 집단은 이를 구연하며 함께 웃음으로써 그들만의 은밀한 공
감과 연대 의식을 즐기는 것을 알 수 있다. 이들 서사민요는 겉으로는 내
색하지 못하지만 자유롭고 동등한 성과 사랑의 관계가 이루어지기를 바
라는 구연집단의 기대가 그대로 반영돼 있다. 그러므로 구연 집단은 이런
소재의 서사민요를 부름으로써 성으로 인한 불만과 억압을 해소할 수 있
었을 것이다.

---

16) 장가.
17) 졸고(1998:225~232)에서 서사민요의 유형을 분류해 놓았는데, 그중 상위 유형 오
　　빠 - 동생, 신랑 - 신부, 외간남자 - 여자, 총각 - 처녀 형의 대다수 유형이 여기에
　　속한다.

2. 1. 2. 시집살이에 대한 항의

　서사민요 중 가장 큰 비중을 차지하고 있는 것이 시집살이 노래이다.18) 시집살이 노래는 시집간 여자와 시집식구와의 갈등을 다루고 있는 노래로서, 주로 시집간 여자의 불행한 일생을 읊고 있다. 그러나 시집살이 노래를 부르면서도 그 연행집단은 웃음을 터뜨리기 일쑤인데, 이는 연행집단이 이 노래들을 그다지 비극적으로 인식하지 않기 때문이 아닌가 한다. 특히 시집살이 노래 중 몇 유형은 주인물이 시집식구에게 항의를 한다던가, 부당한 학대를 하는 시집식구를 비판한다던가 하는데 이런 대목에서 청중이 웃음을 터뜨리는 것을 볼 수 있다.

> (앞 부분 생략)
> 씨어마니가 나오셔서 아강아강도 며누리아가
> 느그집이라 건너가서 세간전답을 팔아서라도
> 양에가매를 물어오니라
> [청중: "호랭이 물어갈 년."]
> (중간 부분 생략)
> 체념19)상에 체념하고 밤중밤중도 야밤중에
> 달과같이나 생긴몸을 바늘같이도 헐었으니
> 요내몸값 천냥주면 양에가매를 물어옴세
> 아강아강도 며늘아가 나도야야 젊어서는
> 죽세기 죽반도 깨어봤다
> [청중: 웃음]

---

18) 서사민요를 갈등을 일으키는 주인물과 상대인물의 관계로 상위유형을 분류할 경우 시집식구 - 며느리(68편), 남편 - 아내(62편), 친정식구 - 딸(18편), 부모 - 자식(10편), 오빠 - 동생(32편), 삼촌식구 - 조카(30편), 신랑 - 신부(52편), 외간남자 - 여자(40편), 총각 - 처녀(31편), 본처 - 첩(13편), 처남 - 매형(2편)으로 크게 나눌 수 있다. 이중 시집식구 - 며느리 형을 좁은 의미의 시집살이 노래라고 본다면 (넓은 의미로 본다면 남편 - 아내, 친정식구 - 딸, 처 - 첩형도 포함된다.) 총 358편 중 가장 많은 수인 68편이 해당한다.

19) 혼인.

〔청중: "고 며느리가 말을 잘했구만, 그래."〕
                    (「먹굴 17」 정사순(여 55), 1981. 7. 31. 서영숙 조사.)

이 노래는 주인물인 시집간 여자가 시집간 삼일만에 깨를 볶다가 양동 가마가 벌어져 버리자 시집식구가 친정에 가서 양동가마를 물어 오라고 하는 데에서 사건이 발생한다. 여기에서 주인물은 좌절하지 않고 시집식 구에게 항의함으로써, 자신의 요구를 관철해 낸다. 이 노래를 연행할 때 청중은 노래 속 주인물의 대담한 태도와 공격에 공감을 하고 시댁식구의 부당한 처사에 욕하기도 하며 주인물 편을 들었다. 그러다 마지막 시어머 니가 자신도 예전에 그랬음을 털어놓으며 며느리에게 굴복하는 대목에 웃음을 터뜨린다.

이 노래에서의 웃음은 현실에서 창자와 청중이 할 수 없는 시집살이에 대한 항의를 노래 속 주인물을 통해 함으로써 대리적인 승리감을 쟁취하 는 데에서 일어나는 것이 아닌가 한다. 웃음을 일으키는 요소 중 하나로 위치의 전도를 들 수 있는데,[20] 이 경우도 여기에 해당한다. 즉 시집식 구가 며느리에 대해 갖던 우위가 며느리의 항변에 의해 며느리가 시집식 구보다 우월한 입장에 놓이는 것으로 위치가 전도된다. 여기에서 노래의 청중은 시집식구와 며느리간의 뒤바뀐 입장을 보고 웃게 되는 것이다.

한편 직접적으로 시집식구에게 항의하는 것은 아니지만 시집살이 석삼 년간 벙어리 삼 년, 귀머거리 삼 년, 장님 삼 년을 살라는 말을 곧이 듣고 시집가 말을 하지 않았다가 벙어리라고 쫓겨난 〈말안한 며느리 노래〉 역 시 웃음을 자아내게 한다. 며느리는 쫓겨나 친정으로 가는 도중 풀숲을 날아가는 꿩을 보고 〈꿩노래〉를 부르는데, 꿩의 각 부위가 시집식구의 구 박을 풍자하고 있는 점이 흥미 있다.

(앞 부분 생략)
이쭉지 저쭉지 떼고가는 저꿩아

---

20) 임철규(1976:515)는 희극적인 테크닉 중 가장 기본적인 것의 하나로 지배, 복종 관 계의 전도를 들고 있다.

저입을 떼서 꼭꼭 쫏아서 우리 시어머니나 드리고지고
이쪽지 저쪽지 터는 저
〔창자가 머뭇거리자 청중이 "저 날개로"하고 가르쳐 줌.〕
저날개는 떼서 우리 시아버니나 드리고지고
짝짝 헤베내는 저발묵댕이는 쫏아서 우리 시아재나 드리고지고
휘휘감는 내루창자는 우리 서방님이나 드리고지고
〔창자: "그러드라요. 그렇게 인자 말한다고 얼른 뎃고 갔더라요. 집으로. 그래
갖고 참 더 두고 봉게 석삼년을 살고 낭게 아주 훌륭한 사람이 되어 갖고 일도
잘 하고 살었드라요."〕
(「새터 67」 안용순(여 66), 1981. 7. 22. 서영숙 조사)

결국 이 며느리는 〈꿩노래〉를 통해 시집식구에게 항의하고 있는 셈이
다. 이 항의를 통해 며느리가 벙어리가 아닌 것이 판명되어 다시 시집으
로 돌아 와 잘 살게 되는 행복한 결말을 맺게 된다. 이 노래에서 웃음을
일으키는 요소는 얼핏 벙어리 삼년을 살라고 한 친정 엄마의 훈계를 곧이
곧대로 들은 주인물의 어리석음처럼 생각된다. 그러나 이 노래의 구연집
단은 대부분 이 주인물과 비슷한 입장에 있기 때문에 이를 어리석게 여기
기보다는 측은하게 여긴다. 그보다는 주인물이 〈꿩노래〉를 통해 시집식
구를 은근히 비난하는 데서 동일한 즐거움을 느긴다고 할 수 있다. 시집
식구에 대한 비난을 노래를 통해 함으로써 연행 집단은 자신들만의 비밀
스런 연대감을 맛보는 것이다.21)

이외에도 〈며느리 송사한 시어머니 노래〉에서 며느리를 송사했다가 며
느리 집안의 세도에 눌려 곤장만 맞고 온 시어머니를 며느리가 구박한다
든지, 〈옷찢는 시누 노래〉에서 곱게 지어 놓은 새 옷을 발기발기 찢은 시
누를 벌주라고 남편에게 항의한다든지 하는 것은 이들 노래의 연행집단
이 시집살이를 결코 말없이 감수해야 하는 당연한 것으로 여기지 않고 있
음을 보여 준다.

---

21) 앙리 베르그송(1992:15)은 희극성의 일반적 특징으로 '집단의 웃음'을 들면서 '웃음
   은 실제적으로 존재하든, 혹은 상상적으로이든 다른 사람들과의 합의, 즉 일종의 공
   범 의식 같은 것을 숨기고 있는 것'으로 보고 있다.

시집살이를 다루고 있는 노래들은 흔히 비극적으로 인식되어 왔으나, 많은 유형과 각편들이 시집살이를 거부하고 자신의 의지를 실현하는 내용으로 되어 있어 재고찰이 요구된다.22) 비극적 유형의 대표적인 예로 거론되는 〈중이 된 며느리 노래〉의 경우도 주인물이 중이 된다는 것을 주인물의 패배나 좌절로 보기보다는 주인물의 말없는 항의로 읽을 수 있지 않을까 한다. 즉 중이 된다는 것은 여자로서의 모든 책임과 의무를 벗어버리는 것으로서 자신을 속박하는 관념의 울타리에서의 이탈, 해방으로 볼 수 있다. 대단한 용기나 결단이 아니고서는 자기가 속한 가정과 사회를 버릴 수가 없기 때문이다. 이 유형의 마지막에 시집으로 돌아간 것 역시 주인물이 갈 곳이 없어 간 것이 아니라 자신을 쫓아낸 사람들의 종말을 확인하기 위하여 갔다고 볼 수 있다. 대부분의 각편에서 시집식구가 모두 죽어 있다는 것이 이러한 생각을 뒷받침해 준다. 노래의 창자와 청중도 시집식구의 죽음을 며느리를 괄시해 그 죄값을 받은 당연한 귀결로 설명한다.23)

이처럼 시집살이에 대한 항의를 소재로 다루고 있는 노래에는 단순히 시집살이로 인한 좌절을 그리는 것이 아니라, 그 좌절 속에 빠져들지 않고 잘못된 관념과 제도를 과감하게 탈피하여 사람으로서의 권리와 사람다운 삶을 찾고자 하는 강한 의지가 담겨 있다. 이러한 과감하고 용기 있

---

22) 조동일(1979 증보판:378)은 이 유형을 '며느리는 이에 대해서 항거하지 못하고 고난을 감수하며 중이 되어', 고혜경(1983:56)은 '가부장 제도하의 여성이 자신의 생활 근거를 찾아 옮겨 다니다가 어느 환경에도 정착하지 못하고', 이정아(1993:77)는 '자신들이 직면한 세계와의 갈등이나 부조화로 인해 죽음에 이르거나 더 큰 불행을 감수' 하는 것으로 보며 비극적으로 규정하고 있으나, 졸고(1998:239~243)에서 이 유형의 구조를 자세히 분석하고 그 희비극적 특성을 논의한 바 있다.

23) 「새터 8」(졸고 1996:149)에서 창자는 "그댁이 다 긍게, 정악을 시켜서는 다 좋은 것 없어. 다 총총이 죽었드라네."하며 며느리에게 악한 짓을 했기 때문에 시집식구가 모두 죽었다고 설명했다. 또 「강원 6-2」의 창자도 "시집 인제 동네를 한 번 떡 가서 보니까, 어떠그 댔는가 하고 가보니, 못이 빠져 가지고 고만 그 시집 살던, 그래 사람 괄세를 하면 죄를 받는다는 기 거서 나온거여, 못이 떡 빠져 가지고 못 물이 아주 기냥 아주 시퍼런기 있는데……"하며 시집이 망한 것이 역시 며느리를 괄시해 죄를 받은 것으로 인식하고 있다.

는 주인물의 태도와 행동은 비록 실행에는 옮기지 못하지만 창자나 청중의 공감을 사고 웃음을 불러일으키며 활발히 창작, 전승될 수 있었을 것이다.

2. 1. 3. 부당한 현실에 대한 비판

서사민요가 다루는 소재 중에는 시집살이뿐만 아니라 생활에 얽힌 다양한 삶의 양상들이 다루어지는데, 그 중 한 부류가 남성의 축첩에 대한 비판이다. 예를 들어 남자가 아내와 자식들을 두고 후실 장가를 가자 첫날밤에 죽으라고 저주를 하는 것이 그것이다.

> 하날같은 부모두고 대궐겉은 집을두고
> 바다같은 전지두고 온달겉은 본아내두고
> 앵두겉은 딸을두고 윗씨겉은 아들두고
> 뭐이답답 후실장개 갈라는가
> 채례채례24) 들거들랑 사모관대 부서집소
> 큰상이라고 받거들랑 큰상다리 부러집소
> 첫날밤에 들거들랑 숨이홀짝 넘어가소 〔창자: 웃음〕
> (뒷 부분 생략)
> (「강원 2-16」 남귀옥(여 1924), 1994. 8. 26. 문화방송 조사.)

이 노래는 문화방송에서 조사한 것으로 자연스런 연행 현장과는 좀 거리가 있지만, 창자 스스로가 노래를 연행하다가 웃음을 터뜨린 것이 포착되었다. 가창자 소개에서는 '유난히 웃음이 많은 가창자로 멋쩍어서였는지 너무 웃어서 노래를 못할 정도였다.'고 적고 있다. 음반을 들어보면 노래의 곡조도 비교적 빠르고 경쾌할 뿐만 아니라 창자가 웃음을 가득 머금고 노래를 하고 있는 것을 알 수 있다. 그러다 "첫날밤에 들거들랑 숨이 홀짝 넘어가소."부분에서 그만 더 참지 못하고 웃음을 터뜨리고 말았다.

---

24) 초례청에

이 창자가 웃음을 터뜨린 것은 남들 앞에서 노래를 부른다는 것이 멋쩍은 탓도 있겠지만, 그보다는 노래의 내용 자체를 스스로가 우습게 인식하고 있기 때문이라고 생각한다.

노래의 내용은 우선 남자가 아무 부러울 것이 없음을 죽 나열한 뒤, 그런데도 남자가 후실장가를 가자 갖은 저주를 다 퍼붓고 있다. 결국 이 저주에 의해 남자가 죽자, 영문도 모르는 새신부가 당황하여 친정식구들에게 어찌할 바를 물으니 친정식구들이 상복 차림을 가르쳐 주는 내용으로 되어 있다. 이 노래의 초점은 우선 후실장가를 가는 남자에 대한 비판에 놓여 있다. 뒷부분에서 느닷없이 당한 새신부의 불행을 장황하게 나열하고 있는 것도 후실장가 든 남자로 인해 벌어진 것임을 강조하고 그를 비판하기 위한 것이라 볼 수 있다. 남자의 죽음과 새신부의 불행한 처지로 인해 이 작품을 비극적으로 보는 것은 그리 타당한 해석이 아니다.25) 물론 새신부의 처지야 동정이 가지만 연행집단의 시각은 후실장가를 가는 남자를 응징하고, 이런 현실을 방조하는 제도적 모순을 비판하는 데 놓여 있다.

시집살이노래의 한 유형으로도 볼 수 있는 〈첩집 방문한 본처 노래〉의 경우도 마찬가지이다. 이 경우는 첩을 둔 남자는 직접 등장하지 않고 본처와 첩의 대결이 직접적으로 제시되고 있는 점이 일단 흥미를 끈다. 이 노래는 본처가 첩을 죽이기 위하여 칼을 품고 첩집을 방문하지만 첩의 미모와 후대에 마음이 누그러져 그냥 돌아온다는 내용으로 되어 있다. 그러면 첩을 죽이려 했는데 그러지 못하고 돌아오니 비극적인가? 이 노래도 그렇게 볼 수 없다.26) 노래의 내용을 살펴보면 대개의 경우 첩이 본처에

---

25) 이정아(1993:29)는 이 유형을 '후실장가 들다 죽은 남편'이라 부르고 있는데, 이 유형은 '저주로 죽은 도령'(필자의 〈저주받은 신랑 노래〉)과 함께 '경고 - 위반 - 불행한 상황'이란 비극적 서사구조를 이루는 것으로 보고 있다. 그러나 연구자의 견해와는 달리 이 노래의 구연집단은 후실장가 든 남자의 죽음을 슬퍼하기보다는 당연하고 통쾌하게 받아들이고 있다. 이런 점에서 노래의 희, 비극성에 대한 검토를 다각도적으로 할 필요가 있다.

26) 조동일(1979 증보판:78)에서 이 유형을 '헤어날 길 없는 불행에 빠진 여성의 가련한 모습을 보여 줌으로써 배신한 남편에 대해 항거한다.'고 설명하며 비극적으로 보고 있

게 후한 대접을 하면서 세간전답을 반분하자고 하자 본처가 이를 거절하
고 돌아오는 것으로 되어 있다. 이는 일단 첩이 남편의 사랑을 뺏을만하
다는 것을 인정하고 거기에 관용을 베풀지만,27) 본처로서의 지위와 권리
는 결코 양보되어서는 안된다는 연행집단의 의지가 실현된 것이라고 볼
수 있다. 실제 이 노래를 구연할 때도 청중은 웃으면서 좋다고 추임새를
넣기도 하는 것을 볼 수 있다.

> 달아달아 밝은달아 이따박이 노든달아
> 〔청중: "고 놈 했어."〕
> 그년하고 그놈하고 앉았더냐 누웠더냐
> 〔청중이 웃으면서 "좋네, 고 놈도."라고 함.〕
> 그말한자리 전해주소
> 온달같은 첩년이 외씨같은 보선발로
> 나부28)나 앞에 뛰어듬성
> 큰어머니 큰어머니 세간전답 반분합시다
> 선영29)조차 반분합시다
> 에라요년 요망할년 하늘같은 가장 주기도 미이한데
> 세간전답을 반분하자냐 선영조차 반분하자냐
> 〔청중: "좋소 -."〕
>
> (「새터 51」기기순(여 60), 1981. 7. 21. 서영숙 조사.)

이 노래를 구연할 때 처음에는 "달아달아 밝은달아"가 나오자 〈달노래〉
를 부르는 줄 알고 만류하다가 다음 대목부터 "그년하고 그놈하고 앉았더

　　고, 이정아(1993:27)도 이 유형을 '불행의 상황 -극복의 시도 - 시도의 좌절 - 죽음
　　(강화된 불행)'의 비극적 서사구조를 지닌 것으로 보고 있다.
27) 본처가 첩을 죽이지 않고 돌아오는 데에서, 〈처용가〉의 처용이 보여 주는 관용의 정
　　신이 떠오르는 것은 지나친 것일까? 차범석(1993:286)은 '아내의 부정을 미워하기
　　보다는 차라리 익살스러움으로 호소하는 그 넉넉하고 너그러운 남편의 도량에서 우리
　　는 철저하게 농축된 해학과 풍자를 실감할 수가 있다.'고 하고 있는데, 〈첩집 방문한
　　본처 노래〉에서도 이러한 의식이 배어 나온다.
28) 나비.
29) 선산. 조상들의 무덤을 모시는 산.

냐 누웠더냐."하고 사설이 의외로 달라지자 웃음을 터뜨리고 흥미롭게 받아들이는 것을 볼 수 있다. 이 노래를 통해 연행집단은 노래 속 상대 인물들에게 욕설을 퍼부으면서 첩을 둔 남자와 첩에 대한 여성들의 반감을 그대로 노출하고, 이를 해소하는 것으로 생각된다. 첩을 죽이려는 애초의 목적은 달성하지 못했다고 하더라도 주인물의 긍지와 자존심은 결코 잃지 않으려는 당당함과 첩의 요구를 뿌리치고 오는 데서 후련함까지 맛보게 한다.

심지어는 많은 각편들이 본처가 집에 돌아 온 후 얼마 안 되어 첩의 부고를 받는 내용까지 연결되고 있어 첩에 대한 응징을 필연적인 것으로 여기게까지 한다. 다음 노래의 구연에서 그 실제적인 양상을 볼 수 있다.

(앞 부분 생략)
에라요년 요망하다 가래나30) 잡아서 찢을년아
하늘같은 가장을준께 시간전답도 너를줘야
〔창자: "그라고 인자 화가 난께 베틀노래를 불러 자쳤드라네. 그래서 베틀노래가 되았어거. 하하하......"〕
베틀다리 선다리는 이형제요
(중간 부분 생략)
편지왔네 편지왔네 어디께서 편지왔는가
앞문으로 받어딜에 뒷문에서나 피어나봉께
시앗죽은 편지로세
괴기에도 쓰던뱁이 소금에도 담도다다31)
소상때나 갈랬더니 춤추니라고 내못갔네
〔창자: "그 노래가 있어. 하하하 ......"〕
　　　　　(「전남 1-6」 이순기(여 1903), 1989. 11. 14. 문화방송 조사.)

이 노래를 연행하면서 창자는 중간에 웃음을 터뜨리고 마지막에도 호쾌하게 웃음을 터뜨렸다. 전에는 고기 반찬에도 쓰던 밥이 첩이 죽은 부

---

30) 가랭이나
31) 달기도 달다

고를 받고는 소금 반찬에도 밥이 단 데다, 춤을 추느라고 소상 때도 가지 못했다고 하는 대목에는 웃음이 절로 나온다. 음반을 들어보면 중간 부분에 창자가 베틀노래의 유래를 설명할 때 청중의 웃음이 먼저 나온다. 웃음은 경험을 같이 하는 동질적인 집단일수록 전파력이 강한 법이어서, 남편의 바람기로 불만이 있는 여성이라면 누구나 이 노래를 듣고 웃음을 터뜨릴만 하다. 이렇게 예전 여성들은 노래를 통해 부당한 짓을 하는 이에게 욕을 하고, 웃음을 터뜨림으로써 삶을 건강하게 살아갈 수 있었던 것이 아닌가 한다.

부당한 현실에 대한 비판으로 〈자식 죽인 아버지 노래〉 유형의 노래도 해당된다. 이 노래는 형제가 논을 다 매 놓고 쉬는 사이에 의붓 엄마가 밥해 갖고 오다 도로 돌아가 아버지에게 무어라고 말했는지 아버지가 자식을 죽였다는 내용으로 되어 있다. 이 노래를 구연할 때도 창자와 청중은 형제의 처지에 몰입해 슬퍼하기보다는, 웃으며 아버지의 부당한 처사에 분개하는 것을 볼 수 있다.

> (앞 부분 생략)
> 성지32) 목에 칼열때는33) 울아버지도 갱정주시34)
> 논귀라고 둘러붕게 넘실넘실 너마지기
> 담실담실 닷마지기 즈그성제 다맸는디
> 이붓에멈 말만듣고 성지목에다 칼을얹네
> 이밑에라 농군들아 자슥두고 후실장개를 가지마라 그래드래
> 〔청중이 웃으며 "그런 놈은 죽여 부려야 한디."라고 함.〕
> (「먹굴 21」, 강예옥(여 76), 1981. 7. 31. 서영숙 조사.)

즉 이 노래에서 창자와 청중이 웃을 수 있는 것은 일단 주인물이 자신들과는 거리가 먼 처지에 있는 형제이기 때문에 객관적으로 사건을 바라보는 데서 오는 것이라 할 수 있다. 형제의 처지에 동정을 하지만 그들과

---

32) 형제.
33) 넣을 때는.
34) 재판하여 벌을 주소.

자신을 동일시해 몰입하기보다는 세상에 일어나는 별난 사건 중의 하나로 치부하는 태도가 어느 정도 들어 있다. 그리고 그 사건의 원인을 후실 장가를 가는 남자에게 두고서 남자들에게 자식을 두고 후실 장가를 가지 말아야 한다는 교훈으로 삼고 있는 것이다.

이외에도 서사민요에는 혼인을 기다리다 배우자가 죽는다든지(〈신랑 죽은 처자 노래〉, 〈신부 죽은 총각 노래〉), 신랑이 저주받아 첫날밤 죽는다든지(〈저주받은 신랑 노래〉), 첫날밤에 신부가 애기를 낳는다든지(〈애 낳은 신부 노래〉) 등 혼인이 파탄에 이르는 소재가 많이 등장하는데, 이런 유형에는 복합적 요소가 얽혀 있겠지만 당사자의 의사와는 관계없이 치러지는 불합리한 혼인제도에 대한 비판을 읽을 수 있다. 더구나 여자의 경우 혼례식을 올리지 않았다 하더라도 이미 사주를 주고받았으면 혼인한 것으로 여겨 수절을 요구받으므로 더 큰 문제를 안고 있다.

이렇게 볼 때 서사민요의 소재로 등장하는 부당한 현실은 대개가 여성의 삶과 관련된 축첩문제나 불합리한 혼인제도로 나타나 있다. 여성은 남편의 사랑을 원하는 데에도 남편은 이를 돌아보지 않고 첩을 두거나 후실 장가를 가는 것이 당연하게 여겨지던 것이 예전의 현실이다. 게다가 당시의 현실은 여성에게는 순종과 수절을 강요하는 이중적 잣대를 가지고 있었다. 서사민요는 이런 부당한 현실에 대한 비판과 불의한 자에 대한 응징을 노래의 구연을 통해 실현하는 것이다.[35] 이런 소재의 노래를 부르면서 연행집단은 자신들을 둘러싸고 있는 현실의 부당성을 자각하고 비판하며, 이를 극복할 수 있는 힘과 의지를 키워 나갈 수 있었을 것이다.

---

35) 앙리 베르그송(1992:26)은 우리를 웃게 하는 것은 기계적인 경직성(경화된 관념)이며, 웃음은 이에 대한 징벌인 셈이라고 보고 있는데, 서사민요에 나타난 부당한 현실에 대한 웃음도 이런 측면에서 해석할 수 있다.

2. 2. 구조적 측면

같은 이야기라도 사건의 전개를 어떤 방식으로 하느냐에 따라 재미가 있을 수도 있고, 그렇지 않을 수도 있다. 서사민요의 유형은 '갈등의 발생 – 해소의 시도 – 좌절 – 갈등의 해소'의 구조적 특징을 지니는데,36) 서사민요를 구연할 때 노래의 서두 부분에 엉뚱한 상황을 설정할 경우와 결말 부분에 모든 갈등이 해소되는 경우에 웃음이 나타나는 것을 볼 수 있다.

2. 2. 1. 엉뚱한 상황의 서두

웃음을 일으키는 가장 쉬운 방법이 우연하게 벌어지는 엉뚱한 상황이라고 할 수 있다. 점잖은 차림의 신사가 길을 가다 죽 미끄러져 넘어진다든지, 바지가 스르르 내려간다든지 하는 경우 당하는 사람이야 그처럼 비극적일 수 없겠지만 원인을 알 수 없는 목격자들은 웃음을 터뜨릴 수밖에 없다. 서사민요에도 이런 장치가 많이 발견되는데, 청중은 이때 웃음을 터뜨리게 마련이다. 다음 예를 통해서 살펴보기로 하자.

---

36) 졸고(1996:48~53)에서 시집살이노래의 전개방식을 이러한 단락 구조로 분석한 바 있다. 이는 조동일(1979 증보판:86~94)이 서사민요의 단락 구조를 '고난 – 해결의 시도 – 좌절 – 해결'로 본 것과 유사하나 서사민요의 고난이 주인물과 상대인물의 갈등의 발생에서 비롯되며 갈등은 해결된다고 보기 보다는 해소된다고 보는 것이 더 적합하다고 생각되기 때문에 용어를 수정하였다. 조동일은 이 책에서 서사민요의 소재뿐만 아니라 유형 구조 자체가 비애를 일으킬 수 밖에 없다고 보고 있다. 즉 유형구조가 고난에서 시작되고 좌절을 내포하며 해결이 역설적인 해결일 수 있다는 점에서 비장에까지 이른다고 한다. 그러나 「희극적 서사민요 연구」(1979 증보판:372~385)에서 이 주장을 수정하여 희극적 서사민요의 유형구조도 비극적 서사민요와 같되 단락소를 이루는 내용과 자아와 세계의 관계에 차이가 있다고 보았다. 그러나 필자는 서사민요를 비극적 서사민요와 희극적 서사민요를 나누기 보다는 서사민요 자체가 비극성과 희극성의 양면성을 띠고 있는 것으로 보는 입장이다. 이러한 양면성이 창자의 개성, 청중의 태도, 기능의 차이 등 구연 상황에 따라 어느 한 특성이 두드러진다고 생각되는데 이에 대한 종합적 고찰은 더 면밀한 논의가 필요하므로 후속 논문으로 미루어 둔다.

  빵긋빵긋 잔솔밭에 유자당파 꽃이피어
  시누올캐 꽃을꺾다 난데없는 물에나
  빠졌구나 빠졌구나 시누올캐 빠졌네
 〔청중: 웃음〕
  거동보소 거동보소 우리오빠 거동보소
  우리올캐 건져내고 요내나는 아니건져
  (뒷 부분 생략)

(「새터 44」 백형순(여 47), 1981. 7. 21. 서영숙 조사.)

여기에서 보면 시누, 올케가 함께 물에 빠지는 상황은 그야말로 난처하고 곤란한 상황인데도 불구하고 청중은 웃음을 터뜨린다. 이는 일단 자신과 아무 관련이 없는 사람의 실수를 보고 웃는 본능적인 행동이라고 볼 수 있다. 또한 노래의 상황을 심각하게 받아들이지 않는 데서 오는 것이라고 할 수도 있다. 한편 시누와 올케라는 적대적인 두 인물이 함께 물에 빠짐으로써 벌어질 다음 사건에 대한 흥미진진한 기대 때문일 수도 있다. 어떤 이유에서건 서사민요의 경우 서두에서부터 매우 우연하고 돌발적인 사건을 제시함으로써 청중의 웃음을 일단 이끌어낸 다음, 흥미를 가지고 다음 사건의 전개를 기다리게 한다고 생각된다.

이렇게 서두에서 전혀 예상치 못한 사건을 발생시키는 유형 중의 하나로 〈애낳은 신부 노래〉유형을 들 수 있다. 이 유형의 노래는 신랑이 혼인을 하기 위해 신부집에 찾아가나 신부가 첫날밤에 애를 낳는다. 이에 신랑이 장인 장모에게 딸의 부정한 행실에 대해 항의하고 돌아오는 것으로 되어 있다.

  (앞 부분 생략)
  요강자주 엎혀놓고 요와소리는 웬일이냐
 〔창자: "방정맞게 서방질해서, 첫날밤에 애기가 났던게벼."〕
 〔청중: 웃음〕
  아랫방에 하인아야 오던길로 도상해라
  요와소리가 웬소리냐 쟁인쟁모 나오너라

　쟁인장모 반절함성 자네딸 행실봉게 반절도 감사하네
　(중간 부분 생략)
〔창자: "각시가, 그 낯반데기가 나쁜 각시가 서방이 가실랑게."〕
　짓고가소 짓고가소 애기이름 짓고가소
　에라요년 네행실이 조략같으며는
　애기이름 아니짓고 갈것이냐
　　　　　　(「새터 32」 이임순(여 89), 1981. 7. 20. 서영숙 조사.)

　이 노래에서는 일단 신부의 부정이라는 성적 소재를 다루고 있지만 청중을 웃게 하는 요소는 하필이면 혼인을 한 첫날밤에 애기를 낳는다는 엉뚱한 상황이다. 혼인 잔치의 요란한 준비와 신방의 갖은 치장에 이어지는 이런 돌발적인 상황은 충분히 웃음을 일으키는 것이다. 이 각편의 창자는 이런 신부의 부정한 행실에 대해 아주 비판적인 시각을 갖고 있지만, 다른 각편에서는 청중이 신부의 부정을 나무라기보다는 신부가 첫날밤에 소박을 맞았다는 사실을 측은해 하기도 한다.37) 신부의 처지에 동정적이건 비판적이건 간에 이 노래의 연행 집단은 이 노래 속에서 벌어진 상황을 희한한 사건 중의 하나로 흥미 있게 받아들이는 것만은 틀림없다. 그러면서 문란해진 성 풍속을 비판하기도 하고, 어쩔 수 없이 갖게 된 아이로 인해 일생을 그르치게 된 여인의 처지에 동정을 보내기도 하는 것이다. 이런 엉뚱한 상황에 대한 엇갈리는 평가와 논란으로 인해 이 노래가 더욱 큰 청중의 호응을 얻을 수 있었고, 이러한 청중의 태도가 이 노래의 전승을 지속시키는데 원동력이 되었을 것이다.

　이외에도 자식이 없자 메뚜기나 방아깨비 등을 잡아 아이 어르는 노래를 부르는 〈곤충을 자식으로 여긴 사람 노래〉라든지, 처녀 방에 숨소리가 둘이 난다고 오빠가 의심하자 한탄하는 〈의심받은 동생 노래〉 등은 모두 구조적 측면에서 서두에 엉뚱한 상황을 설정하고 있는데, 이는 일단 청중의 흥미를 이끌어내려는 서사 방식의 한 전략이라고 볼 수 있다. 이런 구

---

37) 「먹굴 19」 정시순(여 55),1981. 7. 31. 서영숙 조사. 이 노래를 듣고 청중은 "불쌍하다. 그냥 가버렸어."하고 여자에게 동정을 했다.

조적 특징을 지닌 노래가 나올 경우 청중은 노래의 내용에 관심을 가지며 다음에 전개될 사건의 전개 방식이 그들에게 재미를 주리라는 기대를 갖게 되는 것이다.

2. 2. 2. 갈등 해소의 결말

한국인의 의식 자체에는 원한을 남겨 두지 않으려는 성향이 있다고 한다.[38] 아무리 악한 사람이라도 끝까지 파멸시키지는 않으며 용서와 화해를 추구하는 것이 이야기 대부분의 결말이다. 서사민요에서 서두에 나타난 주인물과 상대인물의 갈등을 결말에서 주인물의 기대에 맞게 해소하는 구조적 특징을 이루는 유형이 많은 것도 이러한 경향에서 온 것이라고 볼 수 있다.[39]

서사민요의 연행 중에도 이렇게 모든 갈등이 해소되는 행복한 결말을 맺음으로써 창자나 청중이 웃음으로 호응하는 것을 많이 볼 수 있는데, 다음과 같은 경우가 그 좋은 예이다.

(앞 부분 생략)
행금행금 짜서이고 요내문앞 들어성게
물명지 한삼소매 못본듯끼 소첩끼고 돌아눕네
아라이것 못허겄다 저건네 운봉에밭에가
은다래끼를 목에걸고 응당솥에 손에들고
은붕에한마리 낚아다가 칡푸리살짝 낚아묵고
짚풀같이 나나가자 엇따이것 몬소린가
지성에첩[40]은 혼탁사랑 모실첩[41]은 둥둥사랑

---

38) 서대석(1978:242)는 한국인의 의식에 내재된 원령작해로 인한 공포감과 그 공포감에서 유래된 원한기피의 사고에서 고전소설의 일반적 특징인 '행복한 결말'이 형성되었다고 보고 있다.
39) 졸고(1998)에서 서사민요 중 시집식구 – 며느리 형의 구조적 특징을 분석한 결과 살림 깨뜨린 며느리, 말안한 며느리, 며느리 송사한 시어머니, 베짜다 시집식구 부음 받는 며느리 유형 등이 모두 결말에 갈등이 해소되는 구조적 특징을 보인다.
40) 기생 첩.

> 네귀에다 이간삼간 너린집이 네귀에다 평등42) 걸고
> 평등소리 요내헌들 못이나빠 죽을랑가
> 〔창자: "허허, 서방말 듣고 안 죽드래."〕
>   (「먹굴 22」 강예옥(여 76), 1981. 7. 31. 서영숙 조사.)

이 노래는 전체의 줄거리는 널리 알려져 있는 〈진주낭군 노래〉와 같으나 표현어구가 전혀 다르게 되어 있어 그 전승 근원이 다른 것으로 여겨진다. 이 노래에서도 빨래를 나간 여자가 지나가는 남편을 만나나 남편이 못 알아보고 지나쳐 간다. 서둘러 빨래를 마치고 집에 돌아 와보니 남편이 첩과 한 방에 누워 있어 자살을 시도하는데, 이때 남편이 말려서 죽지 않았다는 것이다. 〈진주낭군 노래〉에서는 이미 여자가 죽은 이후에 남편이 나와 후회하는 것으로 되어 있어 약간 차이가 있지만, 어쨌든 결말 부분에 남편의 사랑 고백을 이끌어낸다는 점에서 공통적이다. 전반부에서 주인물이 남편의 외도로 인해 겪은 갈등은 후반부에서 남편의 사랑 고백으로 인해 일시에 해소되는 행복한 결말을 갖는다. 그러기에 창자가 "허허."하고 웃을 수 있는 것이다.

〈진주낭군 노래〉에서 역시 주인물이 죽는다는 사건의 줄거리만 가지고 비극적 작품이라 단정짓는 것은 너무 단선적인 해석이다.43) 비록 주인물은 죽었지만 남편이 버선발로 뛰어나와 후회를 하고 진심을 밝히는 것은 죽어서라도 자신의 요구를 관철해내는 기대 성취의 상황으로 보아야 한다.44) 전반부에서는 주인물이 고난을 견디지 못하고 좌절을 하지만, 후반부에서는 주인물의 정당함과 상대인물의 부당함을 드러내는 것이다. 그러기에 이 노래의 연행이 끝났을 때 창자나 청중이 슬픔에 잠기지 않고 웃을 수 있는 것이다.

---

41) 본처.

42) 풍경. 처마의 네 귀에 달아 바람에 흔들려 소리가 남.

43) 이정아(1993:28)는 이 유형을 '불행의 상황 – 극복의 시도 – 시도의 좌절 – 죽음(강화된 불행)'이라는 서사 단락으로 구성된 비극적인 결말 구조를 지니는 것으로 보았다.

44) 자료는 졸고(1996:239~255)의 남편, 첩 부분 중에서 〈진주낭군 노래〉와 〈서답 노래〉를 참조.

〈중이 된 며느리 노래〉의 경우도 각편에 따라 약간의 차이가 있기는 하지만 마지막을 행복한 결말로 마무리하는 경우라 할 수 있다. 남편의 묘소가 벌어져 주인물이 그 속으로 들어간다든지(새터 120, 새터 152), 신선이 되어 하늘로 올라간다든지(충북 2-20) 등 환상적 결말을 맺고 있는데, 이는 주인물이 현실에서 이루지 못한 사랑을 초현실적 세계에서라도 이루고자 하는 강렬한 기대가 성취된 것이라 할 수 있다.

특히 이 노래는 서두에서처럼 예기치 않은 엉뚱한 결말을 설정함으로써 청중으로 하여금 웃음을 터뜨리게 하기도 한다. 이는 사건의 전개 과정에서 계속되어 온 주인물의 불행을 일시에 역전시키는 것으로서, 노래를 듣는 사람들에겐 노래를 듣는 동안 형성돼 온 긴장이 한꺼번에 해소되는 효과를 준다. 즉 이 노래의 결말에는 시집살이를 견디지 못하고 중이 되어 나간 며느리가 마지막에 시집에 돌아오니 시집이 쑥대밭이 되어 있고 시집식구가 모두 죽어 각 무덤마다 각자를 상징하는 꽃이 피어 있는 장면이 나온다. 여기에 덧붙여 남편 무덤이 느닷없이 벌어져 여자가 그 안으로 들어가 버렸다는 대목에서 청중은 너나없이 웃음을 터뜨린다.

> (앞 부분 생략)
> 석삼년을 지내고 시가집을 찾아가니
> 쑥대밭이 되었네라
> 시아바니 뫼소에는 호령꽃이 만발하고
> 시어머니 뫼소에는 아사리꽃이 만발했네
> 우리임 뫼소에는 함박꽃이 만발했네
> 임아임아 서방님아 내가돌아 내가왔네
> 〔창자: "뫼시가 벌어져 들어가 버렸다네."〕
> 〔청중: 웃음〕
> ([먹굴 114] 양금순(여 70), 1982. 4. 5. 서영숙 조사.)

여기에서 남편 묘소가 벌어져서 여자가 그 안으로 들어가 버렸다는 결말은 실제로는 이루어질 수 없는 엉뚱한 상황이다. 일단 그 엉뚱한 발상에 청중이 웃음을 터뜨렸다고 생각된다. 그러나 노래의 결말에 굳이 이런 엉뚱한 내용을 설치한 것은 그저 웃음을 이끌어내기 위한 단순한 장치가 아니라 남편과의 사랑을 초현실적인 방법을 통해서라도 이루고자 하는 강한 기대가 이루어진 것으로 볼 수 있다. 이는 남편의 사랑만 있다면 아무리 어려운 시집살이라도 견뎌낼 수 있다는 여성들의 이면적 주장이 표면화된 것이라고도 볼 수 있다. 어쨌든 이 노래의 창자와 청중은 노래를 마치며 함께 소리 높여 웃음을 터뜨림으로써 시집살이의 고난으로 빚어지는 모든 근심과 설움을 한꺼번에 날려보낼 수 있었을 것이다.

한 각편의 경우는 시집식구의 구박을 받다 세월이 지나 시집식구가 모두 죽고 주인물이 중이 돼 나가는 모습을 그리고 있는데, 이때 주인물은 시집식구의 죽음과 중이 되어 나가는 자신의 처지를 전혀 슬퍼하지 않고 오히려 기뻐하고 즐거워하는 것으로 표현돼 있다.

> (앞 부분 생략)
> 그렁저렁 지내다보니 시아버지가 죽었구나
> 사랑방 차지두 내차지요
> 그렁저렁 지내다보니 시어머니가 죽었구나
> 안방 차지두 내차지야
> 그렁저렁 지내다보니 시누년들두 죽었구나
> 웃방차지두 내차지야
> 건넨방 문을 열띠리니 고재잡놈두 죽었구나
> 뒷방차지두 내차지야
> 초매를 벗어 장삼을짓고 적삼은벗어 꼬깔을접고
> 속옷은벗어 바랑을짓고 씨구씨구 꼬깔을씨구
> 입구입구 장삼을입구 지구지구 베랑을 지구
> 싱되루가세 싱되루가세 낙산사절로 싱되루가세
> 어라 만수
> > (「강원 7-7」 최필녀(여 1917), 1994. 12. 5. 문화방송 조사.)

이 노래에서 보면 청중의 반응은 나타나 있지 않지만 시집식구의 죽음에 주인물이 방방마다 자신의 차지라고 말하는 데서 누구나 웃음이 나오게 마련이다. 그러다 시집식구가 모두 죽자 훌훌 털어 버리고 승이 되어 나가는 모습을 아주 홀가분한 기분이 느껴지게끔 그려내고 있다.45) 이상의 주인물의 모습은 삶의 구속에 얽매이지 않은 자유롭고 초탈한 태도를 보여주는 것으로서 비애의 정서와는 거리가 멀다.

시집살이 노래 중 파격적으로 주인물이 개가를 하는 경우도 있다. 이 노래의 갈등은 시집식구가 밭을 매고 돌아 온 주인물을 구박하는 데에서 발생한다. 게다가 친정 엄마의 죽음까지 겹쳐져 슬픔이 극도화된다. 이에 실의에 빠진 주인물이 집을 나가 자살을 시도하지만 결말에서 예기치 않은 상황이 발생하여 극적인 전환이 이루어진다. 즉 주인물이 버들가지에 걸쳐 죽지 않으며, 마침 지나가던 도령이 왜 죽느냐며 만류하자 그에게 개가하여 잘 살게 된다는 행복한 결말을 이루고 있다.46) 이 노래의 결말 부분만 보면 다음과 같다.

(앞 부분 생략)
난디없는 도령님이 그렇게 죽을거 없으닝게
다시한번 생각을하고 요내손질로 따라오게
그도령 손을 거머지고 다정하게 한재넘고 두재넘어
삼세줄을 넘어가니 삼칭같은 지아집이47)
꽃밭을피고 앉아노네 이만하먼 살은건데
그아니 죽어서 못볼긴데 그도령만내 사여갖고
백년언약을 사다보니 아들낳고 딸을낳고
이내신세가 쭉 뻐드러져서 생겨났네

---

45) 이러한 표현에서 빚어지는 웃음은 김대행(1991:380)의 분류에 의하면 대상의 질료에 관계없이 유발되는 '웃음의 즐거움', '탈문맥적인 웃음'으로 볼 수 있다. 이는 웃음을 겨냥한 의도적인 장치로서, 긴장을 이완시키는 기능을 고양시켜 수행하고 있으며, 거기서 오는 정서적 쾌감 또는 안정감을 겨냥하고 있다고 보고 있다. 이에 비해 대상의 비소.왜소함에서 오는 자기 우월감의 확인에서 오는 웃음은 '즐거운 웃음', '문맥적인 웃음'이라고 한다.

46) 졸고(1998:243)에서 그 구조를 분석하고 전반부는 비극적이다가 후반부에 와서 희극적으로 전환되는 희비극적 특성을 지니는 것으로 보았다.

47) 삼세 골을 넘어가니 삼층 같은 기와집이.

(「충남2-13」 강안순(여 1924), 1993. 9. 10. 문화방송 조사.)

이렇게 서사민요 대부분은 처음에는 갈등을 겪다가 마지막에 와서 갈등이 해소되는 행복한 결말로 끝을 맺는다. 이때 서두에서 발생된 갈등이 곧바로 갈등 해소의 결말로 이르는 것이 아니라 해소의 시도와 좌절이 여러 번 반복되는 것도 서사민요의 구조적 특징이다. 그러나 그 시도와 좌절이 반복, 심화될수록, 결말에 이루어지는 갈등의 해소는 더욱 큰 웃음을 자아낸다. 서사민요의 이러한 구조적 특징은 바로 서사민요 연행 집단의 현실과 그 현실에 대한 인식을 보여 준다. 서사민요의 연행집단은 대부분 평민 여성으로 이루어져 있다. 평민여성의 삶은 고난의 연속으로 이루어져 있지만 그들은 이에 쉽게 좌절하지 않고 꿋꿋하게 이겨 나간다. 그러므로 서사민요가 '갈등의 발생 – 해소의 시도 – 좌절 – 갈등의 해소'의 구조적 특징을 갖게 된 것은 비록 현실은 고난의 연속이지만 언젠가는 고난을 극복하고 행복하게 되리라는 연행 집단의 밝고 건강한 기대가 반영된 것이다. 서사민요의 연행 집단은 이러한 노래를 함께 부르고 웃음으로써 현실의 어려움을 견뎌내고 활기차게 살아갈 수 있었던 것이 아닌가 한다.

3. 맺음말

이 논문에서는 서사민요에 나타난 웃음의 양상을 연행 상황을 통해 살펴보고, 그 의미에 대해 고찰하였다. 이는 서사민요가 연행을 통해 존재하는 구비연행예술이므로 사설과 함께 연행 상황에 대한 연구가 병행되어야 한다는 전제에서 출발하였다.

그 결과 서사민요 연행 집단은 남녀간의 성과 사랑, 시집살이에 대한 항의, 부당한 현실에 대한 비판을 담고 있는 소재에 웃음을 일으키는 것을 알 수 있었다. 이는 서사민요 연행 집단이 자유로운 성과 사랑의 표현, 억압으로 해방된 사람다운 삶을 추구하고, 축첩, 불합리한 혼인 제도 등 부당한 현실에 대한 비판 의식을 지니고 있음을 보여 준다.

한편 서사민요의 서두에 설정된 엉뚱한 상황과 거듭되는 해소의 시도와 좌절을 거쳐 결말에 모든 갈등이 해소되는 구조적 특징이 연행 집단의 웃음을 일으키는 것을 볼 수 있었다. 이는 서사민요의 주된 연행 집단인 평민 여성들의 현실과 이에 대한 인식을 나타내는 것으로서, 평민 여성은 고난의 연속인 삶을 밝고 건강한 의식으로 극복해 냄을 알 수 있었다.

이렇게 볼 때 서사민요는 평민여성이 즐길 수 있는 거의 유일한 문학적 수단으로서 그들에게 웃음과 활력소를 제공하는 구실을 해왔다고 볼 수 있다. 대부분의 서사민요가 갖고 있는 비극적 요소에도 불구하고, 연행집단이 이러한 정서적 반응을 나타내는 것은 연행집단이 서사민요의 내용과 어느 정도 객관적 거리를 유지하는 데에서 오는 것이라고 할 수 있다. 서사민요가 주로 여럿이 모여 일을 하면서 지루함과 고단함을 달래기 위해 불렸다는 점도 그 한 요인으로 생각된다. 그러나 창자의 특성, 연행상황 등의 차이에 따라 같은 노래라도 얼마든지 달리 연행될 수 있고, 따라서 연행집단 역시 얼마든지 다른 정서적 반응을 나타낼 수 있는 것이 구비연행예술로서의 민요의 특징이기도 하다. 그러므로 서사민요의 연행에 나타난 정서적 반응은 이러한 여러 가지 변수를 고려하여 총체적으로 살필 필요가 있다. 이에 대해서는 이후의 논문을 통해서 보완, 해결해 나가려고 한다.

참 고 문 헌

고혜경(1983), 「서사민요의 유형 연구: 부부결합형을 중심으로」,
　　　　　　이화여대 석사논문.
구연식(1978), 「한국민요에 나타난 해학성 고찰」, 『동아논총』 15, 동아대.
김대행(1991), 「즐거운 웃음과 웃는 즐거움」, 『시가시학연구』,
　　　　　　이화여대 출판부.
김학성(1980), 「한국 고시가의 미의식 체계론」, 『한국고전시가의 연구』,
　　　　　　원광대 출판부.
서대석(1978), 「고전소설의 행복한 결말과 한국인의 의식」,
　　　　　　『관악어문연구』 3, 서울대.
서영숙(1996), 『시집살이노래 연구』, 도서출판 박이정.
------(1997), 「서사민요의 구연상황 연구」, 『어문연구』 29, 어문연구회.
------(1998), 「서사민요의 구조적 성격과 의미: '시집식구-며느리'형을
　　　　　　중심으로」, 『한국문학이론과 비평』 2, 한국문학이론과 비
　　　　　　평학회.
유재일(1993), 「한국한시에 나타난 웃음의 양상과 의미」,
　　　　　　『한국문학의 골계 연구』, 태학사.
이금주(1987), 「한국민요에 나타난 해학성 연구」, 중앙대 석사논문.
이정아(1993), 「서사민요 연구:양식적 특성을 중심으로」, 이화여대 석사
　　　　　　논문.
임철규(1976), 「희극의 미학」, 『창작과 비평』 42, 창작과 비평사.
조동일(1971), 「한국문학에 있어서의 골계」, 『국어국문학』 51, 국어국문학회.
------(1973), 「미적 범주」, 『한국사상대계』 I, 성균관대 대동문화연구원.
---- (1978), 「민요에 나타난 해학」, 『우리문학과의 만남』, 홍성사.
---- (1979 증보판), 『서사민요연구』, 계명대 출판부.
차범석(1993), 「한국인과 희극정신」, 『웃음과 세월의 풍경화』,
　　　　　　김영수교수 화갑문집 간행위원회.
로버트 W.코리간(1995), 「희비극」, 『비극과 희극: 그 의미와 형식』,
　　　　　　송옥외 옮김, 석탑희곡연구회, 고려대 출판부.
앙리베르그송(1992), 『웃음: 희극성의 의미에 관한 시론』, 정연복 옮김,
　　　　　　세계사.

『한국민요대전』(1991~1996), 강원, 충북, 충남, 전북, 전남, 경북, 경남 편,
문화방송.

〈꼬댁각시 노래〉의 연행양상과 제의적 성격

〈꼬댁각시 노래〉의 연행양상과 제의적 성격

1. 머리말

〈꼬댁각시 노래〉는 여성들이 정초나 추석에 점을 치며 부르던 노래이다. 부여 지역에서 조사 보고되어 있어 그 연행양상과 특성을 파악할 수 있다.[1]

〈꼬댁각시 노래〉는 한 여성의 비극적 일생을 그리고 있는 서사민요이면서 일정한 형태의 의식과 함께 불려진다는 점에서 제의적, 무가적 성격을 띠고 있다. 이는 이 노래가 원래는 무가에서 불려지던 것이 일반 여성에게 불려지면서 민요화한 것이 아닌가 하는 추정을 하게 한다.[2]

지금까지 〈꼬댁각시 노래〉에 대한 연구는 임동권이 소개한 이후로 별로 주목받지 못하다가 이현수에 의해 본격적으로 연구되었다. 그는 〈꼬댁각시 노래〉가 인형극 꼭두각시놀음의 영향으로 형성되었으리라고 추정하고 그 관련성 하에서 〈꼬댁각시 노래〉의 유형구조와 문학적 의의를 밝혔다.[3] 꼭두각시와 꼬댁각시가 그 명칭이 유사하며 둘 다 비극적 여성의

---

1) 『한국민요대전』충남편, 문화방송, 1995, 239~242면 참조.
2) 졸고, 「서사무가의 민요화양상 ―서사무가 〈도랑선비 청정각시〉와 혼사장애형 민요를 중심으로」(미발표)에서 서사무가가 세속화 과정을 밟으면서 민요화한 양상을 살펴보고 있다.

전형이라는 점에서 이 논문은 많은 시사점을 준다. 그러나 이현수도 지적했듯이 〈꼬댁각시 노래〉가 무속 제의적 성격을 띠고 있다는 점은 꼭두각시놀음보다는 무가와의 관련성을 생각지 않을 수 없다. 특히 서사무가 중 〈도랑선비 청정각시〉가 〈꼬댁각시 노래〉와 유사한 내용으로 되어 있어,4) 이러한 추정을 뒷받침 해 준다.

이에 이 논문에서는 〈꼬댁각시 노래〉가 어떤 상황에서 연행되는지, 〈꼬댁각시 노래〉의 작품구조는 어떠한지를 살펴 본 후에 이를 토대로 〈꼬댁각시 노래〉와 비슷한 화소를 지니고 있는 서사무가 〈도랑선비 청정각시〉와의 관계를 토대로 그 제의적 성격과 의미를 고찰하고자 한다.

자료는 『한국민요대전』 소재 자료를 주 자료로 하며 『한국구비문학대계』와 『한국민요집』소재 자료를 보조 자료로 삼는다.5)

2. 〈꼬댁각시 노래〉의 연행과 작품구조

〈꼬댁각시 노래〉는 일반적인 여성서사민요와는 달리 노동요나 비기능요로 분류될 수 없다. 일정한 의식 또는 놀이 절차에 부속되어 불려지는 노래로서 특별한 기능을 가지고 있기 때문이다. 여기에서는 〈꼬댁각시 노래〉가 불려지는 양상이 어떠하며, 그러한 상황 속에서 창출된 작품이 어떠한 구조적 특성을 지니고 있는지 살펴보기로 하자.

---

3) 이현수, 「꼬댁각시요 연구」, 『한국언어문학』, 한국언어문학회, 1994. 참조.

4) 〈도랑선비 청정각시〉는 〈도랑선배·청정각시노래〉, 〈도랑선비〉, 〈도랑축원〉 등 여러 명칭으로 불린다. 자료는 김태곤 편저, 『한국무가집』3, 집문당, 1978, 73~79면과, 김헌선, 「함경도 무속서사시 연구 - 〈도랑선배·청정각시노래〉를 중심으로」, 『구비문학연구』8, 한국구비문학회, 1999에 자료와 주석이 실려 있다.

5) 임동권, 『한국민요집』II, 집문당, 1974와 『한국구비문학대계』4-5(충남 부여군편), 한국정신문화연구원, 1984에 자료가 채록되어 있다. 그러나 이들 자료 중에는 꼬댁각시 노래로 보기 어려운 것도 포함되어 있고, 그 연행양상이 제대로 기록되어 있지 않아 본 연구의 주 자료로 삼기에는 그리 적합하지 않다.

2. 1. 연행양상

〈꼬댁각시 노래〉는 정초나 추석에 여성들이 한해의 운수나 궁금한 점 등을 알아보기 위해 점을 치면서 부른다.6) 명절이 아닌 농한기의 놀이에 서도 불려졌다고 하는데,7) 이는 〈꼬댁각시 노래〉가 기능에서 멀어지면 서 생겨난 현상으로 원래의 연행상황과는 좀 거리가 있는 듯하다. 일단 이 노래를 부르기 위해서는 여성들이 집단적으로 모여 앉아 일정한 분위 기를 조성해야 하는데, 그럴 기회가 명절이 아닌 시기에 그리 흔하지 않 기 때문이다.

〈꼬댁각시 노래〉는 일정한 시기에 일정한 환경을 마련해 놓고 부르지 아무 때나 아무 곳에서나 부르지 않는다. 그러므로 〈꼬댁각시 노래〉는 단 순한 유희요나 비기능요라고 할 수 없다. 〈꼬댁각시 노래〉는 전문 무당이 아닌 일반 여성들에 의해 집단적으로 치러지는 일종의 세시의식요 또는 세시유희요라고 할 수 있을 것이다.

〈꼬댁각시 노래〉를 의식요로 볼 것인가, 유희요로 볼 것인가는 전승자 가 이를 어떻게 인식하느냐에 따라 달리 판단될 수 있다. 전승자들이 이 를 신앙적 차원에서 경건하게 행했다고 한다면 의식이라 할 수 있고, 단순 한 흥미나 놀이의 차원에서 행했다고 한다면 놀이라 할 수 있기 때문이다.

이렇게 볼 때 〈꼬댁각시 노래〉는 원래는 의식요이던 것이 후대로 내려 오면서 유희요로 변화했으리라고 생각된다. 그러나 유희요로 변화했다 하더라도 일단 이를 시작하면 단순한 유희로서 이 노래를 부르지는 않는 다. 그만큼 이 노래의 내용이 특이하고 함께 거행하는 의식조차 단순한 유희로 볼 수 없기 때문이다.

---

6) 임동권의 조사 보고에 의하면 정초나 추석에 불렀다고 하나, 부여에서는 정월 한 달 중 에만 불렀다고 한다. 지방에 따라 다를 수 있고 의식이 후대로 내려오면서 놀이적 성격 으로 변하며 달라질 수 있으나 노래와 의식의 성격상 정초에 부르는 것이 원래의 연행 상황과 부합된다고 생각된다.

7) 이현수, 앞의 논문, 97면.

임동권은 이 노래가 불려지는 상황을 다음과 같이 기록하고 있다.

충남〔원문에는 京南이라고 되어 있으나 忠南의 오기가 분명함〕지방에서는
이 꼬댁각씨 노래가 보통 평시에 불려지는 것이 아니라, 주로 정초나 팔월
추석을 계기로 해서 동네 부인이나 처녀들이 집합해서 그 중에서 선발된 한
사람이 꼬댁각씨가 되어 가운데 앉고 군중은 그를 둘러싸고 이 노래를 부른
다. 꼬댁각씨는 눈을 감고 합장하고 있다가 노래를 몇 번이고 반복해서 부르
는 동안에 꼬댁각씨의 영혼이 그에게 옮겨져서 두 손을 들고 일어나서 맹렬
하게 춤도 추고 점술도 하며 신기한 행동을 한다. 광경을 구경하기 위해서
수십명 군중이 모이고 이때의 점이 신통하게 잘 맞는다고 한다.[8]

또 필자가 부여 옥산면 봉산2리 봉곡 마을에서 조사한 바에 의하면 〈꼬
댁각시 노래〉는 다음과 같이 연행한다.

정초에 부녀자들이 어느 집 안방에 모인다. 부녀자들 중에 특히 신이 잘
내리는 사람을 꼬댁각시로 골라 방 가운데에 앉히고 다른 여자들이 빙 둘러
앉는다. 가운데 여자는 신장대를 들고 앉는다. 다른 여자들이 꼬댁각시 노래
를 부르며 꼬댁각시 혼이 내리기를 기원한다. 꼬댁각시 혼이 내리면 가운데
여자가 들고 있는 신장대가 흔들린다. 그러면 꼬댁각시 혼이 들린 여자가 일
어나 한바탕 춤을 추고 노래를 한다. 이 때 주위 여자들이 이것 저것 물어 보
면 거기에 꼬댁각시 혼이 답을 해 준다. 대개 언제 시집을 갈지, 언제 아이를
낳을지, 잃어버린 물건이 어디 있는지 등을 묻는데 신통하게 알아맞춘다고
한다.[9]

이를 종합해 보면 〈꼬댁각시 노래〉는 꼬댁각시라는 혼을 청하는 노래
이며, 꼬댁각시가 죽어서 혼이 되기까지의 내력을 풀고 있는 꼬댁각시풀
이라고 할 수 있다. 또한 꼬댁각시 혼을 부르고 꼬댁각시 혼이 내려와 공
수를 하는 이 일련의 과정은 '굿놀이' 또는 '놀이'라고 할 수 있을 것이고,

---

8) 임동권, 『한국민요연구』, 이우출판사, 1975, 270면.
9) 『한국민요대전』(충남편) 부여 5-19, 5-20을 채록하면서 조사한 내용이다.

이를 '꼬댁각시(굿)놀이'라고 불러도 좋으리라고 본다.

  일반적으로 굿은 "논다"고 하며 〈꼬댁각시 노래〉를 부르는 이들도 "꼬댁각시 놀린다."고 한다. 굿이 의식이면서 놀이였던 사정을 짐작할 수 있다. 실제로 노래의 앞부분에 이러한 대목이 들어가 있는 각편도 있다.

> 꼬댁각시 놀아보세
> 한 살먹어 어멈죽구 두 살먹어 아범죽구
> 시살먹어 걸음배여 니살먹어 삼촌이집이 가서
> 삼촌이댁 부엌쓸다 내여치구
> 삼촌은 마당쓸다 딜여치구
> 아이구담담 설운지구10)

꼬댁각시놀이는 다음과 같은 절차로 진행된다.

  1) 청신(請神): 부녀자들이 방에 빙 둘러 앉고 가운데에 한 여자가 앉는다. 그 여자는 신장대를 들고 앉는다.11) 다같이 〈꼬댁각시 노래〉를 부른다. 신장대가 흔들릴 때까지 반복해서 부른다.

  2) 강신(降神): 꼬댁각시 혼이 내려 신장대가 흔들린다. 꼬댁각시 혼이 내린 여자는 일어나 춤을 추고 노래를 부른다. 주변의 여자들이 궁금한 것을 물으면 대답해 준다. 대개 "언제 시집갈가?" 등 운명에 관한 것을 많이 물으며, 물건을 숨겨 놓고 잃어버린 물건이 어디 있는지 등을 물으면 찾아낸다고 한다

  3) 오신(娛神): 모두 한바탕 어울려 신명나게 춤추고 노래하며 논다.

---

10) 『한국구비문학대계』4-5 (충남 부여군편), 795면. 〔홍산면 민요 5〕 홍양리 1구 한희동, 1982. 2. 8. 박계홍, 황인덕 조사. 현종홍, 여 75

11) 황인덕의 조사에 의하면 한 손에는 신장대를 들고, 다른 한 손에는 풀각시를 들었다고 하는데(이현수, 앞의 논문, 96면), 임동권, 필자의 조사 등에 의하면 풀각시는 나타나지 않고 있어 어느 것이 원래의 상황인지 가늠하기 어렵다. 마을마다 약간의 차이가 있을 수 있겠지만 본래의 양상에 대한 정확한 재조사가 필요하다.

이렇게 볼 때 꼬댁각시놀이는 굿의 한 거리의 절차와 비슷하게 진행되는 것을 알 수 있다. 굿의 절차 역시 굿거리마다 다르긴 하지만 대체로 '청배 - 강신 - 오신 - 배송'의 순서로 이루어지기 때문이다. 신의 내력을 풀이한 서사무가는 굿에서 신을 청배하기 위해서 부르는데, 꼬댁각시놀이에서 역시 청신 과정에서 〈꼬댁각시 노래〉를 부르는 것이다.[12]

다음 강신과 오신 과정 역시 굿청에서 흔히 볼 수 있는 광경으로 무당에게 죽은 사람의 혼이 내려 무당은 죽은 사람의 몸이 되어 산 사람과 대화를 나누고 공수를 하기도 하는 것이다.

이처럼 꼬댁각시놀이는 여성들이 정초에 집단적으로 행하던 주술놀이이면서 일반 여성들에 의해 행해진 소규모의 굿이라고 할 수 있다. 여성들은 자신들의 운명을 알아보기 위해 그들과 같은 평범한 여성으로서 비극적으로 살다 죽은 꼬댁각시의 원혼을 불러내었던 것이다. 여성들은 이놀이를 단순한 장난이나 게임의 형태로 행한 것이 아니라 경건하고 엄숙한 분위기에서 정성스레 행했으며 그 신통력을 믿었음을 알 수 있다.

2. 2. 구조적 특성

〈꼬댁각시 노래〉는 서사민요 중 '삼촌 밑에서 자라 시집가나 신랑이 죽은 조카' 유형에 속하는 노래이다.[13] 다른 지역에서도 이러한 유형의 노

---

12) 한 예를 들어 오구굿에서 오구풀이를 굿거리의 첫머리에 부르는 것은 무속 영웅인 바리데기신을 굿청에 청배하기 위해서라고 한다. 바리데기신을 청해서 망자가 저승에 잘 들어갈 수 있도록 하려는 것이다. 한편 오구풀이와 같은 서사무가를 부르는 것은 청신의 기능 뿐만 아니라 오신의 기능도 있다고 한다. 신의 근본을 풀어 그 위대성을 칭송함으로써 신을 즐겁게 해줄 수 있기 때문이다. 인간은 과거를 들추는 것을 싫어하지만, 신은 내력을 들추어 밝혀주는 것을 좋아한다고 한다. (이경엽, 『무가문학연구』, 도서출판 박이정, 1998, 184면 참조.)

13) 졸고, 「서사민요의 구조적 성격과 의미: '시집식구 - 며느리 형'을 중심으로」, 『한국문학이론과 비평』2, 한국문학이론과 비평학회, 1998에서 서사민요의 유형을 주인물과 상대인물의 관계에 따라 12유형으로 나눈 바 있는데, 꼬댁각시 노래는 주 갈등이 삼촌식구와의 관계에서 이루어지므로 '삼촌식구 - 조카' 유형으로 분류하였다. 조동일,

래가 불리지만 충남에서는 주인물의 이름을 '꼬댁각시'로 부른다.

〈꼬댁각시 노래〉는 두 부분으로 뚜렷하게 나뉘어져 있다. 앞부분이 꼬댁각시의 일생을 비극적 서사로 그려낸 것으로 한의 맺힘이라면, 뒷부분은 꼬댁각시 혼의 공수를 희극적 제의로 그려낸 것으로 한의 풀이이다. 앞부분이 꼬댁각시의 일생을 그리고 있는 서사적 부분이라고 한다면 뒷부분은 꼬댁각시 혼이 내려 한바탕 흥을 내거나 점을 쳐주는 내용으로 서정적, 교술적 부분이라고 할 수 있다.

우선 앞부분의 서사적 짜임새를 살펴보기로 하자.

ㄱ) 어려서 부모를 여읜다.
ㄴ) 삼촌집에 찾아간다.
ㄷ) 삼촌 숙모에게 갖은 구박을 다 받는다.
ㄹ) 시집을 간다.
ㅁ) 신랑이 죽는다.
ㅂ) 시집살이가 심하다.
ㅅ) 자살을 한다.

꼬댁각시의 삶은 좌절의 연속으로 이루어져 있다. 꼬댁각시는 태어나면서부터 부모를 잃고 삼촌집에서 자라나 갖은 구박을 다 받더니, 시집을 가서도 고자신랑을 만나고 신랑마저 죽고 만다. 일말의 희망과 기대도 없는 삶의 형태가 급기야는 꼬댁각시가 자살하는 데까지 이르게 한다.

〈꼬댁각시 노래〉 중 한 각편을 일부 인용하면 다음과 같다.

꼬댁각시 불쌍헌중 이방꾼이 다안다네
한살먹어 어멈죽고 두살먹어 아범죽어
세살먹어 걸음배야 네살먹어 말을배고
다섯살먹어 삼촌네집이 찾어가니
삼촌숙모 거둥보소

『서사민요연구』, 계명대 출판부, 1970의 자료편 중 F유형(삼촌집에)의 노래도 이 유형에 속한다.

불때다말고 부주뗑이로 날메치네
아이고담담 설음지고 지이고담담 원통허네
여름되면 삼년묵은 누덕바지
양지양지 뙤양양지 내여시고
겨울되면 삼년묵은 베등거리
그늘그늘 내여시네14)

〈꼬댁각시 노래〉는 이렇게 한 여인의 탄생에서 죽음에 이르는 비극적 일생을 그리면서 다른 각편과는 달리 서두 부분에 "꼬댁각시 불쌍허네"하고 서술자의 주인물에 대한 해설을 붙임으로써 서술자와 주인물의 거리를 확실히 설정한다. 이후 주인물의 말에 이 서술자의 설명이 빠지는 것은 주인물의 말과 행동을 극적으로 보이게 하기 위한 서술방식이라고 할 수 있다.

또한 대부분의 각편에서 남편이 고자낭군으로 되어 있고 그 남편 또한 시집간지 삼일만에 죽어 꼬댁각시의 삶을 더욱더 비극적으로 만든다. 그 부분을 보면 다음과 같다.

시집이라 간다는 게 고재낭군 얻어갔네
그러나마 믿고 살라 히었더니
고재낭군 샘일만이 톡 죽네 그려
아이구나 설음 설음지고
이내 설음 또 있으랴15)

여기에서 남편을 고자 낭군으로 표현함으로써 비극적인 작품에 다소 회화적 성격을 부여하고 있다. 〈꼬댁각시 노래〉 거의 대부분이 남편을 이렇게 표현하고 있고, 각편에 따라서는 모든 시집식구를 불구로 표현한 것도 있다. 이는 아마도 여성들만의 모임에서 무능한 남편을 표현하는데 '고자낭군'이 일종의 관용적 표현으로 쓰이는 것이 아닌가 생각된다. 하지

14) 『한국민요대전』(충남편) 부여 5-19, 239면.
15) 『한국민요대전』(충남편) 부여 5-20, 241면.

만 그런 남편이라도 없는 것과 있는 것은 여자가 고된 시집살이를 이겨내는 데 큰 차이가 있다. 결국 그 남편조차 시집가자마자 죽고 마는 것으로 되어 있다. 이렇게 남편의 죽음에서 여자는 고된 시집살이를 견딜 정신적 위안조차 얻지 못하고 최후의 수단을 택하게 되는 것이다.

그러면 〈꼬댁각시 노래〉에서는 주인물의 일생을 왜 이리 비극적으로 만드는 것일까. 이는 실제 여성들이 자신들의 삶을 비극적으로 인식하고 있음을 보여주는 것이라 할 수 있다. 또한 이렇게 비극적으로 산 인물만이 후에 특별한 능력을 지닌 혼령이 되어 자신들의 소원을 성취해 주거나 점을 쳐 줄 수 있다는 민간적 믿음에서 우러나온 것일 것이다.

다음 〈꼬댁각시 노래〉에는 한 여인의 탄생에서 죽음에 이르는 비극적 일생에 이어, 꼬댁각시혼과 함께 신명을 펼치는 희극적 제의 부분이 덧붙여 있다. 이 부분은 꼬댁각시 혼이 살아 있는 이의 몸에 내려 그들의 운수를 점쳐 주고 신나게 뒷풀이를 하는 장면이다. 이 부분을 인용하면 다음과 같다.

> 댓닢끝이 실렸거든 댓닢가지 놀아보고
> 송잎끝이 실렸거든 송잎같이 놀아보세
> 너도청춘 나도청춘 청춘까지 놀아보세
> 지비춤도 추어보고 나비춤도 추어보고
> 훨훨히 놀아보세
> 꼬댁각시 원언이면 내원언을 풀어주소
> 내가 돈삼백원을 잊어버렸는디
> 가져간사람 있은게 가져간 사람게로 흔들어주시오
> 너도청춘 나도청춘 청춘까지 놀아보세
> 훨훨히 놀아보세
> 지비춤도 추어보고 나비춤도 추어보세
> 훨훨히 놀아보세
> 〔창자: "여기서 가져갔네 여기서 가져갔어. 허허허."〕16)

---

16) 『한국민요대전』(충남편) 부여 5-19, 239~240면.

이 부분은 꼬댁각시의 일생을 노래로 부르자, 신장대를 들고 앉아 있던 여자에게 꼬댁각시에의 혼이 내려 그 여자가 일어나 춤을 추고 점을 치는 장면이다. 앞 부분에서 꼬댁각시의 비극적 일생을 노래로 부르고 들으며 눈물짓던 창자들이 이 부분에서는 신들린 듯 춤을 춘다. 굿판에서 무당이 굿을 연행하는 모습과 거의 다르지 않다.

이렇게 〈꼬댁각시 노래〉는 꼬댁각시의 일생을 풀이하는 비극적 서사 부분과 신이 된 꼬댁각시와 함께 신명을 벌이는 희극적 제의 부분으로 이루어져 있으며, 이는 맺힘과 풀이의 구조로 이해된다. 여성들은 꼬댁각시 놀이를 하며 이 노래를 함께 부름으로써 현실 속에서 겪는 갖은 고난과 억압과 한을 담아낼 수 있었고 또 풀어낼 수 있었던 것이다.

3. 〈꼬댁각시 노래〉의 제의적 성격

〈꼬댁각시 노래〉는 죽은 원혼을 불러내어 그 대리자가 일종의 의식을 주관한다는 점에서 무속제의적 성격을 띠고 있다. 이는 〈꼬댁각시 노래〉가 원래는 무가였을 가능성을 보여주고 있다. 실제로 무가 중 함경도 망묵굿에서 불리는 〈도랑선비 청정각시〉의 경우 이 〈꼬댁각시 노래〉와 아주 유사한 서사적 전개를 이루고 있다. 여기에서는 이 〈도랑선비 청정각시〉와 〈꼬댁각시 노래〉와의 관련성을 검토한 후 〈꼬댁각시 노래〉의 제의적 성격에 대해 총괄적으로 살펴보기로 하겠다.

3. 1. 서사무가와의 관련

〈도랑선비 청정각시〉는 함경도 망묵굿에서 불려지는 서사무가이다. 망묵굿은 죽은 이를 저승길로 천도하는 굿인데, 지적굿, 성주굿, 충열굿, 궁상이굿, 칠공주굿 등 15거리로 이루어져 있다. 이 중 〈도랑선비 청정

각시〉는 칠공주굿 다음에 10번째 거리에서 부른다.17) 도랑선비와 청정
각시는 망묵굿에서 넋을 천도하는 신의 기능을 한다고 할 수 있다.

〈도랑선비 청정각시〉에 나타나는 가장 중요한 화소는 신랑인 도랑선비
의 죽음이다. 〈도랑선비 청정각시〉는 도랑선비가 죽는 이유에 의해 크게
두 유형으로 나뉜다. 하나는 혼수 부정 또는 알 수 없는 이유로 신랑이
죽는 유형이고, 다른 하나는 외삼촌에게 양육된 신랑이 외삼촌의 잘못된
택일과 혼인 강행으로 죽는 유형이다. 죽고 난 뒤 신랑과 결합하기 위해
신부가 갖은 고난과 시련을 받는 것이 공통 화소로 되어 있으며 그 결과
가 어떻게 나타나느냐에 따라 여러 하위 유형으로 나눌 수 있다.

전자를 '혼수부정형', 후자를 '외삼촌 양육형'이라 명명하여 서사 구조를
살피면 다음과 같다.

▶혼수부정형

ㄱ) 고귀한 신분의 신부가 양반 집 선비에게 시집가게 되었다.
ㄴ) 혼인날 신랑이 앓아 누워 점쳐 보니 혼수 부정 때문이라고 했다.
ㄷ) 집에 돌아간 신랑으로부터 부고가 왔다.
ㄹ) 시가로 간 신부는 장례 후 울기만 하였다.
ㅁ) 옥황상제가 보낸 성인이 내려 와 신랑을 만날 수 있는 방법을 가르쳐 주
   었다.
ㅂ) 신랑을 만나려고 여러 가지 고난을 겪어내지만 신랑은 잠깐 나타났다 사
   라졌다.
ㅅ) 마지막에 신랑이 가르쳐 준 대로 목을 매 죽음으로써 저승에서 신랑을
   만났다.
ㅇ) 두 사람은 인간세상에 환생하여 신으로 모셔졌다.

---

17) 김태곤 편저, 앞의 책, 71면 참조. 임석재가 채록한 망묵이굿은 19거리로 되어 있고
   이 중 〈도랑축언〉은 11번째 거리에서 부른다. 임석재 외, 『함경도 망묵굿』, 열화당,
   1985 참조.

▶외삼촌 양육형

ㄱ) 도랑선비가 어려서 부모를 여의고 외삼촌이 데려다 길렀다.
ㄴ) 택일을 잘못 하여 장가가는 길에 이상한 조짐들이 일어났다.
ㄷ) 신랑이 신부집에 가서 앓아 누웠다.
ㄹ) 신랑이 집으로 돌아가 죽었다.
ㅁ) 백비둘기가 부고를 물고 와 신부가 신랑집으로 갔다.
ㅂ) 장례 후 제상을 모셔 놓고 신랑을 보게 해 달라고 기원했다.
ㅅ) 중이 신랑 만나는 법을 가르쳐 주었다.
ㅇ) 신랑을 만나려고 여러 가지 고난을 겪어내지만 신랑은 잠깐 나타났다 사
   라졌다.
ㅈ) 마지막에 신랑이 가면서 죽어야 만날 수 있다고 했다.
ㅊ) 부부가 조상신이 되어 굿석을 차지하게 되었다.

여기에서 보면 '혼수부정형'이 비교적 신화적 요소를 비교적 온전하게
지니고 있는데 비해, '외삼촌 양육형'은 신화적 요소가 많이 희미해져 있
는 것을 볼 수 있다. 그러나 두 유형 모두 망묵굿에서 모셔지는 신의 내
력을 이야기하는 무가로서 신화적 속성을 지니고 있다. '혼수부정형'과
'외삼촌 양육형'의 공통 화소는 '혼사 부정 – 신랑 죽음 – 신부시련 통과 –
저승 결합'이다.18)

'혼수부정형'에서는 신부가 주체가 되어 있고 신부의 신분이 고귀하게
설정돼 있으며 사후에 둘 다 신격으로 좌정한다. 그러나 '외삼촌 양육형'
에서는 신랑이 주체가 되어 있으며 신랑이 죽은 뒤에야 신부가 주체가 되
어 사건이 전개된다. 사후에 어떤 신으로 좌정하는지에 대해서는 명확한
서술이 없지만 구연자의 설명으로 보아 가문의 조상신 내지 시조신이 되
는 것으로 볼 수 있다.19)

---

18) 장채순 구연본(임석재 외, 앞의 책에 요약된 자료가 실려 있음)에서는 이승에서 밤에
    만 결합하는 '불완전한 결합'을 이룬다.
19) 김헌선은 앞의 논문, 240~241면에서 도랑선비와 청정각시가 부부의 관계를 이승과
    저승으로 이어지도록 하는 직능을 맡은 신이면서 시조신 내지 조상신으로 섬겨진다고

어쨌든 이 두 유형의 무가에서 공통적으로 말하려고 하는 것은 남녀가 결연하는 과정에 부정한 요인이 있어 신랑이 죽었고 이 부정을 무효화하기 위해 신부가 갖가지 시련을 다 극복해내어 그 보상으로 드디어는 저승에서 결연하게 된다는 것이다. 뿐만 아니라 두 사람은 신으로 좌정하여 저승으로 죽은 이의 넋을 천도하는 신이나 한 가문의 조상신으로 자리잡게 된다는 것이다.

신부가 신랑과의 결연을 위해 겪는 시련은 보통의 인간으로는 감내할 수 없는 처절한 것이다. 왜 하필 여성이 이런 시련을 감내해야 하는 걸까. 여기에는 여성이 남성보다 약하다는 성차별적 전제와 여성이 한 가문에 들어오기 위해서는 어떠한 수난도 감수하고 이겨내야 한다는 가부장적 전제가 깔려 있다. 이러한 전제가 부당한 것이기는 하지만 이를 떠나서 나약하게 여겨지는 여성이 시련을 겪을 때 더 많은 동정과 공감을 얻을 수 있고 이를 통과해냈을 때 더 큰 찬사와 감탄을 자아내는 것은 틀림없는 사실이다.

여성이 모든 시련을 묵묵히 받아들이고 극복해 낸다는 것은 여러 가지 의미로 읽힐 수 있다. 긍정적으로 본다면 나약해 보이는 여성이 실제로는 무서운 힘이 있음을 보여주는 것이라 할 수 있다. 여성에게 이런 시련을 감내할 수 있는 내적 능력을 지니고 있음을 나타내는 것이다. 부정적으로 본다면 여성은 마땅히 이런 시련을 감내해야만 한다는 이데올로기에 의한 것일 수도 있다.

여성에게만 이런 시련이 주어지는 것은 불공평하지만 이런 시련을 묵묵히 받아내고 결국 이를 이겨내는 것은 성인의 경지가 아니고서는 불가능하다. 결국 이 무가는 여성을 위대한 성인이나 신의 경지에까지 끌어올리고 있는 것이다.

〈꼬댁각시 노래〉는 〈도랑선비 청정각시〉중 '외삼촌 양육형'과 '삼촌양육 - 신랑죽음 - 신부자살'이라는 화소를 공통적으로 지니고 있다. 이는 두 노래가 장르의 차이에도 불구하고 시작과 중간 끝이 같다는 점에서 같은

보았다.

구조를 지니고 있는 한 유형의 노래라는 점을 보여 준다. 그렇다면 〈꼬댁각시 노래〉는 〈도랑선비 청정각시〉 중 '외삼촌 양육형'이 세속화되는 과정에서 파생된 노래라 할 수 있다.

이제 〈도랑선비 청정각시〉 중 '외삼촌 양육형'이 〈꼬댁각시 노래〉로 어떻게 세속화되었는지 살펴보기로 하자. 두 노래의 차이점을 든다면 〈도랑선비 청정각시〉에서는 삼촌에 의해서 양육되는 이가 신랑이지만 〈꼬댁각시 노래〉에서는 신부라는 점, 또 〈도랑선비 청정각시〉에서는 죽은 신랑과 재회하기 위한 목적으로 신부가 갖은 고난을 다 겪지만 〈꼬댁각시 노래〉에서는 단지 시집살이의 고난으로 나타난다는 점이다. 결국 두 노래의 서사적 전개는 거의 유사하되 〈도랑선비 청정각시〉에서는 남자 주인공이던 것이, 〈꼬댁각시 노래〉에서는 여자 주인공으로 바뀌었으며, 〈도랑선비 청정각시〉의 초현실적 요소가 〈꼬댁각시 노래〉에서는 완전히 현실적 요소로 바뀐 것이다.

그렇다면 무가에서는 신랑이 서사적 전개의 주 근간이 되고 있으나 민요에서는 신부가 주인공으로 바뀐 이유가 무엇일까. 이는 향유층의 의식이 무가에서는 남성 중심적이던 것이 민요에서는 여성 중심적으로 바뀌었음을 드러내는 것으로서 무가에서는 가부장적 이념을 유지하고 전달하기 위한 의도가, 민요에서는 이에 대한 반발과 비판이 들어 있음을 알 수 있다.

또한 무가에서는 신부의 고난이 죽은 신랑과 재회하기 위한 것으로 이루어져 있는데, 민요에서는 시집살이의 고난으로 바뀐 것 역시 이러한 가부장적 이념과 관련이 있다. 무가에서의 고난은 신부가 겪어야 하는 당위적 고난으로 여겨지나 민요에서의 고난은 신부에게 부당하게 가해지는 고난이다. 즉 무가에서는 홀로 남겨진 여성으로서 마땅히 남편의 재생을 위해 고난을 감수해야 한다는 가부장적 이념이 작용하고 있다. 하지만 민요의 향유층인 여성들은 그들이 시집살이를 겪는 것을 필연이나 당위로 여기지 않는다. 겪지 않아도 될 일을 겪어야 하는 것이기에 억울하고 원통하게 여겨진다. 여성들은 민요 속에 이에 대한 원망과 한을 담아냄으로써 가부장적 이념에 대한 불만을 표출해내고 있는 것이다.

한편 무가에서는 신랑이, 민요에서는 신부가 일찍 부모를 여의고 삼촌에게 양육되는 것으로 되어 있다. 그런데 무가에서는 외삼촌으로 되어 있고, 민요에서는 대부분 삼촌으로 되어 있는 것도 차이점으로 꼽을 수 있다. 무가에서는 외삼촌이 혼사에 관여함으로써 혼사 부정의 요소가 발생했다는 조건으로 제시하고 있는데, 여기에도 남성중심적 인식이 은근히 드러난다. 하지만 민요에서의 삼촌 양육은 부계혈통으로 나타난다는 점에서 이 역시 가부장적 횡포를 드러내고 비판하는 것으로 생각할 수 있다. 삼촌의 양육과 학대는 부계사회에서 환영받지 못하는 여성의 비극적 일생을 강조하기 위한 장치로 작용한 것이다.

무가와 민요 모두 신랑이 먼저 죽고 신부가 신랑을 따라 죽는다. 무가에서 신랑의 죽음은 불길한 운수에 의해 예정된 죽음이다. 이는 그 불길한 운수를 풀어냄으로써 죽음을 제거할 수 있다는 믿음에서 비롯한다. 신부가 신랑을 따라 죽는 것은 죽음 역시 남편과의 재회를 위한 수단으로 되어 있다. 갖은 고난 중에서 죽음을 결행할 수 있는 용기가 요구되고 있다. 즉 이 죽음은 여인의 자발적 의지에 의한 것이 아니라 명령에 의한 것이라 할 수 있다.

그러나 민요에서는 신랑의 죽음이 우연한 사건으로 나타날 뿐, 서사적 전개의 큰 단서는 되지 못하고 있다. 단지 여성 주인공이 겪는 수많은 고난 중의 하나로 사용되며 신랑이 없기 때문에 시집살이가 더 가중됨을 보여주는 장치일 뿐이다. 여성의 죽음은 그러므로 남편과의 재회라는 당위적 요구 때문이 아니라 시집살이를 비롯한 자신의 비극적 삶 때문이라고 할 수 있다. 또 무가에서는 신부의 죽음을 신성시하면서 찬양하기까지 하지만, 민요에서 신부의 죽음을 비극적으로 여기며 안타까워하고 있다.

결국 무가 〈도랑선비 청정각시〉와 민요 〈꼬댁각시 노래〉가 보여주는 차이점에서 무가에서는 가부장제의 고수라는 이념이, 민요에서는 이에 대한 비판이 작용하고 있음을 읽어낼 수 있다. 무가에서는 여성들에게 희생과 고난을 감수하도록 하는 랑그가, 민요에서는 여성들의 희생과 고난이 부당하고 잘못된 것임을 자각하게 하는 랑그가 깔려있는 것이다.

〈도랑선비 청정각시〉의 서사적 전개를 움직여 나가는 원동력은 신의 의지이다. 물론 주인공 여성의 의지는 이 신의 의지를 닮아 있고 그 결과 신적 지위를 부여받는다. 무가에서는 이 신적 여성의 내력을 읊음으로써 그를 경외하고 찬미하는데 주목적이 있다. 이를 듣는 향유층은 자신들은 도저히 따라할 수 없는 초인적 행위에 경탄하게 되며 그의 힘을 빌어 무력한 인간의 기원을 이루고자 한다. 〈도랑선비 청정각시〉가 젊은이들이 죽었을 때 하는 망자굿에서 불려진다는 점은 젊어서 죽어 신이 된 두 주인물의 위력에 기대는 것이다.

〈꼬댁각시 노래〉의 주인공 꼬댁각시는 주변에서 흔히 만날 수 있는 평범한 한 여성에 불과하다. 가난 속에서 갖은 고난을 다 겪으며 살다가 시집이라고 왔으나 시집 역시 친정과 나을 것 없이 가난하고 남편마저 일찍 죽고 없는 속에서 모진 시집살이를 겪는 여성이다. 꼬댁각시는 초인적 의지나 능력을 조금도 지니고 있지 못하다. 그러기에 견디지 못해 자살을 택하고 마는 것이다.

그런데 여성들이 이를 노래로 부르는 것은 자신들의 모습과 너무 닮았기 때문이요, 바로 자기자신의 이야기이기도 하기 때문이다. 원한으로 죽은 여인의 한을 풀어 줌으로써 자신들의 한 역시 풀어진다고 믿는다. 또한 원한이 맺혀 죽은 여인은 그 원념으로 인해 초월적 능력을 갖게 된다고 믿는다. 이러한 믿음으로 인해 〈꼬댁각시 노래〉를 세시의식요 또는 세시유희요로 부르는 것이다.

3. 2. 제의적 성격과 의미

〈꼬댁각시 노래〉는 단순한 유희요가 아니다. 일정한 공간에서 일정한 의식을 거행하며 일정한 목적을 수행하기 위해 부른다. 곧 〈꼬댁각시 노래〉의 기능은 다른 민요의 기능처럼 노동이나 유희가 아니라 의식의 기능을 강하게 유지하고 있어 민요보다는 무가에 가깝다. 하지만 전문적인 무당이 거행하는 특수한 굿의 현장에서 불려지는 것이 아니라, 일반인이 일시적으로 무당의 역할을 한다는 점에서 민요이다.

그러므로 〈꼬댁각시 노래〉는 단순히 '불려지는' 노래가 아니라, '사용되는' 노래라고 할 수 있다. 대체로 무가가 '사용되는' 노래라고 한다면 민요는 '불려지는' 노래이다.[20] 그러나 〈꼬댁각시 노래〉의 경우는 '사용되는' 노래에 속한다.[21] 일정한 제의적 절차 속에서 점을 치기 위한 목적으로 사용되기 때문이다.

〈꼬댁각시 노래〉는 우선 꼬댁각시의 일생을 부른다. 이는 꼬댁각시의 내력을 풀이하는 것으로 꼬댁각시혼의 강신을 청하는 것이라 할 수 있다. 다음 꼬댁각시혼이 내린 후 즐거운 노래를 부르며 한바탕 신명의 장을 펼치는 것은 내려온 꼬댁각시혼을 즐겁게 하는 오신, 자리에 모인 사람들을 즐겁게 하는 오인의 역할을 한다. 마지막으로 사람들이 꼬댁각시혼에게 궁금한 것을 물어보거나 할 때 꼬댁각시혼이 이에 응해 대답하는 것은 일종의 공수이다.

이런 면에서 볼 때 〈꼬댁각시 노래〉는 일종의 무속제의적 성격을 띠고 있는 꼬댁각시놀이에서 사용되는 노래로서 일반 민요와는 다른 특징을 지니고 있다. 이현수도 〈꼬댁각시 노래〉의 무속제의적 성격을 다음과 같이 논급하고 있다.

---

20) 무가는 제의 현장에서 불려지는 실제적인 기능을 지니고 있으며 잔존문화와 대비되는 '현행문화'이다. 곧 무가는 현행되는 문화로서의 존재 동기와 목적을 지니고 있는 실제적인 문학이라고 할 수 있다. 가스터는 신화를 사용되는(used) 것이라고 하여 말해지는(told) 이야기와 구분했는데, 가스터의 용어를 빌린다면 무가는 '사용되는 노래'라고 할 수 있다. 단지 '불려지는' 일반 노래와는 기능성에서 변별된다. 무가는 굿의 상관물로서 그것의 실제적인 기능성으로 인해 살아 있는 문학으로서의 가치를 지닌다.(이경엽, 앞의 책, 100면)

21) 하지만 〈꼬댁각시 노래〉가 모두 이러한 제의 속에서 일정한 기능을 하며 불려지기만 하는 것은 아니다. 〈꼬댁각시 노래〉라는 명칭과 주인공 이름을 벗어나 같은 화소로 되어 있는 노래를 경상, 전라 지역에서 많이 찾아볼 수 있다. 그러나 필자가 과문한 탓인지 모르지만 충청을 제외한 경상, 전라 지역에서 꼬댁각시놀이를 벌인다는 조사를 아직까지 접할 수 없었다. 그렇다면 꼬댁각시놀이와 상관없이 불려지는 이들 〈꼬댁각시 노래〉는 〈꼬댁각시 노래〉가 완전히 민요화된 것이라는 추정을 하게 한다.

꼬댁각시가 들고 있는 신장대에 신이 지핀다는 강신현상은 무속제의에서 흔히 볼 수 있는 일이다. 호남지방 씻김굿에서 신대를 잡고 있는 손에 신이 내리면 신대가 요동을 하고, 또 뱃굿에서 사자의 영혼은 긴 대(간대)로 내려온다고 믿는다. 이 때의 신대나 긴 대는 영혼의 통로를 상징하는 것이다. 따라서 꼬댁각시에게 영혼이 지핀다는 이 현상은 무속제의와 관련이 있는 것 같다. …(중략)… 무속의례에서는 무당의 몸주가 무당의 몸에 강신하였을 때, 그 무당은 신격으로 전환하여 신의 이름으로 말하고 행동하는 것이다. 신장대를 들고 있는 여인을 꼬댁각시라 부르고 또 그 여인에게 꼬댁각시의 영혼이 내린다고 보는 것은 무의에서 일어나는 현상과 흡사한 점이다. 다른 것이 있다면 점을 치고 신수를 보는 등 주술적 행위를 하는 것이 일종의 신앙적 행위로 간주되는 것이 아니라, 놀이의 한 과정으로서 단순히 재미로 하는 오락적인 행위로 간주된다는 것이다.[22]

이처럼 꼬댁각시놀이는 무속제의에 속하며 일종의 강신술을 포함하는 주술놀이에 해당한다. 죽은 영혼을 불러내 운명을 묻고 알아맞히는 주술놀이는 전통 사회 여성들뿐만 아니라 현재에까지 주로 젊은 여성들 특히 여중고생들에 의해 이어져 내려오는 것을 볼 수 있어 여성 집단놀이로서의 맥을 실감하게 한다. 흥미로운 것은 여중고생들이 이 주술놀이를 아주 경건하고 엄숙하게 한다는 점, 일정한 리듬을 지닌 주문을 반복한다는 점, 나타난 영혼이 대부분 아주 어리거나 스무 살 안팎의 젊어서 죽은 이라는 점, 대개 언제 시집을 갈지, 아이는 몇이나 낳을지, 대학에 붙을지 등 운명에 관한 것을 묻는다는 점이다.[23]

---

22) 이현수, 앞의 논문, 98~99면.

23) 필자의 딸에 의하면 3~4년 전 특히 유행했으며 영화 〈여고괴담〉에도 나왔다고 하는데, 그 방법을 간략히 제시하면 다음과 같다. 1) 흰 종이에 O, X, ㄱ부터 ㅎ, ㅏ부터 ㅣ, 1부터 0까지 써 둔다. 2) 두 명의 아이가 각자 오른손을 내밀어 빨간 펜을 손에 간신히 버틸 정도로 헐렁하게 잡는다. 3) 종이 위에 펜을 공중에 1센티 정도 띄워 놓고 눈을 감고 볼펜을 잡은 손으로는 원을 그리면서 주문을 왼다. 주문은 정확하지는 않지만 "분신사바 분신사바 오잇데 구다사이"를 반복한다. 4) 신령한테 도착했는지 물어봤을 때 볼펜이 O 쪽으로 가서 원을 그리면 시작한다. 5) 볼펜을 맞잡은 아이들이 궁금한 점을 물어보면 볼펜이 저절로 글자와 숫자를 가리켜 대답한다. 6) 점을 치는 아이들은 눈을 감고 있으므로 결과는 주변에 있는 아이들이 알려 준다. 잘 맞는 경

이러한 현상은 꼬댁각시놀이는 현재 거의 사라지고 행하지 않지만 사회적으로 억압과 불안을 많이 겪는 사람들, 특히 여성들에 의해 비슷한 형태의 주술놀이가 지속적으로 전래되고 있음을 보여주는 것이라 할 수 있다.24)

한편 꼬댁각시놀이는 계절제의적 성격을 띠고 있다. 현재는 꼬댁각시놀이가 세시유희처럼 변해 있지만 원래는 세시의식의 하나로 행해진 것으로 보인다. 꼬댁각시놀이가 계절이 이행하는 시기인 정초나 추석에 집단적으로 불린다는 점은 이것이 단순한 놀이가 아니라 집단적 계절제의의 성격을 띠고 있음을 말해 준다.

특히 꼬댁각시놀이는 정월에 행해지는데, 정월은 새 봄이 시작하는 때로 죽음이 다하고 새로운 생명이 움트기 시작하는 생동의 시기이다. 이때 여성들이 〈꼬댁각시 노래〉를 부르며 집단적인 의식을 벌인다는 것은 일종의 계절제의인 것이다. 즉 꼬댁각시놀이는 묵은해의 원한과 사기를 다 씻어내 버리고 새 해의 기원을 담는 의식으로 볼 수 있다. 여성들은 일상에서 주어지는 억압과 한을 이 제의를 통해 풀어내고 새로운 한 해를 살아가는 힘과 원천을 얻는다고 할 수 있다.

또한 꼬댁각시놀이는 여성들만의 비의적 의식으로 새로운 생생력을 회복하기 위한 축제라고 할 수 있다. 봄의 생생력이 가장 충만한 때에 여성

우도 있고 그렇지 않은 경우도 있으며, 믿는 아이들도 있고 그렇지 않은 아이들도 있는데, 하고 난 아이들은 보이지 않는 어떤 미묘한 힘에 이끌린 것 같다고 했다.

24) 이외에도 주술 또는 마법을 소개하고 있는 여러 인터넷 사이트가 있어 인기를 끌고 있는 현상도 꼬댁각시놀이가 행해졌던 양상과 유사한 맥락에 있다고 생각된다. '동방마녀'라는 사이트(http://members.tripod.lycos.co.kr/~dbwitch)에서는 백여가지 이상의 주술을 소개하고 있는데, 그 중 하나 '미래의 배우자를 알기 위한 점'을 보면 보름달이 뜨는 밤 홀로 앉아 검은 옷, 유리 그릇의 물, 하얀 초, 향 등을 준비하고 다음의 주문을 세 번 외면 물 속에 그 얼굴이 나타난다고 한다. "수정 구슬님, 수정 구슬님, 저를 위해 점을 보아 주세요. 제가 보아야 할 얼굴을 데려와 주세요. 저에게 미래의 짝을 보게 해 주세요. 저의 운명이 될 연인을 알려 주세요." 물론 이런 주술은 절대 게임처럼 생각해서는 안되고 아주 진지하고 정성스럽게 집중을 해야만 효과가 있다고 한다.

들이 한 자리에 모인다. 이 자리는 그들의 주거 중심 공간인 안방이다. 전통 공간에서 안방은 여성 생활의 중심 구역이며 여성만의 은밀한 공간이기도 했다. 이 안방은 생명이 잉태되고 탄생되며 양육되는 곳이기도 하며, 모든 살림의 원천이 되는 곳이다.

이 공간에서 제의를 행함으로써 안방은 일시적이나마 일상의 공간에서 신성의 공간으로 변하게 된다. 성스러운 공간으로 변화함으로써 안방은 풍요한 생생력을 부여받게 된다. 안방의 한 가운데 꼬댁각시로 집힌 여인이 앉고 그 둘레 둥그렇게 여성들이 에워 앉음으로써 안방은 우주의 생생력을 부여받는 우주의 중심이 되며, 그 중심의 한가운데 여인이 들고 있는 신장대는 신과 인간을 교통시켜주는 우주나무가 된다.

이 성소에서 비슷한 억압과 비슷한 고통을 경험하는 비슷한 처지의 여성들이 모여 이 의식을 거행한다. 〈꼬댁각시 노래〉를 부르면서 그들의 설움을 토해내고 꼬댁각시혼을 불러내어 한바탕 신명의 춤과 노래를 부르면서 가슴속의 억압을 몰아낸다. 이 한풀이 제의를 통해 여성들은 그들만의 집단 공동체 의식을 갖게 되고 그러한 의식으로 힘과 용기를 얻어내는 은밀한 연대의식을 즐기게 되는 것이다.

종합해 보면 꼬댁각시놀이는 여성들의 주술놀이로서 성스런 비의적, 무속적, 계절 제의의 성격을 띠고 있다고 할 수 있다. 이를 통해 여성들은 묵은해의 원념을 씻어내고 새해를 활기 있게 살아갈 생명력을 얻게 되는 것이다. 비극적으로 살다 간 한 여성의 혼을 불러내 함께 슬퍼하고 위무하며 그를 여성들의 정신적 신으로 받듦으로써 여성 스스로들 정신적 세계의 우위성을 절감하고 억압적 현실을 감내할 수 있게 되는 것이다.

4. 맺음말

이 논문에서는 〈꼬댁각시 노래〉의 연행양상과 제의적 성격을 노래의 구조적 특성과 연행상황, 서사무가 〈도랑선비 청정각시〉와의 관련양상을 바탕으로 고찰하고 그 의미를 밝혀 보았다.

〈꼬댁각시 노래〉는 여성들이 정초나 추석에 집단적으로 행하던 주술놀이이면서 일반 여성들에 의해 행해진 소규모의 무속제의에서 불려진 서사민요이다. 여성들은 자신들의 운명을 알아보기 위해 그들과 같은 평범한 여성으로서 비극적으로 살다 죽은 꼬댁각시의 혼령을 불러내어 함께 한과 신명을 나누었던 것이다. 여성들은 이 놀이를 단순한 장난이나 게임의 형태로 행한 것이 아니라 경건하고 엄숙한 분위기에서 정성스레 행했으며 그 신통력을 믿었음을 알 수 있다.

〈꼬댁각시 노래〉는 꼬댁각시의 일생을 풀이하는 비극적 서사 부분과 강신한 꼬댁각시와 함께 즐기는 신명의 희극적 제의 부분으로 이루어져 있으며, 이는 맺힘과 풀이의 구조로 이해된다. 여성들은 꼬댁각시놀이를 하며 이 노래를 함께 부름으로써 현실 속에서 겪는 갖은 고난과 억압과 한을 담아낼 수 있었고 또 풀어낼 수 있었던 것이다.

〈꼬댁각시 노래〉는 무가 〈도랑선비 청정각시〉 중 '외삼촌 양육형'과 '삼촌양육 – 신랑죽음 – 신부죽음'이라는 공통 화소를 지니고 있어 무가에서 파생된 것임을 알 수 있다. 그러나 무가와 민요가 보여주는 차이점에서 무가에서는 가부장제의 옹호라는 이념이, 민요에서는 이에 대한 비판이 작용하고 있음을 읽어낼 수 있다.

종합하면, 〈꼬댁각시 노래〉는 여성들의 주술놀이이며 무속적, 비의적, 계절적 제의라 할 수 있는 꼬댁각시놀이에서 불려진 노래이다. 이 노래와 놀이를 통해 여성들은 한과 신명을 같이 하는 은밀한 연대의식을 가질 수 있었고 새로운 생생력을 부여받아 억압적 현실을 견뎌나갈 수 있었던 것이다. 이러한 여성의 주술놀이는 여러 가지 다양한 모습으로 변용 되어 현재에도 지속적으로 이어지는 것을 볼 수 있는 데 이러한 양상에 대해서도 새로운 시각의 고찰이 요망된다.

■참고문헌은 각주로 대신함.

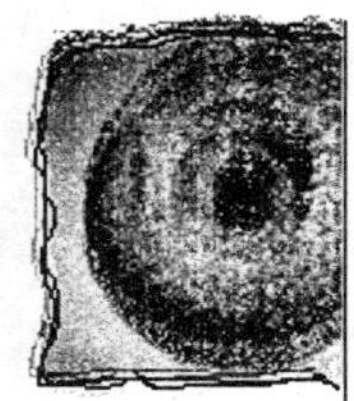

II. 민요의 구조적 특성과 의미

- 서사민요의 구조적 성격과 의미
  - '시집식구 – 며느리' 형을 중심으로
- 혼사장애형 민요의 서술방식
- 혼사장애형 민요에 나타난 여성 의식
- 〈상사병으로 죽은 총각 노래〉의
  구조적 특성과 여성의식

서사민요의 구조적 성격과 의미

서사민요의 구조적 성격과 의미:
'시집식구 - 며느리'형을 중심으로

1. 머리말

서사민요는 일정한 성격을 지닌 인물과 일정한 질서를 지닌 사건을 갖춘 있을 수 있는 이야기로 된 민요이다.1) 서사민요는 창자의 주정적 표출을 위주로 하는 노래이면서 서사 장르에 속한다는 점에서 많은 장르적 논란거리를 안고 있다. 또한 다른 민요 장르에 비해 수많은 유형으로 이루어져 있고 비교적 활발하게 전승되고 있어 구비문학 연구 대상으로 주목할 만 하다. 그러나 서사민요가 지닌 이런 문제성에 비해 연구는 매우 소략한 편이다. 현재 한국에 전승되고 있는 유형의 종류나 내용, 특징 등 서사민요의 전반적인 전승 상황 파악도 제대로 이루어지지 않은 데다가 서사민요 개별 유형론이나 작품론 등도 한국문학 또는 구비문학의 다른 장르에 대한 연구에 비해 양적, 질적으로 상당히 뒤떨어져 있다고 해도 과언이 아니다.

서사민요 연구의 선편을 잡은 것은 조동일의 『서사민요연구』2)이다. 조동일의 연구는 경북 지역에 전승되는 서사민요의 14유형을 직접 현장 조사, 채록하여 장르론, 유형론, 문체론, 전승론을 전반적으로 논의함으

---

1) 조동일, 『서사민요연구』, 계명대 출판부, 1979 증보판, 43면.
2) 위의 책.

로써 민요 연구를 통해 한국문학 전체에까지 확대할 수 있는 이론적 기반을 마련했다는 데 큰 의의가 있다. 그러나 그의 조사는 경북 지역에 한정돼 있어 전국의 서사민요를 포괄하는 데에 한계가 있을 뿐만 아니라, 서사민요의 전반적 특징을 밝히는 데에 주력했기 때문에 개별 유형이나 각 편의 특성, 구연 상황의 변화에 의한 차이 등 세심한 각론까지는 미치지 못하고 있다. 또한 그는 서사민요가 평민문학이면서도 대부분 비극적 특성을 지니고 있어 희극적 표현을 위주로 했던 평민문학의 일반적 추세에 밀착되지 않으며 이는 서사민요가 평민문학으로서 본격적인 성장을 하지 않았다는 증거일 수 있다고 했는데,3) 이에 대해서는 재론이 필요하다.

이후 서사민요에 대한 지속적 관심을 보이고 있는 고혜경의 주요 연구로 「서사민요의 일유형 연구: 부부결합형을 중심으로」와 「서사민요의 장르적 성격」이 있다.4) 그는 두 논문을 통해 서사민요가 지닌 서정적 성격을 밝히는 데 주력하고 있는데, 전자에서는 시집살이 노래 중 '시집식구가 구박하자 중이 되는 며느리'형을 '부부결합형'으로 지칭하고 이 유형의 고찰을 통해 서사민요의 핵심이 서사구조에 있는 것이 아니라 추상적 의미를 전달하는 데 있으며 이 추상적 의미를 기준으로 삼아 유형 분류를 하는 것이 효과적이라고 하였다. 또한 서사민요는 병렬적 구조, 사건 윤곽의 모호성, 현재형 서술, 주객합일의 주제 등으로 서정적 성격을 지니는 것으로 보았다. 후자에서는 앞의 논의를 진전시켜 서사민요 중 주로 시집살이노래들을 다루면서 그 서술양상, 결말구조, 설화유형을 고찰한 뒤 서사민요에 있어서 이야기는 작품외적 자아의 서사를 통해 전달되기보다는 독백과 대화 등 작품 내 인물의 발화를 통해 연출되는 극적 분위기에서 수용자가 이야기를 유추하는 방식으로 전달되며, 자아와 세계의 갈등을 경험적이고 모방적으로 드러내므로 서정민요와 친연성을 지니고 있다고 보았다.

---

3) 위의 책, 389면 참조.
4) 고혜경, 「서사민요의 유형연구: 부부결합형을 중심으로」, 이화여대 석사논문, 1983과 고혜경, 「서사민요의 장르적 성격」, 『민요론집』제4호, 민요학회, 1995 참조.

이런 일련의 논의는 기존 연구에서 간과하고 있는 서사민요의 서정적 특성을 밝혔다는데 의의가 있으나, 서사민요가 지닌 '이야기' 자체의 구조 파악은 도외시하고 있어 자칫 서사민요의 장르적 정체성마저 모호하게 할 우려가 있다. 서사민요의 서정적 성격은 주인물의 심리나 사건의 정황을 효과적으로 드러내기 위한 부수적 경향이지 본질적 경향은 아니기 때문이다. 또한 서사민요의 핵심이라고 한 '추상적 의미'가 말 그대로 추상적이어서 파악하기 어려울 뿐만 아니라 과연 이 기준이 서사민요 전체를 유형 분류하는데 효과적일지 의문시된다. 문학에 있어서의 의미는 복합적이고 다양한 것이어서 어느 하나로 한정되는 것이 아니기 때문이다.

필자는 「시집살이노래의 존재양상과 작품세계」5)를 통해 시집살이 노래의 구연상황과 창작 및 전승 양상, 갈등양상과 전개방식 등을 고찰한 바 있는데, 서사민요의 많은 유형이 시집살이 노래에 속한다는 점에서 서사민요 연구와 관련이 있다. 이 연구는 현장조사를 통해 민요의 구연상황과 작품의 창작, 전승의 관계를 밝혔다는 데 의의가 있다. 이 연구를 통해 시집살이 노래는 길쌈뿐만 아니라 여성의 모든 일에 수반되며, 동질적, 폐쇄적 노래집단에서 개별적으로 불린다는 점, 시집간 여자와 상대역인 시집식구, 남편, 첩, 친정식구 등과의 갈등을 '기대와 좌절의 대립적 반복 구조'로 형상화하고 있다는 점, 이러한 구조적 특성은 오랜 시간 동안 단순한 작업을 계속해야 하는 여자의 일과 관련이 있다는 점 등을 밝혔다. 특히 시집살이노래를 주역과 상대역의 관계에 따라 분류한 점은 아직 체계적 분류 방법을 찾지 못한 서사민요의 분류에도 적용할 수 있으리라 본다. 그러나 이 연구는 대상 자체가 모든 장르를 포함하고 있는 것이어서 본격적인 서사민요론과는 거리가 있다.

서사민요 연구에 대한 관심을 재촉발시킨 연구로 이정아의 「서사민요 연구: 양식적 특성을 중심으로」를 들 수 있다.6) 그는 『한국구비문학대

---

5) 졸고, 한국학대학원 석사논문, 1983. 이를 수정, 보완하여 졸고, 『시집살이노래연구』, 도서출판 박이정, 1996로 간행하였다. 앞으로 졸고 참조시에는 간행된 책을 이용하기로 한다.
6) 이정아, 이화여대 석사논문, 1993 참조.

계』에 수록된 190편의 여성서사민요를 대상으로 13유형을 추출해 고찰한 뒤 서사민요의 특성으로 비극적 결말구조, 인물 설정의 단순화, 서술자의 기능 약화, 정황 중심의 사건 진행 등을 지적한 뒤, 서사민요는 서사성과 서정성이 공존하는 언어예술로서의 특성을 지닌다고 밝혔다. 이 연구는 근래에 이루어진 전국적인 조사 자료집을 대상으로 삼음으로써 서사민요의 전승과 분포양상을 파악했다는데 큰 의의가 있으나, 서사민요 유형 중 일부만을 대상으로 하고 있어서 서사민요 일반론으로 확대하기에는 여전히 문제가 있다. 서사민요의 특성을 비극적 결말구조로 본 것도 이런 편협성에서 온 것이라 생각한다. 나머지 특징들도 고혜경의 주장과 유사한 것이어서 같은 한계를 지니고 있다. 또한 『한국구비문학대계』의 경우 미흡하기는 하지만 창자, 청중의 성격이나 구연 상황 등이 기술되어 있는 자료집이므로 창작, 전승의 현장까지 살펴 살아있는 '구비문학' 연구가 되었으면 하는 아쉬움이 있다.

이에 필자는 선행 연구의 성과를 바탕으로 서사민요 연구에서 우선 긴요하다고 생각되는 두 가지 문제, 즉 유형분류와 구조적 성격에 대해서 논의해 보고자 한다. 자료는 조동일의 『서사민요연구』 자료7), 필자의 『시집살이노래연구』 수록 자료 및 미수록 자료8), 『한국민요대전』 자료9) 중 서사민요를 대상으로 한다. 조동일의 자료와 필자의 자료가 지닌 지역적 한계성은 『한국민요대전』을 아우름으로써 극복할 수 있으리라 본다.

---

7) 1969년 7, 8월과 1970년 1, 2월에 경북 영양, 청송, 영천군에서 조사한 171편의 자료와 이후 같은 책 증보판에 추가 발표한 희극적 서사민요 자료 4편이 있다.
8) 1981년 4월, 7월, 1982년 4월에 전남 곡성군의 곡성읍, 오곡면, 고달면 세 지역을 대상으로 368편의 민요를 조사할 수 있었는데, 이중 서사민요는 82편이다.
9) 『한국민요대전』 경기, 강원, 충북, 충남, 전북, 전남, 경북, 경남 편을 대상으로 102편의 서사민요를 찾아낼 수 있었다.

2. 유형분류의 방법

구비문학의 유형 분류는 오래 전부터 이루어져 왔다. 수많은 각편들을 체계적으로 분류하고 이해하며 이용할 수 있기 위해서이다. 설화 방면에서는 『한국구비문학대계』에 수록된 설화를 중심으로 논의를 계속한 결과 한국설화분류체계를 마련하는 데 이르렀다.10) 그러나 민요 방면에서는 기능에 의한 분류 등 다양한 분류안이 제시되었을 뿐,11) 이에 대한 검토도 제대로 이루어지지 않았을 뿐만 아니라 비기능요의 경우는 아직 체계적인 분류안을 찾지 못하고 있는 실정이다. 이 장에서는 비기능요 중 대부분을 차지하고 있는 서사민요의 유형을 다음과 같은 방법에 따라 분류해 보고자 한다.

서사민요에는 일정한 성격의 인물과 일정한 질서의 사건이 포함되어 있다. 그러므로 서사민요의 유형을 분류할 때에는 이 인물들간의 관계와 이들 사이에서 빚어지는 사건의 형태를 쉽게 구별할 수 있는 방법을 택하는 것이 좋으리라고 본다. 우선 서사민요에 나타나는 주인물과 상대인물의 관계로 상위유형을 분류한 뒤, 이들 주인물과 상대인물이 일으키는 중심적인 사건으로 유형을 분류한다면 모든 서사민요를 체계적으로 분류, 정리할 수 있다. 유형에 따라서는 비슷한 성격의 인물과 비슷한 형태의 사건을 다루고 있는 데도 소재의 측면에서 그 전승 근원을 전혀 달리 하는 것도 있는데 이런 경우에는 하위유형으로 재분류할 수 있다.

상위 유형은 알파벳 대문자로, 유형은 상위유형 기호 옆에 알파벳 소문자로 표기한다. 하위유형이 있는 경우에는 줄 (-)을 긋고 아라비아 숫자로 나타낸다. 예를 들면 다음과 같다.

---

10) 조동일, 「『한국구비문학대계』자료 수집과 설화분류의 기본 원리」, 『정신문화연구』85 겨울호, 한국정신문화연구원, 1985 및 임재해, 「설화 유형의 평가와 활용」, 『구비문학』9, 한국정신문화연구원, 1990 참조.
11) 박경수, 「한국 민요의 기능별 분류 체계」, 『한국구비문학대계 별책부록(III)』, 한국정신문화연구원, 1992 및 김무헌, 『한국민요문학론』, 집문당, 1987, 21~66면 참조.

상위유형 (주인물과 상대인물)	유형 (중심적인 사건의 형태)	하위유형 (소재의 차이)
B 남편과 아내	Ba 남편이 죽자 한탄하는 아내	Ba-1 베짜다 남편이 죽음
		Ba-2 메밀국수 만들다 남편이 죽음
	Bb 남편이 기생첩과 놀자 자살하는 아내	Bb-1 남편과 장소가 일반적
		Bb-2 남편과 장소가 진주낭군, 진주남강으로 특수

이 인물-사건 중심 유형분류는 유형의 제목에 인물과 중심 사건을 기술함으로써 쉽게 해당 유형의 내용과 특징을 파악할 수 있는 장점이 있다. 단 각편에 따라 여러 유형의 부분들이 복합적으로 얽혀 유형을 판별하기 곤란한 경우가 있는데, 이때에는 가장 큰 비중을 차지하고 있는 인물과 사건을 중심으로 분류하고 다른 유형과의 복합 여부를 부기하면 될 것이다.12) 이런 방법으로 대상 자료를 분류한 결과는 다음과 같다. 먹굴·새터·옥갓 자료는 필자 조사 자료이고 영문 알파벳으로 된 것은 조동일 조사 자료이며, 강원·충북·충남 등은 문화방송 조사 자료로서 CD번호를 붙이기로 한다. 유형 이름 끝의 숫자는 각편 편수이다. 앞으로 『한국구비문학대계』 및 기타 자료들을 대상으로 분류를 검토, 수정 보완해 나갈 필요가 있다.

▶A 시집식구 - 며느리 (69편)
Aa 시집식구가 구박하자 중이 되는 며느리. (34편)
먹굴20. 새터2, 새터8. 새터9. 새터66. 새터80. 새터120. 새터152. 옥갓

---

12) 서사민요의 유형마다 공통되는 기본 모티프를 선정하여 그 존재 여부로 어느 유형에 속하는지를 판별할 수 있으리라고 본다. '친정부모 부음 노래'를 중심으로 각편의 구성 원리를 논의한 강등학의 논문, 「서사민요의 각편 구성의 일면: 시집살이노래를 중심으로」, 『도남학보』 제5집, 도남학회, 1982은 치밀한 분석으로 이 기본 모티프를 찾아내고 있다. 앞으로 서사민요의 유형 별로 이런 작업이 계속돼야 할 것이다.

21. A2. A3. A4. A5. A6. A7. A8. A9. A10. A11. A12. A13. A14.
A19. A20. A21. 강원6-2. 강원7-7. 충북2-20. 경북2-34. 경북5-17.
경북14-7. 경남3-2. 전남2-17. 전남7-3
Ab 시집식구가 구박하자 자살하는 며느리. (6편)
새터49. 옥갓38. 충남2-13(+개가). 전북7-6. 전남5-13. 전남18-2
Ac 시집식구가 구박하자 한탄하는 며느리. (9편)
새터57. A1. A15. A16. A17. A18. 강원6-28. 전북2-29. 전남19-13.
Ad 시집식구가 깨진 그릇 물어내라자 항의하는 며느리. (5편)
먹굴17. 옥갓29. 경북3-25. 경남3-2. 전남7-7.
Ae 시집식구가 벙어리라고 쫓아내자 노래부른 며느리. (5편)
새터45. 새터67. 새터68. 새터81. 새터153.
Af 시어머니가 며느리를 소송하자 박대하는 며느리. (1편)
경남7-7.
Ag 시누가 옷을 찢자 항의하는 며느리. (4편)
먹굴18. 옥갓30. 전북2-24. 경북7-37.
Ah 시누가 모함하자 자살하는 며느리. (4편)
새터2. 새터126. 전북6-14. 전남7-3.
Ai 시누가 죽자 기뻐하는 며느리. (1편)
강원6-16.

▶B 남편 - 아내 (62편)
Ba 기다리던 남편이 죽자 한탄하는 아내.
 Ba-1 베짜다 남편이 죽는 경우. (15편)
 B1. B2. B3. B4. B5. B6. B7. B8. B9. 충북2-11. 충북2-17. 5-18.
 경북2-19. 경북5-2. 경북13-10.
 Ba-2 메밀 만들다 남편이 죽는 경우. (2편)
 충남5-15. 경북8-31.
Bb 남편이 기생첩과 놀자 자살하는 아내.
 Bb-1 남편과 장소가 일반적인 경우. (3편)
 먹굴22. 새터146. 전남6-11.
 Bb-2 남편과 장소가 진주로 특수한 경우. (21편)
 새터38. 새터131. 옥갓3. C1. C2. C3. C4. C5. C6. C7. C8. C9.

C10. C11. 강원5-2. 충북1-24. 경남8-11. 전북7-9. 전북7-10. 전남
7-3. 전남18-3.
Bc 길에서 만난 남편이 몰라보자 한탄하는 아내. (1편)
새터31.
Bd 남편이 그리워 편지하나 오지 않자 한탄하는 아내. (1편)
전남11-7.
Be 장끼가 콩주워 먹고 죽자 한탄하는 까투리. (5편)
옥갓4. 강원7-8. 전북12-12. 전남19-10. 경북14-12.
Bf 이별한 아내가 죽자 한탄하는 남편. (11편)
N1. N2. N3. N4. N5. N6. N7. N8. N9. N10. 경북11-28.
Bg 집나간 아내가 붙잡자 뿌리치는 남편. (3편)
새터155. 충북3-3. 경북7-25.

▶C 친정식구 - 딸 (18편)
Ca 친정부모 장례에 늦었다고 야단치자 한탄하는 딸. (15편)
먹굴31. 새터43. E1. E2. E3. E4. E5. E6. E7. 강원7-22. 전북2-26.
경북7-4. 경북10-5. 경북11-24. 경남8-10.
Cb 시집간 딸이 편지하자 한탄하는 친정식구. (1편)
전남11-11.
Cc 딸이 시집에서 쫓겨오자 반기지 않는 친정식구. (2편)
새터35. 새터110.

▶D 부모 - 자식 (10편)
Da 어머니가 죽자 한탄하는 자식. (2편)
충북2-14. 전남11-12.
Db 부모와 이별하자 그리워하는 자식. (1편)
전남7-6.
Dc 의붓엄마 모함으로 아버지 손에 죽은 자식. (4편)
먹굴21. 새터3. 새터10. 새터103.
Dd 자식이 없자 곤충을 자식으로 여긴 사람. (3편)
메뚜기 타령. 경북3-12. 경북11-4.

▶E 오빠 - 동생 (32편)
Ea 오빠가 부정을 의심하자 한탄하는 동생. (28편)
 새터69. M1. M2. M3. M4. M5. M6. M7. M8. M9. M11. M12.
 M13. M14. M15. M16. M17. M18. M19. M20. M21. M22. 강원
 3-7. 충북2-12. 전북2-25. 경북3-11. 경북14-32. 경남8-16.
Eb 오빠가 물에서 구해주지 않자 한탄하는 동생. (4편)
 먹굴4. 새터44. 옥갓1. 경북12-14.

▶F 삼촌식구 - 조카 (18편)
Fa 삼촌식구가 구박하자 한탄하는 조카. (10편)
 F4. F5. F6. F7. F8. F9. F10. F11. F12. F16.
Fb 삼촌식구 구박받다 시집가나 신랑이 죽은 조카. (8편)
 F1. F2. F3. F13. F14. F15. 충남5-19. 충남5-20.
Fc 삼촌식구 구박받다 장가가나 신부가 죽은 조카.
 (I1, I2, I3 *말로만 삼촌식구 구박 화소가 들어가 있음.)

▶G 신랑 - 신부 (64편)
Ga 혼인을 기다리다 신랑이 죽자 한탄하는 신부. (4편)
 새터105. 새터150. 옥갓31. 전북12-7.
Gb 여자의 저주로 혼인날 죽는 신랑.
 Gb-1 처녀가 저주하는 경우. (16편)
 G6. G7. G11. G12. G16. G17. G18. G23. G24. G25. G28. G32.
 H1. H2. 경북4-21. 경북8-30.
 Gb-2 본처(자식)이 저주하는 경우. (7편)
 G1. G2. G13. G14. G15. 강원2-16. 경북11-26.
 Gb-3 삼촌식구 구박이 복합된 경우. (15편)
 G3. G4. G5. G8. G9. G10. G19. G20, G21. G22. G26. G27.
 G29. G30. G31.
Gc 혼인을 기다리다 신부가 죽자 한탄하는 신랑. (8편)
 새터71. I1. I2. I3. I4. I5. I6. 경북13-16.
Gd 혼인날 신부가 애기를 낳자 돌아가는 신랑. (12편)
 먹굴19. 새터32. 새터151. J1. J2. J3. J4. J5. 전북7-7. 전북11-5. 전

남18-5. 경북10-20.
Ge 신부의 미모를 뒤늦게 알아 첫날밤을 치루는 신랑. (2편)
 새터33. 새터72.

▶H 외간남자 – 여자 (40편)
Ha 외간남자의 옷이 찢기자 꿰매주는 여자. (22편)
 새터47. K1. K2. K3. K4. K5. K6. K7. K8. K9. K10. K11. K12.
 K13. K14. K15. K16. K18. K19. 강원2-20. 경북8-26. 전남9-17.
Hb 외간남자와 정통하다 남편에게 들킨 여자. (1편)
 훗사나 타령(범벅 타령).
Hc 주머니를 지어 걸어놓고 남자 유혹하는 처녀. (5편)
 먹굴29. 경남1-11. 경남8-19. 충북2-19(＋Ha). 전남7-15.
Hd 중이 유혹하자 거절하는 여자. (3편)
 새터89. 중타령. 전남6-10.
He 중에게 시주한 뒤 쫓겨나는 여자. (4편)
 먹굴41. 새터70. 새터134. 새터140.
Hf 장사가 성기를 팔자 이를 사는 과부. (1편)
 먹굴36.
Hg 장사가 자고간뒤 그리워하는 과부. (4편)
 영해영덕 소금장사. 강원도 금강산 조리장사. 충남8-10. 경북8-28.

▶I 총각 – 처녀 (31편)
Ia 총각이 구애하자 거절하는 처녀.
 Ia-1 장식품 잃어버린 처녀. (17편)
 새터18. 새터48. 새터93. 새터125. 새터135. 새터143. 옥갓24. L1.
 L2. L3. L4. L5. M10. 충북2-15. 충남9-15. 전북12-16. 전남4-19.
 Ia-2 일하는 처녀(총각)에게 구애하는 총각(처녀). (3편)
 먹굴12. 먹굴39. 옥갓13.
Ib 처녀를 짝사랑하다 죽는 총각. (4편)
 새터19. 새터60. 옥갓12. 전북3-11.
Ic 나물캐다 사랑을 나누는 총각과 처녀. (4편)
 충북2-9. 충남2-10. 경북13-8. 경남6-4.

Id 총각이 어머니를 통해 청혼하자 받아들이는 처녀. (3편)
　새터25. 새터138. 옥잣2.

▶J 본처 - 첩 (13편)
Ja 첩의 집에 갔다가 첩이 잘 대접하자 돌아오는 본처. (13편)
　새터28. 새터51. 새터84. 새터154. D1. D2. D3(+Ha). D4. D5. D6.
　경북7-12. 경북14-3. 전남1-5(+ Jb).
Jb 첩이 죽자 기뻐하는 본처.

▶K 처남 - 매형 (2편)
Ka 누이 문제로 항의하는 처남과 매형.
　Ka-1 매형이 누이를 돌보지 않자 항의하는 처남. (2편)
　새터23. 새터24.
　Ka-2 아내가 중노릇가자 처남에게 항의하는 매형.

▶L 기타

3. 구조적 성격과 의미

　서사민요의 유형구조에 대해서는 조동일의 연구에서 자세히 밝혀진 바 있다.13) 그에 따르면 서사민요는 어느 유형이든 공통적으로 '고난 - 해결의 시도 - 좌절 - (해결)14)'의 단락소들로 되어 있어서. 단락소에 의한 구조는 일치한다고 한다. 또한 모든 서사민요가 '고난'으로 시작하는 것은 평민적 미학의 특징이며. 정상적 해결 또는 역설적 해결을 통하여 고난을 극복하고자 하는 의지를 비극적으로 드러낸다고 하였다.15)

---

13) 조동일, 『서사민요연구』, 계명대 출판부, 1979 증보판, 63~94면 참조.
14) 네개의 단락소 중 마지막 해결은 있을 수도 있고 없을 수도 있다고 한다.
15) 이 주장은 그 스스로 「희극적 서사민요 연구」를 통하여 부분적으로 수정하고 있다.
　　그러나 희극적 서사민요는 비극적 서사민요에 비해서 유형의 수도 적고 그 소재가 개

그의 구조론은 유형 차원에 중점을 두고 있어서 각편에 따라 달리 나타나는 구조의 차이에 대해서는 중요하게 다루지 않고 있다. 그러나 각편에 따라서는 전체 유형구조에서 벗어나 독창적 구조를 이루고 있는 작품이 더러 발견되는데. 이런 각편이 다시 전승되기 어렵다 해서 소홀히 해서는 안된다고 본다. 민요는 공동의 전승이면서 개인의 창작이므로, 그 전승적 측면뿐만 아니라 창작적 측면 역시 중요하며, 아울러 유형 차원의 구조나 주제뿐만 아니라 각편 차원의 구조나 주제 역시 중요하기 때문이다. 또 유형이나 각편에 따라서는 아무런 고난 없이 서두가 시작되는 경우도 여럿 있으며, 소재 및 구조의 측면에서 희극적 특성을 지니고 있는 경우도 상당수 발견되어 이에 대한 재검토가 필요하다고 본다.

이에 필자는 서사민요의 구조를 사건의 전개 양상에 따라 기대성취형, 요구좌절형, 양면복합형으로 나누어 서사민요의 구조적 성격을 다각도로 살펴보고자 한다.16) 서사민요 중 가장 많은 유형과 각편을 지니고 있는 A '시집식구 – 며느리'형을 대상으로 각 유형의 구조와 특징적인 각편의 구조를 살펴보기로 하자.

3. 1. 기대성취형

기대성취형은 주인물과 상대인물의 갈등에서 주인물이 자기의 요구를

방적이기 때문에 위치가 불안하여 쉽사리 살아 남기 어렵다고 보고 있다. 조동일, 위의 책, 369~397면. 참조.

16) 여기에서 기대성취형, 요구좌절형, 양면 복합형이란 주인물과 상대 인물의 갈등 상황에서 사건이 어떤 양상으로 전개 귀결되는지에 따라 나눈 것이다. 기대성취형은 주인물의 요구에 맞게 사건이 해결되는 경우, 요구좌절형은 사건이 해결되지 못하거나 주인물의 요구에 상반되게 해결되는 경우, 양면 복합형이란 기대의 성취와 좌절이 함께 드러나 있는 경우로서 주인물의 요구가 직접적으로 성취되지는 못하지만 간접적으로나마 갈등이 어느 정도 해소되는 경우를 말한다. 서사민요의 한 유형에 속하는 각편이 모두 이중 한 경우에 해당하기도 있고, 같은 유형이라도 각편에 따라 이 세가지 경우가 다 나타나기도 한다.

강하게 드러냄으로써 해결을 이끌어내는 구조로서, 서사민요 A '시집식구 - 며느리'형 중 기대성취형으로 되어 있는 유형은 Ad, Ae, Af, Ai 유형이다. 이들 유형의 공통단락을 바탕으로 구조적 성격과 의미를 분석하고 예외적인 각편의 구조와 의미도 살펴보기로 한다.

> Ad 시집식구가 깨진 그릇 물어내라자 항의하는 며느리
> 가. 그릇을 깨트리자 시집식구가 물어오라고 한다.
> 나. 시집식구에게 항의한다.
> 다. 시집식구가 사과한다.

이 유형의 경우 고난은 주인물의 하찮은 실수에서 비롯된다. 그러나 시집식구들은 이 실수를 용서하지 않고, 친정에 가 물어 오라고 함으로써 갈등이 발생한다. 이에 주인물은 시집식구의 부당한 요구에 항의하는데, 시집을 와 남편에 의해 헐어진 몸을 물어주면 깨트린 그릇을 물어내겠다고 한다. 여기에서 헐어진 몸을 깨진 그릇에 비유하는 주인물의 재치에 시집식구가 굴복하여 주인물에게 사과하는 것으로 되어 있다. 깨진 그릇이야 얼마든지 보상할 수 있는 보잘 것 없는 것이지만, 헐어진 몸은 누구도 보상할 수 없는 귀중한 것이라는 주장이 들어 잇다. 이는 곧 정조의 가치 및 혼인의 신성함을 간접적으로 주장하는 것으로서, 시집식구는 이 요구에 굴복하지 않을 수 없는 것이다. 상대 인물에 대한 주인물의 완전한 승리라고 볼 수 있다. 각편에 따라서는 시집식구가 사과하며 같이 살자고 하는 데에도 주인물이 이를 받아들이지 않고 중노릇을 나가는 경우도 있는데(경북3-25) 이는 Aa 유형이 복합된 경우라고 볼 수 있다.

이 유형의 노래를 부를 경우 청중은 주인물이 시집식구에게 항의하는 대목에서 주인물의 편을 들어 칭찬을 하거나, 마지막으로 시집식구가 굴복하는 대목에 웃음을 터뜨리는 것을 흔히 볼 수 있는데, 이는 주인물의 당당한 태도와 재치 있는 말로 인해 청중들의 억눌렸던 감정이 발산되는 데에서 오는 것이라 할 수 있다. 이런 면에서 볼 때 이 유형은 희극적 성격을 띠고 있다.17) 평범하거나 열등한 위치에 있는 주인물이 자기보다

우위에 있는 상대 인물의 부당함을 드러냄으로써 승리를 이뤄내는 것은 희극의 한 특징이라 할 수 있다. 더구나 깨진 그릇을 남편의 성행위로 인해 망가진 몸에 비유하는 재치는 비극적 작품에서는 찾아보기 힘든 발상이라 할 수 있다.

> Ae 시집식구가 벙어리라고 쫓아내자 노래부른 며느리
>   가. 삼년동안 말을 하지 않았더니 벙어리라고 쫓아낸다.
>   나. 친정으로 가는 길에 노래를 부른다.
>   다. 벙어리가 아니라고 다시 데려 온다.

이 유형은 시집살이 삼 년 동안 보지도 말고, 듣지도 말고, 말하지도 말라는 친정어머니의 가르침을 곧이곧대로 듣고 시집가서 한마디 말도 하지 않다가 벙어리라고 쫓겨나는 여자의 이야기이다. 이 갈등의 해결은 예기치 않은 데에서 이루어지는데, 주인물이 친정으로 쫓겨가는 도중에 쉬다가 날아가는 꿩(또는 기러기)를 보고 노래를 하는 데에서 주인물이 벙어리가 아님이 밝혀진다. 이때 주인물이 부르는 노래는 다음과 같다.

> 저건네라 저순풀밑에 저암꿩은
> <u>프르르르</u> 날아가버렸네

---

17) 희곡의 종류는 희극, 비극, 희비극으로 나누는데, 그 중 희극의 특징은 1) 결말은 해피 엔딩을 그 특성으로 한다. 2) 주인공이 보통이거나 그 이하이다. 3) 경쾌한 웃음을 그 본질로 한다. 4) 사회에 대한 풍자와 비판정신을 담는 것이 많다. 희극에 상반되는 비극은 1) 결말이 주인공의 파멸로 이루어진다. 즉 주인공의 운명은 행복에서 불행으로 이전된다. 2) 주인공은 대부분이 보통 이상의 신분인데, 그럼에도 불구하고 그들에게는 비극의 모티브가 되는 비극적 결함을 가지고 있다. 3) 주인공은 선을 대표하는 것으로 그려진다. 따라서 그 반대되는 인물 즉 악인에 의해 파멸되는 것으로 그려진다. 희비극은 희극과 비극이 결합된 양식으로, 보통 극의 전반부는 비극적 색채가 짙게 나타나다가 후반부에서 희극적 색채를 띠며 끝난다. 희비극의 특징은 1) 주요 작중인물에는 지위가 높은 사람도 있지만 낮은 사람도 있다. 2) 주인공에게 비극적 재난이 닥쳐올 것을 예시하는 엄숙한 행동으로 되어 있지만, 돌연한 상황의 역전으로 해서 행복한 결말이 온다. 김은철·백운복, 『신 문학의 이해』, 우리문학사, 1995, 220~230면 참조.

덮고덮고덮은 쭉대기는 시아버지나 드리고요
쫓고쫓고쫓는 입주댕이는 시어머니나 드리고요
히비고히비고 발목아지는 시누애기나 드리고요
감고감는 간줄기는 서방님이나 드리고요

(새터 68)[18]

여기에서 보면 시집식구의 성격과 태도를 꿩 각 부위의 성질과 대비하고 있다. 시어머니나 시누가 자신을 쪼거나 후빔으로써 고통을 주는 존재라면, 시아버지는 덮어 주는 고마운 존재이고 남편은 자신을 감고 감는 성적 표현의 존재이다. 주인물은 이 노래를 통해서 시집식구가 자신에게 행한 부당한 대우를 고발하는 것이라 할 수 있다. 이 유형 역시 평범하거나 열세에 있는 주인물이 예기치 않은 상황 또는 재치에 의해 자기보다 우위에 있는 상대 인물의 부당함을 드러내고 자기의 요구를 관철한다는 점에서 희극적이라 할 수 있다.

 Af 시어머니가 며느리를 소송하자 박대하는 며느리
  가. 시어머니가 며느리를 소송한다.
  나. 며느리의 집안이 높아 소송에 실패한다.
  다. 며느리가 시어머니를 박대한다.

이 유형은 며느리가 잠을 많이 잔다고 시어머니가 관가에 며느리를 소송하는 데에서 갈등이 발생한다. 그러나 며느리의 집안이 쟁쟁해서 오히려 시어머니가 곤장을 맞고 집에 돌아오며, 며느리는 이런 시어머니를 박대하는 것으로 되어 있다. 이 유형 역시 터무니없는 이유로 주인물을 박해하는 상대 인물의 부당함을 드러내고 응징함으로써 자아의 승리를 이끌어내는 희극적 성격을 지니고 있다.

 Ai 시누가 죽자 기뻐하는 며느리
  가. 베를 짜다 시누 부고를 받는다.

---

18) 졸고, 『시집살이노래 연구』, 도서출판 박이정, 1996, 132면 참조.

　나. 잘 죽었다고 기뻐한다.

　이 유형은 단락 표면상으로는 아무런 고난이나 갈등이 나타나 있지 않다. 그러나 시누와 며느리는 흔히 본원적인 대립의 관계에 놓여 있는 존재로서19) 겉으로 드러나 있지는 않지만 갈등이 내재해 있다고 볼 수 있다. 이런 관계에 있는 시누가 죽었다는 부고를 예기치 않게 받음으로써 즐거워하는 며느리의 모습은 그야말로 희극적이다.

　이상에서 볼 때 이 '기대성취형'에 속하는 유형들은 대부분 고난과 갈등에서 시작한다. 그러나 주인물은 그 고난에 좌절하거나 굴복하지 않고 자기의 요구를 드러내거나 상대 인물의 부당함을 고발하고 응징함으로써 행복한 결말에 이른다. 이는 평범하고 선한 인물이 부도덕하고 악한 상대 인물의 허위에 맞서 승리를 이끌어내는 희극적 성격을 띠고 있다.

3. 2. 요구좌절형

　요구좌절형은 주인물이 자기의 요구를 드러내지 못하고 상대 인물에 의해 좌절에 빠지는 구조로서, 사건이 해결되지 못하거나 주인물의 요구에 상반되게 해결된다. 서사민요 A '시집식구 – 며느리'형 중 요구좌절형으로 되어 있는 유형은 Ac유형 하나 뿐이다. 이 유형의 공통 단락을 바탕으로 유형구조와 각편의 구조를 살펴보기로 하자.

　Ac 시집식구가 구박하자 한탄하는 며느리
　가. 시집식구가 구박한다.
　나. 자신의 처지를 한탄한다.

---

19) 이광규, 『한국 가족의 구조 분석』, 일지사, 1980, 201~202면에서는 시어머니와 며느리의 관계를 '원천적 부정', '본원적 대립'관계라 하고, 부계 가족의 구조적 모순에서 유래되는 필연적인 현상이라고 설명하면서 이런 관계가 시누를 비롯한 거의 모든 시집식구로 확대되는 특징이 있다고 하였다.

이 유형은 주인물이 정성을 다해 시집식구를 봉양하거나, 자기의 직분을 다함에도 불구하고 상대인물은 이를 인정하지 않고, 주인물을 구박하는 내용으로 되어 있다. 기대성취형에서라면 주인물은 마땅히 이런 부당한 대우에 항의를 할 텐데, 요구좌절형에서는 아무런 대응도 하지 못하고 탄식만 하는 것으로 되어 있다.

시집식구가 구박하는 양태도 가지가지여서, 정성들여 마련한 반찬을 타박만 한다든지(새터 2), 이유 없이 군담만 한다든지(새터 57), 밭을 맸는데 점심은 주지 않고 일찍 왔다고 야단을 친다든지(전북2-29, 전남 19-13) 등 부당하게 주인물을 대하고 있다. 이로 인해 주인물이 탄식하는 대목도 대부분 실생활에서 우러나오는 경험에 바탕을 두고 있어서 청중으로 하여금 연민과 동정을 불러일으킨다.

여기에서 주인물이 겪는 고난은 대부분 시집오기 전에는 겪어 보지 못했던 것으로서, 귀하게 자라난 주인물이 혼인을 통해 좌절을 겪게 되는 비극적 몰락을 보여주는 것이라 할 수 있다.

3. 3. 양면 복합형

양면 복합형은 기대의 성취와 좌절이 복합되어 있는 구조로서, 전반부에서는 요구좌절형에서 볼 수 있는 것처럼 주인물의 좌절을 주로 그리다가, 후반부에 이르러 기대 성취의 상황으로 전환하여 마무리하는 것을 말한다. 서사민요 A '시집식구 - 며느리'형 중 이 구조에 속하는 유형은 Aa, Ab, Ag, Ah 유형이다. 이 유형들의 공통단락과 구조적 성격, 각편의 구조 및 의미를 살펴보기로 하자.

Aa 시집식구가 구박하자 중이 되는 며느리
　가. 시집식구가 구박한다.
　나. 집을 나가 중이 된다.
　다. 친정 집을 간다. (남편을 만난다.)

라. 시집으로 돌아가니 모두 죽어 있다. (남편이 병이 나 죽는다.)

이 유형은 서사민요 유형 중 가장 많은 각편을 지니고 있을 만큼 보편화되어 있다. 여기에서 주인물이 겪는 고난은 앞 항의 요구좌절형에서 볼 수 있었던 시집식구의 부당한 대우이다. 요구좌절형에서는 이런 대우에 아무런 항의나 대응도 못하고 탄식만 하는 데 비해, 이 유형에서는 가정을 포기하고 중이 되어 나가는 것으로 되어 있다.

여기에서 주인물이 중이 된다는 것은 언뜻 생각하기에는 주인물의 패배를 나타내는 좌절로 여겨지지만, 거기에 내포된 의미는 아주 저항적이고 비판적이라 할 수 있다. 즉 중이 된다는 것은 일체의 여자로서의 권리와 의무를 벗어버리는 것으로서 자신을 속박하는 관념의 울타리에서의 이탈, 해방으로 해석할 수도 있다. 대단한 용기나 결단이 아니고서는 자기가 속한 가정과 사회를 버릴 수가 없기 때문이다. 중이 되고 나서야 비로소 주인물은 자신의 뿌리인 친정을 방문할 자유도 가질 수 있다. 즉 중이 된다는 것은 주인물이 자신의 본분을 지킬 수 없다는 면에서는 좌절이지만, 상대 인물의 요구를 거부하고 또 다른 선택을 함으로써 자기의 요구를 간접적으로나마 드러낸다는 점에서는 기대의 성취인 것이다.

마지막에 시집으로 돌아가니 시집식구가 모두 죽어 있다는 것 역시 주인물이 더 이상 돌아가 정착할 터가 사라졌다는 점에서는 좌절이지만, 주인물에게 해악을 끼친 악인들이 마땅한 응징을 받았다는 점에서는 기대의 성취요, 자아의 승리라고 볼 수 있다. 이 노래를 부를 때 창자나 청중들이 대부분 시집식구들의 죽음을 권선징악적인 당연한 귀결로 받아들이는 것도 이런 생각을 뒷받침해 준다.[20]

---

20) 새터 8 (졸고, 앞의 책, 149면)에서 창자는 "그댁이 다 긍게, 정악을 시켜서는 다 좋은 것 없어. 다 총총이 죽었드라네." 하며 며느리에게 악한 짓을 했기 때문에 시집식구가 모두 죽었다고 설명했다. 또 강원6-2에서도 "시집 인제 동네를 한 번 떡 가서 보니까, 어떠그 댔는가 하고 가보니, 못이 빠져 가지고 고만 그 시집 살던, 그래 사람 괄세를 하면 죄를 받는다는 기 거서 나온거여, 못이 떡 빠져가지고 못 물이 아주 기냥 아주 시퍼런기 있는데……" 하며 시집이 망한 것이 역시 며느리를 괄세 해 죄를 받은 것으로 인식하고 있음을 알 수 있다.

　더구나 시집식구의 무덤에 그들의 주인물에 대한 평소 태도를 상징하
는 꽃들이 피어 있음을 그려냄으로써 시집식구의 학대를 조롱하고 있기
까지 하다. 예를 들면 다음과 같다.

　　시어매 뫼소에 가서봉게 호령꽃이 피었드네
　　시아바니 뫼소에 가서보니 꾸지람꽃이 피었다네
　　시뉘애기 뫼소에 강게
　　시살방구꽃이 피어 너울너울 하드래
　　서방님 뫼소에 강게
　　함박꽃이 피어서 너울너울 하드래

(새터 8)[21]

　한편 많은 각편에서 여기에 덧붙여 남편의 묘소가 벌어져 주인물이 그
속으로 들어간다든지(새터 120, 새터 152), 신선이 되어 하늘로 올라간
다든지(충북2-20) 등 환상적 결말을 맺고 있는데, 이는 주인물이 현실에
서 이루지 못한 사랑을 초현실적 세계에서라도 이루고자 하는 강렬한 기
대가 성취된 것으로 볼 수 있다.
　이외에 「먹굴 20」, 「새터 8」, 「옥잣 21」, 「경남 3-2」와 같은 각편에
서는 동냥을 다니다 남편을 만나는데, 남편이 돌아가자고 하는데도 이를
거절하는 것으로 되어 있다. 이 역시 주인물이 중이 된 것이 일순간의 호
기가 아니라 다부진 결의 하에서 이루어진 것임을 보여 주는 데다가, 주
인물과 시집식구와의 갈등을 남편이 해결할 수 없음을 주인물이 잘 알고
있기 때문에 취한 행동이라고 할 수 있다. 결국 아내를 그리워하던 남편
이 병에 걸려 죽는 것으로 되어 있는데, 이때 남편의 죽음 역시 언뜻 보
면 좌절이지만, 그 내면에는 남편의 죽음으로도 굽힐 수 없는 주인물의
강한 요구가 숨어 있다고 볼 수 있다. 결국 남편의 죽음은 주인물과 시집
식구와의 갈등으로 인해 생겨난 어쩔 수 없는 희생이며, 나아가 며느리를
내쫓음으로써 아들까지 잃게 된 시집은 망할 수밖에 없음을 이야기하고

---

21) 졸고, 위의 책, 149면 참조.

자 하는 것이다.

이렇게 볼 때 이 유형은 좌절과 성취가 복합되어 있는 양면복합형의
전형적 유형으로서, 희비극적 성격을 띠고 있다고 생각된다.[22] 이 유형
에는 주인물이 비록 시집 생활에는 실패하는 좌절을 겪지만, 그 좌절 속
에 빠져 있지 않고 전통적인 관념과 제도를 과감하게 탈피하여 사람으로
서의 자유를 찾고자 하는 강한 의지가 드러나 있다. 이러한 의지는 결국
주인물에게 부당한 대우를 했던 시집식구의 죽음과 초현실적인 사랑의
실현으로 귀결되는 것이다.

　Ab 시집식구가 구박하자 자살하는 며느리
　가. 시집식구가 구박한다.
　나. 자살한다.
　다. 남편이 식구에게 항의한다.

이 유형에서는 시집식구가 부당하게 주인물을 구박하는 데에서 갈등이

---

22) 지금까지 이 유형은 비극적 결말 구조를 지니고 있는 대표적인 작품으로 거론되어 왔
다. 조동일(앞의 책, 378면)은 "'시집살이'(Aa유형에 속함:필자)에서는 시어머니가
며느리를 학대해도 며느리는 이에 대해서 항거하지 못하고 고난을 감수하며 중이 되
어 친정에 동냥간 며느리는 친정 부모가 자기를 알아보지 못하기 때문에 되돌아 올 수
밖에 없다."면서 이 유형을 포함한 대부분의 서사민요를 비극적인 것으로 보고 있고,
고혜경은 「서사민요의 유형 연구: 부부결합형을 중심으로」, 이화여대 석사논문, 1983,
56면에서 이 유형이 "결국 가부장제도하의 여성이 자신의 생활근거를 찾아 옮겨 다니
다가 어느 환경에도 정착하지 못하고 남편이라는 존재에서 자신이 처할 중심을 찾아
결합하는 과정이다. 즉 시집이나 친정이 모두 자신이 받아들여지지 못하는 집단이라
는 비극적 자각에 이르고 오로지 남편을 통해서 자신이 처할 바를 찾는다."고 보았으
며, 이정아도 「서사민요 연구: 양식적 특성을 중심으로」, 이화여대 석사논문, 1993, 77
면에서 "서사민요의 비극적인 이야기들은 대개가 시집살이를 하던 며느리, 바람난 남
편을 둔 본처, 배우자가 죽은 여인 등을 중심으로 진행된다. 이들은 자신들이 직면한
세계와의 갈등이나 부조화로 인해 죽음에 이르거나 더 큰 불행을 감수하게 된다. 생의
절박한 문제를 직면한 그들이 선택할 수 있는 길은 제한되어 있다. 그래서 서사민요의
결말은 더욱 비극적인 것으로 향하게 되는 것이다."라고 하고 있다. 서사민요에 대한
이러한 시각은 전면적인 재고찰이 필요하다.

발생한다. 주인물은 이를 견디지 못하고 자살을 한다. 이 유형이 여기에서 끝났다면 요구좌절형에 속하게 될 것이지만, 여기에서 그치지 않고 남편이 식구에게 항의하여 상대 인물의 부당함을 드러냄으로써 양면복합형에 속하는 것으로 보았다. 즉 남편이라는 원조자를 통해 간접적이나마 주인물의 자기 요구가 나타난다는 것은 죽은 후에라도 상대 인물에 대한 자아의 우위를 획득하고자 하는 의지의 반영이라고 생각한다.

이 유형에 속하는 각편 중 독특한 작품으로 「충남 2-13」이 있는데, A형을 통틀어서 이와 같은 과감한 내용을 담고 있는 작품은 찾아보기 힘들다. 이 각편의 서사단락은 다음과 같다.

> 가. 밭을 매고 오니 일찍 온다고 야단친다.
> 나. 친정 엄마 부고가 온다.
> 다. 친정에 가다 물에 투신한다.
> 라. 버들가지에 걸쳐 죽지 않는다.
> 마. 지나가던 도령이 만류하여 도령을 따라가 잘 산다.

여기에서 가단락은 다른 각편에서 흔히 볼 수 있는 고난이다. 게다가 친정 엄마의 죽음까지 겹쳐 슬픔이 극도화된다. 결국 실의에 빠진 주인물이 자살을 시도하는 데까지는 이 유형의 다른 각편과 유사한 전개를 보인다. 그러나 라단락에서 예기치 않은 상황이 발생하여 극적인 전환이 이루어지는데, 우연히도 주인물이 버들가지에 걸쳐 죽지 않으며, 마침 지나가던 도령이 왜 죽느냐며 만류하자 그에게 개가하여 잘 살게 된다는 행복한 결말을 이루고 있다. 전반부는 비극적이다가 후반부에 와서 희극적으로 전환되는 희비극적 작품의 전형이라 할만하다. 이 각편은 그 과감한 발상으로 인해 많은 청중들의 공감을 얻기 힘들기 때문에 독립적으로 전승되어 유형화하기는 어렵다. 그러나 창자의 적극적인 사고방식에 의해 독창적으로 창작된 작품이란 점에서 그 가치를 높이 살만하다.

Ag 시누가 옷을 찢자 항의하는 며느리
  가. 시누가 옷을 찢는다.
  나. 남편(시누)에게 항의한다.

이 유형은 시누가 옷을 찢음으로써 갈등이 발생한다. 시누는 보통 주인물인 며느리에 비해 나이가 어리긴 하지만 시집식구라는 점에서 며느리보다는 유리한 위치에 놓여 있다. 그러므로 주인물은 부당한 짓을 하는 시누를 야단치거나 응징할 수 없다. 남편 또는 시누에게 그 부당함을 항의하기는 하지만 그 항의의 결과는 나타나 있지 않은데, 현실에 비추어 볼 때 주인물의 요구가 성취되기는 불가능하다. 그러나 주인물의 요구를 강하게 드러내 상대 인물의 부당함을 고발한다는 점에서 양면복합형에 넣을 수 있다. 각편에 따라서는(전북2-24) 시누가 옷을 다 찢어 놓자 자살하는 것으로 되어 있어 '요구좌절형'에 속하는 경우도 있다. 이는 창자의 가치관이나 세계관의 차이에 따라 생겨난 변이라고 생각된다.

Ah 시누가 모함하자 자살하는 며느리
  가. 시누가 한 일을 며느리에게 뒤집어 씌운다.
  나. 자살한다.
  다. 남편이 식구에게 항의한다.

이 유형은 가단락에서 발생하는 고난의 내용이 시누에 의해 독단적으로 이루어진다는 점만 제외하고는 Ab 유형과 거의 유사하다. 전반부는 시누로 인해 억울한 누명을 쓴 주인물이 원통함을 견디지 못하고 자살을 함으로써 좌절에 속하나, 후반부는 남편이 이를 식구에게 항의함으로써 간접적이나마 상대 인물의 부당함을 응징하려는 기대의 성취에 속한다.

이상에서 볼 때 양면복합형은 요구좌절형과 기대성취형이 복합된 형태를 띠고 있다. 즉 전반부에서는 주인물이 고난을 견디지 못하고 좌절을 하지만, 후반부에서는 주인물의 정당함을 드러내고 상대 인물의 부당함을 응징함으로써 희비극적 성격을 띠는 것이다.

4. 맺음말

　이 논문에서는 서사민요를 주인물과 상대인물의 관계에 따라 유형을 분류하고, 그중 '시집식구 – 며느리'형을 중심으로 그 구조적 성격과 의미를 고찰하였다. 서사민요의 유형구조를 작중 인물 간에 나타나는 갈등의 전개 양상에 따라 기대성취형, 요구좌절형, 양면복합형으로 나누어 살펴본 결과, '시집식구 – 며느리'형의 서사민요는 한 유형을 제외하고 모두 기대성취형과 양면복합형의 구조를 지니고 있음을 알 수 있었다. 기대성취형과 양면복합형은 주인물이 상대인물의 부당한 대우로 인해 고난을 겪으면서도 좌절에 빠지지 않고 자기의 요구를 드러내고 상대 인물의 부당함을 고발하거나 응징함으로써 갈등을 해결하는 것으로서, 희극적 또는 희비극적 성격을 띤다.

　이는 서사민요의 다른 유형에서도 유사한 양상을 보이리라고 생각되는데, 그 이유는 이 논문에서 살핀 '시집식구 – 며느리'형은 서사민요 중 가장 비극적으로 인식돼 온 유형인데다가, 다른 유형들 – 특히 신랑 – 신부, 총각 – 처녀, 외간남자 – 여자 등 애정문제를 다루고 있는 유형에서는 이 희극적 또는 희비극적 성격이 더욱 강하게 나타나기 때문이다. 이렇게 볼 때 대부분의 서사민요가 비극적 구조와 성격을 지니는 것으로 본 기존 견해는 수정되어야 하리라고 본다. 서사민요의 희극적 내지 희비극적 성격은 또한 서사민요가 평민 여성문학으로서, 이들 담당층의 현실에 대한 강한 의지와 밝고 건강한 태도를 담고 있는 장르임을 말해 주는 것이라 할 수 있다. 물론 앞으로 유형을 확대하여 논의를 계속함으로써 이 논문의 결과를 검증, 보완해야 할뿐만 아니라, 서사민요의 이러한 구조적 성격이 구연상황이나 서술양상과는 어떠한 관계가 있는지에 대해서도 밝혀야 할 과제가 남아 있다.

참 고 문 헌

강등학(1982), 「서사민요의 각편 구성의 일면: 시집살이노래를 중심으로」,
　　　　『도남학보』제5집, 도남학회.
고혜경(1983), 「서사민요의 유형연구: 부부결합형을 중심으로」,
　　　　이화여대 석사논문.
------(1995), 「서사민요의 장르적 성격」, 『민요론집』 제4호, 민요학회.
김무헌(1987), 『한국 민요문학론』, 집문당.
김은철·백운복(1995), 『신 문학의 이해』, 우리문학사.
박경수(1992), 「한국민요의 기능별 분류 체계」, 『한국구비문학대계 별책
　　　　부록(III)』, 한국정신문화연구원.
서영숙(1983), 「시집살이노래의 존재양상과 작품세계」,
　　　　한국학대학원 석사논문.
------(1996), 『시집살이노래 연구』, 도서출판 박이정.
이광규(1980), 『한국가족의 구조 분석』, 일지사.
이정아(1993), 「서사민요 연구: 양식적 특성을 중심으로」,
　　　　이화여대 석사논문.
임재해(1988), 「민요의 사회적 생산과 수용의 양상」, 『한국의 민속예술』,
　　　　문학과 지성사.
------(1990), 「설화 유형의 평가와 활용」, 『구비문학』 9,
　　　　한국정신문화연구원.
조동일(1979 증보판), 『서사민요연구』, 계명대 출판부.
------(1985), 「『한국구비문학대계』자료 수집과 설화 분류의 기본 원리」,
　　　　『정신문화연구』85 겨울호, 한국정신문화연구원.
『한국민요대전』(1991~1996), 강원, 충북, 충남, 전북, 전남, 경북, 경남 편,
　　　　문화방송.

혼사장애형 민요의 서술방식

혼사장애형 민요의 서술방식

1. 머리말

서사민요는 창자가 청중 앞에서 서사문학 작품을 노래로 부르는 연행 예술로서 매우 다양한 유형으로 이루어져 있다.[1] 서사민요의 유형은 작품 내 인물들간의 관계과 이들이 일으키는 중심적인 사건으로 분류할 수 있는데,[2] 그 중 혼인에 얽힌 이야기를 다루고 있는 유형이 있어 주목된다. 이 유형은 주인물이 '신랑 – 신부'로서 혼인이 원만하게 이루어지지 못하는 사건으로 이야기가 구성되어 있다. 즉 신랑이나 신부 중 한 사람

---

1) 여기에서 연행이란 '창작자의 창조행위와 수용자의 미적 반응으로 이루어지는 예술행위'(졸고 2000:45, Dan Ben-Amos 1972:10)라는 의미로 사용한다. 임재해(1988: 257~258)는 민요가 말로 표현되고 말로 전승되는 연행예술의 하나로 규정하고 있는데, 그의 주장처럼 민요는 연행될 때 비로소 존재하며, 연행상황에 따라 새로운 작품이 창작된다고 보아야 한다. 서연호(1997:13)는 이와 비슷한 개념으로 연희라는 용어를 쓰면서 예능의 한 갈래로서 시청중을 대상으로 하여 공연되는 모든 예능적 행위를 지칭하고 있다. 그러나 연희보다는 연행예술이라는 용어가 더 포괄적이고 보편적이라 생각된다. 조동일(1979 증보판)에서 서사민요의 장르, 유형, 문체, 전승적 특징을 살펴 보고 있다. 그러나 이 책에서는 서사민요의 연행적 성격에 대해 다루지 않고 있을 뿐만 아니라 서사민요의 다양한 유형이 더 많이 보고되었고 서사민요의 장르적 성격에 있어서도 논란(박경수 1998, 허남춘 1999)이 계속되고 있어 서사민요에 대한 전격적인 재검토가 절실하다.

2) 졸고(1998)에서 서사민요의 유형을 주인물과 상대인물의 관계에 의해 분류한 바 있다.

이 죽거나 혼인날 신부가 애를 낳음으로써 혼인이 성립되지 못하는 것이다. 이를 편의상 혼사장애형 민요라 부르기로 한다.3)

이 논문에서는 이들 혼사장애형 민요가 어떤 서술자에 의해 어떤 방식으로 서술되는가 하는 서술방식을 살펴보고, 이러한 서술방식이 형성된 이유에 대해 알아보고자 한다. 서사민요의 서술방식에 대한 고찰은 서사민요가 지니고 있는 변별적 특징뿐만 아니라 이를 오랜 세월 동안 창작, 전승해 온 연행담당층의 향유의식을 추정하는 데 하나의 방법론이 될 수 있다. 단 이 글에서는 혼사장애형 민요의 서술방식상의 특징을 귀납적으로 추출하는 데 주안을 두고 있어서, 서사민요 장르 전체의 특성과 담당층의 향유의식에 대해서는 본격적으로 다룰 수 없음을 밝혀 둔다. 이는 후속 논문에서 다루려고 한다.

대상 자료는 필자 조사 자료를 주 자료로 하고 필요에 따라 한국구비문학대계 소재 자료, 『한국민요대전』 소재 자료, 『서사민요 연구』 소재 자료를 보조 자료로 사용하기로 한다.4)

---

3) 강진옥(1999:489)은 이들 노래를 '혼사장애노래류'라 부르고 결혼을 둘러싼 다양한 형태의 갈등이 서사구조의 축을 이루고 있는 사설군을 지칭하고 있다. 그는 이 노래류에서 1) 처녀과부노래 – 정혼도 하지 않은 청춘과부, 저주했던 남자 상여 따라간 처녀과부, 혼인날 기다리다 신랑 부고 받은 처녀, 기타 2) 남성인물의 혼사장애 – 못갈장가, 첫날밤 해산한 신부로 나누고 있다. 그러나 여기에서 '정혼도 하지 않은 청춘과부'의 경우 총각과 처녀의 애정갈등을 다루는 것으로 보는 것이 타당하리라고 본다. 이 유형은 총각이 처녀에 대한 상사병으로 죽는 것이 주 제재로, 이후 결말 부분은 처녀가 움직이지 않는 상여를 가게 한다든가, 총각을 살려낸다든가, 총각의 집에 가 청춘과부가 된다든가 각편에 따라 달리 나타나므로 혼사장애를 주 제재로 볼 수 없기 때문이다.
4) 필자 조사 자료는 필자가 1981년에서 1982년까지 곡성군 곡성읍 새터, 오곡면 옥갓, 고달면 먹굴에서 조사한 자료로 「필자 자료」라 표기하고, 『한국구비문학대계』와 『한국민요대전』의 자료는 각각 「구비대계」와 「민요대전」이라 표기하며, 조동일의 『서사민요 연구』의 경우 「조동일 자료」라 표기하여 구분하기로 한다.

2. 각 유형의 서술방식

혼사장애형 민요는 혼인이 신랑 또는 신부의 죽음이나 부정 등의 이유로 성사되지 못하는 이야기로 이루어진 민요를 말한다. 혼사장애형 민요는 주인물들간의 혼사가 이루어지지 못하는 이유에 따라 〈혼인날 신랑 부고 받는 신부〉, 〈혼인 전(후) 신부 부고 받는 신랑〉, 〈여자의 저주로 혼인날 죽는 신랑〉, 〈혼인날 애 낳는 신부〉 등 크게 네 유형으로 나눌 수 있다.

이들 각 유형의 서술방식을 차례로 살펴보기로 하자.

2. 1. 혼인날 신랑 부고 받는 신부

이 유형은 신랑과 신부가 혼인날을 잡고 신부집에서 혼인 잔치를 준비하는 중에 신랑 부고를 받는 것으로 되어 있다. 혼인도 채 치르지 않았지만 이미 정혼을 했기 때문에 신부는 남편이 죽은 것과 마찬가지의 치상을 해야만 한다. 이 유형은 이런 상황에 대한 여성들의 대응방식과 현실인식을 잘 드러내 준다. 작품내 주인물인 신부가 신랑의 죽음에 어떻게 대응하느냐에 따라 크게 두 하위유형으로 나눌 수 있다.5) 하나는 신랑의 시신 앞에서 한탄하는 경우이고, 다른 하나는 상여 위에 속적삼을 덮어 줌으로써 신랑을 살려내는 경우이다. 각 유형의 대표적인 각편을 중심으로 그 서술방식을 고찰해 보자.

---

5) 이외에도 시댁식구들이 남편 시신을 보여주지 않는 경우(「민요대전」 전북 고창 12-7), 남편의 상여에 속적삼을 덮어보낸 후 귀향하는 경우(「구비대계」 7-5 벽진면 41) 등 여러 경우가 있으나 이를 모두 살펴 하위유형으로 설정하는 것은 현 단계에서는 불가능하므로 보편적으로 많이 나타나는 경우에 한하여 구분한다.

2. 1. 1. 신랑 부고 받고 한탄하는 신부

이 유형은 정혼을 한 후 오랫동안 기다려 온 신부가 혼인날 신랑의 부고를 접하자 자신의 처지를 한탄하는 내용으로 되어 있다. 이 유형 중 대표적인 작품을 예로 들어 서사단락을 나누어 보고 서술방식상의 특징을 살펴보기로 하자.

「구비대계 7-5 월항면 19」 박상선(61), 1979. 5. 25. 강은해 조사.

제보자의 친정인 성주군 초전면 용선동에서 15살 때 어머니가 베짜면서 부르는 것을 듣고 배웠다. 어린 동무들과 함께 베짜고 명잣으면서 불러 노래를 익혔다.

강남땅에 강선부는 글좋다고 소문났네
진주땅에 진주애기 재간좋다 소문났네
바랬구나 바랬구나 석삼년을 바랬구나
흘짔구나 흘짔구나 석삼년을 흘짔구나
군주삼월 열초삼날 날을받아 던지놓고
밍지황낙 황이불은 남방석을 짓을달고
북방석을 동정달아 덮을듯이 개어놓고
아롱아롱 유자요는 깐뜻이도 개어놓고
원앙칭칭 잡비게는 머리마중 던지놓고
세빌같은 질요강은 발치마중 던지놓고
기다리네 기다리네 강선부를 기다리네
강선부를 기다릴 때 강선부는 아니오고
죽었다고 편지왔네
아가아가 진주아가 머리풀고 부상해라
우리엄마 거동보소
꽃자리도 있건만은 꺼적자리 펼치놓고
도리판도 있건만은 개상판을 채리놓고
놋그릇도 있건만은 사발에다 물떠놓고
곡성이 진동하네

    삼단걑은 이내머리 구름걑이 펼치놓고
    강남땅을 찾아갈 때 강남땅을 찾아가서
    강선보요 일어나소 일어나소
    진주땅에 진주애기 내가왔소
    아모리 통곡한들 일어날길 정히없네
    서산에 안장하고 밤새두룩 울은눈물
    낙동강이 되얼시라 소이겼네 소이겼네
    비게넘에 소이겼어 기우한쌍 오리한쌍
    쌍쌩이 떠들오니 기우한쌍 오리한쌍
    니어데가 들데없어 낙동강도 지내놓고
    금호강도 지내놓고 눈물강에 떠들오느
    조선팔도 다댕기도 이만한강이 없도다
    문고리도 짝이있고 나무짝도 짝이있고
    칭이걑은 내팔자야 장과택이 짖지말고
    여과택이 짖지말고 진주애기나 짖어주소

이 작품의 서사단락을 나누어 보면 다음과 같다.

  ㄱ) 신랑감과 신부감이 모두 **빼**어나다.
  ㄴ) 정혼 후 오랫동안 기다리다 혼인 잔치를 준비한다.
  ㄷ) 신랑의 부고를 받는다.
  ㄹ) 치상 차림을 하고 시댁에 간다.
  ㅁ) 통곡을 하며 신세한탄을 한다.
  ㅂ) 이름을 과부로 짓지 말고 진주애기로 지어달라고 한다.

이 노래는 크게 두 가지 시점의 서술로 이루어져 있다. 하나는 3인칭 관찰자 시점에 의한 서술이고 다른 하나는 1인칭 주인물 시점에 의한 서술이다. 노래의 서두 부분에서 신랑인 강선비의 부고를 받기까지는 3인칭 관찰자 시점에 의해 서술되고, 이후 신부인 진주애기가 신랑의 집에 찾아가서 통곡하는 마지막 장면까지는 1인칭 주인물 시점에 의해 서술된다. 3인칭 관찰자 시점에 의해서는 주로 사건의 전개나 상황의 외적 묘사가 이루어지고 1인칭 주인물 시점에 의해서는 주로 주인물의 행동이나 내적 심리 묘사가 이루어지는 것을 볼 수 있다.

이 노래에서는 작품외적 서술자인 창자의 목소리는 전혀 나타나지 않는다. 작품외적 서술자와 작품내적 서술자가 거의 일치한다고 할 수 있다. 하지만 작품내적 서술자와 주인물이 완전히 일치하는 것은 아니다. 작품의 서두에서 작품내적 서술자는 주인물을 분명히 3인칭으로 객관화하여 지칭하고 있기 때문이다. 작품의 중반 이후부터 작품내적 서술자가 주인물에 침투하여 주인물 시점으로 서술해 나가는 것은 정서적 상황을 극대화하여 표출하기 위한 것이라 할 수 있다.6) 이 경우 청중들은 일시적이나마 작품내 주인물에 몰입함으로써 주인물의 처지를 마치 자신의 처지인양 받아들이게 된다.

이렇게 작품외적 서술자(창자) – 작품내적 서술자 – 작품내 주인물이 거의 일치되게 작품을 서술하는 것은 이 노래의 창자가 노래 속 주인물에 자신을 동일시할 때 일어나는 양상이라고 할 수 있다. 물론 노래의 창자야 실제 노래 속 주인물과 꼭 같이 처자과부는 아니라 할지라도 당시 현실에서는 신부가 어린 나이일 때 신랑이 죽는 경우가 흔했고, 남편이 있다 하더라도 생이별 상태인 경우가 많아 창자가 쉽게 노래 속 인물에 자신을 몰입하게 되는 것이다. 창자와 청중은 이런 노래를 부르면서 자신의 외로운 처지를 함께 표출해낼 수 있었을 것이다.

2. 1. 2. 죽은 신랑 살려내는 신부

이 유형에는 앞의 〈신랑 부고 받고 한탄하는 신부〉 유형의 단락 뒤에 신부가 신랑의 상여에 속적삼을 덮어 줌으로써 신랑을 살려내는 내용이 첨가되어 있다. 이 유형의 서술방식을 대표적인 작품을 들어 살펴보기로

---

6) 서사민요에 나타나는 이런 주정적 표출로 인해 서사민요의 장르적 성격을 서정적 성격으로 파악하는 경우(고혜경 1983, 1995, 이정아 1993)도 있으나 이는 서사적 전개 속에서 인물의 심리나 정황을 묘사하기 위하여 차용된 서술이므로 서사민요 자체의 장르적 성격 자체까지 바뀐다고 볼 수는 없다.

하자.

「필자자료 새터 105」 이임순(89), 1981. 7. 28. 서영숙 조사.

남이 노래부르는 것을 가만히 듣고 있다가 노래를 부르기 시작했다. 여러 편을 쉬지도 않고 계속해서 불렀다. 청중은 창자 주위의 한, 두 분 할머니뿐 이었고 다른 이들은 제각기 애기를 하며 노래에 관심을 기울이지 않았다. 창 자가 나이가 많아 소리가 작고 발음이 정확하지 못해 잘 알아들을 수 없었다.

광주땅에 강선비는 맵씨좋다고 수술러라
남안땅에 조처자는 재간좋다고 수술러라
수삼년을 곱게길러 명년춘삼월 열여셋날
누룩도 열여섯동 찹쌀도 애레여닷말
마흔닷말 무주독에 술을빚여 춘삼월을 살는디
아이고 어쩔거나 울아바니 한손으로 피어든편지
두손으로 펼쳐보니 강소저가 죽었구나
아아아가 강소저 죽었다아
치매를 벗어 흰둥허고
[어서 아차도 안됐지만 그새 즈그 아버니가]
아가아가 광주아가 진주애기 죽었단다
어서 치매벗어 흰둥을 가자
[그래드래]
한모랭이 돌아가니 상부소리가 진동허네
두모랭이를 돌아가니 구근소리가 진동허네
세모랭이 돌아가니 곡소리가 진동했네
대문
[잘 살던 것이여, 광주 땅에 강소저 집이]
대문대문 열두대문 그리로 들어가니
이방저방 문을열고 조그만한 재피방을 열고보니
강소저가 자는대끼 죽었구나
일어나소 일어나소 남안땅에 조처제왔네
일어나소 자는댓끼 누웠구나

시숙
〔아홉이나 형제간이 되었던 것이여〕
 시숙시숙 아홉모시숙
 아들애기 곱게키워서 내앞에를 전장하시오
 아가아가 중신아가 무신중천 받아놓고
 찬패같은 요내몸을 영어속에 넣을소냐
 천년과택 짓지말고 만년과택 짓지말고
 처자관사로만 지어주소
 상고소리 강소저를 메고 나가니
 한모랭이 돌아가서
 열두유대꾼들 상문에 걸어놓고 질아래로 물러나소
 상부를 놓고
 문짝문을 열고 일어나소
〔속적삼을 벗어서, 거기다 댐성〕
 일어나소 강소제 남안땅에 조처제왔네
〔벌떡 살아나드라네, 잘 살드래. 그 사람이 강소저, 남안땅에 조처제하고, 강
가든가부드라, 강소저. 수삼년을 했으니, 오죽 허냐.〕

이 작품의 서사단락을 나누어 보면 다음과 같다.

 ㄱ) 신랑감과 신부감이 모두 빼어나다.
 ㄴ) 혼인 잔치를 준비한다.
 ㄷ) 신랑의 부고를 받는다.
 ㄹ) 치상 차림을 하고 시댁에 간다.
 ㅁ) 신세한탄을 한다.
 ㅂ) 처자과부로 이름을 지어달라고 한다.
 ㅅ) 상여를 멈추고 속적삼을 덮어 준다.
 ㅇ) 신랑이 살아난다.

이 노래에서 서술자는 우선 3인칭 관찰자 시점으로 혼인의 당사자인
신랑과 신부의 인물됨을 소개한다. 신랑 신부 모두 맵시와 재간이 좋다고

소문난 선비와 처자이다. 두 사람이 혼인날을 받아 혼인 잔치를 준비하는 데까지는 이 3인칭 관찰자 시점이 지속된다. 서술자가 취하는 이러한 객관적 태도는 이 노래의 청중들로 하여금 사건을 객관적 거리를 두고 전체적으로 조망하게끔 하는 구실을 한다.

그러나 "아이고 어쩔구나……"로 이어지면서 서술자의 이러한 태도는 무너지고 만다. 서술자의 탄식도 탄식이려니와 신부의 아버지를 지칭하면서 "울아버니 한손으로 피어든 편지"라고 주관적 지칭을 사용하고 있다. 이는 서술자가 사건을 서술하면서 사건의 주인물인 신부의 입장에 자신을 동일시하고 있는 데서 오는 것이라 할 수 있다. 그렇지 않다 하더라도 서술자가 주인물에 자신을 침투함으로써 1인칭 주인물 시점으로 전환하고 있는 것이다. 이는 객관적으로 사건의 추이를 관망하던 청중들로 하여금 서술자와 함께 작품내 주인물에 몰입하게 하는 효과를 자아낸다.

이렇게 작품내 서술자가 주인물에 자신을 동일시한다고 해서 작품외적 서술자인 창자가 주인물에 자신을 동일시하는 것은 아니다. 창자는 주인물에 뚜렷한 선을 긋고 있다. 이는 창자가 노래를 부르는 사이사이 청중을 위하여 사건의 상황에 대해 부연 설명을 하는 데서 알 수 있다. 즉 "어서 아차도 안됐지만 그새 즈그 아버니가" "그래드래"하는 식으로 작품내 주인물을 객관적으로 지칭하고 있는 것이다. 이는 일종의 '낯설게 하기'[7] 기법으로서 노래 속 사건이 청중들로 하여금 현실이 아닌 허구임을 깨닫게 한다.

서사극에서는 이를 '소외 효과'(V-Effect)라 부르는데, 관중의 감정 이입을 막고 환상을 제거하기 위해 해설자나 무대 감독이 나서 관객을 향해 대화를 함으로써 비판적 거리를 형성하는 것이다.[8] 서사민요에서 창자

---

7) 대상에 대해 이질감과 낯선 느낌을 갖게 하는 것으로, 동일시와 상대되는 개념이다. 이화(異化), 소외, 탈환상화, 미학적 거리 등으로 달리 쓰이기도 한다. 김천혜(1990: 234) 참조.

8) 송동준(1988:111~120)은 브레히트 서사극의 기본 원리로 소외 효과를 들면서, 그 수단으로 관객을 향한 대화, 코러스, 제목과 간판, 1인 2역, 연극 속의 연극, 인용, 전형의 전도 등이 사용된다고 설명하고 있다. 그는 아울러 봉산탈춤을 분석함으로써 우

는 노래만 하는 것이 아니라 사건의 배경이나 노래에 대한 평가 등을 말로 덧붙이는 것을 흔히 볼 수 있는데, 이를 통해 작품내 주인물과 청중과의 거리가 생겨나게 된다.

작품내 서술자는 주인물의 목소리는 일인칭 시점으로, 보조인물의 목소리는 3인칭 시점으로 서술하면서 청중들로 하여금 주인물의 눈을 따라 사건을 바라보게끔 이끌고 있다. "한모랭이 돌아가니 상부소리가 진동하네 / 두모랭이를 돌아가니 구근소리가 진동허네 / 세모랭이 돌아가니 곡소리가 진동했네"라고 차츰차츰 신랑의 집에 가까워지는 것은 주인물인 신부의 이동에 따라 청중도 함께 움직이는 듯한 느낌을 주면서 현실감과 긴박감을 조성한다.

작품은 신부가 신랑인 강소저의 시신을 보고 울며 자신의 처지를 한탄하는 데에서 절정에 이른다. "일어나소 일어나소 남안땅에 조처제 왔네", "시숙시숙 아홉모시숙 아들애기 곱게키워서 내앞에를 전장하시오", "아가아가 중신아가 무신중천 받아놓고 / 찬패같은 요내몸을 영어속에 놓을소냐", "천년과택 짓지말고 만년과택 짓지말고/ 처자관사로만 지어주소"라고 신부의 목소리로만 이어진다. 이렇게 이 부분이 주인물인 신부의 목소리로만 이어지는 것은 주인물의 슬픔을 극대화하여 표현하고 청중을 이 슬픔에 몰입하게 하는데 효과적으로 작용한다. 다른 인물의 목소리가 개입될 경우 그만큼 주인물에 대한 이화가 일어남으로써 주인물의 슬픔에 대한 몰입을 견제하게 될 것이 당연하기 때문이다.

마지막 부분 장면의 전환은 작품외적 서술자의 목소리로 서술함으로써 비로소 작품에 몰입해 있던 청중들로 하여금 이 몰입으로부터 빠져나오게끔 한다. 작품외적 서술자는 "벌떡 살아나드라네. 잘 살드래."라고 함으로써 이 이야기가 자기가 직접 겪거나 본 것이 아니라 남에게 들은 것임을 분명히 한다.

결국 이 노래는 작품내 주인물에 분명한 거리를 두고 있는 작품외적

리의 전통극이 이러한 소외 수단을 지니고 있다고 보고 있다. 서사민요의 연행 역시 본격적인 연극 형태는 아니지만 서사극적 요소를 지니고 있다고 생각된다.

서술자(창자)가 별개의 작품내적 서술자를 통해 조처자라는 주인물의 혼인에 얽힌 이야기를 청중에게 들려주는 것이라 할 수 있다. 청중은 작품내적 서술자에 의해 주인물에 자신을 동일시하면서도 작품외적 서술자에 의해 이화를 일으키게 된다.

여기에서 주목되는 것은 작품외적 서술자가 드러나는 경우, 작품외적 서술자가 드러나 있지 않은 경우보다 훨씬 더 사건의 전개가 복잡해진다는 점이다. 작품외적 서술자가 드러나 있지 않은 경우 대부분의 작품이 신부가 탄식을 하는 것으로 끝나는 데 비해 작품외적 서술자가 드러나는 경우에는 상여를 멈추고 신부가 속적삼을 덮어 준다던가 남편을 살려내는 장면이 덧붙여지는 것을 볼 수 있다. 이로 미루어 볼 때 작품외적 서술자가 드러나는 경우에는 서사적 경향이 두드러지는 반면, 작품외적 서술자가 드러나지 않는 경우에는 서정적 경향이 두드러지는 것을 알 수 있다.

한편 〈신랑 부고 받고 한탄하는 신부〉 유형과 달리 이 유형에서 두드러지게 작품외적 서술자인 창자가 관여하여 노래 속 주인물을 객관화하는 이유가 무엇인지에 대해서도 생각해 볼 필요가 있다. 이는 노래의 결말 부분이 죽은 신랑을 살려내는 비현실적인 소재로 결코 작품외적 서술자(창자)가 동일시할 수 없는 소재이기 때문이 아닐까 한다. 즉 자신의 이야기일 수 있는 현실적 상황에는 서술자가 주인물에 자신을 몰입하여 주인물 시점으로 서술하는 반면, 그렇지 않은 비현실적 상황에는 주인물에 객관적 거리를 두고 관찰자 시점으로 서술하게 되는 것이다.

2. 2. 혼인 전(후) 신부 부고 받는 신랑

앞에서 살펴 본 〈혼인날 신랑 부고 받는 신부〉 유형과 정 반대의 상황으로 신랑이 아닌 신부가 죽음으로써 혼사가 어그러지는 유형이다. 이 역시 신랑이 어떻게 대응하느냐에 따라 크게 두 가지 하위유형으로 나뉜다. 하나는 신랑이 자신의 팔자에 대해 한탄하는 것으로 끝나는 경우이고 다른 하나는 신랑이 다시 장가를 가는 경우이다. 이들 하위유형의 서술방식을 차례로 살펴보기로 하자.

2. 2. 1. 신부 부고 받고 한탄하는 신랑

어려서 부모를 여의고 자라나 장가를 가게 되나 장가가는 길에 신부 부고를 받고는 신부집에 찾아가 한탄하고 돌아오는 신랑의 이야기로 되어 있다. 조동일에 의해 5편이 조사되었으나 조용석(남 40)과 유용식(남 27) 두 젊은 남성 창자가 연행한 것이어서 서사민요의 예외적인 경우라고 할 수 있다. 여성서사민요와 대비적인 관점에서 살펴볼 만 하다.

「조동일 자료 I3」 청송군 현서면 복동 조용석(남 40, 복동) 1969. 7. 27.

앞집에도 책력이보고 뒷집에는 궁합이보고
궁합에도 못갈장개 책력에도 못갈장개
삼촌요 가야시더 장개질로 가야시더
한모랑이야 돌아를가니 까막간치가 진동하고
두모랑이야 돌아를가니 아시새끼란눔이 진동하고
시모랑이야 돌아가니 야시개끼란눔이 진동하고
니모랑이야 돌아가니 길가는 행인이
받으세요 받으세요 편지일장을 받으세요
좌측손으로 받아들고 우측손을 찢어보니 신부야죽으나 부고러다
이럭저럭 당도해야 다섯여섯대문을 열고보니
서른서이 상두군이 상줄디린다고 진동하고
일고여덜대문을 열고야보니 꽃쟁이란놈이 꽃만들고
아호열대문을 여로야보니 널쟁이란놈이 널을짜고
이왕지차 왔거들랑 신부야방으로 들어가라
무슨잠이 깊이들어 날온줄을 모리느냐
방문을 열고보니 무슨잠이야 그리깊이들어 날온줄을 모르는가
둘이덮자고 해여논이불은 혼자나덮고 잠들었네
둘이까자고 해여논비게는 혼자나비고 잠들었네
둘이누자고 해여논요강은 혼자나누고 잠들었네

> 장모님 장모님 내말한마디만 들어보소
> 날줄라고 해논밥은 기머리밥이나 나여주소
> 날줄라고 해논술은 상대군이나 많이주소

이 작품의 서사단락을 나누어 보면 다음과 같다.

ㄱ) 장가 못갈 팔자이다.
ㄴ) 장가가기 위해 신부집으로 떠난다.
ㄷ) 길가는 중에 이상한 조짐이 보인다.
ㄹ) 신부 부고를 받는다.
ㅁ) 신부집에 도달하니 장사준비가 한창이다.
ㅂ) 신부 시신을 보고 한탄한다.
ㅅ) 혼인 준비 음식을 장사 음식으로 주라고 한다.

이 노래는 처음부터 마지막까지 시종일관 일인칭 주인물 시점에 의해 서술된다. 주인물의 말과 행동은 지문 없이 곧바로 제시하고, 다른 보조 인물의 말과 행동만 지문을 달아 구별한다. 예를 들면 "니모랑이야 돌아가니 길가는 행인이 받으세요 받으세요 편지일장을 받으세요 좌측손으로 받아들고 우측손을 찢어보니"와 같은 대목에서 행인의 말은 "길가는 행인이"하는 지시어로 구분해 주는 반면 "좌측손으로 받아들고"나 "장모님 장모님 내말한마디만 들어보소"와 같이 주인물이 하는 행동과 말은 지시어가 나타나지 않는다

이처럼 주인물 시점에 의해 사건을 고백적으로 서술함으로써 작품내적 서술자와 주인물은 거의 일치되는 것을 볼 수 있다. 이때 작품외적 서술자도 이들 작품내적 서술자나 주인물에 자신을 동일시하면서 노래를 연행하게 된다. 이는 이 노래의 창자가 남자이어서 노래 속 주인물인 신랑의 처지에 쉽게 몰입할 수 있기 때문일 것이다.

한편 이처럼 서술자가 주인물과 어느 정도 거리를 두지 않고 거의 일치하는 경우는 일반적 서사민요의 서술방식에서 예외적인 경우로 생각된다. 이는 이 노래가 서사민요의 원래 연행상황인 일과는 관련 없이 불려

졌기 때문이 아닐까 하는 추정을 하게 한다. 서사민요는 여성들이 모여서 일을 하면서 부르는 것이 보통이다. 남성들이 부르는 서사민요가 없는 건 아니지만 잡가나 서정요에서 변용된 것이거나 뛰어난 남성 가창자가 여성들이 부르는 것을 기억했다 부르는 것이어서 서사민요 원래의 모습과는 어느 정도 거리가 있다. 또 일을 하면서 부르는 서사민요의 경우 창자는 작품내적 서술자나 주인물과 어느 정도 거리를 두고 서술함으로써 청중들이 작품에 몰입하는 것을 자제하게 한다. 그래야 일에 지장을 주지 않고 서사민요의 내용을 즐길 수 있기 때문이다.

2. 2. 2. 신부 부고 받고 새장가 가는 신랑

앞의 〈신부 부고 받고 한탄하는 신랑〉 유형의 뒤에 신랑이 다시 장가를 가는 내용이 덧붙여져 있는 유형이다.

「필자 자료 새터 71」 신순임(83), 1981. 7. 23. 서영숙 조사

창자의 집에 들렀는데 없어서, 이웃집으로 갔다. 콩을 같이 고르며 이야기를 나누고 있는데, 창자가 찾아 왔다. 전날 조사한 민요들을 재조사한 뒤, 부른 노래이다. 조사자가 알아듣기 편하도록 하나 하나 짚어가며 천천히 부르고, 설명도 곁들였다. 강강례도 옆에서 조사자가 모르는 어구를 설명해 주었다.

송광읍내 강처자는 반질좋다고 소문이나서
진주읍내 정선비는 글씨좋다고 소문이났네
정도사는 오고가소
〔조사자: 정도사?〕
〔정도사가 중신애빈가 부드라〕
오개도개 장을봐다 두되바되 치알치고
세모지치는 발일랜가 각디띠는 허릴랜가
모손든 손일랜가 관대썰 머릴랜가
네날개를 피어들고
한시용이는 댓잎꽂고 한시용이는 속잎꽂고

산닭끈 범을물고 죽은닭끈 쪽을물고
그럭저럭 예를 피란하고
옆눈으로 살펴보니
〔테이프가 끝나 다시 부름〕
그럭저럭 예를 피란하고
〔방에를 들어갔다 인자 관대를 벗고 들여다 본다〕
방안치상을 볼작시면 한쪽을 둘러보니
새별같은 요강대와 아리발치 밀려놓고
또한편을 둘러보니 무주비단 한이불을
덮을듯기 돋아놓고
원앙금침 자옥비게 벨듯기 돋아놓고
침금속에 누웠으니
〔청중: 웃음〕
이것이 웬일이냐
〔하고, 앞에 빠졌다.〕
각시를 외무릎팍에다 앉혀놓고 보니
앞내를 볼작시면 삼투생이 게냥생이
오실길을 말랐는가
앞내를 볼작시면 구와꽃 모란인가
〔참 어떻게 대처, 지워서 헝게 그러지, 참말로 그런 사람이 있을게네? 그럭저럭 저녁을 지내고 나니〕
닭히우네 닭히우네 각성에서 닭히우네
〔원앙금 자옥비게를 돋아비고, 침금 속에 누웠으니 아주 좋아 죽겄드란다. 그리고 인자〕
밝아오네 밝아오네 대문안에 밝아오네
〔안 그래. 하루 저녁만 자고 왔는가 몰라? 내가 빠졌는가 몰라. 아침밥을 먹고 인자 즈그 집으로 돌아 갔는디.〕
정하노소 정하노소 지암날만 정하노소
다음보름 지암날만 정하노소
〔그리고 인자 대체 즈그 집으로 돌아갔는디, 그래 갖고 대체 보름날만 꼬박 꼬박 기다링게 시문앞에 와서 편지가 왔더란다.〕
버선발로 뛰어나가 두손으로 덥석 받아 갖고 보니

부부죽은 편지란다
〔청중: 각시가 죽었다구〕
부부죽은 편지로다 아이고답답 이별이야
이것이 웬일인가 지암날만 기다렸더니
이것이 웬일이야
〔그랬드란다. 그래서 인자, 대체 노래가 그렇지, 그냥 또 새 장개를 인자 갔드
란다. 강게로 새 장개를 갔는디, 인자 그냥 돌아서 갔는디 대처 본댁만 생각키
지 그냥 정이 들랐디야. 고개만 처박고 대체 신랑이 앉았는감만 보드라. 앉았
웅게로, 각시 한단 말이 각시 새살도 좋아, 대체〕
오늘오는 새신랑은 잠만자게 외겼는가
〔웃음〕
방만지키러 외겼는가
물명지 한삼소매 반만들고
나한번만 쳐다보라고 하더란다
〔그래 한번 쳐다봉게 대처 구정은 멀어져불고 신정이 가까워 지드란다. 구정
은 멀어져 불드란다. 그래 신랑이 가까오니. 대체 노래도 그래쌌지. 원 지랄이
야. 대체 그래갖고 인자 잘 살드란다. 또 있다. 각시 한단 말이〕
공단에도 얼이있고 비단에도 얼이있고
석새샘베도 얼있간디
물로물로 생긴 인간이
어찌 한숨없이 생길소냐
〔하더란다. 그렇게 그 각시도 새살이 좋아, 잉?〕

작품의 서사단락을 나누면 다음과 같다.

ㄱ) 신랑감과 신부감이 모두 뛰어나다.
ㄴ) 혼례를 올린다.
ㄷ) 혼인 후 다음 재행날을 기다린다.
ㄹ) 신부 부고를 받는다.
ㅁ) 새장가를 간다.
ㅂ) 잘 산다.

이 노래는 앞의 〈신부 부고 한탄하는 신랑〉 유형과 달리 작품외적 서술자인 창자가 계속 사건의 전개에 관여하며 사건을 이끌어 나간다. 일단 작품내 주인물이 신랑이어서 작품외적 서술자인 여성이 자신의 이야기로 여길 수 없기 때문에 이런 서술방식이 나타나는 것으로 볼 수 있다. 작품 외적 서술자는 노래를 연행하는 중간중간 잠깐씩 멈추고 상황을 설명하거나 인물간의 대사에 대해 보충 설명을 한다. 때로는 사건에 대한 자신의 논평을 달기도 한다. "참 어떻게 대처, 지어서 헝게 그러지, 참말로 그런 사람이 있을게네?"와 같은 말이 그런 경우이다. 또 장면의 전환 같은 것은 노래로 하지 않고 말로 설명하기도 한다. "그리고 인자 대체 즈그 집으로 돌아갔는디, 그래 갖고 대체 보름날만 꼬박꼬박 기다릿게 시문앞에 와서 편지가 왔더란다."와 같은 것이 그렇다.

이렇게 작품외적 서술자가 사건의 전개에 자신의 목소리를 직접 드러내며 설명을 하거나 논평을 하는 경우 청중은 노래에 몰입하지 못하고 노래 속 주인물이나 사건의 전개를 객관적으로 바라보게 된다. 청중은 노래 속 사건을 자신의 이야기가 아닌 타인의 이야기로, 현실적인 이야기가 아닌 허구적인 이야기로 받아들이게 되는 것이다.

〈신부 부고 받고 한탄하는 신랑〉 유형에서 창자가 주인물의 처지에 자신을 동일시했다면 이 유형에서 창자는 주인물과 자신을 이질적으로 바라보게 된다. 이러한 이질감은 서사극에서 말하는 소외효과와 같은 것으로 사건을 비판적으로 바라보게 하는 구실을 한다. 이 유형의 내용이 신부의 죽음에 신랑이 새장가를 가는 것으로 되어 있어 이를 연행하는 여성들에게 동일시 감정을 불러일으키기 어려웠을 것이다. 또 새장가를 가는 신랑에 대한 비판적 의식이 이러한 서술방식으로 나타났다고 볼 수 있다.

2. 3. 여자의 저주로 혼인날 죽는 신랑

신랑이 여자의 저주를 받아 혼인날 죽는 내용으로 되어 있는 유형이다. 마치 〈혼인날 신랑 부고 받는 신부〉 유형의 원인을 서사화한 듯한 유형이다. 이 유형의 노래는 두 가지로 나눌 수 있다. 하나는 흔히 〈이사원네 맏딸애기〉라고 불리는 유형으로 이사원네 맏딸애기가 예쁘다는 말을 듣고 맏딸애기를 보러 갔다가 맏딸애기의 구애를 거절하고 다른 데로 장가가다 맏딸애기의 저주로 죽게 되는 신랑의 애기이다. 다른 하나는 앞의 것과는 달리 신랑이 후실장가를 가는 것으로 되어 있어 본처 또는 자식들이 장가가는 것을 말리나 이를 듣지 않아 저주를 하여 죽게 되는 신랑의 애기이다. 이를 편의상 〈처녀의 저주로 죽는 신랑〉과 〈본처(자식)의 저주로 죽는 신랑〉으로 나누어 살펴보기로 하자.

2. 3. 1. 처녀의 저주로 죽는 신랑

처녀의 구애를 받아들이지 않고 다른 데로 장가가다 저주를 받아 죽게 되는 신랑의 이야기로 되어 있다. 처녀의 과감한 구애와 무서운 저주, 그 저주대로 이루어지는 불행의 연속 등 이야기의 소재가 일상성을 벗어나 있다. 이런 이야기는 어떤 서술방식으로 전개되는지 살펴보자.

「민요대전 경북 군위 4-21」 진옥화(여 1921), 1994. 1. 26. 문화방송 조사.

한 살먹어 엄마죽고 두 살먹어 아바죽고
시살먹어 할매죽고 니살먹어 할배죽고
호부다섯 절에올라 열다섯에 글을배와
책을랑 양옆에지고 책댈랑 손에들고
붓을랑 입에물고
이선달네 맏딸애기 하잘났다 소문나
이선달네 집모랭이 이실비실 돌어가니
이선달네 맏딸애기 저기가는 저손님은
앞은보니 도령이오 뒤는보니 수쫠레라
유해가소 유해가소 하릿밤만 유해가소
말씀은 좋건마는 질이바뻐 안되겠소
저게가는 저자석은

한모랭이 들거들랑 을피돌피 때러주소
한모랭이 돌거들랑 급살총살 맞어죽소
한모랭이 돌거들랑 베락이나 때려주소
장개라고 가거들랑
가매라꼬 타거들랑 가매채가 내라앉으소
말이라꼬 타거들랑 말잔딩이 뿌러지소
대문간에 들거들랑 대문채가 닐앉으소
행지청에 들거들랑 사모관대 닐앉으소
정심상을 들거들랑 은제놋제 뿌러지소
지녁상을 들거들랑 반다리나 뿌러지소
신부방에 들거들랑 숨이딸각 넘어가소
사랑방에 아부님요 어제왔는 새손님이
숨이딸각 넘어갔소 에구야야 그말말고
삼단겉은 너의머리 그끝으로 풀어자라
옆방에 오라바님 어제왔는 새손님이
숨이딸각 넘어갓소 에구야야 그말말고
삼단같은 너의머리 그끝으로 풀어자라
바늘겉은 이내몸에 소복단장 왠말이고
은가락지 찌든손에 상주막대 왠말이고
은비네라 찌러든머래 납비네가 왠말이고
깜둥까시 신든발에 상신짝이 왠말이고
서른여덜 상두꾼이 발이붙어 못가겟소
니속중우 벗어걸게 어리둥둥 잘도간다
이선달네 맏딸아가 이케아퍼 몬가겠다
니속적삼 벗어걸게 어리둥둥 잘도간다
이선달네 집모랭이 이실비슬 돌아가여 밀오심이
흰나비 뿔건나비 노랑나비
득천해가 하늘에 저 올라가더랍니더

이 작품의 서사단락을 나누어 보면 다음과 같다.

ㄱ) 신랑감이 성장해 성인이 된다.

ㄴ) 처녀가 구애하나 거부한다.
ㄷ) 처녀가 저주한다.
ㄹ) 혼인 후 신랑이 앓다가 죽는다.
ㅁ) 신부가 가족에게 알린다.
ㅂ) 치상 준비를 한다.
ㅅ) 상여가 멈추고 처녀가 속적삼을 덮어준다.
ㅇ) 신랑이 나비로 환생한다.

이 작품에서 서술자는 좀처럼 자기 목소리를 드러내지 않는다. 서두 부분에서 주인물인 도령을 소개할 때도 주인물 스스로가 자신의 일생을 이야기하듯이 서술하고 있다. 3인칭으로 지칭되는 것은 이선달네 맏딸애기 뿐이다. 이선달네 맏딸애기를 제외한 다른 모든 인물들의 대사에는 대화주체자의 지시문이 전혀 나오지 않은 채 직접 대화가 제시되고 있다.

사건의 진행에 대한 설명도 거의 나오지 않고 대화 중심으로 사건의 진행을 짐작하게 한다. 즉 "지녁상을 들거들랑 반다리나 뿌러지소 / 신부방에 들거들랑 숨이딸각 넘어가소 / 사랑방에 아부님요 어제왔는 새손님이 / 숨이딸각 넘어갔소 / 에구야야 그말말고 삼단같은 너의머리 그끝으로 풀어자라 / 바늘같은 이내몸에 소복단장 왠말이고"와 같은 대목에서 보면 이사원네 맏딸애기가 저주하는 대사 - 신부가 새신랑의 죽음을 알리는 대사 - 신부 아버지의 지시 - 신부의 한탄으로 인물들의 말만으로 사건이 전개되고 있다.

이렇게 사건의 핵심을 파악하게 할 수 있는 응축된 대화 위주로 사건을 서술하는 것은 청중으로 하여금 작품에 대한 극적 몰입과 긴장감을 갖게 한다. 또한 그럼으로써 청중은 마치 현재 눈앞에서 벌어지는 사건을 보는 듯한 직접성과 현실성을 느끼게 된다. 장면의 전환도 서술자의 설명 없이 한 순간에 이루어지기 때문에 속도감도 매우 빨라서 긴박감을 갖게 된다.

이런 극적 몰입과 긴장은 노래의 마지막에 가서 "이선달네 집모랭이 이슬비슬 돌아가여 밀오심이 / 흰나비 뿔건나비 노랑나비 / 득천해가 하늘에 저 올라가더랍니더"하는 서술자의 목소리에 의해 비로소 풀어진다. 청중은 이 부분에서 서술자의 해설을 들으면서 작품에 대한 몰입에서 깨어나 극 속의 가상 현실에서 실제 현실로 돌아오게 되는 것이다. 특히 마지막 부분의 나비 환생 장면에 대한 해설은 이 가상 현실과 실제 현실의 경계에서 오버랩되면서 묘한 여운을 남기게 되는 것이다.

이렇게 서술자의 사건에 대한 요약이나 설명 등이 전혀 없이 인물들의 대화만으로 사건의 진행을 보여 주는 서술방식은 극에서 나타나는 서술방식이다. 서사민요가 인물들이 직접 등장해 자신의 대사를 맡는 극이 아니면서도 이런 극적 서술방식을 지향하는 것은 서사민요가 독서물이 아니라 청중 앞에서 노래로 시연되는 연행물인 데서 오는 특성이라고 할 수 있다.

즉 노래는 이야기와는 달리 사건을 간접적으로 전달하기보다는 사건에서 나타나는 감흥과 정서적 상황을 직접적으로 표출하기에 알맞은 장르이다. 서사민요가 극적 서술방식을 보이는 것은 서술자 스스로가 이러한 정서적 상황에 몰입할 뿐만 아니라 청중도 함께 이러한 상황에 끌어들이기 위해서 서술자 자신이 마치 극 속의 인물이 된 듯이 사건을 서술하기 때문에 나타나는 양상이라고 할 수 있다. 이러한 서술방식으로 인해 서사민요의 창자와 청중은 노래를 통해 단일화되는 체험을 갖게 되고 일상의 번민과 고통을 벗어버릴 수 있는 것이다.

2. 3. 2. 본처(자식)의 저주로 죽는 신랑

이 유형은 앞의 〈처녀의 저주로 죽는 신랑〉 유형의 서두 부분인 처녀와의 만남과 구애 대신에 본처 또는 자식이 남편 또는 아버지의 후실장가를 말리는 것으로 시작된다. 이후의 사건 전개는 〈처녀의 저주로 죽는 신랑〉과 유사하게 이루어진다. 단 결말 부분이 〈처녀의 저주로 죽는 신랑〉처럼 낭만적으로 끝나는 것이 아니라 저주를 내렸던 본처의 회한 섞인 독백이나 자식들의 절규로 끝나 매우 현실적인 상황을 보여 준다. 후실장가라는 소재가 그만큼 당시 사회에 흔했던 것이기 때문에 사건의 전개도 사

실성을 벗어날 수 없었을 것이다. 대표적인 작품을 들어 그 서술방식을
살펴보자.

「구비대계 7-4 대가면 224」 박삼선(73), 1979. 4. 19. 강은해 조사.

말아시오 말아시오 요번장개 말아시오
뭣이기리버 갈라하요 하늘겉은 부모두고
온달겉은 댁을두고 반달겉은 첩을두고
앵두겉은 딸을두고 구실겉은 아들두고
바대겉은 밭을두고 한강겉은 논을두고
다락겉은 말을두고 고래겉은 소를두고
가매겉은 밭을두고 뭣이기리버 갈라카요
요분장개 말아시오 장개질이나 채리가주
삽작걸에 나가거던 장때미나 빨리주소
한모랭이 돌거드랑 요시짐승 진동하소
두모랭이 돌거들랑 간지짐승 진동하소
어허불상 아부님요 잃었도다 재쟁이요
어라이놈 물렀거라 산짐승이 어디란가
〔그놈 애비라칸 놈이 더 해.〕
시모랭이 돌거들랑 말다리나 부러지소
네모랭이 돌거들랑 방애채나 부러지소
행리청에 들거덜랑 사모관대 뿌사지소
점슴상을 받거들랑 수저분이 뿌러지소
지역상을 받거들랑 겉머리야 속머리야
서이깨는 앉고접고 앉어깨는 눕고접고
눕고들랑 아무가고 영가시오
그러구러 지역상을 받으이께
겉머리야 속머리야 이방저방 나붓다가
신부방에 들어가니 서이께노 앉고접고
앉으께는 서고접다 눕으인네 이인가인 하는구나
각시님이 썩나서서 연드라 연드라
쪽배기다 밥말어라 설강너에 칼간더라

서방인가 양반인가 물리보자
한번물리 칼안나가 두 번물리 칼안나가
삼시분을 거듭물리 큰어마시 말들었다
신랑이 고마 내 죽었구나
마당에다 백민묻고 담밖에다 백민묻어
동네방네 어르신네 과부이름 짓지말고
아해이름 지어주소 새댁이는 횐등타고
행상으로 떠나가이 큰어마시 썩나서서
행상보니 윗슴나고 횐등보니 눈물난다
내말이 정말이네

작품의 서사단락은 다음과 같다.

ㄱ) 본처(자식)가 만류하나 후실장가를 간다.
ㄴ) 본처(자식)가 저주한다.
ㄷ) 신랑이 혼인 후 병이난다.
ㄹ) 신부가 구완하나 죽는다.
ㅁ) 신부가 자기 이름을 지어 달라고 한다.
ㅂ) 본처가 상여 나가는 것을 바라본다.

이 유형에서는 저주의 주체가 처녀가 아닌, 본처이기 때문에 저주의 필연성과 당연성이 강화되어 있다. 더구나 이 유형을 연행하는 창자나 청중은 대부분 본처의 처지에 있을 것이므로 서술방식이 〈처녀의 저주로 죽는 신랑〉 유형과는 다를 것이 분명하다. 우선 〈처녀의 저주로 죽는 신랑〉 유형에서는 서두 부분이 주인물인 신랑의 시점에서 서술되고 있는데 반해 이 유형에서는 본처가 주인물이 되어 본처의 입장에서 서술이 시작되고 있다. 본처의 만류와 저주가 죽 서술되는 동안 신랑은 전혀 나타나지 않는다.

저주의 실현은 신랑이 저녁상을 받으면서부터 차례차례 이루어진다. 지금까지 자신의 목소리를 드러내지 않고 있던 서술자가 인지되는 것은 여기서부터다. 서술자는 "그러구러 지녁상을 받으이께 / 겉머리야 속머리야 이방저방 나붓다가 / 앉으께는 서고접다 눕이이네 이인가인 하는구나 / 각시님이 썩나서서 연드라 연드라 / 쪽배기다 밥말어라 설강너에 칼갈 어라”하면서 사건의 진행과 인물들의 대사를 객관적으로 관찰하여 전달해 주는 입장을 취하고 있다. 본처의 입장에서 보면 새신부가 고와 보이지 않을 터인데도 ‘각시님’이라는 존칭을 사용하고 있는 것은 서술을 객관적 으로 하려고 하는 서술자의 태도가 반영된 것이라 할 수 있다.

이후에서 줄곧 서술자는 작품에 몰입하지 않고 사건을 관찰자적 시점 으로 서술한다. 결말 부분에 “새댁이는 흰등타고 행상으로 떠나가이 / 큰어마시 썩나서서 / 행상보니 윗슴나고 흰등보니 눈물난다 / 내말이 정 말이네”라고 서술함으로써 새댁과 본처의 어느 입장에서 서지 않는 객관 적 관찰자의 입장을 취하는 것이 그것이다.

이렇게 볼 때 이 노래의 서술 시점과 태도는 크게 두 부분으로 나뉜다. 하나는 주인물 시점으로 서술자가 본처의 입장에 자신을 일치하여 서술 하는 부분이고 다른 하나는 관찰자 시점으로 서술자가 객관적 입장에서 사건의 진행을 서술하는 부분이다. 주인물 시점으로 서술하는 부분은 후 실장가 가는 신랑을 만류하고 이를 듣지 않자 저주를 퍼붓는 장면이다. 이는 현실에서 흔히 접할 수 있는 상황이고, 본처의 입장에 있는 여자라 면 자신에게 관심을 쏟지 않는 남편에게 마음속으로나마 늘 하던 말일 수 있다.

그러나 실제 저주가 실현되어 남편이 죽게 되는 상황은 이미 현실에서 접하기 어려운 비현실적인 상황이고, 본처의 입장에 있는 여자라도 쉽게 하기 어려운 상상이다. 이에 이 부분은 서술자 자신이 한 발짝 떨어져 객 관적 입장에서 서술을 하게 되는 것이다. 남편에게 악담을 퍼붓는 것이야 자신의 이야기일 수 있지만 남편이 죽어 홀로 남게 되는 것은 자신의 이 야기일 수 없기 때문이다. 결국 서사민요의 서술자는 자신의 이야기일 수 있는 부분은 주인물 시점으로, 자신의 이야기일 수 없는 부분은 관찰자 시점으로 서술하는 경향이 있다고 할 수 있을 것이다.

2. 4. 혼인날 애 낳는 신부

이 유형은 혼인날 신부가 애를 낳는 예기치 않은 상황이 벌어져 신랑이 그대로 돌아가는 내용으로 되어 있다. 신부가 왜 하필 혼인날 애를 낳게 되었는지에 대해서는 아무런 설명이 없다. 한 창자의 경우 신부가 "방정맞게 서방질해서 첫날밤에 애기가 났던게벼."(새터 32)라고 그 이유를 대기도 했지만 납득할만한 이유가 서술되지 않고 있다. 비슷한 사건을 다루고 있는 설화에서는 초월적 힘에 의해 애기를 배었다고 설명하고 있다. 이 유형의 민요가 설화와의 관련하에서 형성된 것이라고 한다면 민요에서는 이에 대한 합리적 설명 없이 첫날밤에 소박맞는 상황만을 강조하는 것을 볼 수 있다.

첫날밤에 소박맞는 것은 여러 가지 이유가 있을 수 있지만 여기에서는 공교롭게도 애를 낳는 것으로 설정하고 있다. 그러나 청중은 첫날밤에 애를 낳는 신부를 비난하기보다는 같은 여성의 처지에서 동정을 하고 있다. 이는 신부가 애를 낳은 데에는 납득할만한 이유가 있으리라는 암묵적인 믿음이 있기 때문일 것이다. 이를 헤아리지 않고 가버리는 신랑이 오히려 납득하기 어려운 것이다. 신부가 부정한 짓을 해서 애를 낳게 된 것이라면 신부의 부모나 신부가 신랑을 만류할 수 없을 것이다.

노래를 들어 서술방식을 살펴보기로 하자.

「필자자료 먹굴 19」 정사순(55), 1981. 7. 31. 서영숙 조사.

이 노래를 듣고 청중은 "불쌍하다. 그냥 가 버렸어."하고 여자에게 동정을 했다. 창자는 노래를 부를 때 어구 끝에 '도'를 붙이는 버릇이 있다.

강돌강돌 강도리야 유자복성도 성도리야
남원땅으로 장가강께 에리다네 에리다네
나를보다도 에리다허네

즈그딸 행실은 얼마나좋아 나를보고도 에리다네
평풍너매 봉아기야 아이고배야도 하시배야
통허리밴줄만 알았더니 떡국주란 병사로시
건너방에라 하인들아 열두평풍 걷어내고
짚자리라 들이피소
정재있는 서인들아 이북저북도 자체놓고
떡국기래서 구하노소
아랫방에 하인들은 오든길은 자체놓고
소래길로만 살짝가세
쟁인장모가 나서시오 반절이라도 아까우나
반절이라도 받으시오
어저오는 저선배는 즈그동네 법률허는
그냥 가라는 법률인가
우리동네라 법률허는 쉬어가라는 법률일세
인제가면 언제나 오실라요
자네집이 꼬막나무 잎이나피면 내가옴세

작품의 서사단락을 나누어 보면 다음과 같다.

ㄱ) 장가를 간다.
ㄴ) 신부가 아이를 낳는다.
ㄷ) 장인 장모에게 반절을 한다.
ㄹ) 장인 장모의 만류를 뿌리친다.
ㅁ) 신부의 만류를 뿌리친다.

이 노래는 서두 부분에서는 서술자가 인물의 소개를 관찰자 시점으로
한 뒤, 이후부터는 각 장면에서 등장하는 인물들의 시점에서 사건을 서술
해 나가고 있다. 즉 서술자에 의한 사건의 요약 설명이나 해설 없이 주인
물의 독백이나 인물들간의 대화로만 사건이 진행되고 있는 것이다. 예를
들면 "쟁인장모가 나서시오 반절이라도 아까우나 / 반절이라도 받으시오
/ 어저오는 저선배는 즈그동네 법률허는 / 그냥 가라는 법률인가 / 우리

동네라 법률허는 쉬어가라는 법률일세 / 인제가면 언제나 오실라요 / 자네집이 꼬막나무 잎이나피면 내가옴세"에서 '신랑 – 장인장모 – 신부 – 신랑'의 말들이 아무런 대화지시문 없이 직접적으로 청중에게 제시되고 있다. 이는 서술자가 사건의 진행에 아예 관여하지 않는 극적 서술방식이라고 할 수 있다. 청중은 서술자의 관여를 받지 않고 마음대로 작품에 몰입하거나 비판을 할 수 있는 여지가 있게 된다.

이렇게 서술자가 전혀 개입하지 않고 극적으로 서술하는 것은 앞 서 살펴 본 〈처녀의 저주로 죽는 신랑〉의 경우에서 이미 살펴 본 방식이다. 〈처녀의 저주로 죽는 신랑〉과 〈혼인날 애 낳는 신부〉에서 공통적으로 발견할 수 있는 점은 이들 유형이 현실에서 쉽게 찾아볼 수 없는 특이한 이야기를 소재로 하고 있다는 점이다. 이런 이야기를 소재로 할 경우 서술자는 되도록 인물들에 거리를 취하는 태도를 취하게 되고 그것이 극단화된 것이 서술자가 아예 관여하지 않는 극적 서술방식이라고 할 수 있다.

이에 청중은 서술자의 입장에 좌우되지 않고 노래 중 어느 한 인물에 자신을 동일시하거나 비판적 입장을 취하게 되는 것이다. 이 노래를 서술할 때 청중이 "불쌍하다. 그냥 가 버렸어."하고 애 낳은 신부에게 동정적 입장을 취하는 것도 서술자의 이런 서술방식에서 가능한 것이다.

3. 맺음말

이상에서 혼사장애형 민요의 서술방식을 살펴 본 결과를 정리하면 다음과 같다.

첫째, 혼사장애형 민요의 서술자는 일단 3인칭 관찰자 시점으로 시작하여 노래 속 인물들과 자신이 거리가 있음을 분명히 한다. 즉 서술자와 주인물은 동일시되기는 하나 일치되지는 않는다.

둘째, 혼사장애형 민요의 서술자는 노래 속 인물들 중 자신이 동일시하는 인물에는 대화지시문 없이 일인칭 주인물 시점으로, 그렇지 않은 인물에는 대화지시문을 사용하여 삼인칭 관찰자 시점을 사용한다.

셋째, 혼사장애형 민요의 서술자는 현실적인 소재를 서술할 때는 노래 속 인물에 몰입하여 서술하고 그렇지 않을 때는 거리를 두고 서술한다. 노래 속 인물에 거리를 두는 방법은 서술자의 목소리를 공공연히 드러내어 사건을 간접화, 이화하는 방법과 서술자가 아예 나타나지 않고 청중에게 직접적으로 제시하여 사건을 극화하는 방법이 있다.

넷째, 혼사장애형 민요의 청중은 서술자가 노래 속 인물에 동일시하여 서술할 때 함께 몰입하는 경향이 있고 서술자가 노래 속 인물에 거리를 두고 서술할 때 이에 비판적 거리를 두고 받아들이는 경향이 있다. 또 서술자가 극화하여 사건을 서술할 때 청중은 서술자에 좌우되지 않고 작품 내 어느 한 인물에 자신을 동일시하거나 비판적 거리를 두게 된다.

이 결과는 서사민요 중 한 유형에 속하는 혼사장애형 민요의 서술방식을 귀납적으로 추출한 것이어서 서사민요 전체에 확대하여 일반화할 수는 없으리라고 보나 어느 정도 시사점을 줄 수 있을 것이다. 그러나 서사민요가 말이나 글로 이야기되는 것이 아니라 노래로 불리는 독특한 장르이어서, 서사민요의 서술방식이 다른 서사 장르의 서술방식과 변별되는 어떤 특징이 있느냐는 지속적으로 고찰해야 할 과제라고 할 수 있다. 앞으로 서사민요의 모든 유형에 나타나는 다양한 서술방식을 면밀히 고찰함으로써 이 과제를 해결하는데 기반을 마련할 수 있으리라고 본다.

아울러 이 논문에서는 혼사장애형 민요의 서술방식을 살펴보는 데 주안점을 두고 있어서 혼사장애형 민요가 가지고 있는 내적 의미와 이를 창작하고 전승하는 향유층의 의식은 다룰 수 없었다. 이에 대해서는 후속 논문을 통해 밝혀 보려고 한다.

참 고 문 헌

『한국구비문학대계』(1980~1989), 한국정신문화연구원.

『한국민요대전』(1992~1996), 문화방송.

강진옥(1999), 「여성민요 창자군의 문학세계」, 『한국고전여성작가연구』,
　　　　이혜순 외 6명 공저, 태학사.

고혜경(1983), 「서사민요의 유형연구: 부부결합형을 중심으로」,
　　　　이화여대 석사논문.

------(1995), 「서사민요의 장르적 성격」, 『민요론집』 제4호, 민요학회.

김천혜(1990), 『소설 구조의 이론』, 문학과 지성사.

박경수(1998), 「민요의 서술성과 구성원리: 서사민요의 장르적 성격과
　　　　관련하여」, 『한국서술시의 시학』, 태학사.

서연호(1997), 『한국 전승연희의 원리와 방법』, 집문당.

서영숙(1996), 『시집살이노래연구』, 도서출판 박이정.

------(1998), 「서사민요의 구조적 성격과 의미: '시집식구 - 며느리'형
　　　　을 중심으로」, 『한국문학이론과 비평』2, 한국문학이론
　　　　과 비평학회.

------(2000), 「서사민요의 연행예술적 실현양상」, 『한국희곡문학사의
　　　　연구』5, 사재동 편, 중앙인문사.

송동준(1988), 「서사극과 한국 민속극」, 『한국의 민속예술』, 임재해 편,
　　　　문학과 지성사.

이정아(1993), 「서사민요 연구: 양식적 특성을 중심으로」,
　　　　이화여대 석사논문.

임재해(1988), 「민요의 사회적 생산과 수용의 양상」, 『한국의 민속예술』,
　　　　문학과 지성사.

조동일(1970 초판, 1979 증보판), 『서사민요연구』, 계명대 출판부.

허남춘(1999), 「서사민요란 장르규정에 대한 이의」, 『고전시가와 가악
　　　　의 전통』, 월인.

Dan Ben-Amos(1972), "Toward a defintion of Folklore in
　　　　Context", *Toward New Perspectives in Folklore*.
　　　　Austin & London: The Univ. of Texas Press.

혼사장애형 민요에 나타난 여성 의식

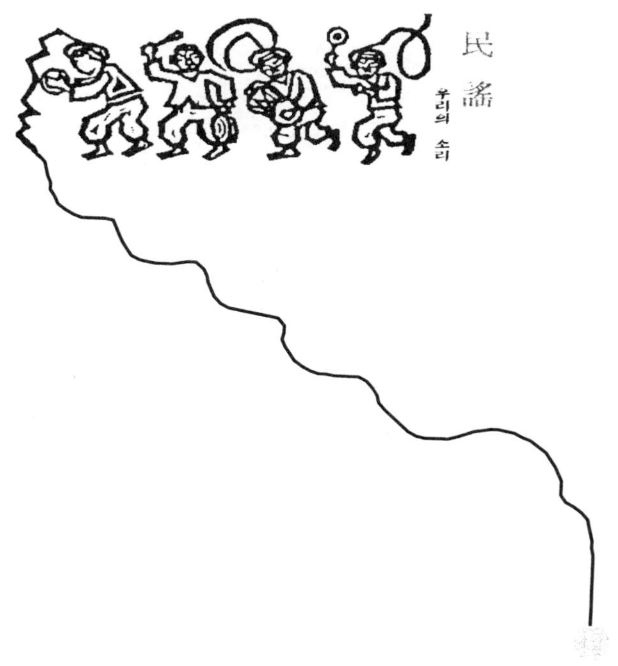

혼사장애형 민요에 나타난 여성 의식

1. 머리말

　서사민요는 일정한 성격의 인물과 일정한 질서의 사건을 갖추고 있는 이야기노래로 매우 다양한 유형으로 이루어져 있다.1) 서사민요의 유형은 작품 내 인물들간의 관계와 이들이 일으키는 중심적인 사건으로 분류할 수 있는데, 그 중 혼인에 얽힌 이야기를 다루고 있는 유형이 있어 주목된다. 이 유형은 주인물이 신랑 신부로서 혼인이 원만하게 이루어지지 못하는 사건으로 이야기가 구성되어 있다. 즉 신랑이나 신부 중 한 사람이 죽거나 혼인날 신부가 애를 낳음으로써 혼인이 성립되지 못하는 것이다. 이를 편의상 혼사장애형 민요라 부르기로 한다.2)

---

1) 서사민요의 유형에 대해서는 조동일, 『서사민요 연구』, 계명대 출판부, 1970이후 꾸준한 연구가 이루어졌으나, 전국에 분포하는 서사민요 전체의 실상이나 유형에 대해서는 아직 정리가 제대로 이루어지지 않은 상태이다. 필자가 「서사민요의 구조적 성격과 의미-'시집식구-며느리'형을 중심으로」, 『한국문학이론과 비평』2, 한국문학이론과 비평학회, 1998에서 서사민요의 유형을 주인물과 상대인물의 관계에 따라 시집식구 - 며느리, 남편 - 아내, 부모 - 자식, 신랑 - 신부, 외간남자 - 여자 등 12유형으로 나눈 바 있으나 자료의 실상에 따라 계속적인 검토가 이루어져야 하리라고 본다.

2) 강진옥, 「여성 서사민요에 나타난 관계양상과 향유의식」, 『한국고전여성작가 연구』, 이혜순 외 6명 공저, 태학사, 1999에서 이들 노래를 혼사장애류 노래라 지칭하고 검토한 바 있다. 필자는 「혼사장애형 민요의 서술방식 연구」, 『한국민요학』8, 민요학회, 2000

혼사장애형 민요는 중심 사건에 따라 〈신랑 부고 받는 신부〉, 〈신부 부고 받은 신랑〉, 〈여자의 저주로 죽는 신랑〉, 〈혼인날 애 낳는 신부〉, 〈삼촌 밑에서 자라 시집가나 신랑이 죽는 신부〉, 〈삼촌 밑에서 자라 장가가나 신부가 죽는 신랑〉 등의 유형으로 나눌 수 있다.3) 유형은 다시 갈등의 원인이나 해결 방법 등에 따라 하위 유형으로 나뉜다. 유형의 상위 단계로 갈수록 여성들의 전반적 의식을, 하위 단계로 갈수록 창자 개인의 개성적 특성을 살필 수 있다.

이 논문에서는 이들 혼사장애형 민요를 노래하고 듣는 여성들이 노래를 통해 어떤 의식을 드러내고 있는가에 대해 살펴보고자 한다. 또한 이 유형의 노래를 남성 창자가 불렀을 때 어떻게 달리 나타내며 그들이 드러내고 있는 의식은 어떠한가를 살펴 비교하고자 한다. 이는 오랜 세월 동안 작품을 창작, 전승해 온 여성들의 집단 의식과 아울러 연행 당시 작품을 새롭게 창작, 수용하는 창자와 청중의 의식을 함께 고찰할 수 있다는 점에서 의의가 있다.

대상 자료는 필자 조사 자료와 조동일 조사 자료를 주 자료로 하고 필요에 따라 『한국구비문학대계』 소재 자료, 『한국민요대전』 소재 자료 등을 보조 자료로 사용하기로 한다.4)

에서 이 유형의 서술방식을 살폈고, 이 논문은 그 후속 작업으로서 의미를 살펴 보는데 주안을 둔다.

3) 이 중 〈삼촌 밑에서 자라 시집가나 신랑이 죽는 신부〉, 〈삼촌 밑에서 자라 장가가나 신부가 죽는 신랑〉의 경우 주 갈등이 신랑과 신부보다는 삼촌과의 사이에서 이루어지고 있으나 이후에 다른 유형과 마찬가지로 신랑 또는 신부가 죽는 이야기로 전개되므로 혼사장애형 민요에 포함하기로 한다.

4) 필자 조사 자료는 필자가 1981년에서 1982년까지 전남 곡성군 일대에서 조사한 자료로 그 중 시집살이노래의 경우만 졸고, 『시집살이노래 연구』, 도서출판 박이정, 1996에 자료가 실려 있고 나머지 자료는 미발표 자료이다. 조동일 자료는 조동일, 앞의 책에 실려 있다. 필자 자료는 조사마을 이름과 번호를 붙여 새터1, 옥갓5, 먹굴1 등으로, 조동일 자료는 조동일의 분류기호(F, G, H, I 등) 그대로, 『한국민요대전』, 문화방송, 1991~1996의 자료는 지역과 음반번호를, 『한국구비문학대계』, 한국정신문화연구원, 1980~1989의 자료는 '구비' 다음에 책 번호와 지역별 노래번호를 적기로 한다.

2. 상대 인물과의 관계에 나타난 여성의식

혼사장애형 민요에 나타난 여성 의식을 살펴보는 방법은 여러 가지가 있을 수 있다. 이 유형의 민요에서는 특히 혼인을 둘러싸고 벌어진 의외의 사건을 두고 주인물과 여러 상대인물간에 펼쳐지는 대화나 행동이 서사적 전개의 근간이 된다. 그러므로 주인물이 상대 인물에게 어떻게 말하고 행동하는지, 상대인물은 이에 대해 어떻게 대응하는지에 따라 작품외적 서술자인 창자, 나아가 여성들이 자신 및 자신을 둘러 싼 상황을 어떻게 의식하고 있는지를 짐작할 수 있다. 이에 작품 속에 나타나는 주요 상대인물과의 관계에 따라 범주를 나누고 그에 대한 여성의 의식을 살펴보고자 한다.[5]

혼사장애형 민요에서 주인물이 대하는 주요 상대 인물은 크게 세 가지로 나눌 수 있다. 첫째 배우자, 둘째 시집식구, 셋째 친정식구이다. 이 세 부류의 상대 인물은 실제 여성의 삶에서 가장 많이 접하는 인물로 큰 비중을 차지하고 있다. 그러므로 혼사장애형 민요에 나타난 주인물과 이들 상대 인물과의 관계 고찰은 여성 의식뿐만 아니라 여성의 현실을 파악하는 데 있어서도 관건이 되리라고 본다.

2. 1. 배우자에 대한 의식

배우자는 혼사장애형 민요에 나타나는 상대 인물 중 가장 중심이 되는 인물이다. 혼사장애형 민요는 혼인하기로 예정된 배우자에게 예기치 않은 일이 생기면서 벌어지는 사건을 다루고 있기 때문이다. 배우자가 주요

---

[5] 혼사장애형 민요에 나타난 여성의식을 살펴 보기 위해서 여기에서는 우선 주 전승층이라고 할 수 있는 여성이 연행자가 된 경우에만 한정하여 살펴보는 것이 좋으리라고 본다. 남성이 창자가 되는 경우는 예외적인 경우로서 원래의 전승 내용이 변형되어 나타나는 것으로 생각된다. 이에 대해서는 4장에서 따로 살펴볼 것이다.

상대인물로 나오는 혼사장애형 민요로는 〈신랑 부고 받는 신부〉, 〈처녀의 저주로 죽는 신랑〉을 들 수 있다.

혼사장애형 민요 중 〈신랑 부고 받는 신부〉는 혼인날 신랑을 기다리나 신랑은 오지 않고 신랑의 부고를 받는 것에서 시작한다. 이 때 신부는 비록 자신의 의사와는 상관없이 정혼한 배우자라 해도 그 배우자의 죽음 앞에서 크게 좌절하고 비통해하는 것을 볼 수 있다.

> 아모리 통곡한들 일어날길 정히없네
> 서산에 안장하고 밤새두룩 울은눈물
> 낙동강이 되얼시라 소이졌네 소이졌네
> 비게넘에 소이졌어 기우한쌍 오리한쌍
> 쌍쌩이 떠들오니 기우한쌍 오리한쌍
> 니어데가 들데없어 낙동강도 지내놓고
> 금호강도 지내놓고 눈물강에 떠들오느
> 조선팔도 다댕기도 이만한강이 없도다

(구비7-5 월항면19, 박상선 여 61)

신부가 신랑의 죽음 앞에서 통곡을 하는 모습이다. 얼마나 울었는지 눈물이 강이 되고 소가 되어 거위 한 쌍 오리 한 쌍이 떠들어 온다고 표현하고 있다. 신부가 이렇게 신랑의 죽음에 비통해 하는 것은 단순히 자신의 결혼 생활에 대한 파탄 때문이라고 보기는 어렵다. 죽은 신랑의 상여 앞에서 자신의 속적삼을 덮어 주는 행위는 자신의 간절한 사랑에 대한 표현이라고 볼 수 있으며 급기야 신랑을 살려내는 것은 이런 자신의 사랑을 성취하기 위한 강한 기대가 있기 때문이라고 생각된다.6)

---

6) 김대숙은 「구비전승 애정담의 행방」, 『한국고전여성문학 연구』창간호, 한국고전여성문학회, 월인, 2000에서 열녀담으로 분류된 설화들이 열녀담이기 전에 애정담으로서, 사회적 분위기와 열이라는 이데올로기에 의해 가리워져 전승되었다고 보고 있다. 민요에서는 이러한 분위기와 규범에 비교적 자유롭기는 하지만 여성 스스로가 애정을 직접적으로 표현하기보다는 '움직이지 않는 상여' 등으로 자신의 애정을 간접적으로 드러내고 있다고 생각된다.

〈처녀의 저주로 죽는 신랑〉의 경우는 처녀가 자기를 마다하고 다른 곳으로 장가가는 신랑에게 저주를 내려 신랑이 죽는 것으로 되어 있다. 여기에서 여자가 신랑에 대해 죽음의 저주를 퍼붓는 것은 자신의 사랑을 무시하고 가는 남자에 대한 강한 복수심에 의한 것이라 볼 수 있다. 그러나 이 복수심 역시 뒤집어 놓고 보면 사랑의 성취에 대한 강한 기대가 있지 않고서는 불가능한 것이다. 자신의 사랑이 강한 만큼 이를 배반당한 상처 역시 크기 때문에 역설적으로 나타나는 것이다. 이 유형에서도 마지막 부분에 처녀가 자신의 집 앞에 머문 상여 위에 속적삼을 덮어 주는 화소가 나타나는데, 이는 신랑과의 결합을 상징적으로 표현한 것이라 할 수 있다.7)

그러므로 혼사장애형 민요에 나타난 여성들의 의식은 배우자를 사랑을 위한, 또는 삶을 지탱해 나가기 위한 필수적인 존재로 인식하며, 어떤 장애를 뚫고서라도 배우자와의 결합을 실현하고자 하는 강한 의지를 나타낸다. 이는 배우자와의 결합을 통해서야 여성이 사회의 한 구성원으로 인정되는 사회 현실을 보여주는 것이라 할 수 있다.

그러나 여성의 이러한 강한 열망에 비해 배우자는 아무런 대응도 하지 못하는 무기력한 존재로 나타나 있다. 알 수 없는 이유로 죽는 것부터 그렇고, 여자의 구애나 저주에 대해 아무런 대처를 하지 못하는 것도 그렇다. 신랑은 그저 주어진 운명 또는 주어진 상황에 일방적으로 당하기만 하는 하나의 도구처럼 나타날 뿐이다.

이는 여성이 배우자와 자신의 사랑을 실현하는 데 있어서나 사랑을 억압하는 현실의 억압적 요인을 타개해 나가는 데 있어서 배우자의 힘을 아

---

7) 강진옥, 앞의 글, 491~492면에서 〈처녀과부 노래〉를 다루면서 "처녀의 집 앞에 멈추어 선 상여는 남성의 일방적 횡포로 희생되는 여성의 처지를 극명하게 드러내는 매체이다. 남성중심적 관습의 일방성은 움직이지 않는 상여로 대변된다... 갖은 노력에도 움직이지 않는 상여는 완강한 틀로 자리하는, 여성을 남성에 종속된 존재로 간주하는 통념이나 당대적 윤리관을 의미하는 것으로 보인다."고 보고 있으나 필자는 생각이 다르다. 곧 움직이지 않는 상여는 여성에 의해서만 해결될 수 있는 것으로, 여성에 대한 강한 사랑의 표현이며 여성 스스로도 문면에는 나타나지 않지만 죽은 총각이나 신랑에 대한 사랑을 이런 방식으로 표현하는 것으로 보아야 한다.

주 미약하게 인식하고 있기 때문이 아닌가 한다. 실제 삶에서 나타나는 많은 고난들을 여성들은 자기 스스로 타개해 나가야 할 경우가 많다. 이 경우 배우자는 별 큰 힘이 못 되는 것이다. 여성들이 부르는 민요에 배우자가 주체가 되지 못하고 이렇게 대상화되어 나타나는 것은 이러한 여성들의 잠재된 의식이 드러난 것이 아닐까 한다.

2. 2. 시집식구에 대한 의식

혼사장애형 민요에서 시집식구가 나타나는 것은 〈신랑 부고 받는 신부〉에서 신부가 신랑의 장례에 참여하기 위해 시댁에 갔을 때이다. 이 때 신부를 맞는 시집식구들은 신부에게 신랑의 신체를 보여 주지 않는 것으로 나타난다. 다음 작품에서 시집식구들은 신랑의 신체 대신 신랑이 하던 허리끈 대님을 보라고 한다. 이는 신랑을 보고자 하는 신부의 기대와는 전혀 상반되는 것으로서 시집식구에 대한 신부의 원망이나 거부감이 이렇게 표현되었다고 생각된다.

시금시금 시아버님 저왔이니 문여시오
마음창창 내자슥아 수천리 오는길에
우리새끼 볼라거든 니모뿐듯 장판방에
허리끈 대님이 걸렸걸랑 그놈일랑 보아도라
둘째대문 들어가서 시금시금 시어머니
마음창창 내자슥아 수천리 오는길에
한탄말고 들오니라
우리새끼 볼라거든 니모뿐뜻 장판방에
언득뻔득 세살창에 허리끈 대님이 걸렸구나
셋째대문 들어가서 시금시금 시누아기
저왔으니 문여시오
마음창창 우리성님 우리오빠 볼라거든
허리끈 대님이 걸렸으니 우리오빠 본듯보고

(전북 고창 12-7 김순례 여 58)

심지어는 아들이 죽은 것이 신부의 탓인양 탓하기조차 한다. 다음 작품은 북한의 민요로서 〈배좌수딸 2〉라고 소개된 것이다. 시집식구들이 모두 나와 아들이 죽은 것이 며느리의 못난 외모 때문이라고 탓을 한다.

> 시아버지 시어머니 시누이가 모두 나와
> 승교문을 열고보며 며느리가 이처럼
> 상덕스레 생겼는데 내 아들이 왜 안죽으랴
> 그 소리를 듣고나니 이내 심장 두근거린다
> 뒤문밖에 나가서서 동서사방 바라보니
> 이팔청춘 과부로다 이내 신세 어이하리[8]

(평양 리윤애)

혼사장애형 민요에서는 시집식구가 주요 상대인물은 아니지만 시집살이노래에서 흔히 보이듯 주인물인 여성을 박대하는 억압적인 존재로 나타난다. 여성들에게 시집식구는 자신을 기꺼이 받아들이고 감싸주는 한 가족이 아니라 자신을 따돌리고 배척하는 어려운 존재로 여겨진다. 신랑을 잃은 슬픔에 시집식구들의 냉대까지 가해져 신부는 더욱더 고통스러운 상황에 놓이게 되는 것이다.

2. 3. 친정식구에 대한 의식

혼사장애형 민요에서 신랑의 죽음 앞에 신부가 우선적으로 의지하게 되는 것은 친정식구이다. 〈신랑 부고 받는 신부〉에서 신부는 혼례도 올리지 않은 신랑의 죽음에 어떻게 대처해야 할지 몰라 처신 방법을 친정식구

---

8) 『조선민족음악전집』 민요편 3, 예술교육출판사, 1999, 448~449면. '평양 리윤애 창, 한시형 채보, 보통 속도로 애조를 띠고'라는 설명과 함께 악보가 실려 있다.

에게 묻는다. 이 때 친정식구는 신부에게 지아비의 장례에 맞는 복장과
처신을 하도록 지시한다. 신부는 이를 순순히 받아들이지 못하고 자신이
그래야 하는 것에 대한 억울함과 원통함을 하소연한다. 그러나 친정식구
는 신부의 편이 되지 못하고 철저히 사회 규범의 대변자 구실을 한다. 이미
사주를 주고 받은 이상 출가외인이라는 원칙과 명분을 수호하는 것이다.

> 사랑방에 아부님요 어제왔는 새손님이
> 숨이딸각 넘어갔소 에구야야 그말말고
> 삼단겉은 너의머리 그끝으로 풀어자라
> 큰방에 어마님요 어제왔는 새손님이
> 숨이딸각 넘어갔소 에구야야 그말말고
> 삼단겉은 너의머리 그끝으로 풀어자라
> 옆방에 오라바님 어제왔는 새손님이
> 숨이딸각 넘어갓소 에구야야 그말말고
> 삼단같은 너의머리 그끝으로 풀어자라
> 바늘겉은 이내몸에 소복단장 왠말이고
> 은가락지 찌든손에 상주막대 왠말이고
> 은비네라 찌러든머래 납비네가 왠말이고
> 깜둥까시 신든발에 상신짝이 왠말이고

(경북 군위 4-21 진옥화 여 1921)

여기에서 보면 신부는 신랑의 죽음을 아버지, 어머니, 오빠에게 차례
차례 알린다. 이는 행여 다른 식구에게서는 자신의 뜻에 맞는 다른 말을
들을 수 있을까 하는 기대에서일 것이다. 하지만 그들 모두는 "삼단같은
너의머리 그끝으로 풀어자라"고 앵무새같이 같은 말을 반복한다. 이는 친
정식구가 이런 상황에서 개별적인 자상함을 보이는 것이 아니라 모두 한
결같이 틀에 박힌 태도를 보이기 때문일 것이다. 친정식구의 이러한 태도
에 신부는 그야말로 고립무원의 지경에 놓인다. 자신의 처지를 한탄하고
원통해 하지만 친정식구조차 몰아내는 상황에서 결국 친정을 떠나 반길
이 없는 시집으로 발길을 돌리게 되는 것이다.

　　울아바니 한손으로 피어든 편지
　　두손으로 펼쳐보니 강소저가 죽었구나
　　아아아가 강소저 죽었다아
　　치매를 벗어 흰등허고
　〔어서 아차도 안됐지만 그새 즈그 아버니가〕
　　아가아가 광주아가 진주애기 죽었단다
　　어서 치매벗어 흰등을 가자
　〔그래드래〕

(새터 105 이임순 여 89)

　여기에서 보면 창자가 "어서 아차도 안됐지만 그새 즈그 아버니가……
그래드래"라고 상황을 청중들에게 전달하고 있다. 이 때 "안됐다"고 여기
는 것은 신부의 아버지가 아니라 창자이다. 창자는 신부의 처지를 안타깝
게 여기고 있으며 신부의 아버지가 잠시도 기다리지 않고 "그새", "어서
치매벗어 흰등을 가자"고 재촉하는 것이 야속하게 여겨지는 것이다.

　이처럼 여성이 가장 의지하고 믿는 친정식구들조차 한번 혼인을 한 이
후에는 더 이상 여성의 편이 되지 못한다. 신부에 대한 자상한 배려나 위
로 없이 일방적인 규범과 원칙만을 강요하는 친정식구를 여성은 더 이상
자신의 후원자로 의식하지 않음을 볼 수 있다.

　이상에서 볼 때 혼사장애형 민요에 나타나는 주요 상대인물인 배우자,
시집식구, 친정식구에 대해서 여성은 그 어느 누구에게도 이해나 동조를
받지 못한다. 배우자는 여성이 사랑을 기대하고 필요로 하는 존재이나 그
역시 무기력하기만 해 아무런 도움을 주지 못한다. 시집식구는 여성에 대
한 박해자로, 친정식구 역시 이에 대한 방조자나 원조자로 나올 뿐이다.
이러한 상황에서 여성은 그야말로 세상에 홀로 놓여 있는 절대 고독과 절
망을 느끼지 않을 수 없을 것이다. 그러나 여성이 여기에서 그대로 좌절
하지 않고 극복해내고 있음을 볼 수 있는데, 그것이 바로 배우자에 대한
강한 사랑의 기대이다. 이 기대와 믿음이 여성을 어떤 억압적 상황에서도

견뎌낼 수 있는 강인한 존재로 만들어 낸 것이다.

3. 사회현실과 여성자신에 대한 의식

3. 1. 사회현실에 대한 의식

혼사장애형 민요의 경우 몇 가지 공통적인 점을 발견할 수 있다. 첫째, 그 혼인이 혼인 전 후에 파경에 이른다는 것. 둘째, 혼인의 당사자가 죽거나 부정하다는 것. 셋째, 주인물의 경우 행복한 결합을 절실히 바란다는 것이다. 그렇다면 이렇게 혼인을 노래한 민요에서 혼인이 어그러지는 이유가 무엇일까? 이는 현실 자체가 그런 경우가 흔하기 때문일 것이고 그런 현실에 대한 비판 의식이 있기 때문일 것이다.

195,60년대까지만 해도 우리 나라의 보편적인 혼인 풍속은 중매결혼이었고, 혼인 당사자의 의사보다는 집안 어른끼리의 의논 하에 사주단자가 오감으로써 혼인이 결정되었다. 그렇게 정혼한 이후에도 집안의 여러 가지 사정과 혼인을 치르기 위한 경제적 준비 등으로 인해 혼례를 얼른 치르지 못하고 기다리는 사이 여러 가지 변고가 생겨 예기치 않은 불행을 감수해야 하는 경우가 드물지 않았다.

혼인이 일생을 좌우할만한 대사이기도 하지만 여성에게 있어서는 더구나 자신의 주 근거지를 떠나 새로운 가문으로 편입해 들어가야 했기 때문에 혼인은 일생에 있어서 가장 중요한 일로 여겨졌을 것이다. 이러한 혼인에 대한 기대와 이런 기대와는 어긋나는 현실은 노래의 소재가 충분히 될 수 있었고 여성들의 입에서 입으로 쉽게 전승될 수 있었다.

그러나 여성들은 이러한 혼인 제도를 불합리하게 여기고 저항하는 것을 볼 수 있다.

거동보소 거동보소 울아바니 거동보소
아가아가 몃딸아가 강선비가 죽었단다
머리좃깨 풀어줘라
지가저를 언제봤다고
두자두치 요내머리 구름같이 풀을소요

(옥갓 31 김필순 여 50)

시어마님 하신말씀 아가아가 며늘아가
머리풀고 곡을해라 삼단겉은 이내머리
끝끝이라 못풀겠소 원앙침 접이불은
둘이덮자 해논이불 혼자덮기 웬일이고

(구비7-5 초전면27 백이홈 여 61)

이처럼 친정 아버지나 시어머니가 신부에게 머리를 풀라고 하나 신부
는 이를 풀지 못하겠다고 한다. 이는 보지도 못한 신랑을 위해 자신이 신
부의 예를 해야 한다는 데에 대한 비판의식에서 비롯된다.

한편 〈본처의 저주로 죽은 신랑〉의 경우는 신랑이 본처를 두고 후실장
가를 가자 본처가 신랑을 저주한다. 결국 신랑이 본처의 저주대로 죽고마
는 내용으로 되어 있는데, 이는 여성들에게는 일부종사와 평생 수절을 강
요하면서 남성들에게는 본처를 두고도 후실장가를 가는 이중적 규범과
불합리한 제도에 대한 비판의식에서 나오는 것이라 할 수 있다.

비슷한 화소로 되어 있는 〈처녀의 저주로 죽는 신랑〉의 경우, 신랑과
의 결합을 강하게 기대하는 데에서 이루어졌다고 한다면, 〈본처의 저주로
죽은 신랑〉의 경우 배우자에 대한 원망과 축첩 제도를 용인하는 현실에
대한 강한 저항이 담겨 있다고 생각된다.

하지만 이러한 비판과 저항에도 불구하고 사회 그 중에서도 가문의 한
구성원으로서 인정받기를 기대하고 이를 얻어내고자 하는 여성들의 노력
은 처절하게 여겨지기까지 한다. 이는 사회의 약자로서 그 사회로부터 소
외되고 배척되는 데에 대한 두려움과 불안함에서 오는 일종의 자기 방어
기제라 할 수 있다. 이는 혼사장애형 민요에서 흔히 나타나는 이름을 지

어달라고 부탁하는 화소에서 엿볼 수 있다.

〈신랑 부고 받는 신부〉, 〈처녀의 저주로 죽는 신랑〉에서 신부가 신랑이 죽었는데도 불구하고 시집에 가 통곡하면서 자기의 이름을 지어달라고 하는 대목이나, 〈혼인날 애낳는 신부〉에서 돌아가는 신랑을 붙잡고 애기 이름을 지어달라고 하는 대목 등이 그러하다.

> 아이고답답 강선비야
> 네가먼저 올길을 내가먼저 왔네
> 짓고가소 짓고가소 이름이나 짓고가소
> 처녀로도 짓지말고 과수로도 짓지말고
> 처녀과수로나 짓고가소
>
> (옥갓 31 김필순 여 50)

> 이놈의 색시가 낫반데기가 분질러졌든가
> 서방이 떠날라니
> 짓고가소 짓고가소 애기이름이나 짓고가소
> 에라요년 네행실이 조략같으면
> 애기이름 안짓고 갈소냐
>
> (새터 151 이임순 여 89)

즉 위 노래에서 각각 나타나는 신랑의 죽음과 소박은 여성이 사회에서 한 구성원으로 살아갈 수 없게 하는 큰 장애 요인이다. 이미 죽어 버린 신랑과 자신을 버리고 가는 신랑에게 자신의 이름 또는 애기의 이름을 지어 달라고 하는 것은 자신이 이 사회에서나마 배척 당하지 않고 살 수 있는 여건을 마련해 달라는 요구라고 할 수 있다. 아무리 사회 제도가 불합리하다고 할지라도 그 제도 속에 포함되지 않고서는 살아갈 수 없기 때문이다. 여기에서 여성이 현실 속에서 겪는 고통과 갈등을 감지할 수 있다. 개인의 의식은 앞서 감에도 불구하고 사회 현실은 이에 따르지 못하고 보수적인 체제를 강하게 유지할 때 개인이 희생당할 수밖에 없다. 혼사장애형 민요는 이러한 의식과 현실의 괴리 속에서 갈등하고 고통받는 여성들을 잘 형상화해 보여주고 있는 것이다.

3. 2. 여성 자신에 대한 의식

혼사장애형 민요에 나타난 여성은 자신의 운명을 그대로 받아들이려 하지 않는다. 정혼만 하고 죽은 신랑을 자신의 반려자로 받아들이고 평생 과부로 살아야 하는 자신의 현실에 대해 강한 저항 의식이 있기 때문에 신랑을 살려내기까지 하는 것이다.

여성은 운명을 받아들이려 하지 않을 뿐만 아니라 운명을 스스로 이끌어나가려는 태도를 보인다. 이는 남성이 부른 〈신부 부고 받은 신랑〉 유형에서 이를 자신의 팔자로 받아들이는 신랑의 태도와는 상반되는 것이다.

〈신랑 부고 받는 신부〉 유형에서 신부가 신랑의 상여를 멈추고 자신의 속적삼을 덮어 주거나 꽃을 놓으며 신랑을 살려 내는 행위는 삶과 죽음을 주재하는 숭고한 행위라 할 수 있다. 여성 스스로가 자신들을 옭아매고 있는 운명의 타래를 끊어내고 자신의 삶에 대한 주재자로서의 신적 행동을 감행하고 있는 것이다. 그 결과 신랑을 살려 냄으로써 비극적 운명을 초월해낸다.

다음 노래는 생명을 살려내는 여신적 행위를 보여주는 좋은 예가 된다.

시집골에 가이께로 한모퉁이 돌아가이
살사리꽃이 피었구나 살사리꽃은 꺾어지고
또한모티 돌아가이 밍사리꽃이 피었구나
밍사리꽃은 꺾어지고 한모퉁이 돌아가이
은잠구는 소릴란가 여게툭탁 저게툭탁
또한모티 돌아가이 까막깐치 진동하고
            (중략)
청우에 올라서이 깡살시럽은 시오마니
아릿장을 피우리미 아가아가 미늘아가
성수방에 칼을질러 덧없이도 넘어갔네

　부친언장 피고보니 살사리꽃은 사래되고
　밍사리꽃은 밍에되고 일어나오 일어나오
　진주땅 강선배요 함안땅 곽처제가 내가왔오
〔그칸게 벌떡 일어 나더란다〕

(구비7-5 벽진면19 노복이 여 59)

　여기에서 보면 신부가 시집에 가는 길에 살을 살려내는 살살이꽃과 명을 살려 내는 명살이꽃을 꺾는 것으로 되어 있다. 죽은 신랑의 앞에서 이 꽃을 문지르며 "살살이꽃은 살이되고 명살이꽃은 명이되고 일어나오 일어나오"하니 신랑이 벌떡 일어 나는 것으로 되어 있다. 이처럼 여성이 생명을 살려 내는 숨은 힘을 지닌 여신적 존재로서 의식되고 있는 것이다.

　이와는 반대로 〈처녀의 저주로 죽는 신랑〉이나 〈본처의 저주로 죽은 신랑〉 유형에선 여성이 죽음을 주재하는 초월적 능력을 지닌 존재로 부각된다. 여자가 자신의 사랑을 거부하고 가버리는 남자에 대한 저주를 내리자 이 말대로 하나하나 실현되는 상황은 비록 현실에서 그 능력을 숨기고 있기는 하지만 예언적 실현의 숨은 힘을 발휘해내는 여신적 존재로서의 모습이 부각되고 있다.

　이들 유형과 유사한 사건 전개가 서사무가에서도 발견된다는 점은 주목된다. 서사무가 〈도랑선비 청정각시〉에서 알 수 없는 이유로 죽은 도랑선비를 만나기 위해 청정각시가 갖은 고난을 거쳐 불완전하나마 만나게 된다든지,[9] 〈바리공주〉에서 바리공주가 아버지를 살리기 위해 저승에 가서 약수와 꽃을 구해 와 살려낸다는 화소[10]는 서사무가와 서사민요와

---

9) 〈도랑선비 청정각시〉는 함경도 망묵굿(망자를 천도하는 굿)에서 불리는 서사무가로 외삼촌에게 양육된 신랑이 혼인날 죽자, 청정각시가 신랑과 만나기 위하여 갖은 고난을 다 겪은 후 부부가 신격으로 좌정하는 내력을 읊고 있다. 김헌선, 「함경도 무속서사시 연구 - 〈도랑선배 · 청정각시노래〉를 중심으로」, 『구비문학연구』8, 한국구비문학회, 1999에서 그 신화적 성격을 고찰하고 있다.

10) 〈바리공주〉의 내용은 서대석, 「바리공주연구」, 『한국무가의 연구』, 문학사상사, 1980, 203~216면에 이본별로 잘 정리되어 있다. 그 중 특히 서울지역 이본의 경우 바리공주가 얻어오는 환생꽃을 위 민요에서와 같이 뼈살이, 살살이, 숨살이 꽃으로 지칭

의 관련성을 시사해 준다.

화소에서 약간의 차이가 있기는 하지만 혼사장애형 민요는 죽은 자를 저승으로 천도하는 신으로 좌정하게 되는 무가인 〈도랑선비 청정각시〉가 민요화하여 여러 단계의 변형을 거쳐 형성된 것임을 짐작케 한다. 그러나 그런 변형 속에서도 운명 앞에서 무기력한 남성을 구하고 조절하는 능력이 여성에게 있음을 드러내는 여신적 자존 의식은 민요에서 더 강화되고 있는 것이 아닌가 한다.

이러한 여신적 자존 의식은 오히려 이것이 민요이기 때문에 가능하다. 무가에서는 여신으로 좌정하는 것조차 초월적 존재에 의해 예정된 것이라고 한다면, 민요에서는 이를 감행하는 것이 여성 스스로의 판단과 주체적 결단에 의해 이루어지는 것이기 때문이다. 서사민요의 향유층인 평민 여성들의 현실에 대한 강한 추진력, 난관을 극복해 나가는 의지력 또한 이러한 의식과 밀접한 관련이 있다.

그러나 이러한 자존의식이 억압적 현실을 타파하기 위한 개혁의식이나 같은 여성끼리의 연대의식으로까지 나아가지는 못하고 있다. 그 한 예로 〈본처의 저주로 죽은 신랑〉에서 후실장가를 가는 남편에 대해 원망은 하면서도, 영문도 모르고 신랑을 잃은 새신부에 대해서는 동정과 연민을 나타나고 있어 같은 여성으로서의 동질 의식은 살아 있으나 그 이상의 단계로까지는 진전되지는 못하는 것을 들 수 있다.

> 새댁이는 흰등타고 행상으로 떠나가이
> 큰어마시 썩나서서
> 행상보니 윗슴나고 흰등보니 눈물난다
> 내말이 정말이네
> (구비7-4 대가면224 박삼선 여 73)

즉 "행상보니 웃음나고 흰등보니 눈물난다"는 표현을 통해 남편의 죽음

하고 있는 것을 볼 수 있다.

에 대한 후련한 마음과 같은 여성으로서의 신부의 처지에 대한 딱한 심정을 함께 드러내고 있는 것이다. 이는 여성들 사이에 사회 속에서 억압받는 존재로서의 동질 의식이 어느 정도 남아 있기 때문이다. 시집살이노래 중 〈첩노래〉에서도 본처가 첩을 죽이러 갔다가 첩의 미모와 후한 대접에 "내눈에도 이러한데 남자눈에 오죽하랴"하고 마음을 돌이켜 돌아오는 것도 이러한 맥락에서 해석할 수 있다. 다만 이러한 동질 의식이 여성들간의 연대 의식으로까지 나아가지 않는 것은 여성 민요에 나타난 의식의 한계라 할 것이다.

4. 남성 창자 작품과의 비교

서사민요는 여성문학 장르라고 할만큼 창자와 청중이 대부분 여성이다.11) 그러나 드물기는 하지만 남성 창자도 어려서 할머니들이 부르는 것을 듣고 기억했다가 서사민요를 구연하는 것을 볼 수 있다.

남성 창자는 혼사장애형 민요 중 주로 어떤 유형을 부르는지, 이들이 부른 노래는 여성 창자가 부른 노래와 어떤 차이점이 있는지, 그에 나타난 남성들의 의식은 어떠한지 등을 살펴보기로 하자. 이 역시 앞 장에서와 마찬가지로 작품 내 주인물이 상대인물과의 관계에서 어떤 대화와 행동을 하는지를 중심으로 살펴야 여성 의식과의 비교가 가능할 것이다.

조동일의 자료에 창자에 관한 조사가 나와 있어 이에 대한 고찰이 용이하다. 우선 이 중 남성 창자들의 명단과 이들이 부른 노래 유형을 들어

---

11) 조동일에 의하면 그가 보고한 자료의 창자 62명 중 단지 10명, 16.1%만 남자이고 나머지 52명, 83.9%가 여자라고 했다. 또한 남성 창자는 다른 민요는 잘 알아도 서사민요는 거의 몰랐으며, 남성 창자들 스스로가 서사민요를 여성들만 부르는 노래라고 단언했다고 한다. 요컨대 남성 창자들 중에서 서사민요를 부를 수 있는 사람은 탁월한 기억력이나 창작력이 있기에 여성의 노래를 듣고 기억할 수 있는 사람이건, 근래에 여성의 노래를 배운 젊은 사람들이라 할 수 있다고 했다. 조동일, 앞의 책, 54면 참조.

보면 다음과 같다.

　　남재근(남 33 영양군 일월면 주곡동) B2, M1
　　손인술(남 68 영천군 화북면 죽전동) B8
　　신영달(남 68 청송군 현서면 복동) A18, A19, B7, D5
　　심의송(남 49 청송군 부남면 감연2동) D4
　　유용식(남 27 영천군 화북면 죽전동) F13, F14, H2, I4, I5, I6
　　정동식(남 34 영양군 일월면 주곡동) G7, G8, G9, G10
　　정운식(남 42 영양군 일월면 주곡동) B1, F1, F2, F3, N1
　　조광석(남 97 영양군 일월면 주곡동) G4
　　조용석(남 40 청송군 현서면 복동) I1, I2, I3, K3
　　조원제(남 33 영천군 화북면 죽전동) F15

　여기에서 보면 남성 창자가 부른 서사민요는 모두 29편이다. 이 중 혼사장애형 민요에 해당하는 유형은 F(삼촌집에), G(이내방에), H(한번 가도), I(신부죽은)형으로서,12) 이 유형에 해당하는 노래는 모두 18편으로서 62%에 해당한다. 이로 볼 때 남성 창자는 서사민요를 거의 부르지 않으며 서사민요를 부른다 하더라도 주로 혼사장애형 민요를 부르는 것을 알 수 있다.

　그러면 남성창자들의 작품 속 주인물과 상대 인물의 관계와 이에 나타난 남성 창자들의 의식을 앞 장에서 살펴 본 여성창자들의 작품과 비교해 보자.

　남성 창자의 작품에서 주로 나타나는 상대인물은 삼촌 식구와 처가 식구이다. 이 중 삼촌 식구는 F 〈삼촌 집에서 자라 시집가나 신랑이 죽는

---

12) 조동일의 서사민요 분류는 각편을 자세히 읽어 보면 분류가 엄밀하게 이루어지지 못한 것을 알 수 있다. 필자의 분류에 의하면 F형은 〈삼촌 밑에서 자라 시집가나 신랑이 죽는 신부〉이고, G형은 〈여자의 저주로 죽는 신랑〉으로 〈처녀의 저주로 죽는 신랑〉과 〈본처의 저주로 죽는 신랑〉을 포함한다. H형은 조동일의 경우 따로 분류하여 남성 창자가 부른 단 2편만을 싣고 있으나 〈처녀의 저주로 죽는 신랑〉이 미결되거나 약간 개변된 것으로서 역시 G형에 포함해야 한다. I형은 〈신부부고 받는 신랑〉으로서 모두 남성 창자가 불렀다.

신부〉와 G 〈처녀의 저주로 죽는 신랑〉유형에 나타나고 처가 식구는 I 〈신부 부고 받은 신랑〉에 나타난다. 남성 창자의 작품에 이들이 주로 나타나는 것은 다른 상대 인물과는 달리 삼촌 식구와 처가 식구가 남성 창자들이 주로 현실에서 대하는 실제 인물과 부합되기 때문일 것이다. 특히 삼촌 식구의 경우는 주인물이 혼인하기 전 어려서 삼촌 밑에서 자라며 구박받는 내용으로 되어 있어 남성 창자들이 자신들이 성장하는 과정에서 겪은 고난이나 설움을 표현하기에 적절했기 때문에 택해진 것으로 보인다.

> 정월이라 대보름날 지게라고 주는 것이
> 미끌없는 지게주고 자리없는 낫을주네
> 한등두등 올라서서 엄마미에 가가지고 광대싸리 넉단벴네
> 그럭저럭 걸머쥐고 아바미에 가가지고 광대싸리 넉단비서
> 그럭저럭 걸머지고 집이라고 내려오니
> 삼촌이라 하는 것은 삼신버선 가려신고 마실동냥 가고없고
> 숙모라고 하는 것은 입던입성 벗어놓고
> 새로입성 가려입고 마실구경 가고없네
> 정심이라 주느넛은 씩은밥한술 주는 것을
> 이웃있는 개한술을 다떠주고 나를주네
> 아이고답답 내신세야 어이하여 요리될고
>
> (F3 정운식 남 42 영양군 일월면 주곡동)

이 노래는 주인물이 여자로 되어 있지만 삼촌 밑에서 구박받는 대목은 남녀를 막론하고 공감할 수 있는 부분이어서 남성 창자들이 주로 구연하는 것이 아닌가 한다. 특히 남성 창자 중 조용석(40 청송군 현서면 복동)의 경우 실제 일찍 부모를 잃고 삼촌 밑에서 가난하게 자란 인물로 I 〈신부 부고 받은 신랑〉유형을 부르면서 이 '삼촌 양육'화소를 추가하는 것을 볼 수 있다. I형 중 조용석이 부른 I1, I2, I3의 경우 모두 삼촌 밑에서 자란 신랑이 삼촌이 내세워 장가를 갔으나 신부가 죽는 것으로 되어 있다. 조용석은 이 유형의 노래를 부르면서 이 노래는 삼촌을 비판하는 노래로, 병든 처녀에게 혼인을 정한 걸 보면 삼촌은 믿을 수 없는 사람임을

나타낸다고 했다. 이에 비해 조용석이 부른 I4, I5, I6의 경우는 삼촌 양육의 화소가 들어 있지 않고 자신이 스스로 내세워 장가가는 것으로 되어 있다.

그런데 이 '삼촌 양육'의 화소는 서사무가 〈도랑선비 청정각시〉에도 나타나고 있어 남성 창자 개인이 자신의 경험에 의해 만들어낸 것으로만 치부할 수 없는 성질의 것이다. 〈도랑선비 청정각시〉에는 신랑이 외삼촌 밑에서 자라 장가가나 외삼촌이 택일을 잘못 하거나 무리하게 혼례를 강행하여 결국 신랑이 죽는 것으로 되어 있다. 〈도랑선비 청정각시〉를 구연한 무당은 그래서 외삼촌이 혼사에 관여를 하면 안된다고 했다.

이로 볼 때 서사민요에 나타나는 삼촌 양육의 화소는 우연히 형성된 것이 아니라 서사무가에서 연원한 것으로 볼 수 있다. 즉 무가가 민요화하면서 외삼촌이 삼촌으로 바뀌고 삼촌 구박의 화소로까지 확대된 것으로 생각된다.

다음 〈신부 부고 받은 신랑〉에 나타난 처가식구와의 관계에 대해서 살펴보자.

> 다섯대문 열고나서니 사위사위 내사위야
> 어데갔다 인제오노 내딸방으로 들어가라
> 분통같은 저얼굴이 자는 듯이 눕었고나
> 둘이비자던 두통비개 혼자만비고 눕었고나
> 둘이까자 하드나요를 혼자만깔고 눕었고나
> 둘이야덮자 하든이불 혼자만덮고 눕었구나
> 날줄라고 했든감주 상투꾼을 대접하소
> 날줄라고 차린큰상 상투꾼을 대접하소
> 가요가요 나는가요 이내집을 나는가요
> 우리에집을 나는가요 이내집을 나는가요
> 사위야사위 내사위야 인제야가면 언제올래
> 바다물이 넘청넘청넘청 넘어실 때 내옴시더
> 평풍에 걸린달이 회칠때면 내옴시더
> 부뜨막에 심으나화초 꽃피거든 내옴시더

해와달이 마주처서 손잡으시면 내옵시더
형부형부 새형부요 인제야가시면 언제와요
동솥안에 자진밥이 움돋거든 내옵시더
자형자형 새자형요 인제야가면 언제와요
웃담넘에 소삐간지 살붙거들랑 내옵시더
얼시구나좋네 절시구좋네 아니사노지는 못하리라

(I6 유용식 남 27 영천군 화북면 상송동)

우선 처가식구는 혼례를 치르지도 못한 신랑을 이미 사위로 인정하여 아주 반갑게 맞이하고 있다. "사위사위 내사위야"하고 정겹게 맞으며 어서 딸 방으로 들어가라고 한다. 이는 〈신랑 부고 받는 신부〉에서 신부를 퉁명스럽게 맞이하고 신랑의 신체도 보여주지 않는 시집식구의 태도와는 전혀 상반된다.

또 〈신랑 부고 받는 신부〉에서 신부가 시집에 남아 평생 수절을 해야 하는 것과는 달리 이 유형에서 신랑은 혼인 잔치 음식을 장례 음식으로 쓰라며 마치 선심을 쓰듯이 처가 식구들에게 말하곤 집으로 돌아간다. 이에 처가 식구들이 모두 나서 이제 가면 언제 오느냐고 물으니 "병풍에 그린 닭이 홰를 치면", "부뜨막에 심은 화초 꽃피거든", "해와달이 마주쳐서 손을 잡으면" 등의 전혀 불가능한 상황을 열거하면서 오지 않을 것임을 말하고 있다. 처가 식구는 신랑에게 비굴할만치 저자세를 보이는 데 비해, 신랑은 아주 당당하고 위세 있는 태도를 보이고 있다.13)

---

13) 강진옥, 앞의 글, 503~504면에서 배우자의 죽음 또는 부정이라는 상황에 대응하는 방식이 주인물의 성별에 따라 차이를 보여주고 있다면서 남자들은 대체로 주체적이고 우월한 입장에서 행동하고 있는 데 비해, 여자들은 방어적이고 수동적인 자세를 보인다고 파악했다. 또 이 같은 양상은 그들이 처해 있는 사회 가정적 위상에 따라 달라지고 있다고 보고 있다.

　남성 창자 작품에 나타나는 남자 주인물의 경우 같은 태도를 보이는 것을 볼 수 있다. 그러나 여성 창자 작품에 나타나는 여자 주인물의 경우 모두 방어적이고 수동적인 자세를 보인다고 단정할 수는 없다. 유형이나 각 편에 따라 다르긴 하지만 앞 장에서 살폈듯이 여자 주인물들은 대부분 자신의 운명을 그대로 받아들이기보다는 저항하고 비판하며 해결해나가려고 하는 의지와 행동을 보이기 때문이다.

한편 남성 창자의 작품은 대개 자신의 현실을 운명적으로 받아들이는 것을 볼 수 있다.14) 특히 I형의 경우 자신이 장가가는 것이 궁합, 사주 등 장가를 못 갈 팔자인데 가다가 신부가 죽어 어쩔 수 없는 것으로 받아들이고 있다. 그러기에 신부의 죽음에 대해서도 크게 비통해 하지 않는 모습으로 나타난다. 이는 여성 창자의 작품에서 대체로 자신에게 일어난 일들을 순순히 받아들이지 않고 타개해 나가려는 의지를 보이는 것과 크게 대조가 된다.

이상에서 남성 창자가 부른 혼사장애형 민요의 경우 남성들은 배우자의 죽음을 운명적인 것으로 여겨 담담하게 받아들이며, 처가식구들에게 위세있고 당당한 태도를 취하는 것으로 나타나 있다. 이는 여성과는 달리 남성들은 배우자가 죽더라도 쉽게 재혼하며, 친가에 비해 처가를 하대하는 사회적 분위기와 이를 당연시하는 남성들의 의식이 드러난 것이라 할 수 있다.

5. 맺음말

이 논문에서는 혼사장애형 민요에 나타난 여성의식을 상대인물과의 관계에 나타난 의식과 사회현실과 여성자신에 대한 의식으로 나누어 살펴보고 이를 남성 창자 민요와 비교하였다. 작품 속에서 여성은 혼인과 관련해 자신의 의사와는 상관없이 벌어지는 사건으로 인해 고난을 겪게 되는데, 이 때 주요 상대인물인 배우자, 시집식구, 친정식구 어느 누구에게도 도움을 받지 못하고 철저히 소외되어 있다. 여성에게 시집식구는 박해자로, 배우자는 무기력한 존재로, 친정식구는 방조자로 여겨지고 있다. 그러나 여성은 이러한 현실을 순순히 받아들이기보다는 배우자와의 결합을 시도하거나 성취해 냄으로써 좌절에서 벗어나려는 강한 의지를 보인다.

---

14) 강진옥, 위의 글, 500면에서 이를 '운명론적인 발상'이라고 지적하고 있다.

이는 여성들이 억압적 현실 속에서 배우자를 얼마나 필요로 하고 있으며 배우자의 유무가 여성들에게 얼마나 중요한지를 보여주는 것이라 할 수 있다. 여성은 불합리한 혼인 제도나 이를 강요하는 사회 현실, 무기력하기만 한 배우자에 대한 비판의식을 지니고 있으나 이를 부정하거나 혁파하기보다는 그 안에 들어감으로써 안정을 희구하는 성향을 띠고 있다고 할 수 있다. 하지만 그 과정에서 보여주는 여성의 과감하고도 초월적인 행동은 여성 스스로가 자신을 삶과 죽음을 주재하는 여신적 능력을 지닌 존재로서 여기고 있음을 드러낸 것이라고 생각한다. 즉 여성의 주변 인물과 사회는 여성을 비하하고 천대하지만 여성 스스로는 정신적으로 그들보다 우월한 입장에서 대응하고 있다. 전통 사회에서 여성이 어려운 현실을 극복하며 꿋꿋하게 살아갈 수 있었던 원동력은 바로 이 자존의식에서 비롯된다고 할 수 있을 것이다.

이에 비해 남성 창자의 작품은 배우자의 죽음을 운명적인 것으로 담담하게 받아들이며, 처가식구에게 위세 있고 당당한 태도를 취하는 것으로 나타나 같은 유형의 민요를 부르는 데도 여성이 부른 것과는 다른 양상을 드러낸다. 이는 여성들과는 달리 남성들은 배우자가 죽더라도 쉽게 재혼할 수 있으며, 친가에 비해 처가를 하대하는 사회적 분위기와 이를 당연시하는 남성의식이 반영된 것으로 생각된다.

한편 혼사장애형 민요는 서사무가 〈도랑선비 청정각시〉, 〈바리공주〉 등과 유사한 화소를 지니고 있어 서사무가와 민요의 관련성을 밝히는 데도 많은 실마리를 던져주고 있다. 이에 대해서는 후속 논문에서 밝히고자 한다.

■참고문헌은 각주로 대신함.

〈상사병으로 죽은 총각 노래〉의 구조적 특성과 여성의식

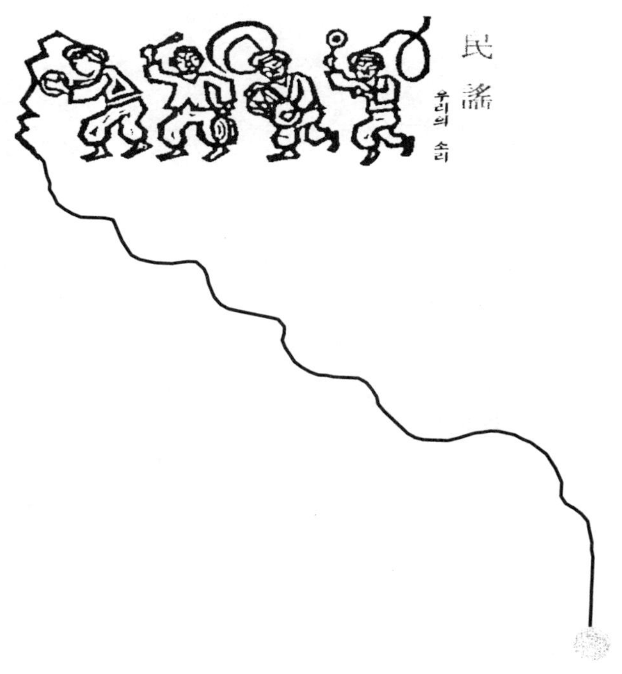

〈상사병으로 죽은 총각 노래〉의
구조적 특성과 여성의식

1. 머리말

〈상사병으로 죽은 총각 노래〉는 서사민요의 한 유형에 속하는 노래이다. 서사민요는 일정한 성격을 지닌 인물과 일정한 질서를 지닌 사건을 갖춘, 있을 수 있는 이야기로 된 민요이다.[1] 서사민요의 유형은 작품 내 인물들간의 관계와 이들이 일으키는 중심적인 사건으로 분류할 수 있다.[2] 〈상사병으로 죽은 총각 노래〉는 '총각 – 처녀'간의 관계에서 일어나는 사건을 다루고 있는 노래로서, '처녀를 짝사랑하다 죽는 총각'유형에 속한다.

〈상사병으로 죽은 총각 노래〉는 서사민요 중 총각과 처녀의 사랑, 사랑에 얽힌 총각의 죽음이라는 흥미 있는 소재를 다루고 있다는 점에서 우

---

1) 조동일, 『서사민요연구』(증보판), 계명대 출판부, 1979, 43면.
2) 서사민요의 유형 분류는 조동일의 위의 책 이후 단편적인 연구가 꾸준히 이루어져 왔으나, 아직 전국적인 차원의 실상이나 유형 분류가 제대로 이루어지지 않은 상태이다. 필자가 「서사민요의 구조적 성격과 의미: '시집식구-며느리'형을 중심으로」, 『한국문학이론과 비평』2, 한국문학이론과 비평학회, 1998에서 서사민요의 유형을 주인물과 상대 인물의 관계에 따라 시집식구 – 며느리, 남편 – 아내, 부모 – 자식, 신랑 – 신부, 외간남자 – 여자 등 12유형으로 나눈 바 있으나 자료의 실상에 따라 계속적인 수정과 보완이 이루어져야 하리라고 본다.

선 주목된다.3) 또한 사랑의 성취를 위해 생겨나는 남녀간의 미묘한 갈등, 이룰 수 없는 사랑으로 인한 죽음, 이후에 벌어지는 여성 주인물의 운명 등 드라마틱한 서사적 전개와 미적 구조를 갖추고 있다는 점에서 돋보인다. 아울러 전통 사회의 연애, 혼인 제도, 여성의 처지 등에 대한 여성만의 독특한 의식을 드러내고 있다는 점에서 연구의 가치가 있다.

〈상사병으로 죽은 총각 노래〉는 강진옥이 '혼사장애노래류' 중 '처녀과부 노래'유형으로서 소개하고 이에 나타난 향유층의 의식을 간략히 살핀 바 있어 이 논문에 많은 참조가 된다. 하지만 강진옥이 이 유형을 '혼사장애' 화소에 초점을 맞추어 향유층의 의식을 추론하는 데 있어 필자와는 견해를 달리 하는 점이 있어 세심하게 고찰할 필요가 있다.4)

이 논문에서는 〈상사병으로 죽은 총각 노래〉가 지니고 있는 이러한 문학적 가치에 주목하면서 작품이 갖추고 있는 구조적 특성을 분석하고 나아가 이에 나타난 여성의식을 추출해 보고자 한다. 이는 여성들이 자신들의 사랑과 삶에 대한 기대와 좌절을 노래를 통해 어떻게 형상화하고 자신들의 의식을 어떻게 투영하고 있는지를 밝혀낼 수 있다는 점에서 의의가 있으리라고 본다.

---

3) 상사병으로 죽은 총각의 상여가 처녀의 집 앞에서 움직이지 않는 화소는 조선조의 명기 황진이의 전설(김용숙, 『이조의 여류문학』, 한국일보사, 1975, 30~31면)에도 유사하게 나타난다. 이외에 상여가 움직이지 않자 적삼을 덮어 주는 화소는 『삼국사기』의 온달 설화에도 보이며, 상사병으로 총각이 죽는 화소는 함경도의 서사무가 〈치원대 양산복〉(김태곤, 『한국무가집』3, 집문당, 1979, 98~101면)에도 나타나 구비문학 장르 전반에 두루 걸쳐 있는 화소라 할 수 있다. 이들의 관련 양상에 대해서도 추후 논의가 이루어져야 할 것이다.

4) 강진옥, 「여성 서사민요에 나타난 관계양상과 향유층 의식」, 『한국 고전여성작가 연구』, 태학사, 1999에서는 이를 '혼사장애 노래류' 중 〈처녀과부 노래〉로 보고 있다. 그러나 이 유형의 노래는 주 갈등이 '혼사장애'보다는 '처녀와 총각간의 사랑'에 있으므로 '애정갈등 노래류'로 보는 것이 합당하지 않을까 한다. '혼사장애' 화소는 각편에 따라 나타나기도 하고 나타나지 않기도 하는 비고정적 요소이기 때문이다. 그러므로 이 유형의 제목은 〈처녀과부 노래〉라고 하기 보다는 〈상사병으로 죽은 총각 노래〉라고 하는 것이 좋으리라고 본다. 〈처녀과부 노래〉 유형에 속하는 것으로는 필자의 분류에 의하면 '신랑 – 신부'형 중 〈혼인날 신랑 부고 받는 신부〉노래가 따로 존재하고 있다.

2. 구조적 특성

서사민요 〈상사병으로 죽은 총각 노래〉는 각편에 따라 여러 하위유형으로 나눌 수 있지만 처녀가 총각의 죽음에 어떻게 대응하느냐에 따라 크게 두 유형으로 나눌 수 있다. 하나는 죽은 총각을 살려내 혼인하는 경우이고, 다른 하나는 죽은 총각을 살려내지 못한 채 처녀과부가 되는 경우이다. 전자의 경우를 행복한 결말형, 후자의 경우를 불행한 결말형이라 하고 각각의 서사적 구조를 살펴보기로 하자.

2. 1. 행복한 결말형

필자가 직접 조사한 서사민요 중 〈상사병으로 죽은 총각 노래〉가 세 편(「새터 19」, 「새터 60」, 「옥갓 12」) 있는데,5) 세 편이 모두 여기에 속한다.6) 이 노래를 창자나 청중들은 〈서답 노래〉, 〈서답게 노래〉, 〈게삼정 노래〉라고 불렀는데, '서답게', '게삼정'은 여자들이 월경할 때 착용하는 천, 즉 월경대를 말한다. 세 노래를 부를 때의 구연상황은 다음과 같다.

---

5) 1981년 4월과 7월, 1982년 4월 3차에 걸쳐 전남 곡성군의 곡성면 새터, 오곡면 옥갓, 고달면 먹굴 세 지역을 대상으로 368편의 민요를 조사할 수 있었는데, 이 중 서사민요는 81편이다. 이 중 〈시집살이 노래〉에 속하는 것은 졸고, 『시집살이노래연구』, 도서출판 박이정, 1996의 자료편에 수록하였고 기타 유형에 속하는 것은 아직 발표하지 못했다. 서사민요 연구가 완료 되는대로 자료와 함께 출판할 계획이다. 자료 인용시에는 필자의 자료 표기 방법대로 마을 이름과 일련번호를 적기로 한다.

6) 이외에 빨래를 하러 냇가로 나갔다가 선비를 만난 뒤 집에서 쫓겨 난 처녀가 총각을 찾아가 결혼해 잘 살았다는 '행복한 결말형'의 서사민요가 있다. 이는 〈강태백과 동국각시〉라는 제목으로 전승되는 유형으로서(강진옥, 위의 논문, 493면), 여기에서 다루는 〈상사병으로 죽은 총각〉의 화소는 지니고 있지 않으므로 별도로 취급해야 하리라고 본다.

「새터 19」 안안순(65), 1981. 7. 20. 서영숙 조사.

남자들끼리의 성교에 관한 얘기가 오고 가다가 이 노래가 나왔다. 청중은 노래의 내용을 들으면서 한 마디씩 거들었다. 노래가 끝나자 상사병에 관한 얘기가 나왔다. 옛날에는 상사병이 무척 많았다고 한다. 그러나 남자라서 어머니한테 얘기도 못 드렸다고 한다. 여자의 거스기(속옷, 또는 월경대)로 간 물을 해서 주면 낫는다고 했다.

「새터 60」 신순임(83), 1981. 7. 22. 서영숙 조사.

〈담배 노래〉를 부른 뒤 곧 불렀다. '짜잔하다'고 하며 자꾸 중단했다. 청중들이 계속 권해서 겨우 이어졌다. 말이 빨라서 잘 알아들을 수가 없어 7월 23일 재조사하였다. 〈서답게 노래〉라고 했다.

「옥갓 12」 장순남(73), 1981. 7. 11. 서영숙 조사.

창자가 〈게삼정 노래〉도 있다고 하면서 불렀다. 청중들은 그런 노래도 다 있느냐고 하면서 웃었다. 창자는 이 노래를 시어머니께 배웠다고 한다. 배워서 밭매면서, 불 때면서 불렀다고 했다. 창자는 이외에도 시어머니에게서 노래를 많이 배웠다고 한다.

이를 살펴보면 〈상사병으로 죽은 총각 노래〉는 여성들이 일을 하면서 부른 노래임을 알 수 있다. 일을 하면서 일의 지루함과 고단함, 자신들의 서러움을 달래기 위해 긴 이야기로 되어 있는 노래 사설이 필요했을 것이다. 〈상사병으로 죽은 총각 노래〉는 다른 서사 민요에 비해 비교적 장편의 사설로 이루어져 있을 뿐만 아니라 주인물인 처녀와 총각의 사랑과 이별, 죽음, 혼인 등 매우 흥미로운 요소로 전개되고 있어 여성들의 일노래로서 많이 불려졌으리라 생각된다.

〈상사병으로 죽은 총각 노래〉를 창자나 청중은 "짜잔하다"고 하며 잘 부르려 하지 않았다. 이는 노래 내용에 여성의 월경대나 남녀간의 성적인 교제에 관한 내용이 나오므로 남들 앞에 내놓는 것을 그리 떳떳하게 여기지 않았기 때문일 것이다. 이 노래가 다른 노래에 비해 그리 많이 조사되지 않은 것은 이런 이유에서가 아닌가 한다.

필자가 조사한 세 편의 노래는 동일한 구조로 되어 있으나 세부적인 내용에는 약간의 차이가 있다. 「새터 19」의 경우는 거의 서사적 줄거리를 완전히 갖추고 있긴 하나 세부 묘사는 그리 풍부하지 못한 편이다. 이에 비해 「새터 60」의 경우는 서답게 빨래를 나가는 과정, 빨래를 하는 모습, 처녀와 총각이 수작을 주고받는 모습, 총각이 집에 돌아가 병이 들어 죽는 과정 등이 아주 자세하게 묘사되어 있다. 그러나 창자가 연로한데다가 말이 매우 빨라서 의미를 명확히 파악할 수 없는 사설이 많은 편이다. 「옥갓 12」는 「새터 60」과 유사한 구절로 이루어져 있으나 그에 비해 소략하다.

이들 세 노래는 내용상 약간의 차이가 있긴 하지만 모두 처녀에 대한 총각의 이루어질 수 없는 사랑이 죽음을 거쳐 혼인으로 성사되는 '행복한 결말형'으로 되어 있다. 세 노래의 공통적 요소를 바탕으로 서사적 단락을 나눈 뒤, 「새터 60」을 대상으로 하여 그 구체적 전개양상을 살펴보면 다음과 같다.

a) 처녀가 강가에 월경대 빨래를 간다.
b) 총각이 물을 떠 달라고 한다.
c) 깨끗한 물을 떠 주니 월경수만 달라고 한다.
d) 그래도 깨끗한 물을 떠 주니 물은 마다하고 손만 잡고 간다.
   (둘이 밤을 같이 보낸다.)
e) 총각이 집에 돌아가 상사병을 앓는다.
f) 갖은 방법을 다 써도 낫지 않는다.
g) 죽어서 상여가 나가다 처녀 집 앞에 선다.
h) 상여 위에 속적삼을 덮어주니(꽃을 문지르니) 총각이 살아난다.
i) 시부모에게 극진한 대우를 받고 혼인한다.

사건의 발단은 처녀가 월경대 빨래를 하는데, 총각이 와 월경수를 떠 달라고 하는 데서 시작한다. 이때 처녀는 월경수를 떠 주지 않으려고 하고, 총각은 한사코 이를 요구한다. 총각이 월경수를 떠 달라고 하는 것은 처녀에 대한 구애, 구혼의 표현이라고 할 수 있다. 월경수는 그만큼 전통사회의 여성에게 있어서 은밀하고 소중한 것으로 여겨졌기 때문이다.

　　강남서나온 백달백사주는 금자옥자 둘러잡고
　　구부구부 서슨구부 은가세를 손에들고
　　어리썽둥 베어내서 외무릎팍에 엉거놓고
　　엉침덩침 누빈 것이 쉰닷줄을 누볐구나
　〔아그, 짜잔해서 못허겠구마.〕
　〔청중: 아, 해 주시오. 그렇게도 우린 못 헝게.〕
　〔재조사에서는 창자가 "그것이 다 너그 몸뚱이다."라고 했다. 또한 '남방사죽 골을달아 / 북방사죽 선을둘러'가 첨가된다.〕
　　밤중밤중 야밤중에 허리아로 둘러두고
　　세조금 사흘만에
　〔재조사시에 창자는 "지랄이야, 사흘까지 차고 있었나 몰라."라고 했다.〕
　　어리선득 끌러내서
　　상나무 바가치에다 담갔다가
　　전나무 방아치를 손에들고
　　상나무 바가치를 옆에찌고
　　열두모퉁 돌아가서 은돌놋돌 마주놓고
　　아리찰찰 씻노랑게 도령보소 도령보소
　〔아그 짜잖어, 잉?〕
　〔청중: 아니요, 그렇게 유식한 노래가 좋다요.〕
　　삼단같은 조소머리 물길같이 흘려빗고
　　반비단 모란뱅이 붕애만치 물려들여
　　허리아래 떤져놓고 열두쪽 세경보선
　　감당까신에 아리살득 세워서
　　떠달라네 떠달라네 세숫물을 떠달라네
　　한번그래도 아니듣고 두 번그래도 아니듣고
　　삼세번을 거듭해서 상나무 바가치를
　　씻고씻고 또씻고
　〔청중: 웃음〕

> 월경수를 제쳐놓고 익경수를 떠다중게
> 익경수를 마다하고 월경수를 떠달라네
> 〔청중: 옛날에는 그리 상한이 셌어.〕

(새터 60)

이렇게 월경수를 놓고 처녀와 총각이 옥신각신하다가 「새터 19」에서는 손만 잡고 돌아가고, 「새터 60」에서는 하룻밤을 같이 보낸 뒤 헤어진다. 「새터 60」에서는 은유적이긴 하지만 하룻밤 사이 두 사람간에 깊은 인연이 맺어졌음을 암시하고 있다.

> 나떠준물 마다하고 자네손수 해여보소
> 수절비단 자리토시 이손저손 놀려두고
> 영초단 도리정치 팔대동자 정치꾼이
> 이손저손 놀려보소
> 이천근 은가락지를 작거등 대족지기 놀려중게
> 이손저손 놀려보소
> 세월아 존날받아 우리둘이 놀아보세
> 두문을 마조닫고 우리둘이 놀고나니
> 〔놀고나니, 참 재미가 있더란다.〕
> 닭히우네 닭히우네 각성에서 닭히우네
> 밝아오네 밝아오네 대룡산에서 밝아오네

(새터 60)

그러나 두 사람의 이런 만남은 혼인으로까지 성사될 수 없는 상황에 있었던 모양이다. 집으로 돌아 간 총각은 글공부도 제대로 하지 못하고 그만 상사병을 앓게 된다. 병을 낫게 하기 위해 갖은 방법을 다 쓰지만 낫지 못하고 죽고 만다.

> 날지다리네 날지다리네 학광서당이 날지달려
> 학광서당을 높이올라 공자자를 들여다봉게
> 공자자를 다잊어 부렸다네

　동자를 앞세우고 이간문전 들어강게
〔재조사시에는 "열두대문 열고 들어강게"라고 함.〕
　정지 내 종아들이 쏙나심서
　도련님 진지조반 늦어졌소
　진지상을 들려들고 한번뜨고 두 번뜨고 세 번뜽게
　먹을질이 전혀없네
　아부님도 들어오시고 어머님도 들어오시래라
　그래서 들어강게
　초당안에 삼석순은 눈에든 보름눈이 되었다고
　죽어불드라네
〔재조사시에는 "콩단으로 매장하고 / 백비단 소로베에"가 첨가됨.〕

(새터 60)

　이야기의 절정은 총각의 상여가 나가다 처녀 집 앞에 서는데서 이루어
진다. 이때 처녀가 나와 상여 위에 속적삼을 덮어 주거나 사람을 살려내
는 꽃을 문질러 준다. 이에 총각이 살아나고 처녀는 시부모에게 극진한
대우를 받으며 혼인함으로써 모든 갈등이 해결된다.

〔그렇게 인자〕
　열두대문은 어느뉘가 지킬래
　마흔두칸 지아집은 어느뉘가 지킬래
　삼십일명 종아들은 어느뉘가 지킬래
〔테이프 바뀜〕
　소리치고 잘도가라고
　(그렇게 함성, 대처 잘 강게 초당 문 앞에 감성)
　초당안에 삼석순은 임인줄 알걸랑은
　속적삼이나 던져달라고
〔그렇게로〕
　삼십일명 종아들아 팔십일명 행상꾼들
　질위에 행상놓고
〔질아래로 물러가라고 하더란다. 대처, 질위에 행상 놓고 질아래로 물러성게〕
　흰꽃을 문대면서 일어나오 일어나오

        이승부부 될라그당 어서배삐 일어나오
        새파랑꽃을 문대면서 일어나오 일어나오
        이승부부 될라그당 어서배삐 일어나오
        뻘건꽃을 문대면서 일어나오 일어나오
        이승부부 될라그당 어서배삐 일어나오
    〔항게 벌떡 일어나 불드란다. 그런데 인쟈 저 뭐라그냐 또.〕
        삼대독자 외아들 무남동자 외아들
        살랐으니 무슨지사가 나올까
    〔그렁게로〕
        열녀충신 내며늘아 효자충신 내며늘아
        무남독녀 내며늘아
        남한산성 관솔불은 꺼진불로 살가내고
        어그뱅뱅 나락밥은 팔십노인도 살가낸단다
    〔그르고 끝이여.〕
    〔재조사시에는 "그르고 잘 살드래."라고 함.〕

                                                    (새터 60)

    이 작품의 서사적 전개는 '갈등의 발단 – 전개 – 절정 – 해결'로 이루어
져 있다. 이는 조동일이 서사민요의 유형구조를 '고난 – 해결의 시도 – 좌
절– (해결)'7)로 분석한 것과 일맥 상통한다. 총각이 처녀를 만나 첫 눈에
반하지만 처녀는 이에 무관심하니 '고난'이다. 총각이 처녀에게 자신의 마
음을 전하기 위해 다가가 월경수를 떠달라고 하지만 처녀가 이를 거절하
니 '해결의 시도'와 '좌절'이라고 할 수 있다. 그 결과 병이 들어 그 병을
낫게 해 보려고 갖은 애를 써 보지만 낫지 않고 죽고 마니 또 다른 '해결
의 시도'와 '좌절'이라고 할 수 있다.
    여기에서 '해결의 시도'와 '좌절'은 몇 번이나 거듭된다는 데에 서사민
요의 특징이 있다. 각편에 따라 '해결의 시도'와 '좌절'이 한 번으로만 나
타나는 경우도 있으나 대부분 여러 번의 '해결의 시도'와 '좌절'을 거친다.
이는 주인물이 겪는 삶이 실제 그러한 고난의 연속이며 쉽게 그 고난이

---

7) 조동일, 앞의 책, 91면 참조.

해결되지 않는다는 데에 있다. 첫 번에 이루어지는 '해결의 시도'가 여러 번 거듭될수록 겪게 되는 '좌절'은 그 강도가 심해질 수밖에 없다. 결국 현실에서 이룰 수 없는 사랑에 대한 가장 큰 '좌절'은 죽음으로 나타나게 되는 것이다.

그러나 이 죽음이 이야기의 '끝'이 아니라 또 다른 '시작'이라는 점에서 이 작품의 의의가 있다. 사랑 때문에 죽었다고 하는 것은 그만큼 그 사랑이 간절하고 진실했음을 표현하는 것이면서 그 사랑을 허용하지 않는 사회에 대한 강한 도전이라고 볼 수 있을 것이다. 곧 죽음은 죽음으로써 끝나는 것이 아니라 사회에 파문을 일으키면서 움직이지 않는 상대방의 마음을 움직이게 되는 것이다. 그러므로 죽음은 단순한 '좌절'이 아니라 갈등의 막바지에 다다라 새로운 국면으로의 대전환을 꾀하는 또 다른 '해결의 시도'로 볼 수 있다.

결국 총각의 상여가 처녀의 집 앞에 섬으로써 다시 한번 자신의 사랑을 호소하고 이를 받아들여 줄 것을 요구하며, 이에 처녀는 자신의 속적삼을 덮어 주거나 생명꽃을 문지르는 것으로써 화답한다.8) 속적삼을 덮어준다는 것은 성적 행위의 은유적 표현이다. 여인이 자신의 속적삼을 벗어 덮어주는 것은 총각의 자신에 대한 지순한 사랑을 허락함을 의미한다. 이는 강요된 것이 아니라 감동에 의한 자발적 행위이며 이 행위의 감응으로 죽었던 총각이 살아나게 되는 것이다.

총각이 살아남으로써 드디어 국면의 대 전환이 이루어진다. 죽었던 아들을 되찾게 된 총각의 부모는 처녀를 "열녀충신 내며늘아 효자충신 내며늘아"라 칭송하며 모든 것을 물려주면서 며느리로 받아들인다. 이는 대부분의 여성이 혼인 시에 시부모와 남편에게 종속적 지위와 부당한 대우를 감수하면서 시댁에 들어가야 하는 처지에 놓이는 현실에 비춰 볼 때 매우 파격적이다. 이는 노래를 통해서나마 현실과는 상반되는 상황을 '해결'에

---

8) 여기에서 죽은 사람을 살려내기 위해 생명꽃을 문지르는 것은 서사무가 〈바리공주〉에서 바리공주가 죽은 부왕을 살려내기 위해 저승에서 구해 온 꽃을 문지르는 것과 동일한 화소로 되어 있다. 이는 서사무가와 서사민요가 밀접한 관련을 가지고 서로 영향을 주고 받았음을 보여 준다.

설정해 놓음으로써 심리적 억압의 해소와 내면적 우월 의식을 갖고자 하는 여성들의 기대가 반영된 것이라고 할 수 있다.

2. 2. 불행한 결말형

〈상사병으로 죽은 총각 노래〉유형 중 '불행한 결말형'에 속하는 것은 조사를 확대하면 더 나오겠지만 현재 파악된 바로는 한 편(『한국구비문학대계』 8-10 칠곡면 민요 7)이 있다.

이 노래는 처녀가 강가에 빨래를 가서 총각과 만난 뒤 총각이 죽기까지의 과정이 아주 간략하게 서술되어 있긴 하지만 '상사병으로 죽은 총각'과 '처녀 집 앞에 멈춘 상여'의 모티브가 있으므로 같은 유형으로 볼 수 있다. 그러나 앞에서 살펴 본 '행복한 결말형'과는 달리 처녀가 상여를 따라가 처녀과부로 살게 된다는 비극적 내용으로 되어 있다. 그 서사적 단락을 나누어서 그 내용을 '행복한 결말형'과 비교해 살펴보면 다음과 같다.

> a) 처녀가 강가에 빨래하러 간다.
> b) 총각이 물을 떠달라고 한다.
> c) 물을 마시지 못하고 집에 돌아 간 총각이 상사병을 앓는다.
> d) 갖은 방법을 다 써도 낫지 않는다.
> e) 죽어서 상여가 나가다 처녀 집 앞에 선다.
> f) 상여 위에 속적삼을 덮어줘도 움직이지 않는다.
> g) 처녀가 흰등을 타고 따라 나서니 상여가 움직인다.
> h) 시댁에 가서 처녀과부로 이름짓고 산다.

이는 위에서 살펴 본 '행복한 결말형'과 갈등의 발단과 전개 과정이 같기는 하나 최종 해결에서 전혀 다른 결말을 취하고 있다. 같은 유형의 노래라 할지라도 이렇게 결말 처리에 따라 전혀 다른 성격의 하위 유형이 생겨날 수 있는 것이다. '불행한 결말형'의 결말 부분은 오히려 필자의 서사민요 분류 항목 중 '혼인을 기다리다 신랑이 죽자 한탄하는 신부(처녀과부)'유형에 더 가깝다. 엄밀하게 본다면 이 하위 유형은 〈상사병으로 죽은 총각 노래〉와 〈처녀과부 노래〉의 결합형이라고 할 수 있을 것이다. 그러나 구비문학에서는 유형간의 결합이 흔히 일어나는 현상이고 이 역시 구비문학 향유층의 다양한 의식과 지향을 반영하고 있다는 점에서 세심하게 고찰할 필요가 있다.

'불행한 결말형'에서는 '행복한 결말형'과는 달리 월경대가 아닌 보통 빨래를 하는 것으로 되어 있다. 이는 그만큼 처녀와 총각간의 결연의 필연성을 약화하는 것이라 할 수 있다. '행복한 결말형'에서는 월경대를 통해 처녀의 은밀한 요소가 총각과 공유되지만 여기에서는 어디서나 흔히 할 수 있는 일반 빨래를 함으로써 사랑이 유발되는 동기를 처음부터 배제하고 있는 것이다.

'행복한 결말형'에서의 처녀와 '불행한 결말형'에서의 처녀의 태도에도 차이가 있다. '행복한 결말형'에서의 처녀는 총각에게 수줍음과 부끄러움을 지니고 있지만, '불행한 결말형'에서의 처녀는 총각에게 오히려 언제 봤다고 물을 달라느냐며 면박을 줄 정도로 냉랭하다. 이는 '행복한 결말형'의 처녀는 총각에 대한 연정을 어느 정도 지니고 있는 데 비해, '불행한 결말형'에서는 그렇지 못함을 보여주는 것이라 할 수 있다.

> 이방저방 양두방에 침자질로 하시다가
> 심심ㅎ고 심심해서 몸종을 아부시고
> 곁에새미 지내치고 멘데새미 냉수가니
> 난데없는 남도령이 남대문을 열뜨리미
> 떠서주소 떠서주소 냉수한잔 떠서주소
> 니언제라 날봤다고 냉수한잔 도라하노

(대계 8-10 칠곡면 민요 7)9)

죽음을 뛰어 넘어 혼인을 이루는 사랑하는 두 남녀의 이야기가 '행복한

---

9) 앞으로 한국구비문학대계에서 자료를 인용할 때에는 약호로 '대계'와 자료 번호를 사용하기로 한다.

결말형'이라고 한다면, 전혀 사랑하지 않는 사이인데도 총각의 일방적 사랑 때문에 혼인을 해야 하는 두 남녀의 이야기가 '불행한 결말형'이다.

'행복한 결말형'과 '불행한 결말형'의 이러한 차이는 처녀가 죽은 총각의 상여에 속적삼을 덮어 주었을 때에 아주 상반된 결과로 나타난다. '행복한 결말형'에서는 속적삼을 덮는 행위로 인해 총각이 살아나게 되나, '불행한 결말형'에서는 속적삼을 덮어 주었는데도 상여가 꿈쩍도 하지 않는다. 결국 처녀가 흰둥을 타고 따라 나서자 상여가 움직이는 것으로 되어 있다. 여기서 흰둥을 타고 따라 나서는 것은 죽은 총각을 신랑으로 인정하는 행위이다. 전혀 사랑도 하지 않은, 게다가 정혼조차 하지 않은 총각을 자신의 신랑으로 받아들이는 것보다 더 큰 불행은 없을 것이다. 누구보다도 아름다우며 축복 받아야 할 신부가 화려한 꽃가마가 아닌 초라한 흰 가마(흰둥)을 타고 간다는 것은 더할 나위 없는 불행을 극적으로 보여주는 것이라 하겠다.

> 그러구러 돌아가서
> 돌아간날 샘일만에 편지왔네 편지왔소
> 딸아딸아 둘째딸아 니일도 큰일인데
> 내말조끔 들어봐라 니일[청중이 "속적삼 벗어서."하자 다시 시작했다]
> 아홉가닥 땋은머리 구름겉이 풀어주라
> 그리해도 안가거등 꽃댕이라 신던발에
> 우묵신을 신어주라 그리해도 아니가면
> 니입더나 속옷적삼 구마걸이 걸어주라
> 그리해도 아니가면 흰둥타고 나서거라
> 이래해도 아니가고 저리해도 아니가니
> 흰둥타고 나서니께 부지거처 따라가네

(대계 8-10 칠곡면 민요 7)

이렇게 흰둥을 타고 찾아 들어 간 시댁에서는 아들이 죽은 이후에 들어 온 며느리를 환대할 리가 없다. '행복한 결말형'에서 처녀가 죽었던 총각을 살려냄으로써 시부모에게 갖은 칭송과 극진한 대우를 받는 데 비해,

'불행한 결말형'에서는 가뜩이나 원통하고 막막한 상태에 있는 며느리를 박대하는 것으로 나타나 있어 처녀의 서러움을 가중시키고 있다.

> 그러구러 따라가서 초상장사 마치시고
> 시가집에 가니께네 시아바씨 하는말씀
> 아가아가 며늘아가 무엇보고 묵어낼래
> 시오마씨 썩나서미 아가아가 며늘아가
> 무엇보고 묵어낼래 그아묵던 식기대접
> 그것보고 묵어낼래 아버님도 그말마소
> 어머님도 그말마소 이내나는 이름이나 짓거들랑
> 청춘과부 짓지말고 애문과부 지어주소
> 〔애문과부다. 맞다. 애문과부다. 애문과부거등.〕

(대계 8-10 칠곡면 민요 7)

그러나 '행복한 결말형'과 '불행한 결말형'이 이렇게 상반된 내용 전개와 결말을 이루고 있다고 해서 두 하위 유형이 말하고자 하는 의미 역시 상반된 것이라 할 수는 없다. 극단적인 행복과 불행은 결국 뒤집어 보면 하나임을 두 하위유형의 결말 방식에서 유추해 볼 수 있다.

'행복한 결말형'에서는 죽은 사람이 살아나는 '비현실적 결말'로 이루어져 있는 데 비해, '불행한 결말형'에서는 죽은 사람이 살아나지 않는 '현실적 결말'로 이루어져 있다. 그러나 '행복한 결말형'이 결과적으로 살아 있는 사람끼리의 혼인이라는 점에서 '정상'이라고 한다면, '불행한 결말형'은 죽은 사람과 살아 있는 사람의 혼인이라는 점에서 '비정상'이다.[10]

결국 전통 사회의 여성들에게 혼인과 사랑은 비현실적인 방법에 의해 정상적인 행복이 이루어지며, 현실적인 방법에 의해 비정상적인 불행이

---

10) 조동일은 앞의 책, 92~93면에서 서사민요에 나타난 고난의 해결 방법이 '정상적인 해결'과 '비정상적이고 역설적인 해결' 두가지가 있다고 하였다. 이 중 비정상적이고 역설적인 해결이란 모두 죽음으로써 해결이 되는 것으로써 고난을 해결하고자 하는 더욱 강한 의지를 나타내는 동시에 "불가능은 가능"이라는 현실 자체의 역설을 특징적으로 반영한다고 보았다.

이루어지는 셈이다. 이는 그들의 인식 속에 정상적으로 누려야 할 행복이 현실적으로는 불가능하며, 따라서 현실 세계는 비정상으로 이루어지는 불행으로 이루어져 있다는 생각이 자리잡고 있음을 보여 준다. 이는 〈상사병으로 죽은 총각 노래〉에 있어서 '행복한 결말형'이건, '불행한 결말형'이건 모두 여성의 같은 현상을 바라보는 인식의 양면임을 드러내 준다.

3. 여성의식

〈상사병으로 죽은 총각 노래〉는 평민 여성들이 부른 서사민요에 속한다. 그러므로 이 유형에 표면적으로 드러나거나 이면적으로 숨어 있는 의식은 평민 여성들의 의식을 보여 준다고 할 수 있다. 여성의식을 살펴보는 데에는 유형 차원에서 살펴보는 방법과 각편 차원에서 살펴보는 방법이 있는데, 개별 각편에 나타난 의식을 모두 살펴보는 데에는 무리가 있으므로 유형의 차원에서 살펴보기로 한다. 〈상사병으로 죽은 총각 노래〉에 나타난 여성의식은 크게 사랑의 긍정과 성취에 대한 요구, 불합리한 혼인 제도에 대한 비판, 여성의 처지에 대한 부정과 극복으로 집약할 수 있다. 이를 차례로 살펴보기로 하자.

3. 1. 사랑의 긍정과 성취에 대한 요구

〈상사병으로 죽은 총각 노래〉에 나타난 갈등의 요소는 총각이 처녀에게 반해 사랑을 호소하고 이를 받아들여 줄 것을 요구하지만 처녀가 이를 쉽게 받아들이지 못하는 데 있다. 작품에서는 총각이 월경대를 빤 물을 떠달라고 하자 처녀가 이를 거절하는 것으로 되어 있지만, 이는 바로 사랑의 호소와 요구에 대한 상징적 표현이라고 할 수 있다. 월경대 빨래는 처녀가 다른 사람에게 드러내 보일 수 없는 은밀한 처녀성의 상징이다.

그런데 총각이 이를 보았고 이 물을 달라고 하는 것은 바로 그 처녀와 인
연을 맺고자 하는 총각의 청혼과 마찬가지라고 할 수 있을 것이다.

> 치자나무 방맹이다 오동나무 통에다가
> 빨래질가세 빨래질가세 진주낭간에 빨래질가세
> 은돌놋돌 정맞춰놓고 은아당당 빨아씻징게
> 서울이라 유충렬이 물한그릇 주소
> 저처녀라끈 물한그릇 주소
> 우물 이물저물 제쳐놓고 우물을 떠중께
> 물은 아니받고 월성수만 떠도라네
> 그래도 못떠주고 이리저치고 저리저치고
> 우물 떠중게 물은 아니먹고
> 내손질만 잡고가네
> 〔청중: 큰애기가 욕심이 난구만〕

(새터 19)

그러나 전통 사회에 있어서 처녀와 총각이 개인적으로 만나 사랑을 나
누고 혼약을 하는 것은 허용될 수 없는 일이다. 그러므로 총각의 처녀에
대한 사랑과 청혼이 쉽게 이루어지지 못하고 장애에 부딪치는 것이다. 곧
표면적으로는 처녀를 사랑하는 총각과 이를 받아들이지 못하는 처녀의
갈등으로 여겨지지만, 이면적으로는 처녀와 총각의 자유로운 연애를 허
용하지 않는 사회에 대한 갈등이라고 할 수 있다. 그렇기 때문에 총각은
상사병을 앓으면서도 부모에게조차 자신의 속마음을 제대로 드러내지 못
하는 것이다.

> 애이고 유충렬이 아양고양 앓는 것이
> 석달반을 앓았구나
> 울어머니 무니한테 물어다가 버선을해도 아니듣고
> 봉사한테 물어다가 댁경을해도 아니듣고
> 〔청중: 상사병이 났는디, 뵈이가디?〕
> 아가아가 유충렬아 부모고 자식인데 왜말을 못허냐

어디가 아파서 약을써도 아니듣고
무녀한테 물어다가 버선을해도 아니듣고
네병상을 어쩌서 나실줄을 모리냐

(새터 19)

이처럼 〈상사병으로 죽은 총각 노래〉에는 자유로운 사랑에 대한 요구와 이를 허용하지 않는 사회에 대한 비판 의식이 자리잡고 있다고 볼 수 있다.

3. 2. 불합리한 혼인제도에 대한 비판

부분적이기는 하지만 〈상사병으로 죽은 총각 노래〉의 결말 부분에는 죽었다가 살아나거나 이미 죽은 총각과의 혼인이 이루어진다. 이는 전통 사회에 있어서 처녀와 총각의 사랑과 혼인이 정상적으로 이루어지지 않음을 말하려는 것이라 할 수 있다. 죽음을 거친 이후에야 사랑하는 이와의 혼인을 성취할 수 있다거나, 정혼을 하지 않았는데도 한번 스쳐간 인연으로 인해 죽은 사람과 혼인을 해야 한다는 사실은 이 노래를 부르는 여성들이 그만큼 현실의 혼인 제도에 대해 불합리하게 여기고 있음을 보여 준다.

딸아딸아 둘째딸아 니일도 큰일인데
내말조끔 들어봐라 니일〔청중이 "속적삼 벗어서." 하자 다시 시작했다〕
아홉가닥 땋은머리 구름겉이 풀어주라
그리해도 안가거등 꽃댕이라 신던발에
우묵신을 신어주라 그리해도 아니가면
니입더나 속옷적삼 구마걸이 걸어주라
그리해도 아니가면 흰등타고 나서거라
이래해도 아니가고 저리해도 아니가니
흰등타고 나서니께 부지거처 따라가네

(대계 8-10 칠곡면 민요 7)

여기에서 처녀가 속적삼을 덮어 주었는데도 상여가 움직이지 않자 처녀의 아버지가 처녀에게 머리를 풀고 상복을 입은 후에 흰둥을 타고 따라 나가라고 지시를 하고 있다. 이는 정혼도 하지 않은 총각과 단지 빨래터에서 잠깐 대면한 인연이 있었다는 이유만으로 그의 아내가 되어야 한다는 사회의 인식이 있기에 가능하다. 그러나 작품 내 주인물인 처녀나 이를 부르고 듣는 창자나 청중은 이에 대해 부당하게 여기고 있음을 알 수 있다. 처녀의 처지를 '애문 과부'로 표현하는 것이 바로 그것이다.[11]

노래의 마지막에 처녀가 시부모에게 "이내나는 이름이나 짓거들랑 / 청춘과부 짓지말고 애문과부 지어주소"라고 하자 청중들이 이구동성으로 〔애문과부다. 맞다. 애문과부다. 애문과부거등.〕하고 맞장구를 치는 것은 창자와 청중 모두 이러한 혼인 방식에 대해 부당하게 여기고 있음을 나타내 준다.

여기에서 이 노래의 향유층인 평민 여성들이 자신들의 의사와 상관없이 이루어진다든지, 혼인도 치르지 않은 상태에서 신랑이 죽은 경우라도 신부의 예를 치르고 시가집 사람이 되어야 하는 당시의 불합리한 혼인 제도에 대해 비판적인 의식을 지니고 있었음을 짐작할 수 있다.

3. 3. 여성의 처지에 대한 부정과 극복

〈상사병으로 죽은 총각 노래〉에서 처녀와 총각의 사랑이 이루어지느냐 그렇지 않느냐는 모두 처녀의 손에 달려 있다. 이는 그만큼 처녀의 역할이 주도적임을 보여준다고 볼 수 있다. 처녀가 총각을 사랑하지도 않은 채 총각의 강압에 의해 그를 받아들였다고 보기 힘들다. 왜냐하면 이 노래는 여성들이 부른 노래이고 그들의 기대와 좌절의 표현이라는 점에서

---

11) 2장 2절 마지막 인용문(대계 8-10 칠곡면 민요 7) 참조.

이는 여성들의 기대의 표현이기 때문이다. 비록 자신의 뜻을 쉽게 드러내지는 않지만 자신을 사랑하는 총각에 대한 애틋한 마음을 가졌고 그와의 결연에 대한 기대가 있었기에 그의 상여에 속적삼을 덮어 주거나 생명꽃을 문지름으로써 총각을 살려내기에 이르는 것이다.

> 초달순이 문앞에로 생여가 섰드래
> 울어머니 꺾인적삼 외약손에 떨쳐들고
> 양반의 생애같으면 질우애로 올라서고
> 상놈의 생애같으면 질아래로 썩물러스랑게
> 질우애로 올라서니
> 맡고가소 맡고가소 땀내라도 맡고가소 항게
> 생애우게 걸쳐중게 유충렬이 살아났네
> 〔청중: 참… 큰애기가, 잉.〕
> 천근같은 내아들아 만고같은 내며늘아
> 열두대문 쇳대도 너를다주고
> 열두창고 열쇠도 너를주마
> 〔시어마이가…〕
> 〔청중: 하도 좋아서…〕
> 〔다른 청중: 참말로 좋소.〕
> 〔그래갖고 살아났어. 살아갖고 골로 결혼했어.〕

(새터 19)

이는 실제 현실에서 자신의 의지와는 상관없이 혼인을 하고 평생을 살아야 하는 여성의 처지에 대한 부정적 인식에서 왔다고 할 수 있다. 현실에서는 여성의 처지가 남편이나 시댁식구보다 열등한 입장에 놓여 부당한 대우를 받아야 하지만 노래 속에서는 상황을 역전시킴으로써 이에 대한 극복을 기대하고 있는 것이다.

죽은 사람을 살려내는 행위는 신만이 할 수 있는 초월적 능력이라고 할 수 있다. 이를 평범하게 여겨지는 작품 내 주인물인 여성이 해내게 함으로써 여성의 내면적 능력에 대한 자긍심과 우월 의식을 내비치고 있는 것이다. 또한 그 결과로 현실에서는 며느리보다 우위의 입장에서 며느리를 부려 왔던 시부모로부터 인정받고 극진한 대우를 받게 함으로써 심리적으로나마 처지의 역전을 꾀할 뿐만 아니라 현실에서의 억압과 설움을 풀어낼 수 있도록 하는 것이다.

4. 맺음말

이상에서 〈상사병으로 죽은 총각 노래〉에 나타난 구조적 특성과 여성의식을 살펴보았다. 〈상사병으로 죽은 총각 노래〉는 빨래를 하는 처녀를 본 총각이 처녀를 사모하여 죽게 된 화소를 주 모티브로 하고 있는 노래로서 크게 두 가지 하위 유형으로 나눌 수 있다. 처녀가 죽은 총각을 살려 내어 혼인하게 되는 '행복한 결말형'과 죽은 총각의 집에 가 처녀 과부로서 수절하게 되는 '불행한 결말형'이 그것이다. '행복한 결말형'은 죽은 사람이 살아나는 비현실적 방법에 의해 산 사람끼리의 혼인이 이루어지는 정상적 결말로 이루어져 있고, '불행한 결말형'은 죽은 사람이 살아나지 않는 현실적 방법에 의해 죽은 사람과 산 사람의 혼인이 이루어지는 비정상적 결말로 이루어져 있다. 이는 전통 사회 여성의 사랑과 혼인에 있어서 정상적으로 이루어져야 할 행복이 현실에서는 불가능하며 현실을 떠나서야 가능하다는 역설을 보여준다.

〈상사병으로 죽은 총각 노래〉를 부르고 듣는 여성들은 노래를 통해 남녀간의 진실한 사랑을 긍정하고 요구하며, 혼인 당사자들간의 사랑 없이 이루어지는 불합리한 혼인 제도를 비판하고 있다. 또한 처녀와 총각 사이의 사랑의 성취에 있어서 주도권을 여성이 쥐고 있을 뿐만 아니라 죽은 총각의 생명을 좌우하는 초월적 능력을 지니고 있다는 점에서 현실 속에 처해 있는 여성 자신의 처지를 부정하고 이를 극복하고자 하는 내면의식을 지니고 있다고 할 수 있다. 그로써 현실에서는 맛보지 못한 시부모나 남편에 대한 심리적 우월감과 자긍심을 느낌으로써 현실에서의 억압과 설움을 극복할 수 있는 것이다.

　이처럼 〈상사병으로 죽은 총각 노래〉는 흥미 있는 서사적 줄거리를 지니고 있는 데다가 여성들의 솔직한 내면의식을 독특한 짜임새로 형상화해내고 있다는 점에서 문학적으로 높이 평가할만하다. 단 이 논의가 더욱 의미 있게 되기 위해서는 이 유형과 유사한 화소로 이루어져 있는 기타 서사장르와의 교섭양상이나 사회 상황과의 관련성 등 보다 폭넓은 탐색이 계속되어야 하리라고 본다.

참 고 문 헌

『한국구비문학대계』8-10(1984), 경상남도 의령군편(1), 한국정신문화연구원.

강진옥(1999), 「여성서사민요에 나타난 관계양상과 향유의식」, 『한국 고전 여성작가 연구』, 태학사.

김용숙(1975), 『이조의 여류문학』, 한국일보사.

김태곤(1979), 『한국무가집』 3, 집문당.

서영숙(1996), 『시집살이노래 연구』, 도서출판 박이정.

------(1998), 「서사민요의 구조적 성격과 의미: '시집식구-며느리'형을 중심으로」, 『한국문학이론과 비평 2』, 한국문학이론과 비평학회.

조동일(1979), 『서사민요연구(증보판)』, 계명대 출판부.

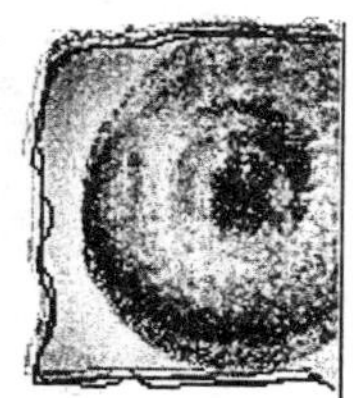

Ⅲ. 민요와 다른 갈래의 비교

- 서사민요와 서사무가의 거리
  : 〈상사병으로 죽은 총각〉과
    〈치원대양산복〉을 중심으로
- 서사무가 〈도랑선비 청정각시〉와 혼사장애형 민요 비교
- 여성민요와 가사의 서사적 전개방식 비교
- 옛 여성들의 노래에 나타난 웃음

서사민요와 서사무가의 거리
: 〈상사병으로 죽은 총각〉과 〈치원대 양산복〉을 중심으로

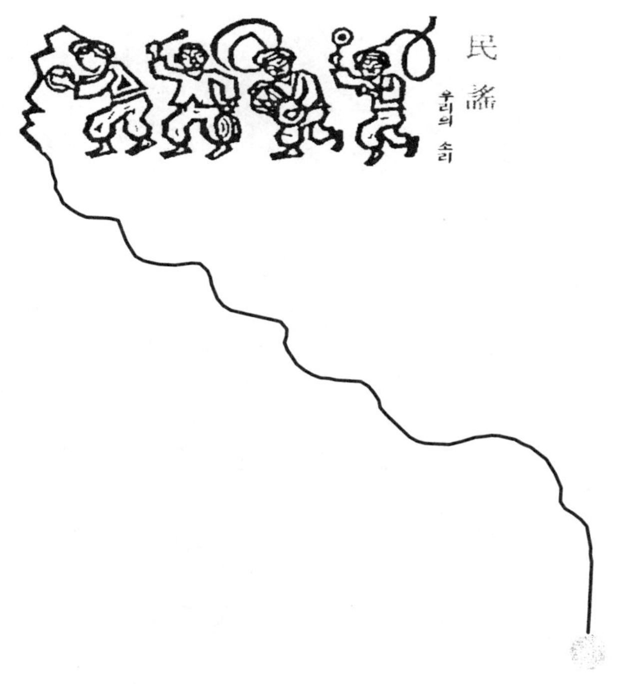

서사민요와 서사무가의 거리
: <상사병으로 죽은 총각>과 <치원대 양산복>을 중심으로

1. 논의의 시작

　평민여성의 노래인 서사민요는 수많은 유형으로 되어 있다.1) 서사민요에서 불리는 다양한 이야기들은 민요 담당층의 순전한 창작일 수도 있으며 다른 서사 장르와의 교섭 속에서 이루어진 것일 수도 있다. 그런데 같은 구비서사시 장르이면서 주로 여성들에 의해 향유되어 온 서사무가의 많은 화소가 서사민요에도 전승되고 있을 뿐만 아니라 몇 몇 노래의 경우 서사무가와 서사민요가 한 유형이라고 보아도 좋을 만큼 공통적 화소로 이루어져 있음을 볼 수 있다. 이는 서사민요와 서사무가가 매우 밀접한 관련 속에 전승되었으며 각각의 장르적 특질을 형성하는 데 서로가 중요한 구실을 했음을 보여주는 증거라 생각된다.2)

---

1) 서사민요의 유형에 대해서는 조동일, 『서사민요 연구』, 계명대 출판부, 1970 이후 꾸준한 연구가 이루어졌으나, 전국적인 실상이나 유형분류는 아직 제대로 정리되지 못한 상태이다. 필자가 「서사민요의 구조적 성격과 의미 : '시집식구 - 며느리'형을 중심으로」, 『한국문학이론과 비평 2』, 한국문학이론과 비평학회, 1998에서 서사민요의 유형을 주인물과 상대인물의 관계에 따라 시집식구 - 며느리, 남편 - 아내, 부모 - 자식, 신랑 - 신부, 외간남자 - 여자 등 12 유형으로 나눈 바 있으나 자료의 실상에 따라 계속적인 검토와 보완이 이루어져야 할 것이다.
2) 서사민요와 서사무가의 관련성과 변별성에 대해서는 두 장르 간의 비교 연구를 계속함

이에 이 논문에서는 서사민요 중 '처녀를 짝사랑하다 죽는 총각' 유형에 속하는 〈상사병으로 죽은 총각〉노래를 이와 비슷한 화소를 지니고 있는 〈치원대 양산복〉과 비교하면서 서사민요와 서사무가 각각에 나타나는 전승의식의 차이를 살펴보고자 한다. 그러기 위해서 우선 이들 노래를 중심으로 민요와 무가 각각의 구조적 특성을 분석 비교하고, 이를 바탕으로 민요와 무가를 창작하고 전승하는 담당층의 의식의 차이를 논의할 것이다. 이는 서사민요와 서사무가가 서로 어떤 연관을 가지면서 형성되었는지, 그 담당층과 연행방식 등의 차이에 의해 독자적으로 형성해 낸 장르적 특성을 무엇인지 등을 밝히는 데에 많은 시사점을 줄 수 있으리라 본다.

서사민요 〈상사병으로 죽은 총각〉은 필자가 조사 채록한 자료 세 편을, 서사무가 〈치원대 양산복〉은 『한국무가집』3 소재 자료를 주 대상으로 하기로 한다.3)

2. 구조적 특성

서사민요 〈상사병으로 죽은 총각〉과 유사한 서사적 줄거리를 지니고 있는 무가로는 우선 함경도 무가 〈치원대 양산복〉을 들 수 있다. 이외에도 영향을 주고받은 것으로 추정되는 무가로 제주도 세경본풀이인 〈자청

으로써 밝혀내야 할 과제라고 본다. 필자의 「서사무가 〈도랑선비 청정각시〉와 혼사장애형 민요 비교」, 『고시가 연구』제8집, 한국고시가문학회, 2001 도 이런 시각에서 이루어진 논문이다.

3) 1981년 4월과 7월, 1982년 4월 3차에 걸쳐 전남 곡성군의 곡성면 새터, 오곡면 옥갓, 고달면 먹굴 세 지역을 대상으로 368편의 민요를 조사할 수 있었는데, 이 중 서사민요는 81편이다. 이 중 〈시집살이 노래〉에 속하는 것은 졸고, 『시집살이노래연구』, 도서출판 박이정, 1996의 자료편에 수록하였고 기타 유형에 속하는 것은 아직 발표하지 못했다. 서사민요 연구가 완료 되는대로 자료와 함께 출판할 계획이다. 이 중 〈상사병으로 죽은 총각〉노래는 세 편 「새터 19」, 「새터 60」, 「옥갓 12」가 있다. 서사무가 〈치원대 양산복〉은 김태곤, 『한국무가집』3, 집문당, 1979에 실려 있다.

비와 문도령〉, 전국적으로 분포해 있는 〈바리데기〉 등을 들 수 있는데,
이는 일부 화소에 국한된 것이므로 주 논의 대상에서는 제외하기로 한다.
서사민요 〈상사병으로 죽은 총각〉과 서사무가 〈치원대 양산복〉은 둘다
서사 전개의 중심이라 할 수 있는 총각이 처녀를 사모하여 죽는 데서 사
건의 갈등이 발생한다. 그런데 이를 해결해 나가는 과정에서 민요와 무가
에 상당한 거리가 있다. 이러한 거리가 각각의 작품내적 구조로 어떻게
형상화되어 있는지 분석 비교해 보기로 하자.

2. 1. 서사민요 〈상사병으로 죽은 총각〉

필자가 직접 조사한 서사민요 중 〈상사병으로 죽은 총각〉은 세 편(「새
터 19」, 「새터 60」, 「옥갓 12」) 있다. 이 외에도 같은 유형으로 볼 수 있
는 노래로 『한국구비문학대계』 8-10(경상남도 의령군편)소재 자료(칠곡
면 민요 7)가 있긴 하나, 이 자료의 경우 순수한 〈상사병으로 죽은 총각〉
유형이라기 보다는 〈처녀과부〉 유형과의 복합형이라고 할 수 있으므로
이 논의에서는 제외하기로 한다.4) 〈상사병으로 죽은 총각〉 노래를 창자
나 청중들은 〈서답 노래〉, 〈서답게 노래〉, 〈게삼정 노래〉라고 불렀는데,
'서답게', '게삼정'은 여자들이 월경할 때 착용하는 천, 즉 월경대를 말한다.
　서사민요 〈상사병으로 죽은 총각〉은 여성들이 일을 하면서 부른다.5)
일을 하면서 일의 지루함과 고단함, 자신들의 서러움을 달래기 위해 긴
이야기로 되어 있는 노래 사설이 필요했을 것이다. 〈상사병으로 죽은 총
각 노래〉는 다른 서사 민요에 비해 비교적 장편의 사설로 이루어져 있을

---

4) 이외에 빨래를 하러 냇가로 나갔다가 선비를 만난 뒤 집에서 쫓겨 난 처녀가 총각을 찾
　아가 결혼해 잘 살았다는 '행복한 결말형'의 서사민요가 있다. 이는 〈강태백과 동국각시〉
　라는 제목으로 전승되는 유형으로서(강진옥, 「여성서사민요에 나타난 관계양상과 향유
　의식」, 『한국고전여성작가 연구』, 태학사, 1999, 493면), 여기에서 다루는 '상사병으
　로 죽은 총각'의 화소는 지니고 있지 않으므로 별도로 취급해야 하리라고 본다.
5) 이 노래를 부르면서 창자들은 밭매면서, 불 때면서 불렀다고 했다. 창자는 이외에도 시
　어머니에게서 노래를 많이 배웠다고 한다.

뿐만 아니라 주인물인 처녀와 총각의 사랑과 이별, 죽음, 혼인 등 매우 흥미로운 요소로 전개되고 있어 여성들의 일노래로서 많이 불려졌으리라 생각된다.

〈상사병으로 죽은 총각 노래〉를 창자나 청중은 "짜잔하다"고 하며 잘 부르려 하지 않았다. 이는 노래 내용에 여성의 월경대나 남녀간의 성적인 교제에 관한 내용이 나오므로 남들 앞에 내놓는 것을 그리 떳떳하게 여기지 않았기 때문일 것이다. 이 노래가 다른 노래에 비해 그리 많이 조사되지 않은 것은 이런 이유에서가 아닌가 한다.

필자가 조사한 세 편의 노래는 동일한 구조로 되어 있으나 세부적인 내용에는 약간의 차이가 있다. 「새터 19」의 경우는 거의 서사적 줄거리를 완전히 갖추고 있긴 하나 세부 묘사는 그리 풍부하지 못한 편이다. 이에 비해 「새터 60」의 경우는 서답게 빨래를 나가는 과정, 빨래를 하는 모습, 처녀와 총각이 수작을 주고받는 모습, 총각이 집에 돌아가 병이 들어 죽는 과정 등이 아주 자세하게 묘사되어 있다. 그러나 창자가 연로한 데다가 말이 매우 빨라서 의미를 명확히 파악할 수 없는 사설이 많은 편이다. 「옥갓 12」는 「새터 60」과 유사한 구절로 이루어져 있으나 그에 비해 소략하다.

이들 세 노래는 내용상 약간의 차이가 있긴 하지만 모두 처녀에 대한 총각의 이루어질 수 없는 사랑이 죽음을 거쳐 혼인으로 성사되는 '행복한 결말형'으로 되어 있다. 세 노래의 공통적 요소를 바탕으로 서사적 단락을 나눈 뒤, 「새터 60」을 대상으로 하여 그 구체적 전개양상을 살펴보면 다음과 같다.

    a) 처녀가 강가에 월경대 빨래를 간다.
    b) 총각이 물을 떠 달라고 한다.
    c) 깨끗한 물을 떠 주니 월경수만 달라고 한다.
    d) 그래도 깨끗한 물을 떠 주니 물은 마다하고 손만 잡고 간다.
       (둘이 밤을 같이 보낸다.)
    e) 총각이 집에 돌아가 상사병을 앓는다.

f) 갖은 방법을 다 써도 낫지 않는다.
g) 죽어서 상여가 나가다 처녀 집 앞에 선다.
h) 상여 위에 속적삼을 덮어주니(꽃을 문지르니) 총각이 살아난다.
i) 시부모에게 극진한 대우를 받고 혼인한다.

사건의 발단은 처녀가 월경대 빨래를 하는데, 총각이 와 월경수를 떠 달라고 하는 데서 시작한다. 이때 처녀는 월경수를 떠 주지 않으려고 하고, 총각은 한사코 이를 요구한다. 총각이 월경수를 떠 달라고 하는 것은 처녀에 대한 구애, 구혼의 표현이라고 할 수 있다. 월경수는 그만큼 전통 사회의 여성에게 있어서 은밀하고 소중한 것으로 여겨졌기 때문이다.

　　강남서나온 백달백시주는 금자옥자 둘러잡고
　　구부구부 서슨구부 은가세를 손에들고
　　어리썽둥 베어내서 외무릎팍에 엉거놓고
　　엉침덩침 누빈 것이 쉰닷줄을 누볐구나
　〔아그, 짜잔해서 못허겠구마.〕
　〔청중: 아, 해 주시오. 그렇게도 우린 못 헝게.〕
　〔재조사에서는 창자가 "그것이 다 너그 몸뚱이다."라고 했다. 또한 '남방사죽
골을달아 / 북방사죽 선을둘러'가 첨가된다.〕
　　밤중밤중 야밤중에 허리아로 둘러두고
　　세조금 사홀만에
　〔재조사시에 창자는 "지랄이야, 사흘까지 차고 있었나 몰라."라고 했다.〕
　　어리선득 끌러내서
　　상나무 바가치에다 담갔다가
　　전나무 방아치를 손에들고
　　상나무 바가치를 옆에찌고
　　열두모퉁 돌아가서 은돌놋돌 마주놓고
　　아리찰찰 씻노랑게 도령보소 도령보소
　〔아그 짜잖어, 잉?〕
　〔청중: 아니요, 그렇게 유식한 노래가 좋다요.〕
　　삼단같은 조소머리 물길같이 흘려빗고

    반비단 모란뱅이 붕애만치 물려들여
    허리아래 떤져놓고 열두쪽 세경보선
    감당까신에 아리살득 세워서
    떠달라네 떠달라네 세숫물을 떠달라네
    한번그래도 아니듣고 두 번그래도 아니듣고
    삼세번을 거듭해서 상나무 바가치를
    씻고씻고 또씻고
    〔청중: 웃음〕
    월경수를 제쳐놓고 익경수를 떠다중게
    익경수를 마다하고 월경수를 떠달라네
    〔청중: 옛날에는 그리 상한이 셌어.〕

                                                    (새터 60)

이렇게 월경수를 놓고 처녀와 총각이 옥신각신하다가 「새터 19」에서
는 손만 잡고 돌아가고, 「새터 60」에서는 하룻밤을 같이 보낸 뒤 헤어진
다. 「새터 60」에서는 은유적이긴 하지만 하룻밤 사이 두 사람 간에 깊은
인연이 맺어졌음을 암시하고 있다.

그러나 두 사람의 이런 만남은 혼인으로까지 성사될 수 없는 상황에
있었던 모양이다. 집으로 돌아 간 총각은 글공부도 제대로 하지 못하고
그만 상사병을 앓게 된다. 병을 낫게 하기 위해 갖은 방법을 다 쓰지만
낫지 못하고 죽고 만다.

    날지다리네 날지다리네 학광서당이 날지달려
    학광서당을 높이올라 공자자를 들여다봉게
    공자자를 다잊어 부렸다네
    동자를 앞세우고 이간문전 들어강게
    〔재조사시에는 "열두대문 열고 들어강게"라고 함.〕
    정지 내 종아들이 쏙나심서
    도련님 진지조반 늦어졌소
    진지상을 들려들고 한번뜨고 두 번뜨고 세 번뜽게
    먹을질이 전혀없네

　아부님도 들어오시고 어머님도 들어오시래라
　그래서 들어갔게
　초당안에 삼석순은 눈에든 보름눈이 되었다고
　죽어불드라네
〔재조사시에는 "콩단으로 매장하고 / 백비단 소로베에"가 첨가됨.〕

(새터 60)

이야기의 절정은 총각의 상여가 나가다 처녀 집 앞에 서는데서 이루어진다. 이때 처녀가 나와 상여 위에 속적삼을 덮어 주거나 사람을 살려내는 꽃을 문질러 준다. 이에 총각이 살아나고 처녀는 시부모에게 극진한 대우를 받으며 혼인함으로써 모든 갈등이 해결된다.

　초당안에 삼석순은 임인줄 알걸랑은
　속적삼이나 던져달라고
〔그렁게로〕
　삼십일명 종아들아 팔십일명 행상꾼들
　질위에 행상놓고
〔질아래로 물러가라고 하더란다. 대처, 질위에 행상 놓고 질아래로 물러성게〕
　흰꽃을 문대면서 일어나오 일어나오
　이승부부 될라그당 어서배삐 일어나오
　새파랑꽃을 문대면서 일어나오 일어나오
　이승부부 될라그당 어서배삐 일어나오
　뻘건꽃을 문대면서 일어나오 일어나오
　이승부부 될라그당 어서배삐 일어나오
〔항게 벌떡 일어나 불드란다. 그런데 인쟈 저 뭐라그냐 또.〕
　삼대독자 외아들 무남동자 외아들
　살랐으니 무슨지사가 나올까
〔그렁게로〕
　열녀충신 내며늘아 효자충신 내며늘아
　무남독녀 내며늘아
　남한산성 관솔불은 꺼진불로 살가내고
　어그뱅뱅 나락밥은 팔십노인도 살가낸단다

〔그르고 끝이여.〕
〔재조사시에는 "그르고 잘 살드래."라고 함.〕

(새터 60)

이 작품의 서사적 전개는 '갈등의 발단 - 전개 - 절정 - 해결'로 이루어져 있다. 이는 조동일이 서사민요의 유형구조를 '고난 - 해결의 시도 - 좌절- (해결)'6)로 분석한 것과 일맥 상통한다. 총각이 처녀를 만나 첫 눈에 반하지만 처녀는 이에 무관심하니 '고난'이다. 총각이 처녀에게 자신의 마음을 전하기 위해 다가가 월경수를 떠달라고 하지만 처녀가 이를 거절하니 '해결의 시도'와 '좌절'이라고 할 수 있다. 그 결과 병이 들어 그 병을 낫게 해 보려고 갖은 애를 써 보지만 낫지 않고 죽고 마니 또 다른 '해결의 시도'와 '좌절'이라고 할 수 있다.

여기에서 '해결의 시도'와 '좌절'은 몇 번이나 거듭된다는 데에 서사민요의 특징이 있다. 각편에 따라 '해결의 시도'와 '좌절'이 한 번으로만 나타나는 경우도 있으나 대부분 여러 번의 '해결의 시도'와 '좌절'을 거친다. 이는 주인물이 겪는 삶이 실제 그러한 고난의 연속이며 쉽게 그 고난이 해결되지 않는다는 데에 있다. 첫 번에 이루어지는 '해결의 시도'가 여러 번 거듭될수록 겪게 되는 '좌절'은 그 강도가 심해질 수밖에 없다. 결국 현실에서 이룰 수 없는 사랑에 대한 가장 큰 '좌절'은 죽음으로 나타나게 되는 것이다.

그러나 이 죽음이 이야기의 '끝'이 아니라 또 다른 '시작'이라는 점에서 이 작품의 의의가 있다. 사랑 때문에 죽었다고 하는 것은 그만큼 그 사랑이 간절하고 진실했음을 표현하는 것이면서 그 사랑을 허용하지 않는 사회에 대한 강한 도전이라고 볼 수 있을 것이다. 곧 죽음은 죽음으로써 끝나는 것이 아니라 사회에 파문을 일으키면서 움직이지 않는 상대방의 마음을 움직이게 되는 것이다. 그러므로 죽음은 단순한 '좌절'이 아니라 갈등의 막바지에 다다라 새로운 국면으로의 대전환을 꾀하는 또 다른 '해결

---

6) 조동일, 앞의 책, 91면 참조.

의 시도'로 볼 수 있다.

결국 총각의 상여가 처녀의 집 앞에 섬으로써 다시 한번 자신의 사랑을 호소하고 이를 받아들여 줄 것을 요구하며, 이에 처녀는 자신의 속적삼을 덮어 주거나 생명꽃을 문지르는 것으로써 화답한다.7) 속적삼을 덮어준다는 것은 성적 행위의 은유적 표현이다. 여인이 자신의 속적삼을 벗어 덮어주는 것은 총각의 자신에 대한 지순한 사랑을 허락함을 의미한다. 이는 강요된 것이 아니라 감동에 의한 자발적 행위이며 이 행위의 감응으로 죽었던 총각이 살아나게 되는 것이다.

총각이 살아남으로써 드디어 국면의 대 전환이 이루어진다. 죽었던 아들을 되찾게 된 총각의 부모는 처녀를 "열녀충신 내며늘아 효자충신 내며늘아"라 칭송하며 모든 것을 물려주면서 며느리로 받아들인다. 이는 대부분의 여성이 혼인 시에 시부모와 남편에게 종속적 지위와 부당한 대우를 감수하면서 시댁에 들어가야 하는 처지에 놓이는 현실에 비춰 볼 때 매우 파격적이다. 이는 노래를 통해서나마 현실과는 상반되는 상황을 '해결'에 설정해 놓음으로써 심리적 억압의 해소와 내면적 우월 의식을 갖고자 하는 여성들의 기대가 반영된 것이라고 할 수 있다.

2. 2. 서사무가 〈치원대 양산복〉

〈치원대 양산복〉은 함경도 새남굿에서 불려지는 서사무가이다. 새남굿은 망인의 저승길을 천도해 주는 굿으로서 망묵굿, 망묵이굿이라고도 불린다. 새남굿은 스물두거리나 되는 큰 규모의 굿으로 보통 3일 동안 밤낮으로 계속 거행된다고 한다. 부정풀이, 토세굿, 성주굿, 문열이천수, 청배굿, 앉인굿, 타성풀이, 왕당천수, 신선굿, 대감굿, 화청, 동갑접기, 도

---

7) 여기에서 죽은 사람을 살려내기 위해 생명꽃을 문지르는 것은 서사무가 〈바리공주〉에서 바리공주가 죽은 부왕을 살려내기 위해 저승에서 구해 온 꽃을 문지르는 것과 동일한 화소로 되어 있다. 이는 서사무가와 서사민요가 밀접한 관련을 가지고 서로 영향을 주고 받았음을 보여 준다.

랑축원, 짐가재굿, 오기풀이, 산천굿, 문굿, 돈전풀이, 상시관놀이, 동이 부침, 천디굿, 하직천수의 순으로 되어 있다.[8]

함경도 새남굿의 무가에는 〈짐가재〉, 〈도랑선비와 청정각시〉, 〈바리공주〉, 〈붉은 선비와 영산각시〉 등 다양한 서사 무가가 전승되고 있어 서사무가의 연구에 있어 높은 자료적 가치를 지니고 있다. 그 중 〈치원대 양산복〉은 17번째 거리인 문굿에서 불린다. 문굿은 망자가 저승으로 평안하게 갈 수 있도록 저승길을 닦는 거리이다.[9]

〈치원대 양산복〉의 서사 단락을 『한국무가집』3 소재 자료를 바탕으로 나누어 보면 다음과 같다.

  a) 김씨부인과 이씨부인이 강변으로 빨래를 나간다.
  b) 까마귀가 떨어뜨린 배를 나눠 먹고 임신을 한다.
  c) 김씨부인은 꼭지를 먹어 아들(양산복)을 낳고 이씨부인은 배쪽을 먹어
     (치원대)을 낳는다.
  d) 이씨부인은 딸이란 걸 숨기고 아들 차림으로 키운다.
  e) 치원대와 양산복이 함께 글 공부를 떠난다.
  f) 열다섯이 되어 치원대에게서 여자 티가 나자 양산복이 이를 확인하기 위
     해 오줌발 겨루기 등 여러 가지 시험을 하나 치원대가 슬기롭게 벗어난다.

---

8) 전경욱, 『함경도의 민속』, 고려대 출판부, 1999, 130~137면.
9) 임석재, 「이승과 저승을 잇는 신화의 세계 – 함경도 무속의 성격」, 『함경도 망묵굿』, 열
   화당, 85~86면. 임석재는 다음과 같이 이 무가의 줄거리를 소개하고 있다. "양산백이
   와 추양대는 은해사(銀海寺?)에서 10년 동안 함께 공부를 했다. 추양대는 여자인데,
   남복을 하였기 때문에 양산백은 추양대가 여자인 줄을 몰랐다. 그러다가 양산백은 우연
   히 추양대가 여자인 것을 알게 되고, 둘이는 결혼하기로 약속한다. 추양대는 집으로 돌
   아와 부모에게 이 사실을 사뢰었다. 그러나 부모는 이를 허락하지 않고 추양대를 다른
   곳으로 시집 보내려 한다. 이 소식을 들은 양산백은 병이 나서 그만 죽었다. 추양대는
   시집가는 길 도중에 양산백의 묘 앞을 지나게 되었다. 가마가 양산백의 묘 앞에 이르
   자, 가마는 땅에 붙어서 움직이지 않았다. 가마에서 내린 추양대는 양산백의 묘 앞으로
   다가가 묘 위를 그녀의 비녀로 그었다. 그러자 묘는 둘로 갈라졌으며, 추양대는 묘 안
   으로 들어갔다. 묘는 이내 합쳐졌다. 따라가던 사람들이 추양대를 묘에서 끌어내려고
   묘 밖으로 나와 있는 추양대의 옷자락을 잡아당겼다. 그러나 옷자락 끝만이 찢어져 나
   오면서 나비가 되어 날아갔다."

g) 치원대가 잠든 사이 양산복이 치원대의 가슴을 확인하고 여자임을 알아낸다.
h) 양산복이 집에 돌아 와 병이 들어버린다.
i) 죽으면서 치원대 시집가는 길에 묻어달라고 한다.
j) 치원대가 시집가기 전에 치마감에 잿물을 먹여 준비한다.
k) 치원대가 시집가는 날 무덤 앞에서 가마를 세워달라고 한다.
l) 치원대가 양산복의 묘를 금봉채로 치자 묘가 갈라져 그 안으로 뛰어 들어
   간다.
m) 신랑이 치마를 잡았지만 잿물 먹인 치마이기 때문에 삭아 버려 놓치고 만
   다.
n) 묘가 합쳐져 버리고 치원대와 양산복이 쌍무지개 뜬 하늘 위로 승천한다.
o) 이후 치원대와 양산복이 시집장가 못 간 사람들을 저승으로 인도하게 되
   었다.

우선 작품은 두 남녀 주인물인 치원대와 양산복의 출생을 읊는 것으로
시작한다. 치원대와 양산복은 빨래터에 갔던 김씨 부인과 이씨 부인이 까
마귀가 떨어뜨린 배를 나누어 먹고 임신을 해서 태어난다. 배 꼭지 쪽을
먹은 김씨 부인은 사내 아이(양산복)를 낳지만, 배 밑쪽을 먹은 이씨 부
인은 여자 아이(치원대)를 낳는다.

그런데 여자 아이를 여자라 알리지 않고 남자로 속여서 키우는 데서부
터 문제가 발생한다. 치원대와 양산복은 자라면서 같은 사내애들처럼 함
께 공부를 하며 자라난다. 결국 눈치를 채게 된 양산복이 치원대가 여자
인지 알아내기 위해 여러 가지 내기를 하게 되고 결국 치원대가 여자임을
알아차리게 된다.

야 치원대야 우리여 이 둑담으루 가지구
오줌 싸서 넘글(넘길) 내기를 할까 하지요
하구 보니 그 여자 오줌이가 남자 오줌보다 더 세게 나가구
알 수 없습니다
암만해도 알 수가 저냥 없습니다
오늘 나조부터는 사흘 밤을 꼬박 밝혀서 공부를 하자
그렇게 해서 뉘기 먼저 자 버리는가 보자

사흘 밤을 꼽박 앉아서 자부니 거어 양산복이는 여자를 거둥 보자구
자잖으니 여르드르니 자부릴 턱 있어
거이 여자는 채우지 못해서 참잠 들었습니다
참잠을 들구 보니 찬잠을 든 담이요
가슴이다 손을 여으니까디 여자가 분명합니다

(『한국무가집』 3)

양산복은 치원대에게 사모하는 마음을 갖게 되었으나 치원대 부모가
허락하지 않아 병이 나 죽게 되고 만다. 죽으면서 치원대가 시집가는 길
에 묻어 달라고 한다. 다른 곳으로 시집가게 된 치원대가 자신의 치마를
양잿물에 적셔 금방 떨어지게끔 만들어 입고 양산복의 무덤이 있는 곳으
로 지나간다.

치원대가 양산복의 무덤 앞에 가마를 세우고 무덤을 금봉채로 치자 무
덤이 갈라지면서 치원대가 그 안으로 들어간다. 신랑이 치원대의 치마를
붙잡았지만 잿물을 들인 치마라 갈라져 버리고 만다. 묘가 합쳐져 버리고
치원대와 양산복이 함께 하늘 위로 승천하며 두 사람은 시집 장가 못 간
사람들을 저승으로 인도하는 신이 되었다.

이러한 전개 과정을 단락소로 나타내 보면 다음과 같다.

출생 - 성장 - 고난 - 해결의 시도 - 좌절 - 해결의 시도 - 해결

이 이야기는 한 쌍의 남녀가 사랑하는 사이인데도 사랑을 이루지 못한
채 남자는 죽게 되고 여자는 다른 데로 시집가는 이별을 맞게 되나, 죽음
을 뛰어 넘은 사랑의 힘으로 결국 저승에서 사랑을 이루게 된다는 한 편
의 러브 스토리이다.

그러면서 두 남녀가 평탄치 않은 사랑과 이별을 죽음을 무릅쓰고 극복
해 내어 사랑을 이루어냄으로써 혼인을 하지 못한 채 죽은 사람들을 저승
으로 인도하는 신이 된 내력을 풀이하고 있는 무속 신화이다.

출생과 성장 과정을 서술하는 동안에는 아직 고난이 드러나지 않는다.

하지만 그 안에 고난이 생길 요인을 내포하고 있다. 즉 여자 아이임에도 여자임을 숨기고 사내 아이처럼 사내 아이와 함께 키움으로써 언젠가는 드러나고 말 문제를 안고 있는 것이다.

결국 고난은 사내 아이인 줄 알았던 치원대가 여자임이 밝혀지고 그 치원대를 양산복이 사랑하게 되는 데서 생겨난다. 서로 친구처럼 허물없이 지내 왔던 사이가 연인 사이로 바뀌기 위해서는 어느 정도의 진통을 겪지 않을 수 없기 때문이다.

사랑을 이루기 위해 청혼을 하지만 치원대의 어머니는 여전히 치원대를 남자라 우기면서 청혼을 거절한다. 결국 이 해결의 시도는 좌절되고 마는 것이다. 사랑을 이루지 못해 병이 난 양산복은 죽게 되고 만다. 그러나 죽으면서 또 다른 해결의 시도를 하게 되는데, 그것이 바로 자신을 치원대가 시집가는 길에 묻어달라는 것이다. 이는 죽어서라도 치원대와의 결합을 완전히 포기할 수 없다는 생각이 자리하고 있기 때문일 것이다.

문면에 표현되어 있지는 않지만 치원대 역시 양산복을 사랑하고 있었던 모양이다. 시집가기 전날 자신의 치마에 잿물을 들임으로써 양산복과 만나기 위한 준비를 한 셈이다. 결국 치원대가 시집가는 날 치원대가 양산복의 무덤을 가르고 뛰어 들어감으로써 치원대와 양산복은 무덤 속에서 결합을 하게 된다. 두 사람의 사랑은 쌍무지개 뜬 하늘로 함께 승천함으로써 완성된다.

> 이 무덤이 이 앞이다 내려 놔 주시오 하니
> 내려 놨어 / 내려 놓니 무덤이 가서
> 금붕채를 빼서 그 묘를 한판을 치면서리
> 양산복이 무덤이 분명하믄 이 금붕챌누 갈나지라구
> 내려다가 갈느니 그 금붕챌누 무덤이 한 복판이 쩍 갈나졌어
> 그 때 글누 뛰여서 들어가니
> 말부담이 앉았던 신랑은 내려서
> 그 치마를 쥐어서 잡아대니니 그 재물 먹인 치마가 무슨 영기가 있겠습니까
> 불부울 날나나 한판이 뫼가 한 합이 되서 들어 맞아

　그때 들구 보니 어디 가서 찾겠습니까
　그러구 조금 있으니까 쌍무지개 져서 둘이 하늘로 승천하구 가는 거
(『한국무가집』3)

　이렇게 두 남녀의 사랑이 죽은 이후에야 완성되는 것은 두 사람의 사
랑이 현실에서는 불가능하다는 인식 때문일 것이다. 그러나 두 사람의 승
천길에 '쌍무지개가 떴다'고 함으로써 죽음 이후의 사랑을 결코 비극적이
거나 불완전한 것으로 보지 않고 아름답고 완전한 것으로 보고 있음을 알
수 있다.

3. 구조적 특성 비교

　서사민요 〈상사병으로 죽은 총각〉과 서사무가 〈치원대 양산복〉은 모두
총각이 처녀를 사모하는 데에도 불구하고 그 사랑을 이룰 수 없는 데에서
고난이 발생한다. 총각은 나름대로 처녀에게 구애를 해 보려 하지만 제대
로 성사되지 않는다. 사랑을 이루려는 해결의 시도가 몇 번 거듭되지만
처녀의 수줍음, 냉정함 등에 의해 거듭 좌절되는 것이다. 결국 총각이 상
사병이 나 죽게 됨으로써 좌절이 극대화된다.
　그러나 이 좌절로 사건이 일단락 되는 것이 아니라 죽음 이후에까지
해결의 시도가 계속된다는 점에서 두 작품의 공통점이 있다. 즉 민요와
무가 모두 총각의 죽음 이후 처녀가 새로운 주체로 등장하여 총각의 죽음
을 단순한 죽음으로 끝맺지 않는다. 민요에서는 총각을 살려내 혼인하고,
무가에서는 함께 무덤 속에서 결합하여 승천하는 것으로 되어 있다. 즉
총각이 죽은 이후에야 비로소 처녀의 의해 두 사람의 결합이 이루어지는
것이다.
　이렇게 서사민요와 서사무가 모두 '고난 - 해결의 시도 - 좌절 - 해결'
의 단락소로 이루어져 있음을 확인할 수 있다. 이는 민요와 무가 모두 현

실에서 처녀와 총각간의 사랑이 쉽게 성취될 수 없는 것으로 인식하고 있기 때문에 이러한 구조적 특성을 나타낸다고 할 수 있다.

그런데 서사민요와 서사무가의 전개 과정에 있어서 다른 점을 발견할 수 있다. 우선 서사민요는 처음부터 '고난'이 발생하는 데 비해, 서사무가는 서두 부분에 주인물이 출생하기까지의 내력과 성장 과정이 길게 서술된 후에 중반 부분에 가서야 비로소 '고난'이 발생한다는 점이 다르다.

한편 서사민요가 사건 중심적으로 곧바로 사건의 발단에서부터 시작하는 데 비해, 서사무가는 사건의 발단과는 직접적 관련이 없는 인물의 출생과 성장 과정을 인물 중심적으로 서술하고 있어, 마치 인물의 전기를 보는 듯한 느낌이 들게 한다.

서사민요에서는 인물이 누구이냐는 그리 중요하지 않다. 주인물이 단지 도령과 처녀로 나올 뿐이다. 「새터 19」에서는 주인물의 이름을 유충렬이와 초달순이라고 했지만, 단지 기억하기 좋은 이름이 나왔을 뿐이지 역사적이고 실재적인 인물을 강조하고 있지는 않다.

서사무가에서는 다르다. 두 주인물의 이름이 치원대와 양산복임을 명확히 하며 주인물들이 어떤 과정을 통해 태어나고 자라났으며 어떻게 죽어 신으로 정좌할 수 있었는가를 소상하게 밝히고 있다. 그저 김아무개나 이아무개가 아닌 이름을 분명하게 거명함으로써 그 실재성을 뚜렷하게 각인시키고 있다.

한편 서사민요의 인물은 특이하지 않다 그저 평범하고 일상적인 인물로 우리 주변에서 흔히 만날 수 있는 인물이다. 하지만 서사무가의 인물은 그 탄생에서부터 고귀하고 비범하다. 치원대와 양산복은 둘 다 정승의 부인들이 까마귀가 떨어뜨린 배를 나누어 먹고 잉태하여 태어났다.

서사민요에서는 주인물의 탄생과 성장 과정이 전혀 나타나 있지 않지만 서사무가에서는 이를 자세히 서술하고 있으며 이 두 주인물의 성장과정이 역시 평범하지 않음을 보여준다. 즉 치원대가 여자인데도 불구하고 태어났을 때부터 남자인 것으로 속여 남복을 하고 자라면서 줄곧 양산복과 함께 공부한다. 차츰 치원대가 나이가 들면서 여성의 자태를 띠게 되면서부터 이러한 속임이 불가능하게 되며 결국 이를 알아내고자 하는 양산복의 여러 가지 시도와 이를 피하려는 치원대의 대응이 흥미있게 전개된다. 그러나 결국 양산복이 치원대가 여자임을 알아내게 되고 그와의 결연을 원하지만 끝까지 이를 시인하려 하지 않는 치원대의 어머니에 의해 좌절된다.

이러한 사랑의 좌절이 민요와 무가 모두 남자 주인물이 죽음으로써 극대화되는 데 공통점이 있다. 그러나 그 해결 방법에 있어서 차이점을 보여 준다. 민요에서는 총각의 상여가 처녀의 집 앞에 멈춰 움직이지 않자 처녀가 나와 속적삼을 덮어 주자 총각이 살아 나 둘이 결혼하는 것으로 되어 있다. 무가에서는 양산복이 죽으면서 자신을 치원대가 시집가는 길목에 묻어 달라고 하고, 치원대는 시집가면서 치마에 잿물을 들여 입고서는 양산복의 무덤 앞에 멈춰 금봉채로 무덤을 갈라 무덤 안으로 들어간다. 신랑이 치원대의 치마를 잡지만 잿물을 들였기 때문에 삭아서 그만 놓치고 만다. 결국 치원대와 양산복은 함께 하늘로 승천하는 것으로 되어 있다.

민요와 무가 모두 극적이고 환상적인 방법으로 결말을 맺고 있다. 하지만 민요에서는 현실 세계(이승)에서 사랑을 이루며, 무가에서는 초현실 세계(저승)에서 사랑을 이룬다는 점이 다르다. 민요가 현실 중심적이라면 무가는 초현실 중심적이라고 할 수 있을 것이다.

4. 전승의식의 차이

앞 장에서 서사민요 〈상사병으로 죽은 총각〉과 서사무가 〈치원대 양산복〉의 구조적 특성을 비교하였다. 그 결과 서사민요와 서사무가는 같은 소재를 다루면서도 그 전개과정에 있어서 매우 다른 특성을 보임을 알 수 있다. 이렇게 민요와 무가가 보여 주는 구조적 차이는 민요와 무가를 창작, 전승하는 담당층의 의식의 차이를 아울러 나타내 준다고 할 수 있다.

이 장에서는 이들 서사민요와 서사무가 담당층이 가지고 있는 전승의식의 차이를 살펴보기로 하자.

우선 서사민요와 서사무가는 같은 총각과 처녀의 사랑 이야기를 다루는 데 있어서 서사민요에서는 총각과 처녀의 만남에서부터 이야기를 시작하는 데 비해 서사무가는 총각과 처녀가 태어나기 전 각각의 어머니들이 이들을 잉태하는 데에서부터 이야기를 시작한다. 이는 서사민요가 총각과 처녀의 만남과 이별 등 그들의 비극적 사랑에 관심을 두고 있는 데 비해, 서사무가는 총각과 처녀가 무속신으로 좌정하게 되기까지의 과정에 관심을 두고 있기 때문이라고 할 수 있다. 즉 서사민요가 사건 전개에 중점을 두고 있다면 서사무가는 인물의 탄생과 성장과정, 죽음 등 일생의 비범함에 중점을 두고 있다.

서사민요가 이렇게 인물보다는 사건에, 서사무가가 인물 자체에 중점을 두는 이유는 무엇일까? 이는 서사민요가 노래를 통해 일의 지루함을 달래고 사건의 전개와 해결과정에 흥미를 불러일으키기 위해 불려진다면, 서사무가는 노래를 통해 신의 내력을 전달하고 되풀이하여 듣는 사람으로 하여금 무가의 내용을 믿고 진실성 있게 받아들이게 하기 위해 불려지기 때문일 것이다. 한마디로 서사민요가 흥미의 노래라면, 서사무가는 신앙의 노래라고 할 수 있다.

신앙의 노래에서는 고유명사가 그 진실성을 뒷받침하기 위해 중요한 구실을 한다면, 흥미의 노래에서는 그 스토리의 전개 과정이 중요할 뿐 고유명사는 일반명사로 대체되어도 무방한 것이다. 단군신화에서 단군의 어머니는 웅녀라는 고유명사로 신격화되지만, 신화를 떠난 민담에서는 단지 암콤이면 그만이다. 서사무가 〈치원대 양산복〉에서는 주인물의 이름이 치원대와 양산복(이름은 각편마다 차이가 있기는 하지만 거의 유사하다.)으로 일관되어야 하지만, 서사민요 〈상사병으로 죽은 총각〉에서의 주인물은 그저 아무개 총각과 처녀이면 되는 것이다.

다음 서사민요는 서두부터 고난으로 사건이 시작된다. 처녀와 총각이 빨래를 하는 데 총각이 다가와 월경수를 떠 달라고 하나 처녀가 이를 거절함으로써 고난에 직면하게 되는 것이다. 이에 비해 서사무가의 서두는 신이스럽기는 하지만 평탄하게 시작된다. 두 주인물은 까마귀가 떨어뜨린 배를 갈라먹은 정승집 부인들의 아이들로 태어난다. 하나는 아들을 낳고 하나는 딸을 낳아서 딸을 아들로 속여 키우기는 하지만 특별한 고난이 나타나는 것은 아니다. 고난은 중반부에 와서 남장을 한 치원대의 정체를 알아내기 위해 양산복이 여러 가지 내기를 하는 데에서부터 나타난다고 할 수 있다.

서사민요가 다른 이야기들과는 달리 고난에서부터 이야기가 시작하는 것은 서사민요의 담당층인 평민여성들이 삶 자체를 고난으로 인식하고 있음을 보여 준다. 평민여성들에게 있어서는 생활 자체가 고난이며 이 고난으로 인해 시시각각 문제가 발생하므로 서사민요는 이러한 그들의 삶을 그대로 표현한 것이라고 할 수 있다.10)

하지만 서사무가의 담당층은 평민여성들 뿐만 아니라 양반여성들로까지 확대되어 있다. 또한 정작 서사무가를 주로 창작하고 전승하는 주요 담당층은 평범한 일반 여성들이라기보다는 굿을 연행하고 전승하는 무당들이다. 무당 중에는 여성뿐만 아니라 남성까지 포함된다. 이들은 서사무가를 통해 주인물들의 비극적 사랑보다는 무속신으로 좌정하게 되기까지의 신이한 행적을 강조해야 할 필요가 있다. 그러므로 까마귀가 떨어뜨려 준 배를 먹고 잉태를 한다는 주인물들의 탄생담부터 신이하게 설정을 함으로써 두 인물의 탄생과 운명이 하늘의 예정된 뜻과 연결돼 있음을 은연 중에 암시하고 있는 것이다.

서사무가 〈치원대 양산복〉의 두 주인물은 죽은 사람을 저승으로 인도하는 신의 역할을 한다. 이를 구연하는 무당과 그 굿을 의뢰한 사람들은 치원대와 양산복이 저승천도신임을 믿어 의심치 않는다. 특히 치원대와

---

10) 조동일은 앞의 책, 90면에서 서사민요뿐만 아니라 평민문학에서는 일반적으로 갈등이 작품의 처음부터 나타나고 필연적인 성격의 것이라고 하고 있다. 생활의 고난에서 문학적으로 표현될 모든 문제가 촉발되고, 생활의 고난이란 필연적인 성격을 띠기 때문이다. 이와는 달리, 관념적 사고에서 문제가 촉발되는 양반문학에서는 갈등은 작품의 전개와 더불어 서서히 나타나고 극히 우연적인 성격인 경우가 많다고 보고 있다.

양산복의 경우 혼인을 하지 못한 상태에서 죽어 결합이 되었기 때문에 혼인 못하고 죽은 처녀와 총각을 위해 천도해 준다고 믿고 있다.
  이는 무가의 마지막 부분에 잘 나타나 있다.

  (창)
  인간이 들이서 원하고 원하던 일으는
  즉어서 한도인상(還道人生)되오십니다
  거기 황천길이 가서 만나는 길입니다
  애고 오늘으는 시집 못 가고 장개 못간 인상(人生)으는
  양산복과 치원대 같이 가 세상으로 환도인상이 되오시오
  세계 세계 황유리세계로 점지하오
  청유리세계로 점지하오 / 유리세로 점지하오
  오홉극낙으루 환도인상 되오시오
  산친이 길은 나와 세계로 가오 세계로 가오
  극낙세계로 연화세계로 자등등이다 모셔가오
  영덕등이다 모셔가오
  홍초롱이다 불 당기워 청초롱이다 불 당기워
  세계로 가오 세계로 가오
  연화세계로 극낙세계로 인도하오

(『한국무가집』 3)

  이렇게 서사무가 〈치원대 양산복〉은 혼인 못하고 죽은 처녀와 총각을 극락세계로 인도하기 위해 부른다. 이는 서사무가 〈치원대 양산복〉의 두 주인물이 혼인을 못한 채 죽었기 때문에 그런 처지의 사람들을 잘 이해하고 공감하며 그들의 편에 서주리라 믿기 때문일 것이다.
  서사민요와 서사무가 모두 처녀와 총각 두 주인물의 이루어질 수 없는 사랑을 대상으로 하면서도 종내는 초현실적인 방법에 의해 두 주인물의 결합을 이루어낸다. 그러나 서사민요에서는 처녀가 총각을 살려냄으로써 이승에서 결합이 이루어지는 데 비해, 서사무가에서는 처녀가 총각의 무덤 안으로 들어감으로써 저승에서 결합이 이루어진다. 이 이유는 무엇일까?

서사민요를 부르고 듣는 여성들은 무엇보다도 지금 현재 그들이 발을 딛고 있는 세계에서 고난이 해결되기를 기대한다. 그러므로 스스로 사건 해결의 주체가 되어 죽은 총각을 살려내게 되는 것이다. 이는 여성 스스로가 삶을 무엇보다도 중요시하며 삶의 주재자로서 자신의 운명을 이끌어나가는 주체적이고 강인한 의식을 지니고 있음을 보여주는 것이라 할 수 있다.

하지만 서사무가의 경우 현실 세계를 떠나서 고난이 해결된다. 이는 현실 이외에 또 다른 중요한 세계가 있음을 강조하며, 현실에서 이루어지지 못한 사랑은 그 세계에서 이루면 된다고 인식하고 있음을 보여 준다. 또한 사건을 해결해 나가는 데 있어서도 여성 주인물보다는 남성 주인물이 주체가 되어 있다. 마지막에 여성 주인물이 자신의 치마에 잿물을 들이고 죽은 총각의 무덤을 가르긴 하지만 이는 죽은 남성 주인물을 따라가기 위한 예정된 운명을 받아들이는 태도라고 할 수 있다.

이상을 정리해 볼 때 서사민요가 사건, 현실(이승), 여성 중심적, 반운명론적인 흥미 위주의 노래라고 한다면 서사무가는 인물, 초현실(저승), 남성 중심적, 운명론적인 신앙 위주의 노래라고 할 수 있다. 이는 서사민요가 주로 평민 여성들에 의해 일을 하면서 노래 그 자체를 즐기기 위해 불려진 데 비해, 서사무가는 남성 또는 여성 무당에 의해 구연되어 계층 구별 없이 고루 향유되었으며 신의 세계를 믿고 받아들이게 하기 위해 불려지면서 형성된 특성일 것이다.

5. 총괄적 마무리

이 논문에서는 '처녀를 짝사랑하다 죽는 총각'이라는 같은 소재를 다루고 있는 서사민요 〈상사병으로 죽은 총각〉과 서사무가 〈치원대 양산복〉의 비교를 통해 서사민요와 서사무가 각각에 나타나는 구조적 특성과 전승의식의 차이를 살펴보았다.

그 결과 서사민요는 처음부터 '고난'이 발생하는 데 비해, 서사무가는 서두 부분에 주인물이 출생하기까지의 내력과 성장 과정이 길게 서술된 후에 중반 부분에 가서야 비로소 '고난'이 발생한다는 점, 서사민요는 사건 중심적으로 사건을 전개하는 데 비해, 서사무가는 인물 중심적으로 사건을 전개한다는 점, 서사민요가 현실 세계 중심인데 비해 서사무가가 초현실 세계 중심이라는 점 등이 차이로 파악되었다.

이러한 차이는 서사민요의 담당층이 주로 평민 여성으로서 그들은 삶 자체를 고난으로 여기나 이를 그대로 받아들이지 않고 주체적으로 극복하고자 하는 반운명론적 의식을 지니고 있는 데 비해, 서사무가의 주 담당층은 여성뿐만 아니라 남성도 포함하고 있으며 향유 계층 또한 양반 여성과 평민 여성을 두루 포함하고 있어 의식 자체가 서사민요의 담당층에 비해 보수적인 성향을 띰을 알 수 있다. 즉 서사무가는 서사민요에 비해 남성 중심적이며 고난을 극복하기보다는 그대로 받아들이는 운명론적인 의식을 나타내고 있는 것으로 생각된다. 한편 서사민요가 일을 하거나 쉬면서 노래 그 자체를 즐기기 위해 부르는 흥미 본위의 노래인 데 비해 서사무가는 무속신의 내력을 풀이하고 이를 믿게 하기 위해 부르는 신앙 위주의 노래라는 점도 이러한 특성과 무관하지 않다.

이상의 논의는 서사민요와 서사무가의 변별적 특징을 살펴보는 데 어느 정도 시사점을 줄 수 있으리라 본다. 그러나 이 논문의 주 고찰 대상이 서사민요와 무가 각각 한 유형에 국한돼 있어 논의를 일반화하기에는 아직 무리가 있다. 이는 고찰 대상을 확대하고 방법론을 다각화하면서 수정, 보완해 나가야 할 것이다.

■참고문헌은 각주로 대신함.

서사무가 〈도랑선비 청정각시〉와 혼사장애형 민요 비교

서사무가 〈도랑선비 청정각시〉와
혼사장애형 민요 비교

1. 머리말

　서사무가와 서사민요는 모두 일정한 줄거리를 지니고 있는 구비서사시이다. 서사무가가 일상적이지 않은 인물을 주인물로 하고 있다면 서사민요는 일상적 인물을 주인물로 하고 있다. 서사무가는 굿 속에서 신을 불러들이거나 즐겁게 하고 굿에 참여한 사람들을 즐겁게 하기 위해 부른다면 서사민요는 혼자 또는 여럿이 노동을 하거나 쉬면서 일의 고단함이나 설움을 달래기 위해 부른다.

　서사민요는 매우 다양한 유형으로 되어 있다.1) 서사민요에서 불리는 다양한 이야기들은 창자들의 순전한 창작일 수도 있으며 설화와 같은 다른 서사 장르를 바탕으로 재창작한 것일 수도 있다. 그 중 서사민요의 일

---

1) 서사민요의 유형에 대해서는 조동일, 『서사민요 연구』, 계명대 출판부, 1970 이후 꾸준한 연구가 이루어졌으나, 전국에 분포하는 서사민요 전체의 실상이나 유형분류에 대해서는 아직 제대로 정리하지 못하고 있다. 필자가 「서사민요의 구조적 성격과 의미-'시집식구 - 며느리'형을 중심으로」, 『한국문학이론과 비평』2, 한국문학이론과 비평학회, 1998에서 서사민요의 유형을 주인물과 상대인물의 관계에 따라 시집식구 - 며느리, 남편 - 아내, 부모 - 자식, 신랑 - 신부, 외간남자 - 여자 등 12유형으로 나눈 바 있으나 자료의 실상에 따라 계속적인 검토가 이루어져야 하리라고 본다.

부 유형은 서사무가와 동일한 화소와 유사한 서사구조를 지니고 있어 주목된다.2) 이는 이들 유형의 무가와 민요가 서로 밀접한 관련하에 형성되었음을 말해주면서, 동일한 이야기를 각 장르 전승층의 기호에 맞게 변형해 내었음을 보여 주는 실례가 된다. 이들 유형이 보여주는 장르적 차이는 서사무가와 서사민요가 서로 다른 연행 현장에서 불리며, 그 연행의 목적과 전승층이 다른 데서 기인하는 것으로 생각된다.3)

이에 이 논문에서는 서사무가 중 〈도랑선비 청정각시〉4)와 혼사장애형 민요5)를 대상으로 각각의 유형구조와 전승층의 의식은 어떠한지, 무가와 민요의 차이점은 무엇인지, 그 이유는 무엇인지 등에 대해서 살펴보려고 한다.6)

---

2) 서사무가 〈제석본풀이〉와 서사민요 〈중노래〉, 〈이사원네 맏딸애기〉, 서사무가 〈치원대 양산복〉과 서사민요 〈처녀를 짝사랑하다 죽은 총각〉 등을 들 수 있다.

3) 구비문학의 연행 현장에 참여하여 이를 창작, 전승하고 수용하는 사람들을 총칭할 때 담당층, 전승층, 향유층 등 여러 용어가 쓰이고 있다. 필자는 이 중 전승층이라는 용어를 쓰기로 한다. 구비문학의 경우 다른 사람이 연행하는 것을 듣고 이를 스스로 다시 연행함으로써 구비전승이 이루어지게 되므로 다른 용어보다는 '전승층'이라는 용어가 구비문학적 특성을 가장 잘 드러내 보여주기 때문이다.

4) 〈도랑선비 청정각시〉는 〈도랑선배·청정각시노래〉, 〈도랑선비〉, 〈도랑축원〉 등 여러 명칭으로 불린다. 이 중 무가의 두 주인물인 도랑선비와 청정각시를 모두 제목에 집어넣는 것이 바람직하다고 생각하여 〈도랑선비 청정각시〉로 부르기로 한다.

5) 혼사장애형 민요란 주인물이 신랑 신부로서 이 중 한 사람이 죽거나 혼인날 신부가 애를 낳음으로써 혼인이 성립되지 못하는 서사민요를 지칭한다. 졸고, 「혼사장애형 민요의 서술방식 연구」, 『한국민요학』8, 민요학회, 2000 참조. 필자가 분류한 유형 중 〈혼인날 신랑부고 받는 신부〉, 〈혼인 후 신부부고 받는 신랑〉, 〈여자의 저주로 혼인날 죽는 신랑〉, 〈혼인날 애 낳는 신부〉 등이 이에 속한다. 이 중 〈혼인날 애 낳는 신부〉는 〈도랑선비 청정각시〉보다는 〈제석남네 따님애기〉(제석본풀이) 등과 더 관련이 있을듯하여 차후에 제석본풀이와의 관련성을 살피는 논문에서 다루려고 한다. 강진옥은 「여성 서사민요에 나타난 관계양상과 향유의식」, 『한국고전여성작가 연구』, 이혜순외 6명 공저, 태학사, 1999, 489면에서 이들 노래를 '혼사장애 노래류'라 부르고 있다. 그는 여기에 〈정혼도 하지 않은 청춘과부〉를 포함하고 있으나 이는 총각과 처녀의 애정 갈등을 다루는 것으로 혼사장애형 민요에서는 제외해야 하리라고 본다. 필자는 이 유형을 〈처녀를 짝사랑하다 죽는 총각〉으로 분류한 바 있는데, 이 유형 역시 서사무가 〈치원대 양산복〉과 관련이 있어 따로 논의할 필요가 있다.

자료는 무가의 경우 〈도랑선배・청정각시노래〉(김근성 구연본)7), 〈도
랑선비〉(이고분 구연본)8)를 주 자료로 삼고,9) 민요의 경우 필자 조사
자료 및 조동일 조사 자료를 주 자료로 삼고 『한국민요대전』과 『한국구
비문학대계』 일부 자료, 기타 민요집 소재 자료를 보조 자료로 삼는
다.10)

2. 유형구조와 의미

서사무가 〈도랑선비 청정각시〉와 혼사장애형 민요는 매우 유사한 유형

---

6) 서사무가 〈도랑선비 청정각시〉에 대해서는 그리 충분한 연구가 이루어지지 못했다. 임
  석재, 「이승과 저승을 잇는 신화의 세계 - 함경도 무속의 성격」, 『함경도 망묵굿』, 열화
  당, 1985와 전경욱, 『함경도의 민속』, 고려대 출판부, 1999에서 망묵굿의 절차와 함
  께 자료의 성격에 대한 소개가 되어 있다. 〈도랑선비 청정각시〉의 신화적 성격에 대해
  서는 김헌선, 「함경도 무속서사시 연구 -〈도랑선배・청정각시노래〉를 중심으로」, 『구
  비문학연구』8, 한국구비문학회, 1999에서 고찰한 것이 있어 많은 도움을 받았다. 혼
  사장애형 민요에 대한 연구로는 강진옥, 위의 논문에서 부분적으로 향유의식을 다루었
  고, 필자가 「혼사장애형 민요의 서술방식 연구」, 『한국민요학』8, 민요학회, 2000에서
  그 서술방식에 대해서만 살펴 본 바 있다.
7) 손진태, 『조선신가유편』, 향토출판사, 1930에 소개된 자료로 김헌선, 위의 글에 자료
  와 주석이 실려 있다.
8) 김태곤 편저, 『한국무가집』3, 집문당, 1978, 73~79면에 자료가 실려 있다.
9) 두 자료 외에 임석재 외, 앞의 책에 임석재 채록, 장채순 구연본의 줄거리가 소개되어
  있는데, 결말 부분을 제외하고는 대체로 이고분 구연본과 유사한 전개로 이루어져 있다.
10) 필자 조사 자료는 필자가 1981년에서 1982년까지 전남 곡성군 일대에서 조사한 자
   료로 그 중 시집살이 노래의 경우만 졸고, 『시집살이노래 연구』, 도서출판 박이정,
   1996에 자료가 실려 있고 나머지 자료는 미발표자료이다. 조동일 자료는 조동일, 앞
   의 책에 실려 있다. 필자 자료는 조사 마을 이름과 번호를 붙여 새터1, 옥갓5, 먹굴1
   등으로, 조동일 자료는 조동일의 분류기호를 그대로, 『한국민요대전』, 문화방송,
   1991~1996의 자료는 지역과 음반번호를, 『한국구비문학대계』, 한국정신문화연구
   원, 1980~1989의 자료는 '구비' 다음에 책 번호와 지역별 노래번호를, 기타 민요집
   소재 자료는 노래 제목과 문헌명을 그대로 적기로 한다.

구조를 지니고 있다. 이들 무가와 민요가 어떤 과정을 거쳐 유사한 유형구조를 지니게 되었는지 명확하게 추정하기는 어렵다. 그러나 서사무가와 서사민요가 같은 구비서사시로서 주 전승층이 여성임을 생각할 때 각 유형의 형성에 서로 직·간접적인 영향을 주고받았음을 부인할 수 없다. 이에 이들의 유형구조를 비교해 봄으로써 각 장르의 특질과 전승층의 의식도 견주어 볼 수 있을 것이다. 〈도랑선비 청정각시〉와 혼사장애형 민요를 각각 유형에 따라 서사 구조를 분석하고 서로의 공통점과 차이점을 비교하면서 이러한 유형구조를 형성한 전승층의 의식에 대해 살펴보기로 하자.

2. 1. 유형 분류의 방법과 결과

서사무가 〈도랑선비 청정각시〉와 혼사장애형 민요를 비교하기 위해서는 우선 무가와 민요 구분 없이 공통된 화소를 중심으로 유형을 분류할 필요가 있다. 그런 다음 무가의 유형구조와 민요의 유형구조를 분석하여 서로의 공통점과 차이점을 살핌으로써 각 장르를 창작하고 전승하는 집단의 의식을 추출할 수 있을 것이다.

〈도랑선비 청정각시〉와 혼사장애형 민요 모두 공통적으로 상위 유형은 '신랑 죽음형'과 '신부 죽음형'으로 크게 둘로 나눌 수 있다. 신랑 또는 신부가 죽는 이유에 따라 유형을, 갈등 해결의 결과에 따라 하위 유형을 나누어 보기로 하자. 우선 상위 유형인 '신랑 죽음형'과 '신부 죽음형' 을 각각 A형, B형으로 구별하자. 다음 죽음의 원인을 a, b, c 등으로 표기해 유형을 원인과 결과의 결합에 따라 Aa, Ab, Ba, Bb 등으로 나타내기로 한다. 같은 원인에 속하나 편차가 있어 구별할 필요가 있을 때는 a′, b′ 등으로 표시한다. 하위 유형은 유형 기호 옆에 - 를 치고 1, 2, 3, 4 등으로 표기한다. 이를 표로 나타내면 다음과 같다.

중심사건 (상위유형)	원인 (유형)	결과 (하위유형)
A 신랑죽음 B 신부죽음	a 불길 운수 b 삼촌 양육(남) b′ 삼촌 양육(여) c 처녀 저주 c′ 본처 저주 bc 삼촌 양육+처녀 저주	1 한탄 2 자살 3 재생 4 기타 생물 환생 5 관조 6 재혼

여기에서 중심 사건 A와 B가 어떤 원인에 의해 발생해서, 어떤 결과에 이르느냐에 따라 매우 다양한 서사적 줄거리가 조합될 수 있다. 그런데 어떤 결과에 이르느냐는 유형보다는 하위 차원의 것이므로 유형의 차원에서 볼 때 실제 무가와 민요로 구현된 유형은 다음과 같이 나타난다.

Aa 신랑 부고 받는 신부
Ab 삼촌 밑에서 자라 장가가나 죽는 신랑
Ab′ 삼촌 밑에서 자라 시집가나 신랑이 죽는 신부
Ac 처녀의 저주로 죽는 신랑
Ac′ 본처의 저주로 죽는 신랑
Abc 삼촌 밑에서 자라 장가가나 처녀의 저주로 죽는 신랑
Ba 신부 부고 받은 신랑
Bb 삼촌 밑에서 자라 장가가나 신부 부고 받는 신랑

이렇게 놓고 보면 〈도랑선비 청정각시〉에서는 Aa, Ab형이, 혼사장애형 민요에서는 Aa, Ab′, Ac, Ac′, Abc, Ba, Bb 등의 다양한 유형이 나타나는 것을 알 수 있다. 이 중 무가와 민요를 같은 유형으로 다룰 수 있는 것은 Aa형이다. 물론 이 유형의 경우에도 사건의 발생에서부터 신랑의 죽음만 같을 뿐이지 해결 과정이나 결과는 다르게 나타나고 있다. 민요 유형에서는 무가에서 보이는 Ab형이 나타나지 않는다. 대신 그 변형이라 할 수 있는 Ab′, Ac, Ac′, Abc가 나타난다.

민요 유형 중 제시한 순서대로 볼 때 앞에 놓인 것일수록 무가에 가깝고, 앞에서 뒤로 갈수록 무가와 멀다고 할 수 있다. Ba와 Bb에 이르면 무가에서처럼 신랑이 죽는 것이 아니라 신부가 죽으며, 따라서 신부의 고난이 나타나지 않는다는 점에서 시험을 거치는 신의 성격이 전혀 드러나지 않는다. 신부를 잃은 신랑이 혼인 잔치에 쓸 음식을 장례 음식으로 쓰라고 하고 돌아간다든지, 새장가를 간다든지 등 신부의 죽음에 전혀 특별한 의미를 부여하지 않는다. 이는 그만큼 이러한 민요 유형들이 무가와는 달리 철저하게 세속적이며 현실적인 사고방식에 의해 불려졌음을 보여 준다.

2. 2. 무가 <도랑선비 청정각시>의 구조와 의미

<도랑선비 청정각시>는 함경도 망묵굿(또는 새남굿)에서 불려지는 서사무가이다. 망묵굿은 사람이 죽은 뒤 삼 년만에 좋은 날을 택하여 보통 3일동안 밤낮으로 거행하는 대규모 굿이다. 부정풀이, 토세굿, 성주굿, 문열이천수, 청배굿, 앉인굿, 타성풀이, 왕당천수, 신선굿, 대감풀이, 화청, 동갑접기, 도랑축원, 짐가재굿, 오기풀이, 산천굿, 문굿, 돈전풀이, 상시관놀이, 동이부침, 천디굿, 하직천수의 총 22거리로 이루어져 있다. 그 중 가장 핵심적인 것이 <도랑축원>인데 여기에서 <도랑선비 청정각시>가 불려진다.11) 도랑선비와 청정각시는 망인의 넋을 천도하는 신이라고 할 수 있다. <도랑선비 청정각시>는 크게 두 가지 유형으로 나눌 수 있다.

<도랑선비 청정각시>에 나타나는 가장 중요한 화소는 신랑인 도랑선비의 죽음이다. 이 도랑선비가 죽는 이유에 의해 두 유형으로 나눌 수 있다. 하나는 혼수 부정 또는 알 수 없는 이유로 신랑이 죽는 유형이고, 다른 하나는 외삼촌에게 양육된 신랑이 외삼촌의 잘못된 택일과 혼인 강행으로 죽는 유형이다.12) 죽고 난 뒤 신랑과 결합하기 위해 신부가 갖은

---

11) 전경욱, 앞의 책, 126~153면 참조.

고난과 시련을 받는 것이 공통 화소로 되어 있으며 그 결과가 어떻게 나타나느냐에 따라 여러 하위 유형으로 나눌 수 있다.

전자를 Aa 유형, 후자를 Ab 유형이라 명명하여 서사 구조를 살피면 다음과 같다.

▶Aa 유형

ㄱ) 고귀한 신분의 신부가 양반 집 선비에게 시집가게 되었다.
ㄴ) 혼인날 신랑이 앓아 누워 점쳐 보니 혼수 부정 때문이라고 했다.
ㄷ) 집에 돌아간 신랑으로부터 부고가 왔다.
ㄹ) 시가로 간 신부는 장례 후 울기만 하였다.
ㅁ) 옥황상제가 보낸 성인이 내려 와 신랑을 만날 수 있는 방법을 가르쳐 주었다.
ㅂ) 신랑을 만나려고 여러 가지 고난을 겪어내지만 신랑은 잠깐 나타났다 사라졌다.
ㅅ) 마지막에 신랑이 가르쳐 준 대로 목을 매 죽음으로써 저승에서 신랑을 만났다.
ㅇ) 두 사람은 인간세상에 환생하여 신으로 모셔졌다.13)

▶Ab 유형

ㄱ) 도랑선비가 어려서 부모를 여의고 외삼촌이 데려다 길렀다.
ㄴ) 택일을 잘못 하여 장가가는 길에 이상한 조짐들이 일어났다.
ㄷ) 신랑이 신부 집에 가서 앓아 누웠다.
ㄹ) 신랑이 집으로 돌아가 죽었다.
ㅁ) 백비둘기가 부고를 물고 와 신부가 신랑 집으로 갔다.
ㅂ) 장례 후 제상을 모셔 놓고 신랑을 보게 해 달라고 기원했다.

---

12) 장채순 구연, 임석재 채록본의 경우 임석재 외, 위의 책에 줄거리가 실려 있어 대강의 내용을 짐작할 수 있는데, 주인공인 도랑선비가 일찍이 부모를 여의고 삼촌 집에서 양육되는 것으로 되어 있어 후자와 같은 유형으로 넣어도 좋으리라고 본다.
13) 김근성 구연, 손진태 채록 본. (손진태, 『조선신가유편』, 동경 향토연구사, 1930) 김헌선의 앞의 논문에 자료와 주석이 실려 있다.

ㅅ) 중이 신랑 만나는 법을 가르쳐 주었다.
ㅇ) 신랑을 만나려고 여러 가지 고난을 겪어내지만 신랑은 잠깐 나타났다 사
  라졌다.
ㅈ) 마지막에 신랑이 가면서 죽어야 만날 수 있다고 했다.
ㅊ) 부부가 조상신이 되어 굿석을 차지하게 되었다.14)

여기에서 보면 Aa가 비교적 신화적 요소를 비교적 온전하게 지니고
있는데 비해, Ab는 신화적 요소가 많이 희미해져 있는 것을 볼 수 있다.
그러나 두 유형 모두 망묵굿에서 모셔지는 신의 내력을 이야기하는 무가
로서 신화적 속성을 지니고 있다. Aa유형과 Ab유형의 공통되는 화소는
'혼사 부정 - 신랑 죽음 - 신부시련 통과 - 저승 결합'이다.15)

Aa에서는 신부가 주체가 되어 있고 신부의 신분이 고귀하게 설정돼
있으며 사후에 둘다 신격으로 좌정한다. 그러나 Ab에서는 신랑이 주체가
되어 있으며 신랑이 죽은 뒤에야 신부가 주체가 되어 사건이 전개된다.
사후에 어떤 신으로 좌정하는지에 대해서는 명확한 서술이 없지만 구연
자의 설명으로 보아 가문의 조상신 내지 시조신이 되는 것으로 볼 수 있
다.16)

어쨌든 이 두 유형의 무가에서 공통적으로 말하려고 하는 것은 남녀가
결연하는 과정에 부정한 요인이 있어 신랑이 죽었고 이 부정을 무효화하
기 위해 신부가 갖가지 시련을 다 극복해내어 그 보상으로 드디어는 저승
에서 결연하게 된다는 것이다. 뿐만 아니라 두 사람은 신으로 좌정하여
저승으로 죽은 이의 넋을 천도하는 신이나 한 가문의 조상신으로 자리잡
게 된다는 것이다.

신부가 신랑과의 결연을 위해 겪는 시련은 보통의 인간으로는 감내할

---

14) 이고분 구연, 김태곤 채록 본. (김태곤, 『한국무가집』3, 집문당, 1979)
15) 장채순 구연본(임석재 외, 앞의 책에 요약된 자료가 실려 있음)에서는 이승에서 밤에
  만 결합하는 '불완전한 결합'을 이룬다.
16) 김헌선은 앞의 글, 240~241면에서 도랑선비와 청정각시가 부부의 관계를 이승과
  저승으로 이어지도록 하는 직능을 맡은 신이면서 시조신 내지 조상신으로 섬겨진다고
  보았다.

수 없는 처절한 것이다. 왜 하필 여성이 이런 시련을 감내해야 하는 걸까. 여기에는 여성이 남성보다 약하다는 성차별적 전제와 여성이 한 가문에 들어오기 위해서는 어떠한 수난도 감수하고 이겨내야 한다는 가부장적 전제가 깔려 있다. 이러한 전제가 부당한 것이기는 하지만 이를 떠나서 나약하게 여겨지는 여성이 시련을 겪을 때 더 많은 동정과 공감을 얻을 수 있고 이를 통과해냈을 때 더 큰 찬사와 감탄을 자아내는 것은 틀림없는 사실이다.

여성이 모든 시련을 묵묵히 받아들이고 극복해 낸다는 것은 여러 가지 의미로 읽힐 수 있다. 긍정적으로 본다면 나약해 보이는 여성이 실제로는 무서운 힘이 있음을 보여주는 것이라 할 수 있다. 여성에게 이런 시련을 감내할 수 있는 내적 능력을 지니고 있음을 나타내는 것이다. 부정적으로 본다면 여성은 남편이 필요하며 남편과의 결합을 위해서는 마땅히 이런 시련을 감내해야만 한다는 이데올로기에 의한 것일 수도 있다.17)

여성에게만 이런 시련이 주어지는 것은 불공평하지만 이런 시련을 묵묵히 받아내고 결국 이를 이겨내는 것은 성인의 경지가 아니고서는 불가능하다. 결국 이 무가는 여성을 위대한 성인이나 신의 경지에까지 끌어올리고 있는 것이다.

2. 3. 혼사장애형 민요의 구조와 의미

민요에서는 어떠한가. 민요 중에는 무가 〈도랑선비 청정각시〉에 나타나는 주요 화소를 지닌 노래로 혼사장애형 민요가 있다. 혼사장애형 민요

---

17) 조현설은 「여신의 서사와 주체의 생산」, 한국고전여성문학회 제2차 학술발표대회 발표문 (2000. 4. 29. 이화여대), 27면에서 굿판은 공명의 반복을 통해 문화적 자의성을 주입하는 교육 기능을 가지고 있으며 "황해도 새남굿이 〈도랑선비 청정각시〉를 통해 주입하는 문화적 자의성이란 다름 아닌 아내는 남편을 위해 어떤 수난이라도 감내해야 하며 수난의 통과의례를 통해 가정을 복원해야 하는 지상과제를 지닌 존재라는 규정이다."라고 보고 있다. 그의 견해는 서사무가에 대한 여성주의적 읽기를 시도하고 있어 주목할만 하다.

중 신랑 또는 신부의 죽음으로 혼사가 파탄이 나는 경우가 이에 해당한다. 이를 유형별로 서사구조를 분석하고 전승의식을 살펴보면 다음과 같다.

▶Aa 신랑 부고 받는 신부

자료: 새터105, 새터150, 옥갓31, 전북12-7, 구비7-5 월항면19, 구비7-5 초전면27, 구비7-5 벽진면19, 구비7-5 벽진면41, 배좌수딸1

ㄱ) 신랑감과 신부감이 모두 빼어나다.
ㄴ) 혼인 잔치를 준비한다.
ㄷ) 신랑의 부고를 받는다.
ㄹ) 치상 차림을 하고 시댁에 간다.
ㅁ) 신세한탄을 한다.
ㅂ) 이름을 지어달라고 한다.
ㅅ) 상여를 멈추고 속적삼을 덮어 준다.
ㅇ) 신랑이 살아난다.

서사무가 〈도랑선비 청정각시〉 중 Aa 유형과 가장 접근해 있는 유형이다. 서사무가와 다른 점은 신부의 시련 부분이 없다는 점이다. 그러므로 시련을 통과한 후에 신격을 부여받지도 않는다. Aa-1 〈신랑이 죽자 한탄하는 신부〉에서는 평범한 여인들이 그러듯이 통곡을 하며 신세한탄을 하는 것으로 되어 있다.[18] 여기에서 이름을 지어달라는 대목이 특이하다. 이름을 지어달라고 하는 것은 〈제석본풀이〉에서 중이 가버리려고 하자 제석님네 따님애기가 이름을 지어달라고 하는 대목을 연상시킨다.

Aa-3 〈신랑이 죽자 살려내는 신부〉에서는 무가에서와 같은 신이한 사

---

18) 한 예를 들면 남해 〈한선비 타령〉에서는 "소년과부도 짓지를 말고 / 중년에 과부도 짓지 말고 / 지어주소 지어주소 처녀과부로 지어주게 / 처녀과부 지어끼니 니머리나 풀어줘라 / 지가 언제 날 봤다구 삼단같은 이내 머리 / 구름발같이도 풀릴소냐"(임석재 채록, 『한국구연민요 자료편』, 집문당, 1997, 208면)라고 한탄하는 것으로 마무리된다.

건이 벌어진다. 신부가 신랑의 상여에 속적삼을 덮어 주자 신랑이 살아나
는 것으로 되어 있다. 이는 역시 서사무가 〈바리공주〉나 〈치원대 양산복〉
의 마지막 부분에 나오는 장면과 유사하다. 하지만 이러한 기적의 행사로
서사무가에서처럼 주인물이 고귀한 지위에 오르는 것은 아니다. 신랑을
살려냄으로써 신부는 단지 가정의 며느리로서의 위치를 부여받을 뿐이다.

이렇게 민요에서는 비록 그 사건이 신이한 요소로 되어 있다 할지라도
사고 방식은 지극히 현실 중심적인 것을 볼 수 있다.

북한에서 수집된 민요인 〈배좌수딸 1〉19)의 노랫말을 들어보자.

1. 배나무골 배좌수 딸과 황나무골 황좌수 아들과
   혼인작정 다되여서 례장까지 보내놓고
   죽단말이 웬말인가 죽단말이 웬말인가
2. 례장만은 그만두고 검은댕기 치마 끝에
   엄마야 엄마야 무슨 저고리 입고 가란
   울깃불깃 하나마 웃저고리 입고 가렴
3. 웃저고리란 웬말인가 배적삼이 제격이라
   엄마야 엄마야 무슨 치마 입고 가란
   울깃불깃 하나마 당치마나 입고 가렴
4. 당치마가 웬말인가 배치마가 제격이라
   엄마야 엄마야 무슨 댕기 디리고 가란
   울깃불깃 하나마 판댕기나 디리고 가렴
5. 판댕기가 웬말인가 흰댕기가 제격이라
   무슨 신을 신고가란 세날짚신이 제격이라
   무슨 승교 타고가란 장승교나 타고 가렴
6. 시아버지 시어머니 시누이가 모두 나와
   승교문을 열고보며 며느리가 이처럼
   상덕스레 생겼는데 내 아들이 왜 안죽으랴
7. 그 소리를 듣고나니 이내 심장 두근거린다
   뒤문밖에 나가서서 동서사방 바라보니

---

19) 『조선민족음악전집』 민요편 3, 예술교육출판사, 1999, 448~449면. '평양 리윤애
　　창, 한시형 채보, 보통 속도로 애조를 띠고'라는 설명과 함께 악보가 실려 있다.

        이팔청춘 과부로다 이내 신세 어이하리
    8. 어디선가 까마귀 한쌍 꽃을 물고 내려오고
       어디선가 까치 한쌍 꽃을 물고 내려와서
       배좌수 딸 서있는 곳에 꽃을 꽂고 올라가네

이 노래는 알 수 없는 이유로 신랑이 죽은 후 신부가 치상 차림을 하고 신랑집으로 가는 것으로 되어 있다. 신랑 식구들이 신랑의 죽음을 신부 탓으로 돌리자 고민하는 신부의 마음이 잘 나타나 있다. 마지막 부분에 까마귀 까치가 꽃 한 쌍을 물고 와서 배좌수 딸이 있는 곳에 꽂아 주는 것으로 되어 있다.

이 노래가 원래 창자가 구연한대로 적고 있다고 보기는 어렵다. 세 줄씩 한 연을 이루는 것으로 연을 나누어 적고 있는 것부터가 약간 다듬은 흔적이 엿보인다. 그러나 서사적 줄거리의 틀만은 바꾸지 않았으리라고 생각된다. 그렇다면 마지막 부분 까마귀 까치가 꽃을 물고 내려 와 배좌수 딸에게 전한다는 것은 아주 의미심장하다. 이는 서사무가 〈바리공주〉 등에서 생명의 꽃을 구해 와 죽은 이를 살려내는 화소와 같기 때문이다. 어쩌면 위 노래에도 꽃으로 죽은 신랑을 살려내는 화소가 마지막 부분에 있지 않았을까 하는 생각이 든다.

그렇다면 이 노래도 이 유형의 다른 노래들과 마찬가지로 무가에서와 같이 신성성을 유지하면서, 무가에서의 초현실 중심적인 사고방식과는 달리 현실 중심적인 사고방식을 드러내어 신랑을 살려 내는 화소를 갖추고 있는 것으로 볼 수 있을 것이다.[20]

---

20) 김헌선, 앞의 글, 242면에서 "〈바리공주〉는 저승여행을 통해서 불사의 생명수나 꽃을 얻어 가지고 오지만, 〈도랑선비〉는 이승에 있는 여성 청정각시가 갖은 고행을 통해서 저승의 남편을 만나고자 하는 데서 결정적 차이를 가지고 있다. 이승을 부정하고 저승에서 사랑을 성취한다는 점에서 〈도랑선비〉의 특징이 있고, 저승을 부정하고 이승을 강조하는 점에서 〈바리공주〉의 특징이 있다"고 보고 있는데, 〈도랑선비 청정각시〉의 이러한 초현실 중심적 성격이 민요에서는 현실 중심적인 성격으로 나타난다고 할 수 있다.

▶Ab′ 삼촌 밑에서 자라 시집가나 신랑이 죽는 신부

자료: F1, F2, F3, F4, F5, F6, F7, F8, F9, F10, F11, F12, F13,
　　　F14, F15, F16, 충남5-19, 충남5-20.

ㄱ) 어려서 부모를 여읜다.
ㄴ) 삼촌 밑에서 자라나 갖은 구박을 다 받는다.
ㄷ) 시집을 가나 남편이 불구자이고 고된 시집살이를 한다.
ㄹ) 남편마저 죽는다.
ㅁ) 신세를 한탄한다.
ㅂ) 자살한다.

　　흔히 〈꼬댁각시 노래〉라고 불리는 노래이다. 무가 〈도랑선비 청정각시〉의 Ab유형과 마찬가지로 주인물이 어려서 부모를 여의고 삼촌 집에서 양육되는 화소가 나타난다. 그러나 서사무가에서는 신랑이 삼촌 집에서 양육되는 데 비해 이 노래에서는 신부가 삼촌 집에서 양육되는 것으로 되어 있어 차이가 있다. 또 무가에서는 주인물이 삼촌 집에서 양육되는 사실만 간단히 언급하는 데 비해 민요에서는 주인물이 삼촌 집에서 양육되며 갖은 구박을 다 받는 것으로 되어 있다.
　　한편 특이한 점은 다른 서사민요들이 모두 단순히 노동이나 여가 시간에 노동요나 유희요로 불려지는 데 비해 이 노래는 정월에 여성들이 한 자리에 모여 일종의 주술의식을 하면서 부르는 의식요로 불려진다는 점이다. 이는 그만큼 이 노래가 서사무가와 깊은 관련성을 지니고 있음을 보여 준다.
　　〈꼬댁각시 노래〉는 여인들이 방안에 빙 둘러앉아 한 사람을 뽑아 신장대를 들고 앉아 있게 하고서 부른다. 여러 사람이 함께 이 노래를 부르면 꼬댁각시의 혼이 신장대에 내려 신장대를 들고 있는 사람이 무당처럼 신통력을 갖게 된다고 한다. 그래서 그 해의 운세를 점쳐 준다든지, 잃어버린 물건을 찾아 준다든지 한다는 것이다.
　　이처럼 〈꼬댁각시 노래〉는 정식 굿과 같은 절차를 밟고 있지는 않지만 꼬댁각시의 혼이 있다고 믿는 여성들에 의해 전승된다고 할 수 있다. 또 이 노래를 부르는 여성들은 꼬댁각시의 비극적 일생을 노래로 부르면서 함께 슬퍼하는 공동체 의식을 갖게 된다. 꼬댁각시가 마치 자신들의 화신 인양 여기고 동화하게 되는 것이다.

그러면 〈도랑선비 청정각시〉와 〈꼬댁각시 노래〉의 차이점은 무엇이고 그것이 의미하는 바는 무엇인가. 〈도랑선비 청정각시〉에서는 신랑이 삼촌 집에서 양육되나 〈꼬댁각시 노래〉에서는 신부가 삼촌 집에서 양육된다. 그러나 둘다 신랑이 죽는다는 점에서는 동일하다. 〈도랑선비 청정각시〉에서는 죽은 신랑을 만나기 위해 신부가 갖은 고난을 다 겪는 것으로 되어 있으며 최종적으로는 자살을 함으로써 저승에서 신랑을 만나는 것으로 되어 있다. 그리고 신으로 좌정한다. 〈꼬댁각시 노래〉에서도 신랑이 죽은 후 신부가 갖은 고난을 다 겪는다. 단 고난이 시집살이로 바뀌어 나타난다. 또 마지막에 신부가 자살을 하며 신이 된다.

〈도랑선비 청정각시〉는 신랑의 죽음으로 인한 신부의 초현실적 인내에 중점을 두고 있으며 죽은 이와의 저승에서의 만남을 이루어주는 신으로 정좌한다고 한다면, 〈꼬댁각시 노래〉는 신부가 성장 과정에서 겪는 고통과 신랑의 죽음으로 인해 가중되는 시집살이의 한탄에 중점을 두고 있으며 여성들이 현실에서 겪는 설움과 한을 대변하고 풀어주는 신으로 정좌한다고 할 수 있다. 이는 〈꼬댁각시 노래〉가 무속적 성격을 띠고 있다 할지라도 무가에 비해 상당히 현실 중심적인 태도를 지니고 있음을 보여 준다.

▶Ac 처녀의 저주로 죽는 신랑

자료: G6, G7, G11, G12, G16, G17, G18, G23, G24, G25, G28, G32, 경북4-21, 경북8-30

ㄱ) 신랑감이 성장해 성인이 돼 처녀를 보러간다.
ㄴ) 처녀가 구애하나 거부한다.
ㄷ) 처녀가 저주한다.

ㄹ) 혼인 후 신랑이 앓다가 죽는다.
ㅁ) 신부가 가족에게 알린다.
ㅂ) 치상 준비를 한다.
ㅅ) 상여가 멈추고 처녀가 속적삼을 덮어준다.
ㅇ) 신랑이 나비로 환생한다.

▶Ac′ 본처(자식)의 저주로 죽는 신랑

자료: G1, G2, G13, G14, G15, 강원2-16, 경북11-26, 구비7-4 대가면
　　　 224, 구비7-4 성주읍15, 구비7-5 초전면26.

ㄱ) 본처(자식)가 만류하나 후실장가를 간다.
ㄴ) 본처(자식)가 저주한다.
ㄷ) 신랑이 혼인 후 병이난다.
ㄹ) 신부가 구완하나 죽는다.
ㅁ) 신부가 자기 이름을 지어 달라고 한다.
ㅂ) 본처가 상여 나가는 것을 바라본다.(자식이 한탄한다.)

이 유형의 노래는 흔히 〈이사원네 맏딸애기〉, 〈후실장가〉 등으로 불리는 것이다. 신랑이 죽는다는 점에서 서사무가 〈도랑선비 청정각시〉와 유사하다. 그런데 〈도랑선비 청정각시〉와는 달리 앞 부분에 처녀 또는 본처 등의 저주가 나타나는 점이 다르다. 신랑이 이유 없이 죽는 데 대한 인과적인 사고 방식에서 이런 서두가 생겨났으리라 생각된다.

한편 Ac 유형에서 처녀가 예쁘다는 소문을 듣고 남자가 보러 가는 장면은 서사무가 〈제석님네 따님애기(제석본풀이)〉의 서두와 유사하다. 뿐만 아니라 마지막 부분에 신랑의 상여에 속적삼을 덮어주고 신랑이 살아나거나 나비 등으로 환생한다든지, 무덤이 벌어져 처녀가 그 안으로 들어간다든지 하는 것은 다른 유형의 민요에도 빈번하게 나타나며 서사무가 〈치원대 양산복〉과 유사한 화소로 되어 있어 주목된다.[21]

---

21) 필자가 조사한 민요 자료 중 〈처녀를 짝사랑하다 죽는 총각〉의 경우, 무가 〈치원대 양

　이렇게 볼 때 이 유형의 노래는 기존 여러 가지 서사 장르로부터 다양한 화소를 가져다 새롭게 재구성해 낸 것이라 생각된다. 신랑의 느닷없는 죽음을 훨씬 드라마틱하고 설득력 있게 만들려고 하는 전승층의 의도가 이런 노래를 창출해 냈을 것이다. 그러면서도 반복되는 저주의 말과 이 말 그대로 차례차례 실현되는 모습은 무가보다도 더 주술적인 성격을 띠고 있다. 옛말에 '말이 씨가 된다'고 했듯이, 말 그것도 가락을 지닌 말인 노래의 주술성을 실감하게 하는 노래이다.

　그렇다면 이 유형의 노래가 의미하는 것은 무엇일까. 우선 Ac유형 〈처녀의 저주로 죽는 신랑〉의 경우 여자가 남자에게 먼저 구애를 하나 남자가 거절하는 것으로 되어 있어 특이하다. 민요에 이렇게 된 저간의 사정에 대한 설명은 나와 있지 않지만 많은 각편에 처녀가 예쁘다는 말을 듣고 남자가 찾아가는 것으로 되어 있어 이들 남녀간에 사랑이 싹튼 것이 아닌가 한다. 그러나 남자에게는 이미 정혼한 곳이 있어 여자의 구애를 받아들일 수 없었을 것이다. 결국 다른 곳으로 장가가는 남자를 원망하여 저주로써 죽게 하지만 종국에는 초현실적인 방법으로나마 부부의 연을 맺는 것이다.

　그러므로 〈처녀의 저주로 죽는 신랑〉은 당사자의 의사나 사랑과는 관계없이 치러지는 혼인 제도에 대한 비판과 저항, 사랑의 성취에 대한 강한 욕구 등을 내포하고 있다. 또한 자신의 구애를 거절하고 가는 남자에 대해 저주를 내리고 이 실현을 지켜볼 뿐만 아니라, 자신에 의해 죽고 만 남자의 상여를 어루만짐으로써 비로소 상여가 움직이고 나비 등으로 환생케 하는 행위 등은 평범한 인간이 아닌 신적 위엄과 능력을 가진 존재로 보여 준다.[22]

산복〉과 거의 유사한 화소와 전개방식으로 되어 있다. 〈치원대 양산복〉의 경우 중국의 양축설화, 이의 소설화인 〈양산백전〉 등의 내용과도 유사성을 지니고 있어 그 관련성이 논의될 필요가 있다. 또 무가 〈제석님네 따님애기〉는 〈중타령〉 등의 민요로도 활발하게 전승되고 있으며, 시집살이 노래 중 〈중노래〉와도 화소를 공유하고 있다. 이들의 관련양상에 대해서는 별도의 논문으로 준비하려고 한다.

[22] 류종목(동아대) 선생님은 이 논문에 대한 질의에서 이를 여성의 신적 능력과 결부시

이는 '여자가 한을 품으면 오뉴월에도 서리가 내린다.' 등과 같이 여성이 지니고 있는 초월적 능력을 은연중에 드러내는 것이라 할 수 있다. 여성은 억압적 현실에서 묵묵히 자기에게 주어진 고난을 감내하지만 그 이면에 대단한 능력을 감추고 있음을 보여 줌으로써 그 억압적 현실에 대해 경고를 하고 있는 것이다.

〈본처의 저주로 죽은 신랑〉의 경우 장가가는 신랑에게 저주를 내리고 신랑이 그로 인해 죽는다는 설정은 마찬가지이지만 신랑이 첫장가가 아닌 후실장가를 가며 저주를 내리는 사람이 본처라는 특수성이 있다. 〈처녀의 저주로 죽는 신랑〉보다 훨씬 더 현실적인 소재로 이루어져 있으며 마지막 역시 남편의 상여가 나가는 것을 바라다보는 것으로 되어 있어 죽은 이후에는 더 이상 신이한 일이 나타나지 않는다.

이는 처자식을 두고 후실장가를 가는 이에 대한 원망과 비판을 노래로 표현한 것으로서 노래를 부르고 듣는 전승층인 대부분의 여성들의 현실적인 기대가 그대로 표출된 것이라 할 수 있다.

▶Abc 삼촌 밑에서 자라 장가가나 처녀의 저주로 죽는 신랑

자료: G3, G4, G5, G8, G9, G10, G19, G20, G21, G22, G26, G27,
      G29, G30, G31.

ㄱ) 어려서 부모를 여읜다.
ㄴ) 삼촌 밑에서 자라나 갖은 구박을 다 받는다.
ㄷ) 장가가는데 처녀가 구애한다.
ㄹ) 거부하자 처녀가 저주한다.

킬 부분이 아니라 결핍요소의 제거에 의한 원상회복으로 보아야 한다고 지적하셨다. 즉 '처녀의 저주(결핍) -〉 남자의 죽음(결핍의 결과) -〉 처녀가 상여를 어루만짐(결핍의 제거) -〉 환생·재생(원상회복)'으로 해석하였는데, 이는 타당한 견해로 여겨진다. 그런데 이 때 원상회복의 주체가 여성이며 여성의 절대적인 힘에 의해서 주재된다는 점에서 이 민요 전승층은 여성의 능력에 대한 대단한 자존의식을 갖고 있다고 볼 수 있을 것이다.

ㅁ) 혼인 후 신랑이 앓는다.
ㅂ) 신부가 가족에게 알리고 약을 쓴다.
ㅅ) 신랑이 죽어 상여가 나간다.
ㅇ) 상여가 처녀 집 앞에 멈추자 처녀가 속적삼을 덮어 준다.
ㅈ) 처녀가 시집가는 길에 묻는다.
ㅊ) 처녀가 시집가는데 무덤이 벌어져 들어간다.

민요 중 신랑이 죽는 유형에서 가장 복잡하게 전개되는 유형이다. 주인물인 신랑이 어려서 부모를 여의고 삼촌 밑에서 자라난다. 무가 〈도랑선비 청정각시〉에서도 이와 같이 설정되어 있다. 그러나 무가에서는 삼촌 밑에서 자라면서 구박받는 내용이 없는 반면, 민요에서는 삼촌과 숙모로부터 갖은 구박을 받는 내용이 자세하게 그려져 있는 점이 특이하다.

주인물은 이렇게 고난을 겪다 장가를 가게 되나 처녀의 구애를 뿌리쳐 저주를 받게 된다. 주인물이 죽게 되는 직접적 원인은 바로 이 처녀의 저주라고 할 수 있다. 이 처녀의 저주 역시 무가에서는 전혀 나오지 않는 것이다.

삼촌 밑에서 자라 구박을 받는다는 내용과 처녀의 저주를 받아 죽게 된다는 내용은 각기 독립적인 유형의 노래를 이룬다. 그런데 이 노래에서는 이 두 가지가 합쳐져 있다. 원래의 내용은 무가 〈도랑선비 청정각시〉에서와 같이 삼촌 밑에서 자라 장가가게 된 주인물이 택일 등의 잘못으로 죽게 되는 것이라 생각된다. 여기에 〈처녀의 저주로 죽는 신랑〉과 같은 민요 유형이 합쳐져서 하나의 노래가 된 것이다.

이처럼 무가에서는 신랑이 삼촌 밑에서 자라면서 고난을 겪는 과정이나 죽게 되는 이유 같은 것은 간단히 설명으로 처리하고 마는 데 비해 민요에서는 이를 자세하고 구체적으로 다루고 있다. 이런 차이가 생겨난 이유가 무엇일까.

이는 무가와 민요의 장르적 성격 차이에서 온다고 생각된다. 무가가 초인간적인 신적 행위를 찬양하는 노래라고 한다면 민요는 인간의 일상적 삶을 그려내고 그로 인한 감정을 그려내는 노래이다. 그러므로 무가 〈도랑선비 청정각시〉에서는 신랑이 죽은 이후 저승에 간 신랑을 만나기 위해 고난을 극복해내는 신부의 초인간적인 행동에 초점을 맞추고 있다면, 민요에서는 신랑이 죽기 이전에 얼마나 어렵고 힘든 삶을 살았느냐 하는 일상적 경험과 그로 인한 내적 갈등과 시름을 표출하는 데 초점을 맞추는 것이다.

그렇기 때문에 신랑이 죽은 이후의 태도도 무가와 민요에서 서로 다르게 나타난다. 무가에서는 신부가 의연하고 담담하게 자기에게 주어진 과제를 수행해 나가는 반면, 민요에서는 느닷없는 신랑의 죽음에 어찌할 바 모르고 당황하며 슬퍼하는 신부의 모습이 그대로 드러나 있다.

결말 부분에서 신랑과 신부의 재회를 이루기 위해 설정돼 있는 상황 역시 차이가 있다. 무가에서는 성인 내지 중이 가르쳐 주는 방법대로 신부가 갖은 시련을 다 거치는 것으로 나타난다. 이는 신부의 인내력을 알아보기 위한 시험이라고 할 수 있다. 그 시험이 인간으로서는 감내하기 어려운 것이긴 하지만 비현실적인 것은 아니다. 그리고 결국 죽은 이후에야 영원히 재결합할 수 있는 것으로 되어 있다.

하지만 민요에서는 오히려 환상적으로 처리되어 있다. 움직이지 않던 상여가 속적삼을 덮어 줌으로써 움직인다든지, 무덤 문이 벌어지면서 신부가 무덤 속으로 들어가 만난다든지, 죽은 신랑이 살아난다든지 하는 것이다.

현실적인 해결 방법을 그리고 있는 무가와 비현실적인 해결 방법을 그리고 있는 민요, 이는 무가와 민요의 원래 속성과는 모순되는 것처럼 보인다. 그러나 이러한 모순 역시 무가와 민요의 본질적 차이에서 온 것이라 할 수 있다.23)

---

23) 이 이유에 대해서는 다음 장에서 상술하기로 한다.

▶Ba 신부 부고 받은 신랑

자료: I1, I2, I3, I4, I5, I6, 새터71, 경북13-16.

ㄱ) 장가 못갈 팔자이다.
ㄴ) 장가가기 위해 신부집으로 떠난다.
ㄷ) 길가는 중에 이상한 조짐이 보인다.
ㄹ) 신부 부고를 받는다.
ㅁ) 신부집에 도달하니 장사준비가 한창이다.
ㅂ) 신부 시신을 보고 한탄한다.
ㅅ) 혼인 준비 음식을 장사 음식으로 주라고 하고 돌아간다.

〈도랑선비 청정각시〉의 Ab유형과 유사하다. 신랑이 주체가 되어 있으며 외삼촌에 의해 양육되는 것으로 되어 있다. 그러나 서사무가에는 신랑이 죽는 것으로 되어 있는 반면, 민요에서는 신부가 죽는 것으로 되어 있는 점이 차이가 있다. 이는 이 민요를 주로 남성 창자가 부르는 데에서 연유한 것이라 생각된다. 이 경우 서사민요 Aa유형과 달리 신랑 신부의 재결합을 위한 시도가 전혀 나타나지 않는다. 하위 유형에 따라서 혼인 음식을 장례 음식으로 쓰라고 하고 가버리거나 새장가를 가버리기도 한다. 현실에서의 상황을 그대로 반영하며 현실 속에서 남성과 여성의 지위와 입장을 아주 잘 대변해 준다.24)

그런데 다음 노래 〈배좌수딸 2〉는 신부의 죽음을 다룬 노래이면서도 서사성을 띠고 있지 않다. 단지 혼인식날 죽은 신부에 대해 안타까워하는 창자의 심리만을 표출하고 있을 뿐이어서 특이하다.

---

24) 강진옥, 앞의 글, 503~504면에서 혼사장애 노래류에서 배우자의 죽음에 대응하는 방식이 주인물의 성별에 따라 차이를 보여주고 있다고 하면서, 남자들은 대체로 주체적이고 우월한 입장에서 행동하는 반면 여자들은 자신의 의지대로 행동하기 보다는 제도나 관습의 위력에 떠밀려가는 수동적 모습을 강하게 보여주고 있다고 보고 있다. 강진옥은 또 이러한 차이는 제도와 관습이 부과한 남녀간의 성역할의 이질성에서 비롯된 사회문화적 배경을 갖고 있다고 하였다.

1. 배나무골 배좌수딸 머리좋고 실한처녀 례장받고 죽었더라
   칠푼팔푼 다줄테니 너의머리 나를다고 너의머리 나를다고
2. 조금조금 더 살았더면 떡광주리 받을 것을 죽동이가 웬일인가
   조금조금 더 살았더면 구경군이 만당할걸 초상군이 웬일인가
3. 조금조금 더 살았더면 가마두채 구경할걸 상여채가 웬일인가
   조금조금 더 살았더면 새신랑과 마주설걸 지부왕과 마주섰네
4. 조금조금 더 살았더면 화포 포전 깔고 잘걸 칠성판이 웬일인가
   조금조금 더 살았더면 초록이불 덮고 잘걸 잔디이불 웬말인가
5. 조금조금 더 살았더면 원앙금침 베고눌걸 돌베개가 웬말인가
   조금조금 더 살았더면 웃음소리 랑자할걸 울음소리 웬말인가25)

같은 서사적 줄거리를 바탕으로 하고 있으면서도 서사성을 떠나 서정적 성격만을 보여 주는 노래이다. 동일한 서사적 줄거리 속에서 서사무가와 서사민요 그리고 서정민요까지 다양한 성격의 노래가 형성됨을 보여 주는 좋은 예이다. 충북 진천군에도 이와 비슷한 것으로 〈방골 큰애기 노래〉가 있는데, 역시 납채를 받고서 죽은 큰애기를 안타까워하는 내용으로 되어 있다. 이렇게 서정적인 성격을 띠고 있다 할지라도 노래의 저변에는 큰애기에 얽힌 슬픈 사연이 깔려 있다. 즉 이 노래가 형성되는데 〈도랑선비 청정각시〉와 마찬가지로 혼인식날 죽은 신랑, 신부의 이야기가 그 기반을 이루고 있으리라고 생각된다.

▶Bb 삼촌 밑에서 자라 장가가나 신부 부고 받는 신랑

자료: I1, I2, I3

서사 구조는 위의 Ba유형과 거의 유사하다. 서두 부분에 '삼촌이 세워 장가를 갔다'라는 화소만 추가된다.26) Ba형은 주인물이 장가 못 갈 팔자

---

25) 『조선민족음악전집』민요편 3(앞의 책), 450면. '평안남도 안주, 창 김성실, 채보 한 시형, 보통속도로 애조를 띠고'라는 설명과 함께 악보가 실려 있다.
26) Ba형과 Bb형을 굳이 다른 유형으로 구분할 필요는 없으리라고 본다. 그 화소가 서두

인데, 스스로 자기를 세워 장가갔더니 신부 부고를 받는다든지, 신부가 죽어 있는 것으로 되어 있다. 그런데 이 유형에는 앞부분에 삼촌 밑에서 자라나 삼촌이 주관하여 장가가는 설정으로 되어 있다. 그러나 Ab′유형이나 Abc유형과는 달리 삼촌 밑에서 구박받는 내용은 나와 있지 않아 삼촌 양육이라는 화소만 보일 뿐이다.

이는 무가 Ab형과 마찬가지 현상이다. 무가 Ab형에서도 삼촌 양육의 사실만 나와 있지 삼촌에게 구박받는 내용은 나타나 있지 않다. 이는 아마도 이 민요의 주 전승층인 남성 창자들이 Ba 〈신부 부고 받은 신랑〉을 전승하는 과정에서 삼촌 양육의 화소를 덧붙인 것이라 생각된다. 그렇게 함으로써 무가에서와는 달리 신부가 죽는 것으로 변형함으로써 남성 창자 자신들의 설움을 표출해낼 수 있었기 때문일 것이다.

3. 총괄적 논의

3. 1. 장르적 차이와 그 원인

서사무가 〈도랑선비 청정각시〉의 유형과 혼사장애형 민요의 유형을 들어 표로 그려 비교해 보면 다음과 같다.

무가	민요 1		민요 2
Aa	Aa	Ac	Ba
Ab	Ab′	Abc	Bb

부분만 빼고는 모두 같기 때문이다. 다만 여기에서는 무가의 화소인 '삼촌 양육'화소의 추가를 구별하기 위하여 따로 구분한다. 조동일의 자료 I1 설명을 보면 "창자는 삼촌 밑에서 자랐기에, 이 노래는 삼촌의 비판이라고, 병든 처녀에게 혼인을 정했으니 삼촌이란 믿지 못할 사람이라고 말했다."는 것은 이 노래가 '삼촌 양육'이란 화소에 큰 비중을 두고 있음을 보여 준다.

여기에서 볼 때 무가에서는 신랑이 죽는 A형만이 존재하고, 민요에서는 신랑이 죽는 A형과 신부가 죽는 B형이 모두 존재한다. A형인 민요 1군이 무가와 매우 흡사하다고 한다면 B형인 민요 2군은 무가와 어느 정도 편차를 보여 준다. 그러면서도 무가가 지니고 있는 혼인 당사자의 죽음의 원인인 혼사 부정과 같은 알 수 없는 이유(a)와 외삼촌의 혼사 개입(b) 화소를 민요 1군과 민요 2군 모두 지니고 있다. 이는 정도의 차이는 있지만 무가와 민요 1군과 민요 2군 모두 동일한 서사적 장르에 그 형성 연원을 두고 있는 근거라 할 수 있다. 단 민요 1군에서 죽음의 원인으로 들고 있는 여자의 저주(c)는 무가에서 찾아 볼 수 없는 것으로 민요의 전승층이 이야기를 보다 현실성 있고 흥미 있게 하기 위하여 덧붙인 것으로 생각된다.

그러면 서사무가 〈도랑선비 청정각시〉와 혼사장애형 민요의 차이는 무엇이고 그런 차이를 이루게 된 원인은 무엇일까. 무가에서는 신랑이 죽는다. 이로 인해 주인물인 신부가 갖은 고난을 다 겪는다. 신부가 겪는 시련이 강조됨으로써 문제 해결의 과정을 자세히 보여준다. 그러나 그런 시련에도 불구하고 문제는 해결되지 못한다. 신부의 고난은 죽어서야 해결되며 그럼으로써 신랑과 신부는 망자를 저승으로 천도하는 신이 된다. 신랑과 신부가 신이 되는 것은 신부가 이승에서의 고난을 견뎌낸 데 대한 일종의 보상이라고 할 수 있다.

민요에서도 신랑이 죽는다. 그러나 신부가 겪는 고난은 무가에 비해 크게 축소돼 있다. 단지 이로 인해 겪는 슬픔 또는 한탄이 과장되게 표현돼 있다. 그렇다고 민요에서 신이한 요소가 완전히 제거되어 있는 것은 아니다. 민요에서도 신랑을 만나는 화소가 남아 있다. 신랑의 상여에 속적삼을 덮어 주거나 꽃을 꽂아 줌으로써 신랑을 살려 낸다든지, 함께 나비로 환생한다든지 하는 결말이 나타나는 것이 그것이다.

서사무가 〈도랑선비 청정각시〉가 배우자의 죽음으로 인한 고난을 이겨내는 엄숙하고 비장한 노래라고 한다면 혼사장애형 민요는 혼인에 얽힌 슬프면서도 흥미 있는 노래의 성격을 띠고 있다. 혼인은 인륜지대사로서

사람에게 있어 인생의 큰 전환점이 된다. 남성에게 있어서 혼인이 어른이 되는 제의라고 한다면, 여성에게 있어서 혼인은 한 가문의 정식 구성원이 되는 제의라고 할 수 있다. 즉 여성은 혼인하기 전까지는 이 사회의 구성원으로 인정받지 못하다가 혼인을 통해 비로소 그 구성원이 되는 것이다. 이러한 혼인이 어떤 장애 요인에 의해 이루어지지 못한다는 것은 인생의 대부분을 잃는 것과 마찬가지로 중대한 사건이다. 여성에게 있어서 더더욱 그러하다.

여성들이 주로 부르는 서사민요에서 혼사장애형 민요가 시집살이 노래 다음으로 큰 비중을 차지하는 것은 바로 이러한 이유에서일 것이다. 무가에서의 주인물이 신랑의 죽음을 운명적으로 받아들여 비교적 의연하고 담담하게 받아들이는 반면 민요에서는 이에 대한 주인물의 비통함과 이러한 운명을 받아들이기보다는 거부하려고 하는 심정이 잘 드러나 있다.

이는 무가가 종교적 노래이며 민요가 일상적 노래라는 근본적인 차이에서 온다고 생각된다. 무가는 납득할 수 없는 이유로 발생한 불행을 운명으로 받아들이며, 이에 대해 경외심을 갖게 하면서 현명한 대처 방법을 가르치기 위한 목적에서 불려진다고 한다면, 민요는 일상에서 일어나는 일들을 서술하고 이로부터 겪는 슬픔과 원망, 한탄 등을 그대로 표출하는 데 그 목적이 있다. 그러므로 무가가 서사장르에 속하면서도 다분히 교술성을 띤다고 한다면, 민요는 서사장르에 속하면서도 다분히 서정성을 띠게 되는 것이다.

민요가 일상인으로서 겪는 갈등을 계속적으로 보여 주면서 이에 대한 심정을 지속적으로 표출하는 것은 민요가 창자와 청중이 함께 공감하는 것에 주목적을 두고 있기 때문이라 할 수 있다. 그러므로 무가와는 달리 민요는 이야기의 신성성에 점차 일상적 체험을 추가하고, 거기에서 겪는 심리 표출을 강화하면서 세속적 특성을 강화해 왔다고 할 것이다.

한편 사건을 해결하는 데 있어 무가가 비교적 현실적인 방법으로 그리고 있는 데 비해, 민요가 오히려 초현실적인 방법으로 그리고 있는 것을 볼 수 있다. 죽은 신랑과 만나기 위해 갖은 시련을 다 겪고 나서 결국 죽음을 택하는 것이 최선의 방법임을 말하는 무가가 그렇고, 죽은 신랑을 살려 내거나 무덤이 벌어져 그 속으로 들어가는 방법을 택하는 민요가 그러하다. 사건 발생의 원인은 무가가 비현실적이고 민요는 현실적인데 비해, 사건의 해결 방법은 무가가 현실적이고, 민요는 비현실적인 것이다. 이 이유가 무엇일까.

무가는 종교성을 지니고 있는 노래이다. 무가가 사건 발생에 있어서 비현실적인 것은 이 세상에서 일어나는 일들이 모두 합리적인 이치에 의해서만 일어나는 것이 아님을 보여주는 데 목적이 있기 때문이다. 즉 이 세상에는 인간의 힘으로는 어쩔 수 없는 일들이 너무 많이 일어나고 있으며 인간에게 닥치는 재앙이 특히 그러함을 무가는 보여주려는 것이다. 이러한 불가항력적인 재앙이 일어나는 이유에 대해서 구태여 합리적으로 설명할 필요가 없다. 오히려 그 이유를 간단히 처리함으로써 이에 대한 두려움과 외경심을 갖게 할 필요가 있는 것이다.

그러나 이러한 재앙에 대처해 나가는 방법은 인간의 믿음과 노력에 의해 얼마든지 가능함을 믿게 하고 설득할 필요가 있다. 비록 그것이 어려운 일이라 할지라도 오랜 시간 많은 정성과 힘을 기울여 실행함으로써 소원을 이루는 모습을 보여 줌으로써 이를 믿고 따르게 해야 하는 것이다. 무가에서 여러 차례 반복되는 시련과 이에 대한 극복 과정을 거쳐 드디어는 소원을 이루는 모습을 그려내는 것은 바로 이러한 목적이 있기 때문이다.

하지만 민요는 이러한 목적과는 거리가 먼 일상적인 사람들의 현실과 기대를 담고 있는 노래이다. 민요를 부름으로써 부르는 사람의 심사를 표출하는 것 그 자체로 민요는 충분히 존재 가치가 있다. 민요가 일상적인 사람이 겪는 일상 생활에서 겪는 고난을 길게 표현하는 것은 바로 여기에 있다. 어려서 친부모가 아닌 삼촌 밑에서 겪는 고난이나 시집을 가서 겪는 고난은 너무나도 흔하며 누구나 겪는 고난인 것이다. 이 고난을 겪으면서 갖게 되는 심정을 길게 늘어놓음으로써 창자와 청중은 하나의 공감대를 형성하게 된다. 이 때문에 서사민요가 서정적 경향을 띠게 되는 것이다.

또 민요가 환상적 결말을 맺게 되는 것은 민요를 부르고 듣는 사람들의 꿈을 그려낸 것이다. 비록 사건의 발생과 해결 과정은 현실 그 자체의 모습 그대로 그린다 하더라도 해결은 현실에서 도저히 이루어질 수 없는 상상의 모습을 그려냄으로써 상상의 세계에서나마 현실의 고난에서 벗어나고자 하는 것이다. 곧 환상적 결말은 아픈 현실에 대한 일종의 심리적 보상 기제가 된다고 할 수 있다.

3. 2. 연행양상과의 관련

서사무가는 굿을 하면서 부른다. 굿은 일정한 동기와 목적에서 치르는 제의로서 그 가운데서 불리는 무가 역시 그 목적을 이루기 위해 부른다. 이에 비해 서사민요는 그 자체로서 존재한다. 서사민요가 일정한 기능을 갖고 있기는 하지만 그 기능을 떠나서도 얼마든지 존재한다. 그러므로 서사무가가 굿 안에서의 특별한 기능을 수행하기 위한 체계를 지니고 있는 데 비해 서사민요는 이러한 체계에서 벗어나도 상관이 없다.

서사무가는 크게 두 가지 기능을 한다. 하나는 오신(娛神)의 기능이요, 다른 하나는 오인(娛人)의 기능이다.[27] 오신이란 청배한 신을 즐겁게 하는 것이고 오인이란 굿에 참여한 사람들을 즐겁게 하는 것이다. 신을 즐겁게 하기 위하여 서사무가는 신의 내력담을 길게 구술하게 마련이며 사람을 즐겁게 하기 위하여 이야기 줄거리를 드라마틱하게 구성하거나 해학적 요소를 갖추기도 한다.

하지만 서사민요는 일을 하면서, 일의 고단함과 현실에서의 서러움을 달래기 위해 부른다. 노래를 통해 누군가를 즐겁게 하기보다는 부르는 사람 자신의 좌절과 기대를 그대로 드러내고 듣는 사람의 공감을 얻어내기 위해 부른다. 서사민요가 다양한 변이를 보이며 줄거리가 변화하거나 심지어는 서사성에서 멀어져 서정적 노래로 변하는 것도 이런 데서 온다고

---

27) 이경엽, 『무가문학연구』, 도서출판 박이정, 1998, 101면 참조.

할 수 있다.

〈도랑선비 청정각시〉는 망묵굿에서 부른다. 망묵굿은 죽은 사람을 저승으로 천도하기 위한 굿이다. 이 굿에서는 〈도랑선비 청정각시〉뿐만 아니라 〈치원대 양산복〉, 〈충열굿〉, 〈칠공주굿〉, 〈진가장굿〉 등이 연행된다. 망묵굿에서 〈도랑선비 청정각시〉가 불리는 이유가 무엇일까. 도랑선비는 특별한 잘못 없이 죽은 사람이다. 청정각시는 아무런 이유 없이 남편을 잃은 여자이다. 여자는 갖은 고난을 다 겪고 나서야 저승에 있는 도랑선비를 잠깐씩이라도 만나는 보상을 얻는다. 결국 스스로 목숨을 끊음으로써 저승세계에서 남편과 다시 재회하게 되며 신격으로 좌정하게 된다.

여기에서 신적 능력을 발휘하는 것은 도랑선비보다는 청정각시이다. 각시는 사람으로서는 도저히 이겨낼 수 없는 시험을 모두 통과해냄으로써 초월적 인내심과 믿음을 보여 준다. 이러한 인내심과 믿음이 바로 청정각시를 신처럼 우러르게 하는 요소이다. 그러므로 굿당에 부부가 나란히 신으로 모셔졌다 할지라도 정작 초월적 힘을 지니고 있는 신앙의 대상은 청정각시이다. 사랑하는 사람을 잃은 슬픔을 지니고 있는 이들은 죽은 이가 잘 저승에 안착하기를 기대한다. 그러므로 사랑하는 사람을 잃은 슬픔을 누구보다도 잘 아는 청정각시에게 기원함으로써 죽은 이의 천도를 비는 것이다.

〈도랑선비 청정각시〉는 많은 관중 앞에서 연행한다. 대부분 죽은 이에 대한 슬픔을 지니고 있는 사람들이다. 이들 앞에서 도랑선비의 죽음에 무력하기만 한 청정각시의 안타까운 처지와 도랑선비를 만나고자 하는 갖가지 노력을 읊음으로써 관중의 슬픔과 공감을 자아낸다. 결국 저승에서 행복한 결연을 맺게 되는 결말에 이름으로써 관중 역시 죽은 이가 저승에 안착하고 자신들 역시 언젠가는 저승에서 죽은 이와 재회하게 되리라는 기대를 갖게 되는 것이다.

이처럼 서사무가 〈도랑선비 청정각시〉는 죽은 자와 산 자의 교감과 연대를 위한 노래라고 할 수 있다. 또한 죽은 자와 산 자를 다 함께 위무하기 위한 노래이기도 하다. 이 노래를 부름으로써 죽은 자는 세상에 더 이상 미련을 두지 않고 저승으로 떠날 수 있으며, 산 자는 슬픔을 뒤로하고 죽은 자를 보낼 수 있는 것이다. 이는 저승에서의 만남이라는 기대와 약속이 있기에 가능하다.

서사무가 〈도랑선비 청정각시〉는 단순히 노래 자체를 즐기기 위한 기능보다는 일정한 목적 하에서 불려지고 기능을 수행한다. 하지만 서사민요는 부르는 사람과 듣는 사람이 노래 그 자체를 즐기기 위해서 부른다. 여기에서 즐긴다는 것은 그 노래의 노랫말을 음미하고 공감하며 그런 과정을 통해 현실에서의 고통을 치유 받고 극복하는 것 등을 말한다.

혼사장애형 민요의 전승층은 현실에서 겪는 자신들의 설움을 달래기 위해 노래를 부른다. 혼사장애형 민요가 지니고 있는 남녀의 혼인과 배우자의 느닷없는 죽음, 그리고 이로 인해 겪게 되는 갖가지 고난 등의 화소는 똑같지는 않더라도 일상적 삶에서 이런저런 고통을 겪는 이들의 노래로 쉽게 자리잡을 수 있었다. 그러나 민요 전승층은 노래 속에서나마 이러한 현실과 고난을 그대로 받아들이지 않았다. 노래 속에 자신들의 신세한탄, 자신들의 삶을 억압하는 유형무형의 제도에 대한 비판의식을 담아 불렀다. 그래서 무가와 민요는 같은 소재와 화소로 되어 있으면서도 전개방식에는 많은 차이를 지니게 된 것이다.

4. 맺음말

이상에서 서사무가 〈도랑선비 청정각시〉와 혼사장애형 민요의 유형구조와 의미를 비교 분석하고 그 원인에 대해 살펴보았다.

서사무가 〈도랑선비 청정각시〉와 혼사장애형 민요는 '혼사 부정 - 배우자의 죽음 - 고난 - 고난의 극복'이라는 동일한 서사 요소로 이루어져 있다. 그러나 〈도랑선비 청정각시〉에는 '신랑죽음형'만 나타나는 데 비해 혼사장애형 민요에는 '신랑죽음형'과 '신부죽음형'이 모두 나타나며, 무가에는 신랑 죽음의 원인으로 '불길한 운수'와 '삼촌 양육' 화소만 있는 데 비해 민요에는 여기에 '여자의 저주'라는 화소가 더 있으며 이들 화소가 변형되거나 결합되어 매우 다양한 유형이 형성되어 있다.

또한 무가에서는 신부가 죽은 신랑을 만나기 위해 갖은 시련을 다 겪은 뒤 저승에서 결합하는데 비해, 민요에서는 시련의 과정보다는 배우자를 잃은 심정을 주로 나타내며 결말은 남편을 살려내거나 함께 나비로 환생하는 등 다양하게 나타난다.

이는 무가와 민요 각각의 전승의식의 차이를 보여 준다. 무가의 전승층은 이 세상에는 인간의 힘으로 어쩔 수 없는 재앙이 일어나게 마련이라 생각하여 이를 받아들이며, 이를 인간의 믿음과 정성에 의해 대처하고 극복해 나갈 수 있다고 믿는다. 무가에서 여러 차례 반복되는 시련과 이를 거쳐 소원을 이루어내는 과정을 그려내는 것은 이러한 이유에서이다. 그러나 민요의 전승층은 이러한 재앙에도 어떤 이유가 있게 마련이라 생각하며 이를 받아들이기보다는 저항하고 거부한다. 또한 거기에서 나타난 갈등도 일시적이고 환상적인 방법으로 해결되기를 기대한다. 민요에서 주어진 상황에 대한 과도한 감정 표출이나 극단적이고 초현실적인 결말이 많이 나타나는 것은 이런 이유에서라고 볼 수 있다.

무가와 민요의 이러한 차이는 각각의 연행양상과도 관련된다. 무가의 전승층이 무가의 내용을 믿고 주인물을 숭앙함으로써 일정한 목적을 달성하기 위해 노래를 부르고 듣는다면, 민요의 전승층은 민요의 내용을 단지 슬프고 흥미 있는 것으로 받아들여 일을 하거나 쉬면서 노래 그 자체를 즐기기 위해 노래를 부르고 듣는다. 그러므로 무가는 주인물의 초인간적인 신적, 영웅적 행위를 그려내게 되고 민요는 주인물의 일상적 경험을 그려내며 그로 인한 내적 갈등과 시름을 표출하게 되는 것이다.

이 연구는 서사무가 〈도랑선비 청정각시〉와 혼사장애형 민요가 유사한 서사적 줄거리를 지니고 있으면서도 서로 다른 길을 밟으면서 이루어낸 독자적인 성격에 대해 어느 정도 접근할 수 있었다. 이는 서사무가와 서사민요의 형성 과정과 장르적 특질을 밝히는 데 한 시사점을 줄 수 있으리라 생각한다. 그러나 서사무가와 서사민요의 일부 유형과 자료만을 대상으로 하고 있어 논증 결과를 일반화하는 데에는 어느 정도 거리가 있다. 앞으로 무가와 민요의 관련 양상에 대한 전반적인 고찰을 통해 이 연구에서 이루어진 성과를 수정, 보완해 나가야 할 것이다.

■참고문헌은 각주로 대신함.

여성민요와 가사의 서사적 전개방식 비교

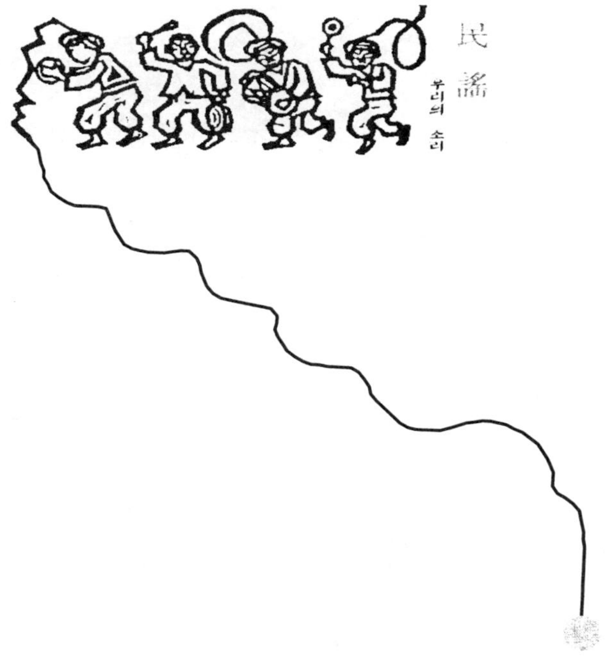

여성민요와 가사의 서사적 전개방식 비교

1. 머리말

여성민요와 여성가사1)는 둘 다 여성이 부르며, 여성들만의 생활과 감정을 토로하기 위하여 부른다는 점에서 그 내용이나 형식면에서 매우 유사하다. 장편의 여성 서사민요를 문자화하였을 때 여성가사와 거의 구별이 없으며, 여성가사를 암송하여 불렀을 때 민요처럼 취급되는 것이 이러한 이유에서이다. 그러나 원래의 창작과 전승양상을 보면, 우선 여성민요는 소리로 전승되며 여성가사는 문자로 전승된다는 점에서 구별되며, 여성민요가 노동의 문학이라고 한다면, 여성가사는 여가의 문학이라는 점에서 차이가 난다. 그러므로 여성민요가 문자를 모르고 일에서 벗어나지 못하는 평민 여성이 주담당층이라고 한다면, 여성가사는 문자를 알고 여가를 즐길 수 있는 양반 여성이 주담당층으로 되어 있다.

따라서 두 문학 갈래2)는 같은 여성이 그들의 생활을 내용으로 담고

---

1) 여성가사는 종래 '규방가사' 또는 '내방가사'라고 불리던 것으로서, '규방' 내지 '내방'이란 용어가 별다른 근거 없이 감정적 판단에 의해 택해져 혼돈을 주고 있으므로, 필자는 이를 여성문학, 여성민요 등의 명칭과 같이 '여성가사'로 부르기를 제안한다. 졸고 (1992:1)참조.

2) '갈래'는 김수업(1980), 『배달문학의 길잡이』에서 처음 사용된 이후 조동일(1982), 김흥규(1986) 등에 의해 장르를 대신하는 용어로 보편화되고 있다. 필자도 이를 장르

있으면서도, 서술의 태도와 방법에서 많은 차이점을 지니고 있다. 이는 곧 두 계층의 여성들이 갖고 있는 가치관과 현실인식의 차이를 잘 드러내 주는 것이라 할 수 있다. 그러므로 두 갈래의 변별적 특징은 각기 어떠한 방법에 의해 그 문학적 형상을 이루어내고 있는가 하는, 작품의 전개방식3)을 고찰함으로써 밝혀질 수 있으리라고 본다. 작품의 전개방식 연구는 작가와 독자가 어떻게 호응하고 관여하여 어떠한 원리와 짜임새로 작품을 구성하느냐 하는 구체적인 문학행위에 대한 연구로서 이를 통해 작가와 독자를 포함하는 문학담당층의 의식뿐만 아니라 작품의 구조와 그 의미까지 추출해 낼 수 있을 것이다. 이를 논의의 편의상 작가와 독자의 관계, 서술자와 작중인물의 관계, 서두와 결말의 관계로 나누어 살펴보기로 한다.

여기에서 여성민요의 하위갈래와 여성가사의 하위갈래를 모두 비교한다는 것은 불가능할 뿐만 아니라, 논의가 지나치게 확대 분산될 우려가 있으므로, 서사적 여성민요 중 큰 비중을 차지하고 있는 시집살이 노래4)와, 서사적 여성가사 중 시집살이의 고통과 신세한탄이 중심적 내용을 이루고 있는 탄식가사5)를 주 비교 대상으로 삼으려고 한다. 두 갈래의 비교는 평민문학과 양반문학의 차이를 말해줄 수 있을 뿐만 아니라, 구비문학

에 대한 우리말 용어로 사용하고자 한다.

3) 전개방식이란 작가가 서술자를 통하여 작중인물의 이야기를 서두에서 결말로 이끌어나가 독자에게 전해 주는 방식을 말한다. 이는 종래 서술자와 서술대상의 관계를 다루는 시점의 문제와 작품내 사건의 전개를 다룬 구성의 문제를 모두 포괄하면서 한 단계 나아가 작가와 독자의 관계 양상까지 아우르는 것이다.

4) 졸고(1982), 「시집살이노래의 존재양상과 작품세계」에서 시집살이노래의 구연 상황, 창작과 전승양상, 작품 구조와 의미 등을 고찰하였다. 이 연구는 이때 이루어진 연구 결과를 바탕으로 여성가사와의 비교를 시도하는 것이다. 시집살이노래의 인용은 필자가 직접 조사, 채록하여 졸고 '자료편'에 수록한 작품들을 주 대상으로 하기로 한다. 자료 인용시에는 '필자 자료'라고 밝히고 자료편의 쪽수를 적기로 한다.

5) 권녕철(1980:31~32)의 21유형중 '계녀교훈류'를 '교훈가사', '신변탄식류'를 '탄식가사', '풍류소영류'를 '유희가사'로 간단히 부르기로 한다. 자료는 권녕철 편(1979), 『규방가사 I』과 권녕철 편저(1985), 『규방가사: 신변탄식류』 소재 자료를 주 대상으로 삼는다. 자료 인용시에는 '규I', '규신'의 약호로 출전을 표시하고 쪽수를 적기로 한다.

과 기록문학의 차이를 밝히는 데에도 큰 시사를 줄 수 있으리라고 본다.

2. 작가와 독자의 관계

여성가사와 여성민요는 둘 다 혼자 부르기도 하며, 여럿이 있는 가운데 부르기도 한다. 이 때 구연집단은 모두 성별, 연령별로 나뉜다는 점에서 동일하다. 즉 남자와 여자가 따로 모이며, 각기 노인과 젊은이로 갈라져 모이는 것이 일반적이다. 즉 여성가사와 여성민요의 구연집단은 각각 동질적이라는 공통점이 있다.

그러나 여성민요, 특히 시집살이 노래의 구연집단은 폐쇄적인 성격을 띠고 있는데 비해,[6] 여성가사의 구연집단은 개방적이다. 즉 시집살이 노래는 같은 또래의 여자들만이 모인 곳에서만 주로 구연되나, 여성가사는 한 집단이 다른 집단에 대한 공개적인 발언의 성격도 띠고 있을 뿐만 아니라, 윗세대에서 아랫세대로 전하고자 하는 의도도 담겨 있다. 여성가사가 문자로 기록된다는 것 자체가 얼마든지 다른 또래의, 다른 처지의 사람들에게 전해질 수 있다는 점을 염두에 두고 있는 것이다. 그러나 탄식가사는 계녀가사나 유희가사 등에 비해 덜 개방적이다.

즉 탄식가사는 계녀가사나 유희가사보다는 수집자들에게 내놓기를 꺼려하는 경우가 많고,[7] 마무리나 덧붙임 말에서 남에게 보여주지 말 것 등을 부탁하는 경우가 많이 있으나, 어쨌든 공개를 염두에 두고 있다는 점에서 시집살이 노래보다 개방적이다. 그러므로 여성가사는 일면 시집

---

6) 졸고(1982:11~12) 참조.
7) 여성가사는 낯선 남성이 가서 보여 달라고 하면 여간해서 내놓질 않는다고 한다. 권영철(1980:25)참조. 또 이원주(1982:156)는 '계녀가 유가 소위 내방가사의 가장 중요한 것으로 인정된 것은 이런 가사가 다른 유의 가사보다는 수집가의 손에 더 쉽사로이 입수될 수 있었을 것이며 계녀가 유에 담긴 내용은 보편적인 것이므로 어디 내놓아도 부끄럽지 않다는 생각이 작용했을 것이다.'라고 밝히고 있다.

살이 노래와 비슷하면서 일면 다르다. 즉 시집살이 노래집단은 동질적이며 폐쇄적이기 때문에 서술자가 개인발화[8]를 택한다 할지라도, 노래의 내용에 대해 비난을 받을 염려가 없다. 즉 시집살이 노래 서술자의 자기표현의 욕구와 청중의 기대가 함께 어우러져 대담하고 과감한 표현이 허용된다.

한 예로 1981년 7월 31일 정사순(55)이 부른 〈양동가마〉(필자 자료, 5면)의 구연에서 청중의 반응을 보면, 청중은 노래의 내용에 동화가 되어서 중간 중간에 한마디씩 거들었다. 시어머니를 욕하기도 하고 혀를 차기도 하며 며느리 편을 들었다. 〈양동가마〉는 시집간 여자가 시집간 삼일 만에 깨를 볶다가 양동가마가 벌어져 버리자 시어머니가 네 집에 가서 양동가마를 물어 오라고 하는데서 사건이 발생하는 노래이다. 이에 시집간 여자는 거기에 좌절하지 않고 시어머니에게 항의함으로써, 자신의 요구를 관철해 낸다. 그 마지막 대목을 들어보면 다음과 같다.

> 밤중밤중도 야밤중에 달과같이나 생긴몸을
> 바늘같이도 헐었으니 요내몸에 천냥주면
> 양에가매를 물어옴세
> 아강아강도 며늘아가 나도야야 젊어서는
> 〔청중: 인자 회개를 하는가부네.〕
> 죽세기죽반도 깨어봤다
> 〔청중: 웃음. 고 며느리가 잘 했구만, 그래.〕
>
> (필자자료, 5면)

즉 이 노래의 청중의 반응에서 잘 나타나 있듯이 청중들은 노래 속의 주인물의 대담한 태도와 공격에 동감을 하면서, 마지막 시어머니가 자신도 예전에 그랬음을 털어놓으며 며느리에게 굴복하는 대목에 웃음을 터뜨린다. 대체로 자기표현의 욕구가 강하게 드러나는 노래들에 청중들의

---

8) '개인발화'와 '집단발화'는 필자가 창안해낸 용어로, 각기 서술자가 개인 '나'로 지칭되는 경우와 집단 '우리'로 지칭되는 경우를 말한다.

호응이 크게 일어나는 것을 볼 수 있는데, 이러한 청중의 반응은 시집살이 노래의 결말이 대부분 이와 같은 주인물의 요구 성취로 이루어지게 하는 근본 요인이 되었다고 생각된다.

그러나 여성가사의 구연집단은 동질적이긴 하나 개방적이기 때문에 개인발화를 택할 경우, 노래의 내용에 대한 전적인 책임은 서술자에게 주어진다. 그러므로 서술자는 자기표현의 욕구를 그대로 드러내지 못하고, 청중의 기대에 거슬리지 않기 위해 은근하고 소극적인 표현을 쓰게 되며, 결말에서도 청중의 기대에 부합되는 내용으로 마무리짓게 되는 것이다.

여성가사중 독자를 동류의 사람들로 하는 경우에는 다른 부류의 사람들을 독자로 하는 경우보다는 대담한 표현이 많이 나타나는 것을 볼 수 있다. 그러나 이 경우에도 결말에 가서는 결국 전통적인 유교 이념에 의해 자신을 제어하는 태도로 돌아가는 것이 대부분인데 이는 가사 서술자가 청중을 인식하지 않을 수밖에 없는 상황을 잘 말해 주는 것이라 할 수 있다. 이때 과감한 표현을 비교적 마음놓고 할 수 있는 방법이 집단발화를 택함으로써 자신의 목소리를 숨기는 것이다. 시집살이 노래에서는 나타나지 않지만 여성가사에서 이러한 집단발화가 많이 나타나는 것은 바로 이러한 과감한 표현을 택함으로써 개인에게 쏟아질 비난과 책임을 면하기 위해서라고 볼 수 있다.

즉 여성민요의 작가와 독자는 같은 처지에 있는 여성들로 이루어져 있기 때문에 서술자 자신의 표현 욕구가 억제되지 않는 반면, 여성가사의 독자는 다른 처지의 여성 내지 남성들까지 포함되므로, 자신의 요구를 그대로 드러내지 못하고 제어를 하게 된다. 그러므로 여성민요는 서술자 자신의 요구에 충실한 노래라고 한다면, 여성가사는 청중의 요구로 기울어지는 노래라고 할 수 있다.

다음의 예문을 서로 비교해 보도록 하자.

ㄱ) 중에들어서 중신아바 성에들어서 세신아바
　　무슨중천을 얼마나받자고 억만쏘에다 날여읜가

> 시집갈라고 술을댄디 총객이죽었다고 편지가왔네
> 가세가세 신랑이 죽었응게로 가야하네
> 이밑에라 유대꾼들 처자과부를 봤는가
>   (중략)
> 원수놈의 중신아바 처자과부를 어쩔거나
> 처자과부로도 늙어낭게 비세우고 입세워도
> 나죽어봉게 소양없디 내신세를 누가알아
> 〔청중: 딱 맞아〕
>
>   (〈처자과부 노래〉, 필자자료, 64면)

> ㄴ) 몬이저서 싱각함은 남녀간 사심이라
> 다시보기 막막한이 생각한들 무엇하랴
> 녹수공산 깊흔곳대 치빅이나 안보하소
>   (중략)
> 현당에 빅발부모 봉양하기 관심이요
> 주장업난 살임사리 수섭하기 관심이요
> 유수갓흔 저광음은 사람평생 지촉한이
> 빅수쉬안 얼른되면 황천에 강화바다
> 이시상 이별ㅎ고 승지빅운 높이타서
> 지하에 닷이만나 기린정회 설화하고
> 이시상에 나문연분 후시상에 미자볼까
> 정열업난 이마음 이이밧기 경영업소
>
>   (〈이부가〉, 규신, 391∼392면)

두 노래는 모두 '일생요'의 성격을 띠고 있다. 각 서술자는 작중 주인물의 입장에서, 과부가 된 심회를 나타내고 있다. 〈처자과부 노래〉의 서술자는 자신이 과부가 된 것을 중신아비의 책임으로 돌리고 '원수놈의 중신아비'라고 욕을 하며 처자과부로 늙어보았자 아무 소용이 없음을 강조하고 있다. 더욱이 그 정열을 기리기 위해 비를 세우는 것에 대해 노골적으로 반발하고 있다. 이 때 청중들의 호응이 큰 것을 보면 이 노래의 서술자와 청중의 자기표현의 욕구와 공감형성의 욕구가 일치되며, 서술자는 아무런 제한 없이 과감하게 자신의 심회를 솔직히 드러낼 수 있음을 알 수 있다.

그러나 ㄴ)의 〈이부가〉에서는 혼인 후 일년정도 되어 남편이 죽자 독수공방하는 설움을 쭉 서술하다, 마지막에 가서 마음을 다잡는다. 죽은 남편을 생각한들 아무 소용이 없음을 깨닫고 이 세상에서 자기에게 주어진 일들 —— 접빈객, 봉제사, 사구고 등의 소임을 다한 후 후세상에서나 인연을 다시 맺어보겠다는 내세에의 기대로 끝맺고 있다.

이처럼 비슷한 처지를 당하여 갖는 민요와 가사의 서술자의 태도는 아주 차이가 난다. 민요에서는 자기의 요구를 강력하게 드러내며, 그것을 실현시키는 경향이 강한 반면에, 가사에서는 자기의 요구를 소극적으로 표현하나, 청중이나 일반사람들이 보편적으로 기대하는 요구를 받아들이는 것이 대부분이다. 그러기 때문에 막연한 기대 수준, 더욱이 보장받을 수 없는 내세에의 기대로 끝맺곤 하는 것이다.

이상에서 보면 시집살이 노래는 개인발화로 된 작품만 있고, 집단발화로 된 작품을 찾아볼 수 없다. 이는 시집살이 노래는 청중을 같은 또래 즉 동류의 사람들만으로 한정하고 있기 때문에 구태여 자신의 목소리를 감출 필요가 없기 때문일 것이다. 여성가사는 동류의 사람들을 1차 독자로 하고 있다 할지라도 문자로 기록되어 윗사람이나 아랫사람 내지 남자들에게까지 읽힐 것을 전제로 하기 때문에 개인의 목소리를 숨기고 집단발화를 많이 택한 것으로 생각된다. 그러므로 집단발화로 작품을 서술하는 경우는 여성가사 고유의 것이라 할 수 있다. 한편 이러한 작가와 독자의 관계는 각기 시집살이 노래는 서술자 자신의 요구에 충실한 결말을 갖게 하며, 여성가사는 청중의 요구에 기울어지는 결말을 갖게 한다. 이 점은 '서두와 결말의 관계'를 비교하면서 자세히 다루어질 것이다.

3. 서술자와 작중인물의 관계

시집살이 노래와 여성가사는 둘 다 시집간 여자가 시집에서의 생활에서 겪는 고난을 노래했다는 점에서 공통적이다. 그러나 시집살이 노래에서는 서술자가 작품내 주인물을 어느 정도 자신과 분리하여 객관화시켜 바라보는 반면, 여성가사는 서술자와 주인물이 일치되거나, 동일시가 많이 일어나는 것이 보통이다. 이는 두 갈래가 창작, 전승되는 원래의 구연 상황과 밀접한 관련이 있다. 곧 시집살이 노래는 일을 효과적으로 하기 위해 부르는 것이기 때문에, 자신의 개인적 경험에 충실한 창작적 요소가 많은 노래보다는, 이미 널리 알려진 전승적 요소가 많은 노래를 부르게 되는 것이다.

전승적 요소가 많은 노래는 서술자와 작중인물간의, 작중인물과 청중간의 심리적 거리가 멀기 때문에 일을 그르치지 않고도 쉽게 부를 수가 있다. 그러나 창작적 요소가 많은 노래는 작중인물과 서술자, 청중간의 심리적 일치가 강하게 일어나기 때문에 일을 계속할 수 없고 노래의 가사에 귀를 기울이며 탄식하거나 동정을 보내게 되는 것이다. 즉 창작적 요소가 많은 노래일수록 작품에의 몰입이 많이 일어나는 반면, 전승적 요소가 많은 노래는 비교적 작품에 대한 객관적 거리의 형성이 수월하다고 할 수 있다. 시집살이 노래는 일을 하면서 부르기 때문에 어느 정도 자신과 거리가 있는 보편적 경험 내지 허구에 기반을 둔, 전승적 요소가 많은 공동의 노래를 부르게 되지만, 여성가사는 여가에 부르기 때문에 얼마든지 자신의 경험에 기반을 둔, 창작적 요소가 많은 개인의 노래를 부를 수가 있는 것이다.

시집살이 노래와 여성가사에서 서술자와 작중인물의 관계가 어떻게 나타나고 있는지, 이때 서술자의 태도와 서술방법은 어떻게 이루어지고 있는지 구체적으로 비교해 보기로 하자. 시집살이 노래 중 〈중노래〉(필자자료, 27~28면), 여성가사 중 〈여탄가〉(규신, 273~284면)를 예로 들어 살펴보기로 하자.

〈중노래〉와 〈여탄가〉는 둘 다 주인물 시점9)에 의해 서술되고 있다. 그러나 〈중노래〉에서의 서술자는 주인물과 일치하지는 않는다. 〈중노래〉에서의 주인물은 시집살이를 못하고, 중노릇을 갔다가 신랑의 묘소 속으로 들어가 버린 허구의 인물이기 때문이다. 서술자는 주로 대화 위주의 장면묘사로 사건을 전개해 나가고 있다. 상황묘사는 작품 마지막에 나오는 시댁식구들의 묘소에 핀 꽃들의 묘사에서만 사용되었다. 이렇게 장면묘사 위주로 작품을 전개해 나가는 경우, 서술자는 작중인물들과의 거리감을 유지하면서 객관적으로 사건의 진행을 청중들에게 제시하게 된다. 그러므로 서술자와 청중 모두 작품에 몰입하지 않으면서 자신들의 일을 계속할 수가 있다. 장면묘사도 길게 서술되어 있지 않고 여러 인물들을 교체하면서 반복과 변화를 누리게 하고 있다. 이렇게 짤막짤막한 장면이 반복·변화되면서 교체하는 것은 바로 이 노래가 원래는 반복되는 단순 작업과 함께 불리어졌음을 말해준다.

한 대목을 예로 들어보자.

> 시집오는 사흘만에 양동가매를 깼더니
> 시금시금 시아바니 대청마루에 나옴성
> 어서네집이 당장건네 가거라
> 시금시금 시어머니 대청마루에 나옴성
> 네집이 날래건네 가거라 〔양동가매를 깼거등〕
> 시금시금 시누애기 어마님도 그말마시기오
> 아부님도 그말마래기오 삼잎같은 우리오라버니
> 하나를보고 외겼지 뉘를보고 외겼오
> 아무리 생각해도 에라요노릇 못하겠다

(필자자료, 27면)

---

9) 서술자가 작중인물을 어떠한 입장에서 바라보느냐에 따라 세 가지 시점으로 나누어 생각하였다. 즉 서술자가 작품내 주인물의 입장에 있느냐, 아니면 작품내 또는 외에서 주인물을 관찰하느냐, 이 두 가지를 복합적으로 나타내느냐에 따라 주인물 시점, 관찰자 시점, 복합 시점으로 나누어 볼 수 있다.

양동가마를 깨자 시아버지, 시어머니가 차례로 나오면서 반복되는 말을 한다. 다음 시누이가 나오나 시누이의 말에는 변화가 있다. '아무리 생각해도 에라요노롯 못하겠다'는 주인물의 내적 독백이다. 이렇게 짤막한 대사 중심의 장면묘사는 작품에 극적 효과를 부여하며 서술자와 작중 주인물과의 거리가 가장 먼 특징을 보인다.

그러나 〈여탄가〉는 서술자가 주인물과 일치되어 있다. 서술자는 바로 자신의 생애를 혼인에서부터 신행, 근행의 순서로 서술하고 있다. 이때 근행을 와서 동류들과 시집살이 한탄과 경계를 나누는데서 작품의 서술이 끝나 있으므로 이 작품의 서술자는 젊은 신부의 입장이라는 것을 알 수 있다. 그러므로 노년기에 쓰여진 작품보다 더욱 서술자와 주인물과의 거리가 밀착되어 있다.

〈여탄가〉는 주로 긴 상황중심의 묘사와 장면중심의 묘사의 교체로 전개되고 있다. 즉 〈여탄가〉의 서술자는 자신이 심정적 일치를 느끼는 인물(주인물)의 행위와 말은 주로 상황 중심의 묘사로 서술하고, 서술자가 거리감을 느끼면서도 중요하게 인식되는 부인물들의 행위와 말은 주로 장면 중심의 묘사로 서술하고 있다. 그러므로 독자들은 주인물에 자신을 일치시키며 몰입하게 되고, 부인물들에 일정한 거리감을 갖게 되는 것이다.

두 가지 서술의 예를 보기로 하자.

ㄱ) 우리부친 떠나실제 빠르기도 가난행차
　　록수진경 너른들에 가신바를 모를내라
　　상방이라 드러가니 말없이도 흐른눈물
　　목을놋코 울자하니 철모르는 시누들이
　　엽엽히 둘어안저 참아진정 못할내라

ㄴ) 잘한일은 간곳업고 꾸지럼은 나혼잘네
　　말성만흔 시누들이 어이그리 이간튼고
　　조석때를 당하면은 잔잔한 시동생들
　　열두가지 신부름에 대접하기 어려워라

얄미운 시누들이 어룬들에 이간하야
잘한일은 자기하고 못한일은 내차지라
밤낮으로 짜른방적 석새비는 내차지라

(규신, 277~278면)

여기에서 보면 ㄱ)은 신행을 와서 배행 온 아버지와의 이별에서 느끼는 주인물의 심정을 상황중심의 묘사로 서술하고 있고, ㄴ)은 시누이들이 주인물에게 하는 행위를 간략하게 요약하며 장면묘사 중심으로 서술하고 있다. 그러므로 이 부분을 듣거나 읽는 독자들은 ㄱ)에서 주인물의 심정에 자신들을 동일시하며 함께 탄식하고, ㄴ)에서 부인물들의 행위에 거리감을 갖고 비난을 보내게 된다고 볼 수 있다. 이처럼 작품 전편에서 그 서술된 양은 고르지 않지만 주로 상황중심의 묘사와 장면중심의 묘사의 교체로 이루어지는데, 이는 주인물이 겪는 계속되는 좌절을 한가지 서술로만 일관하지 않고 두 가지 서술로 변화를 줌으로써, 독자들의 흥미를 유발해내는 효과를 갖고 있다.

곧 여성가사는 독자가 주인물에 자신을 일치시키고 동정을 보내며, 부인물에 일정한 거리를 가지며 작품의 내용에 몰입하게 되므로 일을 하면서 부르거나 듣기가 곤란하다. 일을 하다가도 서술자의 감정이 고조되는 순간에는 동조해 주어야 하므로, 일을 계속할 수가 없다. 우리의 일상대화 속에서도 자신의 이야기를 진지하게 하고 있는데, 상대방이 귀기울이지 않고 다른 데에 열중해 있다면 그 이야기가 계속될 수 없는 것과 마찬가지이다. 그러므로 여성가사는 그 원래의 상황이 여러 사람이 모여 여가를 즐기는 가운데 각 작품의 서술자와 작품의 내용에 집중하여 이루어지는 문학이라는 것을 알 수 있다.

이와 같이 같은 주인물 시점의 작품이라 할지라도, 시집살이 노래에서는 짤막짤막한 장면묘사 위주로 사건을 전개시켜 나감으로 해서, 서술자와 작중 주인물과의 거리를 크게 조정하는 반면, 여성가사에서는 주로 긴 상황중심의 묘사와 장면중심의 묘사의 교체를 통하여 사건을 서술함으로써 서술자가 주인물에 자신을 일치, 몰입시키고 부인물에 거리감을 갖게 된다.

이번에는 관찰자 시점의 경우를 보기로 하자. 시집살이 노래에서는 같은 유형이라도 때로는 주인물 시점으로 부르기도 하고, 관찰자 시점으로 부르기도 하는데,10) 이는 어떠한 시점으로 부르든 서술자와 작중인물이 분리되어 있기 때문에 어떤 시점을 택하느냐가 큰 문제가 되지 않기 때문일 것이다.

〈강선비 노래〉(필자자료, 60~61면)의 경우를 예로 들기로 하자. 이 작품은 주인물이 혼인날, 신랑감의 부음을 받고 시집에 가 신랑을 살려낸다는 내용의 관찰자 시점의 작품이다. 그러나 대부분의 주인물 시점의 작품에서와 마찬가지로 대화 위주의 장면묘사로 진행되기 때문에 실제적인 내용에 있어서는 시점 변화에 의한 차이가 나타나지 않는다.

> 광주안에 강선비는 글이좋아 재변이요
> 어름땅에 박처자는 새살이좋아 재변이니
> 얽혔고야 얽혔고야 명사삼년 얽힌혼인
> 시혼닷말 술을하고 시혼닷말 떡을하고
> 백만원짜리 소를잡아 동네잔치 부쳐놓고
> 강선비오기만 기다리니 강선비는 아니오고
> 비랭이씹놈만 들어오네 거동보소 거동보소
> 울아바니 거동보소 아가아가 멋딸아가
> 강선비가 죽었단다 머리좃깨 풀어줘라
> 지가저를 언제봤다고 두자두치 요내머리
> 구름같이 풀을소요 울아바지는 백마를타고
> 요내나는 흰둥타고 강선비를 찾아가니

(필자자료, 60~61면)

---

10) 조동일(1970초, 1979증보판)의 자료편에 보면 E유형에 속하는 작품들은 대부분 주인물 시점에 의해 서술하고 있으나, E6의 경우는 〈이사원네 맏딸애기〉의 경우로 객관화하여 관찰자 시점에 의해 서술하고 있음을 볼 수 있다. 그러나 이 각편 역시 전체적으로 주인물 시점의 작품과 큰 차이가 없다.

　여기에서 보면 처음 인물을 소개하는 부분만 관찰자 시점에 의해서 쓰여졌을 뿐, 나머지 부분은 주인물 시점에 의해 쓰여진 작품과 크게 다를 바 없이 주인물이 나로 지칭되고 있다. "울아바니 거동보소"라든가 "울아바지는 백마를타고 요내나는 흰둥타고"와 같은 것이 그것이다. 이는 시집살이 노래의 서술자가 노래의 주인물을 객관화시켜 놓고서도, 마치 자신의 이야기인 듯이 여기기 때문에 일어나는 현상이 아닌가 한다. 즉 시집살이 노래의 서술자는 작중 주인물을 자신들이 아니라고 미리 설정해 놓음으로써 더욱 과감하고 자유롭게 자신들의 속생각을 털어놓을 수 있었고, 그 주인물에 자신들을 동일시하면서 자신들의 욕구와 불만을 남김없이 터뜨리고 해소할 수 있었던 것이라 생각된다.

　그러나 여성가사에서는 관찰자 시점은 주로 서술자와 일치될 수 없는 인물들(남자, 노부인, 행실이 나쁜 여자 등)에만 사용함으로써 주인물 시점과 관찰자 시점의 작품을 뚜렷이 구분하고 있다. 이들 관찰자 시점의 작품들에서는 주인물 시점의 작품과는 달리 관찰 대상에 대한 비판이 서슴없이 가해지고 있는데, 이렇게 과감한 표현을 할 수 있었던 것은 그 관찰 대상의 인물이 서술자와 관련 있는 어느 특정 인물이 아니라, 비특정 인물이기 때문이라고 할 수 있다. 여성가사의 서술자들은 주인물 시점에서 불가능했던 남편, 시어머니 등에 대한 비판을 이 비특정 인물을 대상으로 한 관찰자 시점의 작품에서 간접적으로나마 분출시킬 수 있었던 것이 아닌가 한다.

　한 예로 남자들의 게으르고 무례하며 염치없는 행동들을 가차없이 비판하고 있는 〈장탄가〉(규신, 8)의 한 대목을 들어보자. 이때 서술자는 주인물의 행위를 서술자의 입장에 의해 요약, 논평하며, 구체적인 장면묘사를 통해 자신의 주장을 뒷받침하고 있다.

　　어이하여 지금남즈 이전일을 모르난고
　　학업을난 고스ᄒ고 가사에도 쓸쩌업다
　　게으르기 쩍이업고 능중키도 그지업서
　　압집초당 뒷집초당 투전이야 바둑이야

나가면 탁쥬산양 드러오면 낮잠일다
그렁저렁 지내다가 무산글을 하잔말고
졉믹일장 모르거든 진사급졔 바릴손가

(규신, 138면)

이와 같이 논평과 장면묘사 위주로 작품을 전개시켜 나감으로써, 서술자와 청중은 관찰대상 인물에 대한 비판적 거리를 가장 크게 갖게 되며, 자신들의 가슴속에 있던 말들을 마음껏 털어놓을 수 있었으리라고 본다.

시집살이 노래에서 관찰자 시점의 작품이 거의 없거나, 있더라도 주인물 시점의 작품과 별 구별 없이 서술되는데 비해, 여성가사에서 관찰자 시점의 작품은 주인물 시점의 작품보다 수적으로 적기는 해도 주인물 시점의 작품에서 마음대로 드러낼 수 없었던 불만과 비판을 마음껏 내놓을 수 있었다는 점에서 중요한 구실을 하고 있다.

한편 시집살이 노래에서는 복합시점의 작품은 나오지 않으나, 여성가사에서는 많이 나타나는 것 또한 차이점으로 지적될 수 있다. 복합시점의 작품들은 나의 이야기와 그의 이야기를 결합하여 하나의 이야기로 만든다던가, 여러 명의 서술자의 이야기를 한편의 이야기로 엮는다던가 하는 것이어서, 민요에서와 같이 구비로 전승되는 노래에서는 좀처럼 갖게 되기 힘든 서술 유형이라 할 수 있다.

4. 서두와 결말의 관계

앞에서 시집살이 노래와 여성가사는 각기 그 작가와 독자의 관계, 서술자와 작중인물의 관계가 어떠하냐에 따라, 작품의 실현양상이 달라짐을 알 수 있었다. 이제 시집살이 노래와 여성가사는 각기 앞의 조건에 따라 어떠한 서두와 결말을 갖게 되는지 비교해 보기로 하자. 앞 절에서 살펴 본 〈중노래〉(필자자료, 27~28면), 〈여탄가〉(규신, 273~284면)를 가지고 논의를 계속 진행해 보자.

　두 작품의 서사적 전개를 단락으로 나누어보면 다음과 같다.

〈중노래〉
　ㄱ) 시집가서 양동가마을 깨니 시아버지, 시어머니가 박대한다(좌절)
　ㄴ) 시누가 말린다　　　　　　　　　　　　　　　　　　(해결의 시도)
　ㄷ) 중노릇을 가려고 나선다　　　　　　　　　　　　　　(좌절)
　ㄹ) 남편이 말린다　　　　　　　　　　　　　　　　　　(해결의 시도)
　ㅁ) 뿌리치고 나간다　　　　　　　　　　　　　　　　　(좌절)
　ㅂ) 친정에 간다　　　　　　　　　　　　　　　　　　　(해결의 시도)
　ㅅ) 다시 중노릇을 간다　　　　　　　　　　　　　　　　(좌절)
　ㅇ) 시가동네에 돌아오니 시댁이 쑥대밭이 되어 있다　　(해결의 시도)
　ㅈ) 남편묘소가 벌어져 그 안으로 들어간다　　　　　　　(해결)

〈여탄가〉
　ㄱ) 혼인 후 첫날밤을 치룬다　　　　　　　　　　　　　(안정)
　ㄴ) 신행 전 친구들과 재미있게 지낸다　　　　　　　　　(안정)
　ㄷ) 신행 때 친정 식구들과 작별한다　　　　　　　　　　(안정)
　ㄹ) 현구례(見舅禮)후 다음날 아버지와 작별한다　　　　(좌절)
　ㅁ) 시집살이가 어렵다　　　　　　　　　　　　　　　　(좌절)
　ㅂ) 친정 사촌오빠가 찾아오나 설움만 더한다　　　　　　(좌절)
　ㅅ) 근행을 가 시집살이 이야기를 한다　　　　　　　　　(해소의 시도)
　ㅇ) 시집살이 중 잘못된 행실을 경계한다　　　　　　　　(해소의 기대)

　〈중노래〉는 서술자와 작중인물이 분리되어 있는 주인물 시점의 작품으
로 ㄱ)서두부터 좌절의 상황에서 시작한다. 주인물은 "못허겄네 못허겄네
시집살이 못허겄네"(필자자료, 27면)라고 독백을 한다. 그 이유는 시아
버지나 시어머니가 주인물의 실수를 가지고 친정으로 가버리라고 하기
때문이다. ㄴ)은 시누이가 아버지와 어머니를 말리는 장면이다. 속담에
'말리는 시누이가 더 밉다'라는 말이 있듯이 시누이로 인해 일어난 '해결

의 시도'가 참된 해결로 이를 수가 없다. ㄷ)은 결국 주인물이 시집살이를 못하고 중노릇을 가기 위해 장삼을 짓는 장면이다. 여기서도 장삼을 짓는 과정이나 머리를 깎는 장면이 자세하게 서술되어 있을 뿐 주인물의 심회가 직접 드러나지는 않는다. 다만 "눈물이 치매앞이 강변이 되었구나"(필자자료, 27면)하는 간단한 말로써 주인물의 슬픔과 좌절을 이해할 수 있을 뿐이지 주인물의 슬픔에 깊게 침잠할 여유가 주어지지 않는다.

장면은 곧장 ㄹ)의 남편이 말리는 장면으로 변화한다. 이 남편의 도움에 의한 '해결의 시도'는 ㄴ)의 시누이에 의한 것보다 한층 진전된 것이라고 할 수 있다. ㅂ)은 주인물에 대한 최대의 원조자라 할 수 있는 친정식구들과의 만남이다. 그러나 친정식구들이 주인물을 알아보지 못할 뿐만 아니라, 주인물 또한 친정식구들에게 자신을 알리지 못하고 다시 ㅅ)의 좌절로 이어진다. ㅇ)은 주인물이 시가 동네에 돌아와 시가가 망하고 모든 시댁식구가 죽어 있는 것을 알게 되는 장면이다. 이로써 주인물의 그동안에 쌓인 한과, 자신을 내쫓은 시댁식구들에 대한 원망이 어느 정도 풀렸다고 할 수 있다.

그러나 시댁식구 중 유일한 자신의 원조자인 남편마저 죽어 있다는 것은 완전한 해결일 수 없다. 그러므로 마지막 ㅈ)장면에서 초현실적 요소가 동원된다. 남편의 묏등문이 벌어지고 주인물이 나비가 되어 그 속으로 들어감으로써 작품의 막이 내린다. 이로써 주인물의 좌절이 완전히 해소되었다고 할 수 있다. 물론 현실에서의 만남으로 이루어진 것이 아니라 초현실 세계에서의 만남이지만, 이는 그만큼 주인물과 남편과의 사랑을 이어주려는 강한 욕구에 의한 것이라 할 수 있다. 오히려 초현실 세계에서의 만남으로 해결되기에 그 사랑은 더욱 귀하고 값진 것으로 여겨지게 된다.

이렇게 〈중노래〉는 좌절에서 시작하여 거듭되는 '해결의 시도'와 '좌절'을 거친 후에 마침내 해결에 이르게 되는, 닫힌 구조11)의 허구적 결말을

---

11) 열린 구조, 닫힌 구조 등은 작품 구조를 결말의 방식에 따라 나눈 명칭이다. 이야기의 서두와 중간은 있지만 결말이 없는 경우를 열린 구조, 서두, 중간, 결말을 다 갖추고

지닌 작품이라 할 수 있다. ㅁ), ㅅ), ㅇ) 등에서 끝나는 경우도 있는데,12) 이는 서술자의 개인적 세계관의 차이에서 일어나는 것이거나, 기억의 중단에서 빚어지는 것으로 생각된다. 어떠한 경우이건 서술자는 서두에서 주인물에 대한 시집식구들의 우위에서 빚어진 갈등을 결말에서 시집식구들에 대한 주인물의 우위로 전환시켜 놓는다. 이는 서술자가 자신의 요구를 주인물을 통해 실현시키고자 하는 의지를 이루어낸 것이라 할 수 있다.

한편 시집살이 노래는 대부분이 좌절에서 시작하는데 비해, 여성가사는 좌절에서 시작하기도 하고 안정에서 시작하기도 한다. 그러나 대부분의 작품이 안정에서 시작한다. 이는 여성가사가 좌절에 처해 있는 어느 상황에서부터 서술하는 것이 아니라, 안정된 상태에 있던 과거를 회고하며 서술하기 때문으로 생각된다. 또한 서술이 이루어지는 순간이 여성민요에서처럼 고된 일을 하거나 하여 좌절의 상태에 있는 것이 아니라, 여가를 즐기는 안정의 상태에 있기 때문에 서두는 으레 안정에서부터 서술하게 마련이다.

〈여탄가〉 역시, ㄱ)서두는 혼인의 화기로움과 주인물의 즐거움을 길게 서술하는 안정에서 시작한다. 이렇게 안정된 상태는 ㄴ)과 ㄷ)으로 계속 이어진다. 다른 작품들에서는 흔히 신행 전 친구들과의 작별이나 신행 때 친정식구들과의 이별에서 우러나오는 슬픈 심회를 장황하게 나열하곤 하는데, 이 작품에서는 주인물의 "조반을 먹을나니 목이막혀 할수없네"(규신, 276면) 이상의 내적 심정에 대한 묘사가 전혀 나타나지 않는다. 이러한 태도는 시댁에서 현구례를 마친 이튿날 아버지와의 작별에서부터 바뀌기 시작한다.

주인물은 다음과 같이 자신의 심회를 나타낸다.

있는 경우를 닫힌 구조, 두 가지 경우의 이야기가 복합된 경우를 복합 구조라 부르기로 한다.

12) 이 경우에는 닫힌 구조의 인과적 결말이라고 할 수 있다.

삼사월에 병아리가 보라미께 차여온닷
생소한 이강산에 누를밋고 버려두오
우리부친 떠나실제 **빠르기도** 가난행차
록수진경 너른들에 가신바를 모를내라

(규신, 277면)

이렇게 시작된 좌절은 ㅁ), ㅂ)으로 계속된다. 즉 ㅁ)의 "어룬들이 걱정할가 하느라고 조심해도 / 잘한일은 간곳없고 꾸지럼은 나혼잘네"(규신, 277면)의 시집살이의 어려움은 ㅂ)에서 사촌오빠가 찾아와도 시어른들의 눈치만 보며 대접도 잘 못하고 떠나 보내는데서 더 절실해진다.

이렇게 좌절이 계속되다가 끝을 맺거나, 마지막 부분에 가서 해소의 기대로 마무리하는 것이 여성가사 구조의 일반적 특징이다. 이 작품에서도 근행을 가서 그간의 좌절이 어느 정도 해소되고, 시집살이의 방법을 이야기하면서 앞으로의 시집살이가 안정되기를 기대하는 것으로 마무리된다. 즉 ㅅ)의 '해소의 시도'부분에서는 사촌들에게 시집살이 한탄을 하는 대목이 나온다. 이는 시집살이 노래인 〈사촌형님 노래〉의 한대목인 "형님형님 사촌형님 시집사리 어뜨튼고"에서 시작하나, 자신의 심회를 묘사하는데 치중함으로써 〈사촌형님 노래〉와는 다르다.

그러나 서술자는 이렇게 시집살이 한탄만 계속하는 것이 아니라 마지막 ㅇ)에 가서 시집살이의 구체적인 예를 착한 행실과 악한 행실을 예로 들며 서술하고 있다. ㅇ)은 이 작품의 전체적인 서술 분위기와는 전혀 다른 것이다. 일단 앞부분이 주인물 시점에 의해 서술되고 있어 구별되며, 주로 악한 행실의 예를 들음으로써 서술하는 자신은 그 반대의 위치에 있음을 간접적으로 시사한다. 이렇게 마지막을 시집살이의 훈계로서 끝맺는 것은 이 작품이 자신의 이야기를 서술하면서도 청중이나 독자를 상당히 의식하고 있음을 말해준다. 여성가사는 공개되는 것을 원칙으로 하며, 공개될 수밖에 없기 때문에 자기의 요구보다는 청중, 독자의 요구에 기울어질 수밖에 없는 것이다. 그러므로 이 작품은 현세기대형의 열린 구조로 되어 있다고 할 수 있다.

이렇게 여성가사의 작품구조가 '안정 —— 좌절의 연속 —— (해소의 시도) —— (해소의 기대)'의 구조로 되어 있는 것은 앞의 여성민요의 구조처럼 큰 의미가 있다. 여성민요 구조의 주된 특징은 '해결의 시도'와 '좌절'의 반복에서 해결에 이르는 것이나, 여성가사 구조의 주특징은 '좌절의 연속' 내지 '해소의 기대'라고 할 수 있다.

이 '좌절의 연속' 또는 '해소의 기대'는 양반여성의 현실에 대한 태도를 잘 보여주는 것이라 할 수 있다. 양반여성은 혼인 후 자신의 지체나, 지식에 관계없이 많은 일에 시달리며, 시댁식구로부터 주어지는 여러 가지 박대에 심한 갈등을 느낀다. 평민여성에게 있어서 이러한 삶은 큰애기때부터 이미 익숙해져 있기 때문에, 비교적 적극적, 능동적으로 대처해 나갈 수 있는 반면, 양반여성들에게는 혼인 전과 혼인 후 급작스레 변화된 삶 때문에 크게 좌절하며, 해결 시도의 방법을 쉽게 찾아내지 못하는 것이다.

또한 평민여성이 자신의 의사나 행위를 결정하는데 여러 가지 규범에 얽매이지 않고 비교적 자유롭게 처신할 수 있는 반면에, 양반여성은 어려서부터 사회적 규범에 대한 교육을 철저하게 받아왔기 때문에, 규범에서 벗어난 행위를 마음대로 할 수가 없는 것이다. 이는 여성민요에서 부당한 대우에 시부모에게 항거한다든지, 중노릇을 간다든지, 자살을 한다든지 등등 반발의 표현이 다양하게 나타나는 반면, 여성가사는 자신의 행위로 인해 끼쳐질, 부모, 시부모, 가문 등에 대한 누를 생각하여 결단을 하지 못하는 것이다.

다음 대목은 이러한 양반 여성의 입장을 잘 나타내 준다.

> 삭발위승 하자하니 시집도 양반이오
> 내집도 품관이라 가문을 헤아리니
> 중되기도 어려워라 아마도 모진인생
> 못죽어 원수로다
>
> 〈〈과부가〉, 규신 46, 370면)

그러므로 여러 가지 구속에서 쉽게 벗어나지 못하고 좌절이 계속되는 것이다. 이 좌절을 해소할 수 있는 방법은 자신을 구속하는 규범과 타협하는 것뿐이다. 즉 시집살이의 고난을 고난으로 생각하지 않고 팔자나 운명으로 생각하고 받아들이는 것이다. 고난의 상황이 자신의 노력에 의해 개조될 수 없음을 깨닫고, 해결의 시도를 포기함으로써 좌절은 어느 정도 해소될 수 있다. 물론 그러한 해소는 여성민요에서 나타나는 해결과는 근본적으로 다르다. 여성민요에서의 해결은 자기의 요구를 관철하는 해결임에 비해, 여성가사에서의 해소 또는 해소의 기대는 사회적 요구에 부합되는 해소라고 할 수 있다. 그러므로 이러한 해소는 심리적인 것이어서 완전한 해소라 할 수 없고, 또 다른 좌절을 여전히 내포하고 있는 것이다.

그러나 모든 여성가사가 천편일률적으로 이러한 구조를 이루고 있는 것은 아니다. 우선 서두가 안정으로 시작되느냐, 좌절로 시작되느냐의 차이는 큰 의미가 있다. 안정에서 시작된 작품은 일반적인 양반 여성의 삶과 태도에서 우러나온 것이라 할 수 있으나, 좌절에서 시작된 작품은 그 작자의 예외적인 삶과 태도를 보여 준다. 즉 〈여자탄〉(규신, 2)에서와 같이 지체가 높으나 가난한 집안의 주인물이 지체가 낮은 부잣집으로 시집가 겪는 좌절이라든지, 〈부녀가〉(규신, 5)에서처럼 잘못된 아버지를 만나 돈에 팔려 시집을 간다든지, 혼인 전에 부모를 모두 여읜다든지(〈창회곡〉 규신, 13), 가난한 양반의 딸로 늦도록 시집을 못간다든지(〈노쳐녀가〉 규신, 26) 등은 오히려 서민적 삶과 인식에 가깝다. 이러한 작품들은 여성가사의 담당층인 양반 여성들의 삶이 더 이상 양반으로서의 삶과 태도를 유지할 수 없게 된 사회적 상황을 보여주는 것이라 할 수 있다. 즉 이러한 작품들은 안정된 시작을 갖는 작품보다 비교적 후대에 이루어지지 않았을까 하는 생각을 갖게 한다.

그러나 이러한 시작을 갖는 작품들도 좌절의 연속이라는 여성가사의 구조적 특성에서 거의 벗어나 있지 못하며, 양반 여성 본래의 의식은 그대로 유지하고 있어 결말에 가서는 역시 양반 여성 본래의 태도로 돌아오게 마련이다. 이는 여성가사가 비록 서민적 삶과 태도를 일부 보여주기는 해도, 본질적인 면에서 양반가사의 입장에 있음을 분명히 해 준다.

　서민가사로 연구된 바 있는[13] 〈노쳐녀가〉(규신, 26)도 결말에서는 다음과 같이 태도가 변하고 있다. 이는 〈노쳐녀가〉도 본질적인 면에서 양반가사에 속함을 잘 나타내 준다.

> 이젼에 잇든새암 이제로 생각하니
> 도로여 춘몽갓고 내가혈마 그려하랴
> 이자난 기탄업다 먹은귀 발가지고
> 병신팔 능히씨니 이안이 희한할가
> 　　　　(중략)
> 부부에 금실좃고 자손이 만당하며
> 재산이 유여하고 공명이 이음찬니
> 이안이 즐거온가

(규신, 270면)

　이렇게 여성가사는 양반의 '안정'과 여성의 '좌절'을 동시에 드러내주는 문학이란 점에서 의미가 있다. 평민여성의 노래인 민요가 평민으로서의 삶과 의식을 일원적으로 드러내는 반면, 양반여성의 노래인 가사는 양반으로서의 의식과 서민적 삶이라는 불일치를 작품 속에 이중적으로 구현하고 있는 것이다. 그러므로 여성가사는 양반이기도 하면서, 양반이 아닌 삶과 의식을 다양한 서술방법과 작품구조로 형상화해내기에 이르른 것이다.

　이렇게 볼 때 시집살이 노래는 대부분 닫힌 구조의 작품으로 되어 있음을 알 수 있는데, 그 결말은 우연적 결말, 인과적 결말, 허구적 결말 등으로 고루 나타난다. 우연적 결말에 속하는 노래로는 첩을 죽이려고 첩의 집에 갔다가 첩의 미모와 대접에 차마 죽일 수 없어 그냥 돌아오니, 결말에서는 첩이 죽었다는 부고를 받는 것으로 해결에 이르는 〈첩집방문 노래〉(필자자료, 42면) 등이 있고, 인과적 결말로는 양동가마를 깼더니 친정집에 가서 물어오라는 시부모에게 항의하여, 사과를 받아내는 〈양동가마 노

---

13) 김문기(1983초, 1985재: 84~86) 참조.

래〉(필자자료, 6면), 오랫동안 헤어져 있던 남편이 돌아와 첩과 즐기는 것을 보고 자살하자 남편이 후회하는 〈진주낭군 노래〉(필자자료, 54~55면), 또는 같은 상황에서 자살하려 하자 남편이 말려 죽지 않고 함께 잘 살았다는 〈서답 노래〉(필자자료, 59~60면), 입기가 아까워 걸어 놓은 옷을 시누이가 발기발기 찢어버려 남편에게 호소하나 남편이 듣지 않자 자살하는 〈치마·저고리 노래〉(필자자료, 42면) 등 많이 있다.

가장 많은 각편이 조사된 〈중노래〉(필자자료, 24~33면)에서도 시가가 쑥대밭이 되어 있다는 데서 끝나는 경우는 인과적 결말이라 할 수 있고 남편의 묘소가 벌어져 여자가 나비가 되어 그 속으로 들어가는 경우라야 허구적 결말이라고 할 수 있다. 그러므로 시집살이 노래에서는 인과적 결말이 가장 많이 나타나는 것을 알 수 있다. 어떠한 결말을 취하건 간에 시집살이 노래는 사건의 전개 과정을 통해 자기의 요구를 강력하게 드러내고 있다.

〈치마·저고리 노래〉나 〈진주낭군 노래〉에서 죽음이라는 극단적인 방식을 택하는 것도 시집살이 노래에서 많이 나타나는 결말인데, '죽음'은 여자에게 남은 최후의 자기 요구로 볼 수 있는 강력한 저항의 한 표현이라 하겠다. 죽음은 일견 '해결'이 아닌 '좌절'인 듯이 여겨지지만 역설적으로 시집살이 노래의 상대역인 시댁식구와 사회에 커다란 충격을 주어 사회규범을 혼란시키고, 시댁식구의 권위와 도덕성에 손상을 입히는 가장 효력 있는 '해결'이라고도 할 수 있다. 또한 노래에서의 해결 방법이 이렇게 '죽음'으로 나타나는 것은 그만큼 문제 해결이 불가능한 현실상황을 그대로 드러내는 것이라고 생각된다.

이에 비해 여성가사는 대부분의 작품이 자기의 요구를 관철하지 못하고, 좌절을 계속하거나 언젠가는 자신의 기대가 이루어지리라고 막연히 기대하는 열린 구조의 작품으로 되어 있다. 유교적 규범에 반하여 죽음을 결행하거나, 중노릇을 간다거나 하는 행위는 양반 여성들에게 있어 개인적으로도, 사회적으로도 결코 용납될 수 없는 것이다.

〈싀골색씨 설은타령〉(규I, 2.4)의 경우, 주인물은 시골의 여염집 규수로서 새로운 문물의 영향을 받은 임으로부터 이혼 선고를 받고 그에 대응해 나가는 마음과 태도를 읊고 있는 작품으로, 시집살이 노래 〈진주낭군 노래〉에서처럼 남편의 버림을 받은 비슷한 상황에 있다. 그러나 〈진주낭군 노래〉의 주인물이 죽음을 결단함으로써 오히려 남편을 자기에게로 돌아오게끔 만드는 닫힌 구조의 인과적 결말을 취하는 반면, 〈싀골색씨 설은타령〉은 좌절만 거듭하다가 유교적 가르침으로 자신을 다잡고 남편이 자기에게로 돌아오기를 기다리는 열린 구조의 현세기대형을 취하는 데서 큰 차이가 난다.

즉 〈싀골색씨 설은타령〉에서도 주인물은 죽음을 생각하기는 하나, 여러 가지 주변 상황을 생각하며 주저하다가 결국 다시 남편을 다시 만나 하소연을 하리라는 결심으로 죽음을 포기한다. 그 대목을 보면 다음과 같다.

> 만만이 죽자하니 더욱더욱 원통하다
> 앵도갓튼 젓곡지를 아기한번 못머기고
> 절믄청춘 어이죽노 친정어마 차마못잇네
> 어마먼저 어이죽노 죽기도 어려워라
> 살기도 괴로워라 사세는 양난이라

(규I, 116면)

여기에서 주인물의 남편에 대한 기대가 성취될 수 있을 지는 미지수로서 해결이 전혀 주어져 있지 않은 상태이며, 해결의 열쇠 또한 주인물에게가 아니라 상대역인 남편에게 전적으로 주어져 있으므로 해결의 가능성은 거의 희박하다 할 수 있다. 그럼에도 불구하고 "불경이부 가르침은 뼈에새겨 못잇겠네"(규I, 115면)라는 주인물의 유교적 규범에 대한 신념, 시집간 여자는 그래야 한다는 보편적인 사회의 기대는 이 작품을 '현세기대형'으로 끝맺게 하는 데 가장 큰 구실을 한 것으로 생각된다.

여성가사와 여성민요가 이러한 차이점을 갖는 이유는 물론 그 작가와 독자의 관계, 서술자와 작중인물의 관계와도 많은 상관성을 지니고 있다. 즉 시집살이 노래는 동류의 청중(독자)들만으로 제한된 가운데서 불리기 때문에, 서술자는 자신의 요구를 강력하게 드러내며 그것을 실현시키는 경향이 두드러지는 반면에, 여성가사는 여러 다른 처지의 사람들을 청중(독자)으로 전제하고 있기 때문에, 서술자는 자신의 요구를 소극적으로 표현하게 되고, 청중의 기대에 부합되도록 결말을 짓는 것이 대부분이다. 그러므로 시집살이 노래에는 자신의 요구를 관철하는 닫힌 구조의 작품이 많은 반면, 여성가사에는 자신의 요구를 아예 포기하거나, 막연한 기대 그것도 보장받을 수 없는 내세나 현세에서의 기대 수준에서 끝을 맺는 열린 구조의 작품이 많게 된다.

한편 시집살이 노래의 서술자와 작중 주인물은 분리되어 있기 때문에, 서술자는 서술대상과 어느 정도 거리를 갖게 되고, 따라서 얼마든지 허구적인 이야기를 꾸며낼 수 있게 된다. 그러므로 시집살이 노래에서 자기의 요구는 큰 제약 없이 마음껏 표출될 수 있으며, 결말 역시 해결이 주어지는 닫힌 구조, 그 중에서도 인과적 결말이나 허구적 결말에 이르게 되는 경우가 많다. 그러나 여성가사의 서술자와 작중 주인물은 일치되어 있기 때문에(주인물 시점에서), 서술자는 허구적인 이야기를 꾸며내기보다는 현실을 있는 그대로 나타내는데 치중하게 된다. 이야기의 결말도 서술하는 시간의 실제 상태에서 맺어지게 마련이므로 완전한 해결에 이르는 경우가 드물다. 또한 청중이나 독자가 자신의 이야기임을 다 알고 있으므로 자신의 요구를 제대로 드러내지 못하고 탄식과 제어의 이중성을 띠게 된다. 그러므로 여성가사는 대부분 해결이 주어지지 않는 열린 구조를 지니게 되며, 주로 현세기대형이나 내세기대형을 취하게 되는 것이라고 볼 수 있다.

결국 여성민요가 현실에서는 이룰 수 없는 평민여성의 요구를 허구적 노래로 달래고자 한 것이라면, 서사적 여성가사는 양반여성이 겪는 양반으로서의 인식과 여성으로서의 삶이라는 불일치에서 빚어지는 갈등을 그대로 보여주고, 현실 속에서 해결을 찾고자 한 사실적 노래로 평가할 수 있다.

또한 여성민요와 여성가사는 불합리한 사회적 억압 속에서 평민여성과 양반여성으로서 갖게 된 주체적이고 자각적인 인식을 주장이나 탄식 위주로 그대로 나열한 것이 아니라, 독특하고 짜임새 있는 전개방식으로 형상화해냈다는 데에, 그 문학적 가치와 의의를 찾을 수 있으리라고 본다.

5. 맺음말

이상에서 여성민요와 여성가사의 서사적 전개방식을 비교함으로써 두 갈래가 어떻게 같고 다른지를 살펴보았다. 여성민요가 평민여성의 노동의 문학으로서 전승적 요소가 강한 공동의 노래라고 한다면, 여성가사는 양반여성의 여가의 문학으로서 창작적 요소가 강한 개인의 노래라고 할 수 있다. 또한 여성민요가 주로 동류의 청중들을 상대로 불리기 때문에 자기의 요구에 충실한 노래라고 한다면, 여성가사는 주로 여러 처지의 독자들을 전제로 하고 있기 때문에 독자의 요구에 기울어지는 노래라고 할 수 있다. 한편 여성민요는 일을 하면서 부르기 때문에 서술자와 주인물이 분리되며, 대체로 짤막한 장면묘사 중심의 서술방법을 택하는 반면, 여성가사는 한가한 시간에 창작되기 때문에 서술자와 주인물이 일치되며, 긴 상황묘사와 장면묘사를 반복, 교체하는 서술방법을 택하게 된다.

이러한 작가와 독자의 관계와 서술자와 작중인물의 관계는 나아가 작품내 사건의 전개과정인 서두와 결말의 관계에도 큰 영향을 미친다. 즉 여성민요는 동류의 청중들을 상대로 하고, 자신과는 일정한 거리가 있는 허구적 인물의 이야기를 하므로, 큰 제약 없이 마음껏 자신의 요구를 관철시켜 닫힌 구조의 작품을 많이 이루어낸다. 반면 여성가사는 여러 부류의 독자들을 염두에 두고 자신의 경험에 기반을 둔 실제적 이야기를 하므로, 마음놓고 자신의 요구를 하지 못하고, 독자나 사회의 요구에 맞추게 되며, 내세에서나 현세에서 언젠가 갈등이 해소되기를 기대하는 열린 구조의 작품을 많이 이루어 내게 된다. 또한 여성민요는 좌절에서 시작하여 몇 번의 '해결의 시도'와 '좌절'을 거쳐 '해결'에 이르는 전개를 갖고 있는 데 비해, 여성가사는 안정에서 시작하여 갈등의 발생으로 거듭되는 좌절을 겪다가 다시금 안정을 기대하는 전개로 되어 있다.

이는 각기 평민여성과 양반여성의 사회적 현실과 그에 대한 인식을 잘 드러내 주는 것으로 볼 수 있다. 즉 여성민요는 사회적 규범에 구애되지 않고 자신들의 요구에 충실한 평민여성들의 삶의 방식과 태도를 잘 보여 준다면, 여성가사는 양반으로서의 인식과 여성으로서의 삶이라는 불일치에서 빚어지는 갈등을 그대로 드러내면서도 사회적 규범에 충실하게 살고자 하는 양반여성들의 태도를 잘 보여 준다. 그러므로 여성민요와 여성가사는 조선후기 이후 근대에 이르기까지 여성에 대한 사회적 억압은 강해져가고 반면에 여성의 자각은 높아져 가던 시대에, 인간으로서의 주체적 삶을 모색하고자 했던 평민여성과 양반여성들의 현실과 기대를 각기 독특하고 뛰어난 서술과 전개방식으로 형상화해냈다는 데에 그 문학적 가치와 의의를 찾을 수 있다.

이 연구에서 밝혀진 여성민요와 여성가사의 변별적 특징은 나아가 평민문학과 양반문학의 차이, 구비문학과 기록문학의 차이를 밝히는 데에도 좋은 시사를 줄 수 있으리라고 본다. 단 이 연구의 논의가 서사적 작품군에 한정돼 있기 때문에, 논의를 일반화하기 위해서는 자료의 확대와 연구방법에 대한 검토, 보완이 계속되어야 하리라고 본다.

참 고 문 헌

권녕철 편(1979),『閨房歌辭 I』, 한국정신문화연구원 고전자료편찬실.
------(1980),『閨房歌辭硏究』, 이우출판사.
------편저(1985),『閨房歌辭: 身邊歎息類』, 효성여대 출판부.
김선풍(1976),「江陵地方 閨房歌辭 硏究: 花煎歌의 背景과 構造를 中心
　　　　으로」,『한국민속학』9, 한국민속학회.
김수업(1980),『배달문학의 길잡이』, 금화출판사.
김홍규(1986),『韓國文學의 理解』, 민음사.
김천혜(1990),『소설구조의 이론』, 문학과 지성사.
서영숙(1982),「시집살이노래의 존재양상과 작품세계」, 한국정신문화연
　　　　구원 부설 한국학대학원 석사학위논문.
------(1991),「여성가사에 투영된 작가와 독자의 관계: 화전가를 중심
　　　　으로」,『고전문학연구』6, 한국고전문학연구회.
------(1992),「敍事的 女性歌辭의 展開方式 硏究」, 충남대학교 대학원
　　　　박사학위 논문.
이원주(1982),「歌辭의 讀者」,『朝鮮後期의 言語와 文學』, 한국어문학회 편,
　　　　형설출판사.
조동일(1970초, 1979증보판),『敍事民謠硏究』, 계명대 출판부.
------(1982),『한국문학통사 1』, 지식산업사.

옛 여성들의 노래에 나타난 웃음

옛 여성들의 노래에 나타난 웃음

1. 머리말

한국 문학, 그 중에서도 옛 여성들의 노래는 흔히 '恨의 노래'라고 불린다. 여성들의 삶 자체가 고되고, 희망이 없는 비극적 삶이었기 때문에 그들의 노래는 고난과 좌절의 표상일 수 밖에 없었을 것이다. 그러나 여성들은 이 슬픈 노래를 부르면서 웃는다. 그러기에 그들의 노래는 정녕 슬프지만은 않다. 슬픈 노래를 부르면서도 웃을 수 있는 이유는 무엇일까?

그것은 노래 구조의 핵을 이루고 있는, 노래의 주체인 여성들의 삶에 대한 건강한 기대 때문이라고 할 수 있다. 즉 그들의 노래는 좌절과 기대의 반복 구조로 이루어져 있고 그들의 삶 자체가 좌절과 기대의 연속으로 되어 있다.[1] 좌절이 좌절로 끝나지 않으리라는 믿음, 이 기대가 있음으로써 그들의 좌절은 좌절이 아니다. 그러기 때문에 그들은 슬픈 노래를 부르면서도 웃을 수 있는 것이다. 여성들이 모이는 자리에는 늘 서러운

---

1) 필자는 졸고(1996) 『시집살이노래 연구』 (도서출판 박이정)에서 시집살이노래의 구조를 기대와 좌절의 대립 반복 구조로 살펴 본 바 있다. 이때 '기대'는 상대역과의 관계에서 시집간 여자가 자기 요구를 드러내는 상황을 말하고, '좌절'은 자기 요구가 어긋나거나 거부되는 상황을 말한다. 이렇게 기대와 좌절이 대립되어 반복되는 것은 시집간 여자의 현실적 모습이면서, 이 현실에 대한 부정적 인식과 긍정적 인식을 함께 가지고 있는 시집간 여자의 현실 인식 때문이라고 할 수 있다.

이야기가 중심을 이루면서도 언제나 집안 떠나갈 듯한 웃음이 터지는 것은 바로 이러한 기대의 덕분이다.

이 글에서는 여성들의 노래 중 대표적인 두 갈래라 할 수 있는 민요와 가사를 통해 여성들의 삶과 그에 대한 기대가 어떻게 형상화되어 있으며 삶 속에서 어떠한 기능을 하는지 생각해 보고자 한다.

2. 평민 여성들의 노래

- 고된 삶에 대한 건강한 기대와 극복

평민 여성들의 노래(여성 민요)는 일노래이다. 외형상으로 나타난 그들 노래의 기능은 일을 보다 수월하게 하고, 일의 단조로움과 괴로움을 잊게 하기 위해서라고 할 수 있다. 평민 여성들의 일은 빨래하기, 밥짓기, 청소하기, 바느질하기 등 집안 일에서부터 밭매기, 모내기 등 바깥일에까지 두루 걸쳐 있다. 이 일들은 급격하고 강한 힘보다는 오랜 시간에 걸쳐 단조로운 동작을 반복해야 한다는 공통점을 지니고 있다. 그렇기 때문에 이런 일들을 하면서 부르는 여성들의 노래는 가락보다는 사설이 중요시된다. 가락은 단조롭고 일정하게 반복되는 반면, 사설은 무궁무진하며 다채롭게 전개된다.

그들의 노래는 거의가 슬픈 이야기를 담고 있다. 시집간 지 삼일만에 밭에 나가 하루 종일 일하고 돌아오니 시어머니는 접시밥(접시같이 납작한 그릇에 밥을 조금 담아 주는 것)을 주더라는 이야기, 깨를 볶다 양동가마가 벌어졌는데 시집 식구들이 이를 물어내라며 친정으로 가라고 하더라는 이야기, 시집 올 때 해 온 고운 옷을 입기가 아까워 걸어 놓았는데 시누가 발기발기 찢어 놓았다는 이야기, 삼 년 동안 시집살이를 하고 난 후 돌아 온 남편이 자신은 보지도 않고 기생첩과 즐기더라는 이야기……, 이런 이야기 노래를 부르면서 그들은 한결같이 눈물을 적신다.

아무에게도 하소연할 수 없는 자신만의 서러운 사정을 일을 하면서, 일노래 속에 파묻어 버린다. 일이 힘들고 오래 지속될수록 그들의 노래는 더욱더 서글퍼지고, 길게 길게 이야기가 덧붙여진다.

그러나 이들의 설움은 그냥 그렇게 계속되는 것만은 아니다. 여러 사람이 모여 품앗이로 일을 하면서 그들은 그들의 노래를 눈물로가 아니라 웃음으로 매듭짓는다. 자신의 삶 속에 그대로 주저앉아 있는 것이 아니라, 말리는 남편을 뿌리치고 중노릇을 가는 여성, 드디어는 시가가 완전히 패망한 것을 확인하고 남편과의 못다 한 사랑을 다시 맺는다든지, 양동가마를 물어내라는 시집 식구들에게 자신의 헐어 버린 몸을 다시 물어 달라고 항의함으로써 그들의 사과를 받아낸다든지, 옷을 찢어 놓은 시누에게 벌을 줄 것을 남편에게 요구한다든지, 노래 속의 여성은 실제 삶에서처럼 나약하거나 체념만 하는 여성이 아니라 용기 있고 과감하며 주체적인 여성이다. 그들은 이런 여성의 모습을 통해 자신들의 가슴속에 얽혀 있는 응어리를 가라앉힌다. 자신들의 속마음처럼 사건을 마무리하면서 한바탕 웃음을 터뜨린다. '까르르' 웃음을 터뜨림으로써 설움을 맑게 씻어 버리고 밝은 얼굴로 헤어질 수 있는 것이다.

다음의 노래를 보자. 이 노래는 시어머니와 며느리가 밭매러 갔다가 시어머니는 먼저 집에 들어가고, 혼자서 열두 골을 다 맨 뒤 집에 돌아가니 시집 식구들이 하나같이 왜 벌써 왔느냐며 나무라는 데다가, 시어머니는 점심으로 죽을 끓여 웃국만 떠서 부뚜막에다 놓아준다. 결국 며느리는 이를 참지 못해 머리 깎고 중노릇을 떠나간다. 그 뒤 삼 년이 지나 집에 찾아 가보니 모든 시집 식구들이 모든 시집 식구들이 죽어 있다.

> 석삼년을 지내고 시가집을 찾아가니
> 쑥대밭이 되었네라
> 시아바니 뫼소에는 호령꽃이 만발하고
> 시어머니 뫼소에는 아사리꽃이 만발했네
> 우리임 뫼소에는 함박꽃이 만발했네
> 임아임아 서방님아 내가돌아 내가왔네

〔뫼시가 벌어져 들어가 버렸다네〕
〔청중: 웃음〕

(〈중노래〉 마지막 부분: 필자 채록)

죄가 없는 나약한 여인을 쫓아낸 시집 식구들이 모두 죽어 있고 시가가 패망해 있다는 것을, 그들은 하늘이 내린 벌이라고 믿는다. 그러나 여인이 사랑하는 남편마저 죽어 있다는 것은 그 여인에게 아무런 희망도 남아 있지 않은 상황이다. 그러나 마지막 장면에서 남편의 묘가 쫙 벌어져 여인이 그 안으로 들어가 버렸다는 것(어떤 작품에서는 남편의 묘가 벌어지면서 남편과 여인이 나비가 되어 날아 감)은 얼마나 멋지고 기막힌 결말인가! 여성들은 그 어처구니없으면서도 지극히 당연한 결말에 마음껏 웃음을 터뜨리고 그 동안의 쌓인 응어리를 풀어헤치는 것이다. 이것이 바로 여성들의 노래가 그들 삶 속에서 차지하는 중요한 기능이 아닐까 한다.

한편 이들의 노래는 슬픔과 좌절이 연속되는 것이 아니라 좌절 뒤에 기대가 반복되어 나타난다. 이러한 좌절과 기대의 교체는 여성들이 이 노래를 부르면서 슬픔 속에 침잠하는 것을 가로막는다. 슬픔 속에 주저앉아 버리다가는 한숨과 눈물이 쏟아지고 일을 계속할 수 없게 될 것이다. 눈물 뒤에 웃음이 곧 이어지기 때문에, 그래서 당당하게 노래 속의 여성이 어려움을 헤쳐 나가리라는 기대를 갖고 있기 때문에 이들 노래는 슬프되 슬프지 않은 역설을 지니게 되는 것이다.

이들 노래를 부르는 여성들은 "이야기는 거짓말, 노래는 참말"이라고 말들 한다. 이야기는 자신들의 실제 삶과는 관계가 먼 세계의 꿈을 그려 놓는 것이라면, 노래는 그들의 일 속에서 늘 새롭게 태어나며 그들의 삶에서 벌어지는 고난과 기대를 담고 있다. 그들 삶 자체가 고난과 희망의 반복이기 때문에 그들 노래는 좌절과 기대가 반복된다. 이는 평민 여성들의 삶의 방식이면서 그들 노래의 전개 방식이다. 그들은 노래를 통해 그들 삶에 응어리진 갈등을 풀며, 쉽사리 좌절하지 않고 그들의 삶을 건강하게 헤쳐 나간다. 이들 여성들이 삶의 어려움에도 불구하고 발랄하고 건강하게 여겨지는 것은 바로 그들에게 그들의 기대를 담을 수 있는 노래가 있기 때문이리라.

3. 양반 여성들의 노래
- 부당한 사회규범에 대한 은밀한 비판

평민 여성들의 노래가 일노래라고 한다면, 양반 여성들의 노래(여성가사)는 한가한 시간에 불리는 餘暇의 노래라고 할 수 있다. 그러므로 평민 여성들의 노래가 당장에 주어진 일의 고됨과 지루함을 달래기 위해 불리는 반면, 양반 여성들의 노래는 지나간 자신들의 삶을 돌아보고, 앞으로 보다 나은 삶을 갖기 위해 불린다. 그들에게 지나간 삶은 좌절과 고난의 연속으로 여겨질 뿐이며 앞으로도 그러한 상황이 바뀌어지리라고는 생각지 않는다. 그들은 단지 그러한 현실을 '여자로 태어난 죄'로 달게 받아들이고 꿋꿋하게 견디어 나가면 언젠가는 또는 내세에서는 그 보답을 얻게 되리라고 믿는다. 이러한 믿음 때문에 그들은 당당하고 의연하게 그들에게 가해지는 부당한 억압을 견디어내는 것이다. 그들의 노래도 바로 이러한 그들의 삶의 태도를 그대로 닮고 있다.

평민 여성들의 노래가 좌절과 기대의 반복 구조로 나타나는 데 비해, 양반 여성들의 노래가 좌절의 연속 구조로 되어 있거나, 좌절의 연속 끝에 기대의 결말 구조로 되어 있는 것은 바로 이러한 이유에서라고 할 수 있다. 그러나 평민 여성들의 노래 속 기대가 사건이 현실에서 해결되는 것인 반면 양반 여성들의 노래 속 기대는 마음속에서 '그렇게 되었으면'하고 바라는 것일 뿐이다. 그러므로 양반 여성들의 노래 속에 나타나는 기대는 실현되리라는 보장이 전혀 없다. 그들의 기대는 현실을 넘어서 내세에서 그렇게 되기를 바라거나, 현세의 언젠가에 그렇게 되기를 바라는 막연한 것이다. 그러므로 그들의 노래에는 웃음이 거의 보이지 않는다.

그렇다고 해서 그들의 노래가 웃음이라고는 전혀 없는 삭막하고 무미한 것만은 아니다. 단지 그들은 조심스럽게 그 웃음을 드러낼 뿐이다. 그들이 그들 자신에게서 시선을 돌려 다른 사람들을 바라보는 노래들에는 대상 인물에 대한 준열한 꾸짖음이 나타나는데 그들의 행동은 그야말로 웃음을 자아내게 하는 해학적 표현으로 되어 있다. 다음 노래를 보자

> 백주의 낮잠자기 혼자앉아 군소리며
> 둘이앉아 흉보기과 문틈으로 손보기며
> 담에올라 시비구경 어른말쌈 초달기와
> 금강산 어찌알고 구경한이 둘째로다
> 기역니은 몰로그든 책을어찌 들고안노
> 안짐안짐 용열하고 걸음거리 망측하다
> 달음박질 하난때의 너털웃음 무삼일고
> 치마꼬리 히여지고 비녀빠져 개가문다
> 허리띠 어다두고 붉은허리 드러내노
> 　　　　　((복선화음가)일부, 고어는 이해하기 쉽게 바꾸어 표기했음)

이 노래는 작자인 이씨 부인이 딸을 시집 보내면서 자신의 일생을 본보기로 들려주며 거울을 삼을 것과 아울러 괴똥어미라는 여인의 행실을 일러주며 경계로 삼도록 한 誡女歌辭이다. 이 노래는 작자의 원래 의도와는 달리 앞부분의 이씨부인 이야기보다는 뒷부분의 괴똥어미 이야기에 관심과 흥미가 더해지면서 많은 이본을 형성해 냈다. 게다가 이 노래가 후에 〈괴똥전〉, 〈괴똥어미전〉 등의 제목으로 소설화되었다는 사실은 독자들이 이 노래에서 교훈보다는 재미를 느꼈다는 것을 입증해 준다.2) 즉 자신들의 생활 방식이나 가치관과는 전혀 맞지 않는 자유분방하고 발랄한 괴똥어미의 모습을 긴 사설로 늘어놓으면서 양반 여성들은 자신들 속에 억눌려 있는 자기 본연의 욕구를 마음대로 풀어놓을 수 있었으리라 생각된다.

---

2) 졸고(1996), 「복선화음가류 가사의 서술구조와 의미」, 『한국여성가사연구』, (국학자료원)에서 그 구조적 특성과 의미에 대해 자세히 고찰한 바 있다.

먹고 싶고, 자고 싶고, 보고 싶고, 말하고 싶은 가장 기본적인 욕구를 억제 당해야 했던 옛 여성들에게 있어서 歌辭는 그러기에 유일한 돌출구였던 셈이다. 겉으로는 의연하게 자신을 제어하면서도 자신이 아닌 어떤 불특정의 여인을 대상으로 마음껏 자신의 욕수를 분출시킬 수 있었던 것이 아닌가 한다.

한편 이들의 노래에는 드문 경우이긴 하지만 슬픔이 해학적으로 묘사됨으로써 슬픔을 억제시키기도 한다. 이러한 노래는 양반 여성들의 노래가 평민 여성들의 노래와 영향을 주고받으면서 생겨난 것이 아닌가 한다. 나이 사십이 넘도록 불구의 몸과 양반 가문의 체통으로 시집을 못 간 처녀가 자신의 신세를 한탄하고 시집 보내 주기를 기대하는 〈노처녀가〉가 그 중의 하나이다.

> 내비록 병신이나 남과갓치 못할손가
> 내얼골 얼것다마소 얼근궁게 슬기들고
> 내얼골 껌다마소 분칠하면 아니흴까
> 한편눈이 멀었으나 한편눈은 밝아있네
> 바늘귀를 능히꾀니 무슨뿐을 못받으며
> 귀먹었다 하지만은 크게하면 알아듣고
> 천동소래 능히듣네
> 오른손으로 밥먹으니 왼손하나 무엇할고
> 왼편다리 병신이나 뒷간출입 능히하고
> 코구녕이 맥맥하나 내음새를 일수아네

이 노래에서 보면 주인공 노처녀의 비정상적인 모습이 매우 戱畫的으로 묘사되어 있다. 정작은 추하고 부끄러운 모습이 떳떳하고 당연한 모습으로 표현되어 있으며 그것이 지나쳐 웃음을 자아내게 한다. 이런 노래를 부르면서 이들 여성들은 노래의 주인공에 심리적 거리를 유지하며 웃을 수가 있는 것이다. 그러나 이때의 웃음은 평민 여성들이 그들의 노래를 부르며 웃는 것과 같은 통쾌한 웃음이 아니라 슬픔이 깔려 있는 웃음이다. 비극적인 삶을 비극적으로 그리지 않고 희극적으로 그림으로써 주인

공의 삶의 비극성이 더욱 더 강조된다는 역설이 여기에서 성립된다. 또한
이때의 웃음은 그 웃음과 슬픔의 아이러니를 자아내게 하는 부당한 사회
적 현실을 비판적으로 바라다보게 해 준다. 채플린의 코미디를 보며 웃으
면서도 한편으로는 진한 슬픔을 느끼며 그 사회적 현실에 분노를 느끼게
되는 것은 이와 같은 맥락에 있다. 또한 이들 여성들의 노래 중에는 아주
일부분이기는 하지만 평상시에는 금기시되어 있는 강한 성적 표현이 도
출되기도 한다. 다음 노래를 보자.

> 문틈으로 여어보니 고자신랑 거동보소
> 글자 수컷이라 좀좀 나아안자
> 홍총불 도도놓고 소스랑같은 손으로
> 옥같은 신부손목 넌즈시 쥐여보고
>   (중략)
> 백방사주 너른바지 백사주 고장바지
> 속속들이 껴입은 것 차례로 벗겨놓고
> 못감긴 것 잘삼긴체 무정한 것 유정한체
> 산영개 되엿던지 휘두로 바라본다
> 시앗시 되엿던지 일신을 꼬집난다
> 돌밭을 갈았던가 헐덕임도 헐덕인다
> 저혼자 애를쓴들 중쇠없난 멧돌이요
> 고부러진 방아로다 밤새도록 애만쓰고
> 비찌땀 베홀이다 첫닭이 홰홰우니

〈신가전〉 일부

이 노래는 딸의 신랑을 잘못 골라 벌어지는 비극적 상황을 어머니의
시각에서 노래한 것이다. 그러나 그 비극적 상황이 여성들의 세계에서는
입에 담기도 어려운 의외의 사태로 되어 있다. 딸의 신랑이 성불구자로서
첫날밤을 제대로 치러내지 못하는 것이다. 그것을 歌辭로 노래했다는 것
자체가 여성가사의 커다란 전환이라고 할 수 있다.
　이는 가사문학을 婦德의 교훈서로 이용하려 했던 남성들의 의도에서

크게 벗어나 여성들 스스로 그들 자신의 실제 삶을 현실감 있게 드러내 보여 주려는 데서 야기된 것이라 볼 수 있다. 그들의 비극적 삶을 있는 그대로 그리는 데 있어서 성적 불행도 예외일 수가 없었던 것이다. 결국 작품 속의 서술자는 횟병이 들어 세상을 떠나고, 주인공도 절에 들어가 중이 된다는 결말을 맺고 있는 이 歌辭는 여성 가사에 성적 표현도 금기일 수 없다는 전기를 마련했다고 할 수 있다.

여성들은 이 노래를 통해 주인공 여인의 한스러운 생애를 안타까워하는 한편, 두 남녀의 우스꽝스러운 첫날밤 장면을 떠올리며 웃지 않을 수 없었을 것이다. 그러나 그들은 이 비정상적인 남녀의 결합에 대해 겉으로는 웃으면서도 속으로는 자신들의 내밀한 성적 불만을 들여다보게 되고, 그 웃음 속에 그들 자신의 성적 불행에 대한 비판의식을 드러낼 수가 있었던 것이 아닐까 한다.

이처럼 양반 여성들의 노래에는 표면적으로 의연함을 유지하면서도 그 이면에 여성들의 숨겨진 인간으로서의 욕구가 내재되어 있다고 할 수 있다. 그들 노래에 나타나는 웃음은 그러기에 조심스러우면서도 은밀하고, 그 밑바닥에 진한 슬픔과 삶의 부당성을 한자락 깔고 있다. 양반 여성들은 이런 노래를 부름으로써 그들 내면의 슬픔과 갈등을 조금씩 어루만지면서 지체 있는 여성으로서의 삶을 지탱해 나갈 수가 있었을 것이다. 또한 이들 노래는 사회적 규범으로부터 부당하게 희생당하는 여성들의 삶을 있는 그대로 그려나감으로써, 여성들로 하여금 사람다운 삶을 스스로 열게 하는데 커다란 구실을 해 왔다고 생각된다.

4. 맺음말

우리 옛 여성들의 노래는 그들의 삶 속에서 주어지는 설움을 담고 있다. 그러나 그 설움이 설움자체로 끝나는 것이 아니라 웃음과 맞물려 있다는 점에 우리는 주목해 왔다. 평민 여성들의 노래가 그들의 고된 일과 사회의 구조적 모순으로 인한 좌절을 건강한 기대와 웃음으로 극복해내는 반면, 양반 여성들의 노래는 그들의 불행한 삶을 야기하는 부당한 사회적 규범에 대한 비판적 인식을 기대와 웃음 속에 은밀히 드러내고 있음을 보았다.

이런 노래를 함께 부르고 웃음으로써 여성들은 굳은 연대감을 느낄 수 있었으며 잠시나마 설움을 잊을 수가 있었다. 노래를 통해 설움을 토해내고 달램으로써 설움 투성이의 삶을 밝고 의연하게 헤쳐나갈 수가 있었던 것이다.

또한 그 웃음은 노래 속의 여성뿐만이 아니라 실제 삶 속에서의 여성들이 그들의 사람됨을 자각하고 그들의 사람됨을 인정하는 사회를 만들어 나가는 데 주체적으로 설 수 있게끔 힘과 용기를 주어 왔다. 여성들의 노래 속에 있는 설움과 웃음은 동전의 양면과도 같이 늘 함께 하면서 아직도 그들이 벗겨내지 못한 삶 속의 수많은 굴레들과 맞부딪쳐 구르고 있는 것이다.

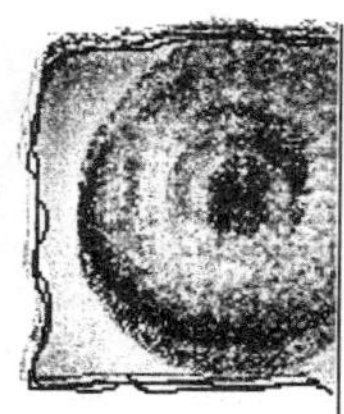

IV. 지역 민요의 양상

모심는 소리의 가창방식과 사설구조
-충청북도를 중심으로

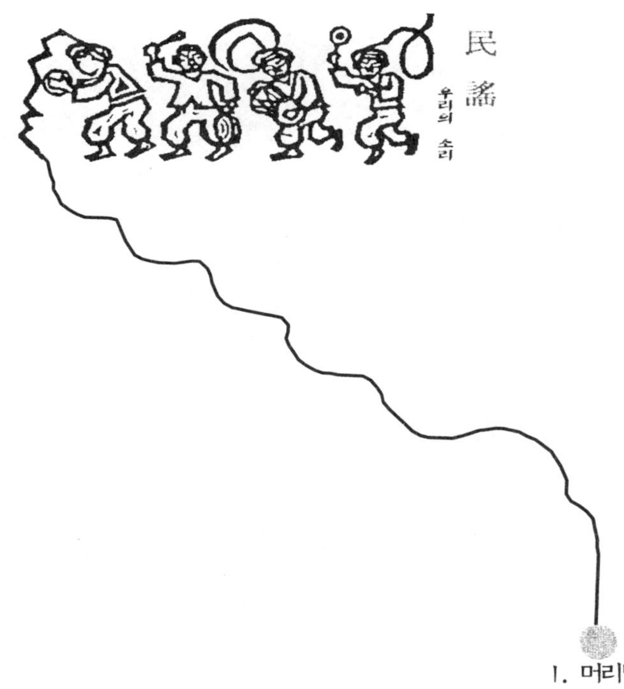

모심는 소리의 가창방식과 사설구조
- 충청북도를 중심으로

1. 머리말

모심는 소리는 전국적으로 분포되어 있으면서, 지역에 따라 그 가창방식이나 후렴 등이 비교적 뚜렷하게 구별돼 있어 소리의 형성과 지역적 특징을 추정하는데 좋은 자료가 된다.

충청북도는 한반도의 중남부에 위치한 내륙도로서 북으로는 경기도, 강원도와 경계를 이루고 있고, 동으로는 경상북도, 서로는 충청남도, 남으로는 전라북도와 마주하고 있다. 그래서인지 모심는 소리 역시 각 지역에서 불리는 고유한 소리가 거의 모두 나타나고 있다. 모심는 소리의 대표적 형태라 할 수 있는 〈정자 소리〉, 〈상사 소리〉, 〈아라리 소리〉, 〈하나 소리〉가 모두 불리며 다른 지역에서 찾아볼 수 없는 독특한 소리인 〈아라성 소리〉가 존재하는 데다가 〈정자 소리〉를 교환창이 아니라 반복창으로 부르기도 해, 각 지역의 모심는 소리가 충북에서 만나 충북의 지역적 특성에 맞게 변형되었음을 보여 준다.

그러므로 충청북도 모심는 소리의 연구는 남한 전 지역의 모심는 소리 연구에 좋은 표본이 될 수 있으리라고 본다. 이 논문에서는 충청북도에서 불리는 모심는 소리의 종류와 분포를 살펴본 뒤, 모심는 소리의 가창방식에 따라 사설이 구성되는 방식과 내용상의 특징 등을 분석해 보고자 한다. 자료는 『한국민요대전』 충청북도 해설집에 수록된 소리를 중심으로 다룬다. 이 자료는 문화방송이 철저한 기획과 준비에 의해 조사하여 음반과 함께 출간한 것으로서, 전국적인 분포 양상과 창자 및 청중, 가락, 기능 등의 연행 상황을 함께 검토하기가 비교적 수월하기 때문이다.

2. 종류와 분포

2. 1. 아라리 소리

모심는 〈아라리 소리〉에는 두 가지 형태가 있다. 하나는 〈긴 아라리〉로 보통 〈정선아리랑〉이라고 일컫는 것이다.[1] 후렴 없이 교환창 또는 돌림창으로 부른다. 다른 하나는 〈자진 아라리〉로 지역마다 조금씩 차이가 있기는 하나 보통 "아리랑 아리랑 아라리요 아리랑 고개루 넘어간다"를 후렴으로 해 선후창 또는 돌림창으로 부른다. 〈긴 아라리〉는 제천에서 돌림창으로, 〈자진 아라리〉는 괴산에서 선후창으로 부르는 것이 조사되었다.

제천시는 북쪽으로 강원도 영월군, 원주군에 접하고 있으며 그 경계에는 동북에서 남서 방향으로 차령 산맥이 뻗어가면서 백운산, 송학산 등이 병풍처럼 둘러싸고 있고, 남한강이 동부의 단양에서 유입하여 군의 중앙부를 동서로 관류하면서 여러 지류를 합쳐 중원군으로 빠져나간다.

괴산군은 소백산맥이 동북쪽에서 서남쪽으로 길게 뻗어 있고 다시 서쪽으로는 차령산맥에서 갈라져 나온 노령산맥이 남쪽으로 내려와서 이 두 산맥에 의해 분지를 형성하고 있다. 소백산맥에서 발원한 달천이 괴산군의 남쪽에서 북쪽으로 흐르다가 여러 지류와 합류하여 남한강으로 들

---

1) 〈정선아리랑〉에는 엮음소리와 엮지않는 소리가 있는데, 여기에서는 엮지않는 소리를 말한다. 이보형(1997:88~94). 긴아라리도 원래는 후렴이 있는 선후창이었으리라 생각되는데, 후렴은 생략하고 교환창이나 돌림창으로 부르는 것이 일반적이다.

어간다.2)

이처럼 제천과 괴산은 지리적으로 강원도의 산세와 남한강의 수계에 접하고 있어 산간지역의 소리라고 할 수 있는 〈강원도 아라리〉의 영향권에 속해 있음을 알 수 있다.

2. 2. 아라성 소리

〈아라성 소리〉는 "아라리야 아라리요 아리랑 어헐싸 아라송아" 등 유사한 여음을 후렴으로 선후창 방식으로 부른다. 〈강원도 아라리〉와는 달리 "에헤리송아"나 "아라송아"와 같은 변형된 후렴을 가지고 있다. 후렴의 곡조는 전반부는 〈정자 소리〉를, 후반부는 〈아라리 소리〉를 닮고 있어 〈정자 소리〉와 〈아라리 소리〉가 복합적으로 만나 변형된 듯한 느낌을 준다.3)

〈아라성 소리〉는 중원군(현재 충주시)을 중심으로 해서 서쪽으로는 음성군 소이면, 원남면, 남쪽으로는 괴산군 문광면, 청원군 미원면(종암리, 대신리)까지 퍼져 있고, 동쪽으로는 후렴구의 뒷부분이 약간 변형된 형태이기는 하나 단양군 매포읍까지 분포해 있다.

중원군(충주시)은 충청북도의 동북부에 위치하며 서북쪽의 차령산맥과 동남쪽의 소백산맥으로 둘러싸인 분지 안에 자리잡고 있다. 차령산맥의 분맥들은 한강과 달천 쪽에 이를수록 점점 낮아져서 구릉을 형성한다. 남한강과 달천이 합류하는 일대의 충주평야를 제외하고는 넓은 평야가 그다지 발달하지 못했다.

이로 볼 때 〈아라성 소리〉는 산간 지역과 평야 지역의 소리가 합쳐진 소리로서, 강원도와 경상도와 마주하고 있는 충청북도의 지리적 여건상

---

2) 『한국민요대전』 충청북도 해설집 (1995)의 각 지역 지리개관을 참조하였다. 이후에 나올 지리 설명은 모두 이에 의거하였다.

3) 김진순(1997:321) 참조. 그러나 이에 대해서 자세한 음악적 분석이 이루어진 바가 없어 아직 단정하기는 어렵다. 이보형(1997:88)은 아라성 소리도 강원도 긴아라리의 범주에 넣고 있다.

두 지역에 전래하고 있는 모심는 소리의 영향을 받아 들여 충청북도의 특성에 맞는 새로운 형태의 소리로 만들어 낸 것이라고 생각된다. 이는 강원도와 경상북도 산간 지역의 소리가 충청북도 평야 지역에서 합류하면서 이루어낸 독특한 소리라 할 수 있다.

2. 3. 하나 소리

〈하나 소리〉는 "여기도 또하나 저하 저기도 새로하나"라는 여음을 후렴으로 해 선후창 방식으로 부르는 모심는 소리로 경기도 지역의 대표적인 모심는 소리이다. 충북에서는 진천군 일대와 그에 인접한 음성군 삼성면에서 조사되었다.

진천군은 충청북도 서북부에 위치하여 동쪽은 음성군, 괴산군, 서쪽은 충남 천안시, 남쪽은 청원군, 북쪽으로 경기도 안성군에 접하고 있다. 차령산맥의 지맥이 북쪽과 서쪽에 자리잡고 있으며 동부와 남부에는 미호천과 그 지류인 초평천 등의 유역에 넓은 평야를 이룬다. 중앙에는 음성군의 남쪽지방과 연결되는 침식분지가 전개된다. 밭보다 논이 훨씬 더 많아 도내의 유수한 쌀 생산지로 꼽힌다.

음성군은 충청북도의 서북부에 위치하여 동쪽은 중원군(현재 충주시), 서쪽은 진천군, 남쪽은 괴산군, 북쪽으로 경기도 여주군, 이천군, 안성군 등에 접해 있다. 차령산맥과 노령산맥이 북서부에서 분기하고 있어 많은 잔구성 구릉지가 발달하였으며 소규모의 분지나 하곡이 산재하여 있다. 대체로 동부는 구릉성 지대로 이루어져 있으며 서부는 비교적 평야지대이다.

진천군과 음성군 두 지역 모두 그리 높지 않은 구릉성 산지와 함께 미호천, 초평천 등의 유역에 비교적 넓은 평야가 형성돼 있다. 이로 볼 때 〈하나 소리〉는 주로 평야 지역에서 발달한 소리로 볼 수 있다.

2. 4. 정자 소리

〈정자 소리〉는 흔히 〈모노래〉라고도 불리는 것으로 경상도 지역의 대표적인 모심는 소리이다. 두 사람 또는 두 패로 나뉘어 소리의 안짝과 바깥짝을 주고받으며 부르는 교환창 형식의 소리로서 문학적으로 뛰어난 사설이 많이 있어 그 동안 연구가 집중되어 왔다. 충북에서는 경상도와 인접해 있는 영동군, 옥천군, 보은군, 청원군 미원면(미원리) 등에서 조사되었다. 특이한 것은 이 소리를 보은군 보은읍에서는 반복창으로 부른다는 것이다.

영동군은 소백산맥이 군의 동북부에서 남동부를 향해 흐르고 있어 남동부가 높고 서북부가 낮은 편이다. 군의 북부에서 금강의 지류인 초강, 영동천 등이 서북쪽으로 옥천군을 향해 흘러 들어가며 이들 하천 유역의 곳곳에는 협소한 침식분지가 산재할 뿐이고 평야의 발달은 비교적 미약하다.

옥천군은 옥천읍을 중심으로 한 산간분지 외에는 옥천군의 대부분이 구릉성 산지를 이루며 소백산맥과 노령산맥이 갈라지는 중간지대에 위치해 군의 사방이 산지로 둘러싸여 있다.

보은군은 충청북도의 남동쪽에 위치하여 동쪽은 경상북도와의 도계를 따라서 소백산맥이 남쪽으로 종주하고, 서쪽은 청원군과의 경계에 노령산맥이 뻗어 있어서 중앙의 일부 평야 지대를 제외하고는 대부분이 산지로 되어 있다. 청원군 미원면 미원리는 보은과 인접해 있다.

이로 볼 때 〈정자 소리〉는 주로 지리적 여건이 경상북도와 경계를 이루면서 평야보다는 산지 중심의 지역에서 발달했다고 볼 수 있다. 이들 지역이 논보다는 밭이 많아 논농사를 짓기에는 그리 좋은 여건이 아닌 것도 공통점으로 들 수 있다.4)

---

4) 경북의 경우 〈정자 소리〉는 주로 태백산맥 주변의 산골에서 많이 부르고 더욱이 영양, 영덕, 안동(도산면 쪽의 산골)같은 데서는 이를 남녀교환창으로 부른다고 한다. 조동일 (1977:41)은 이를 원래 농사를 풍성하게 되기를 바라는 주술적인 행위의 하나로 불리

2. 5. 상사 소리

〈상사 소리〉는 주로 "에헤이야헤 헤헤이여루 상사나 뒤요"라는 여음을 후렴으로 해 선후창 방식으로 부른다. 〈상사 소리〉는 주로 전라북도 평야 지역과 충남 서해안 지역에서 부르는데, 충북에서는 진천군 문백면과 청원군 일대에서 조사되었다.

청원군은 충북의 서부에 위치하고 있으며 동쪽은 괴산군, 보은군, 서쪽은 충남 연기군, 남쪽은 보은군과 대전시, 북쪽은 진천군, 괴산군 및 충남 천안시와 접하고 있으며 중앙부에 청주시가 있다. 동부는 소백산맥의 지맥이 산지를 이루며 괴산군, 보은군과 경계를 이루고 있고, 군의 서북간을 흐르는 미호천은 여러 지류를 합하여 금강 상류를 이루면서 비옥한 소평야를 발달시키면서 곡창지대를 형성하고 있다.

이로 볼 때 〈상사 소리〉는 주로 평야 지역에서 발달된 소리라고 볼 수 있다.

『한국민요대전』 충청북도 해설집에 수록된 모심는 소리를 표로 제시하면 다음과 같다.

조사지 (음반번호)	소리종류	가창방식	후렴 및 비고
괴산군 증평읍 남하리(1-5)	아라리 소리 자진 아라리	선후창	아리랑 아리랑 아라리요 아리랑 고개루 나를넘겨주소
괴산군 문광면 문법리(1-7)	아라성 소리	선후창	이야 이야 어러리요 어리랑 에헐싸 에헤리송아
보은군 보은읍 풍취리(1-27)	정자 소리	반복창	한 사람이 선창, 여럿이 반복
영동군 매곡면 유전리(2-4)	정자 소리	돌림창	세 사람이 한 행씩 부름

었으리라고 추정하고 있다. 그는 농사가 잘 안되는 산골일수록 농사가 잘되게 하려는 주술이 필요하고, 남녀가 연가를 주고 받는 것은 이런 목적에서 나온 전통이라고 했다.

지역	소리	가창방식	사설
영동군 황간면 신평리(2-7)	정자 소리	제창	
영동군 상촌면 흥덕리(3-7)	정자 소리	교환창	두 사람이 한 행씩 부름
옥천군 옥천읍 대천리(3-16)	정자 소리	돌림창	여러 사람이 한 행씩 부름
옥천군 옥천읍 금구리(3-17)	정자 소리	교환창	두 사람이 행수를 달리 부름
음성군 삼성면 천평리(3-23)	하나 소리	선후창	여기도 또하나 저하저기도 새로하나
제천군 봉양면 삼거리(4-10)	아라리 소리	돌림창	세 사람이 두 행씩 부름
중원군 노은면 수룡리(4-15)	아라성 소리	선후창	어러리야 어러리요 아라랑 에일싸 어러리야
중원군 신니면 마수리(5-2)	아라성 소리	선후창	아라리야 아라리요 아리랑 어헐싸 아라숑아
진천군 문백면 계산리(5-14)	상사 소리	선후창	에헤야헤에 헤헤헤이여루 상사나뒤요
청원군 미원면 종암리, 대신리(6-8)	아라성 소리	선후창	아라리야 어러리야 아리랑 아리숑 어러리야
청원군 부용면 부강리(6-14)	상사 소리	선후창	에야 헤 에이여루 상사나 뒤야
청원군 남이면 석실리(6-20)	상사 소리	선후창	에헤야헤 헤헤야루 상상사 뒤야

3. 가창방식과 사설구조

　소리를 어떤 방식으로 부르느냐, 혼자서 부르느냐 여럿이 부르느냐, 주고받으며 부르느냐 돌아가며 부르느냐 등의 가창방식은 사설의 짜임과 일정한 관련이 있는 듯이 보인다. 모심는 소리는 다양한 방식으로 소리를 하는데, 이때 사설의 짜임새가 어떻게 달리 나타나는지 살펴보기로 하자. 물론 이 둘의 관계는 창자 개인의 성향에 좌우되기도 하는 것이어서 필연적인 함수 관계를 이룬다고 할 수는 없다. 다만 가창방식과 사설구조 사이에 존재하는 대체적인 상관 관계를 짚어 보는 것도 민요에 있어서 중요한 두 가지 요소 사이의 형성 관계를 파악하는 데 도움이 되리라 생각한다.

　모심는 소리의 가창방식은 크게 선후창 방식과 교환창 방식으로 나뉜다. 그러나 지역과 상황에 따라서는 반복창과 돌림창이 나타나기도 한다.5) 각 가창방식에 따라 불리는 소리들에 어떤 것이 있고 사설의 구조적 특징은 어떠한지 살펴보기로 하자.

3. 1. 선후창

　선후창은 한 사람이 의미를 이루고 있는 사설을 앞소리로 부르고, 여러 사람이 특정한 의미가 없는 여음을 후렴으로 받아 부르는 형식을 말한다. 선후창으로 부르는 모심는 소리는 〈아라리 소리(자진 아라리)〉, 〈아라성 소리〉, 〈하나 소리〉, 〈상사 소리〉가 있다.

　선후창에서는 앞소리꾼이 소리의 전개를 주도적으로 이끌어나가고, 뒷소리꾼은 여기에 종속적으로 소리를 받쳐 주는 구실을 한다. 앞소리꾼은 뒷소리꾼이 후렴을 부르는 동안 목을 가다듬으며 쉴 수 있고, 다음에 연결되는 사설을 준비할 수도 있다. 뒷소리꾼은 후렴을 우렁차게 받아 줌으로써 전체 소리의 의미 형성에 직접적으로 관여하지는 않더라도 앞소리꾼이 소리를 계속해 나갈 수 있게 힘을 북돋아 주는 '보비위' 역할을 한다. 이는 판소리에서 고수나 청중이 넣는 추임새와 비슷한 구실이라 할 수 있다.

---

5) 선후창, 교환창, 독창(제창) 등의 가창방식에 대해서는 기존 민요 연구에서 흔히 논하던 것이나, 돌림창에 대해서는 임재해(1988, 1998)에 의해서 본격적으로 거론되었다. 임재해는 두 논문에서 민요의 연행방식과 가락, 사설 등과의 관계를 전반적으로 제시해 놓고 있어 많은 도움을 받았다.

앞소리꾼은 전체 소리의 내용 전개를 자신의 재량과 창조적 역량에 따라 조정해 나갈 수 있다. 그렇다고 해서 일정한 원칙 없이 앞소리꾼 마음대로 사설이나 가락을 바꾸어 부를 수는 없다. 앞소리꾼의 창조적 역량은 후렴의 선율과 장단의 구속에서 완전히 자유로울 수는 없는 것이다. 그러나 다른 가창 방식에 비해 상대적으로 선후창의 경우, 가락과 사설이 어느 정도 유동성과 가변성을 띤다고 볼 수 있다.

선후창의 경우 앞소리꾼이 혼자서 사설을 계속 이끌어나갈 수 있기 때문에 일정한 시간 동안 유기적 짜임새를 갖춘 사설을 조직할 수 있다. 청원군 남이면(6-20)의 〈상사 소리〉와 진천군 문백면(5-14)의 〈상사 소리〉가 그 좋은 예이다.

청원군 남이면의 〈상사 소리〉는 〈집터다지는 소리〉의 사설을 갖다 부르고 있다. 이 소리가 모심는 소리라는 지표는 후렴 "에헤야헤에 헤헤에 이여루 상사나뒤요"와 첫 대목 "이논배미 모를심어 장잎이 훨훨 영화로다"에 나타날 뿐이다. 모를 심는 작업이 마치 좋은 터를 골라내어 튼튼한 재목으로 집을 짓는 것과 유사하다는 연상에 의한 것일까. 〈집터다지는 소리〉의 사설이 장편인 만큼 모를 심는 상당한 시간 동안 문서를 따로 끌어대지 않더라도 연행할 수 있다는 이점이 있다.

여기에 비해 진천군 문백면의 〈상사 소리〉는 주로 농사에 관련된 사설로서 일정한 구조를 갖춘 소리를 엮어내고 있다. 이 소리는 우선 서두에서 농사의 중요성을 얘기한 후 절기적으로 모심는 계절임을 제시하고, 이어서 농사의 소중함, 농사를 통해 부국강병과 나랏임 진상 등을 함으로써 농사가 천하지대본임을 강조하고 있다. 자신들의 솔직한 감정 표출이나 신세한탄은 보이지 않고 농부로서의 자긍심을 드러내고 있다.

이 소리는 다른 모심는 소리에서 많이 나타나는 주정적 경향보다는 교술적, 교훈적 경향이 주조를 이루고 있어 후렴을 빼놓고 보면 마치 가사를 읽는 듯한 느낌을 줄 만큼 가사와 친연성을 지니고 있다. 참고로 〈농부가〉[6]의 서두를 보면

---

6) 김성배 외(1961:353) 참조.

사해창생 농부들아 일생신고 한치마라
사농공상 생긴후에 귀중할손 농사로다
만민지 행색이오 천하지 대본이라
교민화식 하온후에 농사밖에 또있는가
신농씨의 갈온밭에 후직이의 뿌린종자
역산에 갈온밭은 순임금의 유풍이라

하며 농업이 천하지대본임을 말하고 신농씨와 순임금의 유풍을 이어받아 농사에 힘쓸 것을 권장하고 있는데, 이는 진천 〈상사 소리〉의 어조나 내용과 거의 일치한다. 이런 권농가류의 〈농부가〉는 대개 해체기의 조선 후기 농촌 사회에서 농부들을 대상으로 농본 이념과 권농 의도를 주지, 전달하려는 지배층의 목적 의식적 가사로 지시적이고 직설적인 전달 방식을 사용하고 후렴을 개입시켜 민요적 형태로 유포시켰다고 한다.7) 그러나 이들 작품은 사농공상 가운데 농부가 제일이라고 추켜세울 뿐 실제 농부들의 생활 감정이나 모습과는 큰 거리가 있다.

〈상사 소리〉의 경우 이렇듯 〈농부가〉와 큰 관련을 맺으면서 사설이 유포되기 시작해 다른 모심는 소리와는 달리 상당히 지배적이고 지시적인 어조를 띠고 있다. 이는 〈상사 소리〉가 선후창이므로 앞소리꾼이 어느 정도 독단적으로 소리를 이끌어나갈 수 있다는 점과, 〈상사 소리〉의 선율과 장단이 다른 소리에 비해 상당히 안정적이고 규칙적이라는 점에 기인하는 것이 아닌가 한다.

〈상사 소리〉는 4음보로 이루어져 있으며, 1음보에 평균 4음절씩 아주 규칙적인 율격 체계를 지니고 있다. 이는 〈상사 소리〉가 주로 평야 지역에서 발달된 소리로 평지를 움직이기에 곡조는 약간 빠르지만 사설은 안정되고 질서 있는 율격체계와 관념적인 내용으로 균형을 유지하는 듯 하다.

그러나 〈아라성 소리〉에 오면 사정이 조금 다르다. 〈아라성 소리〉는 〈강원도 아라리 소리〉가 한강 수계를 따라 와 충청북도 지역에 정착하면서 형성된 이중적 성격의 소리라고 할 수 있다. 그러므로 〈아라성 소리〉는

---

7) 조해숙(1991:60) 참조.

발랄하고 직정적인 〈아라리 소리〉가 충청 지역의 보수적 양반 사회와 만나면서 그 접합점을 만들어낸 것이라 볼 수 있다.

우선 〈아라성 소리〉는 〈아라리 소리〉보다 곡조가 상당히 느리고 유장하다. 그러나 〈아라성 소리〉의 사설 배치 방식은 〈아라리 소리〉와 비슷하다. 〈아라성 소리〉는 보통 4음보로 이루어져 있으나, 1음보의 음절수는 4~7음절로 확대돼 있다. 1행 내에서도 1음보 내 음절수의 변화가 크게 나타나고 있다. 이는 〈아라성 소리〉가 산간 지방의 소리로서 경사가 급한 곳을 움직이기에, 곡조는 느리지만 가락과 사설에 변화가 많아 동적인 느낌을 주는 것이 아닌가 한다.

〈중원 아라성 소리〉는 대체로 2행씩 연결되는 특징을 보인다. 그러면서 전체적으로 모를 심어서 큰 수확을 거두기를 바라는 기대와, 농사를 통해 이루고자 하는 삶의 모습을 그려내고 있는 것이 특징이다. 중원군 신니면 마수리(5-2)의 모심는 소리를 예로 들어보자.

ㄱ) 이못자리에 모를썻어 저논배미다 옮겨심을제
ㄴ) 이논배미다 모를심어 장잎이 훨훨나서 영화를보세
ㄷ) 높은들에는 밭을지고 깊은들에는 논을져서
ㄹ) 오곡잡곡에 농사를 지을제 해마다 연연이 풍년만 오거라
ㅁ) 이농사를 지어내서 부모님 봉양을 한연후에
ㅂ) 처자식 호구를 한연후에 태평성대를 누려나보세

여기에서 보면 ㄱ)은 ㄴ)에, ㄷ)은 ㄹ)에, ㅁ)은 ㅂ)에 연결되면서 각 연결체는 점층적인 반복의 효과를 내고 있다. 이 못자리에 모를 심어 우선적으로는 장잎이 훨훨 나기를 바라고, 다음에는 풍년을, 그리고 마지막으로는 태평성대를 기원하고 있다. 즉 기원의 강도가 점점 강화되면서 조그만 논에 모를 심는 작업이 결코 작고 하찮은 일이 아님을, 농사의 중요성과 농부로서의 자긍심을 고취시키는 권농의 사설이 중심을 이루고 있다.

이는 중원군 노은면 수룡리(4-15)의 소리에서도 마찬가지로 나타난다.

　ㄱ) 여기꽂고 저기꽂고 삼배출 자리루 꽂아만주게
　ㄴ) 이논배미다 모를심궈 부모에 봉제사 하여를보세
　ㄷ) 왼달같은 이논배미 반달만치만 남었으니
　ㄹ) 목마르면 술마시고 허리가 아프면 쉬어서하세
　　　어렁어렁 어러리요 어러렁에일싸 어러리야
　ㅁ) 엊그저께 심으네모가 일추나월장에 잘자랐네
　ㅂ) 어느새 육칠월을 달어서 황금에 빛이나 솟아나오른다
　ㅅ) 황금같으내 베를비어서 일추나월신에 타작만 기다리네

　내용을 보면 ㄱ)은 ㄴ)에, ㄷ)은 ㄹ)에 연결되고, ㅁ)ㅂ)ㅅ)은 ㅁ)과 ㅂ)이 반복되고 ㅅ)은 ㅁ)ㅂ)과 연결된다. ㄱ)과 ㄴ)은 모를 심어 효를 다하려는 마음을 그려내고 있고, ㄷ)ㄹ)은 일하는 과정을, ㅁ)ㅂ)ㅅ)은 타작을 앞둔 벼의 모습을 미리 상상해 그려내고 있다.

　특히 "왼달같은 이논배미 반달만치만 남었으니"에서 둥글고 넓었던 논배미가 모를 다 심어 가 반달만큼 남았다고, 달에 비유하는 묘사는 모심는 소리의 대표적 표현으로, 달이 그만큼 농사와 관련이 깊기 때문에 형성된 듯하다. 흔히 정자 소리에서는 "이논배미에 모를 심어 반달만큼 남었네"하고 안짝소리를 메기면 "지가무슨 반달인가 초생달이 반달이네"하고 대꾸하는데 비해, 여기에서는 '――하니'로 연결함으로써 대구 형식과는 큰 차이가 있음을 확인할 수 있다.

　ㅁ)ㅂ)ㅅ)은 누렇게 자란 벼를 "황금에 빛이나 솟아나 오른다"고 함으로써 벼가 눈부시게 훌쩍 자라난 모습을 아주 멋지게 그려내고 있다. 아주 작은 모를 심으면서 가을의 황금 들판을 떠올리며, 가슴 벅차하는 농부들의 한없는 기쁨과 그렇게 되기를 기원하는 모습이 잘 나타나 있는 각 편이라고 하겠다. 이는 진천군의 상사 소리가 〈농부가〉를 닮으면서 농부의 실제 시각과는 거리가 있는 데 비해, 〈농부가〉의 연장선에 있으면서도 농부의 경험과 현실에 바탕을 두고 있다는 점에서 차이를 보인다.

　이렇게 〈중원 아라성 소리〉는 모심는 작업에 밀착된 사설이 기본적으로 2행 중심으로 연결된 행 구조를 점층적으로 사용하면서 작품 전체가

한편의 짜임새 있는 구조를 이루게끔 구성하는 특징을 지니고 있다. 물론 오랜 시간 동안 연행을 해야 할 경우, 이런 짜임새를 갖춘다는 것이 어렵 겠지만, 대체로 농사짓는 이의 풍농에 대한 기원과 그로 인해 효부모, 양 육처자, 봉제사라는 인간으로서의 기본적인 도리를 다하며 살기를 바라 고, 그에 만족하며 사는 소박한 심성이 잘 표현되게끔 구성하는 것만은 벗어나지 않을 것으로 생각된다.

그런데 이 〈아라성 소리〉도 괴산과 청원에 이르면 좀 다른 특성을 보 인다. 우선 괴산의 모심는 소리는 두 종류가 있다. 하나는 강원도의 〈자 진 아라리〉 후렴을 그대로 갖다 부르는 경우이고, 다른 하나는 〈아라성 소리〉의 후렴을 부르는 경우이다.

먼저, 〈자진 아라리〉의 후렴을 부르는 경우인 괴산군 증평읍의 소리 (1-5)를 보기로 하자.

ㄱ) 여기에 저기다 꼽더라해도 방이나 고르게 꽂아를주세
ㄴ) 여기야 저기다 꼽더래해도 장잎이 훨훨 영화가되네
ㄷ) 여기나 저기나 꼽더라해도 삼배출 자리로만 꽂아를주게
ㄹ) 신농씨에 본을받어 농사짓기를 일삼세
ㅁ) 아리랑 고개는 열두나고개 넘어갈적에 넘어올적엔 한고개로다
ㅂ) 세월아 봄철아 오고가지말게 청춘남녀가 다늙는줄을 왜모르나
ㅅ) 천지운기로 비가오라면 땅이녹는 법이요 임자당신이 오시랴는지 내맘이
　　감동된다
ㅇ) 이논자리에 모를심어 삼배출자리로만 심어를주세

여기에는 두 종류의 사설이 섞여 있는 것을 볼 수 있다. 하나는 중원 아라성 소리에서와 같이 모심는 작업과 관련된 사설이고 다른 하나는 이 와는 관련이 없는 사설이다. ㄱ)ㄴ)ㄷ)ㄹ)ㅇ)은 모심는 작업에 관련된 사설이고 ㅁ)ㅂ)ㅅ)은 아라리 소리에 많이 나오는 사설이다. ㄱ)ㄴ)ㄷ) ㄹ)ㅇ)은 모를 심을 때 고르게 잘 꼽아주기를 촉구하는 사설과, 심은 모 가 잘 자라 삼배출을 내기를 바라는 소망이 담겨 있다. ㅁ)ㅂ)ㅅ)과 같이 아리랑 사설이 끼어 드는 것은 이 지역이 〈강원도 아라리〉 권임을 잘 나

타내 주는 것으로서, 이 소리 자체가 〈자진 아라리〉의 후렴과 곡조로 이루어져 있기 때문에 나타나는 것으로 생각된다. 그러나 이들 사설에 의해 작품의 유기적 짜임새가 흔들리고 있다. ㅁ)을 보면 "아리랑 고개는 열두나 고개 / 넘어갈적에 넘어올적에 한고개로다"라고 하여 우선 아리랑 고개를 관습적으로 내세우고 있고, ㅂ)에서는 세월의 무상함을, ㅅ)에서는 자연의 섭리와 남녀간의 사랑을 비유적으로 견주고 있다.

〈괴산 아라성 소리〉(1-7)에서는 〈중원 아라성 소리〉의 후렴과는 달리 "이야 이야 어러리여 아리랑 에헬싸 에헤리송아"라고 후렴을 부른다.

ㄱ) 여기꼽고 저기나꽂아 삼배출 자리로만 꽂아주게
ㄴ) 이논자리에다 모를심어 장잎이 훨훨에 영화로구나
ㄷ) 일락에 서산에 해떨어지고 우리야 일거리는 태산두같애
ㄹ) 오늘해두 다저물었는데 골골마두 연기가나네
ㅁ) 슬슬에 동풍에는 궂은비두 오고 정든임 말씀에는 이내속이 풀린다
ㅂ) 궂은비는 휘날리어서 옷자락을 적시고 우리야 농부들은 농악두 잘치는구나
ㅅ) 오늘해는 여기서놀구 내일해 또다시 어디서보나

이 소리에서는 모를 심는 작업이 거의 끝나갈 무렵의 농촌의 정경을 그려내고 있다. ㄱ)ㄴ)은 다른 작품에서도 많이 나오는 벼의 성장과 수확에 대한 기원이 나오고 있고, ㄷ)ㄹ)ㅁ)ㅂ)은 해저물녘 아직 끝나지 않은 일과 집에서 기다리는 임에 대한 생각, 게다가 궂은비가 날리는 스산한 저녁에 지치지 않기 위해 농부들이 농악을 치는 모습이 대조적으로 잘 그려져 있다. ㅁ)은 아리랑 사설에 잘 나타나는 가사인데도 이 작품의 유기적 짜임새에 전혀 거슬리지 않게 적절한 구실을 하고 있다.

이처럼 중원과 괴산 〈아라성 소리〉는 한 편이 하나의 일관된 의미를 이루게끔 유기적 구조를 보이는데 비해 청원의 〈아라성 소리〉(6-8)에는 인근에서 부르는 〈정자 소리〉의 영향이 크게 미쳐 있는 것을 알 수 있다. 청원의 모심는 소리에는 〈아라성 소리〉, 〈상사 소리〉, 〈정자 소리〉가 모두 존재하는데, 그래서인지 사설만 놓고는 어떤 소리인지 구별하기 힘들

다. 단 선후창이기 때문에 2행 중심으로 병행되는 것이 아니라 3행 이상
으로 관련된 사설이 반복된다는 점이 구별된다. 즉 다섯째 이하의 사설에
서처럼 "상주함창 공갈못에 연밥따느네 저큰아가 / 연밥줄밥 내따나주께
이내요품안에 잠들어라 / 잠자기는 어렵잖으나 연밥따기가 어려워요"함
으로써 짝을 채운다는 의식 없이 연속된다는 점이 교환창과는 다르다. 마
지막 두행은 〈정자 소리〉의 형식과 마찬가지로 나타나나 이 사설은 진천
방골 큰애기 설화와 맞물려 있는 것으로서 충청북도 고유의 사설이라고
할 수 있다. 신랑의 사모 뿔 하나가 실수로 떨어진 것을 모르고 재취인
줄 알고 신부가 자살했다는 설화를, 납채로 영포를 하고 혼인대사술로 장
례술을 한다고 함으로써 기막힌 운명의 역전을 압축적으로 그려내고 있다.
　〈청원 아라성 소리〉는 유기적 구조와 병행구조가 병존하는 것을 볼 수
있다. 이는 〈아라성 소리〉가 선후창 형식으로서 전체의 유기성을 지향하
면서도, 〈아라성 소리〉가 원래 기반하고 있는 〈아라리 소리〉, 그리고 지
역적으로 인접하고 있는 경상도 〈정자 소리〉의 영향에서 온 것이라고 생
각한다.

3. 2. 교환창

　교환창은 두 사람이 또는 두 패가 소리의 앞과 뒤를 주고 받으며 부르
는 소리로서, 2행씩 짝을 맞춰 부른다. 교환창으로 부르는 소리에는 〈정
자 소리〉가 있다. 한 사람이 자율적으로 사설을 조직해 나가는 것과는 달
리, 두 사람 또는 두 패가 사설을 함께 알고 있어야 하므로 널리 잘 알려
진 공식적 어구가 많이 등장하며, 사설의 내용 역시 연정을 다루고 있는
것이 보편적이다.
　교환창의 경우 안소리와 바깥소리가 서로 짝을 이루어야만 한다. 이렇
게 되기 위해서는 안소리꾼과 바깥소리꾼이 모두 사설을 인지하고 있어
야만 한다. 그러므로 사설이 비교적 정형화된 어구로 이루어져 있어야 하
며 사설의 선택 재량권도 그만큼 제한될 수밖에 없다. 안소리꾼이 자기의

뜻대로 창조해 내거나, 자신만이 알고 있는 낯선 구절을 안소리로 내세울 경우 구연이 원활하게 이루어질 수 없다. 그러므로 교환창은 일종의 경쟁 유희요적인 성격을 띠고 있다. 어느 한 쪽이 제시한 한짝소리에 나머지 한짝을 제대로 맞춰 내지 못하면 경쟁에 지고 마는 것이다. 이는 어느 쪽이 사설(문서)을 더 많이 알고 있느냐를 겨루는 일종의 놀이가 되는 셈이다. 실제로 경북 지방에서는 짝을 이루어 소리를 주고 받을 때, 받지 못하는 쪽을 "월이 월이"라고 함성을 지르며 놀리기도 한다고 한다.[8]

결국 모심는 작업을 하면서 부르는 소리가 일종의 유희요가 되어 버리는 셈이다. 놀이 노래를 부르며, 놀이를 하듯이 모를 심는 작업은 힘겹고 고된 노동이 아니라 일종의 즐거운 놀이가 되는 셈이다. 더욱이 남녀가 함께 모여 주고 받는 놀이노래가 서로의 사랑 다툼과 같은 사랑 노래로 이루어지게 되는 것은 지극히 당연한 일이며, 사랑 노래이기 때문에 모심는 판은 더욱 유쾌하고 즐거운 놀이판이 될 수 있는 것이다.

〈정자 소리〉는 주고 받으며 부른다. 그러므로 가락 및 사설의 선택에 있어서 공통된 규약의 제한을 받는다. 소리꾼 서로가 알고 있는, 그 지역에서 전승되고 있는 범위 내에서 가락과 사설을 선택해야 한다. 〈정자 소리〉는 선후창의 다른 소리에 비해 선율이 고정적인데 반해, 사설은 수백 가지가 불려진다. 이 사설은 수없이 많이 불리어서 소리꾼들에게 기억되고 전승되는 것이다. 소리꾼들은 그 사설을 끄집어내고, 그에 대한 짝을 맞추는 일종의 언어유희를 벌이는 셈이다. 언어유희를 벌여야 하는 만큼 〈정자 소리〉의 사설은 기억, 전승하기 좋은 고정된 율격을 지니고 있다. 앞소리꾼의 재량권이 크게 부여돼 있는 선후창 소리에서 율격이 다양하게 형성되는 것과 대조적 양상이다.

〈영동 모심는 소리〉(3-7)의 경우를 예로 들어보자.

　ㄱ) 물꼬야철철 흐러놓고 주인양반 어데갔소
　　　문어야전복 손에쥐고 첩의방에 놀러갔네

---

8) 『한국민요대전』 경상북도 해설집 (1995:305) 참조.

    ㄴ) 찔루야꽃을 제쳐놓고 임의버선 볼걸었네
       버선보고 임을보니 임줄맘은 전혀없네
    ㄷ) 해는지고 저문날에 처녀둘이 지내가네
       명지야수건 목에걸고 총각둘이 따라가네
    ㄹ) 동해동창 돋은달이 서해서창 넘어가네
       대구야달성 돋은해는 서해서창 걸앉았네

이 경우 규칙적으로 4음보씩 진행되며 1음보에 거의 모두 4음절로 되어 있다. 간혹 4음절이 5음절로 늘어나 있기도 하나, 이 경우도 모두 바로 앞의 단어에 붙는 강조적인 허사로서 독립된 의미를 갖고 있지 않다. "물꼬야 철철", "문어야 전복", "찔루야꽃을", "명지야 수건", "대구야달성"의 '야'로서 없어도 큰 지장이 없는 것이다. 이처럼 4음절씩 4음보로 구성된 규칙성은 우리 시가에 보편적인 율격으로서 기억하고 구송하기 쉽다는 장점이 있다.

그러면서 2행으로 종결하게 되어 있어, 2행 이내에 의미가 완결, 압축되게 구성해내는 긴장된 구조를 지니고 있다. 때로는 유사한 의미를 지닌 구절을 이어 부름으로써 3행~4행까지 확장되기도 하나,9) 이것도 원칙적으로는 2행 종결의 방식이 유사성에 의해 반복된 것으로 보아야지, 의미가 원래부터 4행 구조로 짜여진 것은 아닐 것이다. 또 3행의 경우에는 바깥 소리꾼이 그에 대한 짝을 맞추어내지 못해 새로운 소리를 만들어낸 것이라 볼 수 있다. 최원오가 든 예에서 "요논에다 모를심어 장잎나서 영화로다 / 어린동생 곱게길러 갓을씌워 영화로다"와 "모야모야 노랑모야 원제커서 영화를볼래 / 오월크고 유월크고 칠팔월에 영화로다"는 '영화'라는 단어의 반복에 의해 4행까지 확장되었지만, 1-2행과 3-4행이 의미가 서로 연결된다고 볼 수 없다. 1-2행은 모를 심어 동생을 성가 시킬 것을 기대하고 있고, 3-4행은 모가 잘 성장해 주기를 바라는 기대가 담겨 있다.

〈정자 소리〉는 2행으로 압축해 표현하기 때문에 은유와 상징을 기조로 한 비유적 수법이 잘 발달돼 있다. 비유적 수법을 통해 말하고자 하는 것

---

9) 최원오(1996:41~42) 참조.

을 중의적, 다의적으로 표현해내고 있다. 위의 〈영동 모심는 소리〉(3-7)에서 ㄱ)을 보면 노동하는 자의 입장에서 본 노동하지 않는 자에 대한 감정이 아주 잘 드러나 있다. 노동하는 자는 현재 논의 한 가운데에 있다. 논 한 가운데에서 모를 심으면서, 모는 심지 않고 슬그머니 사라져 버린 주인 양반을 거론하고 있다. 이때 주인 양반은 "문어야 전복 손에 쥐고 첩의 방에 놀러 갔네"함으로써 이들의 삶과는 아주 대조적인 여유 있는 유흥의 삶을 살고 있음을 보여 준다. 그 삶은 선망의 대상이기도 하고 질시의 대상이기도 하다. 첩의 방에서 유흥을 즐기고 있을 주인 양반을 떠올리면서 그가 부럽기도 하고, 한편으로는 원망스럽기도 한 것이다. 여성들의 입장, 더 나아가 주인 양반의 아내 입장에서 보면, 일하는 아내를 버려 두고 주색에 몰두해 있는 남편(자)에 대한 강한 비판으로 읽히기까지 한다.

이런 여성들의 마음은 곧장 ㄴ)과 같은 사설로 이어진다. 여기에서도 일하는 사람의 감정을 그대로 드러내 보여 준다. 임을 주려고 예쁘게 버선볼을 걸어 났건만, 예쁜 버선과 그렇지 못한 임을 보니 임줄 맘이 나지 않는다는 솔직한 심정이 잘 나타나 있다. 여기에서 임은 실제로 어떤 임인지 제대로 나타나 있지는 않지만, 이미 화자가 기대하는 임과는 전혀 상반된 성향의 임임을 알 수 있다. 이는 그런 임을 위해 바느질하는 자신의 신세에 대한 일종의 푸념일 수 있다. 화자가 그리는 임, 화자가 바라는 진정한 사랑은 여기에 있지 않고, 저기, 다른 곳에 있다고 생각하는 막연한 그리움 같은 것이 잘 배어 있다.

ㄷ)은 해가 다 저문 저녁에 앞으로는 처녀 둘이, 뒤로는 명지수건을 목에 건 총각 둘이 뒤따라가는 모습이 연상시키는 것 때문에 웃음을 자아낸다. 총각들은 역시 노동하는 자이다. 노동의 뒤에 이어지기에 그 사랑이 더욱 소박하고 순수하게 여겨지는지 모른다. 이것 역시 노동의 현장에서 바라본 자신들이 이룰 수 없는 사랑의 현장에 대한 부러움이 내포돼 있다. 물꼬를 흘러놓고 문어전복 손에 들고 첩의 방에 놀러간 주인 양반과는 아주 대조적인 사랑의 모습이다. 더욱이 처녀와 총각이 아닌가. 그러

기에 이들의 사랑에 대해서는 질시와 비판, 야유는 담겨 있지 않고, 부러움과 흐뭇함이 내포돼 있는 것이다. 사랑의 자연스러움을 묵인하고 받아들이나, 그렇지 않은 사랑에 대해서는 엄하게 비판하고 야유하는 평민들의 건강성이 드러나 있다.

〈정자 소리〉의 사설이 이렇게 애정에 관한 것만 있는 것은 아니다. 모심는 소리인 만큼 모심는 작업과 관련된 사설이 나오기도 한다. 그러나 이 사설 역시 모심는 작업을 현실과 동떨어진 관념이나 교훈으로 포장하지 않는다. 모심는 사람들의 솔직한 느낌, 본능적 욕구 등이 그대로 드러나 있다.

영동군 매곡면 (2-4) 〈정자 소리〉의 예를 들어보자.

담송담송 닷마지기 반달같이 깃들었네
네가무슨 반달인가 초생달이 반달이지

여기에서 보면 모를 심어 놓은 논을 반달에 비유하고 있다. 그리고 곧장 "네가 무슨 반달인가 초생달이 반달이지"라고 부정하고 있다. '초생달이 반달이다'는 의미론적으로는 성립될 수 없는 서술어이다. 그러나 '강한 부정은 곧 긍정이다'라는 관점에서 본다면 이는 반달만큼 남은 논의 모습에 대한 애정의 표현이라고 할 수 있다. 이렇게 모에 대한 사랑의 마음, 이것은 직접 모를 가꾸는 사람이 아니면 갖기 힘든 감정이라 할 수 있다.

또는 영동군 황간면(2-7) 소리에서처럼 모를 자식처럼 여겨 대화를 건네기도 한다. 이때의 모는 자식일 수도 있고 임일 수도 있다. "모야모야 노랑모야 언제커서 열매열래 / 이달크고 저달크고 저훗달에 열매열지" 하며 애지중지 길러 시집보내는 딸처럼 여기기도 하고, 나이 어린 신랑을 둔 아내의 입장에서 보면, 낭군 구실을 제대로 하지 못하는 남편에 대한 앞으로의 소망을 담기도 하는 것이다.

이렇게 〈정자 소리〉에는 직접 모를 심는 사람들의 솔직한 감정, 일하는 사람만이 가지고 있는 모에 대한 사랑의 느낌이 잘 표현돼 있다. 이는 안소리꾼과 바깥소리꾼이 모두 구분 없이 대등하게 모를 심으며, 소리를 주고 받는 놀이를 하며 부르기에 형성될 수 있는 것이다.

3. 3. 반복창

반복창은 선후창과 교환창이 혼합된 형식이라고 할 수 있다. 앞소리꾼이 사설을 주도하고 뒷소리꾼은 여기에 종속되어 뒷소리를 부른다는 점에서 선후창을 닮았고, 앞소리와 뒷소리 모두 의미가 있는 사설로 되어 있다는 점에서 교환창을 닮았다. 앞소리꾼은 선후창에서처럼 자기의 재량권과 창조성을 발휘해 사설을 짜나갈 수 있다. 그러나 그 재량과 창조의 권한이 순수한 선후창 보다는 어느 정도 약화된다. 왜냐하면 선후창에서는 뒷소리꾼은 여음만 되풀이하면 될 뿐, 앞소리꾼이 뒷소리꾼을 배려할 필요도, 뒷소리꾼이 앞소리꾼의 소리에 집중할 필요성도 그리 크지 않다. 그러나 반복창에서는 앞소리꾼은 뒷소리꾼이 사설을 정확하게 되풀이할 수 있도록, 뒷소리꾼은 앞소리꾼의 사설을 되풀이하기 위해 서로의 구연을 의식하지 않으면 안된다. 그러므로 앞소리꾼이 자기의 창조성을 발휘하되 되도록이면 뒷소리꾼들이 잘 알고 있는 공식적 어구를 활용할 필요가 있는 것이다.

보은군 보은읍(1-27)의 경우 〈정자 소리〉를 교환창으로 부르지 않고 반복창으로 부른다. 한 사람이 소리를 주도해 나가기 때문에 교환창에서처럼 2행에서 종결되지 않고, 상당히 길게 (최대 8행) 의미가 연속되는 것을 볼 수 있다. 그렇게 연속적으로 부르고 나서 앞소리꾼은 "그 대문은 거기다 두고 다른 대문을 하여보세"하면서 다른 내용의 사설로 넘어간다. 소리의 단락에 대한 분명한 의식을 하는 창자로 생각된다.

'버선' 대목의 사설을 살펴보기로 하자.

질로야질로 가다가서 찔레꽃을 꺾어다가
찔레야꽃을 꺾어다가 임에버선 잔발걸어
버선을보고 임을보니 임줄마음이 전혀없네

임아임아 노여워마소 노래곡조가 그러하이

여기에서 보면 1-2행이 모두 연결형 어미로 되어 있고 3행과 4행에
와서야 종지형이 나타난다. 소리꾼이 1행씩 바뀌는 교환창의 경우 각 행
이 모두 종지형으로 되어 있는 것과 대조적이다. 즉 이 내용을 교환창으
로 부르는 영동군 상촌면 소리(3-7)에서는

찔루야꽃을 제쳐놓고 임의버선 볼걸었네
버선보고 임을보니 임줄맘은 전혀없네

라고 압축적으로 표현하는데 비해, 반복창에서는 임의 버선에 잔볼을
거는 상황을 자세히 표현함으로서 그 정성을 더욱 비중 있게 표현하는 것
이다. 거기에다 마지막에 "임아임아 노여워마소 노래곡조가 그러하이"라
고 하여 자신의 속마음을 감추는 사설까지 덧붙이고 있다. 임을 치고 빠
지는 수법이 대단하게 여겨지기까지 한다. 이 사설은 여인들이 혼자 부르
는 '흥글소리'의 내용으로 많이 등장하는 것인데10) 이 사설이 모심는 소
리에 차용된 것이 아닌가 한다. 〈버선 노래〉를 보면 버선을 만드는 과정
이 더 길게 나타나 있어 서사적 성격을 띠고 있음을 볼 수 있다.
　'상주함창' 대목도 교환창의 것보다 4행으로 늘어나 있다.

상주야함창 공갈못에 연밥따는 저큰아기
연밥줄밥 내따주게 요내품안에 잠을자게
잠자기사 에롭잖소 연분없는 잠을자라
연분이야 따로있나 자고나면은 연분일레

1-2행이 처녀에게 총각이 구애하는 대목이라고 한다면 3행은 이에 대
한 처녀의 거절 대답이고 4행은 총각의 재대응으로 구성되어 있다. 이렇
게 문답이나 대화를 계속 연결해 나감으로써 극적 구성을 이루는 것이 이

___

10) 필자(1996:208~209, 211, 215, 230, 231)가 채록한 〈버선 노래〉 참조.

소리의 독특한 방식이라고 할 수 있다. 이런 극적 전개방식은 다음과 같은 대목에서는 더욱 확장돼 있다.

> 저기야가는 저마누라 속곳가랑이 들고가네
> 들고야가건 놓고가건 그대도령이 계관인가
> 계관이사 없네만은 요내마음이 산란하이
> 그대마음 산란하면 후면초당에 돌아오소
> 후면에초당 돌아오면 눈만살짝 깜겨줌세
> 아주야 깜으면 봉사가되고 반만살짝이 깜겨줌세
> 아주야 깜으면 봉사가되고 열무김치 초친듯이
> 아주야 깜으면 봉사가되고 새콤달콤이 깜겨줌세

여기에서는 도령과 유부녀의 수작이 흥미롭게 전개되고 있다. 비도덕적인 사랑임에도 불구하고 추하게 여겨지지 않는 것은 "새콤달콤", "반만살짝이" 감겨준다는 비유적 표현 때문일 것이다. 이처럼 처녀와 총각, 총각과 유부녀의 사랑을 외설적이지 않게, 은근하면서도 감칠맛나게 극적으로 형상화하는 사설이 반복창 모심는 소리에 많이 나타난다. 이것은 교환창의 경우에 아주 불가능한 것은 아니지만, 두 사람 또는 두 패 모두 사설을 완벽하게 알고 있어야 하기 때문에 그리 흔하지 않다. 문서능력이 뛰어난 소리꾼이 판을 주도적으로 이끌어나갈 수 있는 가창방식에서야 이런 서사적이거나 극적 짜임새를 갖춘 사설이 나올 수 있는 것이다.

사설은 선후창에서처럼 노동과 관련된 사설과 교환창에서처럼 노동과 관련 없는 사설이 섞여 나온다. 다음의 경우가 선후창 모심는 소리에서 많이 나오는 사설이다. 그러면서 어구를 계속적으로 확장하기 위해 앞 구절을 부정하며 한 단계 더 심화되는 것을 볼 수 있다.

> 이논배미 모를심어 장잎이훨훨 영화로세
> 장잎이올라 영화가되나 열매가 열어야 영화로다
> 열매가열어 영화가되나 부모에 봉양이 영화로세
> 부모에봉양 영화가되나 나라에 충성이 영화로세

1행의 "모를 심어 장잎이 훨훨 영화로세"는 어느 모심는 소리에나 나오는 표현이나 2행부터는 창자의 창조적 능력에 의해 창작된 것으로 생각된다. 참된 영화란 장잎에서 열매로, 열매에서 부모 봉양으로, 부모 봉양에서 나라 충성으로 나아가고 있다. 관념적 사상을 노래하되, 단순히 '농자는 천하지대본이라'와 같은 교시적 어법에서 나아가 문학적 장치를 씀으로써 가깝게 받아들이게끔 하는 효과를 얻고 있다.

그런데 여기에서 보면 모심는 소리가 확장되면서 서사민요와 일정한 관련을 갖게 되는 것을 볼 수 있다.

> 해다야지고 저문날에 임을두고 어딜가나
> 첩에야집을 가시려거든 이내목을 베고가소
> 첩에야집은 꽃밭이고 나에집은 연못이라
> 꽃과나비는 봄한철이요 연못에 금붕언 사시사철

위 대목은 서사민요 중 하나인 〈첩노래〉에서 본처가 남편에게 하는 말을 따서 제시하고 있는데, 이런 대화 위주의 극적 전개방식은 서사민요와는 다른 전개방식이라고 볼 수 있다. 즉 서사민요에서는 서술자가 개입하여 상황을 전개해 나가는데 비해 모심는 소리에서는 모방적으로 재현된 언술의 성격을 띠며 대화 자체가 직접적으로 제시된다.11) 이는 상황 자체를 있는 그대로 제시함으로써 관념적인 설명이나 의식을 배제하고자 하는 생산계층이 지닌 삶에 대한 개방적 태도가 반영된 것으로 보기도 한다.12) 그러나 어떻든 간에 이러한 상황 제시적, 대화체 서술방식은 이 소리가 노동의 현장에서 두 사람, 두 패에 의해 연행되는 점과 결코 무관할 수 없다. 두 사설이 논리적, 인과적으로 연결되기보다는 반어적, 논쟁적으로 전개될 때 홍미가 배가될 수 있으며, 일방적 교시형이나 의미 지향적 사설보다는 삶의 모습을 있는 그대로 제시하는 사설이 더욱더 직접적으로 신선하게 와 닿는다는 점에서 노래의 유희성을 증가시키기 때문

---

11) 고혜경(1990:68) 참조.
12) 고혜경(1991:111) 참조.

이라고 볼 수 있다.

3. 4. 돌림창

돌림창은 선후창 또는 교환창이 변형된 방식으로, 소리판에 있는 모든 사람이 골고루 소리꾼이 되어 소리를 한다. 앞소리꾼과 뒷소리꾼이 뚜렷하게 나누어지는 것이 아니라, 누구나 앞소리꾼이 되는 경우라 할 수 있다. 이때 먼저 부른 소리와 짝을 맞춘다는 의식이 약화되어 있기 때문에 사설이 서로 대응되는 경우가 드물다. 즉 앞소리꾼의 사설이 뒷소리꾼의 사설에 구속성을 거의 가지고 있지 못하다. 돌아가면서 부르므로 앞소리꾼의 사설에 맞추기보다는 어떻게 자기 순서에 빠지지 않고 부를 수 있느냐가 더 중요하다.

〈정자 소리〉를 돌림창으로 부를 경우 가락 역시 교환창으로 부르는 경우보다 유동적, 가변적이다. 단 되도록 앞소리와 연결돼 반복과 지속의 구실을 하는 사설을 부름으로써 일정한 시간 동안 동일한 분위기가 이어지게끔 할 필요는 있다.

옥천군 옥천읍 소리(3-16)를 예로 들어보자.

ㄱ) 오늘 해는 여기서 넹구고 내일 해는 어디가 넹구나
ㄴ) 오늘 해도 다넘어갔나뻬 옥창에 앵도가 다붉어가네
ㄷ) 오늘 하루는 여기서 놀구요 내일 날은 어디가 놀까

세 구절의 공통어구는 첫 부분에 나오는 '오늘'이다. 세 구절은 '오늘 해' 또는 '하루'의 변주곡인 셈이다. 앞소리와 유사한 어구에 의해 연결되기는 하나 의미가 서로 대응되는 것은 아니다. 또 이 세 구절 이후부터는 한 노래판이라고 하기 어려울 만큼 다양한 사설이 동원된다. 뿐만 아니라 〈정자 소리〉에서 거의 나오지 않는 사설이 나오기까지 한다. "우리네 농부는 아껴를주면 나랏님 봉양은 우리가 하지요"와 같은 사설이 그것이다.

〈정자 소리〉의 율격을 지키지 않고 새로운 어구가 첨가되어 변형되기도 한다. "재밌게 놀아보세 오늘햏랑 여기서 넹구고 내일해는 어디가노나"와 같은 것이 그러하다. 이처럼 돌림창 〈정자 소리〉는 교환창 〈정자 소리〉에 비해 훨씬 가변적이고 유동적이다. 이는 돌림창 〈정자 소리〉에서는 앞소리꾼이 뒷소리꾼을, 뒷소리꾼이 앞소리꾼을 의식하지 않아도 되기 때문이다.

사설의 율격 역시 교환창에서처럼 고정적이지 않다. 교환창에서는 4음보격으로 1음보에 4음절이 평균적이었으나 돌림창에 오면 이 음보나 음절수가 완전히 깨어지게 된다. 교환창과 같이 주고받는다는 구속성이 없기 때문인지, 소리꾼은 자기 재량껏 늘려 부를 수 있는 것이다. 물론 이는 대개가 주어진 가락 내에서 변형한다는 한계가 있기는 하나, 심한 경우에는 가락조차 파괴되기까지 한다. 마지막 구의 "재밌게 놀아보세 오늘햏랑 여기서 넹구고 내일해는 어디가 노나"와 같은 사설이 그것이다. 이때의 사설은 전승된 사설과 함께 창자가 즉흥적으로 창조한 사설이 함께 섞여 나온다. 자기자신이 앞소리꾼이 되어야 한다는 압박감은 이렇게 율격이 파괴된 사설이 어쩔 수 없이 나오게도 하고 전혀 대구를 찾을 수 없는 "우리네 농부는--"과 같은 즉흥적인 사설을 부르게도 하는 것이다.

돌림창으로 부르는 방식에는 〈정자 소리〉 외에도 〈아라리 소리〉가 있다. 〈아라리 소리〉는 2행 구조로 되어 있고 한 사람이 2행씩 완결되게 부르기 때문에 2행을 기준으로 서로 배타적이고 독립적이다.

〈아라리〉를 모심는 소리로 부르는 경우 첫 구절에서 "꼽아주게 꼽아주게 심어를주게 삼배출 줄모루만다 꼽어를주게"를 제외하고는 일반적인 〈아라리〉와 거의 구별이 없다. 이는 유희요로 불리는 〈아라리〉가 기능이 바뀌어 모심는소리로 불리는 것임을 알 수 있다. 또 〈아라리〉의 경우 1행씩 주고 받아 의미를 완결시키는 〈정자 소리〉와 달리, 한 사람이 2행씩 완결해 부르기 때문에 비교적 뒷소리꾼에 구속되지 않고 자유롭게 자신의 사설을 완성할 수 있다.

내용은 모심는 작업과는 전혀 상관없는 사랑에 관련된 사설이 주종을 이룬다. 〈정자 소리〉가 모심는 소리로서의 현장성이 많이 남아있는데 비해, 〈아라리〉에서는 거의 찾아볼 수 없다는 점이 그 한 특징이다. 이는 본래 〈아라리〉가 모심는 작업 외에도 나무하기, 풀베기 등 여러 기능을 가지고 있을 뿐만 아니라 주로 쉬거나 놀면서 불렀기 때문에 특정 작업과 관련된 사설이 덜 발달했다고 생각된다.

〈정자 소리〉에서는 '사랑을 하지 못하는 나'와 '사랑을 하는 그'가 대조적으로 형상화되는데 비해 〈아라리 소리〉에서는 사랑 속에 내가 직접적으로 개입되어 있다는 점이 독특하다. 이처럼 〈정자 소리〉보다는 〈아라리 소리〉가 보다 과감하고 적극적으로 사랑의 감정을 표현하는 경향이 있는데, 이 역시 유흥이라는 본래의 구연상황에 기인한다고 생각된다.

예를 들어 제천군 봉양면 소리(4-10)에

뒷동산 범나비는 왕거무줄이 원수요
당신을 사굴라니 본당자가 원수라

라고 노래함으로써, 범나비의 자유로운 사랑의 행위가 거미줄에 의해 제약을 받듯이, 나와 당신의 사랑은 본처가 원수라고 과감하게 표현하고 있다. 여기서 화자는 본처가 아니라, 불륜의 애정관계를 맺고 있는 여인이다. 〈정자 소리〉에서 첩을 두고 즐기는 남자에 대한 비판이 나오고 있는 것과 아주 상반된다. 〈정자 소리〉에서 건강한 사랑이 긍정되고 있는데 비해, 〈아라리 소리〉에서는 이를 넘어서는 파격적이고 일탈적인 목소리를 그대로 들려주고 있다. 이는 〈정자 소리〉가 노동의 현장과 어느 정도 밀착되어 노동하는 사람들의 감정을 잘 담아내고 있다면, 〈아라리 소리〉는 노동의 현장에서 벗어나, 다양한 계층의 사람들의 감정을 복합적으로 담아내고 있다고 할 수 있다.

이렇게 볼 때 돌림창은 노동요의 고유한 가창방식이라기 보다는 유희요의 가창방식으로서, 특정한 소리가 전승되지 않는 지역에서 모를 심으면서 무료함을 달래기 위해 부르는 방식이라고 할 수 있다. 근래에 모를 심으면서 유행가를 부르는 것과 마찬가지 방식이다. 그러므로 돌림창은 전통적인 모심는 소리의 전승이 흔들리면서 새롭게 나타난 가창방식이라고 하겠다.

4. 맺음말 – 총괄적 논의

충북 지역의 모심는 소리는 대체로 네 가지 방식으로 부른다. 선후창, 교환창, 반복창, 돌림창이 그것이다. 선후창으로는 〈상사 소리〉, 〈하나 소리〉, 〈아라성 소리〉, 〈아라리 소리〉를 부르고, 교환창으로는 〈정자 소리〉를, 반복창으로는 〈정자 소리〉를, 돌림창으로는 〈아라리 소리〉와 〈정자 소리〉를 부른다.

충북 지역의 모심는 소리는 크게 선후창권과 교환창권으로 나뉜다. 선후창은 강원도, 경기도, 충청남도, 전라북도에 접해 있는 서북쪽에서, 교환창은 경상북도에 접해 있는 동남쪽에서 주로 부른다. 선후창권은 다시 〈강원도 아라리〉의 영향권에 있는 단양, 제천, 충주, 괴산 등 산간 지역에서 부르는 〈아라리〉, 〈아라성 소리〉권과 음성, 진천 등 평야 지역에서 부르는 〈하나 소리〉, 〈상사 소리〉권으로 나뉜다. 단 청원은 그 경계 지역으로서 〈아라성 소리〉, 〈상사 소리〉, 〈정자 소리〉가 모두 조사되었다.

교환창권은 영동, 옥천 등이 속하는데, 경상도 지역의 대표적 모심는 소리인 〈정자 소리〉를 부른다. 보은에서는 〈정자 소리〉를 반복창으로 부름으로써 선후창과 교환창이 복합된 양상을 보여 준다. 또 제천에서는 아라리를 돌림창으로, 옥천에서는 〈정자 소리〉를 돌림창으로, 영동에서는 〈정자 소리〉를 제창으로도 불렀다. 〈아라리〉를 돌림창으로 부른 것은 강원도 〈아라리〉의 가창방식을 그대로 따른 것이라 할 수 있으나, 〈정자 소리〉를 돌림창이나 제창으로 부른 것은 원래의 가창방식과는 동떨어진 것이라 생각한다.

이렇게 볼 때 모심는 소리의 가창방식은 지역의 지리적 여건과 상당한 연관이 있는 듯하다. 산간 지방에서는 소리를 대등하게 주고 받는 교환창 또는 돌림창이, 평야 지방에서는 앞소리꾼이 소리를 주도하는 선후창이 많이 불리는 것을 볼 수 있다. 이것이 전국적으로 볼 때 일반적인 현상인지, 또 그 이유와 배경이 무엇인지에 대해서는 더 깊은 논의가 이루어져야 할 것이다.

이제 가창방식에 따라 앞소리꾼과 뒷소리꾼의 관계, 가락, 기능, 사설의 양상을 살펴보기로 하자. 충청북도 모심는 소리에 나타난 양상을 토대로 그 경향을 체계화해 보면 다음과 같이 나타낼 수 있다. 물론 이는 대체적인 흐름을 파악한 것으로 지역과 소리꾼의 특성에 따라 다양한 편차가 있으리라고 본다.

	선후돌림창	선후창	반복창	교환창	교환돌림창
소리꾼의 관계	-	주종관계	중간	대등관계	+
가락	+	유동적	중간	고정적	-
기능	-	노동성	복합	놀이성	+
사설형식	+	창조성, 유기구조	복합	전승성, 병행구조	-
사설내용	-	관념, 노동, 교술	복합	현실, 애정, 서정	+

우선 선후창과 교환창은 그 성격에 있어서 서로 대조적인 현상을 보인다. 선후창에서는 앞소리꾼과 뒷소리꾼이 일종의 주종관계를 이룬다. 앞소리꾼이 소리판을 주도해 나가고 뒷소리꾼은 이를 뒷받쳐주는 구실을 한다. 앞소리꾼의 소리에 맞추어 뒷소리꾼은 작업의 빠르기를 조절하고, 호흡을 고르면서 작업에 집중할 수 있다. 이는 작업을 일사불란하게 진행해 나가는데 보다 유리한 방식이라고 할 수 있다.

선후창 방식의 소리판에서 앞소리꾼의 권한은 가히 절대적이다. 그는 소리를 하는 동안 일을 하지 않아도 되며, 작업을 감독, 지시하는 구실까지 겸하게 된다. 그래서인지 사설의 내용은 관념적이고, 교술적이며, 노동과 관련된 사설이 많다. 심지어는 일하는 사람의 경험이나 감정과는 거리가 있는 사설이 나오기도 한다.

한편, 앞소리꾼의 역량에 따라 차이가 있기는 하지만, 앞소리꾼은 후렴의 장단과 선율의 허용 범위 내에서 가락과 사설을 유동적, 창조적으로 운용할 수 있는 여지가 있다. 그래서 유기적 구조를 갖춘 잘 짜인 한 편의 작품을 창작해내기도 하는 것이다.

교환창에서는 안소리꾼과 바깥소리꾼이 대등한 관계를 이룬다. 안소리꾼과 바깥소리꾼은 서로 소리의 짝을 주고 받으며 한편의 소리를 완성해 낸다. 안소리꾼과 바깥소리꾼은 작업을 하면서 상대편의 소리 사설에 귀를 기울여야 하고 이에 대응할 소리짝을 생각해내야 하므로 작업에 전적으로 몰두하기는 어려우리라 생각된다. 그러나 일을 놀이처럼 여기며 흥겹게 수행할 수 있으리라 본다.

이렇게 일에 얽매이지 않고 일을 놀이처럼 여기며 소리를 하므로 사설의 내용은 대체로 유흥적인 성격을 띠게 된다. 노동보다는 애정과 현실을 그리는 사설이 많으며 노동에 관련된 사설도 일하는 사람의 경험과 감정에서 우러난 진실한 느낌을 서정적으로 담아내고 있다.

교환창 방식의 소리판에서는 소리를 주도해 나가는 사람이 따로 정해져 있지 않다. 작업에 참여한 모든 사람이 소리꾼이 되어야 한다. 그러므로 작업을 계속하는 시간 동안 안소리와 바깥소리의 짝을 계속 맞춰 나가기 위해서는 많은 사람들이 막히지 않고 부를 수 있는 널리 알려진 공식 어구를 찾아내야만 한다. 교환창의 가락과 사설이 고정적이며 전승적이게 되는 이유가 여기에 있다. 또한 서로 소리를 주고받아야 하는 가창방식의 성격상 사설은 2행 중심의 병행 구조를 기본으로 확장되는 성격이 있다.

반복창은 선후창과 교환창이 복합된 것으로서 그 중간적인 양상을 보인다. 앞소리꾼은 선후창에서와 같이 가락과 사설의 재량권을 갖고 있기는 하나 뒷소리꾼이 사설을 되풀이할 수 있도록 비교적 전승적 선율과 어구를 사용할 필요가 있다. 그러면서 다양한 공식 어구를 사용하여 극적, 서사적 구조를 갖춘 독특한 형식과 내용의 작품을 산출해 내기도 한다.

돌림창의 경우는 두 가지로 나누어 생각해야 한다. 돌림창은 원래 선후창으로 부르던 것을 돌아가며 부르는 방식(선후돌림창)과 원래 교환창으로 부르던 것을 돌아가며 부르는 방식(교환돌림창)으로 나뉜다. 전자는 〈아라리 소리〉의 경우이고, 후자는 〈정자 소리〉의 경우이다. 이때 원래 부르던 방식이 지닌 성격에서 약간씩 변화되는 것을 볼 수 있다. 표에서 '+, -'는 돌림창으로 바꿔 부를 때 원래 가창방식이 지닌 성격이 더해졌을 경우 '+'를, 감해졌을 경우 '-'를 나타낸다. 이로 보아 두 경우 모두 집단성에서 개인성으로, 고정성에서 유동성으로, 노동성에서 놀이성으로, 관념성에서 현실성으로의 추이를 보이는 것으로 생각된다. 그러므로 돌림창은 소리가 특정한 노동과 관련 없이 다기능요화하거나 노동과 점점 멀어져 유희요화하면서 생겨난 방식이라고 볼 수 있다.

이렇게 정리하고 보니 선후창 방식은 한 개인이 여러 사람을 효과적으로 지휘, 통솔하는 권위적, 지배적 성격을 띠는 데 비해, 교환창 방식은 모든 사람이 동등한 자격과 권한을 누리는 비권위적, 민주적 성격을 띤다고 할 수 있다. 그렇다면 선후창 방식은 근대 이전 양반 문화의 산물이요, 교환창 방식은 근대적 평민 문화의 산물이라고 본다면 지나친 생각일까. 그러나 소리의 발달 단계상 선후창 방식이 교환창 방식보다 앞선 시대부터 있었던 소리라는 점,13) 선후창 방식의 사설에 농부의 현실과 유리된 유교적 이념이 그대로 배어 있어 양반적 성향을 보여주는데 비해, 교환창 방식의 사설은 농부의 현실과 감정, 자유로운 사랑과 본능의 추구 등 평민적 성향을 보여준다는 점에서 어느 정도 상관성은 있으리라 본다.

---

13) 고혜경(1991:32)은 윤여탁(1984)의 견해를 바탕으로 교환창 형식의 정자 소리가 그 세련성과 이앙법의 보급 시기 등을 생각할 때 선후창의 민요에 비해 후대에 생성되었으리라고 보고 있다.

단 이러한 추정이 보다 논리적 타당성을 갖추기 위해서는 보다 다각도
적이고 엄밀한 논증과 논의를 계속해 나가야 하리라고 본다.

참 고 문 헌

『한국민요대전』 충북편(1995), 문화방송.

『한국민요대전』 경북편(1995), 문화방송.

강등학(1988), 『정선 아라리의 연구』, 집문당.

------(1991), 「민요의 가창구조에 대하여」, 『한국민요학』 제1집,
　　　　　　　한국민요학회.

------(1995), 「어랑타령과 아라리의 비교연구」, 『한국민요학』 제3집,
　　　　　　　한국민요학회.

고혜경(1990), 「전통민요 사설의 시적 성격 연구: 농업 노동요를 중심으
　　　　　　　로」, 이화여대 박사학위논문.

김성배외(1961), 『주해 가사문학전집』, 집문당.

김진순(1997), 「한국농업노동요의 분류와 분포」, 『구비문학연구』 제4집,
　　　　　　　한국구비문학회.

서영숙(1996), 『시집살이노래연구』, 도서출판 박이정.

윤여탁(1984), 「이앙요 연구」, 서울대 대학원 석사학위 논문.

이보형(1997), 「아리랑소리의 근원과 변천에 관한 음악적 연구」,
　　　　　　　『한국민요학』 제5집, 한국민요학회.

임재해(1988), 「민요의 사회적 생산과 수용의 양상」, 『한국의 민속예
　　　　　　　술』, 문학과 지성사.

------(1994), 「노래의 생명성과 민요연구의 현장확장」, 『구비문학연구』
　　　　　　　제1집, 한국구비문학회.

------(1998), 「구비문학의 연행론,그 문학적 생산과 수용의 역동성」,
　　　　　　　『구비문학연구』 제7집, 한국구비문학회.

조동일(1977), 『경북민요』, 형설출판사.

------(1978), 「모노래와 시조」, 『우리 문학과의 만남』, 홍성사.
조해숙(1991), 「농부가에 나타난 후기가사의 창작의식과 장르적 성격 변화」, 『국문학 연구』 제104집, 서울대 대학원 국문학연구회.
최원오(1996), 「민요의 시학적 성격 연구」, 『구비문학연구』 제3집, 한국 구비문학회.

청주민요의 기능과 사설

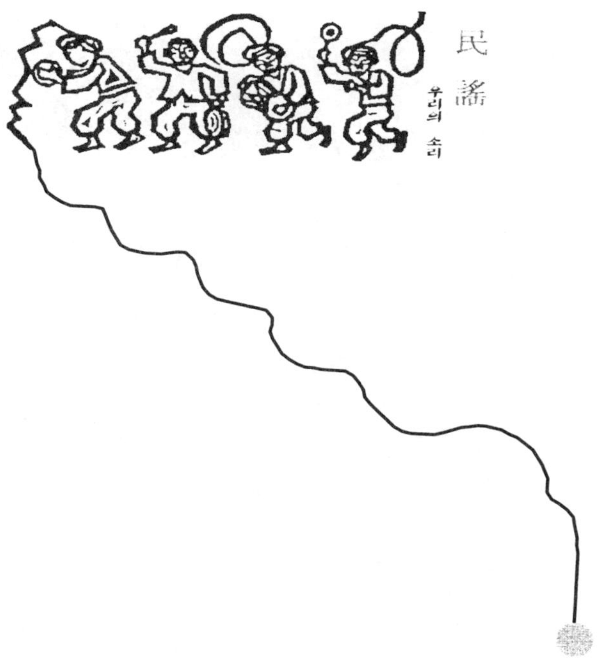

청주 민요의 기능과 사설

1. 청주 민요의 수집과 분류

민요는 오랜 세월에 걸쳐 예사 사람들에 의하여 입에서 입으로 창작, 전승되어 온 노래이다. 민요는 한 순간에 창작되어 짧은 유행을 타고 사라져 버리는 오늘날의 노래와는 달리, 오랜 세월동안 거듭 이어지고 고쳐지면서 불려 왔기 때문에 그 노래를 부른 우리 선인들의 삶과 생각의 변화를 그대로 담고 있다. 또한 민요는 잘 다듬어지고 세련된, 유식하고 고급스런 전문가객 또는 양반 계층의 노래와는 달리, 평범한 예사 사람들에 의해 불려졌기 때문에, 전통 사회의 기층을 이루고 있는 대다수 민중의 삶과 생각을 그대로 담고 있다. 그러기에 우리 민족의 특성을 제대로 알기 위해서는 한시나 시조, 가사와 같은 상층문학보다는 민요를 참조하는 것이 쉽고 빠른 길이다.

민요가 과거나 현재에 변함없이 중요하게 여겨지는 것은 바로 민요의 이러한 특성을 통해 우리 조상들의 삶과 생각을 분명하게 파악하고 오늘과 내일의 삶의 지표로 삼을 수 있기 때문일 것이다.

민요의 수집은 삼국 시대부터 있어 왔다. 전해지지는 않지만 신라의 『삼대목』과 같은 향가집이 그 좋은 예이다. 이후 조선조에 와서 민요 수집에 관한 기록이 많이 전해지고 있는데, 그렇게 해서 간행된 가집들이

『악학궤범』, 『악장가사』, 『시용향악보』 등이다.

세종대에 박연이 올린 상소문에 보면 다음과 같은 내용이 나온다.

> 중외(中外)에 영을 내려 우리나라의 옛날노래와 악전(樂典)을 널리 구하
> 여 만약 상세하고 완전한 구본(舊本)을 자신하여 고하고 바치는 사람이 있으
> 면 관직으로 상을 준다면, 예전 음악이 없어지고 빠진 것을 거의 찾아 채우
> 게 될 수 있을 것입니다. 이같이 한 후에 그 가곡의 가사를 추려 골라서 그
> 중에 군신의 도가 합하는 것과, 부자의 은혜가 깊은 것과, 부부의 결의와, 형
> 제의 우애와 붕우의 신의를 읊은 것과, 빈주 간에 함께 즐기는 것이 다 성정
> (性情)의 바른 길로 나와서 인륜과 세교(世教)에 관계되는 것을 '정풍(正風)'
> 으로 삼고, 그 남녀들이 서로 좋아하여 음란하게 놀고 간악하며 사욕을 채우
> 기에 부끄러움이 없어 강상에 빗나감이 있는 것은 '변풍(變風)'으로 삼을 것
> 입니다.[1]

여기에서 보면 옛날 노래를 수집하되 인륜과 세교에 관한 것은 정풍,
그렇지 못한 것은 변풍으로 삼는다고 했으니, 민요 수집의 주목적이 정풍
을 중심으로 인륜과 세교를 강화하기 위한 데 있음을 알 수 있다. 또한
변풍의 수집을 배제하지 않은 것을 보면, 민요를 통해 민심의 동향을 살
피고자 한 정치적 목적이 있었다고 생각된다. 이후로도 민요는 『문헌비
고』, 『용천담적기』, 『지봉유설』, 『어유야담』, 『동국통감』 등에 한역되어
전하며, 조선 말엽에 와서는 『청구영언』, 『해동가요』, 『가곡원류』 등의
가집에 사설시조 등과 함께 다수 수록되었다. 이는 조선 중·후기 문인들
에게 민요가 한시, 시조나 마찬가지로 가치 있는 것으로 인식되었기 때문
일 것이다. 홍대용(1731~1783)의 다음 글은 민요의 가치를 잘 드러내
준다.

> 오직 입으로 부르는대로 노래가 된다고 해도 말은 마음에서 나온다. 곡조
> 가 알맞지 못하다 해도, 천진(天眞)이 드러난다. 그러므로 나무하면서 부르
> 는 노래나 농사지으면서 부르는 노래는 또한 자연에서 나온 것이고, 이것저

---

1) 『세종실록』 권47, 12년 2월 조.

> 것 주워 모아 다듬으면서 말은 옛것이라고 하며, 천기(天機)를 깎아 없앤 사
> 대부의 시(詩)보다 오히려 나은 것이다.2)

그는 나무하면서, 농사지으면서 일반 백성들이 부른 노래, 즉 민요가 사대부의 시나 문보다 자연스럽고 진실하다고 평하고 있다. 이런 자각 하에서 계속된 민요의 수집은 일제 시대를 거치면서 민족성을 고취시키기 위한 수단의 하나로 본격적으로 이루어졌다. 김소운의 『조선구전민요집』(제일서점, 1933), 방종현. 김사엽. 최상수의 『조선민요집성』(정음사, 1948), 고정옥의 『조선민요연구』(수선사, 1949), 임동권의 『한국민요집』(동국문화사, 1961) 등이 그 대표적인 것이다. 이들은 전국의 민요를 수집, 소개함으로써 한국 민요의 전반적 분포상황과 특징을 밝히는데 기여했다고 할 수 있다. 그러나 특정 지역의 민요를 집중적으로 수집한 것은 아니어서, 각 지역 고유의 민요 전승양상을 파악하기에는 부족하다 할 수 있다.

충북 내지 청주의 민요는 위에서 언급한 김소운, 임동권의 민요집에 일부 실려 있고, 한국문화인류학회에서 조사한 『전국민속조사 종합보고서』7 (문화공보부 문화재 관리국, 1976)과 한국정신문화연구원에서 간행한 『한국구비문학대계』3-2 청주시·청원군편(1981)에서 충북 지역의 민요를 집중 조사하여 보고하고 있어서 청주 민요의 특징을 파악하는데 많은 도움을 준다. 이외에 충청북도 자체에서 간행한 자료집으로 『충북민담민요지』(1983), 『충북민요집』(1994)이 있어 충북 민요의 실상을 잘 알려주고 있으나 민요의 사설, 가락, 기능 등에 대한 자세한 설명이 갖춰져 있지 못해서 민요 자료로서의 가치를 충분히 다하지 못하는 실정이다. 이외에도 이소라가 음악적 측면에서 조사 간행한 『한국의 농요』4집(현암사, 1990)에서 청주시·청원군 민요의 가락을 싣고 소개하고 있어서 참고할만 하다.

이제 조사된 자료를 바탕으로 청주 민요의 특징을 살펴보기로 한다.

---

2) 〈대동풍요서(大東風謠序)〉, 『湛軒書』 내집 3, 상.

청주 민요의 사설, 가락, 기능에 대한 전반적인 특성을 다루는 것이 마땅한 일이나 기존 자료나 조사의 불충분으로 청주 민요의 사설과 기능을 중심으로 다루려고 한다. 청주 민요의 수록 순서는 민요의 기능별 분류체계에 따르려고 한다. 민요를 분류하는 방법은 창자의 성별, 연령별, 장르별, 내용별, 가창 방식 별 등 여러 가지가 있으나 자료를 효율적으로 이용하며 체계적으로 이해할 수 있도록 하기 위해서는 기능별로 분류하는 것이 좋으리라고 본다. 기능별 분류란 민요가 원래의 구연 상황에서 어떤 기능을 하면서 불리느냐에 따라 나누는 것으로 민요를 체계적으로 분류할 수 있을 뿐만 아니라 민요가 가지고 있는 원래의 존재실상과 특성을 잘 파악할 수 있다는 장점이 있다. 단 오늘날에 와서는 민요의 기능이 사라져 가고 변화하고 있어 원래 기능을 찾아내기가 어렵다는 점과 특별한 기능이 없이 불리는 민요의 경우 분류하기가 어렵다는 단점이 있다. 이 점은 전국의 민요가 수집 분류되면서 점차 보완되리라 믿으며 청주 민요는 이 기능별 분류에 따라 다음과 같은 순서에 의해 서술하고자 한다.

1 노동요
　1. 농업노동요 - 모찌기노래, 모내기노래, 논매기노래, 보리타작노래
　2. 길쌈노동요 - 물레질노래, 베짜기노래
　3. 잡역노동요 - 홁뜨기노래, 땅다지기노래, 애기어르는노래, 자장노래

2 의식요
　1. 세시의식요 - 보제덕담노래
　2. 장례의식요 - 상여노래, 달구질 노래
　3. 신앙의식요 - 액풀이노래

3 유희요
　1. 경기유희요 - 화투노래
　2. 풍소유희요 - 이빠진아이노래, 우는아이노래
　3. 언어유희요 - 한글풀이노래

4 비기능요
　1. 시집살이요 - 진주낭군
　2. 타령 - 아리랑

2. 청주 민요의 문학적 특징

청주의 민요는 대부분 청원군의 민요와 별 구분 없이 수집, 보고되어 있어서, 청원군과 따로 하여 설명하기가 매우 어렵다. 또한 예로부터 청원군과 하나의 생활 권역으로 되어 있었기 때문에 청원군 민요의 특색과 거의 다르지 않다고 보아도 좋으리라고 생각한다. 그러나 청주 민요의 특징을 엄밀히 파악하기 위해서 기존 자료 중 청주시에 해당하는 자료만을 분명하게 선택해 살펴보려고 한다. 그러다 보니 기존 조사가 청주시 전역에 걸쳐 이루어지지 못하고 일부 지역에만 편중되어 이루어져 있는데다가 자료가 충분치 않아 미흡하기는 하지만, 청주 민요의 특성을 대표하는 데에는 큰 무리가 없으리라고 판단된다.

청주 지역에서는 예전에 벼농사 위주의 농업을 주로 해왔기 때문에 농업노동요, 그 중에서도 〈모찌기 노래〉, 〈모심기 노래〉, 〈논매기 노래〉 등이 많이 불렸다. 이들 노동요는 가락이 구성지고 애조를 띠고 있어 농부들의 한과 설움을 잘 드러내 준다. 뿐만 아니라 나라와 부모에 대한 충효 등 유교적 윤리가 강하게 드러나 있는 것도 하나의 특징이다. 또한 농사와 깊은 연관을 지니고 있는 〈땅다지는 노래〉 등 잡역 노동요, 〈상여 노래〉, 〈고사 덕담 노래〉 등 의식요도 잘 전승되어 있어 청주 지역 사람들의 생활, 사고 방식과 신앙 등을 엿볼 수 있게 한다. 농업노동요나 잡역 노동요가 주로 남성들의 노래라고 한다면 길쌈노동요는 대표적인 여성들의 노래로서 그중 〈베짜는 노래〉가 긴 서사적 구성을 이루면서 길쌈하는 여성들의 고난과 기대를 그려내며 이 지역 여성들의 풍부한 문학성을 잘 보여 준다. 그러나 다른 지방에서 많이 조사되는 시집살이 노래 등은 의외로 잘 전해지지 않는다. 아마도 청주 지역이 전통적인 양반 사회로서의 보수적 풍토를 짙게 지니고 있기 때문에 여성들이 모여 노래부르는 것을 잘 허용하지 않았기 때문이 아닐까 한다. 이외에 어린이들이 놀면서 즐겨 불렀던 유희요인 〈우는 아이 노래〉, 〈이빠진 아이 노래〉 등은 지금의 어린이들도 쉽게 배워 즐길만한 재치와 해학을 담고 있다.

3. 청주민요의 기능과 사설

3. 1. 노동요

3. 1. 1. 농업노동요

민요에서 가장 잘 발달되어 있고 세분화되어 있는 것이 노동요이다. 노동요는 농업노동요, 어업노동요, 토목노동요, 잡역노동요, 길쌈노동요 등으로 나눌 수 있는데, 청주지역은 주로 농업을 생업으로 삼아 왔기 때문에 농업노동요가 고루 발달되어 있다. 농업노동요는 농사를 지을 때 흥을 돋굴 뿐만 아니라, 일의 고단함을 덜어 주고, 여러 사람이 함께 일할 때에 행동 통일을 위해 필수적이기도 하다. 청주 지역에서 전승되는 농업노동요에는 〈모찌기 노래〉, 〈모내기 노래〉, 〈논매기 노래〉, 〈보리타작 노래〉가 있다. 다른 지역에서 흔히 수집되는 〈볏단 나르는 노래〉, 〈벼타작 노래〉, 〈밭매기 노래〉 등은 찾아볼 수 없었다.

1) 모찌기 노래

〈모찌기 노래〉는 못자리에서 일정한 크기의 단으로 모를 찌면서 부르는 노래이다. 이 노래는 노래패가 두 패로 나뉘어 서로 사설을 교환하며 부르는 교환창, 선소리꾼과 뒷소리꾼들이 사설과 후렴을 주고 받는 선후창, 한가지 사설을 모두 함께 부르는 공동 제창 등 여러 형식으로 불릴 수 있는데 청주에서는 선후창으로 부르는 것이 일반적이다.

〈모찌기 노래〉의 후렴으로는 '뭉치세'형이 불린다. 강서동에서는 "뭉쳐라 정쳐라 에히야 못자리 뭉쳐주게"와 "뭉치세 뭉치세 이못자리 판반을 울려내세", 영운동에서는 "뭉치세 뭉치세 이못자릴 뭉치세"라는 후렴이 조사되었다. 이 '뭉치세'형의 모찌기 노래는 청주·청원군과 연기군이 본고장으로 진천, 천안, 공주, 음성군이 그 전파의 한계를 이룬다.

사설은 창자에 따라 다양하게 결합되는데, 대략 모를 찌면서 모가 이미 성장한 모습을 그려냄으로써 풍성한 수확을 기원하는 기대, 농사 짓는 사람의 신세 한탄, 농사를 지음으로써 이루고자 하는 소망 등을 담고 있다. 예를 들면 "에워내고 에워내세 이못자리를 에워내세 / 시집가고 장개가네 이못자리는 시집가고 / 부잣집 맏며느리 되어서루 이못자리는 들어내고"(고종운, 남67세, 강서동, 『민담민요지』), "여워주게 여워주게 삼배출자리로 여워주게"(이현기, 남78세, 강서동, 『민담민요지』)와 같은 것이 그것이다. 이는 마치 모를 모판에서 옮겨 논에 심는 것을 시집, 장가가는 것으로 연상하고 있고, 시집가는 자리도 아무 논이 아니라 삼배출자리(논 한마지기에서 세가마니의 쌀을 수확하는 것)로 여워 달라고 함으로써 많은 수확을 기대하고 있다. 이는 노래가 일종의 주술적 기능을 하던 고대로부터의 풍습이 그대로 이어진 것으로 소망을 노래로 부름으로써 현실화하리라는 믿음이 노랫말에 투영된 것이라고 할 수 있다. 이에 비해 "이못자리 농사지어 나라님께로 올려보세 / 첫째로는 나라상납 둘째로는 부모공양"(오홍렬, 남77세, 강서동, 『전국민속조사 종합보고서』)와 같은 것은 비교적 후대에 유교 관념이 고정화되면서 이루어진 사설이라 생각되는데, 노래를 통해 자연스럽게 인륜을 교화시키던 조상들의 슬기가 엿보인다.

후렴) 뭉쳐라 정쳐라 에히야 못자리 뭉쳐내세

- 뭉치고 정치세 이못자리를 뭉쳐주게
- 에워내고 에워내세 이못자리를 에워내세
- 시집가고 장개가네 이못자리는 시집가고
- 부잣집 맏며느리 되여가네 이못자리는 시집가네
- 여보시요 농부님네 이못자리를 들어내고
- 뭉쳐라 뭉쳐라 에헤야 못자리 뭉쳐주게
- 에워내세 에워내세 반달같이만 에워내세
- 내가어째 반달인가 초생달이나 반달이지
- 초승달만 반달인가 그믐달이나 반달이지
- 뭉쳐라 달쳐라 에헤야 못자리 뭉쳐주게

- 늦어가네 늦어가네 시집가기가 늦어가네
- 여워주게 여워주게 삼배출짜리로 여워주게
- 삼배출짜리는 나는싫어 십배출짜리로 여워주게
(이현기, 남78세, 강서동, 『민담민요지』)3)

2) 모내기 노래

〈모내기 노래〉는 모심기를 하면서 부르는 노래이다. 전국에 걸쳐 널리 분포하나 노래를 부르는 방식은 지역마다 차이가 있다. 노래의 가창방식은 교환창 또는 선후창으로 나누어져 있다. 청주 지역에서는 〈모내기 노래〉로 '상사나디야'하는 일명 〈상사 소리〉를 부른다. 이는 보은군과 밀접한 미원, 낭성, 가덕, 문의면에서 경상도 교창식 모노래를 부르는 것과 대별된다. 〈상사 소리〉는 주로 충남의 부여, 논산, 공주 등과 청원군의 오창, 남이, 부용면 등에서 불린다.

〈모내기 노래〉 중 〈상사 소리〉의 후렴은 창자에 따라 약간씩 차이가 있는데, "에헤이 이히여하 상사가노다", "에헤헤 이해이야 상사나노세", "에헤이야헤 에헤헤이야 상사나디야"(강서동)가 조사되었다. 강서동에서는 한 논배미의 논에 거의 다 모를 심었을 때 빨리 마치고 논을 나오기 위해 선소리꾼이 노래의 템포를 빨리 하여 흥을 돋구는데, 이 때에는 "에이야 헤에럼만 상사나도다"로 후렴이 바뀐다.

사설의 내용은 〈모찌기 노래〉와 거의 유사하다. 단 〈모찌기 노래〉보다 더 오랫동안 불러야 하기 때문에 더 다양하고 풍부한 문학적 표현이 많이 발견되는데, 특히 남녀간의 사랑이나 일하는 사람의 늙음에 대한 한탄을 많이 그려내고 있는 점이 주목된다. 예를 들면 "우리네동네 청춘신 홀로 된분 어느사람은 팔자가 좋아 / 남은모를내며 상사 소리를 하는데 우리

---

3) 노래를 인용할 때에는 창자, 성별, 조사당시의 나이, 조사지, 수록문헌의 차례로 전거를 제시하며, 창자에 관한 사항이 조사되어 있지 않은 경우에는 수록문헌만을 적기로 한다. 노랫말은 선후창의 경우 후렴을 미리 나타내고, 앞소리만을 적기로 하며, 교환창이나 독창, 제창의 경우에는 모두 적기로 한다. 긴 노래의 경우 전문을 다 싣지 못하고 중요 부분만 수록하기도 한다.

집낭군은 어디를갔나 / 창호중에 좋은술은 어느낭군이 맛을보며 / 태호중에 좋은술은 어느낭군이 맛을보나"(고종운, 남67세, 강서동, 『민담민요지』)라든가 "나도어제는 청춘일러니 오늘백발이 더욱설데 / 곱든홍안이 도망가고 없든홍안이 절로나네"(이현기, 남78세, 강서동, 『민담민요지』)와 같은 표현이 그것이다. 〈모내기 노래〉로 남녀의 사랑을 나타내는 연가를 많이 부르는 것은 모를 심는 행위 자체가 일종의 성적 행위처럼 여겨지는 데다가, 성적 행위가 풍요와 다산을 가져온다고 여기던 원시적 습속에서 연유한다고 할 수 있다. 물론 이러한 믿음이 사라진 오늘날까지도 이러한 전통이 계속되는 것은 모를 심는 고단함을 사랑 이야기로써 해소할 수 있기 때문일 것이다.

> (후렴) 에헤이 이히여하 상사가노다
>
> - 에헤이 이히여하 상사가노다
> - 한섬지기 논배미가 반달만침은 남았는데
> - 서른마지기 논배미 짓을달어라 놓았으니
> - 우리네동네 청춘신홀로된분 어느사람은 팔자가좋아
> - 남은모를내며 상사 소리를 하는데 우리집낭군은 어디를갔나
> - 창호중에 좋은술은 어느낭군이 맛을보며
> - 태호중에 좋은술은 어느낭군이 맛을보나
> - 우리낭군 떠나실적에 명년춘삼월 오신다더니
> - 꽃이피고 잎이져도 우리낭군 안오시네
> - 사래차고 장찬밭은 어느낭군이 갈아주나
> - 나간길 바라보며 이마위에 손을얹고
> - 망부석이 된다말가 망부석이 된단말가
> - 어린자식 애비불러 애미간장 다녹인다
>
> (고종운, 남 67세, 강서동, 『민담민요지』)

3) 논매기 노래

〈논매기 노래〉는 논의 잡초를 호미로 매거나 손으로 뽑으면서 부르는

노래이다. 〈논매기 노래〉는 흔히 선후창으로 불리며, 노동에 그리 밀착되지 않기 때문에 다양한 사설이 결합되어 나타난다. 논매기는 세 번 하는 것이 상례이나, 잡초가 자란 정도나 논의 사정에 따라 다르다. 세 번 매는 경우, 초벌은 호미로 매고 두벌과 만물은 손으로 뜯는 것이 보통이다. 지역에 따라 서는 초벌, 두벌, 만물 때 부르는 노래가 각기 다르기도 한데 청주 강서동에서는 후렴이 "에헤헤 오하호어"(『민담민요지』)로 이어지는 행상류(行喪類) 〈논매기 노래〉가 조사되었고, 영운동에서는 "얼럴럴 상사데야"(『민담민요지』)의 후렴이 조사되었는데 "얼럴럴 상사데야"는 〈모내기 노래〉가 변형된 것이 아닌가 한다.

이렇게 볼 때 청주의 〈논매기 노래〉는 다른 지역처럼 논매는 횟수에 따라 세분되어 있지는 않고, 행상류 〈논매기 노래〉가 두루 불린 듯하다. 행상류 〈논매기 노래〉는 그 곡조가 〈상여 노래〉처럼 길고 느리며 처량하게 불리기 때문에 붙여진 이름으로 생각되나,4) 〈상여 노래〉의 후렴이나 곡조와는 뚜렷이 구별된다. 어쨌든 이러한 유형의 〈논매기 노래〉는 청원군에서는 미호 평야지대 및 그 영향권내에 있는 옥산·오창면, 북일·북이면, 남이면 등과 서산군, 괴산군 증평읍 등에서 불린다. 청주 지역에서 불리는 〈논매기 노래〉로 이외에 특이한 것으로 〈안팡게 노래〉가 있는데 강서동에서 조사되었다. 〈안팡게 노래〉는 다른 〈논매기 노래〉처럼 메기고 받는 선후창이 아니라 두서너 사람씩 짝을 지어 부르는 짝소리이다. 〈안팡게 노래〉는 사설은 없고 여음 "안팡게 에에에야"를 서로 주고 받는다. 『민담민요지』에 따르면 이 노래가 논매는 중간 흥을 돋구기 위해 몇 사람이 일손을 멈추고 허리를 펴고 선체로 부르며, 다른 사람들이 대신 노래하는 사람의 앞논을 열심히 매며 나간다고 한다.5)

〈논매기 노래〉의 사설 역시 〈모찌기 노래〉, 〈모내기 노래〉에서 불리던

---

4) 이소라, 『한국의 농요』 4집, 현암사, 1990, 700면.
5) 이소라는 이 노래가 경기도 남부 지역에서 이따금 들을 수 있는 것으로 전북이 본고장으로 보이는 방게소리 유형에 속한다고 보고 있다. 또한 그는 이 소리를 논매러 들어가기 전 논두렁에 쭉 늘어서서 부르는 〈논두렁 소리〉라고 설명하고 있는데 사실 여부를 확인하지 못했다. 이소라, 위의 책, 670면.

내용과 큰 차이가 없다. 남녀간의 사랑, 나라와 부모에 대한 충효 등을 주로 부르며 간간이 논매는 작업의 과정을 지시하거나 힘을 내도록 격려하는 내용을 부름으로써 행동의 통일을 기하기도 한다. "여보시오 농부님네 / 이내말씀 들어를보소 / 날일자로 가지를 말고 / 반달같이만 올라를 가세"(고종운, 남67세, 강서동, 『민담민요지』)나 "대단헌데 물을먹고 / 담배를 피우고 쉬어서 합시다"(오홍렬, 남77세, 강서동, 『전국민속조사 종합보고서』)와 같은 것이 그러하다.

　(후렴) 에-헤야 에야호오

　- 에야호오 에야호오
　- 여보시오 농부님네
　- 이내말쌈을 들어를보소
　- 이논지래 모를심어
　- 첫째로는 나라상납
　- 두번째는 부모나봉냥
　- 이농사를 지을적에
　- 장잎이훨훨 영화로다
　- 여-보소 농부님네
　- 나라에 충성하세
　- 부모님전에 효도를하고
　- 형제간에 우애하고
　- 집안간에는 화목을하고
　- 형제간에 우애를허세
　- 대단헌데 물을먹고
　- 담배를 피우고 쉬어서 합시다
　- 어-허허 어하호오

(오홍렬, 남77세, 강서동, 『전국민속종합보고서』)

4) 보리타작 노래

보리타작(도리깨질)을 하면서 부르는 노래이다. 보리타작은 빠른 속도로 진행되면서 힘이 많이 들며, 일하는 사람의 행동 통일이 필수적으로 요구되기 때문에 작업 기능과 아주 밀착된 사설을 지니고 있다. 그러므로 노래의 형식은 1음보의 사설과 일정한 후렴이 되풀이되는 아주 단순한 구조로 되어 있다. 즉 〈보리타작 노래〉는 선소리꾼이 노래를 부르면서 뒷소리꾼이 때릴 곳을 지시한다. 그러므로 사설이 노동에 꼭 필요한 말만으로 이루어져 있다. 또한 "힘써서", "때려라", "다되어", "가네" 등 노동하는 사람들이 힘을 내도록 격려하기도 한다. 사설이 있는 노동요 중에서 가장 단순한 형태라고 할 수 있다. 경북 지방에서 불리는 〈옹헤야〉가 이 〈보리타작 노래〉이다. 청주에서는 "어허허" 또는 "에하"하는 여음이 짧은 사설과 함께 반복된다.

(후렴) 으하

- 어허어허
- 때려라
- 저쪽에
- 안맞는데
- 냉겨
- 때려라
- 으하으하
- 힘써서
- 때려라
- 팽겨쳐라
- 여기는
- 넘어서라
- 때려라
- 다되어
- 간다

(홍복룡, 남57세, 남촌동, 『충북민요집』)

3. 1. 2. 길쌈노동요

길쌈노동요는 삼을 삼거나 물레질을 하거나 베를 짜면서 부르는 노래이다. 과거 길쌈일은 여성들이 담당했던 일 중에서 가장 비중이 컸던 일로서, 길쌈노동요는 여성민요의 대부분을 차지한다. 길쌈노동요는 길쌈이 시작된 아주 오래 전부터 불리었을 것이라 생각되는데, 신라에서 길쌈 경쟁이 끝난 뒤 잔치에서 불렀다는 〈회소곡〉도 바로 길쌈노동요의 하나였을 것이다.

길쌈노동요는 일과는 거의 밀착됨이 없이 길쌈도구의 묘사, 길쌈하는 사람의 심정, 시집살이의 가지가지 고통을 교술적, 서정적, 서사적으로 길고 다양하게 엮어나가는 특징을 가지고 있다. 그렇게 함으로써 비로소 길쌈이라는 지루하고 힘겨운 작업을 수월하게 해낼 수 있었고, 생활의 고통을 지혜롭게 이겨낼 수 있었던 것이다. 또한 그 문학성에 있어서도 묘사의 절실함, 작품구조의 치밀함 등에서 기록문학 작품에 못지 않은 뛰어남을 지니고 있다. 청주는 예로부터 길쌈을 많이 해왔기 때문에 길쌈노동요가 많이 전승되리라 생각되나, 조사된 자료는 의외로 소략하다. 이는 청주가 과거에 양반 고장으로서 부녀자들이 노래를 부를만한 여건이 제대로 조성되어 있지 않았기 때문이 아닐까 한다. 〈물레질 노래〉와 〈베짜기 노래〉만을 접할 수 있다.

1) 물레질 노래

〈물레질 노래〉는 물레를 손으로 돌리면서 부르는 노래이다. 물레질은 일정한 동작이 되풀이되기 때문에, 노래를 부르면서 노래의 박자에 맞추어서 손을 움직이면, 동작이 규칙적으로 되어 힘이 덜 들고 흥이 난다. 그런데 물레질은 혼자서 하는 것이 예사이므로, 노래도 독창으로 부르며, 일정한 형식이나 고정된 사설이 없다. 사설은 물레질 자체와 관련된 내용, 일하는 괴로움, 일을 다 해놓고 하고 싶은 것에 대한 기대 등을 나타내는 것들로 나눌 수 있다.

<table>
<tr><td>우릉우릉 물레질은</td><td>노인님네 노름이오</td></tr>
<tr><td>소삭소삭 바느질은</td><td>젊은님네 노름이오</td></tr>
<tr><td>장기들고 밭갈기는</td><td>농군님네 노름이오</td></tr>
<tr><td>붓대들고 글씨써기는</td><td>선비님네 노름이오</td></tr>
</table>

(이오열, 여75세, 수동, 『한국구비문학대계』3-2)

2) 베짜기 노래

〈베짜기 노래〉는 베틀로 베를 짜면서 부르는 노래이다. 베짜기는 오랜 시간 동안 앉아서 하는 노동이므로, 지루함과 고단함을 달래기 위해 길게 계속되는 노래가 요구된다. 특히 〈베짜기 노래〉는 두 계열로 나눌 수 있는데, 한 가지는 베틀을 차려놓고 베틀의 부분품 하나 하나를 자세하게 거론하면서 베틀 짜는 과정을 부르는 교술적인 노래이고, 다른 한가지는 베틀과는 관련 없이 여성 주인공의 비극적인 일생 이야기를 풀어 나가는 서사적인 노래이다. 이 두 계열의 노래는 독립적으로 존재하기보다는 하나로 엮어져 유기적인 짜임새를 이루고 있다.

〈베짜기 노래〉는 대체로 하늘에서 놀던 월궁 선녀가 옥황상제께 죄를 짓고 지상에 하강하여 베를 짠다는 내용으로 시작되고 있는데, 이는 여성들이 자신들의 신분을 전생에는 천상의 선녀였다고 상정함으로써 이생에서의 고난을 운명론 적으로 받아들이는 동시에 자신의 처지에 대한 위로를 삼기 위한 것이라고 볼 수 있다. 이때 베틀의 각 부분들을 중국 고전에 나오는 인물이나 고사에 비유함으로써 자신의 지적 능력을 내보이는 것도 여성들이 현실적인 고난에 집착하지 않으려는 자기 절제의 태도에서 온다고 생각된다. 이후 서울로 과거보러 간 남편의 도복을 짜면서 남편과의 만남에 대한 기대가 이어지다가 마지막 부분에 기다리던 남편이 칠성판에 실려 온다는 대목은 남편의 결핍에 대한 사실적 표현으로서 비극성을 유발시킨다.

<table>
<tr><td>바람은 솔솔 부는날</td><td>구름은 둥실 뜨는날</td></tr>
<tr><td>월궁에 노든선녀</td><td>옥황님께 죄를짓고</td></tr>
</table>

인간으로 귀양와서   좌우산천 둘러보니
하실일이 전혀없어   금사한필 짜자하고
월궁으로 치치달아   달가운데 계수나무
동편으로 뻗은가지   은도끼로 찍어내어
앞집이라 김대목아   뒷집이라 이대목아
이내집에 돌아와서   술도먹고 밥도먹고
양철간죽 백통대로   담배한대 먹은후에
베틀한채 지어주게   먹줄로 탱과내어
잦은나무 굽다듬고   굽은나무 잦다듬어
금대패로 밀어내어   얼른뚝딱 지어내니
베틀은 좋다마는   베틀놀데 전혀없네
좌우를 둘러보니   옥난간이 비었구나
베틀놓세 베틀놓세   옥난간에 베틀놓게
앞다릴랑 도두놓고   뒷다릴랑 낮게놓고
구름에다 잉아걸고   안개속에 꾸리삶아
앉을개에 앉은선녀   양귀비의 넋이로다

(『한국민요집』1)

3. 1. 3. 잡역노동요

　잡역노동요는 생활에서 주로 이루어지는 노동이 아니라 부차적이면서
일시적으로 이루어지는 노동을 하면서 부르는 노래이다. 잡역노동요에는
〈목도메기 노래〉, 〈물푸는 노래〉 등의 운반노동요, 〈흙뜨기 노래〉, 〈땅다
지기 노래〉 등의 토목노동요, 〈바느질 노래〉, 〈빨래 노래〉, 〈애기 어르는
노래〉, 〈자장 노래〉 등의 가사노동요 등 여러 가지가 있다. 운반노동요와
토목노동요가 주로 집 바깥에서 이루어지는 남성노동요라고 한다면 가사
노동요는 집안에서 이루어지는 여성노동요이다. 운반노동요와 토목노동
요는 일의 성질이 여러 사람이 함께 힘을 합쳐 해야 하기 때문에 노래 또
한 일과 밀착되어 있으며 선후창으로 이루어져 있다. 그에 비해 가사노동
요는 일의 성질이 대부분 혼자서 오랜 시간 동안 단순 작업을 반복해야
하는 것이기 때문에 노래는 일과는 큰 관련이 없이 다양하고 풍부한 내용

으로 이루어져 있으며 독창으로 부른다.

청주 지역에서는 토목노동요로 〈흙뜨기 노래〉와 〈땅다지기 노래〉가, 가사노동요로 〈애기 어르는 노래〉와 〈자장 노래〉가 조사되었다. 잡역노동요가 제대로 조사되지 않는 이유는 기계의 발달로 더 이상 많은 사람의 힘을 필요로 하지 않게 되었을 뿐만 아니라 이웃의 일을 함께 나누어 하던 두레나 품앗이와 같은 공동체 모임이 급속도로 와해되어 가기 때문일 것이다.

1) 흙뜨기 노래

〈흙뜨기 노래〉는 '가래'란 도구로 흙을 파헤치고 뜨면서 부르는 노래로, 〈가래질 소리〉라고도 한다. 가래는 양편에 줄을 매어 당기는데, 한 사람이 자루를 잡고 두 사람이 줄을 잡아당기면서 작업을 하므로 행동통일이 필수적으로 요구된다. 그러므로 〈흙뜨기 노래〉는 가래질하는 사람들의 행동을 통일하기 위해서 부르지 않으면 안되었던 것이다. 작업을 하며 노래를 할 때에는 가랫자루를 잡은 사람이 선소리꾼이 되고, 가랫줄을 잡은 두 사람이 뒷소리꾼이 된다. 작업이 비교적 빠른 속도로 진행되고, 행동통일이 요구되는 만큼 앞소리를 2음보 정도로 짧게 하고, 힘을 함께 통일하는 여음을 뒷소리로 한다.

청주 지역에서는 강서동에서 모심기 이전 음력 4월에 제방을 수축하면서 이 노래를 부른다. 〈흙뜨기 노래〉는 가래질을 천천히 할 때에는 느린 가락으로, 빨리 할 때에는 자진 가락으로 부른다. 사설은 대개 가래질을 통해 이루어진 보(洑)로 만곡 풍년이 든다고 함으로써 일년 농사가 잘 되기를 바라는 기원으로 되어 있다.

　(후렴) 에 – 일성 가래야

　– 천지현황 생긴후에
　– 일월영책 여기로다
　– 신농씨의 지을적에

> - 수제공급 으뜸이라
> - 우리농군 마음합쳐
> - 이보위에 가래흙이다
> - 태산같이 높이올려
> - 바위같이 다져노세
> - 장줄잡은 힘센일꾼
> - 경줄잡이 옆눈모아
> - 소리맞쳐 당겨주소
> - 한가래에 천석이요
> - 두가래에 만석인데
> - 아양산 봇물밑에
> - 만곡풍년 들었구나

(오홍렬, 남76세, 강서동, 『충북정신문화의 기둥』)

2) 땅다지기 노래

〈땅다지기 노래〉는 집터나 논바닥 또는 저수지의 둑을 다지면서 부르는 노래이다. 땅을 다질 때에는 '달구(또는 지점)'란 도구를 사용하는데, 달구 끝에 달린 줄을 여러 사람이 당겨 달구를 들었다 내렸다 하여 땅을 다진다. 땅다지기 역시 여러 사람이 하는 토목노동이기 때문에 노래 또한 여럿이 부르는 선후창의 형식으로 전개된다. 후렴으로는 "어허라 들었다 지제미야"(강서동) 또는 "에헤야 지저미호"(영운동)가 불린다. 대개 논둑을 다질 때에는 풍년에 대한 기원을, 집터를 다질 때에는 풍수설에 바탕을 두고 자손의 만복에 대한 기원을 담아 부른다.

(후렴) 에헤이 지저미호

> - 소백산 제일봉은
> - 산중에두나 조종인데
> - 그산명기가 줄줄이너려
> - 충청도루 들어왔네
> - 충청도 계룡산은

- 산중에 명산인데
- 그산명기 나서다가
- 보은산으로 돌아왔네
- 보은산에 문장대는
- 세조대왕이 놀던델세
- 그산명맥이 뚝떨어져서
- 청주우암산 생겼으니
- 청주도청이 되었구나
- 이댁가중에 터를닦세

(최인복, 남71세, 영운동, 『민담민요지』)

3) 애기 어르는 노래

〈애기 어르는 노래〉는 애기를 어르고 보면서, 또는 우는 애기를 달래면서 부르는 노래이다. "둥게야 둥게야"로 시작되는 이른바 〈둥기노래〉, "알강달강"으로 시작되는 〈밤한톨 노래〉, 풀무질 노래에서 전이된 〈불무노래〉 등이 이에 속한다. 〈애기 어르는 노래〉에는 대체로 어머니 보다는 할머니, 누이 등이 보면서 어머니의 부재를 달래를 사설로 이루어지는데, 고전 시가에서 임의 부재를 나타내는 관습적 어구인 '——이 ——하면 오마드라'가 반복되기도 한다. 예를 들면 "병풍에 그린닭이 홰를 치면 오마드라"나 "동솥에 삶은밤에 움이나면 오마드라"와 같이 불가능한 상황을 제시함으로써 어머니가 오지 않음을 역설적으로 표현하는 것이다. 한편 아이가 자라서 도덕적으로도 훌륭할 뿐만 아니라 부귀, 장수, 영화를 한 몸에 갖게 되기를 바라는 기대를 담아 노래로 부르기도 한다.

아가아가 우지마라	떡을주랴 밥을주랴
떡도싫고 밥도싫고	내어머니 젖만주오
너어머니 뒷동산에	
산호스말 준주스말	싹시나면 오마드라
평풍우에 그린닭이	홰를치면 오마드라
용가마에 살문개가	멍멍짖건 오마드라
밑빠진 동우에	물이괴면 오마드라

(『한국민요집』1)

4) 자장 노래

〈자장 노래〉는 애기를 재우기 위해 낮은 목소리로 부르는 노래이다. 흔히 애기 이외에 여러 동물들이 잘 잔다고 하는, 반복되는 긴 사설을 나긋나긋하게 부름으로써 졸음을 유도하는 내용이거나 〈애기 어르는 노래〉에서처럼 아이가 자라서 훌륭한 인물이 되기를 바라는 기대를 담고 있는 내용으로 되어 있다. 노래에 노래부르는 사람이 염원하는 상황을 이미 이루어진 것처럼 부름으로써 실제 현실에도 그렇게 되리라고 믿는 유감 주술(類感呪術)의 원리가 가장 잘 나타나 있다고 볼 수 있을 것이다.

<blockquote>

자장자장 우리자장   우리애기 잘도잔다
검둥개도 잘도자고   흰둥이도 잘도자고
바둑이도 잘도잔다

(김복녀, 여74세, 우암동, 『충북민요집』)

</blockquote>

3. 2. 의식요

의식요는 세시풍속이나 통과의례에 해당되는 의식을 거행하면서 부르는 민요이다. 세시풍속이나 통과의례에 민요가 등장하는 것은 두 가지 각도에서 설명할 수 있다. 즉 노래는 의식에서 이루고자 하는 바를 실제로 실현할 수 있는 힘을 가졌다고 믿는 것이 그 한가지 이유이고, 노래는 의식에서 표현하고 싶은 감정을 나타내는 가장 효과적인 수단의 하나이기 때문이다. 의식요는 세시명절에 연례적으로 되풀이되는 의식에 불리는 세시의식요와 통과의례 중 장례의식을 치르면서 부르는 장례의식요, 불교, 무속, 속신 등의 신앙과 관련되어 불리는 신앙의식요로 나눌 수 있다.

청주에서는 세시의식요로 〈보제 덕담 노래〉, 장례의식요로 〈상여 노래〉와 〈달구질 노래〉, 신앙의식요로 〈액풀이 노래〉가 조사되었다.

3. 2. 1. 세시의식요

1) 보제(洑祭) 덕담 노래

강서동(예전 청원군 강서면 지동리 고락동)에서 매년 칠월칠석에 보제
를 지내면서 부르던 덕담 노래를 말한다. 미호천 지류에 수축한 보(부모
산보 또는 아양산보라 부름)의 수문에 제수를 차리고 동네 사람 가운데
한 사람이 제주가 되어 제를 지내며 헌작이 있은 다음 제주가 일년 농사
가 잘 되도록 해달라는 기원의 덕담을 노래로 부르는 것이다.

이 〈보제 덕담 노래〉와 매년 모심기 이전 음력 4월에 제방을 수축하면
서 부르는 〈흙뜨기 노래(가래질 노래)〉와 〈땅다지기 노래〉는 1976년 청
주에서 열린 전국민속예술경연대회에 〈미호천 방축 노래〉로 참가한 바
있다. 〈보제 덕담 노래〉는 흔히 들을 수 있는 〈고사반 노래〉에 부모산 보
와 관련된 덕담이 적절히 가미된 사설로 되어 있다.

고실고실 고사로다	농사한철 지어보세
어떤농사 지었던가	앞들논은 천석지기
뒷들논은 만석지기	문앞전장 고래실
높은데는 밭을치고	깊은데는 논을쳐서
물을풍덩 들여보세	어떤종자 심었던가
광모란에 사발벼	안성읍의 양푼벼
마당쓸기 검풀벼	산골따래 자체벼
혼도며 고양도며	혼자먹는 도야지찰
알룩달룩 까투리찰	욕심많다 도야지찰
이름좋다 비단찰	여기저기 심었는데
일취월장 잘컸구나	보리농사 지어보세
갈에갈면 갈보리요	봄에갈면 봄보리
뭉글뭉글 중보리	비료한번 움쳤더니
일취월장 잘컸구나	두태농사 지어보세
어떤두태 지었던가	물콩졸콩 주녀니콩
방정맞다 콩나물콩	밑으로솟는 호래비콩
만리타국 강남콩	수수방아 볏두락

여기저기 심었구나   양념농사 지어보세
　　　　　　　　(오홍렬, 남76세, 강서동, 『충북정신문화의 기둥』)

3. 2. 2. 장례의식요

장례의식요에서 대표적인 것은 〈상여 노래〉와 〈달구질(회다지기)노래〉
이다. 〈상여 노래〉는 운반노동요, 〈달구질 노래〉는 토목노동요로 볼 수도
있으나 의식을 거행하면서 부른다는 관념이 강하므로 의식요로 분류한다.
　〈상여 노래〉와 〈달구질 노래〉는 장례의 슬픔과 인생의 허무함을 나타
내는 것을 중심적인 내용으로 하며 선후창으로 부른다. 특히 죽어서 무덤
에 묻히는 망자의 입장에서 살아있는 자손이나 친척들에게 하고 싶은 말
을 선소리꾼이 대신하기도 한다.

1) 상여 노래

상여를 메고 발인지까지 옮기면서 부르는 노래이다. 〈상여 노래〉는 천
천히 갈 때와 빨리 갈 때, 언덕길을 오를 때 등 경우에 따라 후렴과 사설
이 달라지는데 청주에서는 천천히 가는 경우만이 조사되었다. 후렴으로
는 "에헤허화 에헤어화"가, 사설로는 불가에서 파생한 〈회심곡〉의 노랫말
이 전용되는 것을 볼 수 있다.

　　(후렴) 에헤허화 에헤어화

　　- 나는가네 나는가네 이세상을 하직을 하고
　　- 백수나 상수나 허쟀더니 단칠십도 못살았네
　　- 인자가면은 언제나올까 올날이나 일러줘요
　　- 여보시어 훈장님네 이내말쌈 들어보소
　　- 우리부모가 날키워낼제 애지중지 길러냈오
　　- 저린자리는 어머니가눕고 마른자리로 나를뉘어
　　- 아기자라 자라나서 부모효험 보이여라
　　- 우리부모 나기르신 부모은공 다갚자면

- 머리를뽑아 신을 삼고 에헤에헤 에헤 -
- 서를뽑아 집을걸고 이를뽑아 진걸어서
- 부모님께 올리어도 부모나은공을 다갚겄나

(오홍렬, 남77세, 강서동, 『전국민속조사 종합보고서』)

2) 달구질 노래

광중에 관을 넣고 그 사이에 회를 다질 때나 봉분을 다질 때 부르는 노래이다. 후렴은 "에헤 달기호"가 불리며 사설은 〈상여 노래〉의 사설과 거의 비슷하고, 이따금 달구질 작업과 관련된 지시가 나오기도 한다.

(후렴) 에헤 달기호

- 만승천자 진실방에는 아방궁을 높이짓고
- 삼천궁녀가 지고하야 육국에제왕 조공을 받아서
- 만리야장성을 쌓은후에 불로초를 구할라고
- 동남동녀 오백인을 삼신산에 보냈더니
- 소실이 돈절하여 서씨종이 되여있네
- 구촌견자 한무제는 장생불사를 하려하고
- 만성각을 높이짓고 승노반에 이슬을 받아서
- 감로주를 먹었건만 장생불사 못하고서
- 여산군이 되여있네 한의소녀 도연명은
- 승명삼자를 끼어두고 여언연일 술을못하고
- 형산에 백골이 되었으니
- 결호같은 우리인생은 분같이 쓰러지니
- 세상사를 생각을 하며는 오허어하

(홍복룡, 남57세, 남촌동, 『충북민요집』)

3. 2. 3. 신앙의식요

신앙의식요는 민간에서 불교, 무속, 속신 등의 신앙과 관련된 의식을 행하면서 불리는 노래이다. 청주에서는 〈액풀이 노래〉만이 조사, 보고되었다.

1) 액풀이 노래

〈액풀이 노래〉는 액을 물리치는 민간의식에서 물리는 노래이다. 흔히 〈달거리〉의 연장체 형식으로 이루어져 있다. 청주에서는 이창복씨에 의 해 불려진 상당히 긴 〈액풀이 노래〉가 조사되었는데 그중 일부분만을 수 록한다.

> 그건그러 하다마는 삼년같이 험한시절을
> 그냥저냥 꿈결같이도 보냈지만
> 금년을 당도했으니 이댁도 액을 풀어내시어 살풀이도 하여보세
> 동네방네는 구설사짓묘 거리노중 수빗살고개
> 고개도설왕살 무리는 무리는 설왕살인데
> 어데배기도 설왕살 산에가면 산짓살
> 들로가면 결왕살 물로가니 융신살
> 마당가운데 대장댓살 혼인대사 주장살
> 탕수잡아 성주살 밭에미치는 넝마살이면
> 부엌으로 나가니 조왕살 뒤꼍에는 토주살
> 수채구텡이 홀린살 오방난장 홀은살
> 낱낱이도 풀어보세
>
> (이창복, 남76세, 남촌동, 『충북민요집』)

3. 3. 유희요

놀이를 하면서 놀이의 진행을 위해 혹은 놀이에다 즐거움을 더하기 위 해 부르는 노래가 유희요이다. 유희요에는 그네뛰기, 널뛰기, 윷놀이, 줄 다리기 등과 같은 명절에 행해지는 놀이에 부르는 세시유희요가 있고, 장 기나 화투, 다리헤기, 숨바꼭질 등 일상적인 놀이에 부르는 경기유희요가 있으며, 이빠진 아이, 우는 아이, 동물이나 식물 등 대상을 놀리며 부르 는 풍소유희요, 말잇기, 말문답 등 단순한 말 놀이를 하며 부르는 언어유

희요가 있다. 청주에서도 〈화투 노래〉, 〈다리헤기 노래〉, 〈이빠진 아이
노래〉, 〈우는 아이 노래〉 등 많은 유희요가 조사되어 있는데 그중 몇 가
지만 예를 들기로 한다.

▶화투 노래

정월이로다 정월보라 달밝은데 아기낳아
달빛아래 내리와서 춤을추노라 춤을추노라
이월이로다 이월매조 피었다고 돌아강산에
웬갖매조 만발하여 너풀거리나 너풀거리나
삼월이로다 삼월사쿠라 꽃중에서 붉은한꽃이
봄바람에 떨어져서 춤을추노라 춤을추노라
사월이로다 사월햇살이 치마자락에
우리부모 손목잡고 연분홍기제 연분홍기제
오월이로다 오월난초 피었다고 가라강산에
웬갖난초 만발하여 나풀거린다 나풀거린다
유월이로다 유월목단 피었다고 살아강산에
웬갖나비 떼를지어 춤을추노라 춤을추노라
칠월이로다 칠월홍가라 초화절에
우리부모 홀목잡고 연분홍기제 연분홍기제
팔월이로다 팔월공산 달밝은데 야뫼산궁에
홀로우는 저기러기 너왜우느냐 너왜우느냐
구월이로다 구월국진 피었다고 살아강산에
웬갖나비 떼를지어 춤을추노라 춤을추노라
시월이로다 시월단풍 무정단풍 허물허물어
간밤에 떨어져서 퍼석거리네 퍼석거리네

(조장춘, 여70세, 모충동, 『충북민요집』)

▶이빠진 아이 노래

앞니빠진 갈가지 뒷니빠진 노장죽
뒷도랑에 가주지마라 붕어새끼 놀랜다

(김복녀, 여74세, 우암동, 『충북민요집』)

▶우는 아이 노래

우네 찌네 연지를 푸네
곤달걀 푸러라 너만먹니 나좀다구

(『조선구전민요집』)

3. 4. 비기능요

비기능요는 노동요, 의식요, 유희요와는 달리 일정한 기능이 없이 두루 불리는 노래이다. 그러므로 비기능요는 일과는 관계없이 노래하는 사람의 심적 상태를 다양하고 풍부하게 그려내고 있다. 비기능요에는 일반에게 보급되어 잘 알려지고 정형화된 타령류와 그렇지 않은 순수 민요류가 있다. 순수 민요류에는 사랑과 그리움을 노래한 정연요, 자신의 처지를 한탄한 자탄요, 시집살이의 고난을 그린 시집살이요 등이 있고, 타령류에는 〈아리랑〉, 〈새타령〉 등이 있다.

그 중 시집살이요는 시집간 여자가 시집 생활에서 겪는 생각과 감정을 표현한 노래로서 여성 민요의 대부분을 차지한다. 이는 본래 노동을 하면서 부른 노동요이나 현재에 와서는 비기능요화하고 있다. 또한 어느 한가지 노동에만 한정되어 있지 않고, 여자의 모든 일에 두루 걸쳐 있기 때문에 비기능요로 분류하였다. 시집살이요는 다양한 유형이 있는데, 대체로 시집간 여자가 시집식구의 박대에 견디지 못해 죽거나, 남편에 항의하거나, 중이 되어 나가는 등의 이야기로 되어 있다. 청주에서는 전국에 걸쳐 잘 전승되어 있는 〈진주낭군 노래〉만이 조사되어 있어 소개한다. 〈진주낭군 노래〉는 시집간 여자가 삼 년 동안 남편을 보지 못하고 지내다가, 서울에서 돌아온 남편이 자신을 돌아보지 않고 기생첩에만 빠져 있자 자결하는 내용인데, 마지막 부분에 남편이 "본처 정은 백년요 첩에 정은 석 달인데"하며 후회하는 대목에서 미진하나마 갈등의 해소를 이룬다. 뛰어난 비유, 치밀한 구조로 그 문학성이 높이 평가되는 유형이다.

한편 타령류에 속하는 〈아리랑〉은 지역마다 특색 있는 〈아리랑〉이 있는데, 청주에서는 〈정선아라리〉 계통의 〈엮음아리랑〉이 조사되었다. 사설이 독창적이며 시대상황을 해학적으로 담고 있어서 예로 든다.

▶진주낭군 노래

움도담도 없는집에 시집간데 삼년만에
시아바지 하신말씀 아가아가 며늘아가
진주낭군 볼라거든 진주강둑 빨래가라
진주강에 빨래가니 들도좋고 물도좋고
검은빨래 검게빨고 흰빨래 희게빠니
난데없는 발작소리 철커덕철커덕 나는구나
곁눈으로 돌아보니 구척같은 문을열고보니
좌우에첩을 늘여놓고 부어라마셔라 노는구나
아루방에 건너가서 명주석자로 목을매어
진주장군 건너와서 여보여보 본마누라
본체정은 백년이요 첩에정은 석달인데

(염기문, 여75세, 분평동, 『충북민요집』)

▶아리랑

아리랑 아리랑 아라리요
아리랑 고개로 나를넘겨주게
신통망통 오방통 날라리 황금통 구리통 황부잣집 절구통
인천의 포목통 서울은 종로통 건방진놈 대갈통 일본놈은 밥통인데
조선양반은 필통이요 아주머니는 메주통이요
큰애기는 젖통인데 큰젖통가진 아주머니가 좋더라

(이창복, 남76세, 남촌동, 『충북민요집』)

4. 청주 민요 조사 · 연구의 방향과 과제

청주에는 주로 〈모찌기 노래〉, 〈모심기 노래〉, 〈논매기 노래〉 등 농업 노동요와 〈땅다지는 노래〉 등의 잡역노동요를 중심으로 노동요가 풍부하게 전승되고 있으며, 아울러 〈보제 덕담 노래〉, 〈액풀이 노래〉 등 농업과 관련된 의식을 행하면서 부르는 의식요도 잘 보존돼 있다. 이 노래들은 농사를 짓는 행위와 하늘을 숭배하는 행위를 동일시했던 청주 사람들의 삶과 의식을 그대로 보여 주는 것으로서 농사의 어려움과 고통을 신성함과 경건함, 나아가 미래의 축복된 삶에 대한 기대와 신명으로 이겨내고 즐길 수 있었던 옛 사람들의 슬기를 담고 있다. 그러나 이 노래들은 점차 사라져 가고 있어 얼마 안 가 더이상 들을 수 없게 될지도 모를 위기에 처해 있다. 그렇게 되기 전에 서둘러 이들 노래들을 재조사하고 연구함으로써 청주 사람들의 정체성과 전통적인 삶의 태도와 의식을 밝혀내는 일이 절실하다. 또한 청주의 농업노동요와 의식요를 농업과 의식의 전 과정에 따라 되살려 냄으로써 앞으로도 계속 전승될 수 있도록 교육하며, 다른 지역의 민요와 비교, 검토함으로써 청주 민요의 고유성을 밝혀 내는 과제도 여전히 남아 있다.

참 고 문 헌

『대동풍요』내집 3.
『세종실록』권 47.
『충북민담민요지』(1983), 충청북도.
『충북민요집』(1994), 청주문화원.
『충북정신문화의 기둥』(1993), 충청북도 교육청.
고정옥(1949), 『조선민요연구』, 수선사.
김소운(1933), 『조선구전민요집』, 제일서점.
방종현·김사엽·최상수(1948), 『조선민요집성』, 정음사.
이소라(1990), 『한국의 농요』4집, 현암사.
임동권(1961), 『한국민요집』, 동국문화사.
한국문화인류학회(1976), 『전국민속조사 종합보고서』7,
　　　　　　　　문화공보부 문화재관리국.
한국정신문화연구원, 『한국구비문학대계』3-2 청주시·청원군 편, 1976.

충남 민요의 존재양상

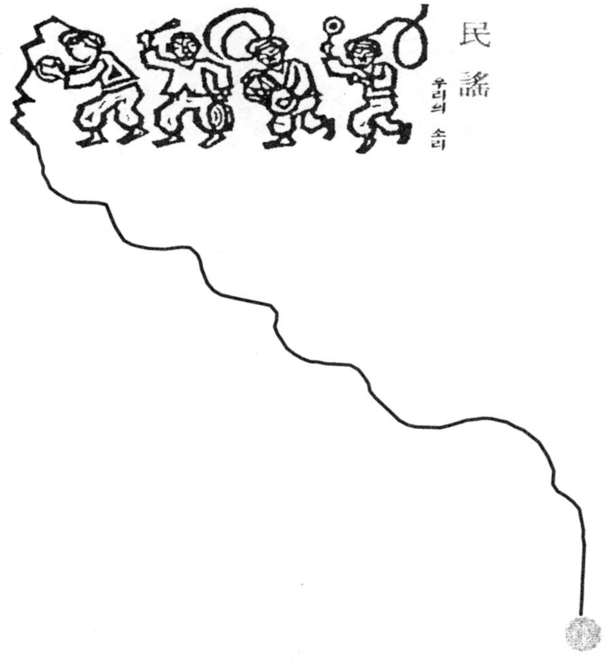

충남 민요의 존재양상

1. 머리말

충청남도는 우리나라 중남부에 자리잡고 있으면서 북으로는 경기도의 평택군, 안성군과 동으로는 충청북도의 진천군, 청원군, 보은군, 옥천군과 남으로는 전라북도의 완주군, 익산군, 옥구군과 닿아 있고 서쪽은 황해로 이어져 있다.1) 동북쪽에서 서남쪽으로 한 복판을 가로지르는 차령산맥이 이루어내는 산간 지역을 경계로 크게 서북부의 해안지역과 동남부의 내륙 지역으로 나뉜다. 또한 동남부를 흘러 황해로 들어가는 금강 유역에는 내포평야와 서천 평야 등이 있고 서북부의 삽교천, 무한천, 곡교천 유역에도 예당평야, 서산평야 등 크고 작은 평야들이 자리잡고 있어 벼농사를 위주로 한 농업이 활발하게 이루어지고 있을 뿐만 아니라, 서북부 해안과 도서 지역에서는 어업과 농업을 함께 하고 있다. 이렇듯 산과 들, 바다가 함께 어우러져 있는 지리적 여건은 충남에 농업노동요와 어업노동요가 풍부하게 전승될 수 있는 바탕이 되었고, 경기도, 충청북도, 전라북도와 영향을 주고 받아 다양하고 복합적인 유형의 민요가 생성, 유통될 수 있게 하는 기반이 되었다.

충남 민요의 수집은 오래 전부터 있어 왔다. 백제의 노래로 알려진 〈정

---

1) 『한국의 발견-충청남도』, 뿌리깊은 나무, 1983, 20면.

읍사)를 비롯한 고려, 조선조의 노래를 전하고 있는『악학궤범』,『악장가사』,『시용향악보』등은 이러한 민요 수집의 결과로 이루어진 가집이라고 할 수 있다. 특히 일제 시대를 거치면서 민족성을 고취시키기 위한 수단의 하나로 본격적으로 이루어진 민요 수집은 김소운의『조선구전민요집』(제일서점, 1933), 방종현·김사엽·최상수의『조선민요집성』(정음사, 1948), 고정옥의『조선민요연구』(수선사, 1949), 임동권의『한국민요집』1-7(집문당, 1961~1993), 이창배의『한국가창대계』(홍인문화사, 1976) 등으로 집약되었다. 이들은 전국의 민요를 수집, 소개함으로써 한국 민요의 전반적 분포상황과 특징을 밝히는데 기여했다고 할 수 있다. 그러나 특정 지역의 민요를 집중적으로 수집한 것은 아니어서, 각 지역 고유의 민요 전승양상을 파악하기에는 부족하다 할 수 있다.

충남 민요는 위에서 언급한 김소운, 임동권, 이창배의 민요집 등에 일부 실려 있고, 한국문화인류학회에서 조사한『전국민속조사 종합보고서』 6, 13 (문화공보부 문화재관리국, 1977, 1982)와 한국정신문화연구원에서 간행한『한국구비문학대계』 4-1(당진군 편, 1980), 4-2(대덕군 편, 1981)에서 충남 일부 지역의 민요를 집중 조사하여 보고하고 있어서 충남 민요의 특징을 파악하는데 많은 도움을 준다. 이외에 충청남도 자체에서 간행한『충남의 구비전승』(1987),『충남민요집』(1990)과『충청남도지』(1979), 각종 시·군지 등에 민요를 싣고 있어 전체적으로 개관하는데 도움이 되나 민요의 사설, 가락, 기능 등에 대한 자세한 설명이 갖춰져 있지 못해서 민요 자료로서의 가치를 충분히 다하지 못하는 실정이다. 한편 이소라가 음악적 측면에서 조사 간행한『한국의 농요』(현암사, 1990)에서 충남 농업노동요의 가락을 싣고 소개하고 있어서 참고할만하다.

충남 민요의 존재양상을 제대로 살피기 위해서는 1993년에서 1995년에 걸친 MBC 조사 자료를 참고하는 것이 지금으로선 최선의 방법이다. MBC에서는 민요의 사설, 가락, 기능을 종합적으로 다룬 조사를 통해『한국민요대전』을 각 도별로 간행해 왔는데 1995년 충남편을 마지막으

로 일단락되었다. 이 글에서는 주로 이 자료를 중심으로 살펴보려고 한다.2)

충청남도는 대전광역시를 포함 천안시, 공주시, 서산시, 아산시, 보령시, 논산군, 부여군, 연기군, 금산군, 서천군, 당진군, 태안군, 홍성군, 예산군, 청양군의 총 16개 지역으로 이루어져 있어 충남 민요의 전승 실태를 간단히 정리, 서술하기란 그리 쉬운 일이 아니다. 또한 다른 지역과 많은 영향을 주고 받아서 충남 민요만이 가지고 있는 특징을 찾아내기도 쉽지 않다. 다만 그 대체적인 경향을 들어본다면 충남은 우리나라 대부분의 지역이 그렇듯이 농업노동요가 가장 많이 전승되고 있다. 농업노동요 중에서도 밭농사요보다는 논농사요가 풍부하다. 충남 논농사요의 특징이라면 다른 지역에 비해 모찌기에서부터 모심기, 논매기(아시매기, 두벌매기, 만물매기), 벼타작(벼바심, 나비질), 볏단나르기 등 각 단계에서의 노래가 세분되어 있고 비교적 잘 전승되고 있다는 점이다.

서북부 바다와 맞닿아 있는 해안 지역과 도서 지역에서는 어업을 주생업으로 삼고 있어 어업노동요 또한 풍부하게 전승되고 있다. 출어에서부터 귀항에 이르기까지 고기잡이의 일련의 과정에 따라 다양한 유형의 노래가 잘 전승되고 있다. 또한 어업과 농업을 함께 하는 지역에서는 어업노동요가 농업노동요로 전이되는 현상을 볼 수 있다.

한편 농사와 깊은 연관을 지니고 있는 〈땅다지는 소리(달구 소리)〉, 〈물 푸는 소리(두레질 소리)〉 등 잡역 노동요, 〈상여 소리〉, 〈회다지 소리〉, 〈고사 소리〉 등 의식요도 잘 전승되어 있어 이 지역 사람들의 생활, 사고 방식과 신앙 등을 엿볼 수 있게 한다.

농업노동요나 어업노동요, 잡역노동요가 주로 남성들의 노래라고 한다면 길쌈노동요는 대표적인 여성들의 노래로서 그중 〈베짜는 소리〉가 긴 서사적 구성을 이루면서 길쌈하는 여성들의 고난과 기대를 그려내며 이

---

2) 필자는 1995년 여름 방학 기간 동안 MBC 민요조사팀과 함께 충남 지역 민요 보충 조사에 참여한 바 있다. 이 글은 MBC 조사 자료에 전적으로 의지하여 집필되었는데, 철저한 조사를 통해 풍부하고 다양한 민요 자료를 제공해준 MBC 최상일 PD 및 조사에 참여한 여러분께 감사드린다.

지역 여성들의 풍부한 문학성을 잘 보여 준다. 특히 서천군 한산면에서 전승되는 길쌈노동요는 모시베끼기에서부터 모시짜기에 이르기까지 일련의 작업에 따른 노래가 잘 전승되고 있다. 그러나 다른 지방에서 많이 조사되는 〈시집살이 노래〉 등의 긴 서사민요는 의외로 잘 전해지지 않는다. 이에는 여러 가지 원인이 있겠지만 그 동안의 조사가 지나치게 남성들의 노래에 치우쳐 있었다는 점, 이 지역이 전통적인 양반 사회로서 여성들이 모여 노래를 부르는 데 제약이 많았다는 점 등을 들 수 있을 것이다.

충남에서 전승되는 민요로 독특한 것으로는 부여의 〈모심는 소리(산유화가)〉, 금산의 〈논매는 소리(삼장 소리)〉, 홍성의 〈논매는 소리(산여 소리, 민생이)〉, 부여·논산의 〈짝수 상여 소리〉, 부여의 〈꼬댁각시 노래〉, 보령의 〈등바루 놀이 노래〉, 태안의 〈배치기 소리(붕기 소리)〉, 금산의 〈기우제소리(농바위 끄는 소리)〉, 〈객귀 물리는 소리(주장방아 찧는 소리)〉 등이 있다.

충남 민요의 서술 순서는 민요의 기능별 분류체계에 따르려고 한다. 민요를 분류하는 방법은 창자의 성별, 연령별, 장르별, 내용별, 가창 방식 별 등 여러 가지가 있으나 자료를 효율적으로 이용하며 체계적으로 이해할 수 있도록 하기 위해서는 기능별로 분류하는 것이 좋으리라고 본다.[3] 기능별 분류란 민요가 원래의 구연 상황에서 어떤 기능을 하면서 불리느냐에 따라 나누는 것으로 민요를 체계적으로 분류할 수 있을 뿐만 아니라 민요가 가지고 있는 원래의 존재 실상과 특성을 잘 파악할 수 있다는 장점이 있다. 단 오늘날에 와서는 민요의 기능이 사라져 가고 변화하고 있어 원래 기능을 찾아내기가 어렵다는 점과 특별한 기능이 없이 불리는 민요의 경우 분류하기가 어렵다는 단점이 있다. 이 점은 전국의 민

---

3) 박경수, 「한국구비문학대계 수록 민요의 기능별 분류체계」, 『한국구비문학대계 별책부록3』, 한국정신문화연구원, 1992와 최상일, 「전남지역 민요의 분류와 분포」, 『한국민요대전 2-전라남도 해설집』, 문화방송, 1993의 민요 분류 체계를 참조하여 충남 민요의 실상과 서술의 편의에 따라 적절히 조절한 것이다. 실제 민요의 분류는 이보다 더 자세하고 엄밀하게 이루어 져야 할 것이다. 노래 제목은 대체로 최상일이 제시한 방법에 따라 붙였고 제보자들이 부르는 제목을 괄호 안에 병기했다.

요가 수집 분류되면서 점차 보완되리라 믿으며 충남 민요는 이 기능별 분류에 따라 다음과 같은 순서에 의해 서술하고자 한다.4)

1 노동요
 1. 1. 농업노동요 - 모찌는 소리, 모심는 소리, 논매는 소리,
             벼타작소리(벼바심 소리, 개상질 소리),
             보리타작소리(도리깨질 소리), 밭매는 소리.
 1. 2. 어업노동요 - 노젓는 소리, 고기 푸는 소리, 배치기 소리(봉기
             소리), 배올리는 소리
 1. 3. 길쌈노동요 - 모시삼는 소리, 물레질 소리, 베(모시)짜는 소리
 1. 4. 잡역노동요 - 흙뜨는 소리(가래질 소리), 땅다지는 소리(달구소
             리), 애기어르는 소리, 애기재우는 소리(자장가)
 1. 5. 기타노동요 - 갈베는 소리

2 의식요
 2. 1. 세시의식요 - 고사소리, 기우제 소리(농바위끄는 소리)
 2. 2. 장례의식요 - 상여 소리, 회다지 소리
 2. 3. 신앙의식요 - 객귀물리는 소리(주장방아찧는 소리)

3 유희요
 3. 1. 세시유희요 - 등바루노래, 등타령, 꼬댁각씨노래
 3. 2. 기타유희요 - 한글풀이노래, 줄넘기노래(까그매)

4 비기능요
 4. 1. 순수민요류 - 시집살이 노래
 4. 2. 타령류 - 장타령

---

4) 비기능요의 경우 분류하기도 어려울 뿐만 아니라, 충남 지역에 국한돼 있기 보다는 전국적인 분포를 이루는 것이 대부분이어서 제외하기로 한다.

2. 충남 민요의 기능과 사설

Ⅰ 노동요

1. 1. 농업노동요

민요에서 가장 잘 발달되어 있고 세분화되어 있는 것이 노동요이다. 노동요는 농업노동요, 어업노동요, 토목노동요, 잡역노동요, 길쌈노동요 등으로 나눌 수 있는데, 충남 지역은 주로 농업을 생업으로 삼아 왔기 때문에 농업노동요가 고루 발달되어 있다. 농업노동요는 농사를 지을 때 흥을 돋굴 뿐만 아니라, 일의 고단함을 덜어 주고, 여러 사람이 함께 일할 때에 행동 통일을 위해 필수적이기도 하다. 충남 지역에서 전승되는 농업노동요에는 〈모찌는 소리〉, 〈모심는 소리〉, 〈논매는 소리〉, 〈벼타작 소리〉, 〈보리타작 소리〉, 〈볏단 나르는 소리〉, 〈밭매는 소리〉 등이 있다.

1) 모찌는 소리

〈모찌는 소리〉는 못자리에서 일정한 크기의 단으로 모를 찌면서 부르는 노래이다. 이 노래는 노래패가 두 패로 나뉘어 서로 사설을 교환하며 부르는 교환창, 선소리꾼과 뒷소리꾼들이 사설과 후렴을 주고 받는 선후창, 한가지 사설을 한 사람이 먼저 시작하면 모두 함께 부르는 선입후 제창 등 여러 형식으로 불릴 수 있다. 충남에서는 대부분 선후창의 형식으로 부른다.

충남에서는 세 가지 유형의 〈모찌는 소리〉를 부른다. 하나는 〈또한쯤 졌네〉 형으로 주로 서산, 당진, 예산 등 서북부 지역에서 부르고 다른 하나는 〈뭉치세〉 형으로 천안, 연기, 대덕 등 동부 지역에서 부른다. 〈뭉치세〉형은 주로 충북 지방에서 많이 불리는데 그 영향을 받은 듯하다. 기타 유형 중 하나는 〈어여차〉 형으로 서천군 기산면에서 조사되었다. 다른 하나는 〈술미야〉 형으로서 원래 〈술미 소리〉는 고기 풀 때 부르는 소리인데 태안군 고남면에서는 〈모찌는 소리〉로 불린다. 서부 해안 지역에서는 이처럼 어업노동요가 농업노동요로 전용되는 것을 흔하게 볼 수 있다.

사설은 창자에 따라 다양하게 결합되는데, 대략 모를 찌면서 모가 이미 성장한 모습을 그려냄으로써 풍성한 수확을 기원하는 기대, 농사 짓는 사람의 신세 한탄, 농사를 지음으로써 이루고자 하는 소망 등을 담고 있다.

(뒷소리) 뭉치세 뭉치세 에루화 못자리 뭉치세

- 모여라 뭉쳐라 이못자리를 뭉치세
- 이못자리를 모여다가 서마지기로 건너가세
- 여기도꽂고 저기도꽂고 세노꼴자리로 꽂아보세
- 세마지기 배미가도 반달만치만 남았구나
- 제가무슨 반달이냐 초승달이 반달일세
- 세마지기 배미가도 다심어서 떨어졌네
- 이자리서 다꽂고서 장잎이 훨훨 영화로다
- 농사를 다짓고보니 갈이돌아 왔구나
- 장잎이 훨훨 내패여서 누룬방울이 지었구나
- 갈농사를 지어서루 나라에도 충실하고
- 나라에다가 충실하고 부모봉양을 해볼까

(연기군 남면 양화2리, 1993. 12. 8. MBC 조사
선소리: 조수성(남 85), 뒷소리: 채능만(남 73)외 여러 명)

위 노래에서 보면 모찌는 과정에서부터 모심기, 벼베기의 과정까지 한꺼번에 나타나 있는 데다가 한 마지기에 석섬 배출하는 세노꼴 자리로 꽂아보자며 많은 수확을 기대하고 있다. 이는 노래가 일종의 주술적 기능을 하던 고대로부터의 풍습이 그대로 이어진 것으로 소망을 노래로 부름으로써 현실화하리라는 믿음이 노랫말에 투영된 것이라고 할 수 있다. 이에 비해 "갈농사를 지어서루 나라에도 충실하고 / 나라에다가 충실하고 부모

봉양을 해볼까"와 같은 것은 비교적 후대에 유교관념이 고정화되면서 이루어진 사설이라 생각되는데, 노래를 통해 자연스럽게 인륜을 교화시키던 조상들의 슬기가 엿보인다.

2) 모심는 소리

〈모심는 소리〉는 모내기를 하면서 부르는 노래이다. 전국에 걸쳐 널리 분포하나 노래를 부르는 방식은 지역마다 차이가 있다. 충남에서는 대부분 〈상사 소리〉를 부르는 데, 예외적으로 당진군과 서산군의 일부 지역에서는 〈방아 소리〉가 불리며 금산군에서는 교창식 〈모노래〉가 불린다. 천안군 성환읍에서는 〈하나 소리〉가 조사되기도 하였다. 이렇게 볼 때 충남의 〈모심는 소리〉로 아리랑류만 제외하고5) 한반도에서 불리는 모든 소리가 거의 다 불리는 것을 알 수 있다. 이는 충남이 경기도와 접해 있으면서 강원, 영남, 호남 등 전국 각 지역으로 통하는 길목에 자리잡고 있기 때문이라 생각된다.

〈상사 소리〉의 후렴은 지역 또는 창자에 따라 약간씩 차이가 있으며 긴소리와 자진소리로 나뉜다. 긴 소리의 후렴으로는 "어여 어허여루 상사디여"(태안군 고남면), "어럴럴럴 상사디 헤헤헤여루 상사디요"(홍성군 결성면), "허허 에헤라아라 상허디여"(청양군 청남면) 등이 조사되었다. 자진 소리는 한 논배미의 논에 거의 다 모를 심었을 때 빨리 마치고 논을 나오기 위해 노래의 템포를 빨리 하여 부르는 소리로서 "얼럴럴럴 상사디야"(태안군 고남면), "얼럴럴럴 상사디"(홍성군 결성면), "어하어하 상사디여"(청양군 청남면) 등이 조사되었다. 한편 홍성군 은하면, 장곡면 등에서는 〈상사 소리〉의 하위 유형이라 할 수 있는 〈사지 소리〉를 〈모심는 소리〉로 부르는데, 후렴으로 "에-이- 이-요-오 사으지요-"가 불린다.6) 이는 전라도 〈모심는 소리〉와 유사한 형태이다. 부여군에서 불리는 〈모심는 소리〉는 다른 〈상사 소리〉와 마찬가지로 "에헤- 에헤여루 상사뒤

---

5) 충북의 충주, 중원 지방에서는 〈중원 아라송〉을 〈모심는 소리〉로 부른다.
6) 『홍성군지』(1990 증보판), 1159면.(이소라 해설)

여", "어화 어화 상사뒤여"가 각기 긴 소리와 자진 소리의 후렴으로 불리는데 노래 이름을 〈산유화가〉라고 부르며 사설 속에 "산유화야 산유화야"가 들어가는 것이 독특하다.

〈방아 소리〉는 당진군에서 주로 부르는데 후렴으로 "아헤-헤야 아-헤-에에 히-야 에-히-야 이-헤-에에헤헤- 노든방아", "에-헤헤헤 에헤에야 에-헤 우거라 방아로구나", "울울딴딴 지어라"의 세 유형이 느린 소리에서 점점 더 빠른 소리로 진행하며 부른다. 경상도의 영향으로 생각되는 교창식 〈모노래〉는 금산군에서 불리는데 일정한 후렴 없이 두 사람이 교환창으로 부른다. 한편 천안군 성환읍에서 부르는 〈하나 소리〉는 "여기도 하나요 저기도 하나요"하는 후렴이 붙는다.

사설의 내용은 〈모찌는 소리〉와 거의 유사하다. 단 〈모찌는 소리〉보다 더 오랫동안 불러야 하기 때문에 더 다양하고 풍부한 문학적 표현이 많이 발견되는데, 특히 남녀간의 사랑이나 일하는 사람의 늙음에 대한 한탄을 많이 그려내고 있는 점이 주목된다. 〈모심는 소리〉로 남녀의 사랑을 나타내는 연가를 많이 부르는 것은 모를 심는 행위 자체가 일종의 성적 행위처럼 여겨지는 데다가, 성적 행위가 풍요와 다산을 가져온다고 여기던 원시적 습속에서 연유한다고 할 수 있다. 물론 이러한 믿음이 사라진 오늘날까지도 이러한 전통이 계속되는 것은 모를 심는 고단함을 사랑 이야기로써 해소할 수 있기 때문일 것이다.

> 가. 칠산바다에 윤선은 떳는디
>   우련님 술잔에 옥동자 떳네
> 나. 저건너 가는길 우련님 아니냐
>   호박잎이 너울너울 임얼굴 갈쿠네
> 가. 산천초목은 푸려서 좋고
>   우리댁 낭군은 젊어서 좋네
> 가. 울타리 밑이다 수확해 놓고서
>   호박넝쿨 손을삼어 임소식 듣는다
> 가. 청사초롱 불밝혀라
>   잊었던 낭군이 다시 돌아온다

나. 오르랑 내리랑 큰기침 소리
　　아무리 들어도 우런님 소릴세

————

＊우런님: 우리 님.

(금산군 제원면 천내리, 1993. 2. 17. MBC 조사,
가. 김동훈(남 72), 나. 정재선(남 60))

한편 〈산유화가〉라고도 불리는 부여의 〈모심는 소리〉는 충남 무형문화재 4호로 지정되어 있다. 이 노래는 백제시대부터 전승돼 오는 것으로 알려져 있는데 사설 내용 속에 백제 멸망에 얽힌 사연과 백제 유민들의 한, 백제 유적지의 정경 등이 노래를 부르는 농부들의 한과 적절히 조화를 이루고 있다. 빠르기에 따라 〈긴 산유화가〉와 〈자진 산유화가〉로 나뉜다. 다음은 〈긴 산유화가〉의 일부이다.

(뒷소리) 에-헤-헤-야아- 에헤이 에헤-에헤여루 상사뒤여

- 산유화야 산유화야 궁아평 너른들에
　논도많고 밭도많다 씨뿌리고 모옮기어
　충실허니 가꾸어서 성실하게 맺어보세
- 산유화야 산유화야 입포에 남당산은
　어찌그리 유정턴고 매년팔월 십육일은
　웬아낙네 다모인다 무슨모의가 있다던고
- 산유화야 산유화야 이런말이 웬말이냐
　용머리를 생각하면 구룡포에 버렸으니
　슬프구나 어화벗님 구국충성 못다했네
- 산유화야 산유화야 사비강 맑은물에
　고기잡는 어옹들아 웬갖고기 다잡아도
　경치일랑 잡지마소 강산풍경 좋을시고

————

＊매년 팔월 십육일: 팔월 십육일은 백제 유민들이 당나라 군사에게 잡혀간
　날로서 아낙네들이 매년 이날 남당산에 모여 잡혀 간 사람들을 기다리

는 모임을 가졌다고 한다.

(부여군 부여읍 관북리, 1994. 3. 10. MBC 조사
선소리: 박홍남(남 73), 뒷소리: 이병호(남 68)외 여러 명)

3) 논매는 소리

〈논매는 소리〉는 논의 잡초를 호미로 매거나 손으로 뽑으면서 부르는 노래이다. 〈논매는 소리〉는 흔히 선후창으로 부르며, 노동에 그리 밀착되지 않기 때문에 다양한 사설이 결합되어 나타난다. 논매기는 세 번 하는 것이 상례이나, 잡초가 자란 정도나 논의 사정에 따라 다르다. 세 번 매는 경우, 초벌과 두벌은 호미로 매고 만물은 손으로 뜯는 것이 보통이나 지역에 따라 다르다. 충남의 〈논매는 소리〉는 대개 호미로 매는 소리와 손으로 뜯는 소리로 양분되어 있으며 각기 긴 소리와 자진 소리로 나뉘어져 있다.

충남에서는 초벌 논매기를 흔히 '아시 논매기'라고 부르는데, 〈아시논매는 소리〉로 크게 세 유형의 노래가 불린다. 〈얼카덩어리〉형, 〈얼카산이야〉형, 〈에하 올러를가세〉형이 그것이다. 〈얼카덩어리〉형은 본래 충남의 서북부, 서해한 연접 지역인 홍성, 서산, 당진군이 본 고장으로서, 본 고장에서는 얼카덩어리 뒤에 다른 말이 붙지 않은 〈긴 얼카덩어리〉와 〈자진 얼카덩어리〉를 부른다. 그러나 이 소리가 주변 지역으로 전파되면서 얼카덩어리 뒤에 다른 말이 붙어 변형이 이루어지는 것을 볼 수 있는데, 하나는 "얼카덩어리 잘넘어간다"(공주시 서부 지역, 아산시, 청양군)이고 다른 하나는 "얼카덩어리 대허리야"(공주시 동부 지역, 연기군)이다. "얼카덩어리 대허리야" 같은 경우 〈대허리 소리〉의 본 고장인 충북 중원군 쪽의 영향이 미친 것으로 생각된다.7)

〈얼카산이야〉는 충남의 동남부 지역에서 주로 불리는데 논산군, 금산군, 연기군 일부 지역에서 조사되었다. 처음에는 천천히 하다가 쉴 무렵쯤 해서 빠른 곡조로 부른다. 〈에하 올러를가세〉의 경우 천안시, 아산시

---

7) 이소라, 『한국의 농요』 4, 현암사, 1990, 616면.

쪽이 본 고장으로 인근인 공주시 일부 지역을 비롯하여 연기, 예산, 청양 군 일부 지역과 경기도 남부인 안성, 이천, 평택군 일부 지역에까지 전파 되어 있다.8)

두벌매기에는 경우에 따라 〈아시논매는 소리〉를 부르거나 〈만물 소리〉 를 부른다. 금산군 부리면 평촌 2리 물페기 마을의 경우 아시맬 때 〈얼카 산이야〉를, 두벌과 만물맬 때 〈삼장 소리〉와 〈방아 소리〉를 부르는 것을 볼 수 있다. 〈삼장 소리〉의 경우 후렴으로 "오-호호 / 헤-에헤- 헤에-헤 이하- 아하 / 어허-어어엇 어어-허" 하고 긴 소리를 초장, 중장, 말장 세 패로 나누어 부른다. 긴 소리 후 논을 다 맬 무렵 〈방아 소리〉를 부르는데 〈방 아 소리〉의 후렴은 "에-헤-라 방-애호"이다. 또한 논매는 마지막에 둥그 렇게 에워 싸며 "우하 --" 하고 소리치며 마무리하는 것을 '쌈싼다'고 하는 데 금산군 부리면에서는 이때 〈쌈싸는 소리〉를 부르며, 아산시 선장면에서 는 "어화 몬들" 하며 〈몬들 소리〉를 부른다.

충남에서 조사된 〈만물 소리〉로는 〈긴 아하에헤 소리〉, 〈술미 소리〉, 〈산 타령〉, 〈방아 소리〉, 〈훔치는 소리〉 등이 있다. 〈긴 아하에헤 소리〉는 논 산군이 본 고장으로 보이는 소리로 공주시 남부 지역에서도 나타난다. 후 렴으로 "아- 하아하하하 이히 이- 오호호", "아- 아아예-헤이 에에-에이- 이", "아아 아-아하 오호- 어허" 등이 있다.9) 〈술미 소리〉는 태안군 고남 면에서 조사된 소리로 원래는 〈배치기 소리〉이던 것이 전용되는 것을 볼 수 있다. 〈산타령〉은 "에야디야 디여루 산이로다"라는 후렴이 붙는 것으 로 아산시, 천안시에서 조사되었다.

특히 홍성군 결성면 읍내리에서는 〈만물 소리〉로 〈산여 소리〉, 〈두레 소리〉, 〈마루 소리〉, 〈민생이(산타령)〉 등 다양한 형태의 소리를 작업 단 계에 따라 부르는데, "어기나누 나누나 어기나누 나누나 에-에에에에 사 나니로구나" 하는 후렴의 〈산타령〉을 만물의 끄트머리 쯤에 부른다. 〈방 아 소리〉는 금산군, 천안시 일부 지역에서 조사되었고 〈훔치는 소리〉는

---

8) 위의 책, 613면.
9) 이소라, 위의 책, 614면.

"어-혀라 홈티려라", "어하랴 홀띠려" 등의 후렴이 붙는데 태안군, 서산시, 홍성군 일부 지역에서 나타났다. 특이한 것은 서산시 대산읍 운산5리에 서는 "허--허-- 허-허 허야- 어허리 넘차 너-허라"라는 후렴이 붙는 〈상 여 소리〉를 〈만물 소리〉로 부르며, 서천군 마서면 봉남리에서는 "어이차" 후렴이 붙는 〈뱃소리〉를 〈만물 소리〉로 부른다는 점이다.

〈논매는 소리〉의 사설 역시 〈모찌는 소리〉, 〈모심는 소리〉에서 불리던 내용과 큰 차이가 없다. 남녀간의 사랑, 나라와 부모에 대한 충효 등을 주로 나타내며 간간이 논매는 작업의 과정을 지시하거나 힘을 내도록 격 려하는 내용을 부름으로써 행동의 통일을 기하기도 한다.

　(뒷소리) 얼카산이야

　- 뒷구잽이
　- 맹생원은
　- 앞구잽이
　- 하는대로
　- 슬뭇슬뭇
　- 돌아를가요
　- 얼카산이야
　- 산이가산이지
　- 월출동녕
　- 해는지고
　- 달은솟아
　- 임은기둘려

　　　　(금산군 부리면 평촌2리, 1993. 2. 16. MBC 조사,
　　　　선소리: 길준수(남 61), 뒷소리: 양승환(남 63)외 여러 명.)

　여기에서 보면 앞부분에서는 논을 맬 때 주의해야 할 사항을 이르고 있고, 뒷부분에서는 자신을 기다리는 임에 대한 사랑을 나타내고 있다. 이밖에도 민요에서 나타나는 다양하고 풍부한 관용 어구들이 사설로 등

장하며, 그때그때 필요한 작업 지시 또한 선소리로 요긴하게 처리하고 있음을 알 수 있다.

4) 벼타작 소리

〈벼타작 소리〉는 벼를 훑거나 털면서 부르는 노래이다. 〈벼바심 소리〉, 〈개상질 소리〉라고도 부른다. 다른 지방에서는 잘 조사되지 않는 노래로, 〈논매는 소리〉인 〈얼카덩어리〉와 함께 충남의 지역성을 나타내는 노래라고 할 수 있다. 공주시, 보령시, 홍성군, 청양군, 부여군, 논산군 등에서 집중적으로 전승되고 있다. 보통 개상을 두개 놓고 열두 사람이 두드렸는데, 짤막한 선소리에 맞춰 "에야헤" 하고 후렴을 하면서 8회 정도 볏단을 궁글린 뒤 "에헤에이 에헤-야 에-이-라-헤" 하는 긴 후렴을 하면서 남은 볏자루는 버리고 새 볏단을 집어 반복했다고 한다.

대부분의 〈벼타작 소리〉가 구호를 외치는 것 같은 소리로 되어 있는데 비해 부여나 홍성의 〈벼타작 소리〉는 아주 구성지고 유려한 가락으로 이어져 독특하다. 사설의 내용도 다른 소리와 큰 차이는 없으나 벼농사의 마지막 단계에서 부르는 노래이므로 작업 뒤에 이어질 주인의 음식 대접에 대한 기대를 드러내는 것이 보통이다.

> 왔나
>   어-
> 에야헤
>   에야헤
> 닭잡고 술먹자
>   에야헤
> 참나무 개상이
>   에-헤이
>   에헤이이 에헤-야 에-이-나-헤
>
> 왔나
>   어-

에야-헤
　　에야-헤
오동통통
　　어야혜
살찐 과부는
　　에야-헤
새벽달 바람이
　　에야-헤
반봇짐 싼다네
　　에-헤이
　　에헤에이 에헤-야 에-이-나헤

(홍성군 결성면 읍내리, 1993. 12. 28. MBC 조사,
선소리: 김학인(남 76), 뒷소리: 최광순(남 67)외 여러 명)

5) 보리타작 소리

보리타작(도리깨질)을 하면서 부르는 노래이다. 보리타작은 빠른 속도로 진행되면서 힘이 많이 들며, 일하는 사람의 행동 통일이 필수적으로 요구되기 때문에 작업 기능과 아주 밀착된 사설을 지니고 있다. 그러므로 노래의 형식은 1 - 2음보의 짧은 사설과 일정한 후렴이 되풀이되는 아주 단순한 구조로 되어 있다. 즉 〈보리타작 소리〉는 선소리꾼이 노래를 부르면서 뒷소리꾼이 때릴 곳을 지시하거나 힘을 내도록 격려하기도 한다. 경북 지방에서 불리는 〈옹헤야〉가 이 〈보리타작 소리〉로 충남에서는 보통 "어하", "오헤야" 하는 후렴이 짧은 사설과 함께 반복된다.

다음의 예는 태안군에서 조사된 〈보리타작 소리〉인데 특이하게도 "어하 보리" 하는 후렴을 반복하고 있어 소개한다. 작업의 지시와 함께 도리깨꾼에 대한 격려나 농부의 신세한탄 등이 적절하게 섞여 보리가 뒤집어졌다 제쳐졌다 하는 모습과 잘 호응한다. 도리깨질이 끝날 때에는 "보리야" 하고 외치면서 끝낸다고 한다.

(뒷소리) 어하 보리
- 어화 보리
- 뒤줍었다
- 자쳤다
- 어화 보리세
- 어화 보리
- 우리 농부들
- 더운때
- 도리 하느라고
- 수고가 많다
- 어화 보리
- 이짝 저짝으루
- 뒤줍어서
- 어화 보리
- 도리가 슳잖게
- 뒤집었다
- 자쳤다
- 어화 보리

(태안군 태안읍 반곡리 2구, 1993. 2. 12. MBC 조사,
선소리: 신화춘(남 81), 뒷소리: 이상태(남 67)외 여러 명)

6) 밭매는 소리

밭에 난 잡초를 뽑거나 돌을 골라내며 부르는 노래이다. 〈밭매는 소리〉
는 논농사요와는 달리 작업의 통일이 긴요하지 않기 때문에 혼자 부르는
것이 보통이나, 밭이 많은 강원도 같은 지역에서는 집단으로 부르기도 한
다. 밭매는 일의 경우 주로 여성들이 오랫동안 해야 하기 때문에 〈시집살
이 노래〉와 같은 긴 서사적 노래가 많이 불린다. 그러나 이들 노래는 밭
맬 때뿐만 아니라 여성의 모든 일에 두루 불리기 때문에 비기능요로 처리
하기로 하고, 〈밭매는 소리〉로는 사설 속에 밭매는 작업이 뚜렷하게 표현
된 경우만으로 한정하기로 한다.

  충남에서는 〈밭매는 소리〉가 아주 드문데 금산군에서 다음과 같은 노
래가 조사되었다. 사설이 다른 지방에서 찾아 볼 수 없는 독특한 내용으
로 되어 있다. 제보자는 이 노래를 큰애기 때 밭매면서 할머니들 소리를
듣고 배우다가 시집와서는 직접 밭매면서 불렀다고 한다.

  노랑노랑 큰송아지
  곱기곱기나 길러갖고
  진주낭군 넓은들이
  이랴쩌쩌 밭을갈아
  마른땅에는 목해를 숨고
  주진땅에는 산도갈고
  구석구색이 참깨갈고
  둘러보세 두둘러보세
  목해밭이나 둘러보세
  목해밭을 썩둘러보니
  봉지봉지 맺었구나
  둘러보세 두둘러봐요
  산도밭이나 둘러봐요
  산도밭을 썩둘러보니
  힌들미가 막빠졌네
  (중략)

  ─────────

  * 목해: 목화
  * 힌들미: 나락이 패어 대공이 하얗게 올라온 것.

  (금산군 복수면 곡남3리, 1993. 9. 10. MBC 조사, 강안순(여 70))

  충남의 농업노동요는 밭농사요보다는 논농사요가 잘 발달, 전승되어
있다. 논농사요로는 위에서 살펴 본 〈모찌는 소리〉, 〈모심는 소리〉, 〈논
매는 소리〉, 〈벼타작 소리〉 외에도 논매고 돌아오면서 부르는 〈풍장 소리
(장원질 소리)〉(홍성, 부여), 벼를 벤 후 볏단으로 묶어 날라서 낟가리를

만들며 부르는 〈볏단 나르는 소리〉(부여), 벼타작 후 알곡을 한데 모으며 부르는 〈죽가래질 소리〉(당진), 알곡에서 검불을 골라내며 부르는 〈나비질 소리〉(부여), 알곡을 말로 되며 부르는 〈말되는 소리〉(천안) 등 논농사에 관련된 노래가 상당히 세분되어 잘 전승되고 있는 것이 특징이다. 밭농사요의 경우 흔하지는 않지만 〈밭매는 소리〉로 〈노랑노랑 큰송아지〉 등 독특한 노래가 조사되었다.

이들 노래의 곡조도 다른 지역의 농업노동요가 대체로 구슬픈 느낌을 자아내는 데 비해, 구성지고 활달한 느낌을 주는 것이 대부분이다. 이는 농사의 작은 과정 하나 하나에도 정성을 다 하고 노래로써 흥을 돋우며 즐길 줄 알았던 이 지역 사람들의 진지한 삶의 모습과 풍부한 정서를 보여주는 것이라 할 수 있을 것이다.

1. 2. 어업노동요

충청남도의 해안선은 직선 거리가 150킬로미터에 지나지 않으나 굴곡이 심한 리아스식으로 되어 있어 길이가 1,885킬로미터에 이른다. 간만의 차이가 뚜렷하고 갖가지 바닷고기와 조개 양식장이 해안선을 따라 흩어져 있다.[10] 충청남도 연안에는 북부 해안의 난지도, 중부 해안의 안면도와 원산도, 남서부의 외연 열도 등 267개에 이르는 많은 섬들이 있는데, 이중 유인도는 65개에 지나지 않는다. 남쪽으로 길게 뻗은 안면도는 서해안의 2대 반도 가운데 하나인 태안 반도에 연육교로 이어져 있다.[11] 이들 도서 지역과 서산시, 보령시, 태안군, 당진군, 홍성군, 서천군의 해안 지역에서는 자연 바다를 삶의 터전으로 삼아 살아 왔으며, 이런 그들의 삶은 어업노동요 속에 잘 담겨져 있다. 충남의 어업노동요 중 흔히 접할 수 있는 노래로는 〈노젓는 소리〉, 〈고기 푸는 소리(가래질 소리, 바디질 소리)〉, 〈배치기 소리(붕기 소리)〉가 있고, 이 외에도 〈고기 낚는 소리〉,

---

10) 『한국의 발견 – 충청남도』, 뿌리깊은 나무, 1983, 19면.
11) 『내고장 의미찾기 대전, 충남 편: 금강, 그 영원한 숨결』, 한국이동통신 충남지사, 1995, 27면 참조.

〈그물 당기는 소리〉, 〈그물 넣는 소리〉, 〈배 올리는 소리〉 등이 조사되었다.

1) 노젓는 소리

노를 저으며 물결을 헤치고 나아갈 때 부르는 노래이다. 노젓는 일은 오랫동안 되풀이 되는 단순한 동작이면서, 여럿이 행동을 통일하여 힘을 합쳐 하는 일이다. 그러므로 〈노젓는 소리〉는 대개 1 - 2음보의 사설에 후렴을 반복하는 선후창으로 부른다. 〈노젓는 소리〉는 빠르기를 기준으로 두가지 형태가 나타나 있다. 본격적인 어업을 하는 곳의 〈노젓는 소리〉는 대체로 느리고 장중하고, 소규모의 연안어업을 하는 곳의 〈노젓는 소리〉는 대체로 빠르다. 이는 어선의 규모와 관계가 있을 듯하다.12) 충남의 〈노젓는 소리〉도 두가지 유형이 나타나 있다. 하나는 서산시 안면읍 황도리에서 조사된 〈노젓는 소리〉로 2음보의 선소리에 "어어하 어-어어 어- 어어- 에-- 어-아 어어어 에--- 어여어 디여차" 하는 긴 후렴이 이어진다. 다른 하나는 서산시 대산읍 운산5리와 보령시 오천면 삽시도리에서 조사된 〈노젓는 소리〉로 1음보의 선소리에 "어야디야" 하는 짧은 후렴이 반복된다. 특히 황도리의 경우 논 한마지기 밭 한뙈기 없어 바다만 의지하고 살면서 매년 정월 초하루에 풍어제를 올리는 지역으로 〈노젓는 소리〉 이외에도 〈고기 푸는 소리〉, 〈배치기 소리(붕기 타령)〉가 아주 잘 전승되고 있다.

〈노젓는 소리〉의 사설은 대개 노를 젓는 사람들의 힘을 북돋워 주기 위한 말이나 동작을 통일하기 위한 지시, 배에 얽힌 고사(故事) 등이 주로 나온다. 예를 들면 "(뒷소리) 어야디야 / 효녀심청 / 만경창파 / 삼천냥이나 / 삼백석에 / 몸을팔려 / 남경가는 / 뱃사공에 / 팔려갈제 / 이소리를 / 저어갔다 / (중략) / 어기야디여 / 어야디야 / 바람풍랑 / 세어진다 / 앞손에다 / 힘을주고 / 뒷손으로 / 잡아댕겨 / 밀었다가 / 잡아댕겨"(서산시 대산읍 운산5리, 1993. 9. 23. MBC조사, 선소리: 한경희(남

---

12) 최상일, 「전남지역 민요의 분류와 분포」, 『한국민요대전 2』 (전라남도해설집), MBC, 1993, 41면.

59), 뒷소리: 이장하(남 63)외 여러 명) 또한 출항할 때의 사설과 귀항할 때의 사설이 뚜렷이 구분되며 포구 가까이에 오면 자진 가락으로 빠르게 부른다. 황도리 〈노젓는 소리〉의 경우 세 가지가 다 나타나 있어 예로 든다.

　　(뒷소리) 어어하 어-어어어- 어어-에-
　　　　　　　어-아 어어어 에— 어여어 디여차

　　- 순풍에 돛을 달고
　　- 만경창파로 떠나간다
　　- 이물대 꼬작에다 붕기를 꽂고
　　- 허리대 꼬작에다 장화만 늘여라
　　("자 한 배 잡으시께 말이지 고장으로 돌아가야 하지 않겠나.")
　　- 가세가세 어서가세
　　- 우리고장 어서가세
　　(자진 가락으로. 후렴이 '어야 디여차'로 바뀜)
　　- 어야 디여차
　　- 어야 디여차
　　- 어여어여
　　―――――――

　　＊이물대: 배의 머리 쪽에 있는 돛대.
　　＊꼬작: 꼬챙이. 기를 꽂을 수 있게 만든 가늘고 긴 대.
　　＊붕기: 대나무로 만든 기로서 댓살을 가느랗게 여러 가닥으로 하고 그 가닥
　　　　　마다 좁고 길다란 흰종이(수술)를 매달아 펄럭이게 한다. 황도리에
　　　　　서는 섣달 그믐날 붕기 고사를 지내며, 만선하고 들어 올 때 붕기타
　　　　　령을 한다.
　　＊허리대: 고물대. 배의 꼬리 쪽에 있는 돛대.

　　　　　　　　(태안군 안면읍 황도리, 1993. 1. 25. MBC 조사,
　　　　　선소리: 강대성(남 63), 뒷소리: 강대형(남 72)외 여러 명)

2) 고기 푸는 소리

그물에 잡힌 고기를 바디나 가래 등의 도구에 퍼 담아 배에 옮겨 실을 때 부르는 노래이다. 작업에 따라 세분하면 〈그물 당기는 소리〉와 〈고기 푸는 소리〉가 따로 있어야 하나 흔히 한 노래를 계속 이어 부른다. 보통 도구 이름을 따서 〈바디질 소리〉, 〈가래질 소리〉, 〈술미 소리〉라고 한다. 선소리는 대체로 2음보로 짧게 부르며 간혹 사설에 따라 1 - 2음보 더 길어지기도 한다. 뒷소리는 도구 이름을 드는 경우("어이혀라 바디여": 당진군 석문면 난지도리, "에헤야 가래야": 보령시 오천면 녹도리)와 힘을 내기 위한 여음을 내는 경우("어야 디여차": 태안군 안면읍 황도리), 그리고 "어야 받어라"(보령시 오천면 원산도리)의 경우 세 가지가 조사되었다. 보령시 오천면 원산도리의 경우 〈그물당기는 소리〉와 〈고기 푸는 소리〉가 분화되어 있는데, 〈그물당기는 소리〉의 뒷소리로는 "어야디야"를 부른다. 처음에는 느린 가락으로 부르다가 고기를 다 풀 무렵 자진 가락으로 빠르게 부르며 끝맺는다. 사설의 내용은 대개 작업의 구체적인 내용이나 고기잡이의 흥겨움, 작업 뒤 이어질 유흥에 대한 기대가 나타나 있다.

(뒷소리) 어이혀라 바디여

- 오늘잡고 내일도잡고
- 붕기질르게 잡어나보세
- 어이혀라 바디야
- 팔딱꿍 팔딱꿍뛰는 저조기는
- 한마리 두마리 모여들어
- 한그물로 채주었네
- 바디여 소리를 맞춰를가며
- 줄일랑은 잘땅궈주게

(당진군 석문면 난지도리, 1993. 12. 15. MBC 조사,
선소리: 박동수(남 68), 뒷소리: 방광환(남 57)외 여러 명)

3) 배치기 소리

만선 귀항할 때나 풍어 놀이를 할 때 부르는 노래로 다른 어업노동요에 비해 유흥적인 성격이 강하다. 매우 흥겨운 가락에 풍물을 곁들여 부르기도 한다. 충남에서는 흔히 〈붕기 소리〉, 〈붕기 타령〉이라고 한다. 선소리도 다른 어업노동요와는 달리 8음보로 비교적 길며 뒷소리도 이에 상응하게 길고 구성지다. 사설의 내용도 만선하고 돌아오는 장관과 이를 맞이하는 사람들의 흥겨운 모습이 잘 표현돼 있다.

    (뒷소리) 허어어어 어허 어- 어어어 어- 어어
           어- 어- 어-아어아   (풍물을 침)

- 옥동 도화 만사춘하니 가지 가지가 봄빛이로구나
- 한산 세모시 배포장 두루고 황해도 순명 장화만 늘였다
- 이독 저독 술빚어 놓고 가운데 동이다 용수만 박어라
- 연평 바다 들어오는 조기 우리배 망태로 다잡아 냈구나
- 배임자 아주머니 인심이 좋아 막내딸 길러서 화장아 준다네
- 연평 바다 다불어 먹고 오양 바다에서 농장만 친다
- 연평 바다 들어오논 조기 양주만 남기고 다잡아 냈구나
- 행주 아주머니 인심이 좋아 술동이 밥동이 다뒤집어 이고
  갑판 머리서 엉덩춤 춘다

---

*배포장: 만선하고 돌아 올 때 한산 세모시로 배옆에 빙 둘러 침.
*용수: 술을 거를 때 쓰는 기구.
*화장아: 배에서 밥하는 사람.
*농장: 풍물치고 노는 것.
*양주: 부부. 조기의 번식을 위해 암수를 남겨 놓았다는 말.
*행주: 선주. 배임자.

                (태안군 안면읍 황도리, 1993. 2. 12. MBC 조사,
             선소리: 강대성(남 63), 뒷소리: 강대형(남 77)외 여러 명)

4) 배올리는 소리

고기를 잡지 않을 때 풍파에 대비하여 뭍으로 배를 올리면서 부르는 소리이다. 배를 올리기 위해서는 여러 사람이 행동을 통일하여 힘을 합쳐야 하므로 〈목도 소리〉와 비슷한 성격의 노래가 불린다. 힘이 많이 드므로 1-2음보의 짧은 선소리에 "이여-" 하는 뒷소리로 받는 것이 보통이다. 사설의 내용도 거의 작업 지시나 힘을 부추기기 위한 말로 되어 있다. 다른 지역에서는 잘 조사되지 않는데 보령시 오천면 외연도에서 조사되었다.

   (뒷소리) 이여-

- 어- 자니나자
- 심을 불끈주어서
- 올러 가도록
- 힘을 주어라
- 어허- 차
  (중략)
- 요루살짝
- 틀어서 올러가자
- 어- 자니나자
- 괴탁을 잘넣구서
- 어- 자니나자
- 어허 자니나자
- 아 한잔썩 먹구서
- 올려나 보세-

─────────

*괴탁: 배 밑에 괴어 놓는 나무.

(보령시 오천면 외연도리, 1993. 3. 25. MBC 조사,
선소리: 김양섭(남 59), 뒷소리: 박차년(남 56)외 여러 명)

충남의 어업노동요는 서북부 해안 지역과 도서 지역을 중심으로 비교적 잘 전승되어 있다. 특히 태안군과 서산시의 안면도, 보령시의 외연도, 원산도, 녹도, 삽시도 등은 어업노동요의 보고(寶庫)라 할만큼 다양하고 풍부한 노래가 형성 발달해 있다. 이들 지역에는 위에서 살펴 본 〈노젓는 소리〉, 〈고기 푸는 소리〉, 〈배치기 소리〉, 〈배올리는 소리〉 이외에도 〈배미는 소리〉(녹도), 〈고기낚는 소리〉(녹도), 〈그물 넣는 소리〉(삽시도) 등 다양한 유형의 노래가 조사되었다.

〈배미는 소리〉의 경우 뭍에서 바다로 배를 밀어낼 때 부르는데, 1-2음보의 작업과 밀착된 선소리에 "에-차", "이워-차"하는 짧은 뒷소리가 이어진다. 〈고기 낚는 소리〉의 경우 여러 사람이 함께 고기를 잡는 것이 아니라 혼자 고기를 낚으며 부르기 때문에 다른 어업노동요와 달리 뒷소리 없이 독창으로 부른다. 사설도 고기 잡을 때 오는 잠을 쫓는다던가 고기가 많이 잡히기를 용왕님께 기원하는 내용 등으로 길게 이어진다. 그물 넣는 소리의 경우 작업의 단계의 따라 뒷소리가 다양하게 바뀌는 것을 볼 수 있다.

어업노동요의 대부분은 힘겨운 작업에 수반되어 불리기 때문에 사설은 그다지 풍부하지 않은 편이나 가락은 다른 노동요에 비해 힘차고 빠르며 구성져서 신명을 돋운다. 하지만 〈고기 푸는 소리〉나 〈배치기 소리〉는 흥겨운 가락과 함께 익살과 해학이 넘치는 사설들로 되어 있어 풍부한 문학성을 보여 준다. 농업노동요에서 〈벼타작 소리〉나 〈풍장 소리〉가 사설이 그리 풍부하지 않은 것과 대조적이다.

1. 3. 길쌈노동요

길쌈노동요는 삼을 삼거나 물레질을 하거나 베를 짜면서 부르는 노래이다. 과거 길쌈일은 여성들이 담당했던 일 중에서 가장 비중이 컸던 일로서, 길쌈노동요는 여성민요의 대부분을 차지한다. 길쌈노동요는 길쌈이 시작된 아주 오래 전부터 불리었을 것이라 생각되는데, 신라에서 길쌈 경쟁이 끝난 뒤 잔치에서 불렀다는 〈회소곡〉도 바로 길쌈노동요의 하나였을 것이다.

길쌈노동요는 일과는 거의 밀착됨이 없이 길쌈도구의 묘사, 길쌈하는 사람의 심정, 시집살이의 가지가지 고통을 교술적, 서정적, 서사적으로 길고 다양하게 엮어나가는 특징을 가지고 있다. 그렇게 함으로써 비로소 길쌈이라는 지루하고 힘겨운 작업을 수월하게 해낼 수 있었고, 생활의 고통을 지혜롭게 이겨낼 수 있었던 것이다. 또한 그 문학성에 있어서도 묘사의 절실함, 작품구조의 치밀함 등에서 기록문학 작품에 못지 않은 뛰어남을 지니고 있다.

충남의 길쌈노동요는 서천군 한산면이 예로부터 모시의 주산지로서 모시베끼기, 모시감기, 모시날기(모시매기), 모시짜기 등의 작업을 하면서 노래를 부른다. 하지만 각 작업에 따라 부르는 노래가 엄격하게 구분되어 있는 것은 아니다. 한 노래가 여러 작업에 두루 불리는 것이 일반적이다. 그러므로 편의상 사설 속에 작업 과정이 묘사된 노래만을 택해 모시베끼기에서부터 모시매기까지를 한꺼번에 〈모시 삼는 소리〉로 묶고 물레에 실을 자아내는 소리인 〈물레질 소리〉, 베틀에서 모시를 짜면서 부르는 〈모시 짜는 소리〉로 구분하여 살펴보기로 한다.

1) 모시 삼는 소리

모시는 태모시와 세모시로 구분하는데, 태모시는 베어낸 모시대에서 껍질을 벗겨 내어 물에 축여 그것을 품칼로 품어 거죽을 훑어낸 엷은 옥색을 띠는 것을 말한다. 이 태모시를 거듭해서 물에 적시고 말려 하얗게 바랜 것을 손톱으로 긁고 앞니로 물어뜯고 손톱으로 가늘게 째서 열새가 넘는 것을 세모시라고 한다.[13] 이렇게 모시대에서 모시올을 만들기까지의 작업을 하면서 부르는 노래가 〈모시 삼는 소리〉이다. 〈모시 삼는 소리〉로는 흔히 작업과 크게 관련되지 않는 서사 민요를 부르는데, 이는 모시삼는 작업이 행동의 통일을 필요로 하지 않고 오랜 시간동안 지루함을 달래며 해야 하기 때문일 것이다. 그러므로 사설은 대개 시집살이의 고충이나 남편, 첩과의 갈등을 다룬 내용이 중심을 이루며 여자들만이 모여 부

---

13) 『내고장 의미찾기 - 대전, 충남편』, 250면.

를 수 있는 파격적인 내용이 나오기도 한다. 간간이 작업 과정의 힘겨움을 내비침으로써 작업의 단계를 짐작할 수 있다. 가락은 거의 높낮이가 없이 단조롭게 지속된다.

다음 노래는 서천군 한산면에서 〈모시 삼는 소리〉로 부른 것으로 크게 세가지 내용의 사설이 혼합된 것을 볼 수 있다. 즉 내용에 따라 "추야공산 - 줄것인가", "편지왔네 - 고습구나", "꾸리꾸리 - 열번간다"로 나눌 수 있는데 첫째 부분이 서울 임과 감골 낭군사이에서의 사랑의 갈등을, 둘째 부분이 첩과의 갈등을, 마지막 부분이 감긴 모시의 모습을 그려내고 있다. 이로 볼 때 이 노래는 서정적·교술적 노래를 병립적으로 길게 이어 부름으로써 서사민요와 같은 역할을 하도록 구성하고 있음을 알 수 있다. 이는 시집살이 노래의 전개방식과 같은 양상의 것으로서 오랜 시간 동안 단순하고 지루한 작업을 해야 하는 구연상황에서 형성된 특성이라 할 수 있다.14)

추야공산 긴긴밤을
쩐지바탕 마주보며
무릎비벼 삼은모시
서울임을 줄것인가
오동잎이 울어질때
감골낭군 줄것인가
한손으로 받아들고
두손으로 펼쳐보니
씨앗죽은 편지여라
올타그년 잘죽었다
고기반찬 비리더니
소금반찬 고습구나
꾸리꾸리 모시꾸리
박달나무 쇠망친가
오미상긴 감긴꾸리

---

14) 졸고, 『시집살이노래 연구』, 박이정 출판사, 1996, 56~59면 참조.

삼천리를 열번간다

———

*쩐지바탕: 전짓다리. 삼이나 모시를 삼을 때 쓰는 기구. 가지 돋친 기둥 두
　　　　개를 각각 나무 토막에 박아 세운 것.

(서천군 한산면 동산리, 1993. 1. 11. MBC 조사, 전금순(여 54))

2) 물레질 소리

〈물레질 소리〉는 물레를 손으로 돌리면서 부르는 노래이다. 물레질은
일정한 동작이 되풀이되기 때문에, 노래를 부르면서 노래의 박자에 맞추
어서 손을 움직이면, 동작이 규칙적으로 되어 힘이 덜 들고 흥이 난다.
그런데 물레질은 혼자서 하는 것이 예사이므로, 노래도 주로 독창으로 부
르며 일정한 형식이나 고정된 사설이 없다. 사설은 물레질 자체와 관련된
내용, 일하는 괴로움, 일을 다 해놓고 하고 싶은 것에 대한 기대 등을 나
타내는 것들로 나눌 수 있다.

물레야 돌어라
물레야 돌어라
물레씨가 병이나면
새집으로 문복하고
미륵산 물레돌 남산고리
시천 대천 진가락에
백로줄을 물고서
흐늘흐늘 하는구나

———

*새집으로 문복하고: 가락을 빼고서 다른 것으로 감는 것을 말함.

(공주군 이인면 오룡리, 1993. 9. 8. MBC조사, 허순동(남 75))

3) 베(모시)짜는 소리

〈베짜는 소리〉는 베틀로 베를 짜면서 부르는 노래이다. 베짜기는 오랜

시간 동안 앉아서 하는 노동이므로, 지루함과 고단함을 달래기 위해 길게 계속되는 노래가 요구된다. 특히 〈베짜는 소리〉는 두 계열로 나눌 수 있는데, 한 가지는 베틀을 차려놓고 베틀의 부분품 하나 하나를 자세하게 거론하면서 베짜는 과정을 부르는 교술적인 노래이고, 다른 한가지는 베틀과는 관련 없이 여성 주인공의 비극적인 일생 이야기를 풀어 나가는 서사적인 노래이다. 이 두 계열의 노래는 독립적으로 존재하기보다는 하나로 엮어져 유기적인 짜임새를 이루고 있다.

〈베짜는 소리〉는 대체로 하늘에서 놀던 월궁 선녀가 옥황상제께 죄를 짓고 지상에 하강하여 베를 짠다는 내용으로 시작되고 있는데, 이는 여성들이 자신들의 신분을 전생에는 천상의 선녀였다고 상정함으로써 이생에서의 고난을 운명론적으로 받아들이는 동시에 자신의 처지에 대한 위로를 삼기 위한 것이라고 볼 수 있다. 이때 베틀의 각 부분들을 중국 고전에 나오는 인물이나 고사에 비유함으로써 자신의 지적 능력을 내보이는 것도 여성들이 현실적인 고난에 집착하지 않으려는 자기 절제의 태도에서 온다고 생각된다. 이후 서울로 과거보러 간 남편의 도복을 짜면서 남편과의 만남에 대한 기대가 이어지다가 마지막 부분에 기다리던 남편이 칠성판에 실려 온다는 대목은 남편의 결핍에 대한 사실적 표현으로서 비극성을 유발시킨다.

충남에서는 서천군 한산면에서 〈모시 짜는 소리〉가 조사되었는데 다른 지방에서 나오는 것과 같은 긴 서사 민요는 찾을 수 없었다.

하늘에다 베틀놓고
구름잡아 잉아걸고
청배나무 바디집에
옥배나무 북에다가
뒷다리는 돋아놓고
앞다리는 낮춰놓고
올공졸공 짜노라니
조고마난 시누이가

올캐올캐 우리올캐
그베짜서 뭐할라나
서울가신 자네오빠
강남도포 해줄라네
(이하 생략)
　　　(서천군 한산면 동산리, 1993. 1. 11. MBC 조사, 전금순(여 52))

1. 4. 잡역노동요

　잡역노동요는 생활에서 주로 이루어지는 노동이 아니라 부차적이면서 일시적으로 이루어지는 노동을 하면서 부르는 노래이다. 잡역노동요에는 〈목도 소리〉, 〈물푸는 소리(두레질 소리)〉 등의 운반노동요, 〈흙뜨는 소리(가래질 소리)〉, 〈땅다지는 소리(달구 소리)〉 등의 토목노동요, 〈바느질 노래〉, 〈빨래 노래〉, 〈애기 어르는 소리〉, 〈애기 재우는 소리(자장가)〉 등의 가사노동요 등 여러가지가 있다. 운반노동요와 토목노동요가 주로 집 바깥에서 이루어지는 남성노동요라고 한다면 가사노동요는 집안에서 이루어지는 여성노동요이다. 운반노동요와 토목노동요는 일의 성질이 여러 사람이 함께 힘을 합쳐 해야 하기 때문에 노래 또한 일과 밀착되어 있으며 선후창으로 이루어져 있다. 그에 비해 가사노동요는 일의 성질이 대부분 혼자서 오랜 시간 동안 단순 작업을 반복해야 하는 것이기 때문에 노래는 일과는 큰 관련이 없이 다양하고 풍부한 내용으로 이루어져 있으며 독창으로 부른다. 충남에서는 토목노동요로 〈흙뜨는 소리〉와 〈땅다지는 소리〉가 가사노동요로 〈애기 어르는 소리〉와 〈애기 재우는 소리(자장가)〉가 주로 조사되었다.

1) 흙뜨는 소리(가래질 소리)

　〈흙뜨는 소리〉는 '가래'란 도구로 흙을 파헤치고 뜨면서 부르는 노래로, 〈가래질 소리〉라고도 한다. 가래는 양편에 줄을 매어 당기는데, 한 사람이 자루를 잡고 두 사람이 줄을 잡아당기면서 작업을 하므로 행동통일이 필수적으로 요구된다. 그러므로 〈흙뜨는 소리〉는 가래질하는 사람들의 행동을 통일하기 위해서 부르지 않으면 안되었다. 작업을 하며 노래를 할 때에는 가랫자루를 잡은 사람이 선소리꾼이 되고, 가랫줄을 잡은 두 사람이 뒷소리꾼이 된다. 작업이 비교적 빠른 속도로 진행되고, 행동 통일이 요구되는 만큼 앞소리를 2음보 정도로 짧게 하고, 힘을 함께 통일하는 여음을 뒷소리로 한다.

충남에서는 대체로 "에낭성 가래로세"(서천군 마서면), "어낭천 가래호"(홍성군 결성면), "어낭청청 가래호야"(태안군 태안읍) 등이 뒷소리로 불린다. 홍성군에서 조사된 〈가래질 소리〉의 경우 처음에는 2음보의 사설로 천천히 부르다가 마무리 할 때 쯤은 1음보의 짧은 선소리를 "영차" 하는 뒷소리로 받으며 빠르게 부르는 것을 볼 수 있다. 긴 소리의 경우 농부의 신세한탄 등 여유있는 사설이 나오나 자진 소리의 경우 작업과 밀착된 사설이 나온다.

(뒷소리) 어낭천 가래호

- 천지조화로 무너진뚝을
- 몸부림친다고 소용있나
- 한탄을마소 근심을마소
- 오늘해전에 완공을할거니
- 어서빨리 술가져오시오
- 술동이 위에다 전자리 펴엎었네
- 이둑도막고 저둑도 막세
- 말잘하는 소진장의
- 육국천자를 달랬건만
- 소내기 구름을 못달랬나
(중략)

(뒷소리) 영차

- 이쪽
- 저쪽

- 걸려
- 매여
- 빨리
- 막세
- 잘도
- 헌다
- 잘도
- 허여

＊전자리: 안주로 먹는 바닷고기.

(홍성군 결성면 읍내리, 1993. 12 28. MBC 조사,
선소리: 최광순(남 67), 뒷소리: 최양섭(남 71)외 여러 명)

2) 땅다지는 소리(달구 소리)

땅다지는 집터나 논바닥 또는 저수지의 둑을 다지면서 부르는 노래이다. 땅을 다질 때에는 '달구(또는 지점)'란 도구를 사용하는데, 달구 끝에 달린 줄을 여러 사람이 당겨 달구를 들었다 내렸다 하여 땅을 다진다. 땅다지기 역시 여러 사람이 하는 토목노동이기 때문에 노래 또한 여럿이 부르는 선후창의 형식으로 전개된다. 뒷소리로는 차류 "우여러 차-하"(논산군 노성면, 서산시 음암면, 아산시 선장면, 청양군 청남면, 연기군 금남면), 달구류 "어여라 달구"(당진군 석문면 난지도리, 보령시 오천면 삽시도리), 지점류 "얼려라 지점이여"(서산시 대산읍), "어구여차 지데미후"(연기군 남면)가 고루 나타난다. 대개 논둑을 다질 때에는 풍년에 대한 기원을, 집터를 다질 때에는 풍수설에 바탕을 두고 자손의 만복에 대한 기원을 담아 부른다.

(뒷소리) 우여러 차하

- 우여러 차하
- 이 집터가

- 명기를 받을적에
- 계룡산 상상봉에
- 명기가 비쳤네
- 천하지 대명당에
- 이곳에와 떨어졌네
- 우여러 차하
- 이집을 짓구나서
- 자손을 번성할적에
- 아들을 팔형제두고
- 한서당에 글을읽혀
- 팔도감사 다나간다

(논산군 노성면 하도1리, 1993. 7. 1. MBC 조사, 선소리: 윤종기(남 54))

3) 애기 어르는 소리

애기 어르는 소리는 애기를 어르고 보면서, 또는 우는 애기를 달래면서 부르는 노래이다. "둥게야 둥게야"로 시작되는 이른바 〈둥기 노래〉, "달강달강"으로 시작되는 〈밤한톨 노래〉, 풀무질 노래에서 전이된 〈불무 노래〉 등이 이에 속한다. 〈애기 어르는 소리〉는 대체로 어머니보다는 할머니, 누이 등이 보면서 어머니의 부재를 달래는 사설로 이루어지는데, 고전 시가에서 임의 부재를 나타내는 관습적 어구인 '──이 ──하면 오마드라'가 반복되기도 한다. 예를 들면 "병풍에 그린닭이 홰를 치면 오마드라"나 "동솥에 삶은밤에 움이나면 오마드라"와 같이 불가능한 상황을 제시함으로써 어머니가 오지 않음을 역설적으로 표현하는 것이다. 한편 아이가 자라서 도덕적으로도 훌륭할 뿐만 아니라 부귀, 장수, 영화를 한 몸에 갖게 되기를 바라는 기대를 담아 노래로 부르기도 한다.

들강달강
밤한대를 줏어다가
살강밑에 묻었더니
머리깜은 새앙쥐가

들랑날랑 다까먹고
버룻탱이 하나남어서
옹솥에다 삶으까
가마솥에 삶어서
조랭이로 건지까
대꼭지로 건져서
겉껍데기는 마당쓰는
할아버니 디리고
속껍데기는 토방쓰는
할머니 디리고
알맹이는 너고나고 먹자

———————

*살강: 부엌 선반.
*버룻탱이: 벌레 먹은 밤.
*옹솥: 쇠로 만든 작은 솥
*조랭이: 조리
*대꼭지: 담뱃대 꼭지
*토방: 마당에서 마루로 올라서는 섬돌.

(부여군 옥산면 봉산2리, 1993. 1. 7. MBC조사, 이인희(여 58))

4) 애기 재우는 소리(자장가)

〈애기 재우는 소리〉는 애기를 재우기 위해 낮은 목소리로 부르는 노래
이다. 흔히 애기 이외에 여러 동물들이 잘 잔다고 하는, 반복되는 긴 사
설을 나긋나긋하게 부름으로써 졸음을 유도하는 내용이거나 〈애기 어르
는 소리〉에서처럼 아이가 자라서 훌륭한 인물이 되기를 바라는 기대를
담고 있는 내용이다. 노래에 노래부르는 사람이 염원하는 상황을 이미 이
루어진 것처럼 부름으로써 실제 현실에도 그렇게 되리라고 믿는 유감 주
술(類感呪術)의 원리가 가장 잘 나타나 있다고 볼 수 있을 것이다.

공주군 이인면에서 조사된 다음 노래는 길쌈노동요로 부름직한 사설인
데 애기 재우는 내용과 적절히 결합되어 있다. 노래를 부른 허순동(남

75) 할아버지는 이 노래를 어렸을 때 사랑방 노인들에게서 들었다고 한
다. 〈애기 재우는 소리〉는 대부분 여자들이 부르는데 남자가 불러 특이한
데다가 부모에 대한 효심이 은근히 배어 있어 주목된다.

자장자장 자장개야
우리아기 잘도잔다
뽕따다가 누에를 쳐서
세실중실을 뽑아
세실일랑 뽑아내어
부모의복을 장만하고
자장자장 자장개야
우리아기 잘도잔다
중실일랑은 뽑아내여
우리의복을 장만하세
자세자세 자장개야
우리애기가 잘도자네
뒷터에다가 목화심어
송이송이 따낼적에
좋은송이는 따로모아
부모옷에다 나리두고
자장자장 자장개야
우리아기 잘도자
서리맞은 잎을따서
우리옷에다 놓아입자
자장자장 자장개야
우리아기 잘도자네

(공주군 이인면 오룡리, 1993. 9. 8. MBC조사, 허순동(남 75))

1. 5. 기타 노동요

충남에서 조사된 노동요로는 위에서 살펴 본 노래 외에도 〈가마 메는

소리〉(아산시 선장면), 〈꼴베는 소리〉(청양군 청남면, 부여군 부여읍 용정리), 〈갈베는 소리〉(청양군 청남면), 〈나무하러 가는 소리(과부 타령)〉(아산시 선장면), 〈나물캐는 소리〉(서산시 대산읍), 〈뽕따는 소리〉(서산시 대산읍) 등이 전승되고 있다. 〈가마 메는 소리〉, 〈갈베는 소리〉는 일정한 여음과 함께 선후창으로 부르고 〈꼴베는 소리〉는 정선아라리 조로 독창 내지 제창 또는 선후창으로 부르며 〈나물캐는 소리〉와 〈뽕따는 소리〉는 독창으로 부른다.

특히 〈갈베는 소리〉는 낫으로 갈대를 베면서 부르는 소리로 청양군 청남면 인양리의 지리적 여건상 형성된 독특한 노래여서 예로 든다. 인양리의 경우 1952년부터 1961년까지 제방 공사를 하기 전까지는 백마강(금강)물이 마을로 들어 와 비가 많이 오면 바다가 될 정도였으며 사방이 갈대밭이었다고 한다. 당시에 이 갈을 베어서 나무로 때거나 지붕을 이었다고 한다. 사설의 내용은 대체로 늙음에 대한 한탄 등 〈모심는 소리〉나 〈논매는 소리〉에 흔히 나오는 관용 어구로 이루어져 있다.

(뒷소리) 헤어-허어엉 허어엉 허어야
        허-허이 허어에야 헤-

- 일락서산은 저달이 뜨고요
  월출동녁에 저달이솟네
- 이팔청춘 소년네들아
  허어이 허이 허어에야헤
- 백발을 보고 웃지를 말아라
  만사가 허사로다
- 아가딸아 방쓸어라
  남포손님 오신다더라

(청양군 청남면 인양리, 1993. 11. 9. MBC 조사
선소리: 유진영(남 69), 뒷소리: 복은규(남 66)외 여러 명)

2 의식요

　의식요는 세시풍속이나 통과의례에 해당되는 의식을 거행하면서 부르는 민요이다. 세시풍속이나 통과의례에 민요가 등장하는 것은 두 가지 각도에서 설명할 수 있다. 즉 하나는 노래가 의식에서 이루고자 하는 바를 실제로 실현할 수 있는 힘을 가졌다고 믿고 있기 때문이고, 다른 하나는 노래가 의식에서 표현하고 싶은 감정을 나타내는 가장 효과적인 수단의 하나이기 때문이다. 의식요는 세시명절에 연례적으로 되풀이되는 의식에 불리는 세시의식요와 통과의례 중 장례의식을 치르면서 부르는 장례의식요 그리고 불교, 무속, 속신 등의 신앙과 관련되어 불리는 신앙의식요로 나눌 수 있다.

　충남에서는 세시의식요로 〈고사 소리〉와 〈기우제 소리(농바위끄는 소리)〉, 장례의식요로 〈상여 소리〉와 〈회다지 소리〉, 신앙의식요로 〈객귀 물리는 소리(주장방아 찧는 소리)〉 등이 조사되었다.

2. 1. 세시의식요

　충남의 세시의식요 중 대표적인 것으로는 정월 보름이나 팔월 추석 때 농악대가 집집마다 돌며 각 집안의 복덕을 빌며 부르거나 가정에서 소규모로 고사를 드리며 부르는 〈고사 소리〉, 기우제를 지내며 부르는 〈기우제 소리〉 등이 있다.

1) 고사 소리

　충남에서는 〈고사소리〉가 여러 군데에서 조사되었는데 사설의 내용은 대부분 조선조 도읍인 한양부터 시작하여 각 도를 돌은 뒤, 해당 마을의 가정에 도착하여 농사, 자손 등에 대한 발원, 액막이 등을 하는 내용으로 되어 있다. 일반 농민의 경우 이 〈고사소리〉를 완벽하게 하기란 매우 어렵다. 대개 걸립을 다니는 스님들 중에 전문적으로 〈고사소리〉를 맡아 하는 사람이 있는데 이들이 하는 것을 들어 부분 부분 기억해 부르는 경우가 많다. 또 한편 충남의 〈고사소리〉 중 특이한 것으로 서산시 대산읍 운산5리에서 매년 음력 이월 초하루에 볏가래를 쓰러뜨린 뒤 풍년을 기원하며 부르는 〈고사소리〉가 있다.

아헤 허느니 아 하하하 아미로구나
(장단)
이집터를 잡을 적에는
전라도라 내려가니
계룡산이 잡혔구나
충청도루 올러오니
가야산 서산시 해미면 동암리에
방산 밑이 이씨 가중이 생겼구나
(장단)
이 집을 지어 놓고
자손 발원을 할 적에는
아들을 나면 효자를 낳고
딸을 나면 효녀를 낳을때
(장단)
열녀 효녀를 발원할 때
우리에 조상님네
무고 안택을 기원 발원을 하올적에
(장단)

(서산시 해미면 동암리, 1993. 9. 22. MBC 조사, 오병환(남 64))

2) 기우제 소리(농바위 끄는 소리)

가뭄이 들었을 때 기우제를 올리며 부르는 노래로 금산군 부리면 어재리에서 조사되었다. 어재리에는 옷을 집어 넣는 농을 뒤집어 놓은 것처럼 생긴 농바위가 있는데, 이 바위는 옛날 한 장수가 두 부인을 두었는데, 두 부인이 장수의 갑옷을 놓고 싸우자 장수가 집을 떠나면서 바위 속에

갑옷을 넣고는 꺼내지 못하게 하기 위해 바위를 뒤집어 놓았다는 전설이
있다. 이 마을과 인근 마을 사람들은 이 농바위를 줄로 끌면 비가 온다고
믿고 있어 하지가 지나도록 비가 안 오면 남자들이 이 바위에 쌍줄을 매
어 끌며 이 노래를 부른다. 그 동안 여자들은 냇가에서 아랫도리를 벗고
키에다 물을 까부르며 노는 '날궂이'를 한다고 한다. 하늘을 노하게 해 비
를 내리게 한다는 원시적 믿음이 남아 있는 것이라 할 수 있다. 사설에서
비가 내려 가뭄을 해소하는 것으로 표현함으로써 현실에서도 그대로 이
루어지기를 기대하는 주술적 원리가 나타난다.

    (뒷소리) 우여차

    - 이 바우는
    - 특수한 바우여
    - 하느님이
    - 마련한 바우고
    - 옛날옛적
    - 장수바위니
    - 갑옷은
    - 들었는가보니
    - 이바우를
    - 혼들기만하면
    - 비를 내리게
    - 하는 바위니
    - 동애줄을
    - 묶어가지고
    - 시방사람이
    - 끌으면
    - 뇌성겉은
    - 우루루루
    - 하늘에
    - 울며불며

- 구름에
- 모여들며
- 소내기가
- 오며는
(중략)
- 우제꾼이
- 소내기맞고
- 출출하고
- 도망가대
- 어그여차
- 재미좋다
- 해소했네
- 가뭄을
- 해소했네
———————

* 우제꾼: 기우제를 드리는 사람들.

(금산군 부리면 어재리, 1993. 2. 16. MBC 조사,
선소리: 김현준(남 65), 뒷소리: 정말복(남 69)외 여러 명)

2. 2. 장례의식요

장례의식요에서 대표적인 것은 〈상여 소리〉와 〈회다지 소리〉이다. 묘의 봉분을 쌓으면서 부르는 〈묘가래질 소리〉도 있으나 일반 〈가래질 소리〉와 사설만 약간 다를 뿐 거의 마찬가지이다. 〈상여소리〉는 운반노동요, 〈회다지 소리〉와 〈묘가래질 소리〉는 토목노동요로 볼 수도 있으나 의식을 거행하면서 부른다는 관념이 강하므로 의식요로 분류한다.

〈상여 소리〉와 〈회다지 소리〉는 장례의 슬픔과 인생의 허무함을 나타내는 것을 중심적인 내용으로 하며 선후창으로 부른다. 특히 죽어서 무덤에 묻히는 망자의 입장에서 살아있는 자손이나 친척들에게 하고 싶은 말을 선소리꾼이 대신하기도 한다.

1) 상여 소리

상여를 메고 발인지까지 옮기면서 부르는 노래이다. 〈상여 소리〉는 천천히 갈 때와 빨리 갈 때, 언덕길을 오를 때 등 경우에 따라 후렴과 사설이 달라지는데 충남에서는 여러 경우의 소리가 잘 발달되어 있다. 특히 부여읍 용정리 〈상여 소리〉의 경우 긴 소리, 자진 소리, 짝수 소리, 반 짝수 소리, 두 마디 소리 등 다양한 소리로 구성되어 있다. 이중 긴 소리는 가장 느린 소리로 선후창으로 부르며 대개 동네 밖을 나가기 전까지 부른다. 짝수소리는 동네를 나와서 부르는 보통 빠르기의 소리고 두패로 나누어 집단 교환창으로 부른다. 한 패가 "헤리 가자 어허하 어하"를 끝내고 "어허하 어허하"를 시작할 때 다른 패가 소리를 사설을 시작하여 소리가 맞물리며 이어진다. 두 마디 소리는 빠른 소리로 대개 짝수소리가 끝나고 먼 길을 가면서 부르고, 반 짝수 소리는 외나무 다리를 건널 때만 부르는 소리이며, 자진 소리는 가파른 언덕이나 산을 올라갈 때 부르는 소리이다.[15]

일반적으로 〈긴 상여 소리〉의 뒷소리로는 "허허허어하 에헤이어하"가, 〈자진 상여 소리〉의 뒷소리로는 "어허 에헤이여하"가 붙는다. 가파른 언덕을 오를 때에는 사설 없이 "영차 영차" 하며 힘과 소리를 맞춘다. 상여를 내릴 때에는 대개 "우여 우여" 하거나 "어여 어여" 하는데, 보령시 오천면 녹도리에서는 "가남 보세"를 반복해 부르기도 한다.

발인 전날 밤 부르는 〈빈 상여 소리〉는 그리 흔하지 않으나 부여읍 용정리에서 조사되었다. 용정리에서는 출상 전날 빈상여를 매고 동네를 돌며 동네 우물과 친척, 친구집을 돌며 하직하며 그에 알맞는 소리를 한다. 이를 '상여 흐른다'고 한다. 한편 홍성군과 청양군에서는 빈 지게를 맞대고 놀면서 부르는 〈지게 상여 소리〉가 조사되었다. 〈지게 상여소리〉의 뒷소리로는 "허어- 허어- 허어- 헤- 어거리-넘차 너-어하"(청양군 목면 안심리) 또는 "헤헤헤헤야 어허 넘차 넘어간다"(홍성군 결성면 읍내리)가 붙는다. 이 〈지게 상여 소리〉의 경우 사설은 보통 〈상여 소리〉와 차이가

---

15) 『충남의 민속예술』, 한상수 편저, 충청남도, 1995, 177~178면.

없으나 뒷소리가 보통 〈상여 소리〉는 "허--허--허어-허-- 에--허-이- 너어허"(홍성군 결성면 읍내리)로 되어 있어 구별된다. 〈상여 소리〉의 사설로는 〈회심곡〉이나 〈초한가〉의 일부가 전용되기도 한다.

(뒷소리) 허-허-허-허- 에-헤이-여-헤-

- 명사십리 해당화야 꽃진다고 설워마소
- 명년이때 삼월이면 너는다시 피건마는
  우리인생 한번가면 다시오기 어려워라
- 가오가오 나는가오 너희들아 잘살어다오
- 세상천지 만물중에 사람밖에 또있는가
- 석가여래 공덕으로 아버님전 뼈를빌고
  어머님전 살을빌어
- 이세상에 탄생하여 부모은공 못다갚고
- 어이없고 가소롭네 에--헤이- 여--헤--

(부여군 옥산면 봉산2리, 1993. 1. 7. MBC조사,
선소리: 김석구(남 63), 뒷소리: 구상현(남 62)외 여러 명)

2) 회다지 소리(달구 소리)

광중에 관을 넣고 그 사이에 회를 다질 때나 봉분을 다질 때 부르는 노래이다. 흔히 〈달구질 소리〉 또는 〈달구 소리〉라고 한다. 5~6명이 어깨동무를 하고 빙 둘러서 돌아가면서 발로 무덤을 다진다. 뒷소리는 "에헤라 달구"(당진군 송악면, 보령군 오천면 삽시도리), "에-에-에-라 다지호"(금산군 부리면 선원2리) 등이 불린다. 사설은 〈상여 소리〉의 사설과 거의 비슷하고, 이따금 달구질 작업과 관련된 지시가 나오기도 한다.

(뒷소리) 에헤라 달구

- 에여라 달구
- 높은산중에 외로운 소나무

- 홀로가는 이내몸만큼
- 날과같이도 외로이셨네
- 에여라 달구
- 청천하늘엔 별들도 많지만
- 이세상엔 사람도 많은데
- 해필이면 이내몸을
- 사자님이 날부르셨나
- 에여라 달구
- 어여라 달구
- 다리에다 힘을주구
- 잘해 보세

(당진군 송악면 봉교리, 1993. 12. 17. MBC 조사,
선소리: 이은권(남 60), 뒷소리: 조병덕(남 58)외 여러 명)

2. 3. 신앙의식요

신앙의식요는 민간에서 불교, 무속, 속신 등의 신앙과 관련된 의식을 행하면서 부르는 노래이다. 불교의식요인 〈회심곡〉, 무속의식요인 〈샘굿소리〉, 속신의식요인 〈액풀이 소리〉, 〈객귀 물리는 소리〉 등이 이에 속한다. 금산군에서는 일종의 〈객귀 물리는 소리〉인 〈주장방아 찧는 소리〉가 조사되었다. 이 〈주장방아 찧는 소리〉는 초상집이나 제삿집을 갔다 와서 병이 난 사람을 멍석으로 덮어놓고 남녀가 빙빙 돌아가며 절굿대로 찧으며 부른다고 한다. 처음에 귀신 쫓는 사설을 말로 한 뒤 이 노래를 부르는데 선후창으로 되어 있다. 뒷소리로 방아찧는 소리와 같은 "헤라 헤라 방아호"가 붙으며 다 끝나 갈 무렵엔 "헤헤라 방애호"로 빨라진다.

〈객귀 물리는 소리 (주장방아 찧는 소리)〉

아이구 아이구 애구 애구 애구
이 가정에는 이미 떠나니라 하웁니다

음식지장 객지장 들주장 산신주장 술주장 맞었다 하웁니다
안살려주면 엎어놓고 데쳐놓고 뒤집어놓고
귀신발문도 못하게 맨들터니 어서 떠나 인내하웁니다

(뒷소리) 헤라 헤라 방아호

- 헤라 헤라 주장방애 찧제
- 헤라 헤라 주장잡세 주장
- 헤라 헤라 주장잡세 주장
- 헤라헤라 날주장 음석주장 잡세잡세 잡어
- 헤라헤라 산주장 잡세
        (중략)
(뒷소리) 에헤라 방애호

- 다디오 다디오 다디오
- 나는이미 떠난냥가 떠나이 떠나이다
- 자손 내자손들아
- 잘있고 잘있거나 나는갔네
- 헤라 헤라 주장방애 찧제
- 살려주고 살려줘야지
   안살려주면 엎어놓고 제쳐놓고
- 어머니 어머니 우리어머니 살어났네
- 어서빨리 들어가옵소서
- 끔적끔적 끔적하네
- 헤라 헤라 다디오 다디오 다디오

---

* 날주장: 들에 나가서 든 주장(귀신).
* 음석주장: 음식을 먹고서 든 주장.
* 산주장: 산에 가서 든 주장.

(금산군 복수면 곡남2리, 1993. 9. 10. MBC 조사, 김복수(여 56))

3 유희요

놀이를 하면서 놀이의 진행을 위해 혹은 놀이에다 즐거움을 더하기 위해 부르는 노래가 유희요이다. 유희요에는 그네뛰기, 널뛰기, 윷놀이, 줄다리기 등과 같은 명절에 행해지는 놀이에 부르는 세시유희요가 있고, 장기나 화투, 다리헤기, 숨바꼭질 등 일상적인 놀이에 부르는 경기유희요가 있으며, 이빠진 아이, 우는 아이, 동물이나 식물 등 대상을 놀리며 부르는 풍소유희요, 말잇기, 말문답 등 단순한 말 놀이를 하며 부르는 언어유희요가 있다. 충남에서도 〈화투 노래〉, 〈다리헤기 노래〉, 〈한글풀이 노래〉 등 많은 유희요가 조사되어 있는데 이를 세시유희요와 기타유희요로 나누어 독특한 것 몇 가지만 예로 들기로 한다.

3. 1. 세시유희요

세시유희요는 세시 명절에 행해지는 놀이를 하면서 부르는 노래인데, 충남에서는 특이한 것으로 보령에서 조사된 〈등바루 노래〉, 〈등타령〉과 부여에서 조사된 〈꼬댁각시 노래〉가 있다.

1) 등바루 노래

등바루 노래는 보령시 오천면 삽시도리 장고도에서 등바루 놀이를 하며 부른 세시유희요 중의 하나이다. 등바루 놀이는 음력 정월 대보름이나 4월 8일을 전후하여 장고도 섬 마을의 초경을 지낸 규수들이 지내는 놀이이다. 등바루의 어원은 정확하지 않으나 '등불을 밝힌다'와 '등불을 켜들고 마중나온다'가 복합된 말이라고 한다. 이 놀이를 할 때는 장고도와 맞닿아 있는 명장섬에 모여서 등불을 밝히고 굴을 부르며 굴바위에 굴밥을 주고 흥겹게 놀고 굴캐기 시합을 하며, 마을의 무사함과 풍어를 기원한다.16) 이 놀이를 하는 동안 〈등바루 노래〉외에도 〈굴부르기 노래〉, 〈물

---

16) 『충남의 민속예술』, 앞의 책, 53면 참조. 주15).

구멍 뚫는 노래〉 등을 부른다. 이밖에도 여러 가지 놀이를 하며 〈줄넘기 노래(까그매)〉, 〈해당화꽃 뺏기 노래〉 등의 노래를 부르는데 이들은 일상적인 놀이를 하면서 부르는 기타유희요에서 살피기로 한다.

〈등바루 노래〉

(뒷소리) 에헤야 에루와 좋아

- 우리네 명장섬 경치도 좋고요
- 지파도 진여 조개도 많고요
- 대머리 어장엔 고기도 많고요
- 파란물 바람소리 차례로 울어
- 천년을 하루같이 서있는 여는
- 삼십육관 동그라미 박통을 지어
- 장고초연에 풍악이 울리네

〈굴부르기 노래〉

굴아 굴아
동해는 백석굴
남해는 천석굴
다른 마을로 가지를 말고
우리 마을로 돌아와라

〈물구멍 뚫는 노래〉

(뒷소리) 영소리가 하하영

- 영영 아하영
- 영영 아하영
- 문엽쇼 문엽쇼
- 물구녕아 뚫어라

- 뚫어라 뚫어라
- 물구녕아 뚫어라

(보령시 오천면 삽시도리 장고도, 1993. 3. 26. MBC 조사,
앞소리: 강은자(여 41))

이외에도 장고도에서는 등불켜기 놀이를 하는데, 이때에는 〈물구멍 뚫는 노래〉와 함께 〈등타령〉을 부른다고 한다. 등불켜기 놀이는 섣달 그믐 날 밤 소년들이 당산에 모여 등을 켜 들고 등을 치면서 마을로 내려 와 〈물구멍 뚫는 노래〉를 부르며 공동 우물을 돈 뒤, 〈등타령〉을 부르면서 집집마다 돌아다니며 떡을 거둬 당산에서 제를 올리는 놀이이다. 제를 올릴 때 대장이 "연평도 조기 떼는 다 모여라."고 명령하면 소년들이 조기가 헤엄치는 시늉을 하며 한 곳으로 모이는 데, 풍어를 기원하는 일종의 모방 주술적 놀이라고 할 수 있다. 이때 부른 〈등타령〉은 다음과 같다.17)

(뒷소리) 이영 이영 아하 영소리가 아하 이영

- 높게 매면 간대등이요
- 줄이여들면 축하등이라
- 어둔데 켜면 밝은등이요
- 그믐밤 켜면 대길등이라
- 바다에 켜면 용왕등이요
- 배에다 켜면 선왕등이라

---

17)『충남의 민속 예술』, 59~61면 참조. 한편 이창배의 『한국가창대계』에는 부여 지방에서 부르던 〈등타령〉이 나오는데, 사설은 차이가 있으나 비슷한 풍속 놀이에서 유래한 것이 아닐까 한다. 참고로 사설을 들면 다음과 같다. "얼숭덜숭 호랑등은 만첩청산 어디 두고 절에 공중 걸렸느냐 / 물색좋다 초롱등은 황개 장사 어디두고 절에 높이 걸렸느냐 / 꼬부랑 꼽작 새우등은 얼렁이구녕 왜마다고 절에겅충 걸렸느냐 / 목길다 황새등은 논틀밭틀 왜마다고 절에높이 걸렸느냐 / 목짧다 자라등은 백사지를 어디두고 절에높이 걸렸느냐 / 팔팔뛰는 숭어등은 서해바다 어디두고 절에높이 걸렸느냐 / 넙적하다 붕어등은 둠벙강을 어디두고 절에공중 걸렸느냐"(823~824면)

- 초파일 켜면 관등이요
- 등머에 켜면 영화등이라
- 신부방에는 금실등이요
- 우리가 켜면 풍어등이라

2) 꼬댁각시 노래

정월에 부녀자들이 방안에 원형으로 둘러앉아 가운데 한 사람을 뽑아 앉힌 다음 이 노래를 부르면 가운데 여자에게 꼬댁각시 신이 내려, 들고 있던 대가 흔들리고 춤을 추면서 숨겨 놓은 물건을 찾아낸다고 한다. 부여군에서 조사된 노래이다. 충북 진천군에서는 이 노래를 〈춘향놀이 노래〉라고 한다. 일종의 무속 놀이 노래라고 할 수 있다. 사설은 꼬댁각시가 어려서 부모 잃고 삼촌 집에서 크면서 온갖 구박을 다 받다가 시집 또한 가난한 곳으로 가서 고된 시집살이를 하다가 자살을 한다는 비극적 내용으로 이루어져 있다. 다음에 인용하는 노래는 남성이 부른 것인 데 제보자는 이 노래를 부르면서 눈물을 글썽이기까지 했다. 다른 〈꼬댁각시 노래〉와는 달리 마지막 부분에 꼬댁각시가 잃어버린 돈을 찾아 주는 내용도 서술되어 있어 소개한다.

꼬댁각씨 불쌍헌중
이방꾼이 다안다네
한살먹어 어멈죽고
두살먹어 아범죽어
세살먹어 걸음배야
네살먹어 말을배고
다섯살먹어 삼춘네집이 찾어거니
삼춘숙모 거동보소
불때다말고 부주땡이로 날메치네
　　　(중략)
꼬댁각씨 원언이면
내원언을 풀어주소
내가 돈 삼백원을

잊어 버렸는디
가져간 사람 있은게
가져간 사람게로 흔들어 주시오
너도 청춘 나도 청춘
청춘까지 놀아보세
훨훨히 놀아보세
지비춤도 추어보고
나비춤도 추어보세
훨훨히 놀아보세
("여기서 가져갔네, 여기서 가져갔어, 허허허.")

(부여군 옥산면 봉산2리, 1993. 1. 11. MBC 조사, 윤영구(남 70))

3. 2. 기타 유희요

기타 유희요로는 언어유희요에 속하는 〈한글풀이 노래〉와 경기유희요
에 속하는 〈줄넘기 노래(까그매)〉를 살펴보기로 한다.

1) 한글풀이 노래

한글의 차례에 맞추어 사설을 만들어 부르는 언어유희요이다. 보통 〈언
문 뒷풀이〉라고 한다. 사설은 대체로 떠난 임을 그리워하는 내용으로 되
어 있으며 뛰어난 수사적 표현으로 이루어져 있다.

아야어여
아시담석 안던손 인정없이 떨어진다
오요우유
오동 목판에 거문고야 새줄매어 타렸더니
백학선이 벌써 짐작하고 오줄오줄이 춤을춘다
자쟈저겨
자자고 누웠으니 임이올까 잠이올까
조죠주쥬

조종낭군은 내낭군인데
어디가고 영영 소식이 무소식이요
차챠처쳐
차라리 이몸하나 죽어지면 그만이로다
초쵸추츄
초당에 깊이든잠 학에소리 노래깨니
학에소리 간데없고 들리나니 물소리요
카캬커켜
용천에 드는칼로 이내몸을 비어주소

　　(금산군 복수면 곡남2리, 1993. 9. 10. MBC 조사, 송석례(여 69))

2) 줄넘기 노래 (까그매)

　줄넘기 놀이를 하면서 부른 노래이다. 보령시 오천면 삽시도리 장고도
에서 조사된 노래로 등바루놀이를 하면서 불리기도 했다. 사설은 언어유
희요에서 보이는 문답노래의 형태를 띠고 있다. 줄을 돌리는 사람이 묻
고, 줄을 넘는 사람이 대답을 하게 되어 있다. 줄을 넘는 신체 운동과 물
음에 맞는 대답을 해야 하는 정신 운동이 함께 곁들여져 있는 놀이 노래
로 예전 어린이들의 지혜가 엿보인다. 장고도에서는 이 노래 외에도 손을
붙잡고 손 사이로 지나가는 놀이를 하면서 부른 〈줌방울 넘자〉나 〈해당
화꽃 뺏기 노래〉 등의 여러 유희요가 조사되었다.

까그매
　　까옥까옥
어디를 가나
　　강남 가네
무엇하러 가나
　　알나러 가네
알하나 주소
　　알 못 주겄네
왜 못주겄나

　　아들 딸 기르려고
　고만 두게
　　까옥까옥

(보령시 오천면 삽시도리 장고도, 1993. 3. 26. MBC 조사,
강은자(여 41))

4　비기능요

비기능요는 노동요, 의식요, 유희요와는 달리 일정한 기능이 없이 두루 불리는 노래이다. 그러므로 비기능요는 일과는 관계없이 노래하는 사람의 심적 상태를 다양하고 풍부하게 그려내고 있다. 비기능요에는 일반에게 보급되어 잘 알려지고 정형화된 타령류와 그렇지 않은 순수 민요류가 있다. 순수 민요류에는 사랑과 그리움을 노래한 정연요, 자신의 처지를 한탄한 〈신세 타령〉, 시집살이의 고난을 그린 〈시집살이 노래〉 등이 있고, 타령류에는 〈아리랑 타령〉이나 각종 동물, 식물을 묘사한 타령이 있다. 여기에서는 순수민요류 중 〈시집살이 노래〉와 타령류 중 〈장타령〉두 가지만 살펴보기로 한다.

4. 1. 순수민요류 - 시집살이 노래

〈시집살이 노래〉는 시집간 여자가 시집 생활에서 겪는 생각과 감정을 표현한 노래로서 여성 민요의 대부분을 차지한다. 이는 본래 노동을 하면서 부른 노동요이나 현재에 와서는 비기능요화하고 있다. 또한 어느 한가지 노동에만 한정되어 있지 않고, 여자의 모든 일에 두루 걸쳐 있기 때문에 비기능요로 분류하였다. 〈시집살이 노래〉는 다양한 유형이 있는데, 대체로 시집간 여자가 시집식구의 박대에 견디지 못해 죽거나, 남편에 항의하거나, 중이 되어 나가는 등의 이야기로 되어 있다.

충남에서는 다른 지방에 비해 조사된 〈시집살이 노래〉가 드문 편인데 원래 드문 것인지, 조사가 미진한 탓인지 단정하기 어렵다. 금산군 복수면에서 조사된 〈시집살이 노래〉는 밭을 매고 돌아가니 시집식구들이 일찍 돌아 왔다고 구박을 하는 데에서 고난이 시작된다. 보통 밭매는 소리로 많이 불린 노래이다. 이런 경우 대부분 주인물인 여자가 시집살이를 견디지 못하고 자살하거나 중이 되어 나가는 것으로 되어 있는데, 여기에서는 친정어머니 부고를 받고 친정 가는 길에 새 사람을 만나 잘 살게 되는 것으로 결말을 짓고 있다. 시집살이 노래의 전형을 완전히 깬, 전승성보다는 창작성이 강한 노래로 주목된다.

　　부고로다 부고로다
　　친정어머니 부고로다
　　오른손이 받어갖고
　　외악손이 피어보니
　　친정어머니 가셨구나
　　(중략)
　　한강같이 깊은물에
　　배꽃같은 치매쓰고
　　풍덩빠져 죽었으니
　　어떤사람이 알아주나
　　거친남귀 버들가지 걸렸구나
　　버들가지 허쳐나갖고
　　썩나서서 물어봉게
　　난디없는 도령님이
　　그렇게 죽을거 없으닝께
　　다시한번 생각을하고
　　요내손질로 따라오게
　　그도령손을 거머쥐고
　　(이하 생략)

　　(금산군 복수면 곡남3리, 1993. 9. 10. MBC 조사, 강안순(여 70))

이 밖에도 〈메밀 노래〉, 〈고사리 노래〉, 〈미나리 노래〉, 〈주머니 노래〉, 〈댕기 노래〉, 〈처녀 부정 노래〉 등이 금산군 복수면에서 조사되었다. 이들 노래는 충남의 다른 지역에서는 잘 조사되지 않는데 이 지역에서 유독 많이 조사된 것은 강안순(여 70)과 같은 유능한 창자가 있었기 때문이기도 하지만 금산군이 남쪽으로 전라도 무주, 진안과 같은 서사민요가 잘 발달된 지역과 인접해 있어 그 영향을 많이 받았기 때문이 아닐까 한다. 이들 서사민요는 여자들이 집안일(불때기, 바느질, 빨래, 길쌈)에서부터 바깥일(나물캐기, 밭매기)을 하면서 두루 부른다. 이들 일의 성격이 대부분 오랜 시간 동안 단조로운 작업을 계속해야 하기 때문에, 일의 고통을 덜고 잊기 위해 또는 설움을 표현하고 달래기 위해서는 여러 형태와 내용의 노래를 필요로 하게 마련이다. 그러므로 서정적 양식과 서사적 양식이 뚜렷이 구분되지 않고 다양하게 결합되어 장편화하며, 일과 삶에서의 기대와 좌절이 작품에서도 기대와 좌절의 대립적 반복 구조로 형상화되는 특징을 지니게 된다.[18]

4. 2. 타령류 - 장타령

충남에서 조사된 타령류의 노래로는 〈각설이 타령〉, 〈장타령〉, 〈비둘기 타령〉, 〈엿타령〉, 〈잿물 타령〉(예산군 삽교읍), 〈천안삼거리〉(천안시 직산면) 등 여러 가지가 있다. 이 중 충남의 장이름이 나오는 〈장타령〉을 예로 든다. 〈장타령〉의 경우 〈각설이 타령〉과 구별 없이 혼합되어 있는 경우가 일반적인데 다음의 노래도 〈각설이 타령〉을 부르는 가운데 나온 것이다. 한편 이창배의 『한국가창대계』에는 지금은 〈천안삼거리(흥타령)〉의 옛 사설이 수록되어 있어 참고할 만하다.[19]

일자 한자나 들고보니
일선에 가신 우리낭군

---

18) 졸고, 앞의 책, 19~20, 56~59면 참조.
19) 이창배, 앞의 책, 822면.

언제오실려나 기다리네
두 이자 들고 봐
일월이 송송 해송송
석 삼자나 들고보니
삼삼하게 논다요
사자나 들고보니
사주 팔자가 기막혀서
다섯 오자나 들고보니
오륜삼강을 찾어시네
여섯 육자나 들고보니
육간 대청에 무릎꿇고
일곱 칠자나 들고보니
칠성단에 절하네
팔자나 들고 보니
사주 팔자가 기막혀서
아홉 구자나 들고 보니
국화꽃이 만발한데
장자 한자나 들고보니
이장 저장에 댕겨볼까
어리어리씨구씨구 잘이헌다
품바나 하고도나 잘이헌다
일일장은 홍성장이고
이일장은 삽교장일세
삼일장은 대천장이고
사일장은 광천장일세
오일장은 예산장이고
육일장은 합덕장일세
칠일장은 서산장이고
팔일장은 천안장일세
구일장은 온양장이고
십일장은 당진장일세
품바나 하고도나 잘이헌다

(예산군 삽교읍 두리2구, 1992. 12. 3. MBC 조사, 이긍원(남 62))

3. 맺음말

충남에는 주로 〈모찌는 소리〉, 〈모심는 소리〉, 〈논매는 소리〉, 〈벼타작 소리〉 등 농업노동요와 〈노젓는소리〉, 〈고기 푸는 소리〉, 〈배치기 소리〉 등 어업노동요를 중심으로 노동요가 풍부하게 전승되고 있으며, 아울러 〈고사소리〉, 〈기우제 소리〉 등 농, 어업과 관련된 의식을 행하면서 부르는 의식요도 잘 보존돼 있다. 이 노래들은 농사를 짓고 고기를 잡는 행위와 하늘을 숭배하는 행위를 동일시했던 이 지역 사람들의 삶과 의식을 그대로 보여 주는 것으로서 노동의 어려움과 고통을 신성함과 경건함, 나아가 미래의 축복된 삶에 대한 기대와 신명으로 이겨내고 즐길 수 있었던 옛 사람들의 슬기를 담고 있다. 이밖에도 지금은 거의 찾아보기 힘든 〈등바루 노래〉, 〈등타령〉, 〈꼬댁각시 노래〉, 〈줄넘기 노래〉 등의 유희요나 〈시집살이 노래〉, 〈장타령〉 등의 비기능요도 충남의 잊혀져 가는 풍속과 삶의 모습을 그대로 전해 준다.

이 노래들은 점차 사라져 가고 있어 얼마 안 가 더이상 들을 수 없게 될지도 모를 위기에 처해 있다. 그렇게 되기 전에 서둘러 이들 노래들을 재조사하고 연구함으로써 충남 사람들의 정체성과 전통적인 삶의 태도와 의식을 밝혀내는 일이 절실하다. 또한 충남의 농업노동요와 어업노동요를 농사와 고기잡이의 전 과정에 따라 되살려 냄으로써 앞으로도 계속 전승될 수 있도록 교육하며, 다른 지역의 민요와 비교, 검토함으로써 충남 민요의 고유성을 밝혀 내는 과제도 여전히 남아 있다.

참 고 문 헌

『내고장의미찾기 - 대전, 충남편: 금강, 그 영원한 숨결』,
        한국이동통신 충남지사, 1995.
『전국민속조사종합보고서』 6, 13. 문화공보부 문화재관리국, 1976, 1982.
『충남민요집』, 최문휘 편저, 한국예총 대전, 충남지회, 1990.
『충남의 구비전승』, 한상수 편저, 한국예총 충남지회, 1987.
『충남의 민속예술』, 한상수 편저, 충청남도, 1995.
『충청남도지』, 충청남도, 1979.
『한국구비문학대계』 4-1, 4-2, 충남 대덕군편, 당진군편,
        한국정신문화연구원, 1980, 1981.
『한국민요대전: 충청남도 민요해설집』, MBC, 1995.
『한국의 발견 - 충청남도』, 뿌리깊은 나무, 1983.
『홍성군지』, 충청남도 홍성군, 1980(1990 증보)외 시, 군지.
고정옥, 『조선민요연구』, 수선사, 1949
김소운, 『조선구전민요집』, 제일서점, 1933.
방종현·김사엽·최상수, 『조선민요집성』, 정음사, 1948.
박경수, 「한국구비문학대계 수록 민요의 기능별 분류체계」,
        『한국구비문학대계 별책부록 3』, 한국정신문화연구원, 1992.
서영숙, 『시집살이노래 연구』, 박이정 출판사, 1996.
이소라, 『한국의 농요』 4집, 현암사, 1990.
이창배, 『한국가창대계』, 홍인문화사, 1976.
임동권, 『한국민요집』 1-7, 집문당, 1961~1993.
최상일, 「전남지역 민요의 분류와 분포」, 『한국민요대전 2: 전라남도해설집』,
        MBC, 1993.

백제권 가요의 존재양상과 전승실태

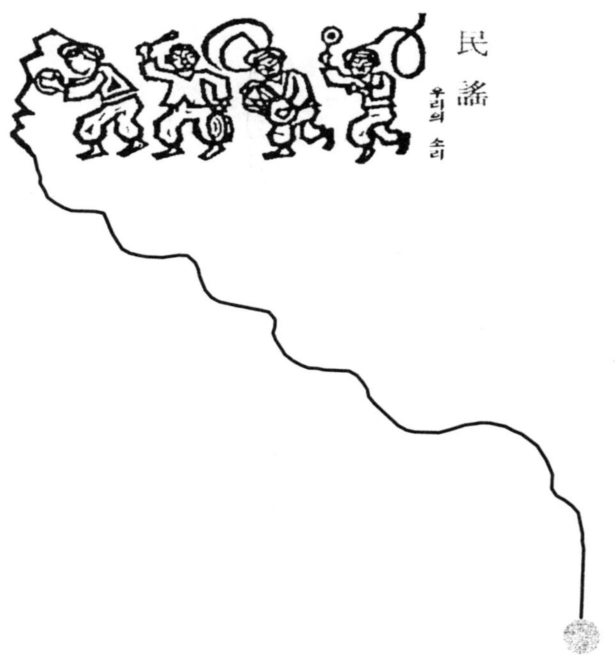

백제권 가요의 존재양상과 전승실태

1. 머리말

이 논문은 백제권 가요의 존재양상과 전승실태를 살피는 데 주목적이 있다. 백제권이란 한반도의 서남쪽 지역에 위치하고 있는 충청과 전라 지역을 포함하는 지역을 말한다. 역사적으로는 백제가 형성되기 이전 마한 시대부터 백제를 거쳐 후백제 시대까지로 잡고자 한다. 이는 마한시대부터 이름은 다르지만 이미 백제권의 독특한 문화를 형성해 나가기 시작했고 이를 바탕으로 백제가 이루어졌기 때문이다. 또한 백제가 멸망한 이후 통일신라시대에도 여전히 백제권에는 백제민으로서의 의식을 유지하고 있었고 이것이 훗날 통일신라 말기에 후백제로 이어질 수 있었기 때문이다. 그러므로 백제권은 백제가 위치했던 지리적 용어이자 백제 왕조가 활동했던 전과 후를 아우르는 시대적 용어로 사용하고자 한다.

백제권은 예로부터 비옥한 농토와 온화한 기후로 농사를 주 생업으로 삼았다. 마한에서는 늘 씨를 뿌리고 난 후인 5월 농사를 시작하면서 하늘에 제사를 드리며 음주가무를 즐겼다는 기록이 전한다.1) 이로 볼 때 마한 지역에는 하늘에 제사를 드리는 의식요를 비롯해서 여러 사람이 함께

---

1) 馬韓 常以五月下種訖 祭鬼神 群聚歌舞 飮酒晝夜無休 其舞數十人俱起相隨 踏地低昂 手
　　足相應 節奏有似鐸舞 (『三國志』 魏志 東夷傳)

농사를 지면서 부르는 노동요, 농사 후 휴식이나 놀이를 하면서 부르는 유희요가 다양하게 발달했으리라고 생각된다.

기록에는 이 시기 이 지역에서 불렸다고 하는 몇 가지 노래의 제목이나 내용, 노랫말 등이 전해진다. 백제권이 통일신라 이후 역사의 주체 세력이 아니었기 때문에 그 노래의 실체가 제대로 전해지지 않기는 하지만 이런 단편적인 기록을 통해 백제권 가요의 존재양상을 추측해 볼 수 있다.

여기에서 가요란 문자로 창작된 시와는 구별되는 개념으로서 개인 또는 집단에 의해 창작되어 구비 전승되었던 노래를 말한다. 개인이 창작했다 하더라도 이후 집단에 의해 입에서 입으로 전승, 향유되었다면 이들 노래는 가요라고 할 수 있다.

이 글에서는 이러한 백제권 가요에 어떤 것이 있는지 문헌의 단편적 기록을 통해 그 종류와 기능, 내용 및 특성 등에 대해 살펴보고 이들 가요가 현재 어떠한 양상으로 전승되고 있는지 알아보고자 한다. 문헌의 기록을 통해서는 과거 백제권 가요의 존재양상을, 현재 백제권에서 불리고 있는 민요를 통해서는 그 전승실태를 살필 수 있을 것이다.

2. 백제권 가요의 존재양상

백제권 가요에는 제목과 그 대략의 내용만 전하는 노래, 한역되어 전하는 노래, 가사가 전하는 노래 세 부류가 있다. 이를 차례로 살펴보기로 하자.

2. 1. 제목과 내용만 전하는 노래

문헌에 그 제목과 대략의 내용이 기록되어 전해지고 있는 백제권 가요에는 〈禪雲山〉, 〈無等山〉, 〈方等山〉, 〈智異山〉 등 4편이 있다.2) 이들 가

요는 모두 『高麗史』 樂志에 그 제목과 노래가 불려진 경유를 간략히 적고
있다.

2. 1. 1. 선운산

선운산은 전북 고창에 있는 산이다. 가요 〈선운산〉은 이 산 위에서 한
여인이 부른 노래로 돌아오지 않는 남편에 대한 그리움을 담고 있다.
『고려사』 악지에는 다음과 같은 내용이 기록되어 있다.

長沙人征役 過期不至 其妻思之 登禪雲山 望而歌之
(『高麗史』 卷71 張45 志第25 樂2)

장사에 사는 남자가 정역에 나가 기한이 지나도 돌아오지 않으므로 그 아
내가 남편을 그리워하며 선운산에 올라 바라보며 이 노래를 불렀다.

이 노래는 간략하긴 하지만 노래가 창작되던 상황을 몇 가지 추정해
볼 수 있다. 우선 이 노래의 창작자는 여성이며 남편과 생이별한 상태에
있다는 점, 다음 노래 창작자의 남편은 나랏일에 부역을 나갔다는 점, 마
지막으로 산에 올라 남편을 기다리며 불렀다는 점 등이다.

노래의 창작자가 여성으로서 이별한 남편을 그리는 노래는 여성민요
중 큰 비중을 차지하고 있다. 그런데 특별히 이 노래를 고려사에서 언급
한 이유가 무엇일까. 이는 아마도 남편을 그리는 노래라 하더라도 선운산
을 배경으로 한 지리적 아름다움과 정역에 나갔다고 하는 정치적, 사회적
상황에 대한 원망이나 풍자 등 다른 노래와는 구별되는 특별함이 있기 때
문이었다고 생각된다. 또한 단순히 집안에서 남편을 기다리며 부른 일반

---

2) 三國俗樂 新羅百濟高句麗之樂 高麗並用之 編之樂譜 故附著于此 詞皆俚語 新羅東京木州
余那山長漢城利見臺 百濟禪雲山無等山方等山井邑智異山 高句麗來遠城延陽溟州 (『高麗
史』 卷 71 樂志 2) 이 기록에 의하면 고려에서 사용하던 백제의 노래로 井邑도 포함돼
있으나 정읍의 경우 조선조에 편찬된 『樂學軌範』에 가사가 전하는 〈井邑詞〉와 같은 노
래로 볼 수 있으므로 가사가 전하는 경우에서 다루기로 한다.

적인 노래와는 달리 산에 올라 불렀다는 점은 이 노래가 단순한 내면 독
백의 노래가 아니라 하늘과 땅을 우러러 자신의 바람을 기원하는 성격을
지니고 있음을 시사해 준다.

예로부터 산은 신성한 공간으로서 하늘에 제의를 지내는 장소이기도
하였다. 이러한 산에 올라 노래를 불렀다는 것은 노래를 듣고 하늘이 감
응하여 소원을 이루어주기를 바라는 믿음과 기대가 있었기 때문일 것이
다. 그러므로 이 노래는 개인의 서정요이면서 신에 대한 의식요적 성격을
아우르고 있다고 할 수 있을 것이다.

2. 1. 2. 무등산

무등산은 광주의 진산으로 가요 〈무등산〉은 이 산에 성을 쌓고 백성들
이 부른 노래이다. 『고려사』 악지에 다음과 같이 노래의 내용이 전한다.

無等山 光州之鎭 州在全羅爲巨邑 城此山 民賴而安 樂而歌之
(『高麗史』 卷71 張45-46 志第25 樂2)

무등산은 광주의 진산이다. 광주는 전라에 위치하고 있는 큰 읍이다. 이 산
에 성을 쌓으니 백성들이 의지하고 편안해졌다. 이를 즐기며 노래를 불렀다.

이 기록에 따르면 이 노래는 한 개인에 의해 창작된 노래라기보다는
여러 사람들이 성을 쌓으며 또는 성을 쌓고 난 후 광주 고을의 평안함을
기리거나 즐기며 부른 노래라고 볼 수 있다. 또는 성을 완성한 뒤 하늘에
제사를 올리면서 부른 노래일 수도 있다. 성을 쌓는 동안 오랜 부역에 대
해 백성들의 원망이나 불만이 있는 것이 당연하다. 이를 무마하고 달래는
데 백성들의 뜻을 한데 모을 수 있는 노래가 쉽게 사용될 수 있다. 그러
므로 〈무등산〉은 노동요이면서 의식요일 가능성이 크다고 하겠다.

2. 1. 3. 방등산

〈방등산〉에 대해서는『高麗史』와『增補文獻備考』에 각각 백제와 신라의 노래로 다르게 적고 있으나 방등산이 나주 속현인 장성의 경계에 있다는 고려사의 악지의 기록대로 보면 백제권의 가요로 포함하여도 무방하리라 본다. 〈방등산〉은 도적에게 잡혀간 여인들이 남편들의 구원을 기다리며 원망과 풍자를 담은 노래라 할 수 있다.

> 方等山 在羅州屬縣長城之境 新羅末 盜賊大起 據此山 良家子女 多被擄掠 長日縣之女 亦在其中 作此歌 以諷其夫不卽來救也
>
> (『高麗史』卷71 張46 志第25 樂2)

방등산은 나주의 속현 장성의 경계에 있다. 신라 말에 도적이 크게 일어나 이산에 거점을 두었는데 양가의 자녀들이 많이 잡혀 와 있었다. 장일현의 여인이 또한 그 가운데에 있었는데 이 노래를 지어 그 남편이 즉시 구하러 오지 않는 것을 풍자했다.

이 노래는 우선 창작자가 여성이라는 점, 도적에 잡힌 여성이 남편이 즉시 구하러 오지 않는 것을 풍자하여 불렀다는 점에서 무척 특이한 내용으로 되어 있으리라는 점을 쉽게 알 수 있다.

즉 앞에서 나온 〈선운산〉의 경우 오지 않는 남편을 그리워하는 정조가 강하다면 이 노래는 오지 않는 남편을 원망하는 정조가 강할 것이다. 또 여성이 도적들에게 포로가 되어 있는 상태라면 정신적인 면뿐만 아니라 육체적으로도 정상적인 상태에 있다고 보기 어렵다. 이런 상태에서 무력한 남편에 대한 원망을 노래로 불렀다고 하는 것은 권위적인 남편의 힘에 대한 도전이라고도 볼 수 있다는 점에서 주목된다.

2. 1. 4. 지리산

지리산은 광주의 동편 남원, 구례 등지에 걸쳐 있는 호남의 명산이다.

가요 〈지리산〉은 구례에 사는 한 여인이 왕의 강권을 물리치고 절개를 지키고자 맹세한 노래이다. 〈지리산〉은 마찬가지로 『고려사』 악지에 다음과 같이 전한다.

求禮縣人之女 有姿色 居智異山 家貧盡婦道 百濟王聞其美 欲內之 女作是歌 誓死不從

(『高麗史』 卷71 張46 志第25 樂2)

구례현 사람의 아내가 아름다운 용모를 지니고 있었는데 지리산에 살았다. 집안이 가난하였으나 부인으로서의 도리를 다 하였다. 백제왕이 그 아름다움에 대한 소문을 듣고 아내로 삼고자 하였으나 여자는 이 노래를 지어 죽기를 맹세하고 따르지 않았다.

이 노래의 작자 또한 여성이다. 아름다운 여성을 왕이 자신의 위력으로 겁탈하고자 하는 이야기는 『三國史記』 列傳 都彌條에도 나온다. 이때 도미와 도미부인 또한 백제인이어서 그 노래의 유사성이 주목된다.[3] 여자가 죽기를 맹세하고 좇지 않았다고 했으니 그 노래의 내용은 왕의 부당성에 대한 비판과 항의를 담고 있으며 한 지아비를 섬기고자 하는 열녀의 이념이 담겨 있을 것이다. 아직 열녀 이데올로기가 보편화되지 않았을 시절이었지만 고려사가 편찬된 조선조 시절의 이념이 이런 방식으로 투영되었으리라 생각된다.

2. 2. 한역되어 전하는 노래

노래가 창작된 배경 설화와 함께 노래 가사가 漢譯되어 전하는 노래로는 〈山有花歌〉와 〈完山謠〉가 있다.

---

3) 조재훈, 「백제가요의 연구」, 『백제문화』 5, 공주사대 백제문화연구소, 1971, 15면.

2. 2. 1. 산유화가

〈산유화가〉에 대해서는 여러 문헌에 기록이 전하는데, 크게 세 계열로 나눌 수 있다. 하나는 '남녀상열지사'라는 기록,[4] 다른 하나는 '백제 유민의 슬픈 노래'라는 기록,[5] 마지막 하나는 '과부 향랑의 한탄'이라는 기록이다.[6] 특히 '과부 향랑의 한탄'은 상당히 많은 기록과 한역가가 전하는데, 그 중 대표적인 것만 들어 살펴보기로 한다.

1) 李安中의 〈산유화〉와 〈산유화곡〉[7]

〈산유화〉

---

4) 山有花歌一篇 男女相悅之詞 音調悽宛 如伴侶玉樹云(산유화가 일편은 남녀상열지사이다. 음조가 처완하여 반려와 옥수와 같다.) (『增補文獻備考』 卷246 藝文考 附歌曲類)
5) 〈산유화〉가 '백제 유민의 슬픈 노래'임은 〈산유화〉를 듣고 지은 李師命, 李奎象, 尹昶山 등의 詩를 통해서 알 수 있다. 그러나 이는 〈산유화〉 감상시이지 한역이라고 할 수 없으므로 여기에서는 본격적으로 다루지 않기로 한다. 시의 일부를 인용하면 다음과 같다.
生前富貴露晞草 身後悲歌山有花 山花落盡子規啼 千古思歸路已迷 (李師命의 〈山有花〉中)
白馬江頭滿白沙 扶餘遺恨舊白沙 田邊農夫獨何興 落日爭歌山有花 (李奎象의 〈山有花詞〉)
遺民但昌山有花 山有花使人漱漣漣 歎息宮墟一千年 (尹昶山의 〈山有花歌〉中)
김영숙, 「〈산유화가〉의 양상과 변모」, 『민족문화논총』 2. 3집, 영남대 민족문화연구소, 1982에서 재인용.
6) 肅宗戊寅年間 善山府民女 名香娘 早寡守節 其父母欲奪志 香娘作山有花歌 以見志 遂投洛東江以死 俗樂部世傳山有花曲 (숙종 무인년간에 선산부에 민녀가 살았는데, 이름이 향랑이다. 일찍이 과부가 되어 수절을 하였는데 그 부모가 뜻을 빼앗으려 하자 향랑이 산유화가를 지어 뜻을 보이고 마침내 낙동강에 몸을 던져 죽었다. 속악부에 세상에 전하기를 산유화곡이라고 한다.) (『增補文獻備考』 卷106 樂考 俗樂部條)
향랑의 고사와 산유화가에 대해서는 수많은 기록이 있어 모두 소개하기가 어려우므로 별도의 논문에서 본격적으로 다루기로 하고 여기에서는 생략하기로 한다.
7) 薄庭 金鑢가 엮은 『薄庭叢書』에 李安中, 李友信, 李魯元의 山有花가 수록되어 있다. 원문은 李家源의 「〈山有花〉小攷」, 『아세아연구』 18호, 고려대 아세아문제연구소, 1965에서 재인용하였다. 번역은 필자가 새롭게 한 것이다.

善山女香娘 臨節時作此曲 而死 先生爲香娘立傳 而其曲甚俚 故更作
(선산의 여자 향랑이 절개를 보이며 이 노래를 짓고는 죽었다. 선생께서 향랑을 위해 전을 지었다. 그 노래가 매우 비리하여 다시 지었다.)

山有花 我無家 我無家 不如花
(산엔 꽃이 피었으나 / 나는 집이 없다네 / 집없는 이몸 / 꽃보다 못하다오)
山有花 李與桃花 桃李雖相雜 桃樹不開李花
(산엔 꽃이 피었네 / 오얏꽃과 복숭아꽃이라네 / 복숭아꽃과 오얏꽃은 섞어 피었지만 / 복숭아꽃 나무는 오얏꽃을 피우지 않네)
李白花 桃紅花 紅白自不同 落亦桃花
(오얏꽃은 흰꽃 / 복숭아꽃은 붉은 꽃 / 붉은 색과 흰 색 같지 않으니 / 떨어진다 해도 복숭아꽃이라네)

〈산유화곡〉

山花如面葉如眉 花下戕樓七寶帳 無數樓前楊柳樹 陸郎阿不繫斑雛
(얼굴은 산꽃같고 눈썹은 잎같은 여인 / 꽃아래 단장한 누각 칠보로 꾸민 장막 / 누각앞 버드나무 무수히 늘어졌는데 / 임은 어찌하여 말고삐를 매지 않으시나)
郎如裊裊開花樹 花落明年復滿枝 妾如灼灼著枝葉 一落曾無更著時
(임은 활짝핀 꽃나무처럼 흔들리나니 / 꽃은 떨어져도 명년이면 다시 가지에 가득하건만 / 나는 나뭇잎처럼 붙어 밝게 빛나다가도 / 한번 떨어지면 다시 붙기 어렵다네)
洛東春水鏡不如 金烏山色看新掃 娘魂不作烏山石 應化江南蘼蕪草
(낙동강 봄철 물은 거울보다 푸르고 / 금오산 맑은 빛은 티끌 새로 씻어낸 듯하네 / 낭자의 혼이 오산의 돌이 안될량이면 / 강남의 풀이 되어 매운 향내 풍기리라)
江南江北寶襪兒 一曲春歌鬪草歸 無限東風江上岸 至今花發似娘時
(강의 남쪽과 북쪽에 꽃버선 신은 아이들 / 한가락 봄노래에 풀싸움 끝내고 돌아오네 / 한없는 봄바람 강언덕에 불어 / 지금도 꽃 피어나니 낭자의 시절과 흡사하구나)

여기에서 보면 〈산유화〉 세 편은 향랑이 자결을 하며 지은 것을 번역한 것이라 할 수 있고 〈산유화곡〉 네 편 중 앞 두 편은 이후 주로 민요로 불려지고 있던 〈산유화가〉를 번역한 듯하며, 뒤 두 편은 이안중이 향랑을 기리며 지은 시라고 볼 수 있다.

〈산유화〉 세 편의 의미를 살펴보기로 하자. 우선 첫째 노래에서 보면 산의 꽃은 거처할 곳이 있으나 자신은 거처할 곳이 없어 자신의 신세가 꽃보다 못하다며 한탄하고 있다.

둘째 노래에서는 오얏꽃과 복숭아꽃이 섞여 피어 있는 모습을 보며 비록 두 꽃이 섞여 피어 있기는 하지만 복숭아나무에 절대 오얏꽃이 필 수 없음을 말해 자신이 한 번 혼인한 이상 절대 다시 혼인할 수 없음을 비유하고 있다. 아주 단순하고 명쾌한 자연 현상을 들어 말함으로써 자신의 의지가 그만큼 굳음을 분명하게 밝히고 있다.

셋째 노래에서는 오얏꽃과 복숭아꽃의 색깔은 원래부터 다르며 복숭아꽃이 떨어진다 해도 역시 복숭아꽃임을 말함으로써 자신이 남편을 잃은 신세가 되었다 할지라도 자신의 굳은 마음이 달라질 수 없음을 비유적으로 말하고 있다.

복숭아꽃의 붉은 이미지에 자신의 丹心을 동일시함으로써 자연의 이치가 변할 리 없듯이 자신의 마음 또한 변할 리 없음을 말하고 있는 점은 절개를 중요시하던 당대 이데올로기에 잘 부합한다고 할 수 있다. 그러기에 여러 남성들이 향랑의 고사를 기록하고 전을 짓고 그를 기렸을 것이다.

그렇다면 조선시대 선산의 여인 향랑이 부른 〈산유화〉와 백제의 노래인 〈산유화가〉와는 어떤 관계가 있을까. 〈산유화가〉는 백제에서 처음 형성되어 민요로 불려진 이래 주로 남도 지역에서 많이 불렸던 것으로 생각된다. 〈산유화가〉의 가사가 남녀상열지사를 나타낸다든지 곡조가 처완하다든지 하는 것은 민요의 성질에 부합된다고 볼 수 있다. 〈산유화가〉의 곡조는 산따라 물따라 인근 지역으로 전승되면서 지역마다 약간의 차이가 생기게 되었고 노랫말 역시 지역에 따라 다양하게 창작되고 전승되었을 것이다. 그러던 것이 조선조에 이르러 향랑이 절개를 지키기 위해 죽으면서 〈산유화가〉 곡조에 자신의 신세를 한탄하는 내용을 담아 가사를 지어 불렀을 테이고 이것이 후대에까지 〈산유화가〉의 여러 노랫말 중 한 가지로 전승되었을 것이다.

민요의 노랫말은 고정된 것이 아니어서 〈산유화가〉 노랫말이 여기에 기록된 것 뿐일 리가 없다. 이안중이 한역한 〈산유화곡〉의 앞 두 편은 바로 이 민요 노랫말의 특성을 잘 보여 준다. 이 두 편의 노랫말은 그야말로 '남녀상열지사'를 나타내는 내용으로 되어 있어 〈산유화가〉의 노랫말이 매우 다양하였으며 '남녀상열지사'의 내용까지 아우르고 있음을 잘 나타내 준다.

즉 〈산유화곡〉의 첫째 편은 꽃다운 한 여인이 화려한 누각에서 남정네에게 머물고 갈 것을 넌지시 건네는 말로 되어 있으며, 둘째 편은 이리저리 흔들리는 임에게 언제 버림받을 지 모르는 여인의 신세를 한탄하는 말로 되어 있다. 이 두 편의 여성 화자는 사대부가의 규수로 보기에는 어려운 면이 있다. 일반 평민 여성이거나 기생과 같은 신분의 여성일 것이다.

이렇듯 이안중의 〈산유화〉와 〈산유화곡〉에 나타나는 상반되는 여성의 목소리는 당시 〈산유화가〉의 노랫말이 그만큼 다양했음을 보여주는 것이라 할 수 있다. 즉 〈산유화가〉는 백제권에서 형성된 후 경상도 지역까지 전파되어 '남녀상열'과 '여인의 절개' 등 다양한 내용을 담고 있는 슬픈 곡조의 노래인 것이다.

2) 嚴慶遂의 〈山有花曲〉[8]

天高而高 地廣而廣 此身無所容 無寧水相沈 長爲魚腹葬
(하늘은 높고 또 높고 / 땅은 넓고 또 넓건만 / 이 몸은 받아 줄 곳이 없네 / 강물에 가라앉을 수도 없다면 / 물고기의 뱃속에 장사지내리)

---

8) 『孚齋日記』卷2 庚寅 正月에 향랑에 관한 이야기와 함께 기록하고 있다. 원문은 조재훈의 「백제가요의 연구」(앞의 논문)에서 재인용한다.

이 기록에서도 향랑이 물에 빠져 죽기 전에 불렀다는 〈산유화곡〉을 한역해 싣고 있는데 앞 서 살펴 본 李安中의 〈산유화〉와 약간의 차이점이 있다. 李安中의 〈산유화〉에서는 산의 꽃들도 살 곳이 있건만 자신은 거처할 곳이 없음을 탄식하고 있는데 비해 嚴慶遂의 〈산유화곡〉에서는 광활한 천지에 자신이 거처할 곳이 없음을 탄식하고 있다는 점이다. 李安中의 한역가에서는 노래의 명칭에서 나오는 '山有花'를 강조하고 있다면 嚴慶遂의 한역가에서는 산유화라는 구절이 전혀 나오지 않는다.

이는 趙龜祥이나 李光庭의 漢譯歌에도 마찬가지여서9) 향랑이 원래 불렀다는 〈산유화〉에 '산유화' 구절을 삽입한 것은 이안중이 시적 이미지를 아름답게 꾸미기 위하여 붙인 것이 아닌가 한다. 『潭庭叢書』에서 李安中이 이 노래가 심히 비속하여 고쳐 지었다고 부기하고 있는 것은 이를 뒷받침해 준다. 그러므로 향랑의 〈산유화〉의 원 노랫말은 嚴慶遂 등이 한역한 것과 가까우리라 생각된다.

이로 볼 때 향랑이 부른 〈산유화〉는 공통적으로 남편을 잃은 뒤 절개를 지키려고 하는 자신이 이 세상에서 의지하고 살아갈 곳이 없음을 한탄한 것으로, 노랫말에 '산유화'란 구절이 있다고 볼 수는 없다. 즉 향랑은 당시 민요로 불려지던 〈산유화〉 곡조로 자신의 처지를 읊은 것이다. 부모가 자신을 개가시키려는 것을 피하기 위해 물에 빠져 죽었다는 것은 부녀가 지켜야할 유교적 가치관 중 최고의 덕목으로 정절을 내세웠던 당대의 남성들에게 아주 큰 화제요, 교훈적 가치를 지닌 실화가 아닐 수 없다. 그러므로 이렇듯 많은 기록들이 향랑의 일을 전하고 노래를 번역해 전한 것이다.

이상에서 볼 때 〈산유화가〉의 세 계열 노래는 그 뿌리가 백제의 노래에 있음을 알 수 있다. 노랫말은 전하지 않지만 '남녀상열지사'로 지적되

---

9 趙龜祥은 〈香娘傳〉에서 '天何高遠 地何廣邈 天地雖大 一身靡托 寧投此淵 葬於魚腹'이라고 한역하고 있고, 李光庭은 『訥隱文集』에서 '天高地遠 我何適兮 托體江流 載魚腹兮'라고 한역하고 있어 嚴慶遂가 한역한 것과 매우 유사하다. (김영숙, 「〈산유화가〉의 양상과 변모」, 『민족문화논총』 2. 3집, 영남대 민족문화연구소, 1982, 126-127면 참조)

었던 〈산유화가〉는 농부들이 농사를 지으면서, 나무하면서, 여인들이 풀을 뜯고 나물을 캐면서 불렀던 민요이다. 이 민요가 오랜 세월에 걸쳐 여러 지역으로 전파되면서 백제 패망 후에는 백제 유민의 한을 담은 노래로, 경상도 선산 지방에서는 과부 향랑의 한탄을 담은 노래로 변모 과정을 거치며 전승되었던 것이다.

2. 2. 2. 완산요

〈완산요〉는 후백제 견훤과 그의 아들에 관한 설화와 함께 한역된 노래이다. 견훤과 관련하여 백제권에서 민중에 의해 불려진 노래로 참요적 성격을 띤다. 그 기록을 보면 다음과 같다.

甄萱尙州加恩縣人也 (中略) 萱多妻妾 有子十餘人 第四子金剛 身長而多智 萱特愛之 意欲傳位 其兄神劍良劍龍劍知之憂憫 時良劍爲康州都督 龍劍爲武州都督 獨神劍在側 伊餐能奐使人往康武二州 與良劍等謀 至淸泰二年乙未春三月 與英順等勸神劍 幽萱於金山佛宇 遣人殺金剛 神劍自稱大王 赦境內云云 初萱寢未起 遙聞宮庭呼喊聲 問是何聲歟 告父曰 王年老 暗於軍國政要 長子神劍攝父王位 而諸將歡賀聲也 俄移父於金山佛宇 以巴達等壯三十人守之 童謠曰 可憐完山兒 失父涕連洒 (『三國遺事』 卷2 後百濟甄萱條)

(견훤은 상주 가은현 사람이다. (중략) 훤은 처첩이 많아 아들이 십여명 되었다. 넷째 아들 금강이 키 크고 지혜가 많아 훤이 특히 사랑하여 왕위를 물려 주려 하였다. 그 형 신검 양검 용검이 이를 알고 근심하였다. 그 때 양검은 강주 도독이었고 용검은 무주 도독이었으며 오직 신검만이 곁에 있었다. 이찬 능환이 사람을 강주와 무주로 보내 양검 등과 모의하여 청태 2년 을미 삼월에 영순 등과 함께 신검에게 훤을 금산사에 유폐시키도록 권하였다. 사람을 보내여 금강을 죽이고 신검은 자칭 대왕이라 하고 경내를 사면하였다. 처음에 훤은 자리에서 일어나기 전에 멀리 궁정에서 소리치는 것을 듣고 이 것이 무슨 소리냐고 물었다. 아버지에게 고하기를 왕께서 연로하여 군과 나랏일에 어두우므로 장자 신검이 부왕의 자리를 이으니 모든 장수들이 기뻐 축하하는 소리라 하였다. 아버지를 금산사에 옮기고 파달 등 장사 삼십

인으로 지키게 하였으니 동요에 이르기를 "가련하구나 완산의 아이여 아버지
를 잃은 눈물 끊임없이 흐르네" 하였다.)

여기에서 완산의 아이란 누구인가 분명하지 않다. 견훤의 아들일 수도
있고 후백제의 백성들일 수도 있다. 누구였건 간에 한 때 영웅으로 불리
며 백제의 부흥을 내세웠던 견훤을 잃고 결국 후백제의 꿈이 좌초될 것임
을 예견하는 동요라고 할 수 있다.10) 이는 전봉준과 동학군의 패배를 예
언하던 〈새야 새야〉의 노래와 같은 성격의 것이다. 이런 노래를 부르면서
백성들은 진실과는 어긋나게 나아가는 비극적 역사의 현실, 위정자들의
헛된 욕망에 대한 경고 등을 날카롭게 표현했다고 생각된다.

2. 3. 가사가 전하는 노래

백제권 가요로서 가사가 전하는 노래로는 〈서동요〉와 〈정읍〉이 있다.
〈서동요〉는 일반적으로 신라의 향가로 다루고 있으나 우선 〈서동요〉의
원작자가 백제의 무왕이라는 점을 들어 백제권 가요로 들고자 한다. 더욱
이 〈서동요〉를 백제의 무왕이 아닌 마한의 무강왕으로 보는 설도 있어 단
지 〈서동요〉의 표기가 향찰로 되어 있다는 점만으로 신라의 노래로 보는
것은 무리가 있다고 본다.

다음 〈정읍〉의 경우 『고려사』에 전하기 때문에 백제의 노래가 아닌 고
려의 노래로 보기도 하나 일단 백제권에 속하는 지역에서 불리었음은 확
실하므로 백제권 가요로 보는 데에는 무리가 없다고 본다. 이 두 노래에
대해서 살펴보기로 하자.

---

10) 안동주는 이 노래가 후백제 멸망의 실조를 보이고 잇는 참요의 성격을 띠고 있는 동
  요라는 점에서 견훤의 뒤를 이은 신검을 지칭한다고 보고 있다. (안동주, 「백제문학
  의 연구」, 조선대 박사학위논문, 1991, 95면 참조)

2. 3. 1. 서동요

서동요는 『三國遺事』 武王條에 기록되어 있는 서동설화에 서동이 혼인하기 위해 지어 아이들에게 부르게 했던 童謠이면서 讖謠이다. 그런데 이 서동이 누구인가에 대해 삼국유사의 찬자인 一然은 '武王古本作武康非也 百濟無武康'이라 하여 무왕으로 단정하고 있다. 그러나 일연이 참조했다고 하는 고본에서 무왕을 무강왕으로 잘못 적었다고 쉽게 단정할 수 없고, 『新增東國與地勝覽』 益山郡條나 『世宗實錄 地理志』 金馬, 益山條, 『高麗史』 地理志 金馬郡條 등에 모두 무강왕이라는 명칭과 무강왕이 다스렸던 나라를 後朝鮮 또는 馬韓이라고 기록하고 있다는 점에서 무강왕은 마한의 한 성읍국가의 왕으로 보는 것이 타당하다고 하겠다.[11] 또한 서동이 혼인했다고 하는 서라벌의 선화공주 역시 신라 진평왕의 딸이 아니라 같은 마한의 성읍국가 중의 하나인 馹盧國의 공주로 보는 것이 설득력이 있다.[12]

이렇게 본다면 서동요는 백제 무왕과 신라 진평왕의 딸 선화공주와의 연애담에서 형성된 노래가 아니라 馬韓의 성읍국가인 乾馬國 武康王과 馹盧國 공주와의 사이에서 이루어진 노래라고 할 수 있다.[13] 그러던 것

---

11) 무강왕에 관한 기록을 찾아 보면 又明後朝鮮武康王及妃陵 俗號末通大王陵一云百濟 武王小名薯童 (『高麗史』 地理志 金馬郡條), 後朝鮮武康王及雙陵 在郡西北五里許俗呼 武康王爲末通大王 (『世宗實錄』 地理志 金馬 益山條), 世傳武康王旣得人心立國馬韓一 日王與善花夫人欲幸獅子寺至山下 (『新增東國與地勝覽』 益山郡條), 本馬韓國 後朝鮮 王箕準箕子四十一代孫也避衛滿之亂浮海而南至韓地開國仍號馬韓 至百濟始祖溫祚王 并之自後號金馬渚新羅神文王改金馬郡至高麗屬全州忠惠王後五年以元順帝皇後奇氏鄉 陞爲益州本朝太宗十三年例改今名爲郡 (『新增東國與地勝覽』 益山群條) 등이 있다. 이 로 미루어 무강왕은 마한(후조선)의 왕이었음이 분명하다.

12) 김성기, 「〈서동요〉의 배경설화에 대한 고찰」, 『국어국문학』 제5집, 조선대 국어국문 학과, 1983 참조.

13) 김성기는 위 논문에서 이기백, 이기동의 『한국사강좌』, 일조각, 1982, 40~41면을 들어 부족국가보다는 성읍국가라는 용어를 쓰고 있다. 부족국가라 하면 혈연적인 사회구조의 지역적 확대 전환이나 일정한 정치체제의 성립에 수반되는 사회의 계층화 경향 등이 무시되는 약점이 있어 이 초기 국가를 나타내는 개념으로는 적합하지 않다는 것이다.

이 삼한 시대가 다하고 절대 왕권국가인 삼국이 형성되면서 백제의 무왕과 신라의 선화공주 이야기로 부회된 것이 아닌가 한다. 설화라는 것은 원래 입에서 입으로 전승되는 것이어서 이름이 비슷할 경우 쉽게 변이 되어 정착되는 속성을 지니고 있기 때문이다.14) 이렇게 서동요는 마한, 백제의 노래로 전승되다가 후대에 향찰로 기록되어 신라의 노래처럼 여겨지게 되었을 것이다. 아무튼 서동요의 작자나 설화의 주인공, 배경 무대가 모두 마한, 백제 지역이라는 점을 부인할 수는 없을 것이다.

이렇게 볼 때 〈서동요〉는 마한 시대의 노래로서 노랫말이 전하고 있는 한국 시가 중 가장 오래된 작품이라고 할 수 있다.15) 이로써 한국 시가 발상의 중심지가 백제 지역이었다고 보아도 무리가 아니라고 본다.

2. 3. 2. 정읍

〈정읍〉은 『고려사』 악지 백제조에 전한다. 그 배경 설화를 보면 다음과 같다.

> 井邑全州屬縣 縣人爲行商久不至 其妻登山石而望之 恐其夫夜行犯害 托泥
> 水之汚以歌之 世傳有登岾望夫石云　　　　　　　　　　　（『高麗史』樂志）

정읍은 전주의 속현이다. 이 현의 한 사람이 행상을 나가 오래도록 돌아오지를 않았다. 그 아내가 산의 돌에 올라 남편이 돌아오는지를 바라보았다. 남편이 밤길에 해를 입지 않을까 두려워하는 마음을 진흙물에 오염되는 것에 비유해서 노래를 불렀다. 세상에 전하기를 올라가 바라 본 망부석이 있다고 한다.

---

14) 서동설화는 서동이라는 한 특정 개인에만 해당되는 설화가 아니라 당시 민중들에게 유포되고 있던 '내 복에 산다'형 설화나 제주도 무가 중 '삼공본풀이'에 나오는 가문장 이야기와 유사한 내용으로 되어 있다. 특히 가문장이 집에서 쫓겨 나 마퉁이를 만나 마밭에서 금, 은을 발견해 부자가 된다는 내용은 서동설화와 같은 화소로 되어 있다. 무가에서 전승되던 이야기가 설화화하여 서동설화에 붙었으리라고 생각된다.

15) 김성기, 「무등산권 시가문학의 형성에 대한 연구」, 『전통문화연구』 제6집, 조선대 인문학연구소, 1999, 110면.

정읍은 전주의 속현이라고 되어 있다. 전주라는 명칭이 백제 시대에 아직 형성되지 않았다는 점으로 인해 이 노래를 백제 노래로 볼 수 없다는 근거로 들기도 한다. 즉 전주는 고려 시대 이후의 명칭이므로 고려의 노래로 보아야 한다는 것이다. 그러나 전주 속현이라고 한 것은 『고려사』가 쓰여진 당대의 명칭을 그대로 사용했기 때문이 아닌가 한다. 백제조에 있는 것을 굳이 백제의 노래가 아니라고 볼 근거가 없다. 백제의 노래가 고려사 악지에 오른 것은 백제에 형성된 노래가 고려 시대까지 불렸기 때문일 것이다.

〈정읍〉은 정읍의 여인이 행상을 떠난 남편이 오래도록 돌아오지 않자 산에 올라 불렀다는 노래로 앞서 노래의 제목과 내용만 전하는 노래들과 유사한 점을 지니고 있다. 우선 여인이 불렀고 남편을 기다리며 산에서 불렀다는 점이다. 남편이 더러운 데 빠지지 않을까 염려한 점은 여인으로서 의당 갖는 걱정으로서 이것이 노래에 나타난 것은 너무 당연하다 할 수 있다. 오히려 여인이기에 노랫말에 대한 체면 같은 것을 따지지 않고 솔직하고 과감하게 표현할 수 있지 않았을까 한다. 이는 여성들이 부르는 민요에서도 공통적으로 나타나는 현상이라고 할 수 있다.

한편 산에 올라 노래를 불렀다는 점은 〈선운산〉, 〈방등산〉 등과 같이 이 노래의 기원적 성격을 나타내 준다. 남편에 대한 염려와 두려움을 표출하는 것과 아울러 남편이 무사히 돌아오기를 기원하였던 것이다.

3. 백제권 가요의 전승실태

백제권 가요가 현재까지 전승되고 있는 것으로는 〈산유화가〉 계열의 민요를 들 수 있다. 〈산유화가〉라는 명칭으로 불리고 있는 민요로는 세 계열이 있다. 하나는 논매는 소리, 나무하는 소리 등으로 불리는 〈산유화(산야)〉이고, 다른 하나는 모심는 소리 등으로 불리는 〈산유화가〉이며, 마지막 하나는 〈산유화가〉에서 파생된 것으로 보이는 〈산타령〉 또는 〈산

아지타령〉이다. 〈산유화가〉계열의 노래는 실제 민요 전승자들이 이를 〈산
유화〉 또는 〈산야〉라고 부르고 있어 〈산유화가〉의 맥락이 지금까지도 계속
되고 있음을 실감할 수 있다.

3. 1. 산유화(산야)

〈산유화〉는 주로 〈나무하는 소리〉, 〈풀베는 소리〉, 〈논매는 소리〉로
불린다. 전북 옥구군 대야면보덕리(8-15), 회현면 대정리(8-21), 개정
면 아동리(8-28)에서는 〈나무하는 소리〉 또는 〈풀베는 소리〉로 부르는
것이 조사되었고, 김제군 광활면 옥포리(9-1), 청하면 월현리(9-8), 백
산면 하서리(9 -13)에서는 〈논매는 소리(만두레)〉로 부르는 것이 조사
되었다.16) 일반적인 경우는 아닌 듯 하나 옥구군 회현면 금광리(8-17)
에서는 〈벼베는 소리〉로도 불렀다. 이는 최근의 조사에 의한 것이므로 전
승이 활발하던 당시에는 더 많은 지역에서 불리어졌으리라 생각된다.17)
옥구, 김제 등은 전주, 익산, 정읍 등과 함께 서부평야 도작노동요권에
속하는 지역으로서18)금강을 경계로 충남과 인접하고 있다. 이는 백제 유
민의 한을 담은 〈산유화가〉가 전승되는 부여와도 그리 멀지 않은 지역에
자리하고 있어 〈산유화〉의 전승권을 가늠케 해 준다. 이 지역은 혼자 메
기고 여럿이 후렴을 받는 육자배기조의 선후창 방식이 주를 이루나 〈산
유화〉의 경우 메나리조 창법을 잘 보여 준다. 이는 금강을 통해 충남 지
역과 인접해 살아 온 역사 때문으로 생각된다.19)
〈산유화〉는 일반적으로 메나리조로 부르는데 창자들은 '강원도 정선아
리랑조'라고 한다.20) 메나리조는 가느다랗고 길고 처량하게 늘여 빼는

---

16) 괄호 ( )안의 숫자는 한국민요대전(문화방송)에 수록된 노래 번호이다.
17) 경상도 산간 지역에서는 〈어사용〉이라 하여 흔히 나무꾼 신세 타령으로 불린다.
18) 김익두, 「전북 민요 개관」, 『한국민요대전』 (전북), 문화방송, 1995, 22면.
19) 『한국민요대전』 (전북), 문화방송, 1995, 359면.
20) 위의 책, 363면.

식으로 발성을 하므로 구슬프고 애절한 느낌을 준다. 창자들은 "산야소리를 하면 슬퍼서 풀잎이(또는 산천초목이) 다 운다"21)라고 말한다. 또 이 소리를 하면 너무도 슬퍼서 동네 과부들이 남몰래 보따리를 사기도 했다고 하며, 초목이 슬퍼서 떤다고 하여 처서가 지나야만 불렀다고 한다. 원래 혼자 하는 소리이며 가을철 전에 하면 옛날엔 관가에서 잡아갔다는 얘기를 들었다고도 한다.22) 이는『증보문헌비고』권 246에서 백제의 노래 〈산유화〉를 들어 '음조처완'하다고 했던 기록을 연상케 한다.

내용은 주로 '일찍 죽은 영감', '딸 찾아 나서는 과수댁', '봉덕이라는 이름의 딸에 대한 그리움', '갈 곳 없는 신세' 등을 소재로 하고 있다. 제보자에 따라서는 이 노래를 유랑 연희패 1-2 명이 장거리같이 사람이 모이는 곳에서 퉁소를 불면서 또는 해금을 켜면서 부르던 익살스런 노래라고 말하는 사람도 있고, 〈봉덕이 타령〉은 경기도 여주에서 뱃놀이하던 기생들이 부르던 노래라는 제보도 있었다.23)

특히 김제군 광활면 옥포리 화양1구에서 조사된 〈논매는 소리(만두레)〉(9-1)의 경우 죽은 남편을 그리워하며 갈 곳이 없는 팔자를 한탄하고 있어 향랑이 지었다는 〈산유화가〉를 연상시킨다. 그 일부를 인용하면 다음과 같다.

어디로 갈거나 어디로 갈거나 갈 곳은 없는디이이히 어디로 갈꺼나아
허어 허어 어으 어으 어 허허 어허허 허 어디로 갈꺼나아 아
어린 자식은 두르박으 밤 주서 담듯 허고
큰 놈은 밥 다라고 조르고 즉은 놈은 젖 다라고 조르고 세상 못 살것네
영감아 땡감아 날 다려가소
에 헤에헤으 어허허 어허허 허어
작년 팔월 보름날 저녁이 보리쉥편 일곱 개만 먹으란게로오오
곱씹어서 열네 개 먹고 죽은 영감아

---

21) 위의 책, 363면.
22) 위의 책, 393면, 405면.
23) 위의 책, 363면.

날 다려가소 날 다려가소오 오우오오
에 헤에헤으 어허허 어허허 허어
못 살것네 못 살것네 나는 못 살것네
에 헤으 어허 허허 어허허 어어 세상 못 살것네
검었구나 검었구나 남산 밑이 청치매는 날과 같이 검구 검었네
에 헤에헤으 어허허 어허어허허 어허어 으어어
가네 가네 허더니만은 그리 쉽게 가고 이 고생시키나
에 헤에헤으 어허허 허어 허망하고도 야속하네
에 헤에헤으 어허허 허어 어허 허허으어
어떤 사람 팔자 좋아 부귀영화 잘 사는데
이년으 팔자는 이리도 기박하여 영감 잃고 홀로 살어
에 헤에헤으 어허허허 어허어으어 어찌를 살꺼나
에 헤으 어허허 어허허으어
너는 어디루 갈꺼나 나는 어찌 혀
가면 가고 말면 말지 경상두 사람은 안 따러 갈라네
에 헤에헤으 어허허 어허허으어 어찌를 할거나
에 헤에헤으 어허허 어허허어
이팔 청춘 젊은 년이 낭군 그려 어이 사리
헤 헤에헤으 어허허허 어허허으어 어찌 허리
영감아 땡감아 어이 그리 쉽기 갔나
헤 헤에헤으 어허허허 어허허 어허허어

　여기에서 보면 화자는 여성으로서 죽은 남편에 대한 그리움을 표출하
면서 자신이 의지할 곳이 없음을 한탄하고 있다. 남편의 죽음을 비장하면
서도 골계적으로 표현하고 있는 점이 주목된다. 향랑이 죽기 전에 불렀다
는 〈산유화〉가 이처럼 골계적 표현으로 이루어지지는 않았다 할지라도
이와 유사한 내용이 아닐까 한다. 이안중이 향랑의 〈산유화가〉를 한역하
면서 비속하여 고쳐지었다고 한 것을 보면 향랑의 〈산유화〉가 결코 고상
하거나 우아한 어투로 되어 있지 않은 것이 분명하다.
　그런데 이런 내용의 〈산유화〉는 경상도의 산간 지역에서 〈어사용〉이라
는 명칭으로 흔히 불려지고 있어 〈산유화〉와 〈어사용〉이 밀접한 관련에

있음을 알려 준다. 〈산유화〉는 이외에 〈어산영〉, 〈미나리〉, 〈신방곡〉, 〈산떨이〉, 〈산타령〉 등 다양한 명칭으로 불린다. 그러므로 〈산유화〉, 〈산타령〉, 〈어사용〉 등은 모두 한 계통의 노래를 지역적으로 달리 부르는 명칭임을 알 수 있다.24) 〈어사용〉은 지금까지의 연구에 의하면 경상도에서 형성되어 인근 지역으로 전파된 것으로 알려져 있다.25) 그러나 〈산유화〉가 백제의 노래임이 분명하고 그 〈산유화〉가 〈어사용〉과 같은 곡조와 노랫말로 되어 있음을 볼 때 〈어사용〉은 백제의 〈산유화〉가 경상도 지역으로 전파되어 변모된 것이라 할 수 있을 것이다.

〈산유화〉는 그 명칭이나 기능 면에서 볼 때 원래 산에서 불렸던 노래라 할 수 있다.26) 이는 백제의 노래로 거론되었던 대부분의 노래들이 산을 배경으로 한 노래였음을 생각할 때, 〈산유화〉도 그와 같은 맥락에 있음을 시사해 준다. 즉 〈산유화〉는 산에서 불리어진 노동요 또는 의식요로서 개인 또는 집단의 한과 염원을 담고 있다고 할 수 있다.

---

24) 김헌선, 「민요 〈어사용〉의 현지분포, 사설유형, 시사적 의의 고찰」, 『한국구전민요의 세계』, 지식산업사, 1996, 307~308면.

25) 김헌선은 충북 영동과 괴산의 〈봉뎌이 타령〉, 〈갈가마구 타령〉, 전북 무주의 〈어사용〉, 전북의 김제. 익산. 옥구 등지의 〈산야(산유화)〉 등의 사설이나 곡조가 경상도 지역의 〈어사용〉과 같다고 하면서 이는 이들 지역이 신라와 백제의 경계 지역으로서 신라가 위세를 떨치던 당시 신라의 영향으로 형성된 것으로 보고 있다. (위의 책, 309~310면) 그러나 이는 그 반대의 경우도 있을 수 있음을 간과한 것으로, 〈산유화〉를 백제의 노래로 본 『증보문헌비고』 권 246의 기록을 믿을만한 것으로 받아들인다면 〈산유화〉는 백제에서 신라로 전파되었고 신라 지역에 정착한 이후 더욱 활발하게 전승된 것으로 보아야 하지 않을까 한다.

26) 권오경은 「〈어사용〉의 명칭과 사설유형」, 『한국민요학』 3집, 한국민요학회, 1995, 102면에서 〈어사용〉을 "고대 신라 산악 제의의 소리에서 출발한 산을 중심으로 전승되어 온 노래"라고 보고 있다. 이는 〈어사용〉의 異稱이라 할 수 있는 〈산유화〉도 마찬가지로 적용된다. 그러나 권오경은 이 논문에서 부여의 〈산유화가〉와 〈어사용〉 사이에 유관성을 찾을 수 없다고 했는데(98면, 각주 9) 이는 필자와 견해를 달리 한다. 이에 대해서는 다음 항에서 간단히 언급하고 후에 〈산유화〉에 대한 본격적인 논문을 통해 밝혀 보려고 한다.

3. 2. 산유화가

부여군 세도면 장산리에서 불리던 〈모심는 소리〉를 말한다. 한 사람이 매기고 여러 사람이 받는 선후창 방식의 소리이다. 긴 소리와 자진 소리로 구성되어 있는데, 긴 소리의 매기는 소리가 "산유화야 산유화야"로 시작하며 받는 소리는 "에헤헤아아아 에헤이 에헤에헤여루 상사뒤여"를 되풀이한다. 자진 소리의 경우 매기는 소리는 산유화라는 구절에 얽매이지 않고 네 마디의 소리로 이어지며, 받는 소리는 "어화 어화 상사디여"를 되풀이한다. 내용 중에 백제 패망의 사연과 백제 유민의 한, 백제 지역의 풍광을 담고 있어 노래 전승의 역사와 내력을 보여 준다. 백제에 얽힌 구절만 인용하면 다음과 같다.27)

산유화야 산유화야
입포에 남당산은 어찌 그리 유정턴고
메년 팔월 십육일은 웬 아낙네 다 모인다
무슨 모의가 있다던고
에헤헤아아아 에헤이 에헤에헤여루 상사뒤여

산유화야 산유화야
이런 말이 웬 말이냐 용머리를 생각허며
구룡포에 버렸으니 슬푸고나 어화벗님
구국충성 못다 했네
에헤헤아아아 에헤이 에헤에헤여루 상사뒤여

산유화야 산유화야
네 꽃피어 자랑마라
어화 어화 상사디여
네 꽃피어 자랑마라

---

27) 『한국민요대전』 (충남), 문화방송, 1995, 219~221면.

구십순광 잠깐간다
어화 어화 상사디여

이 노래에서 보면 남당산은 부여군 양화면 입포리 근처에 있는 산으로 백제 패망 당시 유민들이 당나라에 끌려가는 사람들을 전송했는데 이후 인근 주민들이 매년 8월 16일 이 산에 오르는 일이 하나의 민속으로 굳어져 근래까지 전승되어 왔다고 한다. 원래 백제 유민들이 당나라 소정방에게 잡혀 간 날이 8월 17일이기 때문에 매년 팔월 십육일을 제삿날로 삼았다고 한다. 당시에는 잡혀간 사람들의 소식을 들으러 매년 이 때에 남당산에 모이다가 나중에는 부녀자들이 친지를 서로 만나기 위해 모이는 날이 되었다고 한다. 최근까지 이 풍속이 전해지다가 약 60년 전쯤 없어졌다고 한다. 구룡포는 구룡평야와 백마강이 맞닿는 곳으로 백마강의 호국룡이 당나라 군사에게 패해 이곳에서 죽었다는 전설이 현지에 전해 온다.28)

이처럼 부여 〈산유화가〉는 옥구, 김제 등의 〈산유화〉와는 달리 개인적 서정보다는 역사적 비감을 주로 읊고 있다. 옥구, 김제의 〈산유화〉와 부여의 〈산유화가〉가 어떠한 관계에 있는지는 분명하게 추정하기 어렵다. 옥구, 김제의 〈산유화〉는 개인이 혼자 하는 소리로서 나무를 하거나 논을 매면서 부르는 반면, 부여 〈산유화가〉는 집단이 선후창으로 부르는 소리로서 모를 심으면서 부른다. 노랫말이나 가창 방식, 기능의 측면에서 두 소리 사이의 공통점을 찾을 수 없다 할지라도 그 명칭이 동일하다는 점은 그 연원이 하나였음을 시사해 준다. 소리의 형성 과정으로 유추해 볼 때 산에서 신에게 기원을 드리기 위한 개인 또는 집단의 의식요로 불리던 〈산유화〉가 이후 개인의 신세한탄을 담은 노동요인 〈산유화(어사용)〉와 집단의 노동요인 〈산유화가〉로 분화된 것이 아닐까 한다. 백제 패망의 한은 시대적 변천과 함께 〈산유화가〉의 노랫말 중 일부로 자연스럽게 정착되

---

28) 필자가 『한국민요대전』 충남편의 보충 조사를 하면서 조사한 사실이다. 『한국민요대전』 (충남), 문화방송, 1995, 220면.

었을 것이다.

3. 3. 산(아지) 타령

〈산유화〉라는 명칭이 그대로 쓰이는 것은 아니나 백제권의 논매는 소리로 〈산타령〉, 〈산아지 타령〉, 〈산이 소리〉 등이 불리는 것을 볼 수 있다. 이 소리들은 한 사람이 매기고 여러 사람이 받는 선후창 방식의 소리로서 부여의 〈산유화가〉와 유사한 방식으로 부른다. 단 사설에 "산유화야 산유화야"라는 구절이 빠졌다는 점에서 그 변모양상을 보여 준다. 그러나 매기는 소리에서 "허허어 허허어허허이야 허허뒤야 산아리로고나"(진안 1- 11), "에야라 뒤야아 에헤헤이헤야 에야뒤여 산이로오고나"(옥구 8-24), "에야디야 에헤허디야 에헤디여루 산이로다"(천안 10-15), "잘하고 잘하네 에헤야 산이가 잘이하네"(금산 2-4) 등의 구절이 나오는 점에서 〈산유화〉와 어느 정도 연관성을 생각지 않을 수 없다.

진안군 마령면 평지리의 〈산타령〉은 손으로 두벌 맬 때 '양산도 다음에' 또는 '저녁 무렵에' 주로 불렀다고 한다. 호남 서부 평야지역에서 이 노래를 〈논매는 소리〉로 많이 부르는 걸로 봐서(전북 옥구, 김제군 민요 참조), 호남 서부 평야지역, 이른바 '산아지 노래권'과 관련을 가지고 형성된 소리로 보인다. 특히 이 진안군 마령면 평지리는 지역적인 성격으로 보나 노래 그 자체로 보나 전북 동부 산간지역과 서남 평야 지역의 경계 지역적인 특성을 잘 보여주고 있어서 흥미롭다.29)

〈산아지 타령〉은 전남 동부 산간지방의 대표적인 〈논매는 소리〉로 고흥, 보성, 승주군 일대와 여천, 화순군 일부 지역에서 부른다. (2-1, 7-13, 20-6) 또 〈산아지 타령〉은 전남 지역에서 〈아리랑 타령〉처럼 잡가로 많이 불리기도 하는데 그래서인지 〈아리랑 타령〉의 원형이라고도 한다. 일부 지역에서는 나뭇짐을 하러 올라갈 때라든가(4-5), 논을 다

---

29) 위의 책, 381면.

맨 후 마을로 행진하며 부르는 〈풍장 소리〉로도 불린다.30)

곡성군 삼기면 원등리 학동에서는 〈산아지 타령〉(곡성 풍장 소리 3-9)을 마지막 논매기인 만드리가 끝난 뒤 '풍장굿'을 벌이면서 마을로 돌아올 때 부른다. 풍장굿은 농번기가 끝난 것을 자축하는 놀이로, 상머슴을 소에 태우고 굿을 치고 노래를 하며 마을로 행진을 한 뒤 주연을 벌인다. 이 〈산아지 타령〉을 고흥에서는 〈삼줄가〉라고 부르기도 하는데, 논을 맬 때나 다른 놀이를 할 때에도 불렀다고 한다.31)

고창 〈산아지 타령〉(12-10)은 옥구군, 김제군 등지에서는 논매는 소리로 불려지고 있는데 이 마을(고창군 심원면 하전리 상전)에서는 여럿이 모여서 놀 때 빠짐없이 부르는 노래로 되어 있다. 요즘에도 할머니들이 단체로 놀러가거나 하면 이 노래를 흥겹게 부른다고 한다.32) 이처럼 전북과 전남 지역에서는 〈논매는 소리〉, 〈나무하는 소리〉, 〈풍장 소리〉 등으로 〈산타령〉, 〈산아지 타령〉이 불리는 것을 볼 수 있다.

충남의 일부 지역에서도 역시 논매는 소리로 이 〈산타령〉을 부르며 〈산타령〉과는 약간 차이가 있지만 받는 소리에 "산이야"가 들어 가는 〈산이 소리〉를 부른다.33) 〈산이 소리〉는 대전시, 금산군 일대, 연기군 남부 지역, 논산군의 거의 전 지역에서 부르며 충북 옥천군과 영동군에서도 부른다.34) 또 〈산타령〉은 아산군, 천안군 일부 지역에서 부른다.35)

---

30) 『한국민요대전』(전남), 문화방송, 1993, 38면.
31) 위의 책, 153면.
32) 『한국민요대전』(전북), 문화방송, 1995, 567면.
33) 충남 지역의 논매는 소리는 대체로 호미로 논을 맬 때 하는 소리와 손으로 논을 훔칠 때 하는 소리가 다르다. 그래서 논매는 소리를 호미로 논을 매면서 부르는 '매는 소리'와 손으로 논을 훔치면서 부르는 '훔치는 소리'로 크게 나눌 수 있다. '매는 소리'에는 〈덩어리 소리〉와 〈산이 소리〉가 있다. 〈덩어리소리〉인 '얼카덩어리'가 충남의 남동부 지역으로 내려 오면 〈산이소리〉의 영향으로 '얼카산이야'로 바뀐다. 또 '얼카산이야'는 충북의 '잘하네'류 논매는 소리와 결합하여 '잘하고 잘하네 얼카산이가 잘하네'로도 된다. '훔치는 소리'는 크게 〈넘차 소리〉, 〈산이소리〉, 〈방아 소리〉, 〈산타령〉, 〈민생이〉, 〈올라를 가세〉, 〈대허리 소리〉, 기타로 나눌 수 있다. 『한국민요대전』(충남), 문화방송, 1995, 25~26면 참조.
34) 『한국민요대전』(충남), 문화방송, 1995, 25~26면.

아산 논매는 소리(8-6)인 〈산타령〉은 뒷소리로 "에야데야 에헤헤헤야 에야데야 산이로다"를 부르며,36) 천안 논매는 소리(10-15)인 〈산타령〉은 뒷소리로 "에야 디야 에헤허 디야 에허 디여루 산이로다"를 부른다.37)

이렇게 〈산타령〉 또는 〈산아지 타령〉의 뒷소리에 "산아리로구나", "산이로다", "산이가" 등의 구절이 들어가는 것으로 미루어 〈산타령〉과 〈산유화〉의 연관성을 짐작할 수 있다. 즉 〈산타령〉의 뒷소리는 개인이 혼자 부르던 〈산유화〉를 집단의 선후창 방식으로 부르기 위해 "산유화"와 비슷한 구절을 집어 넣으면서 이루어진 것으로 생각된다.

〈산아지 타령〉의 노랫말 중 대부분은 남녀간의 애정으로 되어 있다. 농사를 짓거나 나무를 하면서 부르는 노동요이므로 곡조는 서글프지만 노랫말에서는 남녀간의 사랑을 그림으로써 노동의 괴로움을 잊을 수 있기 때문이다. 이는 '남녀상열지사'라고 했던 『증보문헌비고』 권246의 기록과 맞닿아 있다. 〈산아지 타령〉의 한 대목을 들어보기로 하자.38)

에야 디야 에헤헤헤야
에야 디여 산아지로구나39)

잘도나 허네 잘도나 허네
우리 농부들 다 잘도 허네

오늘날로는 여기서 노는데
내일날로는 어디 가서 놀께

니가나 잘 나서 일색이드냐
내 눈이 어두와 환장이로고나

---

35) 위의 책, 29~30면.
36) 위의 책, 337~339면.
37) 위의 책, 420~421면.
38) 화순 논매는 소리 4 〈산아지 타령〉 20-6, 『한국민요대전』 (전남), 문화방송, 1993, 698면.
39) 받는 소리는 이후 기재를 생략하기로 한다.

일락은 서산은 해 떨어지는데
월출동방은 달 솟아오네

울넘어 갈저는 개가나 짖드니
임 품에 드넌까 닭이 우네

울넘어 갈 적에 짖드네 저 개야
원왕산 호랑이 물어를 가거라

이처럼 백제권이라 할 수 있는 충북, 충남, 전북, 전남 지역에서 불리는 〈산타령〉, 〈산아지 타령〉, 〈산이 소리〉 등이 〈산유화〉에서 변모, 전승된 것이라 볼 때 〈산유화〉의 전승은 매우 오랫동안 지속되어 왔다고 볼 수 있다. 백제권에서 처량한 곡조로 불렸던 〈산유화〉는 남녀간의 애정이나 신세 한탄 등 과감한 내용을 담아 '남녀상열지사'로 낙인찍히기도 했고, 백제 멸망 후에는 백제 유민의 한을 담아 비극적 역사를 되새기게도 했으며, 산간을 타고 경상도 지역까지 전파되어서는 향랑이라는 여인의 한을 담은 서정적 시가와 나무꾼의 신세 타령으로까지 변모되었다고 할 수 있다.

4. 맺음말

이상에서 백제권 가요의 존재양상과 전승실태를 살펴보았다. 백제권 가요 중 문헌에 그 제목과 내용이 전하는 노래로 〈선운산〉, 〈무등산〉, 〈방등산〉, 〈지리산〉이 있으며 한역되어 전하는 노래로 〈산유화가〉와 〈완산요〉가 있고, 가사가 전하는 노래로 〈서동요〉와 〈정읍〉이 있다. 이들 노래는 주로 산을 배경으로 불려진 기원적 성격의 노래로서 남녀간의 애정 갈등, 개인의 비탄과 염원 등을 그리고 있으며 백제권 지역의 정치적 변동에 따라 민중들의 한과 풍자 등도 담고 있다.

이들 백제권 가요는 고려, 조선조를 거쳐 현재까지 그 맥을 면면히 이어왔는데, 특히 〈산유화〉의 경우 현재 충청도, 전라도 지역뿐만 아니라 경상도 지역까지 전파되어 〈모심는 소리〉, 〈논매는 소리〉, 〈나무하는 소리〉 등의 노동요와 신세 타령으로 불려지면서 민중의 풍부하고 다양한 정서를 담아내고 있다.

이로 볼 때 백제권 가요는 한국 시가의 모태적 위치에서 서정성이 풍부한 시가가 형성되는 데 큰 역할을 해 왔다고 볼 수 있다. 앞으로 기타 지역 가요와의 비교를 통해 백제권 가요의 특질 및 형성 과정 등을 더욱 면밀하게 고찰할 필요가 있다.

■참고문헌은 각주로 대신함.

교환돌림창 378, 380

교환창 351, 352, 355, 357, 358,
  365, 366, 370, 371, 372, 374,
  375, 377, 378, 379, 380, 390,
  392, 420, 423, 454

굴부르기 노래 458, 459

궁상이굿 126

그물 넣는 소리 433, 438

그물 당기는 소리 433, 435

기다리던 남편이 죽자 한탄하는 아내
  149

기우제 소리 418, 450, 451, 468

긴 상여소리 454

긴 아라리 352

긴 아하에헤 소리 426

긴 얼카덩어리 425

긴 산유화가 424

길쌈노동요 389, 390, 397, 417, 418,
  420, 438, 439, 447

길에서 만난 남편이 몰라보자 한탄하는
  아내 150

까그매 459, 462, 463

깨진 살림 노래 20, 21, 24, 28, 31

꼬댁각시 노래 43, 44, 45, 117, 118,
  119, 120, 121, 122, 123, 124,
  125, 126, 129, 130, 131, 132,
  133, 135, 136, 137, 287, 288,
  418, 458, 461, 468

꼴베는 소리 449

꿩노래 94, 95

【ㄴ】

나무하는 소리 489, 496, 499

나무하러 가는 소리 449

나물캐는 소리 449

나물캐는 처녀 총각 노래 88, 91

나물캐다 사랑을 나누는 총각과 처녀
  152

나비질 소리 432

남성노동요 399, 443

남편 외도 노래 23, 38

남편이 그리워 편지하나 오지 않자 한탄
  하는 아내 150

남편이 기생첩과 놀자 자살하는 아내
  23, 37, 149

넘차 소리 496

노동요 32, 37, 38, 41, 43, 45, 46,
  118, 287, 376, 389, 390, 396,
  409, 411, 420, 448, 464, 468,
  474, 476, 492, 497

노랑노랑 큰송아지 432

노젓는 소리 432, 433, 434, 438,
  468

노처녀가 343

노쳐녀가 326, 327

논농사요 417, 430, 431

논두렁 소리 394

논매기 노래 389, 390, 393, 394, 411

논매는 소리 418, 420, 425, 427,
  428, 431, 449, 468, 489, 490,
  495, 496, 497, 499

【ㅂ】

【ㅇ】

총각이 어머니를 통해 청혼하자 받아들
  이는 처녀 153
춘향놀이 노래 461
충열굿 126, 301
치마·저고리 노래 328
치원대 양산복 226, 251, 252, 253,
  259, 260, 264, 266, 267, 268,
  269, 270, 276, 285, 289, 290,
  301
친정간 노래 34
친정부모 장례에 늦었다고 야단치자 한
  탄하는 딸 150
칠공주굿 126, 127, 301
칭칭이 소리 91

【ㅌ】

타성풀이 259, 280
토목노동요 390, 399, 400, 405,
  420, 443, 453
토세굿 259, 280

【ㅍ】

풀무질 노래 402
풀베는 소리 489
풍소유희요 407, 458
풍장굿 496
풍장 소리 431, 438, 496

【ㅎ】

하나 소리 351, 354, 358, 377, 422,
  423
하직천수 260, 280
한글풀이 노래 458, 462
한선비 타령 284
해당화꽃 뺏기 노래 459, 463
혼인 전(후) 신부 부고 받는 신랑 171,
  179
혼인 후 신부 부고 받는 신랑 276
혼인날 신랑 부고 받는 신부 171, 179,
  185, 226, 276
혼인날 신부가 애기를 낳자 돌아가는 신랑
  151
혼인날 애 낳는 신부 171, 193, 195,
  202, 212, 276
혼인을 기다리다 신랑이 죽자 한탄하는
  신부 151
혼인을 기다리다 신부가 죽자 한탄하는
  신랑 151
화청 259, 280
화투 노래 408, 458
회다지 소리 417, 450, 453, 455
회다지기 노래 405
회소곡 397, 438
회심곡 405, 455, 456
후실장가 289
훔치는 소리 426
훗낭군 노래 19, 40, 41, 42
훗낭군 들킨 여자 노래 92

저자소개

● **서영숙**

- 1958년 전남 곡성 출생
- 인하대학교 국어교육과 졸업
- 한국정신문화연구원 부설 한국학대학원 (석사)
- 충남대학교 대학원 국어국문학과 박사과정 수료
- 충남대, 충북대, 단국대, 공주대 등에서 강의
- 현재 조선대학교 국어국문학과 BK21 계약교수로 재직 중

[주요 저서]
- 『시집살이노래 연구』
- 『한국 여성가사 연구』
- "서사적 여성가사의 전개방식 연구" 외 다수

우리 민요의 세계

인 쇄 2002년 05월 30일
발 행 2002년 06월 10일
지은이 서 영 숙
펴낸이 이 대 현
편 집 이은희, 안영하
영 업 전성호
펴낸곳 도서출판 역락
        서울특별시 성동구 성수 2가 3동 277-17
        성수아카데미타워 422호 (우133-123)
Tel   대표·영업 3409-2058
        편집부   3409-2060
전자우편 youkrack@hanmail.net
         yk3888@kornet.net
등 록 1999년 4월 19일 제2-2803호
 ISBN   89-5556-156-3-93810
정 가 23,000
*잘못된 책은 교환해 드립니다.